掌故

（八）

掌故

月刊

43

野史・佚聞・人物・風土・

一九七五年三月十日出版

掌故月刊 第四三期 目錄

每月逢十日出版

掌故

第四三期

每册定價港幣二元正
全年訂費 港幣廿四元 美金六元

出版兼發行者：掌故月刊社
地址：九龍亞皆老街六號B
通信處：九龍旺角郵局信箱八五二一號
電話：K八〇八〇九一
The Journal of Historical Records
P. O. Box No. 8521, Kowloon
Mongkok Post Office, Hong Kong.

督印人：鄧少卿
總編輯：岳騫
印刷者：和記印刷有限公司
新蒲崗景福街一一〇號超達工業大厦十樓
總代理：吳興記書報社
香港租庇利街十一號二樓
電話：H四五〇五六一 四五〇七六六

國內代理：黎明圖書社
台北市重慶北路一段九十五號
電話：五四一五五八

星馬代理：遠東文化事業有限公司
新加坡厦門街十九號 檳城香田仔街一七一號

泰國代理：曼谷青年文化服務社
曼谷黃橋東北路五六六號

越南代理：聯興書報社
越南堤岸新行街二十二號

其他地區代理：
澳門：可大文具店
亞庇：利民公司
千里達：中華公司
非律賓：華安書局
倫敦：東寶公司
芝加哥：杏林春
波士頓：中西公司
三藩市：新生圖書公司
三藩市：益智圖書公司
加拿大：香港商店
漢城：汎亞書籍公社
寮國：永珍圖書公司
斗湖：光明書店
非律賓：玲瓏書局
紐約：友聯圖書公司
紐約：友方圖書公司
洛杉磯：永安堂
檀香山：大元公司
三藩市：文化商店
加拿大：新國華公司

莫斯科孫大東大見聞

關素質

▲▲▲▲▲▲▲▲▲▲▲

編者按：本文作者關素質先生，曾留學莫斯科，先後入孫大及東大，與中共首要陳紹禹、秦邦憲均先後同學。關先生去莫斯科是眞讀書，不搞政治，所以其俄文造詣及對馬列主義之研究，在海內外首屈一指，對蘇俄當代政情尤有深刻了解。二十多年來在國際關係研究所任研究員，負責俄文部份，同仁戲稱之爲「蘇俄人事處長」，因每次蘇俄人事變動，所公佈之名單數十人，關先生均可一一詳介其生平，此項功力，殊爲難能可貴。今蒙關先生以其在孫大、東大讀書時回憶交本刊發表，深感榮寵，特介紹於讀者。

▼▼▼▼▼▼▼▼▼▼▼

壹　列寧的東進政策

一、列寧侵畧東方思想

列寧在十月革命前就發表了一些侵畧東方的著作，列舉幾種：「亞洲的覺醒」①，一九一三年列寧在「馬克思學說的歷史命運」中說：「極大的世界風暴的泉源已在亞洲湧現出來。繼俄國革命之後，發生了土耳其，波斯和中國的革命。我們現在正處在這些風暴盛行及其『反轉來影響歐洲的時代』②。『戰勝西方世界的道路，須通過東方的革命』③」。

十月革命後，列寧爲保衛蘇俄政權，推行世界革命，從殖民地和半殖民地鼓動民族主義，從事反帝，這是列寧從西方轉到東方的策畧。列寧爲實現這個策畧，乃召開共產國際第二次大會。

（一）一九二〇年七月十九日至八月七日在莫斯科召開共產國際第二次代表大會。列寧在大會上提出「民族和殖民地問題提綱」④（內容有九點），簡言之，這個提綱主要目的，就是利用民族主義運動轉變爲布爾什維克式的共產主義運動。俄共（布）爲執行共產國際第二次大會決議，乃召開「東方人民第一次代表大會」。

（二）一九二〇年九月一日就在巴庫召開「東方人民第一次代表大會」（First Congress of Peoples of the East），有一千八百九十一名代表（中國代表八名）參加。季諾維耶夫Zinoviev, G. 担任大會主席，拉狄克 Radek, Karl 和貝拉·康（Bela Kun）等參加（見俄國蘇維埃史 A History of Soviet Russia 第二〇四頁，紐約麥米倫公司出版）。

這次大會，可以說是共產國際召集東方各民族第一次統戰大會，從歷史上看，這次大會是俄共赤化東方的重要會議，大會的宣言和文件是研究俄帝侵華史重要文獻。大會發表「宣言」，其中有二句警語：「……到歐之路是經過亞洲（中國和印度），北京是去巴黎之大門」（……The Way to Europe is through Asia—China and india—and Peking is the gate Paris）⑤。明顯表示列寧東進策略，先從赤化中國和印度下手，今天俄共頭子布里茲涅夫（Breznev, L. i.）高唱「亞洲集體安全體系」⑥，一套中立亞洲的做法，就是要實現列寧的東進侵略策略，值得我們警惕的。

①：「亞洲的覺醒」見列寧全集第十九卷六八頁。
②：見列寧全集第十八卷第五八三頁。
③：見列寧全集第十七卷第四五七頁。
④：見列寧全集第三十一卷共產國際第二次代表大會。
⑤：見王健民中共史稿第一編第一章第六頁。
⑥：引拙著「布里茲涅夫對外政策」序言（國科會補助研究）。

二、在俄華僑中組織中國共黨

俄共（布）為實現列寧的東進政策，在中共未組黨之前，就開始在俄華僑中組織中國共產黨。一九一八年至一九二三年間散居在蘇俄國內的中國華僑人數大約有八十九萬人⑦。根據蘇俄科學院出版一書⑧的報導，當時俄共（布）在俄華僑中組織中國共黨的資料，有很詳細記載，這些資料成為今日研究中共黨史重要文獻。

（一）一九一七年初在俄國成立「中國公民聯盟」，俄國十月革命後，就改組為「中國工人聯盟」（見「共產國際與東方」第六一頁）。一九一八年十二月「中國工人聯盟」合併於全俄革命組織中，就成為莫斯科黨中央的地方組織」（見同上書第六一頁「註三」說：此資料係根據V·M·烏斯季諾夫 Ustinov 著「中國共黨組織在蘇俄」（一九一八——一九二〇年）一九六一年莫斯科出版第四七頁。

俄共（布）為在俄東方人民的共黨中實施宣傳和組織工作，乃於一九一八年在莫斯科成立一個中央局，該局從一九一八年至一九一九年由史達林直接領導。以後由M·蘇丹·加里耶夫⑨（M. Sutan—Garuev伊朗人）主持。中央局為擴大宣傳和文教工作，另設一「國際宣傳會議」分為十組：阿拉伯組，波斯組，土耳其組，中國組，布哈爾組等。⑩

（二）一九一九年七月十八日「俄共（布）中央遠東局」（是遠東共和國黨的最高機關，主要是主持遠東共和國內中國人和朝鮮人中共黨工作）中重要工作人員H·加蓬（Gabon）建議，在俄共（布）西伯利亞省黨委員會下面成立「東方局」以主持中國人，蒙古人，朝鮮人，布累托人，日本人中黨的工作。并建議在西伯利亞成立黨和蘇維埃的學校訓練東方人民幹部。「東方局」分為四組：總務組，組織和監察組，宣傳和出版組，聯絡和情報組⑪。

（三）據「遠東人民雜誌」第二卷第一七六頁中說「在伊爾庫茨克 irkutsk「俄共（布）中央西伯利亞局」所屬「東方人民組」，一九二一年以後，由共產國際將「東方人民組」改組成為伊爾庫茨克「遠東書記處」⑫。

（四）俄共（布）為加強赤化蘇俄國內的遠東人民，曾經舉行兩次「遠東人民共黨組織代表大會」。第一次是一九一八年十一月四日至十二日在莫斯科舉行，討論亞洲國家工運和民族解放。第二次是一九一九年十一月二十二日召開，列寧在大會上提出，共產黨人必須支持東方國家資產階級民族解放運動（按：這是列寧的統戰策略）。（見「共產國際與東方」一書第九六頁）。

（五）共產國際爲執行列寧「在殖民地和落後國家與資產階級民主臨時聯盟」的統戰工作，乃於一九二二年一月二十一日至三十日在莫斯科召開「遠東人民代表大會」⑬，中國代表三九名（包括革命組織「按：係指中共代表十四名，據該書「註五」：說明此十四名代表成份：國民黨，山東省革新聯盟，唐山社會主義青年聯盟，漢口碼頭工人互助會，漢口和山東省安徽省敎師聯盟等組織代表——見G．Z，索爾金著「遠東人民代表大會第七九頁至八十頁）⑭。

從以上這些在俄華僑共黨組織中培養了一些較活動的華僑知識份子共黨，在中共未組黨之前，如楊明齋，劉紹周，劉松（俄文譯音），他底俄文名字費道洛夫（Fedorov）等，俄共（布）曾經派他們到中國來活動。

楊明齋同沃伊金斯基 Uoitinsky, G. N. 最早到中國來。楊是一個有思想的東方問題專家，他曾著有「評中西文化觀」一書（評梁漱溟「東西文化及其哲學」一書（見新青年第一號——五號第一五五頁）

劉紹周是共產國際第二次代表大會中第一個中國代表，簽名者是 Laou Siu-chau。

劉松（譯音），他是俄共（布）中央所屬「中央組織局」委員，一九二〇年曾奉俄共之命到上海謁，孫總理呈獻建軍計劃（見「共產國際與東方」一書第八七頁）。（有關此三人生平留待以後詳述）

⑦：根據「蘇俄科學院國際工運研究所」於一九六九年出版「共產國際與東方」一書，報導在俄華僑人數：（一）在土耳其斯坦（Turkestan 即今日中亞細亞五個共和國）在二十年代初共有二十七萬中國伊斯蘭（阿文muslim）教徒，大部份從事煤礦和打棉工廠中工作。（二）一九一八年在俄國歐洲部份各省共有華僑工人七萬人。（三）在西伯利亞有四十萬華僑。（四）在遠東（俄人稱遠東即海參威沿海各省）於一九二二年共有華僑二十萬，到一九二三年尙有十五萬人。

⑧：蘇俄科學院出版「共產國際與東方」一書，一九六九年莫斯科東方文學總主編出版社。

⑨：蘇丹．加里耶夫，一九一八年——一九二二年爲民族人民委員部重要工作人員之一，一九一九年七月任該部副主席，曾任東方人民共黨組織中央局局長，曾任伊斯蘭中央軍事部部員。一九二三年因傾向民族主義反蘇聯，反布爾什維克黨被開除聯共（布）黨員。

⑩：「共產國際與東方」第六四頁「註四〇」說：引自『俄羅斯共產黨（布）第八次代表大會速記報告』一九一九年莫科第三八四——三八五頁。

⑪：見「共產國際與東方」第六五頁「註四三」說：引自馬列研究所中央黨的檔案H，三七二op，D，三二三，R，三——四。

⑫：見同上書「註四五」同上檔案H一七，op，六五D，三二二，R，八A。

⑬：見「共產國際與東方」第三〇二頁，「註四」：引自G．Z，索爾金著：「遠東人民代表大會」登載「東方學問題」雜誌，一九六〇年第五卷。

⑭：同上書第三〇二頁。

三、東方問題專家與東方大學

蘇俄東方問題專家，大致分爲以下幾個系統：

（一）共產國際東方部系統下之東方問題專家：馬林（Maring Sneevliet Hendricus）是有思想有實際經驗的殖民地專家。印度殖民地專家羅易（Roy, Manabendra Nath）對馬林有很好的評價：「荷蘭人馬林居住於東印度羣島之歐洲共產主義者，他對民族運動有親身的瞭解，會協助當地發展勞工運動幷建立社會黨。斯湼佛烈對會議討論有珍貴的貢獻。他被公認為此次會議（按：係指共產國際第二次大會）中最傑出的代表之一。」⑮。

馬林於一九二〇年七月在共產國際第二次大會上建議培養東方革命幹部：「莫斯科和彼得格勒，應成為東方的新麥加……我們應給東方共產主義者，在俄國得到理論教育的機會，以贊助共產國際的遠東積極活動家」⑯。

沃伊金斯基（有許多譯名：威丁斯克，吳廷康，胡定康，胡定斯基 G. N. Voitinsky）．格里哥里，那烏姆維契，曾任共產國際執行委員會東方部副部長及部長。

沙發洛夫（G. Safarov）一九二一年至一九二二年曾任共產國際執行委員會東方部部長。一九二七年以托洛茨基反對派罪名被開除黨籍⑰。

（二）民族事務人民委員部方面東方問題專家：一、M．蘇丹——加里也夫，一九一九年七月曾任民族事務人民委員部副部長，他對當時民族問題頗有影響力。二、伊朗問題專家雅．布羅伊多（Broido, Ya.）⑱。曾任民族事務人員委員部委員兼東方勞動者共產主義大學第一任校長。

（三）在西伯利亞任地下黨工出身之東方問題專家：一、舒米亞茨基Shumiantsky, B. F.（Andrei Chervonnyi）對伊朗和蒙古問題有著作。一九二二年至二五年任俄駐伊朗大使，一九二六年至二八年任東方大學校長。二、布魯赫爾（Blucher, Vassily Konstantinnovich 一八八九——一九三八），一九二一年——二二年任遠東共和國軍事部長。一九二四年——二七年曾任廣東國民政府首席軍事顧問。

（四）一批研究中國問題的專家：一、維林斯基（Vilensky, V.D.Sibiriakov）著有「中國革命發展之前展」（「新東方」一九二二年第二卷第三一九頁。二、「現代東方國家歷史家」一書中第二〇頁所指的一批研究中國問題的專家：P．A．米夫 Mif（孫逸仙大學校長），Yu．斯姆爾吉沙，i．姆辛，L．N．格爾萊爾，M．K．巴什柯沃伊。

以上這批東方專家，均與東方大學有密切關係，布羅伊多 Broido, Ya.，舒米亞茨基 Shumiantsky, B. F. 以後担任莫斯科東方大學校長。

⑮：見羅易回憶錄（Memoirs），一九三四年印度孟買出版，第三八一——三八二頁。

⑯：Xenia J, Eudin and Robert C.North"Soviet Russia and the East"1920 — 1927(Stanford University Press, 1957, P, 41.

⑰：Eudin and North 書第四六一——四六二頁。

⑱：見蘇俄科學院東方研究所主編「現代東方國家歷史家」一書第四七頁，一九六九年莫斯科「科學」社出版。

貳　莫斯科東方大學

一、東方大學校史

（一）創辦東方大學黨政命令依據：一九二一年三月八日至十六日俄共（布）舉行第十次代表大會，史達林担任民族問題報告後，同年四月在民族事務人民委員會籌備下即設立東方大學。另據「共產國際與東方」一書第四二四頁報導：「共產國際為東方各國訓練共產黨革命家幹部，乃在莫斯科創辦東方大學 University for Toilers of the East（簡稱：KUTV）」。

從這三項資料看來，先由俄共（布）黨內決定，再由黨命令蘇俄政府「民族事務人民委員會」籌辦，第一任東方大學校長就由民族事務委員會副人民委員 Ya. 布羅伊多（Broido）兼任，這是符合事實的。

（未完待續）

楊乃武案一百年

◦史 述◦

楊乃武一案判决在光緒二年（一七七六）距今恰好一百年。

最近電視又在播楊乃武與小白菜，此一故事搬上舞台、銀幕、電視應不止十次之多，被稱爲清代奇案之一。楊乃武其人入民國尚在，今日在港老報人胡憨珠先生即曾在申報館與楊乃武同事，但其事眞象究竟如何，至今尚無確論，值電視又播映此事，爰將清代筆記、官書、私人日記有關楊乃武部份一併刊出，以供參考。

一、清代野記

浙之上虞縣，有土娼葛畢氏者，葛品蓮之妻也。艷名噪一時，縣令劉某之子暱焉；邑諸生楊乃武亦暱焉。楊固虎而冠者，邑人皆畏之，劉之子更嫉之。楊欲娶葛爲妾，葛曰，俟爾今科中式則從爾，榜發，楊果雋，謂葛曰，今可如願矣。葛曰，前言戲之耳；吾有夫在，不能自主也。楊曰，是何傷。正言間，劉子至，聞楊語返身去，楊聞有人來亦去，次日而葛夫中毒死矣，報官請驗，縣令遣典史携仵作往，草草驗訖，聞楊有納妾語，逮楊訊，不承，令怒，詳革舉人，刑訊，終不服，遂繫楊葛于獄，延至四年之久，每更一官，楊必具辯狀，皆不直楊，然又無佐證，而劉令子又死福星輪船之難，浙之大吏將以楊定讞抵罪，而坐葛以謀死親夫矣。會有某國公使，在總署宣言：貴國刑獄，不過如楊乃武案含糊了結耳！恭親王聞之，立命提全案至京，發刑部嚴訊。原審之劉令，葛品蓮之屍棺，皆提至京，及開棺檢驗，見屍有白鬚，且以絲綿包裹，兩手指甲皆修潔，既不類寠人子，又非少年，又無毒斃痕迹，訊劉，劉亦無從置對，蓋始終未見屍也。于是劉遣戍，楊葛皆釋放，案遂結。此案到京之日，刑部署中，觀者如堵牆，無插足地。陸確齋比部，江西司司員也，亦往觀，據云：葛氏肥白頗有風致云，葛出後，削髮爲尼，楊則不知所之，或云，當劉子聞楊語時，即潛以毒置葛品蓮茶甌中，品蓮飲之致死，或又曰，劉子常携毒備覬便毒楊者。要之，劉子之死于海，似有天道，楊雖非佳士，此案似非所爲。又聞楊每於供詞劃押時，以屈打成招四字，編爲花押書之，吾以爲楊必有隱慝，冥冥中特借此以懲之耳。』

二、餘杭大獄記

：『楊乃武餘杭人，有文名而佻撻漁色，性高伉，好持吏議短長；縣令劉錫彤，老吏也，頗著墨聲，嘗以浮收漕糧爲楊所控，革任，錫彤故與朝貴通聲氣，夤緣復任，嗛楊，思中傷之，未發也。有葛品蓮者，業豆腐，妻畢氏，有姿首，稅居楊之別業，楊爲畢講解小說傳奇等書，又擁諸懷教之習字，葛見而疑之，遷居五都之市。畢素放誕，以葛人物萎蕤，頗不安於室，錫彤官餘杭久，其子某，與門丁灃書某某，皆與畢往來，而畢戀楊英年俊偉，最稱情密，某等深嫉之。癸酉，楊捷秋闈，錫彤懼，曲意交歡，贈遺豐隆，楊亦時相過從，往還寖密，自謂前却盡忘矣。是年九月，葛暴死，其母兪氏，再醮于沈，久聞畢氏所爲，意其私蓄必多，聲言，子死不明，將控諸縣，既詷畢實貧，欲中止，有醫生陳某，訟師王某，皆諸生，與楊積不相能，教之曰，汝第以子死可疑控縣請檢，汝媳所歡必將斂貲賄汝求罷，可大得志，從之，兩人復流言于衆曰，楊與畢奸情爲本夫所見，因使畢毒殺之，以絕後患，一時互相傳語殆徧。錫彤得兪氏狀，方欲往驗，會署中延生治病，即以此事訪之，陳具述人言，且謂：二人有私，舉國皆知，今之傳言，必非無稽。錫彤大喜，以爲宿怨可報，既思逆倫重罪，未可輕率，又以楊舉孝廉，聲勢方盛，殺之不殊，何以自處，乃令門丁灃書，先行察訪，猶慮不足恃，復使其子易服微行，密爲刺探，王生以刀筆故，本與門丁灃書善，而陳生又以醫故，得出入牙署，於是諸毒並發，五人言皆同矣。錫彤深信不疑，既檢驗口鼻有黑瀋流出，指爲服毒然，竟以砒霜定案，改口鼻黑瀋爲七竅流血，仵作不肯具狀，威逼之，始不敢言。時楊以塡親供，由會城歸，立捕去，榜楚慘毒，血肉狼籍，楊不勝刑，遂與畢俱誣服，楊論斬，畢凌遲；楊母沈氏歷控府司院爲子訟寃，不得直，明年走京師赴都察院陳狀奏聞，有旨命巡撫楊昌濬會同臬司蒯賀孫親提研鞫，執奏如前。又明年，楊妻再控諸刑部，時左侍郞夏同善浙人，素稔楊寃，密聞于上，改命浙江學政胡侍郞瑞瀾會同巡撫覆讞、皆以砒霜無過付之人，頗動疑念，遣候補知縣顧某親赴餘杭密訪；顧受錫彤金，具以情告錫彤，乃與王生等謀，僞令藥鋪錢保生，承認某月日時楊乃武託言斃鼠，買去信石五錢，保生以人命重大，不敢應，錫彤餂以好語，許以重賄，勉從之，顧歸報，以爲情罪確鑿，會銜覆奏，於是鐵案如山，楊與畢延頸待决而已。當是時，浙人官京師者，無不知楊生寃，又案懸兩載有餘，同鄉書函往復，及京官鄉試之自浙來者，互相察覈，盡得縣令父子與門丁灃書訟師醫生等朋謀仇陷狀。及學政巡撫奏上，浙人大譁，于是翰林院侍讀鍾駿聲，國子監司業汪鳴鑾等，二十有八人，合詞赴刑部訟楊生寃，復嗾楊母妻再控于提督府，兩處同時奏聞。時夏侍郞遷吏部，代者爲吾蘇翁侍郞同龢，力主駁議，而刑部尙書希要人恉，以爲事更數官，案無遁飾，何當爲此糾蔓，兩公意見不合，相持不下，語頗上聞。翌日翁奏事畢，上問：此案究竟如何？翁力言事關逆倫，人命至重，應請敕下巡撫，將棺犯人證解京，聽候覆檢，自然水落石出；上韙其言，特旨着楊昌濬派委妥員，將楊乃武葛畢氏人証卷宗解交刑部，途中加意防範，倘有他故，惟該撫是問，其葛品蓮棺木着刑部派司員前往餘杭，眼同劉錫彤驗明加封，一同解京，時乙亥冬十月也。明年春三月，人犯至，刑部會審，楊痛哭歷愬寃慘，聞者動色，咸謂畢氏毒死本夫，當無疑議，特同謀者非楊乃武耳！夏四月，葛品蓮棺木解至，停于地安門外佛寺，先傳劉錫彤訊問，指劃鑿鑿，毫無怍色，屆期刑部滿漢六堂都察院大理寺，並承審各司員皆至，順天府二十四屬仵作齊到，又有刑部老仵作某，年八十餘，亦以安車徵至，各官先驗棺上封條，則縣府司院印封重疊，復令劉錫彤親驗是否葛品蓮眞正尸身棺木，先行具狀，然後開棺：其尸已朽，僅存白骨一具，老仵作手自檢驗，惟時觀者塡塞，萬頭攢望，寂靜無欬，老仵作先取顖門骨一塊，映日照看，即報云：此人實係病死，非服毒也。桑尙書大駭，叱令細檢，對曰：某在刑部六十餘年，凡服毒死者，顖門骨必有黑色，似此瑩白，何毒之有？遂節檢畢，向餘杭原驗仵作叱曰，爾等何所見而指爲服毒邪？答曰，我等原不肯塡寫尸格，官立意如此，不敢不遵。曰，是何言，官不明檢法，全賴吾輩悉心區別，脫本官別有肺腸，即當力爭，充其量不過責革耳；怵于威而遷就之，與啗以利而逢合之，殺人以媚人，罪不容于死。復顧錫彤而笑曰，昔日仵作受官密旨，俯首聽命者，畏官扑責也。今且發官私覆，以圖自全，官尚能坐堂皇責之邪？聞者皆大噱，共視錫彤面色灰敗，默不一言。明日三法司會訊，按律定擬，楊乃武不知避嫌，禍非無因，且平日干與外事，業經斥革，應無庸議，葛畢氏查無通奸實迹，釋放還家，劉錫彤誤聽人言，入人重罪，革職發邊遠充軍，伊子及門丁濬書察訪不實，枷杖發落，錢保生並未刑偪，自認賣砒，恐係挾嫌誣證，已死無從質訊，諸生王某陳某幫同尸親沈俞氏釀成巨案，應褫革究辦，業已瘦死獄中，勿論，其餘杖責釋放有差，奏上，得旨楊昌濬身爲巡撫，於逆倫重案漫不經心，胡瑞瀾于朝廷交辦重案，並不悉心研究，隨同覆奏，有負委任，均着革職，餘依議。此案既結，人始知畢氏亦冤也。是役也，自巡撫學政至司道府縣奪職者十有六人，鐫級撤任被議者又十餘人，爲百年來巨案。封疆大吏操生殺之權，徇庇屬吏，習爲故常，得此懲創，庶知國法之嚴，人命之重，然非二三大臣力持其事，烏能使悠悠長夜，獲此一瞬天光哉？越十餘日，御史某，以錫彤罪重罰輕，再疏參劾，改爲長流黑龍江，未幾道死，人心于是稍快云。」

三、光緒政要

三年二月，刑部尚書皂保等，奏平反重案，按律定擬事，竊臣欽奉諭旨，交審浙江餘杭縣民婦葛畢氏毒斃本夫一案，經該撫將人犯卷宗，陸續解部，楊乃武之妻詹氏，亦自行投到，旋經臣等訊出縣官相驗草率，奏提葛品蓮屍棺，及原驗之知縣劉錫彤等到京，驗明葛品蓮屍骨，委係無毒，因病身死，當經據實覆奏，光緒二年，十二月十六日，奉上諭刑部奏承審要案覆驗明確一摺，浙江餘杭縣民人葛品蓮屍身，係屬服毒殞命，現經該部覆驗，委係無毒，因病身死，所有相驗不實之知縣劉錫彤，着即革職，即著刑部提集案證，訊明有無故勘情弊，及葛品蓮何病致死，葛畢氏等因何誣認各節，按律定擬具奏，欽此，臣部正在審辦間，是月二十七日，復奉上諭，御史王昕奏，大吏承審要案，任意瞻徇，請予嚴懲一摺，據稱浙江餘杭縣民人葛品蓮身死一案，原審之巡撫楊昌濬，覆審之學政胡瑞瀾，瞻徇枉法，揑造供詞，請旨嚴懲等語，人命重案，承審疆吏，及派審大員，宜如何悉心研究，以威信讞，各省似此案件甚多，全在聽斷之員，悉心研究，始得實情，豈可意存遷就，草菅人命，此案業經刑部覆驗原訊供詞，半屬無憑，究竟因何審辦不實之處，著刑部澈底根究，以期水落石出，毋稍含混，楊昌濬胡瑞瀾等，應得處分，著俟刑部定案後，再降諭旨，欽此，遵即督飭遴派司員提集全案犯證，悉心研讞，緣葛品蓮籍隸浙江餘杭縣，於同治十一年三月，娶喻敬添妻王氏前夫之女，畢氏爲妻，四月搬入已革癸酉科舉人楊乃武家同往，葛品蓮在豆腐鋪幫夥，時宿店中，其母沈喻氏，即葛喻氏，先因夫故，改適沈體仁，並不同居，七八月間，葛品蓮因屢見葛畢氏與楊乃武同坐共食，疑有姦私，潛在門外簷下，竊聽數夜，僅聞楊乃武教葛畢氏經卷，未經撞獲姦情，曾向沈喻氏喻敬添告述，沈喻氏至葛品蓮家，亦見葛畢氏與楊乃武同食，懷疑莫釋，每向外人談論，遂至巷閭徧傳，適楊乃武欲增房租，沈喻氏等均勸令葛品蓮遷居避嫌，十二年閏六月，移住喻敬添表弟王心培間壁居住，王心培留心察看，楊乃武並無來往，八月二十四日，葛品蓮因醃菜遲誤，將葛畢氏責打，葛畢氏情急，自將頭髮剪落，欲爲尼僧，喻王氏及沈喻氏聞鬧踵至，與王心培詢悉情由，喻王氏氣忿稱係小事，何至如此，沈喻氏當向伊子斥罵，葛品蓮被罵，始有爲楊乃武前事藉此出氣之語，十月初七日，葛品蓮身發寒熱，膝上紅腫，葛畢氏因伊夫素有流火瘋症，勸其央人替工，不聽，初九日早晨，葛品蓮由店回家，沈體仁在大橋茶店，見其行走遲慢，有發冷情形，地保王淋在點心店前，見其買食粉團，即時嘔吐，面色發青，喻敬添聞素識朱大告說，在學宮字紙爐前，見其嘔吐，到家時，王心培之妻在門前站立，見其兩手抱肩，長寒發抖，問係有疾，葛品蓮進家門，上樓即睡，時欲嘔吐，令葛畢氏蓋被兩床，尙稱連日身軟發冷，兩膝無力，恐係疾發氣弱之故，囑葛畢氏携錢一千文，託喻敬添代買東洋葠桂圖煎湯服食，喻王氏往視，葛品蓮臥床寒抖，又復作嘔，詢悉病狀，旋即回家，葛畢氏因葛品蓮喉中痰響，忙向查問，口吐白沫，不能言語，葛畢氏情急喊嚷，王心培等趨至，葛畢氏告知情由，央其將葛喻氏喻王氏等喚來，見葛品蓮咽喉起痰，不能開口，延醫診視，料是痧症，用萬年青蘿蔔子灌救，不救，申時身死，沈喻氏爲之易衣，查看屍身，毫無他故，亦謂痧脹致死，亦無疑意，此葛品蓮疑姦遷居復染患痧症之原委也。葛品蓮年小體肥，死雖孟冬，南方氣暖，至初十日夜間，屍身漸次發變，口鼻內有痰血水流出，葛品蓮義母馮許氏揚言，速死可疑，沈喻氏心惑，又見面色發青。恐係中毒，盤詰葛畢氏堅稱無故，沈喻氏諗知葛畢氏素性輕狂，慮有別情，遂以伊子身死不明，懇求相驗，央地保王淋赴縣喊告，囑代書繕就呈詞，於十一日黎明投遞，該

縣劉錫彤，接閱後，正擬訪查情由，遇生員陳湖，即陳竹山，來署醫病，提及葛畢氏曾與楊乃武同居，因不避嫌疑，外人頗多談論，搬家後夫妻吵鬧剪髮，今葛品蓮暴亡。皆說被葛畢氏謀毒，劉錫彤覆加查聽，所聞無疑，午刻帶領門丁仵作，親詣屍場相驗，彼時屍身胖脹。已有發變情形，上身作淡青黑色，肚腹腋肢起有浮皮，疹皰數個，按之即破，肉色紅紫，仵作沈祥辨驗不眞，因口鼻內有血水流入眼耳，認作七竅流血，十指十趾甲灰黯色，認作青黑色，用銀針探入咽喉，作淡青黑色，致將發變顏色，誤作服毒，屍身軟而不僵，稱似烟毒，門丁沈彩泉惑於陳竹山之說，謂烟毒多係自行吞服，顯有不符，因肚腹青黑起皰，稱係砒毒，互相爭論，未將銀針用皂角水擦試，沈祥不能執定何毒，含糊報稱服毒身死，劉錫彤當場訊問屍親鄰右人等，均不知毒從何來，當將葛畢氏帶回縣署審問，供不知情，加以刑訊，葛畢氏受刑不過，因伊夫屍身驗係服毒，難以置辨，遂誣認從前與楊乃武通姦，移居後楊乃武於初五日授與砒毒，謀斃本夫，隨傳到楊乃武質對，不認，十二日詳情將其舉人斥革，十六日楊乃武堂弟增生楊恭治並妻弟詹善政等，各以楊乃武初五日正在南鄉詹家，何由交給砒毒，葛畢氏所供，顯係虛捏，赴縣審訴，批准提犯察奪，葛畢氏照前供說，楊乃武仍不承認，

劉錫彤詳報驗訊各情，捏稱銀針已用皂角水擦洗，青黑不去，亦不准將人犯于二十日解省，經杭州府陳魯督審，率用刑訊，楊乃武畏刑誣服，因追究砒毒來歷，憶及伊由餘杭進省，路經倉前地方，有錢姓愛仁堂藥舖，隨口供認，初三日假稱毒鼠，買得錢寶生舖內紅砒四十文，交給葛畢氏等語，二十七日陳魯飭令劉錫彤回縣傳訊錢寶生賣砒情由，劉錫彤恐其畏罪不認，當懇縣府署幕友倉前人訓導章濬，即章掄香，致函錢寶生，囑其到案供明，不必害怕，及錢寶生到縣，供無其事，且稱名喚錢坦，並無寶生名字，劉錫彤給閱章掄香書信，又向開導，誓不拖累，令其退下，適錢寶生之弟錢愷，聞伊兄犯案，素諗陳竹山與劉錫彤熟識，央其代達誣報寃情，陳竹山遂偕錢愷進縣，甫至門房，探知劉錫彤已在花廳訊供，不便謁見，向沈彩泉索閱楊乃武供單，正値錢寶生退出花廳門外，陳竹山趨問，錢寶生訴說縣官强令承認賣砒，陳竹山詳述楊乃武供詞，並稱買砒毒鼠，不知害人，不過枷責罪名，勸其儘可承認，錢寶生依從，隨照楊乃武所供出具賣砒等結，劉錫彤恐解拖累，寫給無干諭單，未令錢寶生與楊乃武質對，僅將其甘結送府，陳魯即據縣訊甘結定案，其時葛畢氏隨口混供，有八月二十四日楊乃武在房內頑笑，被彼夫撞見，責打，及伊夫死後復經沈喻氏盤問，說出商同楊乃武

，謀害各情，沈喩氏因葛畢氏供認謀毒伊子，雖知情節不符，急欲爲子復仇，即照依混供，致與控縣原呈岐異，王心培不知底細，亦隨同沈喩氏供說，陳魯率憑現供叙入詳稿，未經照顧該縣初詳，劉錫彤又因詳稿內錄取犯供，皆稱口鼻流血，屍格不符，屢被駁斥，遂盡行塗改七竅流血字樣，將葛畢氏楊乃武擬以凌遲斬決，錢寶生擬以杖責，於十一月初六日詳經已故按察使蒯賀蓀審解巡撫楊昌濬親鞫，葛畢氏楊乃武，因供認在先，勢難翻異，均各畫供，楊昌濬復派候補知縣鄭錫滜赴縣密查，錢寶生先已聞知，商從陳竹山，仍照原結承認，鄭錫滜並不訪察確實，竟以無寃無濫，會同劉錫彤稟復，楊昌濬遂依陳魯等原擬罪名勘題，此沈喩氏懷疑控驗沈祥誤報服毒陳魯劉錫彤等刑求勒供草率定案，以及陳湖章濬勸囑錢寶生出結委員訪查不確之緣由也。臣部正在核題間，十三年四月楊乃武自做親供，以葛畢氏出誣，問官刑逼，並提稱有何春芳在葛家頑笑，餘杭縣長子劉子翰令阮得索詐等情，囑胞姊葉楊氏具呈，遣抱王廷南赴都察院衙門呈控，咨解回浙，楊昌濬委原問官覆審，添傳王淋沈體仁等到案，皆因囚已伏罪亦隨沈喩氏混供，盤出謀毒報驗等情，陳魯仍照原詳擬結，尚未咨部，楊乃武之妻詹氏又以前情，於六七月間赴巡撫臬司衙門具控，歸案訊辦，楊乃武未能申訴，九月楊詹氏復遣抱姚士法，赴步軍統領衙門續控，奏章諭旨交楊昌濬督同臬司親提嚴訊，委湖州府如府錫光等詳鞫，楊乃武葛畢氏均稱寃抑，翻異前供，未能訊結，光緒元年四月給事中王書瑞，以覆訊重案，意存瞻徇，參奏，特旨派胡瑞瀾審辦，調委甯波府知府邊葆誠嘉與縣知縣羅子森，候補知縣顧德恆龔世潼，隨同研鞫，楊乃武剖訴寃情，堅稱八月二十四日，委係何春芳與葛畢氏頑笑，被葛品蓮撞見責打等語，胡瑞瀾因訊係虛誣，徒以餘杭縣原驗葛品蓮毒死爲憑，未究仵作，未加覆驗，晝夜煞審，楊乃武葛畢氏仍復誣認，雖屢經質對，率多遷就成供，迨訊有八月二十四日楊乃武未到葛家及初三日買砒改移初二並沈喩氏盤詰葛畢氏，僅稱楊乃武交給流火藥等情，與原題迥不相符，並查無縣詳所叙沈喩氏報驗呈詞，一稱葛畢氏言語支吾，一稱向葛畢氏盤出，聽從楊乃武謀毒情由，先後互相岐異，仍未澈底根究，竟依原擬罪名奏結，奉旨交議，復因給事中邊寶泉奏稱，案情未協，又奉諭令臣部詳細研求。嗣經查核，現訊情節，與原題多有不合，逐層指駁，奏請飭令胡瑞瀾再行確審，十二月浙江紳士江樹屛等，以覆審疑獄，迹涉迴護，遣抱聯名赴都察院呈控，奉旨提交臣部，秉公審訊，旋据胡瑞瀾將駁查各節，分晰奏覆，聲明楊乃武又覆翻供，錢寶生已經病故，遽難定讞，此楊乃武家屬兩次稟控，未能辦理，胡瑞瀾草率覆奏致多疑竇之情形也。臣等自提到犯證卷宗，先將全根詳加綜核，因其謀毒本夫，雖祕密總由戀姦情熱而起，何以學政訊時王心培供詞，堅稱未見楊乃武到過葛家，且沈喩氏控縣原呈，亦未提及楊乃武一字，錢寶生買砒既係楊乃武在杭州府供出，自當提到錢寶生與楊乃武質審，何以僅在餘杭縣傳訊取結，即行開釋，葛品蓮果係毒發身死，沈喩氏當時即應看出情形，何以事隔兩日，始行喊控，案情種種可疑，虛實亟應根究，隨提集犯證，逐類詳鞫，訊出銀針顏色未經擦洗，仵作門丁互執屍毒，則縣官之相驗未眞。錢寶生出結，係幕友函囑生員勸誘，則砒毒來歷未確。當經奏提葛品蓮屍棺到京，覆加檢驗，骨殖黃白係屬病死，並非青黑顏色，委非中毒，取具原驗知縣仵作甘結，聲稱從前相驗時屍已發變，致辨認未確，誤將青黑起皰，認作服毒，訊据屍親鄰右人等，僉稱屍身發變，由於天氣晴暖，檢查學政七月間訊取沈體仁供詞，亦有天熱之語，是原驗官仵作稱因發變錯誤等情，尚可憑信，復經提犯環質，得悉全案顚末，歷歷如繪，臣等誠恐原審各員，有懷挾私仇勒索教供情事，訊据楊乃武，堅稱伊與知縣及役吏人等，素無干涉事件，毫無嫌怨，研詰劉錫形，阮得供與楊乃武無仇實係葛畢氏自行誣報，且楊乃武於十一日夜間甫經到案，次日即行詳革，如果意在索詐，自必緩辦詳文，即欲挾案作贓，斷不肯未及十日，即行解府，審辦委無勒詐重情，質之楊乃武，亦稱前供既得串誣索詐等情，係因圖脫已罪，揑詞妄訴，並無其事，實不能指出詳贓確據，傳訊楊詹氏，供無異詞，並據葛畢氏供，因縣官刑求與何人來往謀毒本夫，一時想不出人，遂供將從前同往之楊乃武供出，委非挾嫌陷害，亦非官役教令誣報，並據劉錫彤供稱，賣砒之錢寶生，係憑楊乃武所供傳訊，如果是伊串囑，斷無名字不符之理，現經錢寶生之母錢姚氏供稱，伊子名喚錢坦，向無寶生名字，舖夥楊小橋供亦相同，可爲楊乃武畏刑妄供之證，至原題據陳魯劉錫彤會詳，有沈喻氏向葛畢氏盤出聽從楊乃武謀毒情由報驗一節，檢查沈喻氏控縣初呈，並無是語，復恐問官有改造口供情弊，嚴鞫劉錫彤，供稱因沈喻氏在杭州供有是語，率謂該氏原報不實，遂憑現供情節叙入詳稿致與原呈一合，委無揑造供詞情事，提質沈喻氏供認府讞時，曾妄供有盤出謀毒報驗之語，與劉錫彤所供尚屬相符，反覆推究，矢口不移，是此案劉錫彤因誤認屍毒，而刑逼葛畢氏，因葛畢氏妄供而拘拿楊乃武，因楊乃武妄供而傳訊錢寶生，因錢寶生被誘揑結，而枉坐葛畢氏楊乃武死罪，以致陳魯草率審詳，楊昌濬照依起結，胡瑞瀾遷就覆奏，歷次辦審不實，皆輕信劉錫形驗報服毒，釀成冤獄，情節顯然，先後承審各員，尚非故勘故入，原驗官仵作，亦無有心揑報情事。至楊乃武與葛畢氏同住逼姦等情，檢閱浙江案卷，供吐明晰，似非無因，屢經詳審楊乃武葛畢氏堅不承認，質訊沈喻氏喻敬添等，僉稱葛品蓮僅見楊乃武與葛畢氏不避嫌疑教經同食，料有姦私，並未撞破，等語，既無姦所捕獲確據，律有不准指姦明文，應毋庸追究，照例勿論。葉楊氏呈內究控沈體仁容留已故逃徒倪錦雲即倪八金在家訊未滋事，何在芳並未與葛畢氏通姦，劉錫彤長子劉海昇並無子翰其名，並未干預公事，飭驗楊乃武葛畢氏刑傷均已平復，確無損傷筋骨情事，陳湖在監病故，業經查監御史驗無凌虐情弊，沈喻氏到部後，身上搜出住址名條二紙，訊係慮京中人地生疏，欲找令浙江糧道如山家丁劉殿臣，並餘杭縣家丁姜位隆之舊主臣部主事文超資助旅費，委無別情，案無遁飾，應即擬結。」查例載州縣承審逆倫罪關凌遲重案，如有失入，業經定罪報解者，按律定擬，又例載檢驗屍傷有實罪有增減者，以失入人罪論。又斷罪失于入者，減三等，並以吏典爲首，首領官減吏典一等，因未決聽減一等。又律載承審官草率定案證據無憑，枉作人罪者，革職，又律載誣告人死罪未決杖一百流三千里，加徒役三年。又例載地方官長隨倚官滋事慫令妄爲累及本官罪至流者，與同罪。又例載制書有違者杖一百，又不應爲而爲之者笞四十，事理重者杖八十各等語。此案仵作沈詳，率將病死發變屍身，誤報服毒，致入凌遲重罪，殊非尋常疏忽可比，合依檢驗不實，失入死罪，照例遞減四等，擬杖八十，徒二年。已革餘杭縣知縣劉錫彤，雖訊無挾仇索賄情事，惟始則任聽仵作草率相驗，繼復揑報擦洗銀針，塗改屍狀，及刑逼葛畢氏等誣服，並囑令章濬函致錢寶生誘勒具結，羅織成獄，僅依失于死罪未決本律擬結，殊覺輕縱，應請從重發往黑龍江効力贖罪，年逾七十，不准收贖。杭州知府陳魯，於所屬州縣相驗錯誤，毫無覺察，及解府督審，率憑刑訊供具詳定案，復不親提錢寶生究明砒毒來歷，實屬草菅人命。寧波府知府邊葆誠，嘉興縣知縣羅子森，候補知縣顧湛恆，龔世潼，經學政委審此案，未能澈底根究，依附原起，候補知縣鄭錫滜，係巡撫派令密查案情，並不詳細訪查，率以無冤無濫會同原問官含糊稟復，厥咎惟均，俱應依承審官草率定案證據無憑枉坐人罪例，各擬以革職。巡撫楊昌濬，據詳具題，不能查出冤情，京控交審，不能據實平反，意涉瞻徇。學政胡瑞瀾，以特旨交審要案，所訊情節，既有與原題不符之處，未能究詰致死根由，詳加覆驗，草率奏結，幾致二命慘羅重辟，惟均係大員，所有應得處分，恭候欽定。按察司蒯賀蓀失入死罪，本干律倒，業已病紋，湖州府知府錫光等覆審此案，尙未擬結，均免置議。劉錫彤門丁沈彩泉，在屍揚與仵作爭論堅執砒毒，實屬任意妄爲，合依是隨倚官滋事妄爲累及本官罪至流者與同罪律，擬杖一百流三千里。沈喩氏因伊子速死可疑喊求相驗，並未指供何人謀毒，與誣告人謀死人命不同，且府讞時妄供盤出謀害各情，係由痛子情切所致，應與誣告人死罪未決滿流加徒律上量減一等，擬杖一百總徒四年。王心培王淋沈體仁不知底細，輒隨同沈喩氏混供，亦屬非是，惟到案即將實情供明，當非始終誣證。訓導章濬即章掄香係杭州幕友，輕交劉錫彤而同村藥鋪錢寶生函囑，亦有不合。葛畢氏提供楊乃武商令謀毒大夫，訊由畏刑所致，惟與楊乃武同居時不邀嫌疑，致招物議，衆供僉同，雖無奸私實據，究屬不守婦道，應與王心培等各依不應重律，擬杖八十。章濬革去訓導，楊乃武訊無與葛畢氏通姦確據，但就同食敎經而論，亦屬不知遠嫌，又復誣指何春芳在葛家頑笑，雖因圖脫己罪，並非有心陷害，究係獄囚誣指平人，有違定制，律應杖一百，業已革去舉人，免其再議。姜信發劉殿臣寫給沈喩氏字帖，訊爲資助旅費起見，殊屬多事，各依不應輕律，擬笞四十，此案情節較重，雖事犯在光緒元年正月二十日恩詔以前，所有應得罪名，均請不准援免，以昭懲戒。陳瀾即陳竹山，勸令錢寶生誣認賣砒，本干律議，業經監斃，應與在籍病故錢寶生，均毋庸議。沈體仁容留親戚，逃徒倪錦雲在家，本有不合，業已擬杖，免其重科，應與訊無爲本縣長子索詐之既得並未在葛家頑笑之何春芳，並未干預公事之劉海昇，並未與舊僕書信來往之主事文超，及並無不合之錢姚氏等，亦毋庸議。提到葛品蓮屍棺，既經復驗明確，屍屬並無爭論，仍交浙江原解委員知縣袁來保等，連仵作沈詳，門丁沈彩泉，並原卷仍交浙江巡撫分別定地發配，飭屬領回，其餘應收贖之沈喩氏葛畢氏，並罪應笞杖之王心培王淋沈體仁姜信發劉殿臣等，均由臣部分別折責進取贖銀，將全案人證，連陳湖屍棺，飭坊遞籍保釋埋葬，未到免提脫累。所有臣等審明定擬緣由謹恭摺具奏請旨，疏入，奉上諭：前因給事中王書瑞奏，浙江覆訊民人葛品蓮身死一案，意存瞻徇，特派胡瑞瀾提訊，嗣据該侍郎仍照原擬具奏，經刑部以情節歧異議駁，旋據都察院奏浙紳汪樹屛等聯名呈控，降旨提交刑部審訊，經刑部提集人證調取葛品蓮屍棺，驗明實係因病身死，並非服毒，當將相驗不實之知縣劉錫彤革審。並據御史王昕奏，承審大員，任意識詢，復諭令刑部澈底根究，茲據該部審明定擬具奏，此案已革餘杭縣知縣劉錫彤，因誤認屍毒刑逼葛畢氏楊乃武妄供因姦謀斃葛品蓮。枉坐重罪，荒謬已極，著照所擬從重發往黑龍江効力贖罪，不准收贖。前杭州府知府陳魯，於所屬知縣，相驗錯誤，毫無覺察，並不究明確情，率行具詳，實屬玩視人命。寧波府知府邊葆誠，嘉興縣知縣羅子森，候補知縣候湛恒龔世渣，承審此案，未能詳細訊究，草率定案，候補知縣鄭錫滜，經巡撫派令密查案情，含混稟復，均著照所擬革職。巡撫楊昌濬據詳具題既不能查出冤情，迨京控復審，又不能据實平凡，且於奉旨交胡瑞瀾提訊，復以問官並無嚴刑逼供等詞曉曉置辯，意存迴，尤屬非是。侍郎胡瑞瀾，於特旨交審要案，所訊情節，既與原題不符，未能究詰根由，評加覆驗，率行奏結，殊屬大負委任。楊昌濬胡瑞瀾均著即行革職，餘著照所擬完結。人命重案，罪名出入攸關，全在承審各員，悉心研鞫，期無枉縱，此次葛品蓮身死一案，該巡撫等審辦不實，始終迴護，幾至二命慘罹重辟，殊出情理之外。嗣後各直省督撫等，於審辦案件，務當督飭屬員悉心研究，期於情眞罪當，不得稍步輕率，用副朝廷明愼用刑至意，欽此。

四、翁文恭公（同龢）日記

（八月十一日省攝刑部右侍郎之命）十六日到任

十月十八日，浙江葛畢氏謀毒丈夫一

案，經胡學使瑞瀾擬結，奉旨交刑部速議，今日御史邊寶泉劾奏，案情未確，請提至刑部覆勘，旨以無此政體，仍飭部反覆研求，作速核覆。十九日，飯後入署治事，索浙江司原奏，不得，怒斥之，僅而得見，細核供招，歷歷如繪，雖臯陶聽之，無疑矣。然余意度之，葛品蓮聘娶葛畢氏，用洋錢八十元，折送六十元，品蓮係豆腐店幫工，烏得有此巨款，此一可疑也。葛品蓮脚上患流火，葛畢氏買洋參桂元，用制錢一千，付伊母家買藥，夫以貧家患皮毛之疾，竟用千錢買藥，亦屬不倫，此二可疑也。且京控稱該縣之子曾與葛畢氏往來，（再查原控，無此語，但云，少爺索錢而已。）今結案僅据皂役，供本官之子早經回籍，並未取有該縣親供，亦屬疎漏，與白齊語，白齋以爲此案外枝節也。廿日，張子騰來以葛事見示，飲後到署，細閱葛畢氏全案供招，與原揭帖異者四處，今供內情節互異者一條，可疑者二，疎漏者一，皆籤出，紹秋臯到署，與商且緩日再上，浙江司林拱樞者，文忠公之第五子也，亦稱獄有疑。退訪子松，遇吳君仲愚於座，吳君餘杭人也。爲楊乃武稱寃，不期而遇，亦異矣哉。歸檢刑例，廿一日午紹秋臯來，同到署，與桑老前輩商酌，殊不爲然，浙江司林君拱樞秋審總辦余君損，皆以爲是，辦論久之，僅擬飛咨問數條不符處而已。又與桑公約，廿六日斷不能入奏，始緩數日，又摧抄楊乃武兩次京控原呈。廿二日晤朱敏生，敏生於葛畢氏事備知顛末，極稱楊乃武之寃，曰，此覆盆矣。廿三日函致榮侍郎託催提督衙門抄送楊詹氏京控原呈，榮靈以所抄摺底原呈見示，則余所載與原呈各條，適吻合，然則此次所陳，不免彌縫之迹矣，長官如此，可歎可歎。廿四日，飯後到署，桑紹兩公皆來，與桑公畧言葛畢氏一案辦法，廿六日，飯後入署，與桑公同看秋審處所擬葛畢氏一案奏稿，用余說駁令再審，特措詞委婉耳，更定數字。十二月十八日浙江司吉君順來回事，因楊乃武一案提人，紹秋臯欲拉余作主，與桑公齟齬，（楊乃武案，浙人十八人連名具控，奉旨提交刑部審訊。）

丙子正月廿三日，有旨擢任農曹，二月初二日到任，四月初三日得見葛畢氏（前三日解到楊乃武尚未到）一案卷宗因松姪派審此案也。初八日，以袁保恆爲刑部左侍郎，潘祖蔭爲禮部右侍郎仍兼署刑部右侍郎。

十二月初九日，浙江葛畢氏一案，轇轕久矣，至是提知縣及葛品蓮屍棺，至今日檢驗，骨白無毒，五城司坊及一千人證，皆具結無它說，甚矣折獄之難，而有司者之不可不審愼也。此案余首駁議，而松姪司審極用力，故識之。

五、越縵堂日記

光緒元年四月廿五日辛卯，邸鈔上諭云，（見光緒東華錄）聞之杭州士夫言，楊乃武者，本餘杭諸生，無賴習訟，惡迹衆著，嘗以小忿殺其妻，託言病死，其婦家莫之何也，葛品蓮者，楊之鄰人，以磨豆乳爲業，畢氏未嫁時，楊與之通，因爲葛娶之，恣其淫，及癸酉楊舉於鄉，因謀殺葛而娶畢爲妾，或云，葛病畢求醫於楊，楊以砒霜與之，而僞言神藥，畢以飲葛，即斃，畢實不知也，或云畢喜楊得舉人，欲棄葛以從楊，楊爲之計，殺葛，畢曰奈事發何，楊曰，我力能庇若，無懼也，畢遂從其計，毒殺葛，其詳弗敢質，而楊之爲匪人，則衆口若一，及事露，畢稱砒霜爲楊所親購，藥肆供證明白，楊亦自承購藥是實矣，既讞定，而楊令其妻及姊，兩次京控，言爲人所誣，事下巡撫，巡撫檄調紹興知府龔嘉儁，湖州知府錫光，至省會鞫之，尚未報，而長興王給事書瑞疏上矣，於是浙人皆言楊之寃，實餘杭知縣劉錫彤之子某，與畢姦，同謀殺葛，錫彤既懼其子當誅，又一縣人無不惡楊者，因誘畢誣楊，而刼脅藥肆人以證，楊固無行然與畢則不相識也，其事究不知若何耳。

十月十六日己卯邸鈔，上諭前因給事中王書瑞奏，浙江餘杭縣民婦葛畢氏毒斃本夫葛品蓮，誣攀已革舉人楊乃武，因姦同謀，問官回護原審，請派大員查辦，當派胡瑞瀾提訊，茲据該侍郎奏稱，反覆訊究此案，實屬楊乃武因姦起意，令葛畢氏將伊夫葛品蓮毒斃，供證僉同，案無遁飾，按律定擬，並聲明此案原擬罪名查核並無出入等語，著刑部速議具奏。

十八日辛巳，邸鈔，上諭給事中邊寶泉奏重案訊辦未協輿情，請提交刑部辦理一摺，浙江民婦葛畢氏謀斃本夫一案，朝廷爲愼重人命，特派胡瑞瀾秉公研求，並嚴諭該侍郎不得回護同官，含混結案，現在既經反覆訊究，案無遁飾，已將全案供報奏交刑部，如有彌縫之處，該部不難悉心推究，若外省案件紛紛提交刑部向亦無此政體，所請著毋庸議，此案仍著刑部詳細研求，速行核議具奏，俾成信讞。

三十日癸巳，邸鈔，上諭前因浙江學政胡瑞瀾奏覆訊民婦葛畢氏因姦毒斃本夫葛品蓮分別定擬一摺，當交刑部速議具奏，旋据給事中邊寶泉奏，案情未協，請提交刑部辦理，亦經諭令該部詳訊研求，茲据該部奏抄，察覈此案原題情節，與現供歧異甚多，請飭再行嚴訊等語，命案重情，亟須核實研訊，以成信讞，著胡瑞瀾按照刑部所指各節，提集犯證，將覆訊與原審情節，因何歧異之處，逐一研究明確，毋枉毋縱，總期情眞交當，一切持平，不得稍涉含糊，意圖遷就，並將詳細供詞，聲叙明晰，定擬具奏。聞主此駁者，全出翁侍郎同龢力，與尚書桑春榮爭而得之也。浙人多言殺葛品蓮者，實餘杭知縣劉錫彤之子某，及其房吏某協謀，而嫁禍於楊乃武，且脅誘藥肆人爲之證，縣之幕友某者爲之計畫，餘杭士夫言之甚悉，而錫彤者鹽山人，大學士寶鋆之鄉試同年也，故葛畢氏供及劉某，承審官輒置不問，且以非刑怵之，翁寺郎求得其原供，而此次胡瑞瀾所咨送供詞，亦有及劉某者，寺郎因指劉某何以不一傳質爲大疑，其餘歧互甚衆，定議駁奏，若侍郎者，可謂不負所職矣。

十二月十四日丁丑邸鈔上諭，（見光緒東華錄）

十八日辛巳，前日聞之餘杭人言，葛品蓮之獄，主謀者糧胥何春芳，下手者捕役阮湛之姊桂金，葛畢氏亦不知也。葛畢氏年少而豔，縣令劉錫彤之子夙與一傭婦姦，因謀之婦，誘葛畢氏至婦家而强之，何春芳調得其事，因脅葛畢氏而與之狎，屢過其家，一日突遇品蓮相詬詈，春芳怒而去。桂金者，已三嫁矣，與春芳積有姦，故爲之効力，品蓮既死，品蓮母及葛畢氏之母，皆再醮失行婦人也，縣令子屬人居間，與品蓮母洋銀百八十圓，幾息事矣，而品蓮母及葛畢氏母皆欲得葛畢氏以居奇，相忿爭不可解，品蓮母遂告官請究矣，春芳阮湛及桂金恐事發累己，乃共揭葛畢氏，謂若夫既以毒斃，羣指曰汝復誰誘，惟急引楊乃武爲若主謀，授若毒藥，若到官矢口不移，則乃武當受重罪，我等力爲若營救，可得不死。葛畢氏信之，如所教，而楊乃武者素喜爲歌謠及謗詩以詆切官吏，官吏恨之，遂以計召乃武對簿，乃武大怒罵，於是錫彤遽引上其事，請革訊，乃武備受酷刑，遂誣伏，讞定，至府，浙士之鄉試被擯者，聞新舉人中有此事，幸其災禍，羣喜躍樂道，而杭州之士，又多出入官署，或爲大府及監司幕友行者，萬口如一，於是杭州知府陳魯，夙喜與士人爲難，及覆試不容置一辯，知縣擬上，而按察使蒯賀蓀，巡撫楊昌濬，皆愚而愎，併爲一談，橫入重辟，鐵案定於上，而黑獄沈於下矣。嗚呼，自癸酉十月獄起傳至京師，凡浙之官吏及鄉士大夫，蓋無一不以楊乃武爲宜死也，友人中如譚仲修陳藍洲楊雪漁，皆自杭州入都者，極口詈楊，備諸惡狀，雖予亦切齒痛恨，惟恐其漏刑，或不速死也。而豈知事有大謬不然如此者，蓋非特折獄之難，而吾人之議論，可不愼哉，可不愼哉。學政胡瑞瀾者，本以墨卷小楷爲生，厚養妻拏，粗具耳目，奉嚴詔，繫重囚，而首鼠張皇，一視巡撫意旨，承審官寧波府知府邊葆誠等，扇其虐燄，慘加非刑，定案之時，楊乃武至兩股盡折，其妻詹氏，亦受夾傷腫，懲其去年之京控也。故學政奏疏首曰犯供狡展，連日熬審，明目直言，畧不諱飾，其時文之不通，亦可知矣。又聞是獄初起時，楊乃武茫然不知，即葛畢氏亦不識藥所由來也。比獄急，乃武之姊葉楊氏訴之有行省城隍廟，乞示以籤詩，相傳其神明接察使周公新也，籤書一絕云，荷花開處事方明，春葉春花最有情，觀我觀人觀自在，金風先到桂邊生，蓋神示以何春芳及桂金姓名也，然則謂天蓋高，鬼神其可欺哉？做人時少，做鬼時多，蒯臬使協力上下造成此獄，今年十一月朔，尚隨巡撫行香祠廟洋洋如平時，歸而遘疾，連夜暴死，彼楊陳胡邊諸君，其亦弗之思耳。

光緒二年正月初六日，聞浙學政胡瑞瀾覆奏部駁葛畢氏案，請派大員會訊，時尚未奉到提交刑部之旨也，而摺內稱寶給楊乃武砒霜藥肆人錢寶生，業已病故，錢寶生者，賣藥於餘杭之倉前鎮，聞獄初起時，知縣劉錫彤欲得藥肆爲證，逼錢令認之，錢不肯，知縣爲好言，且怵以刑，俱不承，知縣押其門丁挈以出，俄頃而門丁携錢供狀入，言賣毒藥於楊氏，蓋門丁以利誘之，自後知縣覆訊，以至府訊院訊及學政訊，皆未嘗一提錢對質也。既刑部核讞牘，稱初訊時楊供買藥以十月三日，覆訊楊供云以二日，顯相差互，而錢爲賣藥要證，何以僅止本縣初審時傳訊一次，駁令覆實，是此案以錢寶生爲最大關鍵也。今其死也，聞實自縊，蓋學政奉駁審之旨，須提錢待質，錢恐到案時，不實言則爲鄉里所不容，實言無則被拷被掠不勝官吏毒，故急商自裁，其家又不敢以實報，惟縣令以驗死狀制留難，必破家也，嗚呼，楊昌濬胡瑞瀾陳魯邊葆城及錫彤父子之罪，眞通於天矣。尚有鬼神恐國法不汝漏也。胡瑞瀾奏稱十二月初三日，由嘉興試畢回省，照刑部奏駁各節，行提本犯，及應訊人證，逐加訊究，葛畢氏等供俱無異，本可擬結，而楊乃武因案經再訊，以爲必能翻動，頓改前供，查因姦毒斃本夫事極秘密，旁人無從確見，自應以本犯供詞爲憑，此案本非他人誣指，而楊乃武圖脫重罪，逞其狡獪伎倆，播散浮言，聞者率信爲眞有冤抑，現在楊乃武刁健更甚，案情重大，人言紛紛，實非愚臣所敢專斷，請特簡大臣，另行覆審，云云。

九月二十六日，復雲門書，自昔年餘杭獄起，日嘗憤憤，以爲法紀不立，人心盡死，餘杭之獄，刑部窮加研詰，苟品蓮實以病死，知縣劉錫彤，壹意周內，酷刑陷人，驗屍之隸，賣案之賈，皆已悉吐其實，近雖已提問縣令，而力主殺人之巡撫，死黨同官之學政，俱尚在位，造意羅織之知府，方待選擢，其杭州無恥之鄉紳，不肖之京官，以及奔走招搖承竅乞餘之士人，猶幷爲一談，熒惑清議，是獄之能否昭雪，猶不可知。頗聞己巳庚午間，直隸有夫外出，不告其家人，或控婦殺其夫，時曾文正爲總督，太倉錢中丞爲臬司，竟磔其婦，越三年，而其夫歸，官吏獨刺之，不得白，文正之薨，猝以心痛，而錢中丞之卒於河南，則羣言其見鬼爲厲，生疽落頭，然則鬼神亦有不可容欺，而報應亦有未嘗不速者，夫膺高爵，巍然居民上，而民之死生禍福，至懸待冥漠不可知之數，以冀萬一之得直，則生靈之痛，尚有極耶？

十一月二十六日癸未，作書致紫泉，詢葛品蓮檢驗消息，以葛品蓮之柩，已於十七日遞至京，置朝陽門外海會寺，餘杭知縣劉錫彤，及其門丁六人都待質，聞前日已檢驗，且門丁已鞫訊錄供也。此事關係天下甚大，蓋生民之死活，中外之輕重，皆視此爲轉移，儻檢驗一不得實，將外吏益其鴟張，縣官遂以杜口，而天下之冤民，將不勝其慘死，事更不可爲矣。區區補救之心，豈止爲一夫一婦乎？得紫泉復，以未得確耗爲言。

十二月丁亥朔，閱洗冤錄詳義，卷一附釋骨一篇，補正沈果堂之作，學者不可不讀也。果堂經儒，文皆掇拾詁訓而成，自不如目驗之覈。

初二日，閱洗冤錄詳義。

初三日，得紫泉復。

初十日丙申，閱昨日海會寺開驗葛品蓮屍，刑堂官六人，司官八人，率仵作二十餘人，司官先驗，堂官再驗，其屍牙齒喉結骨皆白色，絕無毒也。仵作皆具結，言實以病死，劉錫彤亦俯首無辭，聞其先兩次赴刑部質訊，自恃年老，咆哮萬狀，至庭詬問官，謂我乃奉旨來京督同檢驗，非來就鞫，爾曹乃先錄我供辭，何憒憒作司官耶？其門丁懼罪，直供如何提飾毒狀，如何勾串藥證，錫彤直前奮拳毆之，問官叱之，乃自摘其冠擲地曰，我已拚老命矣，若參革我，處置我可也。問官詰以所塡屍格，何以先曰口鼻流血，後改七竅流血，探喉之銀鍼何以不如法洗滌，皆瞠不答，其彊狠至此。昨日乃觳觫無人色，口齒相擊有聲，此輩豺狼之性，犬羊之智，刀未在頸，尚欲噬人，一聞執縛，搖尾帖耳，言之可爲憤絕，若知府陳魯之未驗屍傷，武斷坐獄，巡撫楊昌濬之力庇屬員，顯抗朝旨，至飭提人證，猶敢公言謀害本夫惟當取犯供爲憑，而以刑部爲多事。學政胡瑞瀾之朋比蒙欺，喪心鍛煉，奉特旨讞重獄，而不一覆檢棺屍，惟以酷刑陷人，至被旨問，猶敢堅執，是四人者，原情定罪，實禽獸所不食，有北所不受，皆當肆諸市朝，以謝天下者也。

十六日壬寅，邸鈔上諭刑部奏承審要案覆驗明確一摺，浙江餘杭縣民人葛品蓮身死一案，該縣原驗葛品蓮屍身係服毒殉命，現經該部覆驗委係無毒因病身死，所有相驗不實之餘杭縣知縣劉錫彤，即行革職，著刑部提集案證，訊明有無故勘情弊及葛品蓮何病致死，葛畢氏等因何誣認各節，按律定擬具奏。

廿七日癸丑上諭御史王昕云云，（王摺見東華錄，本記附錄於是年卷末，且加圈。）

自海會寺覆驗後，寃誣大白，稍有識者無不切齒胡楊，且食其肉，而刑部尚書桑春榮耄而庸鄙，欲見好於外官，又覬楊昌濬之書帕，必欲從輕。比屬司官研訊楊乃武葛畢氏，強其自伏通姦罪，尚書皂保輕而妄，以劉錫彤爲大學士寶鋆鄉舉同年，亦欲右之，時貨藥者錢寶生之母，及佐肆者，皆以質賣砒霜有無覊刑部獄，今驗葛品蓮實病死，於是司官白皂保，可先釋二人，亦不許，適丁寶楨以川督入覲，聞覆驗得實狀，大怒，揚言於朝曰，葛品蓮死已踰三年，毒消則骨白，此不足定虛實也。於是湖北湖南人，以胡楊同鄉也，合而和之，桑春榮大懼。丁寶楨又面斥桑曰，此案何可翻，公眞憒憒，將來外吏不可爲矣。桑益懼。侍郎袁保恒紹祺，頗持之，不能奪也。王御史此疏，可謂昌言矣，御史荆州人，壬戌翰林。

六、光緒東華錄

元年四月辛卯，諭，有人奏問官覆審重案意存瞻徇請派大員查辦一節，據稱浙江餘杭縣民婦葛畢氏毒斃本夫葛品蓮，誣攀舉人楊乃武，因姦同謀一案，經楊昌濬委員覆審，葛畢氏等俱已供實情，屢用嚴刑逼令照依原供，該氏仍稱誤信人言，因仇誤攀，實與楊乃武無干等語，此案情節極重，既葛畢氏等供出實情，自應澈底根究，以雪寃枉，而成信讞，著派胡瑞瀾提集全案人證卷宗，秉公嚴訊確情，以期水落石出，毋得迴護同官，含糊結案，致干咎戾。

十二月丁丑諭，前據給事中邊寶泉奏浙江餘杭縣民婦葛畢氏毒斃本夫一案，胡瑞瀾覆訊未協，請解交刑部辦理，當以提案解京，事屬紛擾，且恐案內人證往返拖累，是以未准所請，仍責成胡瑞瀾悉心嚴究。茲據都察院奏稱，浙江紳士汪樹屏等，遣抱聯名呈控，懇請解交刑部審訊，據呈內所叙各情，必須澈底根究，方足以成信讞，而釋羣疑，所有此案卷宗及要犯案證，即著提交刑部秉公審訊，務得確情，期於無枉無縱。至案內各犯，著楊昌濬派委委員，沿途小心押解，毋得稍有疑忽，致干咎戾。

二年九月甲戌諭，刑部奏，承審浙江民婦葛畢氏毒斃本夫一案，援案請飭提驗一摺著楊昌濬將餘杭縣知縣劉錫彤，即行解任，聞門丁沈彩泉暨葛品蓮屍棺，並同治六七年間該縣驗訊陳觀發案卷，派員一併押解送部，傳令劉錫彤眼同檢視，以成信讞。

十二月壬寅諭（已見越縵堂日記）

癸丑王昕奏，伏讀本月十六日上諭：……欽此。仰見我皇上欽恤用刑愼重民命之意。臣愚以爲欺罔爲人臣之極罪，紀綱乃馭下之大權，我皇上明罰勅法，所以反覆求詳者，正欲伸大法於天下，垂炯戒於將來，不止爲葛畢氏一案雪寃理枉已也。伏查此案奉旨飭交撫臣詳核於前，欽派學臣覆審於後，宜如何悉心硏鞫，以副委任。萬不料狥情枉法罔上行私顚倒是非，至於此極。現經刑部勘驗葛品蓮委係因病身死，則其原定供招證據盡屬揑造，不問可知。夫藉一因病身死之人，羅織無辜，鍛鍊成獄，逼認凌遲重典，到劉錫彤固罪無可逭，獨不解楊昌濬胡瑞瀾身爲大臣，迭奉嚴旨，何忍朋比而爲此也，胡瑞瀾承審此案，嚴審逼供，惟恐翻異，已屬乖謬，而其前後覆審各摺片，復敢枉易負氣剛愎怙終。謂現審與初供雖有岐異，無關罪名出入，並請飭下各省，著爲律令，是明知此案盡屬子虛，飾詞狡辯淆惑聖聽，其心尤不可問。而楊昌濬於刑部奉旨行提人證，竟公然斥言應以正犯確供爲憑，紛紛提解，徒滋拖累，是直謂刑部不應請提，我皇上不應允准，此其心目中尙復知有朝廷乎？臣揆胡瑞瀾楊昌濬所以敢於爲此者，蓋以爲兩宮皇太后垂廉聽政，皇上沖齡踐阼，大政未及親裁，所以藐法欺君肆無忌憚，此其罪名，豈止知尋常案情，專就故入誤入已決未決比例輕重也，臣惟近年各省京控，從未見一案平反，該督府明知其寃，猶以懷疑誣控奏結，又見欽差辦事件，往往化大爲小，化小爲無，積習瞻徇牢不可破。惟有四川東鄉縣一案，該署督臣文格，始爲迴護，繼而檢舉，設非此案在前，未必不始終欺飾，可見朝廷舉動，自有風聲，轉移之機，正在今日。臣亦知此案奏結時，刑部自有定擬，朝廷必不稍事姑容。惟念案情如此支離，大員如此欺罔，若非將原審大吏，究出揑造眞情，恐不足以昭明允而示懲儆。且恐此端一開，以後更無顧忌，大臣倘有朋比之勢，朝廷不無孤立之憂。臣惟伏願我皇上赫然震怒，明降諭旨，將胡瑞瀾楊昌濬瞻徇欺罔之罪，予以重懲。並飭部臣秉公嚴訊，按律定擬，不得稍有輕縱，以伸大法於天下，以垂炯戒於將來，庶幾大小臣工，知所恐懼，而朝廷之紀綱，爲之一振矣。上諭，御史王昕奏大吏承審要案任意瞻徇請予嚴懲一摺，據稱浙江餘杭縣民人葛品蓮身死一案原審巡撫楊昌濬，覆審之學政胡瑞瀾，瞻徇枉法，揑造供詞，請旨嚴懲等語。人命重要，承審疆吏，及派審大員，宜如何認眞硏鞫，以成信獄，各省似此案件甚多，全在聽斷之員，悉心硏鞫，始得實情，豈可意存遷就，草菅人命，此案業經刑部覆驗原訊供詞，半屬無憑，究竟因何審辦不實之處，著刑部澈底根究以期水落石出，毋稍含混，楊昌濬胡瑞瀾等，應得處分，俟刑部定案時，再降諭旨。

李復有眉批，云，此疏義正詞嚴，必傳之作也。御史蘇州籍，聞其先本越人，嘗任山西學政，此疏或云出其姻親邊給事寶泉手，蓋邊曾上疏爭此案，故不便再言，而以屬御史上言，聞兩宮見疏頗怒，刑部奏請定擬時，樞府以皆受楊昌濬原賄，尙力爲之地，據案懇請革留，兩宮舉此疏爲言，竟不許也。

雷高二公之英烈事跡

郭永亮

一　東來中國

雷高二公皆意大利人。

雷公鳴道（Aloysii Verriglia），於一八七三年六月五日，生於巴維亞（Pavia）多多納(Tartona)區之奧利瓦哲西(OlivaGersi)。父名若望，母氏佐治（Giorgi）聖名瑪利亞。年十二歲（一八八五年）入多理諾聖方濟各學校；十五歲，即一八八八年十月二十一日入鳳林宗(Foglizzo)初學院；一年後，入多理諾華沙里塞(Valsalice)學校，攻讀哲學，其後，往羅馬格肋唱利亞拿（Gregoriana）大學深造，獲博士學位（即於一八九三年）

雷公於一八九五年末月二十一日晉鐸。一年後，奉命赴羅馬哲匝諾（Genzano）村創校。至一九〇六年被選為東來中國。

高公惠黎（Callisti Caravario），於一九〇三年六月八日，生於歐士坦（Aosta）郡故尼（Cuorgne）村。父名伯多祿，母氏莫加娣（Morganti），聖名羅撒。一九一四年入多理諾撒肋爵總校，研習四年拉丁文；一九一八年轉入初學院；一九一九年九月十九日入多理諾華沙里塞學校，攻讀哲學，凡達四年；一九二四年底，奉派東來中國。

二　熱心事業

雷公為人謙厚儉樸。初抵澳門，即與所率會士（按：Olive, Fergnani, Carmagnola, Rota Gaudentius 等四人），篳路藍縷，開創工業學校，圖謀發展會務之基礎。該第一所遠東慈幼會（按：又名撒肋爵會）學校，定名無原罪工藝學校。

一九一〇年，澳門主教，將中山縣委托慈幼會傳教時，雷公即被選為中山縣副主教職。一九一八年，廣州光主教，奉教廷傳信部令，將某教區南韶連道劃讓慈幼會傳教，越一年，教區得獨立，不久，雷公亦正式被選為韶州第一任主教（按：雷鳴道於一九二一年在廣州聖心總堂，由光主教祝聖主教。）

雷公在所轄教區，不畏勞瘁，培育熱心於傳道之男女青年，以應付浩大之工作，故於一九二一年正月，首創男女傳道員學校，厥後，開辦男女初級小學，高級小學及男女師範，建築男女寄宿生屋宇、安老院，育嬰堂，贈醫所等，總共二十三間。

高惠黎東來，逕至上海，於一九二七年亦曾到地捫，二年後，即於一九二九年五月十八日，回韶州由雷公祝聖爲司鐸。

高公天資聰慧，習語很易，識方言甚多，如上海、連州、地捫等語，無所不識，於外文，英、法、葡三國語言，最爲嫻熟。其於晉鐸後，即奉命往連州傳教。

三　壯烈犧牲

雷公於其教區，每年風塵僕僕，奔波巡視，策劃教務。惟於連州地區，以兵匪之亂，未克巡視，凡達四年。

一九二九年，雷公決意十二月往連州巡視教務，然適值中央討伐桂系之戰，波及連州，爲愼重計，乃又改期。一九三〇年二月，大局稍定，高公惠黎，由連州來韶，接雷公往視察。

一九三〇年二月二十四日，雷高二公，偕同勵羣師範畢業之男教員唐傳槐、吳鵬程，女教員唐素蓮，即唐傳槐之姊，女傳道員、及芳濟加等，起程往連州，另有一十六歲之女子吳鵬程之妹名保辣，及一幼童。雷公因數年前曾遣一女傳道員往連州，一兵士欲向之非禮，始則誘之，繼則嚇之。因此，決意以後凡姑娘與女學生等，不使之獨自來往，故是此雷公攜同女教員等往連者，亦冀免途中意外矣。

雷公乘火車抵連江口，次晨乘舟而上，於午後，船至中流，聞又聲喝舟子停船，舟子答以所載爲天主堂之主教及教士，不必停船。斯時約有十二名武裝之匪徒，不獨喝令停船，且須泊岸，並索五百元火食，否則盡行槍斃焉。船甫泊岸，即有數名匪徒，闖入船內，查悉雷高二公，並索費用，雷公不能予，即嘩然曰：「須殺彼二洋人。」斯是，匪見船中有女人，遂立轉而劫人。

雷高二公，爲保護女生，將匪推出，並以身攔艙口，曰：「我等並未獲罪於爾輩，故爾輩不能無理而强將我等女生拉去。」匪憤甚，以槍頭猛擊二公，並取柴舉火舟焚，岸上另二匪，更開二槍射來，幸未中。

雷公拒匪搶女生時，一匪謂之曰：「汝欲死乎？」公曰：「然也！」意謂，能使女生能免於匪汚者，雖死無憾。二公被匪猛擊過甚，次第暈倒。最後迫於匪命，悉離舟登陸。旣登岸，匪搜身，並令二公立於江右岸，女生則立于水邊江左岸。

船被搶劫一空後，匪徒即將水手與男教員等遣去，而挈二公入竹林中，女生等一面祈禱，一面緊隨之，寧流血而不爲匪汚辱。兇徒等則相語而曰：「番鬼現咒作法，速殺之。」再携之入竹林更深處，再問雷公想死否，公曰：「因汝等搶去我等之女學生，予故不欲死矣。」高公接言曰：「如你輩要金，然所欲幾何？我等可寫信往韶取來。」匪恨言曰：「否，我等欲殺外國人，不欲得金矣。」雷公曰：「我年老固願死，請殺我，而留此年青之神父。」種種哀求，亦無效矣。雷高二公被携入林中，開槍五响斃之，即命人就近葬之而去。時於一九三〇年二月二十五日午時。

二公被匪徒殺害事，有當日女教員唐素蓮親筆信爲證，其文如下：

民國十九年二月二十四日，我隨雷高二公由韶乘車至江口，次晨轉乘船返連。是日也，天氣陰寒，甫到犁頭嘴竹林旁邊，時約正午，忽然竹林裡走出惡匪約有十名，大呼道：泊船咯，泊船咯，我們是向你們討索金銀做火食的，雷高二公即出船頭回答道：『先生，我們是出來傳教的，何能巨資給你們』。惡匪聽罷又道：『你若不願給金銀我們，焚燒你的船』。於是數匪即下船行持柴片發火燒船，一匪說道：不如劫掠他的女子爲佳。那時雷高二公聽說如此，即入坐艙中，而惡匪已由船尾闖進，拉着我的手，我即出力抗脫匪手，坐近主教身邊，用力抱住主教的手。當時我五人（雷高曾吳）環擠在一起，只念斷誦，苦求耶穌瑪利亞若瑟助救，同時似覺惡匪放了一槍射入船底，雷主教復又向惡匪道：『先生，你們要甚麽，請講道理，不可如此兇惡糊塗！』惡匪兇如無耳，不聽主教所言，繼將槍頭毆打雷高二公之肩膊胸格，及毆打我們的手腕背脊，那時惡匪一方面盡力毆打雷高二公，一方出力拉搶我們，歷久心苦力乏，一匪捉住我兩手，由頭艙拖至船尾坐下，我不停的高聲大喊，呼號耶穌聖母救我主教救我啊。那時主教在頭艙裡應聲道：『加信德！加信德！』我即起立，跳入河裡，無奈終歸被惡匪拖了上岸邊。曾姑娘吳如節亦相繼被匪押上岸邊，時雷高二公，見勢險時危，已無奈何，亦被押之上岸，惡匪即以長繩，將雷高二公之手綑紮起來，又將船裡的籐箱，水籮、及各樣東西，一齊搬了上岸，又將合式的衣物取去，其餘的如同祭衣、書籍、及大小聖物等，惡匪皆以火焚燒，那時惡匪亦命我們認取各自的衣服，因此我在籐箱裡，找着兩個約長五寸的大苦像，此物雖是不知是誰的，但是我即單獨拿了他在手。再行幾十步，我們一齊坐在竹林下的路旁。那時我們離開了雷高二公，約有丈餘之遠。因此，我的視線，總是對着主教射望。高神父則底着頭顱，似是細聲微語的和雷主教說話一般，主教則有時望着我們，似教我們望天，盼望天主憐佑，同時我即舉起手拿的苦像來親，惡匪見了，就把我手裡苦像搶去丟掉，還咒罵道：『你為甚麼愛那十字架？我們是十分好惱！愛他有甚麼用處？』同時一匪拾了兩個鮑斯高的遺髑，給我問道：『這是甚麼？』我一看此聖物，即就拿了放進衣袋裡，繼續惡匪又迫逼我們再行少許路，問雷高二公道：『你們願死麽？』主教應聲道：『不願，因你們劫了我的學生！』惡匪僉道：『快快打死他們！快快打死他們！因他是西洋人，西洋教的人，是故他們不願死，若是放生了他們，那末他們定要來服仇！』說罷即迫雷高二公行入竹林裡，我們亦拚命要近主教那邊，預為和主教齊死。呼嗚奈何，反被惡匪推遠幾步，即在那間破廟前面坐下。當時祗聽開响了五槍，呼嗚，奈何，哀哉！

唐素蓮手錄　九月十八日

說。

四　兇徒之背景

雷高二公之遇害，乃為沙殫與共黨反對天主教與仇教之舉之

觀當時之中國青年會，幾全為俄國所支配，此會初雖不言宗教，然不久即發現不少非宗教之舉動，然屢為公教人所阻。如一九二五年之耶穌聖誕日，唐素蓮亦曾一次在青年會中以總理之三民主義駁倒之。

八國聯軍之後，在中國之傳教士，均受兵匪之重視。共產主義盛於中國後，至一九二三年，傳教士之地位不復如前矣。共產黨在暗中進行，不時發生非宗教運動。一九二五年，上海學生欲將各教堂學校全行焚毀後，得北京政府出令禁止，彼等處處標貼宣傳共產主義。一九二七年，廣州慘遭焚殺，國內傳教士被殺者多人。

二公在船上時，因船上寫有「天主堂」字樣，一持搶者立命將所有寫天主堂之物另置一處，故衣服、書籍、祭衣等均付之一炬。

又唐素蓮口吻十字架時，一匪厲聲斥之曰：『為你如此愛此苦像？你不知道我等極不喜之，極反對之，極恨之乎？』言時乃將苦像遠擲之，繼言曰：『你等何故入番鬼教，須盡將苦架交於我棄之。你等乃中國人，為何跟隨外國人而信其教？而不信本國之教，而敬本國之神乎？你等如此年青，為何嫁如此年老之外國人？要殺之！』彼等即答曰：『我等乃其學生，非彼之眷屬也！』

劃時代的民國十三年（下）

—第一次全國代表大會的回憶—

黃季陸

十二、中山先生反帝國主義主張的淵源與論證

為了要尋求原始資料來印證中山先生在大會的說明，經過了不少的努力，碰了不少的釘子，都無着落，最後只有直接去麻煩中山先生來求得解答之一途。事情很湊巧，大約是在民國十三年三月的一個早晨，我陪同由四川遠道經由雲南而到廣州的石青陽兄的代表何德方君及四川軍人劉成勳的代表林鏡臺君二人謁中山先生，報告四川的軍事情形。這位何君滿口的四川土語，言辭思想都凌亂無條理，而他的使命又不重要。至於那位劉成勳的代表林鏡臺却不失為「劉水公」的代表。（四川人對只圖說話好聽而不免現的人稱為「水」功到家，劉成勳就以此得名。）他對總理說，劉成勳要以十萬銀元幫助總理作為北伐的經費，總理回答他說，那倒不必了，在各省為革命而奮鬥的同志都很艱苦，我現在無力幫助他們已經感到不安，那能接受他們的幫助呢？你替我打電報謝謝他，勉勵他努力。

在短短時間的談話之後，他們便先行離去。我趁這機會請示總理，我是否可以利用此一時間，請教幾個疑難的問題。他說：

「今天早上正好沒有別的事情，你就坐下來講吧！」於是我得有較充裕的時間向總理請教，我發問道：

「在第一次代表大會中，先生曾說關於收回租界的主張，民元在上海法租界尚賢堂，上海外國人士的歡迎會上曾經講過，並且曾引起外國報紙的嚴厲批評，不知先生的講詞原文是否有存稿或其他的記載？先生又說曾經發表過文章，不知這一文章現在尚能尋得出否？」

中山先生回答說：

「這些材料手邊現在都沒有，大約在當時舊報中可以尋得出。我對於此項主張不只發表過一次，當時外國人固然覺得不安，就是我們的同志，也頗以我的言論易引起外人的反感為慮。」

我聽了中山先生的話後，心中又冷了半截，如果當時廣州的圖書館存有此項舊報，我也不敢再麻煩他了。在一個研究設備欠缺的社會，研究問題尋找材料眞是不易。而在歐美先進國家，他們有非常完備的圖書館供人利用，所以易於培養出專家學者，在國內却是難乎其難的。當時在國內出版物已經很少，而其所登載的文章幾乎很少有値得一讀的，不是「思而不學」，便是「面壁虛構」，不以事實為根據。原始資料在中山先生處也不能獲得，於是我不得不請問他關於是項談話及文章的內容了。於是我說：

「先生當日所持收回租界的理由和內容能不能告訴我一點？

「他微笑着說：

「說起來很可笑，當日我曾經把日本、暹邏的前例告訴國內的人士，說明這在一個獨立的國家是很平常的事，因為日本在明

治維新以前就曾有過外國的租界，由於政治的進步，後來租界亦由和平的交涉而取消了。可能是因爲中國在庚子年八國聯軍之役受創過深，中國人對於外人的恐懼也特別利害。民國元年距庚子義和團事變爲時僅僅十一年，一提到易引起外國人誤會的事便談虎色變，這亦是無足怪的事。辛亥以前一般從事革命的同志，雖然熱誠勇敢不惜生命的犧牲，但是最忌諱的事，便是怕被人把我們的革命誤會爲排外的義和團，引起國內同胞的恐懼和外人的干涉。當日康有爲、梁啓超那班君憲派，所持的反對革命的理由，便是認爲『革命要召致瓜分』，我們駁斥他們的言論，亦只能從善意方面分析帝國主義的情勢說明革命是絕不會召致瓜分的。其實在我們內心的籌劃，列強終將不會輕易聽任我們革命的成功，甚至要予中國革命以阻撓與干涉，亦是我意料中的事。外交關係我們的成敗很大，要免於這些困難，勢不得不因應他們，不能不在他們之間利用其矛盾以求得友軍，更不能不把革命被人誤會爲盲目排外的義和團那種觀念洗刷乾凈。但是現在的情勢與以前已經大不相同了，所以我們要謀國家的自由獨立，便不得不把眞正妨礙中國自由獨立的帝國主義作爲我們今後奮鬥的目標。」

我聽中山先生說到這裡，就迫不及待地發問道：

「照先生的說法，當年在尙賢堂，聽你講演的那些外國人豈能甘休？這豈不是與虎謀皮、自討痲煩嗎？」

中山先生笑了一笑然後說：

「我當然在和他們講話的時候，亦注意到這一點。我是和他們講大道理：第一、告訴他們只有中國革命成功，他們的利益才得有保障。從前滿清的排外是由政治腐敗，我們的目的是改革政治建立文明的政府。如果滿清的腐敗政府，繼續存在，野蠻的、排外的、義和團事變一類的事，是不會終止的。第二、是因爲鴉片戰爭以前滿清採取閉關政策，不與外國通商交往，你們外國要到中國來做生意，便不得不用武力來打破中國關閉的門戶，滿清政府在一八四〇年鴉片戰爭戰敗之後才被迫開放廣州、厦門、福州、寧波、上海五個口岸准許你們做生意，才劃定地方給你們居住，這是租界的起源。當日的意思是：你們做生意只能限定在這租界以內的地方。現在中國革命已經成功，中國已成世界文明國家之一，你們放棄了租界，全中國各地都可以給你們通商貿易，這不是你們的損失，相反的是你們外國在中國貿易的範圍的擴大。你們只要守中國的法律，全中國各地和各地的人民都會歡迎你們的。如此你們所失者小，而所得的却更大。第三、租界的存在，好似國中有國，侵害了中國的主權，你們在租界享受的種種特權，對中國是一種不平等，是中國人的奇恥大辱，中國人民對你們不會有好感的。你們不能得中國人民的好感，你們在中國的貿易是不會受到中國人民的歡迎的。」

我問總理：「先生的話在塲的外國人聽後作何感想？他們有無反應？」

總理繼續說：

「明理的外國人是贊同的，多數的人當然是感到不快，其後外國人在上海等地所辦的報紙，對此都加以攻擊，黨內外的人聽到外國人都反對這一主張，於是便瞻前顧後不敢有所作爲了。不然的話，廢除不平等條約和收回租界等等國民革命的中心問題，至少早在十幾年前以前便應大聲疾呼的提出來了，何至於遲延到今天才明白標舉出來作爲宣言與政綱。這一不幸的延宕是十分可惜的事。當然，從此下定决心勇敢的向這一方向走還不爲遲。今日國民的知識和國際的情形已比辛亥年時大大不同，進步得多了，做起來雖不無困難，但比以前不知容易了多少。十幾年前之所以沒有把反帝國主義的主張高喊出來，就是因爲辛亥革命後同志們的心已經渙散，信仰也已動搖。現在本黨改組，我們强化組織、堅定信仰，所以今後行之必易。」

我趁這一機會，把兩個悶在心中的有關中國近代史的問題向總理提出：

第一、辛亥革命南北統一之後，各國都紛紛承認我們，尤其美國是一個很早就承認中華民國的國家。爲什麽到了民國二年、（癸丑）列強便幫助袁世凱來對付我們革命黨，使我們二次革命竟很快的就失敗了？

第二、這是不是由於當日先生主張收回租界等等不利於列強的主張所引起他們的反感而對我們不利呢？

中山先生把眼睛睜得大大的望着我，畧爲停了一下，好像說起來非片言所能說得明白，而又不能不趁此機會曉諭我一番。我此時亦感覺我的問話太坦率，修詞也不甚妥當，然而話既已說出口，又無從加以收回，只得靜候他老人家發落了。

中山先生說：

「你第一個問題是千眞萬確的。如果民國二年二次革命時，列強不右袒袁世凱的抑制我們，二次革命不會失敗，即使失敗，也不會那樣摧枯拉朽般的失敗。列強幫助袁世凱二千五百萬金鎊的大借款。這一筆大款給了袁世凱，不僅是一項有力的物質援助，而且更是一項精神的援助。在『懼外病』患得很深的當時中國社會，那時大家把我們國家的成敗休戚都寄托在外國人的喜怒與取舍之上，袁世凱一俟大借欵到手之後，不僅財源有了作賴，士氣也隨之大爲旺盛，這的確是袁世凱之胆敢反革命和我們之所以失敗的主因。銀行團起初爲英、德、法、俄、美、日六國，後來美國政府宣言退出，便成了五國銀行團了。」

中山先生說到此地，又畧爲停了一下，心情很沉重而又委婉的說道：

「至於說到帝國主義對我態度的轉變，是由於我主張收回租界的主張所引起的反應，在當時很多人都如是說，這是很遺憾很可笑的。我當時，甚至在辛亥革命之前，不僅主張收回租界，而且改善外人在中國海關的特權，以及收回領事裁判權，也即是我們今日要提出的廢除不平等條約等反帝國主義的主張。今日的時代是進步了，你看我們現在在南方高喊廢除不平等條約，北方政府中也有人在進行想循外交途徑來修改不平等條約了。在辛亥年的時候，我們何嘗不想在因應帝國主義的原則之下，用和平的方法來和列強打交涉去修改不平等條約，但是如果做得到的話，就不用等到今天了。如果我們今天不高喊廢除不平等條約，恐怕北方政府中人到現在還不敢提出修改不平等條約的主張，由於他們這一表示，可見大勢所趨，廢除帝國主義加於中國束縛的不平等條約，只要我們努力，必然是水到渠成，最後一定成功。」

我說：

「照第一次全國代表大會通過的對外政策第一條說：『一切不平等條約，如外人租借地，領事裁判權，以及外人在中國境內行使一切政治權力，侵害中國主權者皆應取消，重訂雙方平等互尊主權之條約。』北方政府用『修改』二字，如果在實質上能夠把那些不平等的部分去掉，這與我們所主張的『取消』與『重訂』又有什麽分別？」

中山先生笑了笑，好似覺得我這一問題問得過於瑣碎似的，不過他依然很有耐心的說下去：

「從前我們本是希望由雙方談判協議而達到修改不平等條約的目的，因爲列強根本不贊成這一主張，不願放棄他們在中國束縛我們國家發展的特權。同時中央政權一直由北方的舊勢力所把持，列強又不把我們當作交涉的對象，所以我們只得大聲叫喊，喚起國人的覺悟與了解，待我們統一全國之後再來實行。在一九一九年第一次世界大戰之後的巴黎和會和一九二一年的華盛頓會議，我們都曾發動輿論，迫使北京政府在這兩次有關中國的國際會議中，把修訂不平等條約的事提出來。無奈北京政府缺乏勇氣，雖然曾經以很溫和的口氣提出，但由於不敢在會議中堅決的爭取，以致沒有得到什麽具體的結果。當然列強不願放棄其既得的權利亦是一個主要的原因。

距今一年多以前，民國十二年一月一日，本黨發表的宣言中，曾提出一項主張云：『力圖修改條約，恢復我國國際上自由平等之地位』。根據這一條款，我們的態度仍是十分溫和，仍然是主張修改，但在民國十二年十二月裡，我們爲了要截留在廣州的關餘，不要使在廣東徵收的關稅由外人的稅務司交給北京政府用來作打擊我們的軍費，不料列強竟派了兵艦二十餘艘到廣州珠江的白鵝潭示威，把砲口對着我們的大元帥府，要迫使我屈服。這二十餘艘兵艦中竟有對我們革命較爲友好的美國和法國在內，他們都各出了兵艦二艘，參加帝國主義的行列。這是我所最引爲遺憾的，但我並不因此而屈服。

因爲修改不平等條約是要得到對方列強的同意的，我們既不被他們認爲對手，而他們又根本不願放棄他們在中國的既有權利，所以我們只好單獨叫出取消和廢除不平等條約的主張，等到他們感覺到有必要時，再來重訂雙方互尊主權的條約了。我們在南方高叫取消和廢除不平等條約，所以北方才敢於主張修改不平等條約，不怕帝國主義的干涉和威脅了。」

中山先生此時的神情十分嚴肅，我聽了他最後一段話，因而想起李曉生對我說過的與此相彷彿的一段話來。李先生說：

「在辛亥革命以前，吳稚暉、張靜江、李石曾諸先生在巴黎出版一種革命的刊物名叫新世紀，鼓吹無政府主義，言論非常激烈，要我爲他們在各地多推銷，我以此事請示中山先生的意見，他說：『你儘管盡力爲他們推銷好了』。什麼理由呢？中山先生說：『我們主張革命，大多數人說我們是激烈派，聞之恐怕得要掩耳而走，新世紀的主張比我們更激烈，讓多數人知道了，會感覺到我們是很溫和而不掩耳而走了。』」

由這一事例我們不難知道中山先生的器度和胸懷是如何的恢宏！

中山先生最後很鄭重地答覆我前面所提的由於他在民國元年提出反帝國主義的主張，而引起列強對我不利的第二個問題。他說：

「處理問題應當把握住問題的關鍵，亦即是問題的根本癥結所在，政治技術上的因應和規避，固然在某一時期內或多或少可以減少若干阻力，但到了盡頭，問題的根本癥結仍然是存在而無可避免的。我們的革命是在謀中國民族的自由獨立，中國民族的自由獨立自鴉片戰爭以還便爲帝國主義所摧殘、所掌握、而日益加深。我們既不能希望腐敗的滿清政府，把中國民族從帝國主義的束縛中解放出來，所以我們才決心要革命推翻他。推翻滿清是我們革命的第一步，從帝國主義的壓迫束縛下解救出來，建設一個三民主義的國家才是我們最終的目的。當時誠然有不少人認爲列強幫助袁世凱來對付我們，是由於我發表收回租界的主張所致。但是，這只是一個淺薄的看法，其實就是我在民國元年不如此主張，帝國主義亦不會輕輕放過我們。除非我們放棄革命的主義，依托在他們的卵翼之下，犧牲我們國家的獨立自由，幫助他們加深中國的殖民主義化，也許他們才會在袁世凱和我們之間作一個選擇。

要明白這一道理，我們對列強過去的對華政策，必須有以下的幾項認識：

一、列強對華的基本方針，永不願中國的強大而造成他們自己的威脅。中國的文化悠久，人民衆多，資源豐富，一旦強大起來必將會無敵於天下，所以我們在滿清腐敗政府的統制下，中國不能振作的時候，他們猶說中國是一隻睡覺的獅子，他們叫我們是『睡獅』，一旦這一睡獅醒過來，便會吃掉他們了！而革命正是喚醒睡獅的激烈行爲。

二、他們企望於既得權利的保持，而不能寄望於一新興的謀求國家自由獨立的革命政權，是很自然的一件事。」

中山先生爲我舉出兩個歷史的事例，他說：

「太平天國的洪秀全是最早接受西洋的宗教思想，想在中國建立一個西方宗教式的帝國，但是當日的列強並不切實援助他，反而去援助相反的滿清腐敗政權。宗教上的接近並不能改變一個國家的自私政策。英國的戈登將軍一班人並且組織長勝軍來打擊太平天國，造成他們的覆亡，這是一個明證。

一八六〇年英法聯軍之役及因此役而訂立的北京條約，是在英法聯軍攻佔北京之後，迫使滿清政府作城下之盟，又何嘗不是英法兩國威迫滿清政府如不屈服便要幫助太平天國而締結的呢？滿清政府這一次的屈服所要贏得的便是幫助他來對付太平天國。太平天國失敗的原因雖多，這應當是其失敗的原因之一個。爲甚麼當日英法兩國要如此呢？一是不願中國的强大而威脅他們；二是要保持他們的既得權利於不墜。在新興的太平天國與腐敗的滿清之間，他們選擇了後者就不足怪了。

其次，是庚子義和團事變之後，列强並不追究懲辦慈禧太后那位禍首，反而不惜多予保全使其囘鑾北京重掌政權，這說明一個國家的腐敗政府的存在，在侵畧國家看來是於他們最有利的。更何況當時的一班大臣們，亦不願朝廷有一個更生的局面出現，革命固然是他們所痛絕的，就是改良派的康梁之徒在利害上亦與他們相違背。

所以，在民國元年的時候，不是因爲我把收回租界的主張提出得太早，以致引起列强的反感而不利於我們，而是那時我們革命組織鬆懈，人心渙散，信仰不夠堅强，否則我們不會延誤到今天還沒有建立一個獨立自由的國家。」

中山先生很感慨地說到辛亥革命時的情形：

「辛亥年滿清既倒之後，我看到革命黨人組織鬆懈信仰不堅，誤以爲革命已經成功，憧憬於民主憲政的實施時期已經到臨，一切都不照革命方畧來進行建設。軍事時期還未完全結束，便想一躍而實行憲政了。我當時感覺到同志們的心已渙散不足與有爲，所以決心暫時先結束中國幾千年的專制政體，而把臨時大總統的職位，讓給袁世凱以暫謀南北的統一，一面專心修築二十萬里的鐵路以解決交通問題，以謀經濟之開發，實業之振興；一面從事教育文化的發展以增進人民知識水準，待時機成熟再及其他。

我們一企圖，在袁世凱方面表示贊成，內心則認爲是一項空想不予重視。而在列强方面則已暗中蒙上一層陰影，覺得中國的進步和革命的成功終歸是與他不利的，而進行其『扶袁倒孫』的大借欵陰謀。自民國二年春天袁世凱僱人刺殺宋教仁於滬寧車站案發生，同志們感情極爲衝動，主張再舉革命討伐袁世凱，我在初對此頗爲躊躇，然以袁世凱背叛民國之罪行已顯露其端，再舉革命已勢不可止，不得不對同志們的義憤予以同情。我當時的看法，如果要再舉革命討袁，必須在他大借款未成事之前乃可操持勝算，不意我們行動遲緩，迄至袁世凱大借款成功之後，贛、寧、粵各地才紛紛被迫起義，以致不旋踵而被袁世凱個個擊破，二次革命便因未能掌握時機而遭致慘痛失敗！這一次本黨的改組便是要力矯過去革命之慘痛失敗，重整我們革命的旗鼓！」

我前面所述說民國十三年的一些囘憶，是在說明當日中山先生强調提出收回租界，收回海關的主權及反帝國主義的種種主張，是遠在辛亥革命時便已經提出，並不是因爲民國十三年聯俄的關係才有是項決策的。這是治近代史的人難於了解亦是易於錯誤的問題。這是近四十年代國民革命歷史的轉捩點，忽畧了這一背景，便不易了解問題的關鍵所在了。

民國十三年時的聯俄政策，是由於蘇俄自一九一七年革命之後，暫時脫離了列强侵華的行列，此時的蘇俄正是被資本主義的列强加緊圍攻中。蘇俄爲了要解除他自身的危機，突破列强的包圍，於是不得不採取援助弱小民族解放與無產階級革命運動的策畧，來困擾資本主義各國，以獲得其政權的穩固。時值第一次世界大戰之後，中國是帝國主義角逐最强烈最迂迴而最脆弱的地區。因此蘇俄要以「聲東擊西」的策畧來對付取圍他的敵人時，無疑的，中國是掀起反帝國主義高潮的最好的地帶。因爲這正是中國革命尋求已久的一項基本問題的解決。

蘇俄爲了要討得中國人民歡心，於是首先聲明放棄帝俄時代在中國所獲取的一切權利。蘇俄的代表越飛於民國十二年與中山先生的聯合聲明並更進一步的强調：

一、蘇維埃制度不適合於中國。

二、中國需要的是中山先生所領導的國民革命。
三、蘇俄對於中國革命寄予同情。

從這一聲明的要點可以看出蘇俄是如何的在迎合中國革命當時的需要。中國在此一時期當然以聯合脫離了侵華列強陣營的蘇俄為有利。蘇俄承諾對中國革命的同情和援助，更為侵華列強歷來所未曾有的一項表示。反帝國主義以求中國的自由與獨立，這當然是於我最有利的機運，焉能輕輕放過？

這說明當時蘇俄的對華政策，在反帝國主義這一目標上與中國國民革命的利害有了共同之點而一時結合起來，假使到了利害不同甚至發生了國家利益的基本衝突的時候，自然也會斷然分解的。我們試檢查一下自辛亥以至民國十三年這一時期的列強對中國革命的態度，可以大體說都是維護中國的舊勢力而反對我們的革命。美國的政府和民間對中國雖然態度較好，除了民國元年首先承認中華民國與民國二年的不參加英、法、德、日、俄對袁世凱的大借款來打擊中國革命以及一九二一年在華盛頓會議中，對於山東問題之解決予中國以同情之外，也一直仍未能擺脫英國和其他列強侵華的牽累而自拔。到了民國十二年冬，為了中山先生截留廣東關餘的問題，各國派了二十餘艘兵艦到達廣州白鵝潭，以砲口對着距離不及千米的中山先生駐節的大元帥府示威的時候，美國亦竟派了兩艘兵艦參加了侵略的帝國主義的行列。中山先生素來盼望美國對中國革命作一個援助當初美國獨立的英雄，法國的拉法葉（Lafayette），但是到來的不是拉法葉，而是兩艘示威的兵船，這在中美兩國人民友好的關係上，構成了莫大的遺憾。

中山先生素來認為可以為中國革命之友好的一是美國，一是日本。美國是一個經過革命而建立近代民主政體的先進國家，在民主的基本的原則上與中國革命的目的正相同，而兩國並無利害衝突之處，日本則是文化歷史與中國最密切而利害亦至接近，沒有日本的友善與同情，我們遭遇的困難當更大。事實上，美國在民國十二年對中國革命的態度既如上述，而日本方面除了民間志士同情我們，並曾有為中國革命而犧牲的志士，但是日本政府的對華政策，則始終與英國為首的列強侵華政策完全一致。在這一情形之下，在此一時間之內，可以為中國革命之友的便只有蘇俄了。這是民國十三年中國國民黨改組，重振革命旗鼓，對蘇俄一時採取友好態度的一項重要的背景。亦是蘇俄那時的對華的政策符合了中國要在帝國主義的羈絆之下擺脫，才能獲得國家自由獨立的要求，而偶然結合起來的因素。是先有了中國國民革命不能與帝國主義並存的因素，乃有蘇俄乘機而助長之的事實。中山先生反帝國主義的主張在前，與蘇俄的合作是在後。

現在我很有必要，把遠在辛亥前後中山先生收回租界，收回海關利權，取消領事裁判權的重要談話寫在下面，作為一項具體的歷史論證。

民國前一年十二月在巴黎，與政治星期報記者談話：

「……新政府於各國通商一層，更當注意。當廢除與外人種種不便之障礙物，將海關稅則，重行編訂，務使於中國有益，不能聽西商獨受其利。……」

民國元年五月與土蔑西報記者談話：

「記者問：關於治外法權如何？
先生答：各種改革完成時，政府當立即取消領事裁判權。」

「……言次，又謂：中國政府將取消各口岸之租界。
記者問：如此則沙面亦歸中國政府管轄之內矣。
先生答：吾儕將擴張沙面，與共和國全境無異。
記者問：英人在中國之權限，將與中國之在英國者同乎？
先生答：必然！此是數年後之問題，吾人將取法日本。日本所有之外國人，皆受日本管轄，而吾人之政見，又欲極力保存國體。」

民國元年五月，在香港與南清早報訪員威路臣談話：

「記者問：先生言通商口岸之租界，定必裁去，此何故也？
先生答：此乃華人之意志，謂吾人必要獨立者，更不願在中國而歸洋統轄也。然吾人將必開放中國各地，以爲酬償。目下洋人，祇可囿於通商口岸，若果裁去各口岸，則洋人將可到通國各地，由太平洋以至西陲，果爾，吾料歐洲諸國必甚歡迎，因洋人所得利益甚大也。雖然，此事非欲即行，吾人將必先行自立妥善，使歐洲諸國滿意，然後請其裁去口岸之租界，時機一到，料各國無有抗拒者。因各國對於日本、暹羅，既不相拒，豈獨拒於中國乎？洋人欲拓大上海租界，惟吾人不允，此乃當然之理也。譬如別國今居中國地位，豈不亦如中國之所爲乎？足下爲英人抑美人乎？若爲英人，則必不欲有德人租界於倫敦也明甚。」

民國元年八月，在北京與各報記者談話：

「記者問：聞先生主張遷都，確否？
先生答：余極主張遷都，其地點或在南京，或在武昌，或在開封均可。北京乃民國首都，而東交民巷乃有大砲數尊，安置於各要隘，殊與國體大有損辱……。」

民國元年八月在北京談話：

「予不至北京已二十年，此次重來，未改舊觀。惟國都有外兵駐，城頭安置各國巨砲爲可慨耳！試思舉一國之首都，委之他國人代爲守護是可忍孰不可忍？所以余有遷都之建議也。」

也談黃敬臨與「姑姑筵」

水仙子

五大派以外的姑姑筵

人類的原始文化是循着食、衣、行、樂、育而漸進的。在這些差不多已達到某種程度後，才會分途並進，但仍以飲食的文化最爲悠久，優良，他已超越了技術的局限，邁入藝術的化境，尤以中國烹調菜餚爲然，久已聞名世界。根據專家的研究，中國筵席可分爲以下五大派：

一是濟南派：注重「湯道」的烹調，以成易牙美味。發源於黃河諸總督的豪華，加上地方富庶，講究享受，遂集北方口味之大成，今稱爲北京菜。

二是淮揚派：注重「紅燒」的烹調，菜式繁多，在從前，講究廿四道菜，卅六道菜。他由黃河流域鹽商的生活爲其背景，包括蘇杭二州，代表大江南北的風味。

三是四川派：以「炒菜」見長，喜用辣味，幾乎無菜不辣，各具特色。却不厭細調精燴地在花樣上翻新，成都是他的發源地，湘菜亦屬其支流。

四是廣東派：以「燒、烤」爲主，十之七八是燒鷄、烤鴨，乳猪翅席。因「海運」之刺激而成派，復因粵籍華僑遍佈海內外，風行極爲廣泛。

五是福建派：以「海味」烹調見稱，注重保持原湯原味，炒小菜亦極可口。福州菜，閩南菜，臺灣菜均屬之，潮州菜亦屬其支流。

但不論任何派的筵席，都是名而貴之大魚大肉，借助於鷄湯肉湯的調味，這些大葷貴菜的珍饈，純粹是中國本位文化。儘管我們可以穿西裝，住洋房，用一切洋玩意兒，但「吃」之之道，一定要本位文化，包括品類，數目，營養，氣氛，飲料，（香港注重洋酒），餐桌佈置，與席次安排等等，都是中國式的，還有別的五大派以外的「姑姑筵」，頗富傳奇意味。

黃敬臨曾充慈禧御厨

照說，久享盛名於國內的「姑姑筵」，創始人是烹調大家黃敬臨。「姑姑筵」是四川俗語小孩遊戲合辦小酒席的野餐別名，亦名「家家酒」，「姑姑酒」，閩南語系則稱「辦姑姨」或「辦公惠」。黃氏採用「姑姑筵」做招牌，實在是「自謙」，表示他的「雕蟲小技」而已。

黃敬臨本籍江西清江，歷代均精於治饌，家學淵源以外，對於聘婦，尤非精烹調者不入選，故所得於外家者亦多。他的先世業儒，以納貲爲員外郎，供職滿清的光祿寺，爲慈禧太后所賞識，會賜以四品銜。他在光祿寺供御廚三年，融合「天廚」之精華於南北菜品而集其大成。

民國建元，黃敬臨以知事分發廣東，不久又調往四川的射洪，巫山，榮經等縣事，小試牛刀，頗有政聲。後因感於宦途未能發展其「治國如烹小鮮」之抱負，乃毅然辭職，歸隱於芙蓉城，任教於省立成都女子師範學校，親自編撰講義，專授烹飪課程及示範。

黃氏所編撰的中國烹飪藝術講義，具有「前無古人，後無來者」之概。內容劃分爲：燻、蒸、烘、爆、烤、醬、炸、滷、煎、糟等十部門。都是他於興高采烈時，以隨筆的體裁所寫出。條析縷述，均極周詳，積久成篇，再分門別類，附以食譜示範，門生都成有名廚娘。

姑姑筵四種主要菜式

後來，黃敬臨設「姑姑筵」本店於成都南門內陝西街，並設分店於重慶市倉平街。他的弟弟保臨，標榜乃兄所親授，設「哥哥傳」於成都市總府街。抗戰期間，「姑姑筵」的重心移居於陪都重慶，「哥哥傳」在成都高踞首席地位，因爲有他的女弟子參加，姑姑筵又拆字稱「古女菜」。

黃敬臨的兒子原是留法學藝術的，返國後爲了家傳衣鉢，就在蓉城「姑姑筵」大門外設立一間酒家，題名叫做「不醉無歸小酒家」。黃氏父子兄弟對於蓉渝二市的菜館業，「小大由之」，由此生意也頗不惡。某年春節，他自撰春聯兩副榜於門云：

其一：「可憐六十年讀書，還是當廚子」。「做得廿二省味道，也要些工夫。」

其二：「做些魚翅燕窩，歡迎各位老爺太太。」「剩點殘羹冷飯，養活我們大人娃娃。」

看了這二副對聯，可知他是會烹調廿二省名菜的。但「姑姑筵」的主要菜式，除魚翅燕窩外，主要的菜就是「燒熊掌」，「燒牛頭」，「茶燒鴨」，「燒猪唇」等。尤以「燒熊掌」與「燒牛頭」必須經過二日之久的文火微燉，全用鷄汁作燉的原料，所以倍極鮮爛，味極雋美。

至於「茶燒鴨」，必須用茶樹燒成炭後燻鴨，使茶樹的香味全浸入鴨的皮肉之中，所以吃來含有一種茶香的滋味。換句話說，他對於所做的菜，色、香、味各種條件，無不顧到，而又不惜工本，不惜時間，所以做出來也就名貴非常。其他的配菜也是濃淡相間，不致吃來膩滯。

不賣零菜每次辦一桌

但是，「姑姑筵」和一般菜館不同，不賣零菜，每天只做一桌席，而且要事前三四天預約，價錢高於市場上同等的酒席五倍左右。主人不能點菜，道數，品類，全由他作主，他的菜最講究火候，只准「人等菜」，不能「菜等人」。所以主人與被請客人，必須按時到達，才上筵席。

據說「姑姑筵」純粹是家庭式的，請客的主人必須也要給這位老闆一份請貼；表示只是借他的地方，借他的廚房，借他的烹調術而已。「姑姑筵」所以出名，就在配菜不落窠臼，純取精華之品。對於菜品的準備，安排，以及烹調的格式，絲毫不苟，所以每次只能辦一桌。

黃敬臨對於請客主人的身份也注意到，要是不忠不義不孝的人，他會嚴詞拒絕，或藉故婉謝，如果他內心不願意，硬是不賣賬，他曾拒絕過張學良承辦「姑姑筵」，一時傳爲佳話。在他答應承辦一桌以後，每次調理好一個菜，他必會在席上對賓主細說某菜如何調配，刀法火候等，一一備述。

當時的酒家菜館，無不以「筵開百席」爲號召，他認爲菜餚過於「濫」，一路「膩」到底，反而使人吃了索然寡味。曷若選取精華，留有餘韻，可以達到品嘗的高峰，不致膩到味覺痲木，食而不知其味。天下那有這樣做生意的？每次只辦一桌，然而他偏偏成功了，且享盛名。有一年成都舉行「花會」，黃氏在門口貼了二副對聯云：

其一：「統領伙伕幾十名，攻打甑子塲，月月還須說銅板。」「可憐老漢六十四，揭開鍋蓋兒，天天都在聞油煙。」

其二：「油鍋邊鎮守使，加封燉煨將軍。這個好官銜，硬比他們闊氣。」「有廟上李老君，保佑飲食菩薩。今年開花會，還要顯點神通。」

劉師亮的調侃竹枝詞

讀者你瞧，黃氏自稱為「鍋邊鎮守使」，加封「燉煨將軍」，說得何等風趣！「鎮守使」乃民初之官職，多由相當於旅長階級的武將兼任。「伙頭軍」而亦為「鎮守使」，當時成都厚黑教主李宗吾亦頗引為同調，極為贊許，並允在厚黑教主廟中配享，分些冷豬肉吃。

其實，黃氏根本並非厚黑人物，李宗吾這個玩笑開得過火矣。黃氏在清末雖然不是三考正途出身，却也是書香世家，寫得一筆小楷，蒼勁有力，有時亦好舞文弄墨，與蓉渝二地詩人相互唱和，藏書甚多，不失為風雅之士。四川內江縣劉師亮，與黃氏亦屬知交，曾戲作竹枝詞十二首調侃黃氏云：

看會欣逢二月天，姑姑筵外貼雙聯；君休誤認姑姑美，名借姑姑好賣錢。

姑姑筵裡宴姑姑，究問姑姑有與無？老朽若蒙姑錯愛，自慚白了鬧腮鬍！

鎮守鍋邊已有年，巍然大使駭全川：天天都在聞油氣，聯語何堪叫可憐！

威字將軍有燉煨，將軍武事在鹽梅；若言打仗衝鋒去，只見堂倌跑幾回！

統領伙夫幾十名，天天攻打麵包城；若將甑子塲先下，飯碗何須向內爭？

伙夫銳氣猶難當，一鼓攻開甑子塲；飯碗鋪前清下脚，許多銅板要遭殃！

邊使頭銜鎮守鍋，問他聲勢果如何？自將資本求微利，硬比贓官闊得多！

再拜威嚴李老君，誠心頂禮把香焚；但求食客常來往，只管開錢不拌筋。

飲食菩薩請起來，邊來邊喫不挨臺；而今好吃神都變，不等鍋兒蓋揭開。

菩薩果眞顯神通，花會今年大不同；賣筆好錢都不說，更當多少野家公。

大書壽考在門聯，八八君今六四年；三十六宮春色好，添成百歲好開筵。

藉開玩笑莫張遷，遊戲文章共一家；君既招花人不管，何妨我又再招花！

劉師亮這十二首竹枝詞，是運用四川土語寫成的，不止調侃入妙，連帶的諷刺當年四川許多小軍閥互奪地盤之內爭。原序云：「初遊花市，見姑姑筵聯語有感，戲作竹枝詞十二首，取月月發財之義，即以持贈」。黃氏得此，張貼在姑姑筵禮堂上，以博大家一笑為樂。

吳稼秋先生平事畧

同里後學劉鐵梁輯錄

本文資料採自先生所撰自白書

先生，大埔縣大廠區蕐葭鄉人。曾祖元崑公，祖俊英公，父恕藝公，行二；以諸生轉業商。母氏房，所生五子三女，先生行五，光緒二十四年戊戌生，元配公洲楊緒三坑劉氏，流產殂謝，後於曲江軍次，繼娶出身產科學校之崧坑何桂英爲室，生一子曰政泓，五女已嫁者三，待字者二皆秀慧。先生總角時就讀北浦學堂，其後負笈粵垣，與高坡劉起時報考廣州測繪學校，值該校費絀停辦，失意歸里，改投潮州金山中學，長校者爲出身北大之麥棠先生，教師中如吳鴻藻、温丹銘，皆一時名宿；民七年，先生卒業金中；民八己未，新开初試，受聘爲中蘭村培蘭學校教席；旋升校長。民十一，轉任大廠初中教師，其明年，遠赴蘇門答臘，就美崙中學校長之聘。次年甲子，以著論招忌，不見容於荷蘭政府。回鄉後，出任本縣黨部監委，兼縣督學，並在大廠市開設平民書店。民十四乙丑，先生丁外艱；次年丙寅，先生遊於漢上，服務第四軍司令部。十六年丁卯，軍次九江，先生乞假赴滬，迎其二兄遺櫬，歸葬故里。旋赴廣州，值張黃之變，先生復走馬來亞，民十七戊辰始復入國門，得吳稼蓀先生專電促駕，出掌正陽關稅局金庫，旋調湖北財廳，派任沙洋征收局秘書，兼代局長職務。民十八，再調宜昌稅局，其年冬，罷事東歸，改隸鐵道部。翌年，移職津浦鐵路管理局，休沐之餘，肆力詩古文辭，其後辭章淵雅，實基於此。民二十一先生奉命調爲興化縣府秘書，三月期滿，仍回原職。民二十五，丙子，先生乞假省親。次年丁丑，七七事起，次年戊寅，先生被調武漢衛戍司令部任部隊經理。粵局重光後，奉調回粵，供職第四戰區。民三十辛巳，奉命兼任四、七兩戰區經理業務；五閱月後，始以韶關四戰區業務移交姜守泉，以紓兼顧之勞。其年冬，始與何桂英女士結褵。民卅一，壬午，太夫人棄養，先生竟以任重事繁，至於奪情。民卅三，甲申，先生懷家國之痛，輯其京華舊作，刋以行世，名之爲「拾零詩草」。民卅四，乙酉九月，敵酋宣佈投降，七戰區奉令結束；冊報後，當道以成績優異，頒奬五萬元，並調衢州綏署少將督察，辭未赴任。民卅六，丁亥，先生無心仕進，經商港穗之間，自是之後，國步日艱，未久而大陸淪胥，先生羈老香江，遂與家國違離，放翁晚年，益多憤慨，近年凡所作詩，類多傷時猒亂，山河故國之思，蓋有由矣。

北洋災官的形形色色

·魯孫·

北洋時代衙門有紅有黑，紅衙門根本不欠薪，就是欠也不過欠一兩個月，黑衙門一欠就是十幾個月，遇到年節，挖空心思，也衹能發個一兩成薪水的機關，一點也不算稀奇。當時黑中之黑苦衙門恐怕要屬參謀本部了。

衙門在西安門大街，雲白石的大樓，連圍牆都粉的雪白，派頭兒的確夠瞧老半天的，據說原址是小德張的舊宅，後來小德張在永康胡同蓋了新宅子，才把舊宅出手，民國成立，參謀總長坐的最長的，要算張懷之，黑衙門，苦差事，你不爭我不要，所以張懷芝反倒坐長遠了。

遇到軍閥一打內戰，參謀本部就有生意上門，可以喘口氣了。因爲參謀本部的軍事地圖是經過專家測繪的，那兒有山，那兒有河，山多高，河多寬，都記載得詳詳細細。平常一文不值，一起戰爭，這種軍事地圖可就成了寶貝了。直系的軍隊來買，奉派也設法來要，買個三五百張，衙門同事，就可以湊合發個三五成餉了。有一年實在大家窮極了，有人說從前小德張曾在宅子裡埋有窖藏，在後園花叢裡。於是有好事之徒，發起招股雇工挖寶，每股五塊現大洋，將來挖出來，按股均分，並且打算給總長打個報告，一批准就動工。

後來有高明人說，這種報告怎麼寫，縱或報告上去總長也沒法批呀，請機要跟總長打個招呼算了。

參加的人爲了衙門的面子，躲開辦公的日子，在禮拜天動工開挖，從早晨到天黑，十來個工，挖了一整天，既沒有挖到金銀，也沒有找到珠寶；不過大家也沒有白辛苦，一共挖出來十幾口銹痕斑斑的大鐵鍋，大家失望之餘，祇好把鐵鍋論斤稱賣給打鐵舖。還算好，參加投資的人沒賠本，每股淨得紅利大洋七毛。事後以訛傳訛，楞說參謀本部挖出來若干金元寶，等到眞象大白，反到成了當時一樁官場中的笑話。

北洋政府的財政部是在北平西安街，緊挨著交通部。門前有棟又高又大的影壁牆，有一年天寒歲暮，總長李思浩想過年的頭寸怎麼樣也調度不開。政客中有個算八字看風水起家的彭樂韶，湊巧正到財政部看朋友，李思浩聽說彭精於堪輿之學，於是請彭把財政部裏裏外外的風水看一看。彭對看相確實有點研究，看風水這一門却不過是虎虎外行而已。看了半天，他說財政部明堂寬大，青龍雙擁，座下吉星平平穩穩，並無不妥，祗是門前影壁牆上有紅瓷磚嵌着的一二三紅點，拿擲股子來說，擲出么二三是要統賠的，如果改成四五六統吃，必定大吉大利。後來以粉刷牆壁爲名，眞的把么二三改成四五六，是否財源滾滾而來，那祗有天曉得了。

內政部北洋時代叫內務部，雖然在各部會裡位列首席，可是內務部的窮，也是首屈一指的。

當時部裡有一司叫褒揚司，舉凡國家慶典忠孝節義的褒揚，都由這個司來辦。北平有錢人家遇到尊親大壽，或是父母之喪，總覺得能夠託人請北洋首腦頒賜一方匾額，才算冠冕光顯。可是那塊榮典之璽，是存在內務部褒揚司裡的。凡是有頭有臉的人家，遇到辦壽慶喪事，就會有人上門兜生意，談褒揚了；少者百兒八十，多者千兒八百。等談好盤子，由當事人寫個呈文到部裡，褒揚司往上一簽，選定日期寫好匾額，一座綵亭，一堂清音，由司內派人押着綵亭往當事人家裡一送，還要擾本家一頓八大八小的酒席。酒足飯飽回到司裡，就等着月底分褒揚費了。

所以，內務部有時欠十個八個月薪水，可是褒揚司就比別的司處强的多了。凡是部裡同仁，沒有一位不想往褒揚司調的，可就是擠不進去。

內務部還有一個附屬機構，叫壇廟管理處，是比較有入息的。所有北平的庵觀寺院都屬他管，諸如天地壇、日月壇、先農社稷壇，三海團城、三大殿、玉泉山、頤和園，也歸處裡管轄，有門票收入當然就不會欠薪了。

內務部的衛生署，彼時既不取締黑市醫生，更不查禁僞藥，每年除了種種牛痘，打打霍亂針之外，可以說冷而又冷的衙門。可是在衛生署成立之初，居然有輛紅牌六零六號汽車（當時政府機關汽車都是紅牌）。因爲汽油無所從出，也就棄而不用了。後來因爲壇廟管理處經費充裕，就提六零六號汽車撥給壇廟管理處使用。當時處長惲寶懿，是惲寶惠的堂弟。惲家在北平算得上是做官世家，自己家裡有汽車，自然不願坐汽車號碼不雅的老爺車，所以汽車雖然撥給處裡，可是仍舊擱在部裡車庫，沒人去坐，不料反而引起一場糾紛。

當時內務總長是程克（仲漁），次長是王嵩儒（松如）。程那時正力捧朱琴心，這部汽車既然沒人坐，於是朱四爺就不時借來代步，汽油自然是總務司設法支應。日子一長，雖然不是節約能源，可是窮衙門財源不足，爲了設法免費供應汽油，總、次長二人爲這部破車發生不愉快。國務總理高凌霨，跟王嵩儒是兒女親家，於是程仲漁吃癟挂冠而去。報紙上把這件事繪影繪聲，登了兩三天，成了街頭巷尾你說我道的政海趣聞。

民初北平一共有平奉、平浦、平綏、平漢四條鐵路。平奉平浦共用一個火車站，位置在正陽門以東，叫東車站。平漢在正陽門以西叫西車站，平綏在西直門，就叫西直門車站，雖然平綏路最短，交通線又是地瘠民貧的西北，客貨兩運都不太多，但祗要通車，因爲局面小開支輕，還能勉强維持。最慘的是平漢鐵路。路線既長，經過省份又多，總局設在東長安街，靠近王府井大街，人員衆多，開支浩繁。另外，設在漢口的辦事處，更是富麗堂皇，在漢口算是一等一的大機關。可是一遇上軍閥割據，內戰一起，不但鐵路是柔腸寸斷，而且挖鐵軌，徵車皮，扣車廂，把平漢鐵路局的一點家當等於瓜分了，所以當時的平漢路局大家都叫他「貧寒路局」。

有一年薪水欠了六七個月沒發，過舊曆年再不想點辦法，大家就眞要罷工了。別人罷工不要緊，要是火車頭司機跟燒煤工人罷工，那連北平到石家莊這一段也沒法行車了。局長在情急之下，祗有到交通部求救。

交通總長當時是吳毓麟，思來想去，

被他想出一條生路。您猜是什麽好辦法，西車站在全線通車的時候，客運貨運非常頻繁，所以上下行車有四座又寬又長的大月台。月台是法國人設計監造，天橋柱架，所用鋼鐵，都非常地道，於是跟東交民巷道勝銀行一打商量，就拿車站鐵篷鋼柱做担保品，一下子就借了八十幾萬現大洋，不但平漢路饑荒解決，交通部借此也沾潤沾潤，過了一個肥年，當時北洋政府之窮，您說到了什麽程度。

北洋政府有個機關叫平政院，其實軍閥時代槍桿就是法律，可以指揮一切，還談什麽平政不平政。這個機關，既然無足重視，自然列入閒曹。

有位湖北人方子明行四，跟黎黃陂有姻親關係，所以東一個兼差，西一個兼差，一人身兼數職。在平政院是僉事上行走，在農商、交通、鹽務署都有兼差。有一天平政院秘書總務處秘書通知：「同仁方僉事子明病逝醫院，妻病子幼，即將扶櫬還鄉，不及舉行喪禮，同仁如有致送奠儀者，請交某某人代收。」

彼時大家都因爲領不到薪水，個個鬧窮，可是人情味還是挺濃厚。普通份子六毛，有交情也不過一塊到兩塊，如果送個五塊或十塊，那就是特別的大份子了。方四爺的喪事，既然秘書處有人代爲張羅，把份子往秘書處一送，領份謝帖就完事大吉了。

過了幾個月，有一天剛剛擦黑兒，在中央公園沿着後河露椅上，有人看見方四爺跟朋友又說又笑，正在聊天。這位看見方四爺的同事，越看越毛咕，不敢上前。幸虧有另一位同事也打這兒過，兩個人乍着胆子，往前一湊合，果然是活生生的方子明。他倆大叫一聲方子明復生，才把方四爺的話頭打斷。兩位同事細一追究，敢情方四爺半年前鬧了點饑荒，想來想去，求人不如求己，乾脆在平政院報病故。倒不是跟大家打秋風，因爲當時一般衙門，有個不成文規定，不管怎麽窮，一旦同仁在職病故，死者爲大，所有生前欠薪都設法發清，碰上慈心主管，還能弄點撫恤金。當時公務員都有三份兩份差事，找欠薪多的衙門取銷一個，不但可以撈回一筆整錢，比月月拿個三兩成薪水，那可強多了，方子明一划算就這樣病故了。

這兩位同事一聽，原來如此，當然不甘心給活人送奠敬，於是敲了方子明一個小竹槓，在來今雨軒每人來了一客一塊二毛五的西餐，同時答應給保密。可是久而久之，方子明的活死人的綽號，還是傳揚出來了，您想想，四五十年前的公務員可憐不可憐。

財政部所屬在白紙坊的印刷局，算是財政部以下最闊的機關了，雖然中交兩行和小四行（大陸、金城、鹽業、中南）的鈔票不一定交印刷局印，可是郵票、印花，各省市銀行官錢局的鈔票銅子票，以及政府公債，銀元模子，都是印刷局承印承刻的。不管是奉派，直系，安福系，那一派當權，誰當了財政總長，先要把印刷局首先拿過來，派自己人當局長。

有人說，大柵欄同生照像館一換政客相片，跟着印刷局局長就要辦移交了。話雖然是一句笑談，可是事實也眞是如此。

印刷局既然是個肥缺，可是同仁薪水照樣一欠十個月八個月，因爲新任局長一到差，介紹函履歷片就像雪片一樣紛紛而來。當時各機關祇要一換首長，大小職員就都得回家蹲著等派令。新派令來了，您再上衙門請見．聽候指派新職，如久等沒消息，您這份差事就算吹啦。所謂一朝天子一朝臣，眞是一點也不假，那像現在公務員，經過銓敘都有保障，不管換什麽首長，祇要本人不貪汚不出錯，就是天王老子其奈我何。有人說現在首長是住飯店的客人，一般職員反而像旅館的主人，天天送往迎來，你走我不走，眞是形容的一點也不錯。

印刷局的文牘員營業員是沒有限額的。凡是推不開的人情，甩不掉的大帽子就往下派，同是文牘員，有的手諭上註上一個伙字，有的就不註。伙食費不論薦委，一律每月十七元，雖然數目不大，可是凡是領伙食費的人都可以按月領薪水，年終分花紅，您要是列在不發伙食的範圍之內，也許一個月領二三成薪，也許薪水一欠六七個月，那就說不定了。

談到年終分花紅發獎金，現在的公務員恐怕連聽都沒聽說過。一過祭灶，局長就叫總務廳把職員錄送去圈選。選定後，交秘書列單逐一召見，除了說幾句慰勉話之外，致送固封信封一個，內中有局長手批致送本局印製日曆若干份，最多的有五百份，最少的也有五十份。如果要日曆，那您到倉儲課去領，您如果打算自己留幾份，其餘轉讓，那就有南紙店的伙計闔上來了。

這種印製精細的故宮古物日曆，市面上是買兩塊大洋一份，您賣多少份，他們就買多少份。每份一塊五毛，您要是批送卅份，那就是七十五元，照最起碼的職員待遇核計，差不多就是一個半月年終獎金了，您說新鮮不新鮮。

民國六七年到十一二年，是北洋政府財政最艱窘的時候，大大小小的機關，或多或少都有欠薪，所幸差不多的公務員全有一兩處兼差。到了月頭上，這兒發三成，那兒發兩成，湊合湊合也有一兩百塊錢，彼時生活程度不高，物價便宜，大家照樣可以溜溜公園，摸上八圈，吃吃小館，打個茶圍，仍舊其樂融融。遇到逢年過節，有幾個好事之徒，一起鬨，大家一吆喝，成羣搭夥往財政部一請願，所以當時的公務員讓新聞界送了個尊號叫「災官」。到財政部請願的專名詞叫「坐索」。形形色色，各盡其妙，後來爲欠薪還發行一次公債，發公債抵欠薪，於是有些人手裡存着不少這種公債，等到民國十六年北伐成功，全國統一，當然這種公債就變成廢紙了。

筆者好友海陵袁曲孫先生，手裡這種公債很多，加上他還存有俄國的老羌帖，德國的老馬克，一共好幾皮箱。有一年過年，他忽然心血來潮，提公債羌帖馬克一古腦兒拿出來當壁紙，把整間書室糊起來，請息侯金梁用甲骨文寫了一個「金屋」的橫額，在金屋裡請大家吃春酒，名小說家張恨水俏皮地說：袁曲孫闊起來富可敵國，窮起來一文不值，說起來也算是一段災官佳話呢。

總而言之北洋時代公務員的酸甜苦辣，五味俱全，如果跟現在的公務員來比，那可眞是馬尾拴豆腐提不起來了。

請介紹，
請訂閱，
請批評，
請指教。

虞姬廟在皖北靈璧縣

王藩庭

千古英雄一美人　歌聲入耳劍如雲
恩深舞罷王前死　羞效呂娥進楚軍
（呂后名娥姁又名雉）
分封各國計難周　七十戰餘功未收
韓信王齊亞父死　大王怎得不低頭
同來江左伴君王　駿馬八千子弟行
四面楚聲殘楚帳　英雄氣盡妾先亡
隨軍七載侍重瞳　明月花階住楚宮
垓下兵殘秋夜冷　芳魂猶盼渡江東
美人香塚有遺鄉　靈璧城東雙墓堂
南去烏江白帝子　蒼茫相望幾千霜

戰國楚懷王被誘，客死於秦，楚人恨之。每誓之曰：「楚雖三戶，亡秦必楚。」後秦王政遣王翦，領兵六十萬伐楚。楚大將項燕，兵敗自殺，秦即滅楚，繼滅燕齊，改稱始皇。後巡狩東方，崩於沙丘。趙高矯詔，令太子扶蘇自殺，立胡亥為二世。不久，趙高指鹿為馬，欺其無能，而復弒之。暴政臨民，天下大亂，揭竿而起。楚人項梁項羽叔侄，係項燕之後。項羽重瞳英勇，力倍常人。初學書不成，學劍又廢。其叔項梁責問，羽對曰：「當學萬人敵，書劍何能為。」項梁由是奇之。流落江南會稽間，結交亡命。繼陳涉吳廣，乘機崛起。率八千弟子，渡江而西，以抗秦軍。項梁戰死軍中，項羽破釜沉舟，九敗秦大將章邯，與沛公劉季，前後入關，攻破咸陽。沛公先至，項羽啣恨。羽有謀士范增。見沛公智志大而度寬宏，將為楚之大患，力勸項羽，宴於鴻門，使殺之。玉玦三舉，羽未能從。進入咸陽，殺秦王子嬰，焚阿房宮，盡族嬴秦，以雪世仇。遷沛公於蜀，封為漢王。分封各國之後，還都彭城，自稱西楚霸王，威震諸侯，五年而有天下，成功速猛，超逾前代。項王為人，自恃英勇，而不能善用謀士，其部屬韓信陳平等皆亡楚歸漢。漢王用韓信，登台拜將，還定三秦，虜魏破趙，漢王出關，與項王對敵。楚河漢界，鴻溝劃分。大小數十戰，霸王常勝，漢王多敗。漢王之父太公，妻呂雉，均被楚虜，留於楚軍。及韓信破齊，范增已死，項王大將彭越英布相繼降漢，楚勢遂孤。後被漢軍，圍於垓下，兵少糧盡，漢軍四面楚歌，以散楚軍。項王聞而驚曰：「漢已得楚矣！何楚聲之多也。」項王有駿馬曰烏騅，日行千里，常騎之。有美人虞姬，常幸之，軍行之際，亦未稍離。

虞美人，江南會稽女子，生具國色，性情貞烈，隨侍項王，渡江西來，被圍之時，侍於帳中。項王見軍情危急，生離死別，事在頃刻之間，恐其傷心太甚，轉慰之曰：漢王好色之徒，以汝之容，料不汝傷。虞姬對曰：妾侍大王七年，未曾違離，今日被困，願隨大王，殺出重圍。可出則出，不可則死於大王之前，陰魂隨大王渡江，得歸故土，妾之願也。項王猶豫，乃令左右置酒帳內，與美人對飲。於是悲歌慷慨而歌曰：「力拔山兮氣蓋世，時不利兮騅不逝。騅不逝兮可奈何，虞兮虞兮奈若何？」歌罷，泣數行下，左右莫敢仰視。美人起而和之。歌曰：「漢兵已畧地，四面皆楚聲；大王意氣盡，賤妾何聊生。」歌畢偎身相倚，餘音纏綿，不忍遽捨。虞姬見項王念己，恐誤大事。乃假請項王寶劍，僞稱願隨項王突出重圍，項王給之。美人接劍在手，泣舞而言曰：「妾受大王厚恩，願一死以報大王」。語畢，自刎而死。項王見美人已死，遂絕他念，毅然志決。率從騎八百，衝出重圍。平明，漢王始知。命騎將灌英率五千人追之。項王渡淮之後，僅餘百人。因失迷故道，陷大澤中，以故漢兵追及之。回騎再戰，復殺漢將數十員。示其餘從曰：「是天亡我也，非戰之罪也。」復南走至烏江，僅剩二十餘騎。亭長艤舟以待，謂項王曰：江東雖小，亦足王也，追兵迫近，請大王速渡。項王笑而謝曰：「余與江東子弟八千人，渡江而西，今我一人而還，縱江東父老，憐而王我，我亦有何面目見江東父老乎！」乃以烏騅賜亭長，謝其美意。令餘騎去步行，持短兵接戰，項王獨殺漢兵數百人，身被數創，神勇未減。顧見漢騎司馬呂馬童曰：「汝非吾之故人乎？聞漢王購吾頭者，賞千金，封十萬戶，吾爲汝得之」，乃自刎而死。

綜觀上述，項王敗能自責，自覺無顏再見江東父老，尚不失英雄本色。美人虞姬，臨難殉情，不肯效漢后呂雉之入楚以受辱，志潔情貞，英雄美人，各有千秋。清人吳永和有句云：「大王眞英雄，姬亦奇女子；惜哉太史公，不紀美人死。」秀水詩人王仲瞿於穀城弔項王墓云：「黃土心香一甕塵，英雄兒女共沾巾；生能白板爲天子，死剩烏江一美人。壁裡沙蟲親子弟，烹來功狗舊君臣；戚姬脂粉虞姬血，一樣君恩不庇身。」對虞美人，均極讚揚，可稱至論。較之後來韓彭之誅，戚姬人彘之死，泰山鴻毛，增榮多矣。

皖北靈璧縣更十里，現有虞姬墓鄉，美人遺塚在焉！塚勢遼濶，墓旁有廟，奉項王夫婦，鄉人春秋多祀之。是鄉取名，即爲紀念虞姬而設。另有一墓，在淮河附近。據父老相傳：北墓爲美人之身，南墓係美人之元。傳稱項王虞姬自盡之後，載其首於馬上，南走戰中遺之，故二葬焉。該地尚有項王哭頭處。烏江在皖省和縣境內，江邊亦建有項王廟。廟面向東，以示其生前對江東遙念之故。每年十月冬初，北風迭起，江間波浪洶湧，阻渡行舟。船人每多祝禱，鄉人稱之曰：「霸王風。」黃仲則詩人，於和州弔霸王廟云：「美人駿馬甫沾巾，遽使江東阻壯心；子弟重來無一騎，頭顱將去値千金。誰言劉季眞君敵，畢竟諸侯負汝深；莫向寒濤作號怒，歌風台址久沉淪。」即指此故事而言。

宋范成大題虞姬墓詩云：「劉項家人總可憐，英雄無策庇嬋娟；戚姬葬處君知否，不及虞兮有墓田。」另又有明女史朱靜庵亦題云：「力盡重瞳霸氣消，楚歌聲裡恨迢迢；貞魂化作原頭草，不逐東風入漢郊」。

本刊通信地址畧有更動，各方賜函、惠稿、訂閱、請逕寄香港九龍旺角郵局信箱八五二一號，較爲快捷。

（附英文）

P. O. BOX 8521
KOWLOON MOGNKOK
POST OFFICE,
KLN., H. K.

酆都「陰王」的由來

毛一波

酆都的平都山，據道家傳說，原是漢仙人王方平，陰長生飛昇之地。遠有「列仙傳」，「神仙傳」可查，近有「酆都縣志」可考。

但這個「仙都」，後來由道入釋變成「鬼府」，至少是揉雜道教佛教和一般通俗信仰於一爐了。譬如平都山頂的天子殿，唐名仙都觀，宋名景德觀，或稱曰白鶴觀，初建年代雖不可知，最早當在漢末年，最遲當在五代或唐初之間。酆邑人傳說尉遲恭曾在那裡監修廟宇，所以平都山星主殿門外，還留有他的一塊練腕力的石頭，重數百斤。唐太和元年，左僕射段文昌曾捐俸一月重修仙都觀，有記爲憑，宋時，蘇東坡有「足躡平都古洞天」，「空山樓觀何崢嶸」之句，可見當時平都山仍爲一純粹的道山，並無冥界主者之說。宋元以後，無碑碣可考，不知平都山的變遷如何。明永樂二十二年蔣夔的重修平都山景德觀記，始記峯頂凌雲臺後有閻王殿。是知在永樂以前有人已使這個道教的靈地，同時也變成了幽冥世界的中心。依據酆都（原名豐都）之名，得於明洪武四年來看，則可以推測此種變革當在酆都之縣名確定以後，即最早當爲明洪武初年間的事。但酆都最初之冥界主人，並非一般人傳會其說的「陰王」，而應爲北陰大帝（玄武大帝）。閻羅本是隨着佛教傳入中國的冥界主人。唐宋以來，佛教漸次戰勝道教，而道教的北陰大帝亦被佛教的閻羅王戰勝並取而代之了。據蔣夔所記，永樂元年蜀獻王曾令人住持是山。永樂二十二年的重修，仍重視三清殿，仙岩，玄壇，均仍仿舊立祠，這可以相信當時閻羅天子仍居屬從地位，而三清殿等祭壇，仍舊爲其中心。同時，主持平都山祭祀的，亦完全爲道士，而非僧侶。

那麽，在平都山的閻羅王何時完全戰勝道教的三清與玉皇，五嶽諸神而爲酆都之主人呢？據清康熙十年林明儁的「重修平都山記」說：「平都，仙山也，而雜傳幽怪飄忽之說，聞於天下，集古今稱山之所有，其說不馴。布滿山中，半神祠，半羽屋，半釋室，詰其由來：人情好怪。當其無事，樂爲非常可笑之議。神仙之說，不足以厭之，而幽陰深渺之說，相繼蠭起。以意穿鑿，山遂聽人修飾，至極盛無以加。而清虛一派，爲其蔽塞。」由此可知明季清初間，當爲酆都平都山易其主人之時。其時閻羅天子的勢力，已在平都山諸神之上。大概其時整個佛教勢力凌駕於道教之上，佛教十八地獄，十殿閻羅王之說，已普遍的流傳於民間了。且清代朝廷的宗教態度這重釋輕道的，所以仙都觀之變爲閻羅天子殿，是應當在這個時期的。

另據酆都縣志，平都山頂原建玉皇殿，鐵像高數丈。今則玉皇殿建於半山，非復舊地舊觀。實則後來的天子殿，當即原來玉皇殿，天子的巨大鐵像，當爲原來的玉皇鐵像。天子殿兩側的四大判官，十帥，亦爲認其爲玉皇的隨從較爲適合。天子殿兩廡的十八地獄殿，亦低矮與天子殿不大相稱，故可以知道天子殿是由玉皇殿改造而成。其餘各佛教殿宇，如地藏殿，千王殿，觀音殿，或係由道教之舊殿改造，或爲後逐年增修的。只要一看其分布的零亂情形，即可以想到其曾經過多次的變更。而酆都之爲閻羅天子所居的冥都，地下有十八地獄之說，遂漸成爲中國乃至世界的信仰，亦由此逐漸確定而流傳至今。

按我國古代以來的通俗信仰，有天神，地祇，人鬼等，而人民對天之崇敬，尤深且厚，因天爲最高至上之神，故道教以此種主宰者爲玉皇上帝，（臺灣俗稱天公。）地位在諸神之上，用今語釋之，如管學務的文昌帝君，管商務的關聖帝君，管工務的巧聖先師，管農務的五穀先帝，管司法的酆都天子，十殿閻王，乃至城隍，土地，無不受其統轄。可是在酆都，不只北陰大帝的地位已被當時的閻羅天子取而代之，就連玉皇上帝的至高地位也降居半山之半了。這看是「非常可笑之議」的結果。

莊韻香女史百年誕辰記

惲茹辛

常州世家　系出名門

清末民初，江蘇常州，先後有兩位以姿容秀麗，詩文兼優而名著全國的千金小姐；其一是莊韻香（珣），其二是陸小曼（眉）。此二姝者，論才姿及其家庭背景，則不相伯仲；論品節及其個人行爲，則莊優於陸。論聲譽喧騰之盛，則陸隆於莊。再論際遇及其終生，但都如結在苦藤上的苦瓜，同屬「紅顏薄命」之儔。

陸小曼與徐志摩，不特有多種長篇專著以記其人其事，就是以散文隨筆報導的短篇，爲數之多，也就不勝枚舉了。

至於莊韻香女史呢？其人其事，很值得大書特書，公之於衆；惟以近五十年來，既乏長篇大論，亦無專文記述，對莊氏生平，那就知者更少了。

年前偶檢藏書「松鶴山莊詩文楹聯彙錄」，讀後對這位「含貞抱德」的「賢閨名媛」，欽敬之心，不禁油然而興，屢思爲文以紀其事，終因事冗繁而止，深以爲憾。茲値莊韻香女史百年誕辰，乃抽暇撰寫本篇，聊表敬意，以資紀念。

莊韻香，名珣，清同治十二（一八七三）年生於常州府之陽湖縣（清雍正四年，以武進幅員廣大，乃分設武進陽湖兩縣，兩縣官署同城。入民國，仍以武進陽湖兩縣合併稱武進縣），父愼樞，叔清華，均工文、精詩、擅書，曾先後分任同邑巨紳史、惲、任、瞿、盛諸姓爲敎席。叔清華助盛杏蓀(宣懷)編纂刋印「皇朝經世文編續編」等書，後且專爲盛杏蓀處理文書，會計、譯電等事。兄儉厂（廉）官於南方。曾爲廣西平南縣知縣，思恩府太守，思順兵備道、邊防督辦、練軍總監，在廣東創辦黃埔陸軍學堂。辛亥革命後代理江蘇都督、都肅政史、故宮博物院圖書館長之莊思緘（蘊寬），爲女史族孫。盛杏蓀夫人，爲女史姑母。秀水沈琪泉（衞）爲

女史表兄。孟心史（森）夫人周秀谷（詩文家）及程濟其夫人劉可青（書畫家），與女史均係相交至深的閨中良友。

莊氏在常州，單以有清一代而論，莊本淳（培因）爲乾隆十九年殿試一甲第一人（稱狀元），莊方耕（存與）爲康熙五十八年殿試一甲第二人（稱榜眼），此二人稱兄弟鼎甲。莊同生、莊朝生之爲兄弟翰林。莊受祺、莊鍾濟之爲祖孫翰林。莊柱、莊培因、莊存與、莊通敏之爲三世翰林。至如乾、嘉、道時極負文名的莊清度、莊令翼，莊祖詒、莊才雲、莊歆、莊學愈、莊柏承、莊大椿及莊柱等，士林尊之爲「南華九老」。莊姓之爲常州世家，完全是根據歷史的著述與文獻的記載，而不是阿諛奉承和向壁虛構的。

盛氏作伐　吳莊聯姻

婚姻自由，還是近五十年來經過許多人的努力爭取而始得到的。設以今之比昔，自不可同日而語了。古人的婚姻，絕無自由之可言；必須憑「父母之命，媒妁之言」，經過「赤繩繫足，紅葉題詩」的所謂「三書六禮」，才能正式的成爲「花燭夫妻」。

莊韻香的婚姻，其過程自不例外，茲誌其婚姻槪況如下。

石門（屬浙江省今崇德縣）吳又樂（康壽），自同治十二年七月起到光緒四年二月止，爲陽湖縣知縣，光緒五年重修刊印的「武進陽湖縣志」中，就有這位當年陽湖縣知縣吳又樂撰寫摹刻的楷書序文。

吳又樂爲陽湖舉人呂幼舲（景端）的座師，吳子蘅研（炳元）又爲呂幼舲的及門弟子，當呂幼舲做了盛杏蓀的幕賓時，吳子又時詣盛府向老師呂幼舲請益，如此，使本來頗有交誼的吳又樂、盛杏蓀兩家，其交誼又更進一步。「向上拍，向下踩」，這本是古今「做官」者的看家本領。吳又樂父子又豈能例外。

盛杏蓀淸末由道員而四品京堂、而太常寺少卿、而工部侍郎、而郵傳部尙書，其聲勢之盛，的確是個「炙手可熱」的人物。吳家對盛家，處此時此際，當更盡其所能以阿諛奉承，冀圖有所晉升呢。

吳蘅研在盛家走動愈勤，其交亦益深，尋且盛杏蓀也「以子侄禮視吳蘅研」了。

吳、莊兩家這段婚姻，就是由盛氏之介，其實也可說是盛氏夫人的意思，強作主張，把自己的內侄女莊韻香女史，許配與吳又樂的公子吳蘅研太守爲繼室夫人了。

名門千金，嫁作「繼室」，當然是屈就了，何況蘭質蕙心，秀外慧中而又極負才名的莊韻香呢？雖經竭力反對，仍爲其親友說服，這或者也是懾於盛氏當時的聲威吧。

男婚女嫁，爲人倫之始，這種有關終身幸福的大事，在這些所謂官宦之家，更需大事舖張，以求體面呢？又因是由盛氏作伐，隆重其事，擇吉嫁娶，那是更當然的了。

寵妾棄妻　紅顏薄命

正當吳蘅研擇定了「黃道吉日」，準備了「三書」「六禮」，使用大紅花轎以迎娶莊韻香小姐作吳蘅研夫人時，莊父愼樞先生，竟不幸因病去世。

這種不幸的，突如其來的事，誰也無法避免，又誰也不能意料得到。莊府的趕辦「喪事」，那當然又重要過趕辦「喜事」了。

照俗例，不論男女任何一方，若遇「親喪」，以身帶「重孝」，一定是「男停娶」而「女停嫁」的；等到三年「守制」期滿，才可以張燈結綵的吹吹打打的迎娶，共結兩姓之好。

遵俗循禮，本是無庸贅言的，殊不知這個官家大少吳蘅研，竟違反禮俗，堅持要如期迎娶。這種急色猴，登徒子的行爲，出之於普通村夫俗子，亦期期以爲不可；今竟出之於閥閱世家的堂堂太守之口，豈不是有意「擺景」，故作「刁難」嗎？

做「媒老爺」的盛杏蓀夫婦，其實應該主持公道，力斥吳某之非的。

然而不然的是：盛氏夫婦對吳某不但不深加斥責，且優禮有加，竟以家婢「遣侍巾櫛」，以候莊女「終喪而後嫁嫡」。盛氏這一手是豪舉、是仁心、是破壞禮教、是維護莊氏，其居心實令人難測？

先納妾，後娶嫡，盛氏的主見，吳某的傑作，眞是難得一見的「二難幷」了。在當時，也頗爲人茶餘飯後，增益了助談的資料。

在莊韻香女史「守制」期滿，靜候吳家迎娶時，而吳鄉研以「納妾」，「寵妾」反有「絕愛」「拒嫡」之意了。

因莊韻香堅持「從一而終」之義，因囿於官箴俗規和雙方親友的交相指責；吳某在無可奈何之下，終於在光緒廿三（一八九七）年，假盛氏蘇州留園，迎娶莊氏，舉行了這並不歡喜的結婚之喜。

掛名夫人　親操井臼

「先進廟門三年大」，於今「婢學夫人」，竟乘「先入爲主」之勢，擅專閨房，把持了吳鄉研的身體，吞沒了吳鄉研的心肝，迷住了吳鄉研的本性，對「明媒正娶」的夫人」，韻香竟視若無覩，不加理睬，使名門淑女，在如此這般的情形下，得不到丈夫的愛，徒然做了「掛名夫人」。

莊韻香不但長於文、工於詩、美於姿，更難能可貴的，令人敬佩的，是宏於量而優於忍。她嫁了吳鄉研，做了「虛有其名」的夫人，非特不怨天尤人，「斥夫」「責妾」，相反的，她好像若無其事，晏如也。絕對「不以怨偶故失中饋禮」，對吳公舘大小事宜，處理得更井井有條。這種「忍人之所不能忍」的精神，已足表現了她人格的更高超，個性的更温和，修養的更深湛。

吳鄉研對莊韻香的貞靜賢淑，還是無動於中。仗着自己家業豐厚，任意揮霍，久而久之，也不免有「左支右絀」之態。

莊氏以夫人身份，一再温婉諷勸，以「創業難，守成更難」爲諫，冀能悔悟，俾免「捉襟見肘」之醜。

忠言逆耳，莊固言之諄諄，而吳實聽之藐藐，依然我行我素，揮霍如故。莊氏規勸無效，也只有「徒呼負負」了。

單就吳鄉研前室遺下的子女，就有十人之數，加上老幼男女，僕人傭婦，合計不下三十人，像這樣食指浩繁之家，每月支出，當是爲數不少。何況，子女大了，請師教讀，男婚女嫁，其化費使用，尤是驚人了。

莊韻香自一八九七年在蘇州留園婚後，即寓上海修德里（與呂幼舲滬寓爲鄰）吳公舘，以吳對莊之貌合神離，中心之苦，自不待言而可知，爲了顧全雙方體面，個中苦況，又豈足以與外人道哉。

光緒廿八（一九〇二）年回常奔母之喪由此又少了一個「訴說衷腸」的親人，益增其內心之苦。光緒廿九年與閨中知己章婉香同建天足女校於上海，以樂育英才爲職志，亦爲遣愁解悶以自慰。同年復偕章女史同遊杭州，在西湖之濱，得一淸淨地，時與章擬合作偕隱之所，且有「死則同穴」之約。惟以章女史不祿，卜葬於滬，事乃擱止。

民國九（一九二〇）年，亦爲莊韻香四十七歲之年，在此廿多年中，莊時往返於滬常；她的回常歸寧，目的在避免吳鄉研的「不以妻禮待之」，藉消內心苦痛。她的常寓吳家，目的是照顧那一羣失恃的兒女（吳前室遺留下的子女），在這悠悠歲月中，莊爲吳鄉研「葬厝棺八具」，爲「吳舅造家祠一」，「娶婦二」，「嫁女四」，「遣送數子出洋留學」。復籌措經費，爲吳鄉研「贖回因揮霍而典質的住宅」，幷在虞山購地一方，以作吳氏先人「營葬」之所。吳氏一家得生安（有居室）死葬（有墓地），這都是莊氏一人之力。其宅心之仁厚，用心之良苦，應付之得宜，設非巾幗奇才，設非俠女義行，則曷克臻此。

松鶴山莊　自營生壙

莊韻香能不以「傖夫」、「婢妾」之無情，專横，盡罄私有爲吳氏謀，這點薄於責人，勇於負責的精神，可謂仁至義盡。彼傖吳某，如果「天良不泯」的話，應本「知恥近乎勇」的精神，向莊「負荊請罪」才是呢？

到莊韻香自覺對吳家已無所眷戀時，遂重興舊念，在西湖之濱築「松鶴山莊」以爲修性養心之地，幷在莊後自營生壙，作爲百年歸老後埋骨之處，建築完成之日，得孟心史（森）爲撰「莊韻香女士生壙銘」，林琴南（紓）爲題「墓碣辭」，呂幼舲爲撰「生壙記」，莊思緘、莊綸儀、劉幼青等各爲題記，鄭光照爲撰「松鶴山莊記」，胡君復、楊令茀、沈琪泉、劉貿、惲元箴、汪嘉棠、左靜儀、莊清華、劉承幹、莊廉爲山莊題詩、題詞。蔡元培、孫寶琦、龔懷希、陳滔、陳協文、魯紋、莊繁詩、劉學詢、陳夔龍、吳蔭培等，均撰聯以贈。士林名家對莊韻香女史推崇備至，譽之爲「賢閨名媛」、「巾幗鬚眉」、「性豪志潔」、「豪俠好義」、「含貞抱德」、「奇女俠行、「今之莊姜」，這種崇高的贊語，確是無上的光榮，莊韻香是可以受之無愧的。

莊韻香的侄孫女蘩詩，搜集了這些由四面八方送來的銘、贊、記、傳、詩、詞、聯語，彙爲一編，名曰「松鶴山莊詩文楹聯彙錄」。卷首冠以李浩然（壽熙）長篇序文，及沈琪泉詠松鶴山莊七律詩墨跡、松鶴山莊圖、松鶴山莊主人近影及莊韻香自題七絕詩墨跡，允稱是珠玉紛投，琳瑯滿目之編。

今之莊姜　芳名永存

筆者不敏，自愧才識譾陋，不善於文；今茲所記，實不足以述莊韻香女史「含德抱貞」、「豪俠好義」於萬一，中心慚疚，歉何如之？惟有盡我所知，竭我所能，撰寫本文，作爲莊韻香女史百年誕辰紀念獻禮，俾藉此以表揚「淑女懿行」，惕勵來茲；甚願社會各界的仕女們，雖不必取法莊女史那種舊道德的保守行爲，但懇切期望夫婦之間能互諒互解，同心永愛，達到「夫婦和而後家道興」的目的，夫婦齊眉，兒孫繞膝，對人對己，都是得益不少的。

茲摘錄孟心史撰「莊韻香女士生壙銘」中的一段，以爲本文之結尾。「……竊維衞之莊姜，美而賢，不見禮於且以歿，衞人爲之賦碩人，夫子刪詩而存其辭，而左氏傳春秋，遽引以實其事，莊姜之名，遂與天地同不朽，終風綠衣，事頗相類，莊姜以篇什自表見於千古，又不盡以衞人一賦而名始彰。今女士亦能文，余未見其所述作，惟用此銘自附於衞碩人之義，後有訪湖上之碑者，見而知事本末，倘爲好事所流布，雖不能復經聖人之刪存，倘亦以湖山地勝，恩怨事詭，足爲士大夫所感喟嘆異，則予文反因女士以傳矣。昌黎以諛墓爲世所譏，若余此銘，意謂勝之，蓋無賴藉豪右以自沾潤之羞也。」

再錄莊女史自題七絕：「獨隱空山志願成，野雲孤鶴自相親，誰知一徑深如許，猶有尋梅剝啄人」。下署乙丑（一九二五）春韻香題。是詩清曠豪放，有俠士風，其字俊秀中帶有剛勁，頗見工力，較之吳蘅研所書，實有過之而無不及。

蓋筆者藏品中亦有吳蘅研楷書：「揮麈無交嵇叔夜，歸笳翻羨蔡文姬」之聯，其下署蘅研吳炳元，鈐「晚宜軒」白文、「阿蘅」朱文印二方，乃敢大胆謂莊書之優於吳。特誌之以見女史工詩能書之一斑。

李有洪血戰摩天嶺

・喬家才

李有洪將軍字海涵，民國前七年（一九〇五年）舊曆十二月十一日出生於山西省交城縣城西十里的洪相村。父名夢登，耕讀傳家，洪相村可利用文峪河水，灌溉田畝，收穫頗豐，故家道小康。

民國十一年（一九二二年）李將軍畢業於縣立第一高小第十三班，當時第一高小爲全縣獨一無二的高級小學，也是全縣的最高學府。高小畢業後至太原考入陽興中學，和國大代表陽曲郭鏡秋（澄）、立法委員文水孫慧西爲同班同學，和立法委員陽曲馬雨蒼（濟霖）爲同年級同學。陽興中學爲舊太原府屬的公立學校，屬於陽曲、太原、榆次、太谷、祁縣、徐溝、清源、交城、文水、岢嵐、嵐縣、興縣十二縣。

李將軍喜愛運動，在陽興中學爲籃球健將。性情豪爽，好打抱不平，食量很好，和人打賭，一餐吃一打饅頭，結果賭贏了。他在陽興中學加入國民黨，對於共產黨在國民黨內，行爲鬼祟，掛羊頭賣狗肉的作風，非常憎恨，所以十六年淸黨時，非常積極努力。山西黨務公開後，曾在交縣黨部工作。十九年（一九三〇年）中原大戰發生，山西黨部擁護中央，和山西當局處於敵對地位，不能存身，遷往天津，各縣黨部轉入地下，工作無形停頓。李將軍深感國家不能統一，建立革命武力，非常重要，決心投筆從戎。秘密離晉赴天津，從海道乘輪船到達上海，轉往武漢，考入中央軍校第八期第二總隊。二十一年（一九三二年）第二總隊遷回南京本校，二十二年（一九三三年）十一月畢業，因成績優良，尤以術科見長，動作確實，得分發二十五師見習。

二十五師師長爲陝西關麟徵將軍，黃埔軍校第一期畢業，勇敢善戰，二十五師訓練有素，戰鬥力極强。九一八後，和黃杰將軍之第二師開往古北口一帶，防禦敵人向長城以南侵畧。二十二年春天，在古北口外同敵人血戰三晝夜，打死敵人不少，二十五師犧牲很大，關師長也因督戰負傷。後來奉命向石匣結集整補，留一班人在陣地掩護撤退。這一個班祇有士兵七人，堅守陣地，打死進攻的敵人四百多人，然後全部壯烈成仁。日本人因爲他們作戰勇敢，在原陣地建立了一座「支那七勇士墓」，表示對他們的崇敬。從此，敵人也認識了二十五師是一個堅强的部隊。李將軍就是在古北口前線，做了二十五師一四五團機三連的見習官。二十三年（一九三四年）三月升爲該團小砲連少尉排長，二十六年升爲中尉。

何梅協定於二十四年（一九三五年）六月簽定，日本軍閥懼怕中央軍二十五師和第二師。根據協定，必須撤離河北省，他們才從長城前線撤退下來。二十五年（一九三六年）共產黨由陝北渡過黃河，侵擾晉西。二十五師奉命援晉，關師長爲使民衆和部隊之間的關係搞好，爲了偵察敵情，挑選山西籍的官兵組織便衣隊，以李將軍爲隊長。便衣隊的工作很有效，對於晉西剿匪，幫助很大。二十六年（一九三七年）七月七日，日本軍閥在盧溝橋發動戰爭，二十五師開到河北增援。李將軍於九月間升爲一四五團的上尉小砲連連長。

二十五師各級軍官都是軍校同學，一切按部就班，升級非常困難，李將軍幹了四年見習官和排長，才升爲連長，在軍校同學不太多的部隊，因爲缺少爲貴，他的同期同學有些人早已升爲營長了。他能忍耐，有守性，遠非其他同學比得上。這一年五十二軍成立，關師長升任軍長，統轄二十五師和第二師，二十七年（一九三八年）一九五師成立，也歸五十二軍指揮。這一年春天，五十二軍參加台兒莊戰役，獲得大捷。十月參加武漢大會戰，二十八年（一九三九年）參加湘北會戰，長沙大捷，戰績輝煌。二十九年（一九四〇年）敵人在越南海防登陸，爲防禦敵人從越南向我進攻，五十二軍調到越桂境的靖西一帶，以鞏固西南國境。

進軍東北

李將軍由上尉升少校，升得相當快，祇幹了十個月連長，到二十七年就升爲一四五團少校團附，兩個月以後調爲第二營長。三十年（一九四一年）六月升爲七十三團（即原一四五團）中校副團長。關軍長爲使所屬三個師的情感融洽，把各師的三個團插花到各師，李將軍這一個團改成爲第二師的第六團，由二十五師的副團長，成了第二師第六團的副團長。三十四年（一九四五年）元月五十二軍改爲遠征軍，八月初攻入越南，佔領清水河、岩脚等地。緊接着敵人無條件投降，五十二軍到海防受降。十月從海防乘輪船北上，接收東北。第二師十一月十日在秦皇島登陸。共產黨冀熱遼邊區李運昌的兩個旅佔據了北寧路沿線地區，正和十三軍對峙於長城山海關到九門口一線。林彪的部隊則由海路到達東北，佔據了整個遼東半島和以北的地區。

這時候五十二軍軍長爲趙公武，二十五師師長爲劉世懋，第二師師長爲劉玉章。第六團團長平爾鳴和劉師長都是陝西人，又都是軍校第四期畢業。李將軍平時訓練部隊非常認眞，脚踏實地，戰時細心謹愼，對於敵情研究判斷，遠非他人可能及。平團長對他非常信任，不論平時戰時，第六團的大事小事都交給他處理。他這位副團長對於團長忠心耿耿，任勞任怨，毫不推卸責任，彼此相處非常融洽，所以以打起仗來，指揮自如，絲毫不受牽制。

第二師在秦皇島登陸後，休息了兩天，十一月十三日越過長城，向右迂迴，進行非常順利，十七日佔領綏中，打開進入東北的大門。緊接着佔領興城爲目標。五十二軍的二十五師和十三軍的五十四師於二十日開始正面攻擊，沿北寧路前進，第二師爲迂迴部隊，從西邊迂迴前進。第二又以第六團爲前衞，放二十日黃昏抵達舊門，畧微休息，就向興城推進，並派各營副營長率領便衣隊先行搜索前進。將近午夜，抵達興城西北的上榨山一帶，敵人絲毫沒有察覺。二十一日零時過後，各便衣返回報告，興城及以西地區的大部分敵人已經撤退，興城城內的敵人不過幾百人。劉師長當機立斷，决定越過興城，迅速進佔錦西，並以第六團爲攻擊部隊，向錦西挺進。

第六團攻佔錦西的部署，由李將軍計劃，平爾鳴團長予以支持。以第三營王秀峰（山西崞縣人，中央軍校第十期砲科畢業）營爲主攻部隊，由團山子攻錦西，先行佔領車站，再掃蕩市區。第一營由團山子北側，經劉台子前進，包圍錦西東北，截擊錦西敗退敵人，並阻止敵人從高橋方面增援。第二營由團山子南側前進，佔領五里河，撲擊興城向北撤退的敵人。二十一日上午兩點五十分，各營從上榨山出發，銜枚急走，不到拂曉，就到達團山子西邊高地。王秀峰營長率領的第三營，利用破曉前的黑暗，進展神速，像閃電一般通過團山子，敵人把他們誤認做友軍，被王營長俘虜了一百多人，立刻攻擊連山車站。敵人覺得有些突然，以爲天兵從天而降，驚惶失措，四處逃散，第三營輕而易舉佔領車站，然後掃蕩市區，肅清敵人。錦西的敵人不曾接觸，就分向葫蘆島和北邊逃竄。

第二營在拂曉前佔領五里河，鹵獲一輛從興城開往錦西的汽車，經過仔細審問，知道是向錦西傳達命令的，並且知道興城向錦西撤退的敵人，距五里河祇有十幾里。營長張晴光趕緊利用丘陵起伏地形，把四、五、六三個連分頭埋伏妥當，等待敵人光臨。過了一個鐘頭，一百五十多名先頭部隊，鑽進第六連的口袋陣地，不費一粒子彈，全部繳械。很不幸，因爲戒備不夠嚴密，少數匪幹乘我繳械的時候逃脫，報告了他們的後續部隊。於是，敵人集中一團兵力，向我第六連陣地猛攻。第五連準備去支援，又被另外一團包圍，連長李楷模勇冠三軍，手持衝鋒槍，打死敵軍團長，扼阻敵軍攻勢，才穩住戰線。

李將軍眼看第二營敵人兩團兵力圍攻，趕緊率領第七連增援。第二營看見副團長親自來增援，士氣大振，敵人則如驚弓之鳥，不清楚有多少增援部隊，不敢戀戰，被我軍打的東逃西散，後續部隊，也不敢跟進，找空隙向西北逃竄，這一仗如果不是李將軍以過人的勇敢，親自指揮增援，第二營可能吃個大虧，錦西也未能夠站穩脚步。

王秀峰營佔領錦西不久，劉師長也率領第四團趕到，立刻派第三營向葫蘆島方面搜索前進，相機佔領。其實葫蘆方面的敵人因錦西不守，已從海路逃去，葫蘆島很容易地被我收復了。進軍東北，一日連下三城，眞是旗開得勝。東北保安司令長官杜聿明檢討連日戰況時，當衆宣佈，第二師第六團的戰績最爲輝煌。全軍休息兩天，二十四日繼續攻擊，二十五日克復錦州。

在接收東北的三年苦戰中，李將軍以副團長、團長、副師長統率所部轉戰遼東半島，大戰小戰打了幾十次，沒打過一次敗仗，沒有吃過一次虧。別人說他是福將，實際上，他打仗從來不馬虎。兵法說：「兵者國之大事，死生之地，存亡之道，不可不察也。」他就得力一個「察」字，對於敵情的偵察、分析、判斷，非常細心，所以不上當，不吃虧。敵人慣用的戰術，以大吃小，遇强則退，遇弱則進。他也以其人之道，還諸其人，絕不僥倖，乘快一時。他懂得打仗的藝術，穩紮穩打，輕鬆愉快。他也能遵守兵法所說：「强則避之，」絕不做愚蠢的舉動，拼不過敵人，却去白白犧牲。他在東北打過幾場非常漂亮的仗，值得敍述。

血戰摩天嶺

三十五年（一九四六年）五月，第六團團長平爾鳴升任第二師副師長，李將軍以副團長升任團長。這一年的冬天，我軍決定收復安東市。當時遼東半島的共產黨部隊爲遼南軍區蕭華的第四縱隊，第十旅控制連山關到鳳凰城的鐵路沿線，第十一旅在本溪以東小市、碱廠一帶，十二旅駐於連山關、河欄溝地區。等到我軍攻擊開始，敵人爲避免重大犧牲，不敢和我們打硬仗，除了三十六團利用大小摩天嶺天險，死守該地，阻止我軍前進，必要時十二旅逃向西北，第十旅向東撤退，讓開鐵路沿線，十一旅撤到碱廠、賽馬集以東，伺機向我偷襲，討便宜。

十月十九日攻擊開始，佈署如下：以新六軍爲右翼兵團，分成兩路，一路攻佔蓋平，進出普蘭店；一路由海城攻佔岫岩、莊河、大孤山。五十二軍爲中央攻擊兵團，沿安（東）瀋（陽）鐵路向鳳凰城、安東市攻擊佔領。五十二軍又區分爲三個縱隊，二十五師的七十三團和七十四團爲左縱隊由本溪經碱廠攻佔賽馬集，再會攻安東市。二十五師的七十五團和第二師的第五團爲中央縱隊，由橋頭沿公路鐵路向南攻擊，直取鳳凰城。第二師的第四團和第六團爲右縱隊，由大安平、亮甲山向摩天嶺攻擊，與中央縱隊會攻連山關，這是攻擊安東市最艱巨的一項任務。右縱隊又以李運城的第四團爲左支隊，攻擊小摩天嶺，李有洪將軍的第六團爲右支隊，攻擊大摩天嶺。

本溪南面下馬塘、摩天嶺、河欄溝一線的共產黨十二旅，兵力相當堅强，並且構築有很堅固的工事。要想收復安東，必須先攻破這一條防線，而摩天嶺自古稱爲天險，攻擊不易，不經過一番艱苦搏鬥，是不能攻破的。摩天嶺地勢非常險要，「

五十二軍剿匪作戰經過」一書這樣描寫：「摩天嶺爲薛仁貴征東之古戰場，山巒連亘，形勢險要，標高五百至七百餘公尺，矗入雲霄，對連山關形成一夫當關，萬人難攻之屏障，而爲進出安東之鎖鑰部。遼（陽）連（山關）公路，由大小摩天嶺中，蜿蜒而上，盤旋而下。公路兩側，少有道路，懸崖絕壁，攀登困難。匪自我進入本溪、遼陽後，即在此構築工事，爲時數月。碉堡均以鋼板被覆，復構成數道鐵絲網，完全堅强之據點陣地。」

按照作戰計劃，第六團從鞍山徒步經關門山、砲手溝，到亮甲山，然後向南攻擊。三十五年五月我軍收復本溪後，李將軍就率領第六團駐防亮甲山，和河欄溝敵人對峙了好幾個月。他每到一個地方，處處觀察，事事留心，對於這一帶的地形，下過一番研究功夫，非常清楚。從亮甲山到河欄溝，地勢逐漸增高，所以，從北往南進攻，必須仰攻。在敵人居高臨下，火網密佈之下進攻，犧牲很大，成效有限，的確得不償失。他非常愛惜士兵，不願意他們作不必要的犧牲，不贊成這種不切實際，紙上談兵的作戰計劃，假如把從北向南進攻，改爲從西向東；把正面仰攻，改爲側擊，就可減少許多犧牲，而且容易收到攻擊的效果。他是一位敢作敢爲，有擔當的人，寧願自己將來受處罰，也不願犧牲士兵，獨斷專行，改變了進攻路線，決定從下達連河，直趨黃崗子，側擊河欄溝。

十九日拂曉以前，第六團從七嶺子出發，沿途擊破敵人三次抵抗。黃昏時到達黃崗子，才和師部取得聯絡，報告改變進攻路線的理由，劉玉章師長認爲他處置得當，不但沒有責備他擅改命令，反而同意他改變計劃，慰勉有加。這一着對於第六團的精神鼓勵非常大。爲了二十日拂曉攻擊容易起見，命第四連乘夜間天色黑暗接近敵人，一舉攻佔河欄溝西側高地。團的主力也從黃崗子向東移動。

二十日拂曉，以第二營和第三營爲第一線，第一營爲預備隊，越過第四連已佔陣地，奮勇攻擊，逐山激戰，逐堡爭奪。第九連長胡國璽受傷不退，高呼前進，又派第三連長莊培林連向敵人側後中心陣地觀音山突擊，他組成近戰肉搏排，利用掩蔽，接近敵人，準備拚個你死我活。敵腹背被攻，逐漸不支，傷亡慘重，一百多人向我投降，河欄溝終被攻克。

李將軍善於用兵，調度得當；又能把握時機，抓住要點。第三營攻河欄溝非常出力，調爲預備隊，以第一營接替第三營。攻擊部隊，沿公路兩側猛力攻擊，他身先士卒，有進無退，襲破敵人十幾里的縱深陣地，使敵人相繼崩潰。先佔領大同溝，黃昏時抵達塔灣，進抵石灰寨附近，並佔領另外一個黃崗子，肅清進攻大摩天嶺的障碍。

大摩天嶺標高七百二十公尺，從西往東有五個山頭，一個比一個險要，二十一日開始攻擊，李將軍於黎明前，以第一營擊破當面與我保持接觸的敵人，隨即以第三營爲前衛，繞道五道溝，向摩天嶺攻擊。經過五道溝時，擊潰潛伏的敵人三十多名。再繼續前進，即爲荒涼蔓草地帶，無道路可循，須攀登梯式山嶺數十，始能到達摩天嶺。前進到二道嶺時，又遭受潛伏的的一百多名敵人襲擊。李將軍着第四連及機槍二連迅速佔領兩側山頭，協同前衛，向敵猛攻，第四連及機槍二連動作迅速，敵不支潰散。

進到三道嶺附近，又擊破敵警戒部隊。惟當面山勢險峻，山石高聳，如刀尖鋸齒狀；山路崎嶇，如鳥道羊腸，狹窄的地方，幾無落足餘地，尚須爬行。所以第二營始終無法使用。第三營長黃中敏集中機砲，猛烈射擊。第七連連長徐儉率部奮勇登山，攀籐附葛，經谷地向敵迂迴側擊，敵不支向摩天嶺主陣地退去，我遂佔領第四個山頭。第五山頭距離第四山頭，僅一千多公尺，中間是絕壁懸岩，行動非常困難。從第四山頭敗退的敵人，許多掉到山谷摔成爛泥。

李將軍乘敵人調整態勢之前，令前衛乘戰勝餘威，繼續前進。以第七連一部由黃排長河清率領，進行側翼包圍。各部銜枚疾走，經過谷地，行動非常艱難。迂迴攻擊的黃排長，足智多謀，勇敢善戰，令士兵脫去棉衣，穿着黃色襯衣，企圖以黃色襯衣與敵黃色制服混亂，以欺騙敵人。等他們接近敵陣地時，敵果誤認爲友軍，黃排長得以到達最近距離，以手榴彈、衝鋒槍向敵突擊，猛衝，一舉奪佔主要碉堡好幾座，敵人倉惶失措，頓時形成混亂。我正面攻擊部隊，也乘機猛攻，敵軍四散潰退，終於黃昏以前，攻佔敵人最堅强的第五個山頭，完成攻擊大摩天嶺的艱巨任務午夜抵達五福廟。

輕取寬甸

第六團攻克大摩天嶺的前後，李運城的第四團也攻佔小摩天嶺，夜間到達妙峰觀。這兩個團挾戰勝餘威，向東掃蕩，二十二日正午，第四團佔領連山關，第六團佔領鶯歌地。二十三日以郭永的第五團爲左支隊，沿公路鐵路向南攻擊前進；以第六團右支隊，經西正溝、大黑山，直趨大通遠堡，截斷敵人的退路。第六團進攻路線，山路崎嶇，必須迂繞好多處，才能通過。而且尙有少數敵人，負嵎抵抗，必須一一排除。雖然馬不停蹄，進度却無法加快，一直到午後四點鐘，才佔領大通遠堡。

二十四日以第五團爲第一攻擊隊，第六團爲第二攻擊隊，繼續向南攻擊。師部到達雲裡車站後，師部諜報參謀袁養吾利用敵人撤退時沒有破壞的長途電話線，冒充僞十二旅鞠文義部，和安東方面的敵人指揮部通電話，報告戰敗情況，請求增援。對方回答，安東祇剩下一個營，實在無法增援，又說鳳凰城正在撤運物資，希望勉力抵抗，掩護鳳凰城撤退。這是一件非常重要的情報，安東敵人兵力既然單薄，不堪一擊；鳳凰城的敵人又已很混亂，撤退物資，我軍則垂手可得。

劉師長接納李運城團長的建議，爲爭取時間，將十二輛運輸彈藥卡車的彈藥卸下，運送追擊部隊前進，奪取鳳凰城。李將軍的第六團已經成爲長勝軍，氣壯河山，就以第六團第三營爲追擊隊，乘卡車順着公路急進，隨時排除沿途的殘餘抵抗，下午四點鐘佔領鳳凰城車站，繼續前進，黃昏的時候，進佔高麗門。二十五日副師長平爾鳴指揮先遣隊第六團，再用卡車八輛，輪番輸送，向安東市疾進。下午一點鐘，先遣隊抵達安東市郊。二十六日中午第二師師部進入安東市。二十七日李將軍又率領第六團向南攻擊，佔領了安東市西南鴨綠江口的大東溝。

這時二十五師師長李正誼率領的左縱隊七十四團和七十三團佔領賽馬集後，準備進攻寬甸，三十日到達王家堡子，先頭部隊抵靉陽邊門，遭遇敵人堅强抵抗。因爲他們搜索不夠嚴密，情況不十分清楚，事實上已經鑽進敵人第十旅、第十一旅和第三縱隊從桓仁南下的第八旅、第一旅的包圍圈。在王家堡子周圍，展開慘烈的戰鬥。

趙軍長爲解救已被包圍的二十五師，令命第二師粗織挺進隊，趕緊向寬甸挺進，予以佔領，然後襲擊包圍二十五師敵人的側背。這一付沉重的擔子，又落到能征善戰的李將軍肩上。這支挺進隊由第六團的第三營，第五團的第二營和一個山砲連組成，向寬甸挺進。

從安東到寬甸，有兩條道路，一條在東邊，經紅洞溝、土城子，是一條年久失修，廢棄很久的舊公路，路面破壞的很厲害，高低不平，不是一條理想的行軍道路。另外一條在西邊，經南石漕子、土門子、楊木溝，係一條新築成的公路，路面平坦，行軍省力，是一條最理想的行軍道路。敵人預料，我軍攻佔安東後，一定會攻佔寬甸，才比較安全。又預料我軍進攻的路線，一定會選擇西邊的新路，絕對不會走東邊那條廢棄已久的舊路。於是在土門嶺和楊木溝中間，埋伏了兩個戰鬥力很强的團，等候我們通過時，殺我們一個措手不及。

打仗不祇是憑力，還得用智，李將軍熟讀兵書。運用得當，他知：「出其所不趨，趨其所不意。行千里而不勞者，行於無人之地也。」的道理。他衡量輕重，仔細一想，挺進隊的主要任務是在解救被圍在王家堡子的二十五師，必須迅速到達寬甸，爲後續部隊佔領這一個重要的跳板，越快越好，最好避免路上和敵人接觸，延誤行程。他想，假如敵人要在路上埋伏，一定會選擇西邊的公路，那是行軍必經之路。東邊的道路不宜行軍，也許敵人不會注意。於是，他不走西邊的好路，偏偏選擇了情況不良的舊路。讓守候在楊木溝和王包甸子的敵人白白等候一場，一無所得。

三十日挺進隊從安東出發，行動非常秘密迅速。先頭部隊抵達大花樹時，知道敵縣區大隊三百多人，企圖利用夾河，阻滯挺進隊前進。李將軍爲迅速完成任務計，決定前衛以一部在大花樹正面渡口附近陽動，以欺騙敵人，主力則秘密轉進至夾河下流一千五百多公尺的地方暗渡，然後包圍側擊敵人，終於擊潰敵人，全部安全渡河。晚到達土城子，已經走完一半路程。到達土城不久，早派出去的諜報人員回來報告，寬甸是共產黨的後方補給基地，儲存着大量物質，除了少數地方部隊，並沒有重兵防守。但楊木溝和王包甸子附近，却有兩團之衆。李將軍認爲這兩團敵人很可能襲擊挺進隊，或者遲滯挺進隊前進，但是午夜以前，敵人不會有甚麽行動，於是決定奇襲寬甸，稍爲休息，乘夜繼續前進。經鹿皮台、梨樹園子損壞已久的道路，直奔寬甸。

挺進隊孤軍深入，爲安全計，以第五團第二營營長率一個連，在長嶺擔任掩護，着前衛以一部襲擊車站，牽制敵軍，主力繞道攻城。深夜敵遭襲擊，驚惶失措，自相衝突，死傷很量，經兩小時戰鬥，寬甸城全部爲我佔領。當時敵人有兩列火車，滿載物資，正準備逃去，李將軍行動神速，立制截獲，並俘虜了六十多人。這一次收復寬甸，損失很小，而能俘獲許多物資，費力少而收獲多，使用敵人慣用的奔襲戰法，以其人之道，還制其人，是遼東半島作戰三年當中最漂亮、最合算的一仗，完全是事先判斷正確，行動迅速的原故。

能攻善守

李將軍打仗，勇敢沉着，胆大心細；處變不驚，以少勝多；既能攻擊，又善防守。太史公說：「兵以正合，以奇勝。」兵法說：「上兵伐謀。」他打仗好用奇又能守正，既勇敢而善謀，所以每戰必勝，絕非僥倖，並不是所謂福將，靠天吃飯。他有幾次防守戰，打得非常漂亮。三十五年（一九四六年）十二月中旬至三十六年（一九四七年）一月初旬，以一團之衆，防守寬甸，守備正面長達二百里的點線，應付敵第四縱隊的第十一、十二兩個旅，有時唱空城計，有時又粉碎敵人兩個作戰的企圖。完全是採取主動，出敵不意，攻敵不備。與敵週旋於牛毛塢、太平哨、蒿子溝之間。有時寬甸成了空城，由團直屬部隊輸送連及工兵一個連，配合少數地方團隊，詐稱一個團，在安東至寬甸道上，反復行動。白晝一進城時，詭稱由安東而來；夜間出城時，則詭稱掃蕩牛毛塢、千溝子，不走固定路線，不在一定地點宿營，使敵不明虛實，不辨眞假，不敢進犯寬甸空城。

十二月三十一日，李將軍以第三營佯稱一個團，向牛毛塢挺進，晚抵五道嶺子附近（距牛毛塢六、七公里），留第七連向牛毛塢敵軍擾襲，其餘則乘夜秘密折返蒿子溝方面。第七連徐連長到達五道嶺子後，即派出多組人員至各村落準備一團人營區，虛張聲勢。隨即將部隊向牛毛塢逼近，秘密埋伏於通五道嶺公路側方高地之反斜面。敵於三十六年一月一日拂曉向五道嶺前進，擬襲擊我軍。待敵先頭部隊通過後，徐連長突以六〇砲及自動火器向敵本隊集中熾烈火力襲擊，斃敵五百餘名，敵夜闗遇伏，幹部無法掌握，一時陷於混亂，自相踐踏，首尾不能相顧，紛紛逃回牛毛塢。如此多方眩惑敵人，敵不明我之兵力，不敢妄動，而達成以攻爲守的目的。

三十六年（一九四七年）二月二十二日，我軍三次進攻臨江失利，反而受到共產黨第三、第四兩縱隊反擊。第二師退到通化西北葫蘆套、泉眼溝一帶，敵人也從此南下，趕到我們的陣地前面。葫蘆套東北六〇六高地，地勢非常重要，是通化的西北屏障。如果落到敵人手裡，對通化的威脅很大。第六團抵達葫蘆套時，第三營的第八連首先佔領六〇六高地，可是第二天却被强大的敵人奪去了。李將軍研究敵我情況後，覺得强大的敵人隨時會向我攻擊，使我處於被動，不如採守勢攻擊，來個先下手的爲强，奪回六〇六高地。

第六團除了防守的部隊，能夠抽出來用於攻擊的，非常有限，祇能用奇謀，讓敵人莫測高深。於是他擬定壓道式的火力攻擊計劃：（一）以士兵三十人編成奮勇隊，手持各色指揮旗，取正面横隊，虛張聲勢，搖旗吶喊，向六〇六高地前進。（二）集中全團可能使用的山砲、八二砲、六〇迫擊及重機槍、槍榴彈，向六〇六高地實施集中射擊。（三）重機槍、迫擊砲等各分配一定火制地帶，按一定時間，逐次向前延伸火力，掩護奮勇隊前進。（四）奮勇隊攀登六〇六高地後，如果敵人潰退，即以旗語指揮後續部隊前進，佔領該高地。如敵繼續死守，則以旗語指揮砲火，痛殲敵軍。根據這項計劃，實施攻擊。敵人不明我軍虛實，以爲我軍既有這樣猛烈的砲火，必定是集結了强大的部隊，因而不敢頑抗，愴惶撤退。第六團沒有任何損失，就拿下六〇六高地，保障了通化市的安全。

另一次防守戰，是三月間吉長會戰，第六團以一團兵力擔任通化以西新賓的守備任務。敵第四縱隊第十一旅以兩倍的兵力，企圖一鼓作氣，奪取新賓。新賓到通化的公路兩旁地形，都是山岳地帶，不利大部隊作戰，小部隊活動，則非常有利。李將軍決定利用山岳地帶，對强大兵力的敵人，實施持久抵抗，多方襲擾，使敵疲勞困頓，然後相機反擊。

他擬定小戰鬥羣大縱深入持久作戰計劃：（一）以三棵榆樹、旺晴邊門、東昌臺各南北之線，形成三個主抵抗地帶，對敵實施持久作戰，至於各主抵抗地帶中間地區，則以游擊戰法同敵人纏鬥。（二）以一部編成若干戰鬥羣，擔任第一抵抗地帶和第二抵抗地帶之戰鬥，第三抵抗地帶之戰鬥，則準備以有力之部隊，實施較堅强之抵抗。（三）各戰鬥羣應利用地形，到處狙擊敵人，使敵人步入泥淖，寸步難行。其戰鬥手段之决定，應依實況而異。必要時得採取攻勢，但必須避免與敵眞面目作戰。（四）爲形成重點之抵抗，以一部戰鬥羣配屬必要之步兵重武器，佔領制高點、隘路口等特別地形，實施對敵狙擊（五）各戰鬥羣與敵激戰後，除相機自行脫離戰鬥外，並應自動組合，由組變爲班，由班變爲排，由排變爲連，以使抵抗戰鬥，逐漸加强。（六）爲防敵之鑽隙迂迴，對廟子、南旺晴及桓仁各附近，各派搜索組數組，以搜索代替警戒。

這一個防守作戰計劃，是按照實際情況，經過周密的思考擬定的，不是紙上談兵。而李將軍掌握的部隊，訓練有素，執行計劃，非常確實，由第三營營長張燦光負責執行。他把第七連編組成幾十個戰鬥羣，擔任第一抵抗地帶到第二抵抗地帶中間的戰鬥任務，而把主力部隊準備在東昌臺附近，以便對敵作堅强的抵抗。

三月十九日敵人開始進犯三棵榆樹，我戰鬥羣佔領高地，發揮了這種特別戰法的威力，予敵迎頭痛擊，激戰四小時，打擊了敵人的銳氣。等到敵人主力到達，戰鬥羣立即脫離戰鬥，自動組合，至旺晴邊門，再利用已經設備的工事，繼續抵抗。敵人始終摸不清我們究竟有多少兵力，祇覺得四面八方都有埋伏，非常恐懼。二十日敵人用人海戰術猛攻旺晴邊門，我們的戰鬥羣利用綿亘山地，羣起襲擊，敵人陷入陷阱，行動緩慢。我們的戰鬥羣和敵人整整纏鬥了一天，二十一日敵人才開始攻擊東昌臺。因爲已經戰鬥了兩天，敵人非常疲憊，銳氣盡失。這一夜，李將軍利用配屬的四輛裝甲車，駛往東昌臺，往返行駛，前進時開燈，返回時熄燈，以眩惑敵人。敵人從遠處看到我們的車輛接連開到，以爲大舉增援，不敢戀戰，乘着黑夜，向旺晴邊門撤退。這一仗以寡禦衆，以虛擊實，終將敵人擊退。如果力拚，我們的損失一定很大，而且也達不到防守的任務。李將軍用特殊戰法，虛虛實實，以四輛裝甲車往返行駛，嚇跑敵人，堅守陣地，正合兵法所說：「兵以詐立，分利動，以分合為變也。」

第三次防禦作戰，更為精彩。三十六年七月以後，敵人的氣勢非常猖獗。第六團防守本溪南面的宮原，李將軍為了打擊不時向我軍侵擾的敵人，組織了一個搜索排，推進到南面千金溝，構築堅固的小型工事，阻止小股流竄敵人進擾，並捕捉敵人派出的偵探便衣，收到很大效果。經過一個月，他細心研究，小股敵人既然屢次吃虧，一定要來一次報復，敵人喜歡夜間作戰，必然乘着黑夜來偷襲。於是，挑選了四十五名勇敢幹練的士兵，組織了一個伏擊羣，携帶兩挺重機槍，六挺輕機槍，十支衝鋒槍和必要的步槍信號槍，每一個人都是以一當十的好角色，又由驍勇善戰的吳鳳勝排長統率，在千金溝搜索排稍後，構築必要的工事。這個伏擊羣每日日落後前往，拂曉以前撤回，行動機密，一點也不讓敵人知道。

伏擊羣設置一個星期，到了十月二十七日晚間，敵十二旅三十四團的一個加强營，乘黑夜向我偷襲，企圖消滅我搜索排以後，襲擾我福金嶺。我搜索排稍微抵抗，就按照預定計劃，向後撤退，誘敵深入。敵人的搜索兵已被我搜索排全部捕獲，敵人祇好盲目進入我們的伏擊區。吳排長率部用熾盛火力猛擊，敵猝不及防，傷亡慘重，但並不後退。吳排長再依預定策畧，以少數步槍兵據守碉堡，自動武器則撤到四週埋伏，形成對敵包圍。等到部署妥當，碉堡內的步槍加速射擊，故意暴露目標。敵人果然入彀，向我碉堡猛攻，到達我火力圈內，自動武器，同時齊放。敵人自營長以下死傷一百五十多人，現場遺留屍體五十多具，俘虜十五名，獲輕機槍三挺，步槍五十多支，伏擊羣却沒有一人受傷，眞是一場非常便宜的勝仗，李將軍料敵如神，難怪官兵對他非常信賴，個個能出死力，爭取勝利。

撤退有功

五十二軍到東北以後，二十五師的遭遇最為不幸，安東會戰，被包圍在寬甸西北王家堡，傷亡在五千人以上，師長被俘。三十七年（一九四八年）遼陽鞍山防禦戰，二十五師的七十四團和七十五團損失慘重，師長副師長都被俘去，祇留下守瀋陽的七十三團未受損失。這一年三月以李運城為二十五師師長，李將軍為副師長，以七十三團為基礎，收容了七十四團、七十五團和一九五師的殘部，重新整編訓練，僅僅半年，二十五師又成勁旅了。

東北剿匪總司令部為了鞏固瀋陽的防務，命令五十二軍收復遼陽。七月十三日黃昏後，第二師為西線，二十五師為東線，從瀋陽附近出發，向遼陽挺進。十五日拂曉，兩師先後渡過太子河。十六日第二師第五團掃蕩大趙臺，進攻向陽市，第四團奇襲遼陽西南的首山。二十五師七十三團和七十團掃蕩八里莊以南的敵軍以後，攻擊北大山及以東高地。敵匆忙應戰，驚惶失措，向南逃竄，我軍收復遼陽。李將軍因指揮有功，獲六等雲麾勳章。

十月五日五十二軍再向鞍山進軍，第二師從西線，第二十五師從東線，進展非常順利，六日就收復了鞍山。而東北情況，却一天比一天惡化。瀋陽、長春、錦州三個重要據點分別被敵包圍，陷於孤立，不不久長春，錦州失陷，祇剩下瀋陽。東北剿匪總部為了獲得一處出海海口，命令五十二軍收復營口。五十二軍從遼陽出發，抵達沙河後，分兩路向南挺進。第二師從東線，經鞍山、海城，向大石橋挺進，迂迴襲擊營口的南邊。二十五師從西線，經騰鰲堡、牛莊，直趨營口。十月二十三日二十五師佔領牛莊，第二師佔海城。二十四日上午九點鐘，二十五師的七十三團進入營口市，同時第二師佔領大石橋及營口以南的二道溝。

二十六日剿匪總部命令北渡遼河，經盤山向北挺進，威脅敵人側背，策應廖耀湘兵團。二十七日接到命令，不必向盤山挺進，放棄營口，向瀋陽撤退。下午又接到命令，鞍山已陷入敵手，五十二軍不必再向瀋陽集中，固守營口待命。剿匪總部步驟已亂，命令一再改變，瀋陽情況已經非常危急。

二十九日敵第八縱隊的獨立第二師第三師，從蓋平往北猛攻，第九縱隊也傾巢南犯。敵二十五師攻我石橋子，雙井子陣地；二十七師攻我老邊、花魚臺陣地；二十六師攻我老爺廟陣地。我二十五師決定在敵人主力未到達前，出其不意，集中砲火，迎頭痛擊，並令七十三團和七十五團在營(口)牛(莊)公路兩側左右夾擊，這一仗俘敵一千八百多人，敵人攻勢頓挫，不敢冒進。下午奉命由海路撤退，並接海軍司令部電報，即派輪船來營口接運。

三十日我二十五師擊退進犯花魚臺的敵二十七師，第二師在白廟子擊退敵二十六師。而輜重死守營口以南太平山，阻止敵獨立第二師第三師前進，營長王有道陣亡，全營官兵三百多人，堅守陣地，幾乎傷亡殆盡，粉碎敵軍强佔遼河口的詭計，才有撤退的充分時間。這一次戰役，我二十五師全體官兵同心戮力，人人奮勇，兩天以內擊潰敵人一個師，殲滅敵人一個師，戰果輝煌，出關三年以來，無與倫比的一次勝仗。

三十一日凌晨一點鐘到五點鐘，除掩護部隊，五十二軍的兩個師全部登輪，在海軍艦艇掩護下，安全脫離營口。不幸第二師乘的宣懷輪，於四點多鐘突然起火，損失慘重。二十五師於十一月一日抵葫蘆島，開往上海，轉無錫整補。出關的部隊全師而還的，祇有二十五師，李將軍因作戰撤退有功獲五等寶鼎勳章。

徐蚌會戰，二十五師確保津浦路南段，擊退企圖破壞鐵路的粟裕所部獨立四十一旅和四十二旅，徐蚌會戰的部隊，才能安全撤退，三十八年（一九四九年）四月，二十五師師長李運城升任五十二軍副軍長，李將軍升爲二十五師師長。他從見習到升任師長，在二五師整整呆了十七個年頭。四十一年任官陸軍少將。

上海保衛戰役，二十五師防守國際電臺、劉行、廟行、大塲一線，首當要衝。從五月十二日一直打到二十五日，苦戰半月，陣地屹立不動，先後擊退進犯的敵人二十八軍、二十九軍、警備第八旅等部隊。十五日還派七十五團增援楊行，收復已失陣地。後因浦東告急，奉命撤退，乘灤州輪開往舟山。

植樹修路

二十五師在舟山一直住到三十九年（一九五〇年）四月，正好集中精神，訓練部隊。李將軍最崇拜岳武穆，「撼山易，撼岳家軍難。」他訓練部隊，就是要訓練成岳家軍。他又把軍隊當成自己的生命，當成自己的家庭，全副精神都放在部隊裡，片刻都不離開。當時一般部隊長於對美國的震憾教育，都不注意。他却認爲非常重要，是訓練成岳家軍的最好手段。所以，二十五師對於震憾教育實施得認眞確實。他訓練部隊是多方面的，樣樣認眞，爬山、越野、賽跑、渡河、架橋、上船、下船，經常舉行比賽。共產黨打仗多半在夜間，針對這一點，特別注重夜間教育。他又覺得時令進步到機械化時代，每一個士兵都應當能開汽車，會駕駛坦克車，所以對於駕駛訓練，也不放鬆。因此，他的士兵不但是身手不凡，都有技能，而且個個訓練成鋼筋鐵骨，生龍活虎。當時舟山指揮官石覺將軍看見他訓練部隊勤快、認眞、確實，曾經特別予以嘉勉獎勵。

後來部隊開回臺灣，李將軍按照計劃，加緊訓練部隊。生活方面他提出十個天天，天天點名、天天朝會、天天上課、天天出操、天天整理內務、天天擦槍、天天跑步，天天唱歌、天天洗脚、天天大便。這十個天天要認眞確實去做，十年如一日去做，從不懈怠。

技術方面：他提出三種辦法：（一）跑步要跑得勤，跑得多，跑得快。十個天天已經提到跑步，現在又當做技術訓練，提出勤、多、快三項具體訓練辦法。（二）射擊要看得清，瞄得準，打得狠。他認爲射擊是軍人最起碼的看家本領，一顆子彈至少要打倒一個敵人，槍彈不能虛發。他要把每一個士兵訓練成神槍手，要士兵們養成「看不清不打，瞄不準不打，打不到不打」的習慣。（三）投擲手榴彈要投得遠，投得快，投得準。他認爲和敵人接近的時候，手榴彈的威力最大，投得快、投得準、投得遠，就可以阻止敵人接近我軍的陣地。所以平時應當多投，勤於練習，增强臂力，戰時才可以發揮手榴彈的威力。

精神方面：一般要求服從命令，遵守紀律，誓死完成任務。他對誓死完成任務，非常重視，執行非常徹底。因此交給他的任務，不論怎樣艱鉅，沒有不完成的。戰時要求，官不離兵，兵不離槍，槍不離彈要求，要在平時養成習慣，戰時才能做到。戰時能夠做到三不離，一定能夠打勝仗。

李將軍練兵，要求簡單明瞭，辦法呆呆板板，就是要時時去做，認眞去做，不討巧，不敷衍，久而久之，成效自然偉大。三十九年十月，全臺灣的部隊冬季校閱，他的這一師成績最優。四十一年（一九五二年）春季校閱，全國第一，曾獲光華甲一獎章。他所獲的勳章還有三十六年四平會戰，獲干城獎章，三十七年遼陽防守有功，獲陸軍甲一獎章，遼陽二劉堡作戰有功，獲陸軍甲一獎章，抗戰勝利後，獲勝利勳章。

胡璉將軍知道他是一位優秀將領，任金門防衛司令時，調他到金門工作，先任第八軍副軍長，四十一年十二月任七十五師師長。一天李將軍陪同胡司令官經過金門的一條主要公路時，感覺到起伏不平，路面也不夠寬。胡司令官說：「假如這一條公路再寬一些，再平一些多好！」

他聽到長官這樣說，認定就是口頭命令，要他把這條路修平加寬，是交代他的任務，他就必須誓死完成，當時他沒有開腔，回到總部開始盤算怎麽完成胡司令官交代的任務，先把這一條路的長度和全師的工作能力，做了一番研究，他估計把公路分成若干段，每連負責翻修一段，需要多少時間，至多不過六七個鐘頭。同時動工，羣策羣力，事半工倍，一個夜裡就可以完成。第二天朝會完筆，把全師帶到公路上，分配給各團，再讓各團分段配給各連，然後集合全師講話，把他的計劃告訴大家，要他們仔細研究，要在限定的時間內完成。又要他們白天好好休息，吃過晚飯動工，天明以前完成任務。士兵們休息了一整天，睡足吃飽，精神百倍，按照他規定的標準修路，路面要寬、要直。要平。

第二天早晨，金門島上的奇蹟出現了，這條公路，一夜之間，面目全非。原來是一條窄狹，高低不平的公路，現在變成一條寬濶平直的康莊大道。全島的男男女女，除了胡司令官心裡明白，誰也不知道是怎麽一囘事。起初一兩人知道，很快一傳十，十傳百，爭先恐後，都用驚奇的眼光來看這條一夜改變了面目的公路。由於這一條公路翻修成功，胡司令官决心整修全島的道路，奠定了金門道路現代化的基礎。

現在金門島上綠樹成蔭，公路也成了名副其實的林蔭大道。可是二十多年前，金門島上看不見幾株樹：因爲島上風大雨少，空氣裡鹽分多，土質不太好，樹木很難栽活。過去栽樹的人，多抱着栽一百株，能活一株就不差的洩氣觀念，年年在栽樹，仍然看不見樹。李將軍却不這樣想，十年樹木，百年樹人，一個鄉下老百姓都能訓練成能征善戰的戰士，樹怎麽栽不活？他要栽一株活一株，於是喊出「一人一樹」的口號，他要他的士兵每人祇栽一株樹，這一株樹的生命，也就是他的生命。果然，每一個士兵把他自己栽的樹，當做自己的孩子來愛護，盡心竭力，要他生根，要他發芽，每天休息的時候，每一個士兵端上一洗臉盆水去灌溉。人定勝天，就在一人一樹口號下，七十五師所栽千棵樹都栽活了，金門島也開始綠化了。

李將軍在二十五師前後二十年，想不到因爲跳到胡司令官那邊，遭遇到妒忌，不得不離開部隊，一個以部隊爲家的將軍，一日離開部隊，滿懷惆悵，五十三年死於癌症。

李夫人黃佩芳女士，湖南人，二十八年與李將軍結婚，生四子三女，長女雪豔婚配浙江夏律身，次女雪梨婚配湖南蔣大銘，長子繼思，次子繼聰，三子繼慧娶妻張月娥，四子繼忠，三女雪奇，生活異常清苦。

清末民初四川的陸軍學堂與川軍派系

—懷　襄—

一、緒　言

清末自從甲午中日之戰以後，朝野人士均以軍備廢弛，力主仿效日本維新，創建新軍，於是各省紛紛開辦軍事學堂，招收學生，訓練新軍的下級幹部。

四川開辦的第一個軍事學堂是四川武備學堂，後來又有四川陸軍小學堂，四川陸軍速成學堂和四川陸軍講武堂。另外，還有四川提督直接辦的官弁學堂和官弁小學堂。

辛亥革命後，成都方面的大漢軍政府辦過四川陸軍軍官學堂，和四川軍官速成學堂，重慶蜀軍政府辦了一個蜀軍將弁（校）學堂。

民國八年熊克武督川時，在成都辦過四川陸軍講武堂；楊森任四川督理時，於民國十四年春在成都辦過四川陸軍講武堂；因此就有「熊講」，「楊講」的說法。加之以後各軍師旅所辦的軍官傳習所，軍官講習所，軍官教育團，軍官訓練班以及軍事政治學校等，眞是名目繁多，不勝枚舉。

現在將清末民初各軍事學堂的概況分述如次：

二、四川武備學堂

四川武備學堂創於光緒二十八年（民元前十年）秋，由四川總督奎俊奏准興辦。校址設成都城東昭忠祠，招過一批學生。學堂規模簡陋，僅有德式操練，而無軍事學科之講授。旋即停辦。

翌年（民元前九年）岑春煊任川督時，另建校舍於成都北較場，從此連續三年，共招學生二百七十餘名。學生入學以後，按其年齡程度，分別編入速成科，本課科（其中又分爲步，馬，炮，工，輜五種兵科分別訓練），次課科三科。速成科一年畢業，先後畢業學生二百二十餘人。

後來清陸軍部統籌全國軍官訓練計劃，四川武備學堂即照部令於光緒三十二年（民元前六年）停辦。

光緒二十九年武備學堂之總辦爲馬汝驥（貴州人），會辦爲羅禹三（廣東人），監督（相當於教育長）爲朱光忠（日本士官學校畢業）。學堂內的教育，訓練甚至管理等都採用日本的制度。學科除中日語文外，軍事學方面完全採自日本士官學校，有所謂四大教程（戰術，兵器，築城，地形合稱）及各兵科的典範令（操典，射擊教範，野外勤務令等合稱）等。學堂特別聘用若干日本人任教習，以日人松浦寬威大佐爲日人總教習，除總教習教授戰術外，還有一些日人擔任塲操，劈刺術，器械體操課目的訓練。另外有一中國總教習兼任翻譯，是廣東人顧臧，亦係日本士官學校畢業的。

光緒三十一年春，錫良繼任川督，武備學堂總辦改爲鹽茶道沈秉堃兼任，會辦爲陳宧（湖北人），監督爲王凱臣（浙江人，日本士官學校畢業）。此時周道剛，徐孝剛，胡景伊，張毅等由日本士官學校畢業回川，督署即派他們到武備學堂當監學兼任軍事學教習，將日籍教習辭退。

武備學堂速成科畢業者，有宋學皐，陳澤霈，王述槐，黃鵠舉，陳禮門，王暨英，胡忠亮，王陵基等。本課科（包括次課科升入的）畢業者，有唐廷牧，余昂，汪可權，彭光烈，劉成勳，龍光，范臻等。

本課科學生中，有被選送日本士官學校者。光緒三十年第一批赴日的，有周駿，尹昌衡，劉存厚，丁慕韓，楊廷溥，丁緒餘六人。光緒三十一年第二批赴日的，有文祺，鄧翊華，龔廷棟，曾承業，李協中，陳經等。又有學生七人，畢業後於宣統元年考入北京陸軍預備大學（陸軍大學前身）第三期，此七人是胡澤膏，鍾體道，陳洪範，張成孝，楊吉輝，姜受益，伍堃。

上述諸人，王述槐，龍光，范臻，爲同盟會會員。在北京炸良弼而壯烈成仁的彭家珍烈士，亦爲本課科畢業學生。尹昌衡，周駿，劉存厚，劉成勛及王陵基等，此後在四川軍事政治上均曾活躍一時。

三、四川陸軍小學堂

滿清政府創建新軍，計劃全國共練三十六鎮（師），各鎮軍官由陸軍部統籌分配，爲此重新厘訂陸軍學制。新學制仿照日本設立陸軍幼年學校，振武學校，士官學校等辦法，在各省設陸軍小學。陸軍小學畢業後，升入陸軍中學。全國共辦四個陸軍中學，第一陸軍中學在直隸清河，第二在西安，第三在武昌，第四在南京。陸軍中學畢業後，再升入陸軍軍官學堂，全國擬設一個，設在保定。各省督撫受命停辦武備學堂，另設陸軍小學堂。

四川武備學堂於光緒三十二年春停辦後，即用原校址開辦四川陸軍小學堂（新校址在武備學堂西邊，於光緒三十四年建成）。總辦仍爲沈秉堃，會辦爲陳宧。以後只設總辦，相繼擔任者有羅長琦，劉鴻逵，周道剛，姜登選，最後爲尹昌衡。總辦以下設監督（專管教育），提調（專管總務）等職。陸小每年招考學生一期共一百人，共辦過五期，招收學生五百人，辛亥年因保路風潮停止招生。學生投考年齡爲十五歲至十八歲，入學後三年畢業。校中教授課目，以一般科學（爲普通中學前三年的課程）及中外（英，法，德，俄，日五國）語文爲主，軍事學方面，每期僅有一兵學教官講授部分典範令而已。

陸小第一期於宣統元年夏畢業，應送西安陸軍中學，因該校尚未成立，改送南京第四陸軍中學。本期畢業升學者，有呂超，鄧錫侯，田頌堯，向傳義，劉邦俊，劉眘藩，周世英，邱延薰等。未經畢業即保送保定陸軍速成學堂肄業，有萬成，張文珊，杜文淵，張秉升等數人。

第二期於宣統二年夏，第三期於宣統三年夏畢業，均送西安陸軍中學。第二期畢業者，有夏首勛，張爲炯，黃隱，孫震，董宋珩，牛錫光，王思忠，曾憲棟等。第三期畢業者，有何光烈，劉文輝，張清平，吳景伯，唐英，陳鼎勳，楊晒軒等。

第四期尚未結業，即發生保路運動。本期學生有李家鈺，劉漢鼎，李宗昉，青翰南，余中英，張俊夫等。第五期學生有王銘章，冷寅東，李伯階，李緯如，向岱昌，范毅，黃潤泉等。保路運動興起，此兩期學生激於愛國熱忱，暗中組織罷課響應，爲總辦姜登選察覺，於八月某日率領憲兵數名回堂，企圖鎮壓。全體學生見狀鼓噪，立將姜驅走，由尹昌衡繼任總辦。辛亥革命後，尹任成都大漢軍政府都督時，將此兩期學生合併，成爲新成立的四川陸軍官學堂第一期的學生。

四、四川陸軍速成學堂

四川開辦陸軍小學的同時，還在川東，川北招募並成立四個步兵和一個騎砲兵弁目隊，以備將來出任新軍頭目（當時對軍士班長之總稱）。此批弁目候補生中，若干人原屬各地學生，甚至尚有秀才（如廣安伍安全等）在內。他們均不願於訓練後充當頭目，經常在隊裡鬧風潮。因此，四川軍事當局於光緒三十三年夏開辦一軍事講習所，自弁目隊中考選學生六十人入所學習，暫資安頓。

繼因四川新軍急需建成，現有下級軍官不敷應用，四川總督趙爾巽遂請准陸軍部，於光緒三十四年春，以原武備學堂地址，開辦四川陸軍速成學堂。速成學堂共開辦兩班，由軍事講習所轉入六十名爲舊班，由弁目隊考選及常備軍保送少數學生合計二百餘人編爲新班。舊班於宣統元年暑假畢業，新班於宣統二年冬畢業，學堂至此結束。開辦時總辦爲鍾穎（旗籍），繼任有徐孝剛，田應詔（湖南人，日本士官學校畢業），吳鍾鎔（浙江人，日本士官學校畢業）等。

四川陸軍速成學校畢業者，有鮮光俊，劉湘，楊森，李樹勳，王纘緒，潘文華，唐式遵，郭昌明，袁彬，李宏錕，呂輔周，梁渡，張斯可等，畢業時大多分發陸軍第三十三混成協（旅）充任排長或見習，少數被派陸軍小學，陸軍軍醫學堂擔任學長，亦有隨錫良去雲南的。賀國光，鮮英，劉光瑜，馬嗣良，韓希愈等，則於民國二年考入北京陸軍大學第四期。黃花岡七十二烈士中之饒國梁，秦柄二人，亦係速成學堂畢業者。

五、四川官弁學堂，官弁小學

四川官弁學堂開辦於光緒三十年春，爲當時四川總督錫良所奏設，隸屬於四川提督。其目的在訓練綠營武官，以爲逐漸裁撤綠營的準備。創始時總辦爲督中協（總督護衛部隊）副隊鳳山（旗籍），繼任趙國士（直隸人）等。學堂設於成都慶雲西街。入學資格爲實任守備，千總，把總及世襲（有軍功的後代）等。先後共辦三班，每班六十人。第一班學生肄業兩年，於光緒三十一年冬畢業。課程以普通科學（數，理，化，語文，修身，史，地等）居多。軍事科學僅講典範令，而不及四大教程。官弁學堂的規模及設備，均較武備學堂，速成學堂爲差。學員畢業後，分發新軍充任下級軍官。馬毓智，陳國棟，劉乃鑄，蔣丹廷，李家意，王直等，均係官弁學堂畢業者。

宣統三年春，在官弁學堂側附設一官弁小學堂，專收武官子弟入學訓練。僅辦一班，考取六十餘人入學。路事發生，遂無形停止。官弁小學堂總辦爲提中參將（提督屬官）馮雲漢（雲南人）。

六、四川陸軍講武堂

趙爾巽接任四川總督後，自東三省調來標統（團長）朱慶瀾等大批武職人員。四川擴充新軍，合編三十三，三十四混成協（旅）爲陸軍第十七鎮時，趙爾巽擬將此等人員安置於新軍中，遂於宣統二年春，以武備學堂舊址一部分，開辦四川陸軍講武堂，以吳鍾鎔任總辦，王凱臣任監督。內設步，騎，炮，工四種兵科，以操塲操練爲主。各兵科教練官有周駿，羅煒（四川榮縣人），朱樹藩，劉國祥（以上湖南人）尹昌衡等。

講武堂所收學員，除儘先考錄由東北調來之無學資及未補實缺人員外，並兼收新軍中的排長，見習等。如畢業於陸軍速成學堂後在新軍中當見習的劉湘，許紹宗；畢業於官弁學堂後當見習的陳國棟，都進過這個講武堂。講武堂肄業時間爲半年，畢業後仍回原部隊或機關服務，僅辦一期即結束。

七、四川陸軍軍官學堂與蜀軍將弁學堂

辛亥年（民元前一年）十月十八日成都兵變，尹昌衡就任都督後，以清川督趙爾豐仍盤據總督衙門，其他官吏及駐防旗官亦仍駐成都，恐生不測，遂就北較場陸軍小學地址成立學生軍，召集因革命而暫時停課之各級學堂學生（包括四川高等學堂，官紳班法政學堂，師範學堂，成都府縣與華陽縣中學堂，各小學堂小學教員等）五百餘人，編隊訓練，以陸軍小學留校學生充當隊職人員，每日教練術科二次，沒有講課。

此等學生年齡不等，程度不一，訓練以後，收效甚微。不久，舉行甄別考試，合格者五十餘人，餘均遣散。此五十餘人，連同民國元年一月招考錄取之一百六十餘人，共約二百二十人，編爲四川陸軍軍官學堂第二期學生。至第一期學生，爲陸軍小學第四、五期合併而成，已如前述。

四川陸軍軍官學堂招生揭曉後不久，即正式召集各學生入堂訓練。繼因成渝合併，重慶蜀軍政府所辦之蜀軍將弁學堂學生，除一部份畢業外，其餘二百餘人，於同年併入四川軍官學堂爲第三期學生。

陸軍軍官學堂開辦時堂長爲羅煒，繼任爲曾承業（雷波人）。本校在教育，訓練及一切設施上，相當完備。堂長以下，在教育方面，有總教官。有專授軍事學四大教程之特別教官，及教授普通科學之普通教官。總教官爲涂永，特別教官有鍾體乾，劉士榮，周辛甫，文祺，孔文虎等。堂長，總教官與特別教官，除孔文虎爲留比外，其餘均爲日本士官學校畢業。訓練管理方面，有學生隊長陳經，其下爲步，騎，炮，工，輜五種兵科的科長。前後任科長者有韓祖武，余昂，傅昭謙，康維，袁啓梁等。

第一期學生入學後，即直接分科訓練。第二期入伍約十個月才分科，第三期則在一年後分科。第一期預定一年半畢業，民國二年春，此期學生將畢業時，因反對當時都督胡景伊對學堂的措施，全體一齊改換便服，一個清晨就解散了。解散後部份到南京參加贛寧之役，亦有到重慶參加熊楊討袁之役的。戰事結束，有二十餘人因爲學籍關係向胡景伊悔過，被批准轉入軍官學堂第三期畢業，其中有李家鈺，王銘章，余中英，張俊夫等。其餘有進保定陸軍軍官學校畢業的，如青翰南，黃克齋，向岱昌等。

第二期學生於民國三年四月畢業，有羅澤洲，陳光藻，謝无圻，趙渭賓，高育琮，周守朴，劉殿戡等。由二期畢業於民國五年冬考入北京陸軍大學第五期的有程澤潤，張伯言，王靖宇三人；民國八年冬考入陸軍大學第六期的有吳畝，楊學端，楊賢椿，韓全璞，朱執鈞五人，本期畢業約一百六十餘人，當時均分發各師中，先當見習六個月，然後再視情況補成實缺。

第三期學生於民國四年一月畢業，約二百人，其中陳離，李鐵夫，王元虎，劉丹五，吳克難，廖伯帆等。

蜀軍將弁學堂設立於重慶獨立軍政府成立後，地點在江北，初名將校學堂，後改名將弁學堂。開辦時總辦爲孫吳（湖南人），繼任爲龔廷棟（江津人，日本士官學校畢業），教育長爲陳德荃（四川武備學堂畢業）。學生全係在重慶招考，共招四百人，編爲四隊。以年齡較大，程度稍高者編爲速成隊，半年畢業。隊長，排長，多由自西安陸軍中學返川之原四川陸軍小學第二三期畢業生充任。在將弁學堂速成隊畢業者，有劉伯承，鄭經武，張志芳，陳子興，黃瑾懷等，畢業後分發川軍第五師服務。其餘未畢業者，在成渝兩軍政府合併後併入四川陸軍軍官學堂。

八、四川軍官速成學堂

辛亥革命後，成都大漢軍政府成立部隊三個師，第一師大部由清新軍第十七鎮改編，第二師由各路同志軍改編，第三師爲十月十八日兵變後招撫而來之巡防軍改編。三師中比較健全者爲第

一師。第二，第三師均為新編部隊，其下級軍官多未經過訓練，兵員缺額亦大，以此兩師均自辦隨營學堂與軍官養成所。成渝合併後，成都軍政府將隨營學堂與軍官養成所合併，成立四川軍官速成學堂。該堂除由合併而來學生外，並接收重慶蜀軍政府併來的炸彈隊員二十名，又招收學生四十人，共有學生約五百四十人。堂址初設皇城后子門內，不久即遷北較場原陸軍速成學堂舊址。堂長由四川都督胡景伊兼任，監督為汪可權（簡陽人），提調為王述槐（樂山人）。監督，提調及大多數教官，均為武備學堂畢業。

軍官速成學堂開學三月後，即將學生分編為步兵四隊，騎，炮，工，輜兵一隊，分科訓練。各兵隊只設隊長，任職的有毛詩，陳光仁，鄭長澤等。肄業半年，於民國二年秋畢業，畢業時僅有三百九十餘人，仍分發川軍各師充當見習。此批學生畢業後，學堂即告結束。

在本堂畢業之學生，有郭汝棟，段榮琮，廖海濤，廖雨辰，魏澤民，王蘊滋，胡巨源等。

九、四川軍人之派系

自民國成立至民國二十四年四川軍政統一，二十餘年來，四川局勢，歷在軍人割據控制之下。基於私人利害之不同，遂以軍事學堂出身為基礎，形成種種派系。其間錯綜紛雜，五花八門，頗難為局外人所理解，而又為研究民國初年四川政局者所不可不知，從而窺察其演變之痕跡。茲就所謂武備系、速成系、保定系、軍官系等，分述其形成及演變之經過如次：

（一）武備系

在滿清末年，服務於四川新軍第十七鎮者，除由趙爾巽自東北調來外省籍軍官不計外，有日本士官學校、四川武備學堂、四川官弁學堂與四川陸軍速成學堂畢業之四川軍人。此時彼此利害衝突並不顯著，亦無派系之說。

辛亥革命後，尹昌衡一躍而取得四川都督、掌握軍政大權，尹係由武備學堂選入日本士官學校畢業。此時川軍已擴編為五個師，以周駿、彭光烈、孫兆鸞、劉存厚、熊克武分任師長，其中除第五師師長熊克武為日本東斌學校畢業外，餘均為武備學堂出身。至於師長以次的旅團營長，由武備學堂出身者更不少。

繼尹昌衡之後，胡景伊、陳宧出掌四川軍政大權，此二人與武備學堂均有密切關係，胡曾任教習，陳曾任會辦，此種關係自易形成派系，於是軍隊中遂有武備學堂同學會之組織出現。

武備系之首腦人物非甚固定，而以劉存厚為最久。此一派系中包括由武備學堂出身者（不論畢業與否），與不由武備學堂出身但進過日本士官學校者（如羅煒），均名列民國六年劉存厚等發起的「四川武備學堂同學錄」中。另有若干由日本士官學校回川之周道剛、徐孝剛等，雖不列名於上述同學錄，但與武備學堂有密切關係（曾任教習），故大體上與武備系一致。

武備系自民國元年形成，一直延續到民國七年劉存厚敗退到漢中始逐漸瓦解。在此一段時期中，四川還無其他派系，但武備系中，即演出擁胡（景伊）排周（道剛）之激烈內鬨。民國二年夏，尹昌衡由川邊返成都，又演出擁胡（景伊）拒尹（昌衡）回任都督之另一暗鬥，胡景伊勾結袁世凱而取得四川都督的眞除。護國運動時期，在武備系中有反對帝制之劉存厚與附逆之周駿。此後劉存厚與川軍第三師師長鍾體道在靖國戰役中為熊克武所擊潰，率部北開至漢中，彼此摩擦甚劇，結果，劉存厚逐走鍾體道，將師長易為另一武備同學唐廷牧。劉存厚退出川境後，武備學堂出身之劉成勳曾任川軍總司令兼省長，但係以第三軍為號召。此時速成系業已形成，四川軍人不僅一武備系矣。

（二）速成系

速成系是以四川陸軍速成學堂出身者而言。本身包括弁目隊出身者在內。此一派系有時並包括四川陸軍速成學堂出身者，彼此以「老速成」（指陸軍速成學堂）與「新速成」（指軍官速成學堂）之說互相聯繫。速成系人數較多，力量亦稱雄厚，在四川各派系互爭雄長之內戰中，本系應爲一主角。

此一派系之主要人物有楊森、唐式遵、潘文華、王纘緒、張斯可等、以劉湘爲首腦人物。尙有非速成學堂畢業而與該學堂學生有師生關係之徐孝剛、王陵基等。本系形成於民國八年劉湘任川軍第二師師長時，劉時駐防合川，並大辦軍官傳習所，川軍中稱傳習所出身者爲「傳幫」。以後又以此「傳幫」爲基礎，組織「武德社」，此爲以後之事，但於此一派系之形成，頗有關係。

劉湘與楊森二人，同出身於一個學系。民國十一年春，劉湘將第二軍軍長交楊森後，第二軍即分成舊二軍（劉湘）與新二軍（楊森）二系統，學系中又生出軍系。民國十七年冬，楊森同駐在川北之李家鈺、羅澤洲聯合出兵，圍攻駐重慶之劉湘，演出「下東之戰」，此爲速成系內部之重大衝突。

本系對保定系一般均關係不佳，於軍官系方面似較緩和。劉文輝原爲保定系首腦人物，但與劉湘有叔侄關係，彼此最初頗能互相利用。民國十七年五月與八月兩次瀘州會議，更決定要加強雙方關係。然於是年秋後，劉湘部駐地資中、內江、江津等處，乃被劉文輝派兵强行接收，此後叔侄形同仇敵，二劉間戰事，遂不斷發生，劉湘終將劉文輝部逐到川康邊區。

（三）保定系

保定系一般爲指四川陸軍小學出身而言。清末軍事教育，由陸軍小學、中學到保定陸軍軍官學校畢業，一脈相通。辛亥革命後，各陸軍中學停辦，在清河武昌兩地，另設陸軍預備學校，作爲陸軍小學中學未畢業者升入保定陸軍軍官學校前之準備。因此有陸軍四校之說，有「陸軍四校同學會」之組織，凡進過此四校者，均可加入。在四川所謂保定系，亦包括此四校出身者在內。其組織相當龐大，能獲得省外的支持，與速成系相對抗。

民國八年任川軍第五師師長之呂超，與民國九年任川軍第三師師長之向傳義（當時均屬於熊克武部），爲本系早期出現之人物。本系之實際形成，則爲民國十一年春當鄧錫侯、田頌堯、劉建藩三個師被一二兩軍聯合攻擊而退至保寧之時。鄧田劉三人均爲四川陸軍小學第一期畢業，鄧田於辛亥革命後由南京陸軍中學返川供職，後來亦無機會進保定軍官學校，但此時則已成爲本系之首腦。

民國十四年冬，川軍各部聯合對楊（森），劉文輝以幫辦四川軍務兼第九師師長率兵入駐成都，逐漸同鄧田兩人結成另一鄧田劉集團。國民政府發表劉鄧田三人爲二十四，二十八及二十九等三軍軍長後，彼等又在成都設立三軍聯合辦事處，加强聯繫。但彼等於利害一致時，固不妨以同系互相標榜，一旦權益衝突，則仍然由暗鬥而轉爲明爭。劉鄧表面合作，而鄧部下之師長旅長陳鼎勛，謝无圻，張秉昇等，則按月在二十四軍軍部領薪，並由二十四軍派員校閱，二十八軍大部，早已依附於劉文輝。鄧則沉機觀變，希望二劉（劉文輝，劉湘）早日破裂，從中取巧。劉（文輝）田（頌堯）之間，以劉分化田部王思忠師，並强佔田部佔據已久之兵工廠，逼使田頌堯不得不出於一戰。此後，劉文輝又將鄧錫侯逼出成都，對峙於毘河（距成都三十餘里）沿線。鄧田爲保持自身地位，與劉湘聯合共同對劉文輝之形勢逐漸形成。於是速成系之新舊二軍系，鄧錫侯，李家鈺，羅澤洲等的大部，與田頌堯之一部組成聯軍，在劉湘指揮下，將劉文輝趕到雅安，所餘部隊不及兩師。至此所謂保定系遂形同瓦解。

（四）軍官系

軍官系指四川陸軍軍官學堂畢業者而言。在四川陸軍軍官學堂第二期學生畢業被派部隊見習之同時，保定陸軍軍官學校第一期畢業者亦派回四川。彼等資歷相當，但部隊中却有一種規定（或爲當時北京政府陸軍部之規定），即由保定畢業者，僅見習三月即可補實任排長，而由四川軍官學堂畢業者，必須見習六月始能補實。如此遂使此兩不同學校出身者間造成對立，彼此又常發生摩擦，從而形成各自之派系。

本系之顯著形成，始於民國十五年春李家鈺以川軍第一師師長升任四川邊防軍總司令。彼原在鄧錫侯部任師長，養成尾大不掉之勢後，升任此職。李同羅澤洲，陳光藻，張伯言，謝无圻，甘德明，劉丹五，廖伯帆，廖奇玉等，在成都組織「羣益社」，以聯合四川軍官學堂第一二三期及蜀軍將弁學堂速成隊之同學。由於李家鈺進過陸軍小學，彼等並同保定系進行聯絡。以後李家鈺羅澤洲所部日益擴充，不斷吸收來自各方的同學，李羅二人遂形成本系之首腦。

李羅均爲蒲江人，在四川軍官學堂時並非同期，羅曾隸李部下任職數年。後李駐遂寧，羅澤洲以川軍第十一師師長駐南充，對外互爲犄角，彼此則仍時生暗鬥。民國十七年以後，李羅與楊森合作，形成同盟，在川北楊、李、羅並稱，與成都之鄧田劉集團，重慶之劉湘，成鼎足之勢。

民國十七年對劉湘下東之戰，與十八年對劉文輝資內之戰，楊、李、羅均遭失敗，退回原駐防地。羅並被其部下同學趕走。羅另一部下陳光藻率其所部投入第二十四軍，陳光藻因此亦成爲本系首腦之一，惟此後一切行動，均惟劉文輝之命是聽。稍後，李羅均依附於劉湘。

（五）其他派系

除上述各派系外，川省軍人中尚有四川官弁學校出身者，民國九年後有陳國棟馬毓智兩人先後任過師長。但彼等乃附屬於川軍劉成勳第三軍與以後鄧錫侯之第二十八軍，時間不甚久，無形成派系之力量，亦無組成派系之事實。

至由國外及省外軍事學校出身者，有日本東斌學校之熊克武、喻培棣、王麗中等，日本海軍學校畢業之余際唐、張冲、吳秉鈞等；均曾參加中國同盟會或與同盟會有關。辛亥革命後，熊克武任蜀軍司令兼川軍第五師師長。民國二年討袁之役，熊氏失敗，第五師全部解散。民國五年護國軍興，熊再任第五師師長兼重慶鎮守使。熊於靖國之役繼任四川督軍時，將第五師擴充爲第一師（但懋辛）、第三師（向傳義）、第五師（呂超）等三個師。熊克武下台時，又組成以但懋辛爲軍長之第一軍（同時發表劉湘之第二軍，劉成勛之第三軍）。當時第一軍轄有第一師（喻培棣），第五師（何光烈），第六師（余際唐），第二混成旅（張冲），第三混成旅（王麗中），與第八混成旅（鄭經武）等。其中王鄭兩旅爲民國十一年將楊森擊敗時所發表，其餘則均爲民國九年秋熊克武退至保寧時所發表者，於是遂有「一軍系」之稱。

一軍系之首腦爲熊克武，但懋辛；主要人物有余際唐、喻培棣、李郁生、張冲等。本系並擁有由蜀軍將弁學堂（蜀軍政府創辦）與「熊講」（民國八年熊克武督川時在成都所辦之四川陸軍講武堂）出身之一批中下層幹部，故能在四川稱雄一時。民國九年，本系聯合大邑幫（大邑縣軍人最多，故有此稱）師長劉湘、劉成勳、陳洪範等，以對抗由唐繼堯支持之川（呂超、石青陽、顏德基、盧師諦、黃復生）滇（顧品珍、趙又新）聯合反熊軍；以後又有與川軍其他各部聯合對劉存厚之作戰；「一、三、邊」聯合外加鄧錫侯、田頌堯、劉眘藩等部對第二軍之戰。此外，吳佩孚曾派遣北軍趙榮華、盧金山、黔軍袁祖銘等部入川，會同楊森部在川作戰逾半年之後，演變成以熊克武爲四川討賊軍總司令的討賊（討伐曹錕）之役等。等於連年戰爭，人力困乏，物資耗盡，再加第三軍劉成勳，邊防軍賴心輝與熊但發生意見，不願繼續合作，促使熊但節節敗退，於民國十三年春由江津退入貴州赤水邊義，而結束其在四川境內之活動。

由省外畢業回川者有北洋陸軍速成學堂之陳道五、袁啓梁等，有保定陸軍速成學堂之陳能芳、張秉昇等，人數不多，均附屬於各軍中工作。

由雲南講武堂畢業回川之賴心輝、蕭伯豪、范世杰等，最初均在川軍第二師劉存厚部供職。賴心輝於民國十五年奉國民政府令派爲二十二軍軍長。在其與一、三軍（但懋辛、劉成勛）聯合對第二軍（劉湘）時，有「一、三、邊」之稱，亦係以軍系爲號召者。

中國西北之回教派別

羅香林輯錄

一、前言：在世界上，回教有四大派。穆罕默德去世後，繼承者是哈乃菲，亦稱爲阿卜哈尼凡。哈氏替聖傳教，直到去世，沙菲爾繼之。沙氏與哈乃菲所傳的禮拜方式及次數，頗有不同。沙菲爾傳馬力克，馬力克復就沙氏所定大加修改。馬氏再傳韓伯力二垓埋德，通稱爲四大依媽母。就中哈乃菲、馬力克、韓伯力二垓埋德，所傳大致相同，總爲三派，可說原爲一派。惟沙菲爾與之相反，另成一奇突派別。

二、中國回教派之產生：中國回教徒屬於大依媽母哈乃菲的佔最多數，僅新疆有少許沙菲爾派，而甘肅則有極複雜之門官。按教派及門官之產生，由於教義理論者半，即條件過於認眞，過於苛細，往往以極微細之出入，便形成門官之不同；由於環境風俗的亦半，西北是喇嘛教盛行之地，黃教始祖宗喀巴生地，與回教中心之臨夏，相距甚近，喇嘛教各寺，如太子寺，客拉卜楞寺，亦在其附近。而喇嘛教活佛呼圖克圖，亦圓寂於甘青邊區，於是發生轉世問題，回教徒受其影響，有所謂「老人家」與代位者之崇拜，每追隨習俗，以鉅款建築「拱北」，而禮敬之，回教之形式，亦隨而演變。

三、中國回教教派分析：道光時西北各省，產生新教派。而新派之下，又有新興教派。新派內又分六大門官，即哲合勒耶，虎非耶，哈西勒耶，庫不勒耶，沙子林耶，塞嘜落哦落丁耶，同時產生。不久各門官下，復化分若干小門官，至今有繼續存在者，有無形消滅者。民國以來，又產生新興教派。茲繪其系統表如次：

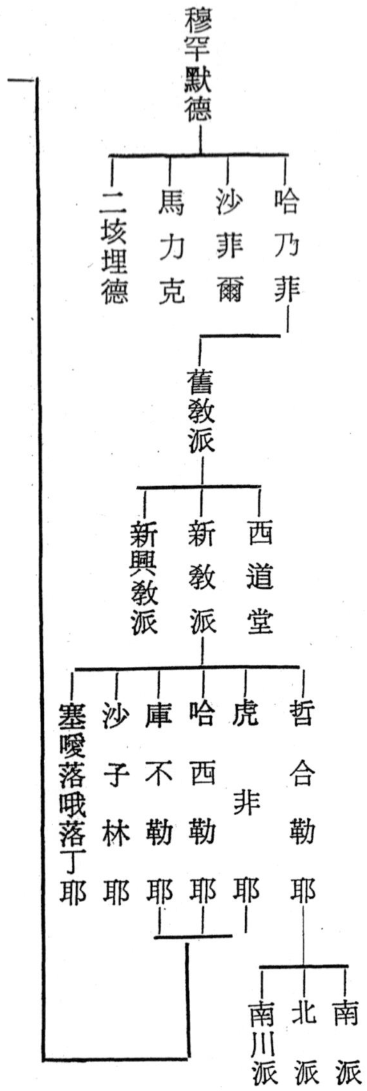

- 華寺
- 海門
- 慕光堤
- 胡門
- 北庄
- 大宛頭
- 沙門
- 劉門
- 畢家門
- 同貴
- 凉州庄
- 臨洮庄
- 阿門
- 瘋門
- 丁門
- 楊門
- 小劉門

甲、舊教派。老舊教派，包括：老葛的木派，爲回教之本色，教徒遍佈各地，佔全國回民十分之六七，長江黃河珠江各流域信徒多屬之，西北各省，亦佔强半。此派信徒獨承襲一千三百餘年教法教規，惟日常生活，偏尚當地習俗，爲新派攻訐之點。雖信仰篤誠，然許多微細節目與可蘭經未合，於是新教由此而生。其各禮拜寺阿訇，皆由本禮拜寺所屬教民就品學優良者聘之，聘期一年到三年不等，可以續聘，無總教主之設。

乙、新教派。此派發現於淸道光時，下分四支派，通稱門官。門官即教主制度，倡言遵經，斥舊教派風俗之背謬，其四支派又可以所行宗教條件分之：

（一）哲合勒耶，譯意爲「明揚正道」，發現於乾隆四十九年，現傳二百餘年，已傳教主八世。首任教主馬明新，雲南籍，傳教西北陝甘與東北各省等處，共有三千多坊禮拜寺，每坊設教長一人，設總道堂於淸水張家川之宣化崗，其他有信徒之處，遍設分道堂。首任教主歸眞，塟於蘭州東稍門外，故此派亦稱蘭山派。此派教主，係傳子制，淸末時代最盛，時有教徒約二千餘萬，佔全國回民三五、〇九，散佈十餘省。自第六世教主馬元章，爲鼎盛時期。元章死後，家門中因爭奪教權，彼此不相往來，各省教徒，不再朝拜，多轉入新興教派，現有教徒，不及原有一半。前甘肅海原固原因受壓迫而起反抗之回民，即屬此派，首領馬國瑞，即馬元章嫡孫。近該派又分三小派，皆由元章之子孫負責：①南派、隴南各縣爲南派，由元章侄馬重雍任教主，住淸水縣張家川，總道堂所屬教民約三四萬，內部尙團結；②北派，隴東各縣及寧夏一部份爲北派，由馬元章四子馬宙臣充任教主，彼在海原化平，寧夏，蘭州，均有住宅，及道堂，所屬教民約五萬餘人，勢力較南派稍大，馬氏爲第七世教主；③南川派，寧夏及隴南一小部爲南川派，教主由馬元章之弟馬迅西充任，道堂設淸水張家川南川，此派係因地改名，教主常住寧夏道堂，所屬教民約二三萬名。此派僅以維持教務爲目的，教主與教徒感情極洽，惟因教主能力稍差，常被以上二派欺侮，大有不能立足之勢。

（二）**虎非耶**，譯意爲「暗藏機密」，與哲合勒耶派，同時發現，爲花寺大爺的正宗派，花寺大爺塟於臨夏西川畢家場，後虎非耶派亦稱畢家場派。現有教徒約二百萬，散佈於甘肅之臨夏，康樂，臨洮，岷縣，隴西，及青海之西寧，民和，循化，薩拉等處，以薩拉臨夏最多。花寺大爺後無教主，採會同管理制。過去該派內有十二小門官，惟因主持無人，現所餘僅劉門畢家場而已。①劉門，阿訇劉雲，品學兼優，堪孚衆望。且在教主去世之時授以「若伊斯」（即代表）職位，頗受一般教主之推崇，另成一家，即取名劉門，但其教旨，仍復一致。劉門現有教衆約八九萬人，以楡中，蘭川，臨夏等處最多，現因乏賢主持，無教主，各禮拜寺教長，由教徒選聘；②畢家場，畢家場爲教主歸眞之處，後因承嗣無人，傳位劉雲。然畢家場雖無領袖，而教徒甚衆，仍能獨支一派。

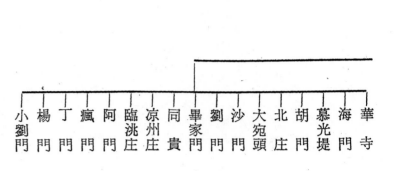

此派信徒，約十餘萬，布居臨夏，岷縣，隴西，及青海西寧民和循化薩拉等處，教長亦係聘任制。

（三）哈西勒耶，譯意為「出家」，此派主張消極，教主以不娶妻為基本條件，亦於清道光時發現。清季回民受漢人壓迫特甚，首任教主倡言哈西勒耶，以隔絕塵世，一時風從者甚衆。後陝西回民被驅西竄，彼至甘境，涇川固原臨夏等地，足跡所至，無不賓服，教主歸眞，塟於臨夏鄧家庄。教主繼位，採選賢制，凡其教下，兒子較多或情願出家者，不分姓氏，在不娶條件之下，留鄧家庄墓園求學，學生之中，擇道高德重者，即當選為教主，任期久暫無定。現在教民約一百多萬，佈居於陝西漢中，保寧，安康，茶山，及甘肅皋蘭，涇川，固原等處。按回教先賢坟墓，通稱「拱北」，該派教主「拱北」（即鄧家庄墓園），建築特大，故名「大拱北」。其所屬各禮拜寺，教長（阿訇）由教主任免，但所任之教長，如不滿足一方教衆之要求，亦可提出罷免，另由教主選派之，皋蘭這派負責人為劉希天。

（四）庫不勒耶，譯意為「存心養性」，亦於道光年間發現。教主白氏，陝西籍，為白陽虎之同家，同治年間，由陝西逃出，歷經甘肅、寧夏、青海、各地，宣揚教義，提倡回教眞理，且彼本一武夫，惟信仰至虔，頗為一般教徒所感動，遂為教主，信徒約五六萬人，數居於甘肅臨夏及寧夏同心城，青海循化寺等處。現因乏人繼承，致無教主，但教衆仍守教旨，迄今未變。白氏亦塟於臨夏唐王西川，有「拱北」甚壯麗。所屬禮拜等教長，本為教主任免制，現因無教主，改為聘任制。

上述四大門官之外，尚有發現較遲之數派，即「華寺」、「海門」、「慕光堤」、「胡門」、「北庄」、「大宛頭」、「沙門」等。以上各派，除華寺海門情形畧知外，其餘各派，不甚明瞭，因各該派中，除「慕光堤」，餘皆無教主，教務廢弛，無從稽究。茲分述華寺與海門概况於下：A，華寺派，此派教義與哲合勒耶派相同，其教主哈氏，與哲合勒耶派教主馬氏，為同學兄弟，且同往麥加朝聖，初回國時，彼此行動一致，後哈氏在臨夏建築華寺禮拜寺，一般教徒，重此輕彼，馬氏為避免磨擦，離華寺至定西所屬之官川，另建道堂，從此華寺另立一派，現在教徒無多，均在臨夏附近一帶，皋蘭負責人為張宴民，B海門派，此派發現於清乾隆時，當乾隆派兵西征至西域，征伐哈什國，奪該國國王女（即香妃），乾隆欲娶為妻。其後該國國王哈納飛，因該女行經蘭州，有蘭州人海四者，欲隨往，國王諾之，及至北京，斯時香妃因不甘嫁乾隆，而自縊宮內，哈納飛親視塟埋後，即偕同海四赴麥加朝聖，抵天方不久，國王突告失踪，海四夜作奇夢：國王哈納飛告彼曰：「吾國亡，教不彰，速返國，勤宣揚。」海即遵此兆言返國，宣揚教義，從此成立教派，名曰海門。該派傳一世，因乏繼承之教主，乃停止教主制度，但教徒仍遵其教旨奉教。現有教徒約萬餘人，以蘭州居多。海教主塟於蘭州西郊蓮花池，所屬各禮拜寺教長，原為教主任免，後因無教主，改由教衆選聘。

丙、新興教派，新興教派又何里遜力，亦曰新新派，發現於民國初年，無總教主，前青海主席馬麟，對此派多幫助，現可領導此派者，為馬步芳。現在教徒約三百十多萬，佔全國回民百分之五强，凡有回民之地，皆有教徒散布，思想最時代化，歸奉該派者以新教各門官最多，青海及甘肅隴南隴東一帶尤為繁盛，乃教中思想最前進之一派。其所傳之教義，皆以科學之眼光、根據可蘭經，盡量闡揚，與各地教派大不相同，而所屬各禮拜寺教長，係由教徒選舉，由此可見此派別開生面之一點。

丁、經濟派——西道堂。西道堂是光緒二十八年所建立，首任教主馬啓西，世居洮州舊城，為邑之望族，負責有大志，一生研究哲學，對金陵劉介廉氏之學說，漢回融洽，發展經濟之理，極為贊服，乃力行此說，信者日衆。光緒二十九年，馬氏曾遠遊新疆，西道波斯，至阿拉伯，謁穆聖墓，以考察回教之發展區。三年返國，更信回教文化，與東方文化若合符節。其對國父之革命，秘密響應，民元首先剪髮。當時反革命者，以革命黨攻訐馬氏，馬氏笑而置之。民三西道堂勢力龐大，而嫉之者於是年五月十九日，謀害馬氏於洮州。興辦教育，致力文化事業，頗具規模。教下有三萬多戶，分居甘肅青海各縣。其堂內經營商業，教下多在內服務。貿易區域，西至西藏，印度，阿富汗，南至四川雲南西康，北至青海之北，東至東北各省。其經商以皮張爲大宗，藥材次之。此派人數雖較其他各派爲少，然因經濟力量，組織團結，爲其他派所不及也。

四、綜論，綜觀上述，派別分歧，門官林立，實違伊斯蘭教旨。可蘭經說：「你們一總抓住主堤繩索，不可分開，否則必致渙散而失。」可知回民須團結一致，不宜產生派別、與門官。過去的教派關係，常發生枝節，由教派糾紛，波及爲回漢仇殺，可慨也。今多數教民，視門官已不若前此之重矣，已視教派及門官爲錯誤爲病態。七七事變後，所有回民更願聯合，從事國族復興工作，教派與門官之爭益趨於消沉之途矣。

憶香港中國筆會成立大會

香港中國筆會成立於一九五五年三月二十六日，到本月整整二十年，時光眞快，二十年雖然是很長時間，但久居香港的人，仍如一彈指間就滑過去了。

筆者二十年前參與筆會之成立大會，回想起來如同昨日，但當日許多參加會議的朋友，有的死了，有的遠去外國，留在此地的朋友，見面機會也不多，偶然談起筆會成立經過，也都有點糢糊。由此想到中共「一全大會」，到今天始終不能確定那一天召開，雖然出席會議的人尚有三分之一在世，但也無法記憶開會日期，以此類彼，無怪其然；筆者幸而記有日記，能確定開會日期是三月二十六日，至於其他細節，只就尚能記憶的寫出。

香港中國筆會之成立，要歸功於燕雲女士，她在一九五四年應邀出席在巴基斯坦達卡舉行的「亞洲作家會議」。在會上燕雲女士見到國際筆會（International P.E.N. Club）的秘書長大衞・卡佛爾先生（Mr. David Carver）；他委託燕女士在香港發起組織一個分會。筆會 P. E. N. 三字母分別代表詩人（Poet）、劇作家（Play&right）、散文家（Essayist）、編輯（Editor）、和小說家（Novolist）。

燕雲女士回港後即積極籌備，與相熟朋友交換意見，於一九五五年三月二十六日，假座界限街一五六號A友聯出版社召開成立大會，當日出席的共有二十幾位，記憶所及的有黃天石、燕雲、羅吟圃、左舜生、易君左、水建彤、徐速、力匡、孫述憲、鄧中龍、金達凱、鄭竹章、古梅、姚天平、王道、黃思騁、胡欣平、陳濯生、徐東濱諸先生及筆者。可能還記漏了幾位朋友，希望能給予補充。

燕雲女士主持開會，報告成立經過後，即進行選舉，先以舉手表決方式，推選黃天石先生爲會長，黃先生謙不肯就，再三謙辭，並建議推燕雲女士任會長，但終以衆望所歸而當選。另外推七位幹事，推定左舜生、羅吟圃、易君左、水建彤、燕雲、徐東濱、陳濯生。濯生堅不肯担任，推薦黃思騁自代，經大會通過，是爲第一屆幹事。接着召開幹事會，推選燕雲任秘書，黃思騁任司庫，筆會乃告成立。

筆會由第一屆至第十屆皆由黃天石先生任會長，至一九六五年黃先生因專心寫作，謝絕酬應，堅辭繼任會長，十一屆大會改推羅香林教授任會長，以後由李棪教授、李秋生先生相繼担任會長，本屆會長仍爲羅香林教授。

筆會已成立二十年，但本屆筆會則爲第十九屆，究竟怎麽回事，過去未曾注意，一旦想起來，變成了疑團。筆者曾用心細查過文學世界所載開會日期，原來一九六〇年未曾開會，因爲第五屆大會在一九五九年冬天召開，第六屆大會在一九六一年春天召開，當時不知什麽原因第六屆大會未在一九六〇年冬天召開，現在大家大概都不記得了。

筆會組織除會長之外，重要負責人爲秘書及司庫。先後担任過秘書的有燕雲、徐東濱、雷嘯岑、陳克文、冒季美諸先生、女士，現任秘書爲徐東濱先生，東濱任秘書最久，前後超過十年，對筆會貢獻最多。

先後担任過司庫的有黃思騁先生、費愛娜女士、筆者、胡菊人先生、焦毅夫先生，現任司庫爲焦毅夫先生，担任司庫已將及十年，貢獻甚大。

筆會一度設副秘書及副司庫，担任副秘書的有胡菊人先生及筆者，副司庫只有沙千夢女士一人担任過，此兩職務現已裁撤。

自一九七四年起，筆會又增設副會長一位，現由筆者濫竽充數。自一九六六年起，筆會修改章程，會長任期一年，連選只能連任一次，本屆又增添一條，副會長任期與會長同。

本屆筆會理事、候補理事：丁淼、李秋生、李璜、何葆蘭、林仁超、陳克文、徐訏、徐東濱、焦毅夫、劉家駒、盧幹之、羅小雅、藍海文、王韶生、王世昭、黃思騁、萬里、羅翠瑩。

以前十八屆理事皆一時俊彥，就記憶中所及，除前述第一屆幹事（筆會自第八屆起，幹事改爲理事）外，尚有于肇貽、朱志泰、李輝英、沙千夢、林大庸、林國蘭、金達凱、胡欣平、胡菊人、冒季美、徐速、徐亮之、徐泓、梁風、陳蝶衣、陳錫餘、張贛萍、曾克耑、費愛娜、雷嘯岑、劉子鵬、趙戒堂、趙滋蕃、裴有明、鄭郁郎、鄭水心、潘柳黛、盧森、蕭輝楷、饒宗頤、羅錦堂諸先生女士，其中左舜生、易君左、于肇貽、徐亮之、張贛萍、鄭郁郎均已身故。羅吟圃、水建彤、燕雲、金達凱、徐泓、陳蝶衣、趙滋蕃、羅錦堂八位則已離港定居他處。

筆會尚有一位受薪助理秘書，一直由黃衫客先生担任，前後歷十五年，出力甚大，現已退休。

香港中國筆會二十年來，對國際筆會活動，亦盡力之所及從事，計曾參加國際筆會在日本、在西德、在巴西、在美國、在韓國召開的會議，及在馬尼剌、曼谷、台北先後召開的三次亞洲作家會議。

在本港，筆會曾舉辦一次徵外國人寫中文，第一名爲越南進士張效敏，第二名是日本作家桑原壽二，第三名是誰已經記不起了，文章都寫得很好，曾在筆會刊物「文學世界」發表。

至於筆會本身的活動，除歷屆大會、新年團拜，每年尚有兩次郊遊，港九名勝地區，遠至大嶼山寶蓮寺、延慶寺、都有筆會同仁遊蹤。

中華民國五十六年、五十七年，及六十年，筆會曾三次組團回國慶祝國慶，第一次由李秋生先生任團長，第二次由丁淼先生任團長。第三次由朱志泰先生任團長。

筆會所辦刊物，大型的有文學世界季刊，前後辦十年。以後所辦文學天地，筆薈皆是報紙副刊，前者發表於星島日報，後者發表於香港時報，目前文學天地已停，只有筆薈每兩周一次在香港時報發表。

香港中國筆會無任何憑藉，能存在二十年，一直在平穩中渡過，有幾位先生、女士的功績是不可埋沒的。

第一位是燕雲女士，不是她在巴基斯坦見到國際筆會秘書長，受命回港組織筆會，則香港中國筆會便不可能誕生。

第二位是前會長黃天石先生，黃先生連任筆會十屆會長，主持會務十一年，香港中國筆會是他一手建立的。尤其前十年一切客觀條件也較好，所以出版大型刊物，屢派出代表團到各國參加會議，使香港中國筆會成爲國際筆會大家庭的一員，都是不朽的成就。

第三位是現任會長羅香林教授，當一九六五年黃先生倦勤，不肯繼續領導筆會，一時情況相當混亂，幸而羅先生出來，受命於危難之間，領導筆會渡過難關，十年來羅先生任筆會會長六年，不辭勞瘁，事必躬親，筆會始有此安定局面。

第四位要說到秘書徐東濱先生，徐先生任秘書十三年，所有筆會對內對外函件、規章、預算，對外交涉，請求補助，皆是他一手辦理，使無徐東濱，筆會也沒有今天。但由於他不愛說話，只作實事，所以除了筆會幾位負責人，很少人了解他的貢獻之大。

第五位就要說到司庫焦毅夫先生，焦先生任司庫已將十年，一向是筆會會員連絡的樞紐，任勞任怨，賠錢又賠精神，筆會業務之正常進行，出力甚大。

還有李棪、李秋生兩位會長，陳克文、冒季美兩位秘書也都出了大力。理事中在個人印象中，出力最大，最熱心會務的是王世昭、林仁超二位，因限於篇幅，不能詳舉其功績了。

本會名爲香港中國筆會，但是同香港政府既不相干，與中華民國也不相干，眞正對筆會支持的，却是美國亞洲協會，該會先後三位負責人，蘇明璇、陳佐舜、袁倫仁三先生都給予筆會極大助力，雖然近兩年亞協因本身困難，對筆會已不能有所支持，但此情亦不能忘。

今日執筆寫筆會二十年之事，正爲白髮宮人談天寶，想到那裏說到那裏，掛一漏萬，自所難免，尚祈各位同仁指正、補充、原諒。

細說「長征」

【八十】

□龍吟□

二、李德再論「短促突擊」

接着，李德更以「論紅軍在堡壘主義下的戰術」爲題，詳細的論述其「短促突擊」的新戰術。在「革命與戰爭」第三期寫道：

「第一、敵人堡壘主義的戰術……有下述基本原則：①步步爲營……②分梯隊前進，以便從縱深內進行戰鬥……③幾個縱隊同時於幾個方向前進……④使用技術，諸兵種配合動作……⑤進行特種的游擊戰爭……⑥擴大其偵探網與反宣傳工作……。

第二、敵人進行戰爭的這些方法，使我們嚴格的估計到這些新的條件，而紅軍應有回答敵人的戰術。最基本的要求，是要在敵人堡壘主義的條件下尋求運動戰，不要在進攻堡壘中，來消耗我們的兵力和兵器：要在堡壘外，於敵人的運動中，來消滅其有限兵力。

發展游擊戰爭，支撑地域的防禦及進攻敵人的堡壘，爲革命戰爭的輔助方式。這些戰爭方式，應協助造成戰術的環境，使我們能實現基本的原則：即是以主動的機動，於堡壘外，消滅敵人的有限兵力。

我們的基本原則如下：

（1）向敵人運動中的部隊進行短促的側擊。當敵人稍向前進時，則突擊其先頭部隊，當敵人較大胆前進到十里以外時，主要的是突擊其後梯隊；但是我們總應使敵人於基本堡壘有效火力援助範圍以外，並且要截斷敵人被突擊的部隊與其後續梯隊及其堡壘間的聯系。

（2）在敵人後續梯隊或堡壘內來的增援隊未到達前，迅速解決戰鬥，這樣使敵人無法補築堡壘及進行防禦戰。因此進攻和衝鋒主要的是帶着突然襲擊的性質，同時要最堅决的使用最高度的兵力作戰，以便確實的避免延長戰鬥。

（3）迅速的轉變自己的突擊方向，主要的是利用敵人諸縱隊的內翼側，在其諸縱隊間執行機動。這樣可以避免敵人於一個方向箝制我們的主力，而在另一方向前進。爲保證在新的方向實施突擊，出敵意表，要有各方面的偵察和最高的敏捷性。

（4）爲要預防敵人使用技術的影響起見，應注意下述的動作：①利用夜間及昏暗的條件（雨天霧罩森林等）進行機動及局部的戰鬥。②採取積極和消極的防空方法。③隱蔽的接敵，火器主要的是用來直接（按時間和地形）的協助近距離的戰鬥，但最主要的是進行白刃戰鬥。

（5）在我們的後方，與敵人的游擊部隊（別動隊及其他）鬥爭，原則上使用地方的獨立部隊，而不得分散我們正式部隊的兵力，削弱我們前方部隊的力量；但是在時間允許及極端必需時，我們的正式部隊，可短時期的用來和別動隊等鬥爭。

（6）爲要更確實的箝制（削弱、阻止及部份的消滅）敵人，我們應利用支撑點及其他堡壘。這些堡壘，不僅要能抵禦機關槍火，而且要能抵禦迫擊砲兵的砲彈和飛機的炸彈；應有很好的僞裝，以避免地下和空中的觀察，並且應有周圍的防禦，破壞通敵的道路及設置障礙物（地雷亦在內）。守備的火力隊在堡壘內，而突擊隊則在堡壘外行反突擊，防禦應該是積極的；因此突擊隊應有三分之二或更多的兵力，乘着敵人進攻或衝鋒之過程中，不僅從堡壘內，而且常常從自己陣地的翼側出來行反突擊。

（7）加强在敵人前線，翼側及近後方的游擊戰爭，如情況必要時，並應由部隊中派出游擊部隊。除此以外，我們的獨立部隊，在敵人的遠後方，應最高度的發展游擊戰爭。游擊隊的動作，應有最高度的敏捷性機動性和彈韌性，其動作主要的是靠着打埋伏、急襲和偷襲，並且與我們正式部隊的動作，應有嚴格的配合……。」

之後，李德仍用華夫筆名，不斷在「革命與戰爭」各期評論其新戰術在戰場實際運用的方法與戰例。朱德、彭德懷也紛紛為文解釋「短促突擊」新戰術和戰例，認為「中革軍委正確的指出粉碎五次圍剿是持久防禦戰略。根據紅軍的政治質量的優良，迅速堅決，富於自動機動的特長，以奪取敵人武器彈藥及其他資材來補充自己；因為在敵躍進及推進時，靈活的運用攻擊的戰鬥動作——側擊和短促突擊來取得敵人資材，根據自己特長和情敵是有可能的；而且也有這樣積極動作，爭取持久戰鬥的勝利，才能展開戰役上的勝利，完成持久戰略和最終的粉碎敵人五次圍剿…………。（彭德懷「給某師長的信」，革命與戰爭第九期。一九三四年八月一五日）

「廣昌大會戰」失敗之後，五月上旬，中共舉行了一次緊急會議（類似政治局擴大會議），以檢討當前戰局與今後作戰方針為中心，會議由博古主持。會中檢討了廣昌會戰，結論認為：紅軍雖在本身兵力火力劣勢及敵人飛機大砲之協同攻擊下，仍能苦戰不已、殺傷敵人，足證其英勇卓絕；廣昌雖已失守，但依靠紅軍之特長仍有打破圍剿之可能。廣昌會戰之挫敗，並非戰略戰術之錯誤，而在於：第一，敵人力量太大，敵軍在數量上其兵力佔絕對的優勢，其火力尤其飛機大砲之協同攻擊，束縛了新戰術之運用與紅軍特長之發揮。第二，隣近蘇區之紅軍，即閩浙贛、湘鄂贛、湘贛之紅十軍、十六軍、八軍，未能適時發揮戰略上之呼應與配合，分散進攻中央蘇區敵人的兵力。第三，敵前敵後與遠程游擊部隊亦未能牽制敵人，截斷敵人的補給，遂形成主力紅軍孤軍奮戰的態勢。第四，黨的「白區」工作與瓦解「白軍」的工作，異常薄弱，對於敵軍的圍剿，沒有發揮應有的牽制作用。第五，新戰術在戰場上的實際運用，常被誤解或歪曲，不善於正確而靈活的使用，致未能消滅敵人主力，打破圍剿。（見匪情日報十卷六期）

在檢討廣昌會戰挫敗過程中，若干共黨軍事幹部從戰場上的失敗過程中，開始對李德短促突擊的新戰術表示懷疑，但是懾於李德的權威及其個性的固執與獨斷，大都不敢說話。只有張聞天根據軍事幹部的反映意見，敢於委婉地在會議中表示了懷疑與研究的態度；就是這樣，也引得李德大發議論，為其新戰術辯護。力言未能保衛廣昌與打破圍剿，乃由於敵人力量過大，絕非新戰術所使然；且由於許多軍事指揮員曲解了新戰術，構築過大的支撐點，削弱了突擊的兵力，把運動防禦，誤解為平均分散兵力，把短促突擊當作僅求戰術上的勝利，而不是以堅決的戰鬥消滅敵人大的兵力，以致未能突破一方，扭轉戰局。會後，李德特地為此，在「革命與戰爭」第四期發表「反對曲解我們的戰術」和「再論戰術原則」兩文（一九三四年五月一八日出版），以回答對新戰術懷疑的幹部並指導新戰術運用的原則與方法。

中共中央這次會議，除檢討「廣昌大會戰」挫敗的教訓外，最主要的是決定今後的戰略方針。在會議中，毛澤東提出了四路分兵的作戰計劃，他主張把中央蘇區主力紅軍分作四路，向福建、浙江、江蘇、湖南進軍，吸引國軍分散兵力，然後再收兵回贛，恢復和鞏固蘇區。毛這一戰略方針，沒有得到與會人員的支持，相反的，李德和項英等人堅決反對此一計劃，認為四路分兵，授敵人以各個擊破的機會，且蘇、浙為國民黨心臟地帶，既無游擊區或游擊隊的依托和策應，又乏「白區」黨和工農運動的配合，勢將被敵人消滅；而且主力紅軍分散後，兵力單薄，各省駐在國軍與保安部隊，即足以抵禦共軍之侵入和活動，不可能分散圍剿蘇區的國軍。到時既放棄了中央蘇區，又使分散的共軍，進退兩難，勢將陷入覆沒的危境。因此，李德主張（項英等人支持）在廣昌以南，石城以北，再與國軍決戰，消滅其一路兵力，以扭轉全般局勢。

（未完待續）

折戟沉沙記林彪（二十二）

岳騫

龍書金：「攻堅老虎在錦州」——「我們（指共軍）六縱十七師（原單獨在四平地區），星夜趕往錦州。趕到錦州東北的大興莊時，已是十月初了。參戰的三、四、七、八、九等縱隊，經十來天戰鬥，已肅清錦州外圍……」。

吳克華：「塔山奮戰六晝夜」——「一九四八年九月十二日，遼瀋戰役開始了。我軍（四縱）首先向北寧線的錦、唐段進攻，十一縱及獨立四、六、八師，一舉殲滅昌黎、北戴河、綏中、沙后之敵人。接着我們四縱和九縱，把義縣包圍起來，隨後又把圍城任務交給剛剛趕到的三縱和二縱五師。這時，由四平南下的我軍主力已雲集遼西，展開了合圍錦州的行動。」

梁興初：「黑山阻擊戰」——「我們十縱和五縱、六縱（二個師），自（錦州）戰役一開始，即在彰武、新立屯地區『陪伴』廖耀湘兵團。」

葉劍英：「偉大的戰畧決戰」——「遼瀋戰役是一九四八年九月十二日開始的。」

以上證詞均證明錦州戰役是一九四八年九月十二日開始，距毛九月七日給林的電報只有五天；也證實戰役開始前，林彪已集結了二、三、四、五、六、七、八、九、十、十一個縱隊的主力在遼西，六七十萬軍隊要從遠離五、六百公里的四平地區，遼東地區趕到錦州外圍，絕不是幾天或十幾天行程可趕到的。這就證明中共現在對林彪的指責完全與史實不符。

中共現在說：「毛主席是東北解放戰役勝利的領導者、指揮者和組織者」（一九七四年八月二十八日遼寧電台廣播），這當然指包括遼瀋戰役在內。但是，就遼瀋戰役而言，歷史事實却表明，假如中共東北野戰軍眞的按照毛澤東一九四八年九月七日的電報（指示）行動，則將一敗塗地。因爲「九・七」電報要求林彪配合華北兵團，「攻佔北寧、平綏、平保各線除天津、瀋陽、北平」以外一切城市。……在九、十兩月殲滅錦州至唐山一線之「敵」，並佔領錦州、榆關、唐山諸點。那麼，攻佔錦、榆、唐的任務就非由林彪負担不可，因爲華北野戰軍當時還處於「敵强我弱」階段。林彪要同時攻佔錦、榆、唐三個戰畧據點，戰線數百公里，勢非分兵不可。遠離後方分兵突進北寧線東段、中段至西段，只能造成被國軍隔斷包圍待殲的局面。毛澤東輕估華北之國軍，幾乎造成林彪攻錦主力被夾擊的嚴重形勢（見前述）。事實上，林彪爲了圍殲錦州守軍十萬人，自己却用上了二、三、四、七、八、九共六個縱隊、砲兵縱隊和六縱一個師近三十萬人的主力，另派四縱、十一縱另三個獨立師在塔山，高橋阻援，東線則派五縱、六縱、十縱在新武、新立屯一線防衛瀋陽援軍。就這樣，攻錦主力仍然幾度瀕臨險境，吳克華、田維揚的阻援部隊被打得稀爛，迫得林彪不得不使用戰役總預備隊的第一縱隊（李天佑）去支援，如果不是靠有利地形（塔山以北是山地和丘陵，其南是寬正面只有數里的狹長走廊，再南是海）使國軍兵力火力無法集中展開，而拖延了六晝夜，否則孰勝孰敗還是未知數。打一個錦州是如此，要分兵同時打榆關、唐山更不堪設想。毛澤東親自指揮的神話不說猶可，說了就變成了鬼話。

還要重覆說一次，遼瀋戰役不是毛澤東親自指揮的，他也不是組織者，當他想要表現自己一下的時候，想要指手劃脚的時候，別人早已部署就緒並採取行動了。

口口聲聲罵林彪不敢打前所未有的殲滅戰，「九．七」電報才眞是「小兒科」，在一年內只求殲敵十八個旅！雖然，「九．七」電報也說：「如果長瀋之『敵』傾巢援錦，則你們可以大舉殲滅援『敵』。」十月十日的電報又加補充：「應將瀋陽援『敵』誘至大凌河以北，然後徐圖殲滅。」但這又是一個嚴重錯誤，林彪可不敢造次。如果讓瀋陽援『敵』（即西進兵團）進至大凌河以北即錦州以北地區，敗『敵』東進、西進兩兵團就可能會師，攻錦部隊已疲憊不堪，受到夾擊其後果實不堪設想，錦州也可能得而復失。所以林彪沒有接受毛的亂命，決定利用黑山、大虎山有利地形，命十縱死擋硬拚阻止西進兵團向西突進，並且搶先廿四小時佔領有利陣地。結果，梁興初的十縱雖然幾乎被打爛了，但拖延了國軍西進進度三天（十月廿三日至廿六日），使攻錦主力得以迅速轉移兵力趕來圍攻西進兵團。

作爲一個戰地指揮官，林彪的部署和決定是無可厚非的，事實也證明完全是必要，但毛澤東却完全不顧這些史實，肆意誹謗、歪曲，還貪天之功爲己有，怎麽能令四野系統的廣大幹部心服？

現在中共有這種說法：「東北解放戰爭的勝利，是毛主席無產階級革命路線戰勝林彪機會主義路線的結果。」（黑龍江電台一九七四年八月二十八日廣播）「對于東北地區，毛主席全局在胸，高瞻遠矚，於一九四五年秋天派遣了大批部隊和幹部進入東北，廣泛發動羣衆，同年底又發出建立鞏固的東北根據地的指示，這不僅對東北戰爭的影響極大，對全局的影響也有深刻影響。」（紅旗一九七四年第八期）而林彪一貫同毛主席路線相對抗，拒不執行毛指示，「一九四五年十一月，『敵軍』開始向東北進攻，本來應集中我軍在運動中予以大量殲滅，林彪却避而不打。」「隨後又抗拒毛主席『讓開大路、佔領兩廂』的指示，一味與『敵人』拚消耗，當『敵』大舉進攻東北的時候，又實行討好主義……。」總之，中共現在把當時共黨能夠控制東北，並使之成爲「解放中國」的根據地，是貫徹毛澤東革命路線的結果，而林彪則一貫對抗毛的路線，拒不執行毛的指示，這也有將當時實情說明的必要。

一九四五年八月抗日戰爭勝利後，蘇俄紅軍佔領了東北，毛澤東同史太林勾結，搶先派遣五萬幹部，十萬部隊進入東北，在俄軍卵翼下佔領了東北全境，後來俄軍受到抗議和國際壓力，答允撤退（但撤兵行動遲緩，並刼收了大批機器和物資）。國軍精銳乃於十月廿七日向東北進軍，此時，進入東北的林彪部仍是烏合之衆，而且散處各地，一時絕無法集中兵力也無法打硬仗，所以只能節節敗退。這時，毛發出「讓開大路，佔領兩廂」（一九四五年十二月廿八日）的指示，至一九四六年三月十三日，林彪放棄瀋陽。同年四月組織「四平保衞戰」，死傷慘重，堅持四十餘天，四平失守後敗走長春、永吉；長春、永吉相繼失守，六月敗退至哈爾濱，「敵」騎隨至，但被周恩來說動馬歇爾實現東北停火，林彪才穩住陣脚。隨後冬季來臨，大雪冰封，林彪得以依靠大城市消化蘇俄支援的大量軍火物資，擴編部隊，實行「土改」，迅速壯大力量，把東北變成「解放全國的根據地」。假如說，毛眞有什麽路線的話，那也是賣國路線，「歷史上的一切反動派都是賣國賊」，說的正是毛澤東自己，林彪則是這一時期的執行人。當時在史太林而言，他會答允共軍進入東北，他首先要的是東北的特權，要中共成爲附庸，並且他似乎信任到過蘇俄（大戰期間）而在軍中有影響力的林彪。而毛澤東則飢不擇食，明知史太林有所圖亦在所不計，還是要借這個「外力」來壯大自己，自甘作兒皇帝，派出自己的嫡系林彪去完成這個任務。林彪能在東北，是史毛勾結的產物，他能有所作爲，是史太林全力支持的結果。

（未完待續）

香港詩壇

乙卯元日　高讌賜

元辰十里沸笙歌。大地風光簇綺羅。花放香薰梅閣久。春回暖入杏林多。迎新兎豈營新窟。守舊蜂猶釀舊窠。坐媚吟窗敦靜趣。劍琴樓外任煙波。

寄懷均默丈台北　前　人

春到蓬萊又此時。梅花幾度發幽姿。奔馳日月雙輪煥。撐住乾坤一柱奇。鯤海潮音隨廣播。玉山雪影入遙思。青陽引興知多少。料付扁舟杜老詩。

呈亦園詩老　前　人

偕隱閑閑鶴一巢。升沉哀樂付詠嘲。南窗寄傲和雲臥。東閣行吟帶月敲。品茗尋常臨鬧市。盟鷗依舊出芳郊。笑遺滄海珠多少。正待先生網再抛。

東坡生日作　前　人

西湖春色柳隄開。更憶峨嵋雪影來。赤壁名垂前後賦。朝雲艷對淺深杯。瓊樓玉宇知何在。鐵板銅琶喚不回。人物浪淘千載下。大江東去有餘哀。

寄懷太希丈台北　前　人

獨倚蓬萊最上層。縱橫詞海老龍騰。纏身憂樂千回夢。挂眼升沉一片冰。詩入半禪功面壁。庵歸無象燭心燈。竹林居仙隨園好。信得風流是壽徵。

送夏書枚翁定居美洲　前　人

天放新晴盪曉香。迎春酒餞夏書翁。十年傾蓋難為別。萬里乘桴老更雄。杖履何妨沾美雨。胸襟依舊蘊唐風。羨君掌上明珠好。海外光騰夜色融。

山　居　孔鑄禹

一生飄泊不知年。湖海流連亦夙緣。半榻茶煙微醉後。滿簾風月浩歌前。悠悠世事如流水。淡淡人情似暮煙。莫問爐峰長嘯客。雲飛人在幾重天。

古　廟　前　人

廟破牆垣在。諸尊不自卑。山深風雨暗。僧老佛燈遲。葉壓蓮花座。煙飄楊柳枝。千秋經卷重。荒徑獨尋碑。

乙卯人日應亦老作　包天白

老去流光漫不知，辰逢人日敎催詩，新題急就花應笑，綵勝長違夢易痴，萬里鄉心驚柳色，一般春意著梅姿，濃陰不解愁方重，怕上層樓看雨絲。

曉　起　前　人

曉起憑欄望碧空。當樓山色有無中。千家點點繁燈火。十里荒荒亂雨風。畫地為牢人自罪。仰天可嘯我何窮。閒來倍憶吟壇侶。好約尋梅過嶺東。

曉起用包老韵　張　方

昨宵好夢未成空。尚有芸篇在抱中。啓戶閑雲追暖日。入簾佳氣愛清風。詩腸久曠情難遣。茗椀常開興不窮。一笑頑軀腰脚健。洋塲十里任西東。

除　夕　前　人

歲除人醉酒杯間，深愧稀齡學閉關，少日虛懷投筆志，老年換得賦詩閑，夢眞夢幻曾何計，鬢短鬢長任自斑，高壽不須羨湘叟，無言古石總痴頑。

元　旦　前　人

山君一去兎司民，草草杯盤設早晨，爆竹無聲遵使令，梅花有色慶芳春，驚心漸覺人情減，放眼還看夢影眞，聞達不求休笑我，且從茗畔話前塵。

次曉起韵答天白　徐義衡

山樓風靜月橫空。朗朗長天一望中。小亟有人留曲院。及時無處不春風。尋詩早見詞章妙。縮地堪誇造化窮。試看一元將復始。相期抱晤水雲東。

次前韻　亦　園

此日眞成四大空，餘情僅在破書中，客來市上噓寒氣，人向花前納暖風，星月滿天鷄未叫，樓台如畫屧將窮，倚欄遙看滄江水，不向西流競向東。

送書老遠行　前　人

霜露盈頭范叔寒，吟壇耆老解囊寛，廿年道義交彌厚，一夕艱難夢不安，白酒聊申絃外意！黃金且向劵中看，羡公大蠹穿雲去，團叙天倫笑語歡。

人　日

願人長壽衆心同，水自蒼蒼日自紅，久病恍如龜養息，小閑聊試鶴騰空，千秋石是無言佛，百忍堂為得道翁，痛飲花前宜一醉，不論酒椀與茶盅。

人　日　朱琴庵

人日題詩百感叢，卅年墮夢大槐東，豈甘夷俗從夷服，枉說楚人得楚弓，國有官邪難止謗，世多民怨每興戎，江山雖好盜為宅，漠視生靈血濺紅。

編餘漫筆

編者

這一期本刊刊出關素質先生之「莫斯科孫大東大見聞」，內情編者已另作介紹，這篇大文將來會出單行本，請讀者留意。

本刊已印行兩本叢書「謙廬隨筆」及「胡政之與大公報」，各方反應甚佳。文化工作不可望發財，只要能得到讀者賞識，就感到滿意了。

關於「胡政之與大公報」一書，作者陳紀瀅先生自美來函，說明在美已見到胡政之夫人，胡夫人係顧維鈞侄女，其兄顧維新之女公子，並非堂妹。因書已出版，先在此作一更正，將來再版時自當改過來。

香港中國筆會成立已二十年，本月適為二十周年紀念，將開二十周年紀念大會，編者亦係該會會員，特將所記憶得筆會事情寫出，此亦文壇掌故也。

不久之前，電視台又播「楊乃武與小白菜」一案，此案被列為清代四大奇案之一，民國以來搬上舞台、銀幕、電視在十次以上，但此案眞情究竟如何，依然成謎。本年適逢楊乃武案一百年，特將有關資料彙齊專文刊出，以供參考。

史料性文章「李有洪血戰摩天嶺」，是一篇近代戰史，文字生動，情節感人，不可多得之佳作。「清末民初四川的陸軍學堂與川軍派系」，亦屬難得的近代史料，我們平時只知道四川內戰多，軍閥混戰，橫征暴斂，尤其是防區制，不但是「國內之國」，而且是「省內之省」，但其根原所在，却都茫然。本文指出各軍事學校創辦之情況，及各軍的派系，因而引起合縱連橫，進而發生戰國式的混戰，其來有自。

但四川軍人雖勇於內戰，却也勇於外鬥，抗戰期間四川出兵七個集團軍（當時全國集團軍番號不超過四十），八年中陣亡總司令一員（三十六集團軍總司令李家鈺）、師長有一二二師師長王銘章，一四五師師長饒國華，一五〇師師長許國璋，抗戰八年共陣亡師長二十員，四川居其三，總司令兩員四川居其一（另一為三十三集團軍總司令張自忠上將），至於出糧出兵更冠全國，川人對得起國家，內戰只是由過去不良制度所造成，亦不是為川人病也。

黃季陸先生「劃時代的民國十三年」一文已刊完，下期當另刊一篇有關現代史的文章。

羅香林教授輯錄之「中國西北回教之派別」，史料價值太高，不必說非回教人士不知道，相信回教人士也未必能全部了解。也許讀者會覺得枯燥，但研究宗教史，邊疆史的先生們看了，一定如獲至寶。

中華月報

一九七四年十、十一、十二月號　一九七五年元月號要目

中華月報社・香港九龍書院道九號

十月號

十一月號

十二月號

元月號

掌故

月刊

44

野史・佚聞・
人物・風土・

中華民國六十四年（一九七五）八月十日出版

中華月報

一九七四年十、十一、十二月號
一九七五年元月號要目　中華月報社・香港九龍書院道九號

十月號

十一月號

十二月號

元月號

掌故 月刊 第四四期 目錄

每月逢十日出版

掌故

第四十四期

每冊定價港幣二元正

全年訂費港幣廿四元 美金六元

出版兼發行者：掌故月刊社

地址：九龍亞皆老街六號B

通信處：九龍旺角郵局信箱八五二一號

電話：三—八〇八〇九一

The Journal of Historical Records
6B, Argyle Street, Mongkok, Kowloon, Hong Kong.

督印人：鄧少卿

總編輯：岳騫

印刷者：和記印刷有限公司 新蒲崗景福街一一〇號超達工業大廈十樓

總代理：吳興記書報社 香港租庇利街十一號二樓 電話：H四五〇五六一 四五〇七六六

國內代理：黎明書報社 台北市八德路三段九十九巷六號 電話：七一一一五一二九

星馬代理：遠東文化事業有限公司 新加坡廈門街十九號 檳城沓田仔街一七一號

泰國代理：曼谷青年文化服務社 曼谷黃橋東北路五六六號

越南代理：聯興書報社 越南堤岸新行街二十二號

其他地區代理：

澳門：可大文具店
亞庇：利民公司
千里達：中華公司
菲律賓：華安書局
倫敦：東寶公司
芝加哥：杏林春
波士頓：中西公司
三藩市：新生圖書公司
三藩市：益智圖書公司
加拿大：香港商店
漢城：汎亞書籍公司
寮國：永珍圖書公司
斗湖：光明書店
菲律賓：玲瓏書局
紐約：友聯圖書公司
紐約：友方圖書公司
洛杉磯：永安堂
檀香山：大元公司
三藩市：文化商店
加拿大：新國華公司

中華民國史事紀要（初稿）

黃季陸

前言

中國近代歷史之急劇演變，起於西方列强勢力之入侵，其著者：首爲清道光二十年（一八四〇）之鴉片戰爭，清廷被迫與英人簽訂南京條約（一八四二），開不平等條約之端。繼而爲咸豐八年（一八五八）英法聯軍之役，京師淪陷，清廷復與英法締結北京條約（一八六〇），喪權辱國，日益加深。再而爲光緒十年（一八八四）中法之役，藩籬安南因之斷送。

其尤著者：光緒二十年、甲午（一八九四）發生第一次中日戰爭，由於中國之戰敗，造成日本之興起，其影響之重大，實爲中國近代史上最顯著之分水嶺。蓋在此以前，中國所蒙受之創痛雖鉅，然尚不足以制中國於死命，迨日本以廣被中國文化之薰陶，突起於亞洲之近鄰，竟爲西方帝國主義者張其勢燄以凌中國，於是，國勢乃益以不振而日危矣！

就國內情勢言：自甲午我國戰敗之後，國勢固日益阽危，然在民族自覺與自救運動方面，反因而日益蓬勃壯大，滙成爲救亡圖存奮發自强之洪流。當此之際，憂時之士，無分朝野，競起而尋求救亡圖存之道。初由摸索追求，進而立說號召。舉其大者：其一、仍寄望於清廷之振作有爲，欲以緩進改良手段，引導其走上自强維新之途徑。其二、認定清廷之腐敗已不可救藥，斷然採取急進革命路線，欲從根本改造，以達成推翻專制建立民國之偉業。戊戌政變（一八九八）與庚子義和團事件（一九〇〇）相繼發生後，清廷之顢頇無能，盡暴露於世界，改良派勢力乃因之衰頹，而希望幾絕；　國父孫先生文所創立以救中國、救世界爲中心之三民主義及其所領導之國民革命運動，乃隨時勢之演進，而成爲中華民族自立自强、救人救世之主要力量。推翻專制，建立中華民國之偉業，首於辛亥八月十九日（一九一一年十月十日）武昌起義獲得成功。國父有言：「中國之革命發軔於甲午，盛於庚子以後，而成於辛亥。」蓋指此一史實也。

當甲午中日戰爭中國節節失敗之時，國父領導之第一個革命團體——興中會，於同年十二月十七日（十一月二十四日）成立於檀香山。此一革命團體成立之主因與宗旨：一爲外患之杜絕，二爲內政之改造；故在興中會宣言中，乃揭示此兩要義以爲革命之標的。首謂：「中國積弱非一日矣！上則因循苟且，粉飾虛張，下則蒙昧無知，鮮能遠慮。近之辱國喪師，强藩壓境，堂堂華夏，不齒於鄰邦，文物冠裳，被輕於異族。有志之士，能無撫膺？」在入會誓辭中復標明：「驅除韃虜，恢復中華，創立合衆政府」三大綱，是興中會於成立之始，即已明揭中國近代國民革命之目的，在求民族之自由獨立與民主共和政體之創建矣。

翌年乙未、光緒二十一年（一八九五）九月九日，第一次革命起義於廣州，距離興中會成立未及一載，距離中國因戰敗簽訂馬關條約而割讓臺、澎，爲時僅逾五月，其時日之相連與吻合，證明中國革命之加速進行，不僅與甲午之戰息息相關，而臺、澎之割讓於日本，實爲促成廣州第一次革命起義之重要因素。此役雖然失敗，實開革命黨人壯烈犧牲之先驅，促進中國國民革命運動之加速發展。乙未首義後三年，即光緒二十四年（一八九八）春，興中會第二個支會繼日本橫濱支會之後成立於臺北；又過二年，即清光緒二十六年（一九〇〇）庚子，　國父親自來臺策劃第二次革命起義——惠州之役，其時臺灣雖為日本所據，而臺胞嚮往革命，希冀祖國之復興，進而謀臺灣光復之志節，實已昭昭在人耳目。蓋臺灣之命運實與革命之前途連為一體。惟國民革命之成功，而後乃有臺灣光復之可期。是故臺灣志士自庚子以後，或參與革命組織，返回祖國獻身於革命行列；或發動武裝抗日，與祖國革命作桴鼓之相應；或從事社會及民權運動，以發揚民族自救之精神。雖努力之方式不同，而奮鬥之目標則一，是臺灣與國民革命關係之密切，有如血肉之相連，首腦之不可分，固史實昭然矣。

就對外關係言：由於甲午戰爭中國之失敗，馬關條約之簽訂，臺、澎因以喪失繼之以列強在華港灣之租借，與勢力範圍之劃分，以及不平等條約束縛之加深，瓜分亡國之禍更迫於眉睫。在此時期，中國所賴以苟延殘喘者，乃因列強之角逐競爭，矛盾衝突，利害各異，危機四伏，遂以門戶開放，利益均霑，作一時之調和，形成列強在華之均勢，始得到短暫維持之局。固非清廷之能警惕自強，有以禦之也。至民國三年（一九一四）第一次世界大戰爆發，西方列強無暇東顧，日本乃得乘時以逞，一躍而成為獨霸中國之局面。

日本於取得獨霸中國地位之後，一面利用我國內軍閥之割據，以助長戰亂，而遂其「分而治之」之陰謀；一面復阻撓我國民革命勢力之興起，以達成其：欲稱霸世界，必先佔亞洲，欲侵佔亞洲，必先吞佔中國之企圖。卒致演變成民國二十年（一九三一）「九一八」事變，與二十六年（一九三七）「七七」事變以後之第二次日本侵華戰爭。由於我全國軍民在今　總統蔣先生中正卓越領導之下，堅苦奮鬥，不屈不撓，以及民族精神與文化潛力高度發揮，中日兩國局部之戰，卒擴大而與第二次世界大戰相結合。歷時八年，犧牲慘重，終於達成民國三十四年（一九四五）之最後勝利。日本因戰敗而無條件投降，中國於五十年前甲午戰敗所割讓於日本之臺灣、澎湖，乃重歸於祖國之版圖。惜我國於抗戰勝利之後，為國際共產黨所乘，大陸因以沉淪，七億以上之同胞被陷於鐵幕之內，慘遭迫害屠殺，如水益深，如火益烈，呻吟待救，舉世同憤。而歷史文化之備受摧殘，實為數千年來民族未有之浩刼！所幸臺、澎與大陸邊緣之金門、馬祖，於歷史厄運與挑戰困境之中，屹然矗立，成為今日光芒萬丈保衛自由之燈塔，奠立中華民族復興重建之基石。

溯自甲午以還，此一近八十年歷史之演變，國民革命運動奮鬥之歷程，舉其要者：在辛亥以前為民主共和與專制政體之鬥爭，辛亥以後初為對帝制餘孽、軍閥割據，危害民國之鬥爭；繼而為對國內軍閥與帝國主義者相勾結以危害國家之獨立與生存之鬥爭。歷經民國二年二次革命之役，民國四年討伐袁世凱背叛民國、帝制自為之役，民國六年以至民國十二年護法之役，民國十五年至民國十七年北伐、統一之役，民國二十六年至三十四年對日抗戰之役，以及抗戰勝利後，共黨禍國，大陸同胞急待解救等。其間雖歷經盛衰起伏，艱苦挫敗，然艱苦與挫敗乃一時之現象，固未能阻止革命建國運動之邁進與蓬勃發展也。綜其關鍵所在，其為思潮之衝擊，或為世變之循環，而未可測量歟！？自古以來，每一民族之興衰，必有所由：其衰也，往往失之於可興可為之時；其興也，往往成之於多難困厄之中。瞻望今後我國歷史之發展，中華民族其亦於大挫大痛之後，由磨礱而愈進於光明，由增益而更趨於完美乎？

中華民國史紀要之編纂，其目的在提供史料，便利研究，並先刋行初稿，廣徵意見，期能逐步增訂，成為一部完整之中華民國編年史。自興中會成立之年至辛亥革命為前篇，民國元年以後為正篇，分年編訂，次第發行。昔人有言：「欲亡其國者，必先亡其史。」故「歷史不滅，民族永生」，爰刋斯編，以期發揚中華文化大國之光輝，奠立中華民國國基於永固。

本編特以甲午年為前篇之始。

顏君退省首都脫險記

兼憶幾個農所學員

—用五—

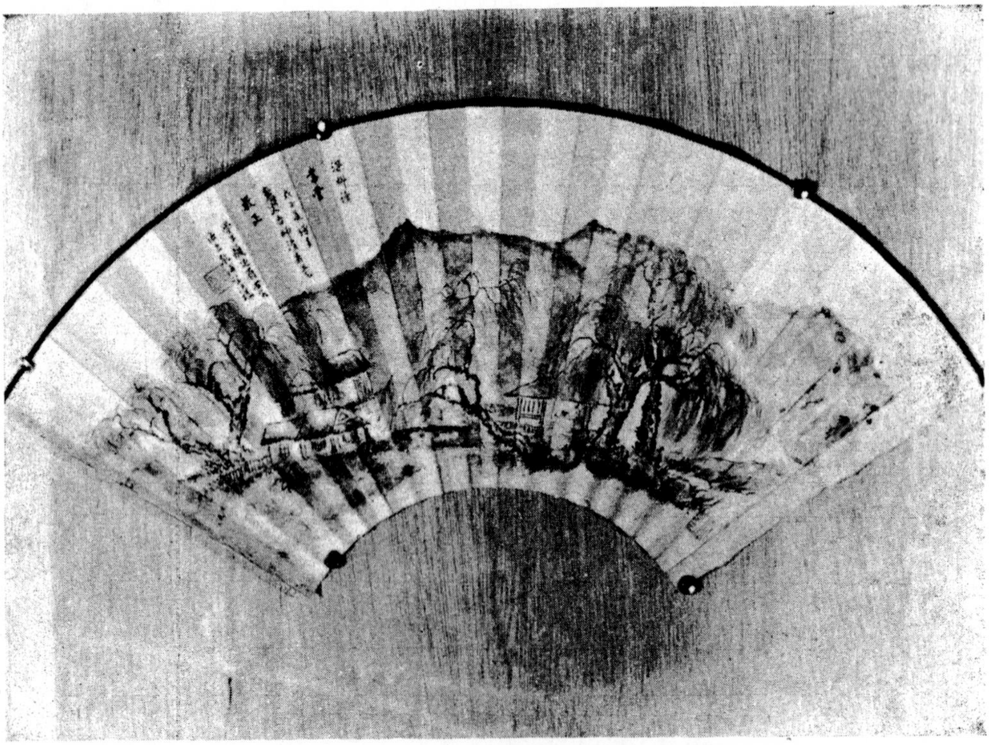

顏君退省，湖南常德人，抗戰初起，他不過是中央政府僑務委員會一個委任最低級的小職員——書記而已。七七事變既起，中央政府準備西遷，各機關疏散員工，於是顏君便成爲疏散人員之一。按照規定，疏散人員可以自行返鄉，或到其他後方地區去的；但顏君却自願留在首都。

政府撤離後，行政院秘書處，留下大量文書檔案，不及搬走，勢須有人看守；顏君自動請求，担任看守工作，因此便留在首都不走了。

首都失陷前兩天，局勢險惡已達極點，顏君急電漢口請示，把留京的重要文卷燒燬，勿使落入敵手。首都失陷那一天，他才冒險漂渡長江，脫險離京，步行十日，以達漢口。到漢口後，即向行政院秘書長魏道明，口頭報告一切經過。事後，魏氏對人說：「看不出這小子竟有這般胆量！」

以下，我要把顏君這一段忠勇冒險的故事，就個人所知詳爲記述，以備史家參考。

僑務委員會小職員

顏君退省原爲民十六年（一九二七），武昌中央農民運動講習所的學生，那時他還不滿二十歲，身軀短小，每出操，總是排列到隊尾最後一人。

當時正是國共合作時期，所中設置三個常務委員，主持全所事務。三個常務委員，國民黨僅得一人，即筆者本人；其餘兩人均共產黨，一爲毛澤東，又一爲周以栗，同是湖南籍，以搞農民運動而著名。

顏君於受訓期間，不時向我問難，對於毛周兩位鄉先生，似乎有意疏遠；他是反對共產黨的國民黨黨員可想而知。受訓完畢後，他回到湖南去，對於農運，並不熱心。到了民廿二或廿三年，便從湖南到南京；投入僑務委員會做一名小書記。直到抗戰勝利爲止，十多年間，他始終沒有離開過中央機關，也始終不脫最低級公務員的地位。

顏君讀書不多，質訥梗直，不苟言笑，做事認眞，對人忠厚，頗有年少老成氣慨；看外表，不免有點近迂腐；性喜藝術，好繪畫；作品不多，山水扇面，亦頗可觀；書法亦殊端正。他之所以成爲僑務委員會的公務人員，也許和他愛好繪畫多少有些關係；因爲當時僑務委員會的委員長正是有名畫家陳樹人呢！

他乃遣散公務員

廿六年，盧溝橋事變發生後，當時日益嚴重；七月底，軍事委員會蔣委員長手諭中央各機關，應立即準備應變，並於不得已時，政府實行遷地辦公；限各機關於三日內擬定實施辦法。各部會接到命令後，即日召集緊急會議，決定原則三項如下：

（一）各機關的原有組織必須改變，以單純靈便爲主；

（二）首都如受敵軍威脅，政府應即擇地遷移；

（三）遷都所需各項交通工具，應該立即準備。

到了八月初，軍事委員會又召集中央各機關高級人員開會，討論撤退首都公務人員眷屬辦法。結果；決定公務人員眷屬得自擇地點，自由撤離首都。這項消息，一經傳播，公務員眷屬離開首都的即相繼於道，火車輪船莫不擁擠不堪。

同時，各部會對於原有的員工，亦多準備，或已實行給資遣散一部份，以期利便應變行動的，女性員工尤多列入遣散之列。各機關員工亦因此而發生許多驚惶或紛擾。當時的遣散員工，雖發給三個月薪給的遣散費；但時局變化，急劇萬分，前路茫茫，莫不徬徨無計；於是有些遣散員工回到家裡，只好和家人相抱痛哭；或者走到政府機關，坐地悲號，好像瘋子一樣；也有些人於失望之餘，竟蓄意自殺的。

顏君退省就這樣的時局情形之下，成爲一個遣散的工務人員了。

參加抗戰宣傳工作

九月初，行政院秘書處亦把全部工作人員分爲兩大類：第一類，爲指派工作人員，第二類爲在寓聽候調遣人員，均各支給生活費每月五十元。至各人員原有薪額，於扣除生活費五十元外，餘數，第一類人員，再八折支給；第二類人員再四折支給。其他中央機關，多自定辦法，並非完全一致。

到了九月底，敵機濫炸首都，愈來愈甚，有時晝夜不停；公務人員和市民莫不大受威脅。胆小的公務人員，往往托病請假，或放棄職守，暗中離開首都。依照政府規定，這些人員最少要受撤職處分；行政院秘書處，因此至受免職處分的，便有三人。

時局這樣惡劣，人心浮動也達極點。顏君雖在遣散之列，却始終留在首都，並自動參加抗敵宣傳工作，沒有作任何逃難的打算。

十一月六日，敵軍登陸金山衞，杭州、松江、嘉興均告危急；五日後（十一月十一），上海淪陷，首都大爲震動。

十一月十五，國防會議決定遷都重慶，消息雖未公佈，各機關已立刻出現紛擾景象，道路行人更多倉皇失色。

自願留京看守檔案

十一月中旬，行政院秘書處的員工及眷屬，已大部分乘船撤離南京，向西遷移；兩日後，其他中央機關的員工及眷屬亦差不多完全撤退了。一星期後，行政院秘書處僅留下秘書長一人，參事一人，及譯電員一人；各機關首長，除蔣委員長外，亦已全部離開首都，南京實際上已等於一座空城了。

就在這樣一個嚴重的時候，顏君自動申請，經過朋友的保證，他成爲行政院秘書處留京看守文書檔案的臨時職員。

十一月廿六夜，行政院秘書長和尙未離京的最後兩個職員亦乘船離開首都，前往漢口。廿九日抵漢口，翌日，秘書處即假漢口江漢路四明銀行開始辦公；於是中央政府的重心便暫時留在漢口。

盡最大的忠忱

十一月廿八及卅兩日，顏君均有函寄到漢口，給筆者個人，報告政府撤離後的首都情形，以及他個人怎樣保護公物；廿八日函，其中有如下幾句：

「……不論時局如何變化，生既奉命留守，自當竭力之所及，以盡其最大的忠忱。」

卅日的函又有如下一段：

「昨晚一時半，下關一帶江邊，火光燭天，炮聲劈拍如連珠，全城爲之震驚。生披衣起巡，始終莫知究竟。附近駐軍，嚴加戒備。生立即督同工友阿姜與伊母親，堅閉門窗，準備一切；萬一敵軍到來，即同到附近民居或地下室，暫時躲避。迨東方既白，炮聲漸歇。因以電話詢問附近駐軍營長，始知係下關火藥庫失愼爆炸，一場虛驚，得以無事。」

首都淪陷焚燬檔案

十二月二日，顏君初次從南京打長途電話到漢口，向行政院秘書處報告首都實況，他說，南京現在風聲鶴唳，情勢非常險惡；城內到處只見軍人，內外交通已告斷絕，完全陷入圍城狀態了。

十二月四日，顏君又第二次打電話到漢口，他說城內已聞砲聲，惟蔣委員長仍然坐鎮，並未離京。

十二月七日，顏君第三次電話到漢口，說首都似尙平靜。六日之內，顏君三次電話，語氣均極鎮定，並沒有恐懼或逃難的意思。

十二月八日，據早報電訊，敵軍已到首都近郊，湯山和麒麟門一帶，蔣委員長亦已離京。

十二月十日，敵軍已到首都光華門及通濟門，並佔領大校場機場。

十二月十一日，顏君急電漢口請示原電如下：

「軍委會政訓處，譯轉漢口四明銀行行政院，明密，檔案及工友如何處置，速電示，八八師政訓處長轉，顏退省灰（十一）。」

秘書處得電後，即覆電指示，原文如下：

「先將軍政外交兩部份檔案焚燬，餘亦儘可能予以銷滅。」

十二月十三日，南京失陷。

縋漂渡大江脫險

十二廿二日，顏君從南京脫險抵漢，即到四明銀行，先與筆者見面；這時候的顏君，鬈長寸許，面目黧黑，身披破軍服，幾於不能相識，握手之餘，悲喜交集。據顏君說，他於十一日接奉命令，把行政院議事科及機要室的文書檔卷，全部燒燬之後；到了深夜，才離開首都行政院的辦公處所，十二日逃出了南京城，時敵軍已入城。出城後，沒有船隻過江，只得沉木桌於江水中，攀持不放，順流而過。途中足部受傷，又爲敵機掃射，數遇流彈，幸得不死，但最感安慰的，是檔案已燬，不至落入敵手，尚不辱命。又他出城的時候，眼見中山門外及下關一帶，已成焦土，城內其他地方，亦到處火光，被破壞的想亦不少云。

委任書記官新職

十二月廿三日，顏君晉見行政院秘書長魏道明於四明銀行行政院秘書處；口頭報告奉命銷燬檔案，及脫險離京的經過，魏氏力加稱許，謂爲胆大，並破例委派顏君爲秘書處委任書記官（按照規定，各機關疏散人員後，不得再用新員。）顏君身處危城，歷十餘日，始終鎮定，絕不驚懼；直至首都失陷前兩日的最後關頭，才急電請示如何處置檔案，接到命令後，又從容把檔案銷燬，然後於敵軍開始入城的時刻，縋城脫離險境；眞可說是胆大心細，處變不亂的了。他事前說，奉命留守，必盡最大忠忱，他眞的做到了。魏秘書長讚他胆大，並破例委他以新職，也是一點不過份的。

因公受傷入院

十二月廿五日顏君簽呈魏秘書長，報告前赴醫院，檢查因公受傷的結果，原呈節錄如下：

「……今日到泰和醫院檢查受傷病狀，足部創口轉劇，紅腫發膿。醫生堅囑，切勿勞動，能留院醫治爲最好。省以足傷關係重大，又已奉派工作，自應從速治愈，以免貽誤職務；擬於本日移住協和醫院；住醫費用可否以留守案卷，因公受傷理由，公家給予一星期醫藥費，如有不便之處，請由省月薪扣除……」

他的請求，自然獲准，由公家給予醫藥費用。

呈報留守及脫險經過

過了幾天，已是民廿七年的元旦，顏君又在醫院裡，寫了一篇呈文，把他留守及脫險的經過，報告軍事委員會蔣委員長及行政院孔院長，托他同學姚君毓松代爲呈遞，節錄原文如左：

「竊退省過去供職僑務委員會，奉令疏散，……自念平日受國家栽培，身爲公務人員，自當臨難毋苟，公爾忘私。爰於疏散之後，參加抗敵宣傳工作，以期喚起民衆，協力抗戰。旋於去年十一月十六日，奉命留守行政院案卷……行政院為最高行政機關，尚存重要公物及文書檔案，未及搬移，亟應有人看守，……敢不遵命，不避艱危，日夜督率憲兵，逡巡行政院及國民政府一帶，並協同勤務，嚴密看守院中文物。

「十二月十日，敵兵迫近首都城下，局勢萬分緊急……政院留京機密文件，未敢擅行處置，乃多方設法，假八十八師政訓處軍用無線電台，拍發加急電報，請示漢口行政院辦事處。來往途中，數遇流彈，幾瀕於危。

「十二月十一夜，我軍奉命退出首都，省亦於槍林彈雨中，隨軍墜城出圍，足部因此受傷。步行抵達燕子磯後，縛門板於桌上，冒險浮入長江，漂流十餘里，始獲登岸。……

「自念此次抗戰，為爭民族生存，個人許身黨國，安危決所不計；登岸後，雖足部創傷劇痛，猶自振作，沿途對武裝同志及同胞，盡力宣傳抗戰的神聖任務……到漢口後，過蒙魏秘書長垂念寒微，委以書記官之職；自慚菲才，不勝惶悚；自當更加奮發，以圖報稱，伏乞鈞察。前僑務委員會疏散公務員，現任行政院書記官顏退省呈，一月一日（廿七年）。」

到了戰時首都

廿七年七月初，馬當失陷，湖口不守；到了七月底，九江也淪陷了；暫時留滯在漢口的政府重心不得不依照原定計劃，再西移入川。行政院秘書處的工作人員遂於八月二日全部離漢，乘江輪前往重慶，八月十四日到達，計留漢時間前後共達八個月。行政院的院會，不久也就在重慶曾家岩明德小學的新辦公處舉行，於是乎，重慶也就成為名符其實的戰時首都了，這時候的行政院長為孔祥熙氏。

一封自述生平的信

到了重慶之後，第二年四月（廿八年），顏君服務於行政院秘書處已經一年多，因為彼此工作都忙，見面詳談的機會不多，四月中他送給我一封長函；函裡敘述他個人的過去遭遇，和人生觀的改變；自我檢討，自我勉勵之後，又詳述他一年來的工作情形；這封信可作了解顏君為人的參考，節錄如下：

「許久未給你寫信了，雖同在院內工作，因彼此忙碌，談話機會，並不比南京多。

「我在南京受到許多人事與社會的磨折；退出首都，强渡長江以後，使我覺得社會險惡，人生渺茫，處處荆棘，隨時可以幻滅。我幸得不死，到達漢皋，迄至於今，我的人生觀也起了劇變。在南京的時候，我有十足的小孩子氣，書生氣，天眞、率直、這是老師和同學都公認的……偶一感念失意，動輒生氣、憤怒；甚至椎胸痛哭。又愛說直話，至為人不諒，惹起磨擦。

「廿五年夏秋之間大病，廿六年春因失戀又病，這都是德業不修，養性不力所致。愛護我的老師和朋友，不知向我進過多少勸告，……記得我大病的時候，老師，你跑到我病榻前，小心勸慰我，為我親調藥石，後來又給我一封長信，勸我放寬襟懷，並贈我板橋家書一冊，囑我病中細看。……

「我自思不做一個庸人，必須鍛煉意志，保持健康，養成濶大的胸襟；不如此安能任重致遠？……廿六年病好以後，過去的壞習氣，便一天天減少了，胸襟漸見寬暢，眼光較為遠大了。

「强渡長江，僥倖不死之後，想到前線將士流血犧牲，受難同胞，顛沛流離，我不僅僥倖不死，且棲身有所，更得入最高行政機關服務，我必須感激奮發，努力上進。現在國難嚴重，如何爲國効勞，如何爲民族犧牲，應該是我最大的責任。

「現在，我胸襟比以前寬了，身體也比較壯了，遇事也能夠忍耐了，對人也能夠寬恕了；朋友多說現在的顏某，已前後判若兩人……

小公務員的滋味

「現在，我的雄心，依然如昔；可惜，環境不許我有自修上進的機會。我服務於第一科，公事極爲複雜，內政範圍廣泛，凡牽涉到內政的都歸第一科承辦。其他各科，如果每日收文十件，第一科便要收二三十件。現在，中央遷建會、國民參政會、各省參議會，每天到院的公文便不少，均歸第一科。第一科的辦事人員，連科長共得四人。我的工作，是辦稿，兼登記和收發。表面看，似覺容易，手續實極繁忙。一件公文，從登記、編號、送科、送核；核回之後，又辦稿、科、送稿；稿回來了，又送繕、銷號；手續不下七八次之多；其中還有曲折周轉的事情，例如改送、會簽、查案、調卷之類；此外，還有臨時擬辦、交辦案件，及院會決議案件，各科改送案件等；綜計第一科每天收文，平均在二十五件至卅五件之間；單就登記、送核、送稿、送繕、銷號、歸檔、查案而言，手續已不下數百次；再加上科長臨時指辦事項；例如參政會建議案的列表，各省議會成立及展期事由的列表，各省參議會被選議員動態的列表，以及代謄稿件等，五花八門，名目繁多。……尚有其他不合理的事，不必多說。近幾個月，我的工作自晨迄晚，不得休息，不特讀報的時間沒有，甚至吃飯的時間都覺不足。

「我本是從憂患過來的人，辛苦不算一會事，辛苦對前途有幫助，那有甚麼可說呢？不過，現在這種機械而又傷神的工作，對個人的上進毫無裨益，也沒有學習的意義。想增進自己的學養，多讀點書，只好利用晚間殘餘時間，拖着疲倦的身體，做着自修或寫作工夫。總之，奮鬥有心，時不我與，奈何！

「我的私生活，自覺頗爲嚴肅，聲色之場不去，勢利徵逐之地更不去。總希望在努力奮鬥中打出一條光明道路。以期無負於家國，無悖於師友的期望。生退省百拜四月十六（廿八年）。」

誓言發憤

函末他附錄爲他祖父七十冥誕而起的誓願一百多字，最後一段如下：

「……一年餘來，個人學業修養，及藝術寫作，毫無表現，愧恧良深；今日爲先大父之七十誕辰，默思遺訓，創痛益烈！自即日起，虔誠惕勵，發奮圖强。謹佩黑紗三年，以示哀憾，而知奮勉，毋渝此誓。」

看他這封信和誓詞，頗有反求諸己，居易以俟命的精神；不過他對於行政院秘書處服務工作，顯然是不滿意的，而且說話不免近於發牢騷。他有一個時候，想到外面兼做新聞記者；又常和幾個農所同學，多方活動，謀取川省縣長的職位，都始終沒有成功。他的名利觀念自然和普通年青人一樣，並不很淡。

從廿八年四月，一直到卅四年八月，日本投降；中間六年多的長時間裡，我和顏君都沒有離開過重慶；彼此雖時有見面，但沒有甚麼可以在這裡記述的。

深柳讀書寄意深

卅四年九月政府開始還都復員，顏君比我先回南京；我却要遲一年多，到了卅五年十月，才回到南京。我回到南京不久，便離開了行政院的職務，很少見到顏君。卅七年夏天，我因事到上海，才和顏君在上海見一次面。當時，顏君送我一把摺扇，扇面上他繪上一幅畫，題爲深柳讀書堂圖，那是湖邊柳林之下，書齋兩所，左右並立，中通小橋，齋中各有一人，或憑几讀書，或倚窗閒眺，遠處青山若隱若現，意趣閒雅，超脫塵俗。他在畫上題云：

「深柳讀書堂
戊子夏繪呈
××吾師清暑並乞
教正　學生顏退省時
客上海歇浦望江樓」

戊子爲民卅七（一九四八）年，正是我離開行政院，參加行憲立法院的時候；此時國民黨因選舉副總統，內部陷於分裂；北方的中共軍隊又不斷的向南推動，時局艱危，情勢日非，顏君此時已脫離了公務員的生涯，隱居上海；他送我這樣的一把扇，繪上這樣的一幅畫，題上這樣的文字，似乎對彼此當時的處境，都寓有深意；過去，他送我的自繪畫，本有好幾幅的，現在還能保存的就祇有這一把扇面了，（見附圖）自然更可珍惜。

我和顏君上海見面之後，第二年，中共統治了大陸；自此以後，二十七年來，彼此完全隔絕，一點音訊沒有，想起來，實在令人嘆息。

其他農所學員十一人

記顏君退省首都脫險事已畢，我要乘便把顏君以外，其他十一個農民運動講習所的學員，於抗戰前後，和我往來較多的，在這裡說一說。

武昌中央農民運動講習所，於民十六年開辦，爲時僅半年左右；學員大概二百人，以長江各省及四川籍爲最多。抗戰前後，在南京、武漢、和重慶，彼此時常見面的，僅有顏退省、王少南謝崇周、方冰、姚毓松、蕭漫留、黃應乾、高崇智、王運炎、熊耀文、舒國藩等十一人。他們十六年離開農所之後，有些做了小學教師，有些做了政府機關的公務人員，又些做了各地工會的職員，獨沒有從事農民運動的。廿六年政府滯留漢口的時候，農所同學包括前述十一人，曾經有過好幾次的集會，打算組織同學會；後來據王運炎的報告，登記同學共一百多人，大部分都是沒有固定職業，生活困苦的。同學會的消息經報紙發表後，引起當局的注意，當時軍事委員會政治訓練部副部長黃琪翔還因此特約筆者和黃應乾、顏退省三人到武昌談了一次話。

不論怎樣，這十一個當初有志於農民運動的青年，後來對於抗戰，以及改革運動，都能夠熱心參加，各盡本份，雖無赫赫之功，也就無悖初衷，克盡國民天職，應受尊敬的了。

以下我要特別記述的，爲蕭漫留，謝崇周，黃應乾，和舒國藩四人。

敵後工作的蕭漫留

蕭漫留，江西吉安人，年齡比顏退省稍大；一頭濃密的黑髮，雙眉壓目，近視很深，沉着堅定，不苟言笑。抗戰前，也是時常在南京見面的。

廿六年底，我隨政府滯留漢口的時候，接到顏退省十一月廿八日從南京寄來一封信，信裡提到漫留說：「多月未見的漫留兄，我於昨日下午到新街口郵局寄信時，偶然相遇。他告訴我，九月間到上海工作，因環境不宜，事業完全失敗。因乘飛機到香港，轉由粵漢鐵路來京。事業失敗後，心志怏怏，未能修書問候老師，囑爲代陳，容日報告，」等語。上海是十一月十一失陷的，漫留於九月間便到上海；他在上海做的甚麽工作？失敗的是甚麽事業呢？似乎大家都不知道。不過，過了不久，南京失陷後，約在廿七年初，漫留便到漢口和我們見面了。他到上海的事，我們都不便多問。

又過了幾個月，廿七年五月底，漫留參加了一次農所同學聚叙會之後，又忽然不知何處去了，大家都覺得稀奇！再過了兩年，我們由漢口到重慶，也快滿兩年了。這時候，敵機正對戰時首都濫施轟炸，市民每天躲入防空洞，往往超過五六小時。廿九年五月廿八日那一天，天才放亮，敵機便來，濫炸到下午四時左右，始行離去；警報解除不久，漫留忽到曾家岩行政院秘書處見我，使我大感意外。坐下詳談，才知道他以前到上海，做的是軍統局（軍事委員會調查統計局）的敵後諜報工作。

他說，十四個月前，他奉命到敵後的南昌，在那裡做了很多地下工作，最近奉命回到重慶，參加新的訓練，並報告敵情。他又把怎樣去到南昌，又怎樣在那裡做工作，這一次怎樣離開南昌到重慶，都大畧說了一遍，使我彷彿聽了一篇偵探故事；他離開南昌，帶着老婆和兩個小孩子，於黑夜中偷渡敵軍的警戒線，尤覺驚險動人。據他觀察，現時敵軍內部，不論上下，都充滿了厭戰反戰的情緒；使我們更增加抗戰必勝的信心。

我和漫留這一次見面之後，便再沒有機會見到他了，他在重慶逗留多久？何時回到敵後去？我都不知道。勝利還都以後，有關於他的行踪，也一概茫然！

有志開發邊區謝崇周

謝崇周，四川人，清癯瀟洒，丰度翩翩，頗擅口才。他生長於川省西南部「雷馬屏」地區；雷馬屏包括雷波、馬湖、和屏山三縣，均屬長江上游金沙江流域，和雲南貴州接壤；這一地區富林木礦藏，因交通困難，與外界隔絕，天然資源，尚未開發。我們到重慶不久，（廿七年十一月間），崇周即邀我和幾個農所同學，到他體心堂寓所吃飯，提出他開發雷馬屏的意見。第二年（廿八年）一二月間，又先後請客多次，把開發的具體計劃——發起組織「開發雷馬屏有限公司」——作詳細的說明，請大家予以贊助。可惜，抗戰正烈，公私都無暇及此，他的計劃也就同於畫餅了。不過，他的理想和熱心，還是很可愛的。

川省議員黃應乾

黃應乾亦四川人，體格魁梧，性情爽朗。政府入川之前，他對於地方政治，已嶄露頭角。廿八年，他獲選爲川省議會的議員，更見活躍。他常說要代表老百姓發言，切實監督政府，發揮民主政治的眞諦。卅三年十一月四日，我和農所留渝同學在渝最後一次的聚餐會，還是應乾安排一切的；那一次的聚餐會舉行於兩路口的中美文化協會，經過了這一次的聚餐會，農所同學也就沒有再集會的機會了。還都復員後，應乾和崇周均留在家鄉，至今消息隔絕，生死茫然。

參加國營舒國藩

舒國藩，江西南昌人，靜默溫厚，篤於情感，富責任心，他的志趣和前述數人不同。他重視國家經濟，認爲國營事業的成敗，關係民生最大；抗戰期間，他投身交通事業。勝利還都，他首隨當時服務的「戰時運輸管理局平津區汽車修配總廠」，於卅四年十二月初，便到達北平，後再轉到天津；他在廠中的職位是總務部主任，工作性質十分複雜。他到天津後，十二月九日給我的信說：「……以後長期在天津工作，因總廠設在天津……現在一面接收，一面準備開工，大約明正而後，可以開始有出品生產。」可惜，他只是廠中不大不小的職員，談不到改革，更談不到理想。這個修配廠和國藩本人後來的命運怎樣？我到現在也毫無所知。國藩也喜好藝術，寫得一筆好字。我現在收藏的齊白石爲我而繪的一幅枇杷，便是國藩到北平的時候，代我請求的。（完）

四川進一步統一與抗戰（上）

·孫震·

一、進一步統一之川康整軍計劃（擁護中央共禦外侮）

我國東鄰日本，自以「大陸政策」爲其傳統國策後，併吞中國更爲日本軍人視爲當然之行動。只以我國門戶開放，恐招致各國干涉，遂採取蠶食辦法，利用浪人，製造事端，挑起局部戰爭，以達成逐步蠶食企圖。由此而「九一八事件」，「一二八事件」以至「長城戰役」，從侵佔我東北，進而控制華北，爲其大陸政策之根據地。再由此而南進西進，繼續製造事端，於是「冀東事件」「天津事件」「上海事件」「南京事件」「北海事件」「漢口事件」層出不窮。消息傳至西南，已引起川胞之同仇敵愾。至民國二十五年六七月間，日更宣佈將在吾川成都設立總領事館，意圖便於在我西南各省製造事端。雖經我國政府外交部通知日本使館制止此舉，日方強橫不聽，逕於八月派其新委之總領事岩井英一赴成都任職。復經重慶負治安責任川康綏靖公署勸阻，日方仍置之不理。遂激起成都市民衆之憤慨，於八月二十四日包圍其總領事所駐地之大川飯店，加以驅逐，釀成毆斃日本渡邊深井兩人事件。日方借此張惶生事，徒以吾川僻處西陲，爲日本武力所不及，然仍由四川省政府槍斃肇事川人兩人，以平息其氣焰。

余以上各章迭述吾川智識份子，青年將校，多年來無不以如何促成吾川統一，以完成全國統一，共禦外侮爲戰志。自「「九一八」起，迄至驅逐日本總領事事件後，促成全國統一以達成積極抗日之觀念，更深入吾川軍民心坎中，因此當時川中軍民一致之口號爲「統一四川，擁護中央，共禦外侮」。

至中央方面，我政府自「九一八」起，對於抗日，早具決心。只以共匪內亂，國是紛歧，政治既未澈底統一，國軍歷年定亂剿共，亦未整頓，無力對外。自是而後，一面積極剿共以安內，一面協調各方面不同意見，以促成內政統一。並建設全國國防工事，設立陸軍整理處，將全國已有之一百八十餘師，逐步整理，使可以成爲對外作戰之國防師。迄至二十五年止，甫經整理完成二十個師，即因督促西北方面剿共，以期完成內亂之最後肅清，而有張楊叛變之雙十二事變發生，已如前「剿共與討逆」一章所述。

自民國二十六年後，政府更積極部署全國國防，整理全國軍隊。對吾川方面，自民國二十四年已完成第一步使省政及駐川各軍，統一於四川省政府及川康綏靖公署；竄川共匪，亦經追剿出川。二十五年中央將入川指導剿共之參謀團撤消，另設軍事委員會重慶行營，以督促西南各省之政軍國防設施。又以二十四年由川康綏靖公署主持第一次裁軍，其中一部份擴軍，其他各部份縮軍，未得其平，中央決定對川康駐軍作進一步之整理。並擬整理後，抽調川軍一百個步兵團出川，分駐襄陽宜昌地區，再由中央陸軍整理處，作更進一步之整理補充訓練，以備參加國防作戰。政府以此意徵詢各軍後，羣謀僉同，遂於二十六年六月下令，於行營所在地之重慶，組織「川康整軍委員會」，派軍政部何部長應欽為主任委員，重慶行營主任顧祝同，川康綏靖公署主任劉湘為副主任委員，於七月六日，召開川康整軍會議。其主旨對川為公平合理之縮編整軍，對國為全國陸軍整理後對外作戰全盤計劃之一部，因此整軍原則為：一，川康軍隊經此次整編後直接隸屬於中央；二、軍隊之軍餉軍費以後由中央依國防需要所頒訂之二十六年編制以中央國庫統一負責發放；三，軍隊全國陸軍編制法為標準。六日開幕，各軍一致擁護上項原則，經過極為順利。七日繼續開會，正商擬實施辦法時，主席何部長即接急電，是日日軍進攻盧溝橋國軍二十九軍宋哲元部隊。全國軍民聞之，無不憤慨；當日出席會議之川康將領，均一致電中央請纓出川，參加抗日作戰。政府為急於籌劃對日軍平津方面之軍事，因此在川康整軍會議中，摒棄原來之原則標準，另以就「全川財政收入與軍餉支出比例」，規定駐川各軍均一律縮編三分之一，即匆匆結束會議。依上比例，如劉湘所直屬各軍原為每師三旅九團者，縮為三旅六團，其他各軍每師原為三旅六團者，縮編為兩旅四團，限令一個月內縮編完成，待令調用。惟當日中央原定整軍原則雖未完成，但因各軍自此紛紛開拔出川，參加抗日，除殘留川中各師外，其他參加南北第一線作戰部隊，順自然法則，直接隸屬中央。又經在戰地一面作戰一面整訓原則，各軍逐漸均改為全國一致之二十六年編制案之編制，經理軍餉，由此均自然統一於中央，並且更進一步完成中央以後所訂之軍需獨立制度。在八年抗戰中，一般由川內調出各軍，在全國南北前線，無不恪遵命令，嚴守軍紀，對日作戰不惜犧牲，且與所駐在地之各省同胞均能和諧合作。因各軍自在川內交出地方行政，對於軍民兩政劃分川政統一之後，本已硜硜自守，奉調省外在各省前線地方，自更兢兢業業，絕不干預地方行政。遇有軍事方面需要於地方者，大都委婉與地方當局協商，以達成軍事目的。但以後因有些上級機關，矯枉過正，致常常仍奉有不切實之通令，增加困難。如奉規定一般軍部起以上高級司令部，不准以文電直接命令地方專員及縣長或派員接洽要求其代辦何事，遇有必需協商之事，應以文電先諮商各省省政府，俟協商妥後，再由省政府令專員縣府辦理。前線軍事瞬息萬變，一切徵工徵地、構築工事，或砲騎兵各團營，託購騾馬飼料，及借用機關營房等，有今日可需者，形勢一變，明日已不需要。各省省政府多與前線司令部距離遙遠，一經往返協商，動輒旬日或一兩月，一切事件尚未商妥，早已成為明日黃花。又如曾奉令規定在前線之團營連調動，必須在出發前，鳴鑼告知鄉村或鎮市民衆，清結一切糾紛，再行出發。前線軍事之攻防隊調動，因敵探遍地，漢奸潛伏，行動惟恐不密，一經鳴鑼告衆，無異自洩軍機。此等事項，尤以以後共匪叛亂後剿共時為然。各地共匪潛伏組織，消息本已靈通，再加以國軍守密習慣，本來尚未養成，若再遇事公佈，隨時自露行藏，使敵軍對我更瞭如指掌。以致匪軍採用奇襲，以大吃小，及圍點打援等戰法，無不得心應手。國軍則被圍遇伏，成為常事。以後雖經發覺此種通令害多於利，乃另頒剿共綏靖辦法，自屬進步，但為時已晚，損傷已多，與今日臺海作戰地區之戰地政務一切規定比較眞不知明智勝過當年若干倍。但在當日抗戰時期，一般國軍仍盡力忍痛遵行，或迂迴曲線以達軍事目的。反之當日國軍中，其在第一線之總司令軍長級指揮官，有經中央特別授權者，在前線戰地內，無論徵工地，或修橋築路，根本不用協商，一切以命令行之，甚至直接撤換戰地縣局長另行委派縣局長。地方各界對此視聽不同，不明瞭某部有中央予以特殊任務特別授權之內容，因此長江北岸各省地方，盛傳有「川軍國軍化」「國軍川軍化」之民謠，由此即可知吾川出征各軍，當日在南北各前線一般均能恪守軍人本份，確盡軍人天職之情形。

華北日軍自二十六年七月七日起，對我二十九軍宋哲元軍猛攻，一月之間，平津淪陷。中央召開全國最高決策會議，川康綏靖主任劉湘於徵詢四川省各界意見，並召集各軍會議後，以川康全區軍民一致參加抗日作戰願望，出席最高會議，報告中央，由此完成全國在中央決策下，一致抗日之最後決定。自此，地無分南北，時無問先後，駐在各省之常備國軍，一律在中央命令下，紛紛開赴抗日第一線。吾人於此，實深佩劉湘先生之明大義識大體，於最高會議決策席上，代表川康軍民意見，慷慨陳詞，不愧爲川康地區之領袖人物。

中央抗日之國是決策既定，日軍亦已同時自北平，一部沿平漢鐵路向保定石家莊南犯，一部沿平綏鐵路向張家口大同西犯。中央因授劉湘兼任第七戰區司令長官、第一步以第四十一軍、第四十五軍、第四十七軍，編爲二十二集團軍，指定由川陝大道出發北上，向西安集中，預備增援晉東晉北前線。以第二十一軍、第二十三軍、第四十軍、編爲二十三集團軍，指定由川鄂大道出發東下，向宜昌集中，準備增援平漢鐵路前線。以在貴州剿匪之第二十軍及配屬一軍編二十七集團軍，由貴州出發向武漢集中，準備增援上海前線。並指定在川北川陝道上之陸軍四十一軍，應首先向西安出發，自此各軍紛紛開始向第一線行動。川中軍民多年憤慨，自此宜洩。一般同袍，無不趾高氣揚，高歌就道。在出發以前，許多軍師長多半預立遺囑，訣別家庭，以示置身前線，義不反顧，如四十一軍代理軍長王銘章將軍即其中之一也。

中央繼因前線需要，又由二十三集團軍內，抽調出第四十軍，另由川中加編一軍，合編爲二十九集團軍，向鄂東抗日前線增加。繼又就四川保安各旅中抽出八個保安旅、編爲四個師、合組兩軍、編爲第三十集團軍，向湘贛抗日前線增加。繼又由二十二集團軍中，將四十七軍抽出，配屬一軍，合編爲三十六集團軍，向晉南之太行山前線增加。至此迭年駐在川康地區之常備陸軍，調入抗日前線者共爲六個集團軍。再加以因參加貴州剿匪，單獨赴上海作戰之四十三軍郭汝棟部；及前後數年間，單獨出川附於其他國軍之獨立師獨立旅等，共計吾川現役常備陸軍參加前線者，約十二個軍以上。至於在抗戰以前，吾川在省內省外智識份子，歷年以志願入伍空軍海軍，及國軍各陸軍部隊之現役軍人將校士兵等，亦約在萬人以上。查迄至抗日戰役結束前，全國自南至北之抗日前線，使用總兵力共爲四十個集團軍，包括陸軍一百個軍。川康子弟以血肉作爲長城，所擔任之前線，約計爲全國十分之二以上。至抗戰發生後，及在八年抗戰中，由川康徵調赴前線補充，參加各方面國軍作戰之壯丁約爲三百萬，（詳見後第四節），及抗戰中發動智識青年十萬從軍後，參加印緬作戰之川康智識青年，約三萬人以上，尚不在內。吾人爲促進全川統一全國統一，以禦外侮之始願，終於達成，川康五千萬同胞，對在天之列祖列宗，當可無愧矣。

二、進一步統一之川政（天下未定蜀先定）

自上述川中各軍動員出發抗日後，四川省政府主席兼川康綏靖主任劉湘，復奉令兼任前線第七戰區司令長官，當時奉令由北道出川之四十一軍、四十五軍、四十七軍，及由貴州出發之二十軍，均係遵照中央命令，依照重慶整軍會議規定，於限期內，在軍內作合理公平之縮編，然後依照一定建制，出發向前方指定地點集中。惟劉湘主任係就其所直屬指揮之二十一軍、二十三軍、四十軍，爲適當控制計，指定各軍以營爲單位分割建制，作三個軍之全體混編，令各營各自指向宜昌出發，到宜昌後再按照分配表，向應編入之軍師團部報到，歸入各軍師團建制。但因前線需兵迫切，各軍師團部甫集合後，即奉令運輸向第七戰區長官部所在地之鄭州；繼因上海淪陷，南京失守，二十三集團軍（即二十一軍、二十三軍）又奉令轉運至長江下游，在江西省前線之廣德一帶，截阻西進之日軍。二十一軍、二十三軍本有相當之戰力，其武器亦較川中各軍爲優良，如不在川分割各軍建制，當能在廣德前線，表現堅强之戰力，徒以各營在川分割建制後，始在宜昌集合編成某軍某師某團，又匆匆由宜昌出發前線，統御上官不識下官，官不識兵，倉卒間在廣德接觸强寇，雖各級指揮官奮勇指揮，士兵亦奮勇作戰，第一百四十五師師長饒國華，且奮不顧身，堅守廣德，犧牲殺敵，致以身殉地。但官兵因互不相識，極易發生淩亂，以致廣德失陷，劉兼司令長官湘因此憤恚異常，致多年所患胃潰瘍，因此復發，嘔血不已，卒於民國二十七年一月十七日病故漢口醫院。臨終遺囑，托轉告長江南北兩岸抗日之川中袍澤，在日寇一日未滅之情形下，川軍誓不還鄉，其言極爲悲壯。

劉氏既歿，中央因調整川政人事，於二十七年二月，調在山東前線之二十二集團軍總司令鄧錫侯回川，繼任川康綏靖公署主任；調二十三集團軍副總司令潘文華，繼任川康綏靖公署副主任；調四十軍軍長王纘緒回川，繼任四川省政府主席。國民政府自民國二十六年十二月二十日，原已移駐重慶。惟南京撤守後，軍政重心實仍在武漢。至二十七年十月武漢失守，駐漢中央各行政機關始全部遷渝。十一月三日，川康黨政軍首長聯名電請蔣委員長蒞川主持大計。十二月八日，蔣委員長由桂林飛抵重慶。吾川至此成爲抗日指揮之中樞，抗戰勝利基礎亦由此奠定。

惟川政在新調整之後，覬覦川政者仍不乏人，尤以西康省主席兼二十四軍軍長劉文輝，因以前曾多年兼任四川省主席名義，追求尤爲積極。二十八年春，余奉命參加西安會議，受訓後，蒙委員長准給短假返成都，準備抽調本軍尚留川中之第一二三師出川，並督促奉命新編之新五師由死守滕縣負傷之呂旅長康升任師長，在川編組成立。某日余接劉文輝邀請，聚餐於渠家中，同席爲鄧錫侯、潘文華、王纘緒、鄧漢祥等，余初以爲係專誠爲余由前線回鄉之接風宴，不知乃爲一場政治鬥爭風暴。席間劉、鄧、潘輪流發言，當面攻擊省主席王纘緒，責其年來種種措施不當，促其辭職，親赴前線，交出川政，王氏抗辯不已。王氏平時崖岸自高，對其同學均認爲「餘子不足數」，對於劉鄧等批評常至體無完膚，惟對余尚有相當之友誼。余素沉默，不善言辭，不得已發言爲王氏解圍，除代王氏申述其政治上種種困難因素，因之因應各方面自難盡如人意，同時亦贊揚王氏已有之設施。並說明余係一單純軍人，未深切研究政治，本願始終在前線，完成抗日作戰，毫不過問川政，川戲中有一句成語『願哥哥做皇帝』，因此，我惟願你們各位哥哥輪流都做「皇帝」，輪流都當四川省主席，但希望不要發生事端，更不要把事態擴大，既遺中央西顧之憂，更將受川中父老責難，亦令外省同胞譏笑。當時一度言歸於好，不幸余返前線甫數月，卒以貪狡者野心不易遏止，王氏又倔强任性，致有二十八年秋間劉元塘、劉元琮、謝德堪、楊晒軒、彭煥章、周虎臣、劉樹成等七師長通電倒王之舉。

當時各軍尚殘留川中者共計九個師，除屬二十二集團軍四十一軍之一二三師師長曾憲棟，新五師師長呂康兩人，拒絕簽名參加討王外，其他七師長，劉元塘、劉元琮係屬二十四軍劉輝部；謝德堪、楊晒軒，係屬鄧錫侯之九十五軍；彭煥章、周虎臣、劉樹成、係屬於潘文華指揮。七師長既各有所屬，當然所簽名發出之討王通電，係受其長官所指使。中央爲息事寧人安定後方起見，於九月調王纘緒回到駐在湖北前線之第二十九集團軍總司令原任，由蔣委員長兼任四川省主席。

（未完待續）

金門憶舊

關西人

民國三十八年十二月 蔣夫人勞軍金門，親臨戰場。時正隆冬，狂風怒吼，寒砭肌骨，因之再三叮嚀，金門必須造林。不久數萬株馬尾松苗即由臺灣運到。三十九年年底。 總統蔣公復職視事後，第一次觀兵前線。在風起雲飛，砂塵滿天中檢查戰備，巡視堡壘之餘，不斷面示：「金門應即栽樹積水。」後此在金門的工作要目中造林列為大政，遵為圭臬。軍隊民衆，齊力以赴，各任司令官亦勤率嚴督，不敢疏忽。

據故老相傳，金門原屬林森草深的海上綠洲。民族英雄鄭成功攻取臺灣之前，正值南京失利之後，船艦蕩然，難以伏波。乃在金門伐木為舟，揚帆過海。厥後鄭經乘三藩之戰，進兵福建，亦以金門為前進其地。因此金門失去林木，漸為風沙侵蝕。迨至抗日軍興，倭兵進佔，與大陸隔離，居民燃料缺乏，乃刨根割叢，遂成水土無法保持之狀。不特太武石山濯濯，即雙乳山田埔岩亦白沙赤土，寸草難生。我軍進駐時，大陸柴木來路已絕，居民本以勁草防風護禾者，至此又以之割為燃料，且有軍民爭取情事。爾後軍煤雖獲補給，民煤亦得供應，然根本久遠之圖仍在恢復「海上綠洲」的本來面目。鄭成功伐木取臺，其子孫理應報德，由臺灣支援以綠化金門。

軍人本屬戎馬生涯，可以攀高山，越大水，破强敵，陷堅陣。一提起造林，誠如趙尺子先生的大作所云：「種樹種樹將軍令……。」認為此乃易為。但樹苗不聽命令，一批一批運來，一批一批死去，民國三十九年便在這種情形下心灰意懶的幾乎是絕望了。一位專家說：「五風十雨皆祥瑞。」在風中灌水，栽樹該無問題。然而問題就出在東北季候風太强，一日兩次灌水也都成了白費。

民國四十年，筆者在一次旅行中，發現了臺灣海邊有一種木本「印度田青」的防風樹，當即向專家們請教移植金門之可能性。此時由於韓戰發生，臺海局勢穩定，政府不但派遣了一個金門工作小組，以朱光彩博士為組長，其下有各種專家十餘人。逐漸也請農復會延伸其工作範圍至於金門，森林專家康翰，水利專家章元曦及徐吳斌負責連絡工作。一致認為印度田青富於根瘤菌，可為木麻黃、金、銀和歡等樹作先驅，至於馬尾松等應列為最後種植。果然專家的見解比「將軍命令」有效，春種子，夏苗壯，秋開黃花，冬則已高等人身矣。特是壽命太短。五年便枯，而且不能成材。

民國四十一年除繼續推廣田青外，開始了木麻黃的引進，這一年鑒於多次的失敗，特別是運輸，乃開始了①在臺灣與林場立定合同，竹籠中填實肥土，植苗籠中，苗活，連籠帶土，船運而來，到金門挖坑妥當，在田青樹之側，施好肥料，整籠入坑，然後指定專人，日夕維護，如此田青宛如褓姆，不但防風，而且在地下供應根瘤菌。新木麻黃苗，乃一一得活。②政治部主任兼金門縣長李德廉同志，與專家同心協力，在金門建立了農林試驗場，並在小徑設立苗圃。鑒於在臺採購樹苗，不但運輸困難，而價值昂貴，在公路兩側夾道培植，尚可支應。若在沙石赤土地造區域防風林，則自行育苗，不但易成而又價廉。金門無竹，不能編籠，因而改用塑膠紙袋。但赤土活樹困難，一日筆者在後浦東側的一塊貧瘠地中，召通信營長陳華封中校，告以挖成五百個坑，坑深到一人跳入不見其頂，坑大到兩人入內轉動無碍，然後塡汚泥其中，再在其上先植田青，再栽木麻黃。兩年以後，欲去田青，木麻黃臨風搖曳，恰似稚童學步，蓋已一片綠葉，覆沒砂石赤土矣。民國四十六年，筆者二度出長金門防衛，雖然際此鷹厦鐵路通車。匪圖金門又急，但面積造林仍在進行。其中以湖南高地西北之三十二師張聞聲，鵲山以東之十師馬安瀾兩師長成績最優。又雙乳山地區九十三師師長雷開渲，埕下四南張華峯砲兵指揮官、鵲山以北高英傑砲兵指揮官及二十七師等之面積造林，功亦卓著。其地原都沙石瘠土，用深挖坑，換好土，施肥料，栽育苗等方法。十六年後之今日，當年茸苗，已成雄木，林蔭蔽日，積葉成茵。尤其山後田埔蚵壳墩等地之林帶，早已阻止了海水飛濺，沙粒撲面的災害，西洪村落，免於沙葬，且闢爲遊憇勝境之榕園，恢復昔日「西洪無地不開花」之美麗風光，西向太湖，十分旖旎。民國六十一年三月，筆者應邀訪問十年不見之金門。在莒光樓前西望厦門雲頂岩仍是磷峋嵯峩，寸草不生。回看太武山則青葱耀眼，大地盡碧，不禁低吟曰：「綠化金門島不荒！」「一島之不綠，將如天山葱嶺何？」近聞金門區在栽培花木菓樹中。「洛陽三月花似錦，出門盡是看花人。」祇要努力，往事可以爲證。「鐵鑄金門打不開」之外，後人將再爲我軍民加上一句「春風十里杏花香，同袍將士何昂藏」了。

由於金門栽樹之一段艱辛史，筆者於民國五十二年向中原才子李士英出了一句上聯徵對曰：「雙木成林，三木成森，森林必須林森。」蓋言樹成林後，氣象森嚴，風沙不能動撼。李才子迅即答曰：「二人爲从，三人爲衆，衆從應先從衆。」李士英眞英士也。

蟹眼泉與古岡湖

金門環島是海，但本身却水不夠用，民國三十八年國軍進駐後，使原在島上居民三萬七千人之外，增加了一倍半以上，尤其在戎馬倥傯之際，食水用水乃成了大的問題，「軍民爭水糾紛」便成了時時處處必需解決的事件。特別是井水被取過量時鹹味大事增加，腹瀉成病，防不勝防。開始造林後，需要量更使井水無法負擔。

經濟部朱光彩先生的工作小組，詳細計算金門雨量及各地受水面積之後，認爲水量來源充足，十餘萬人應無問題，尚可灌溉禾畝，增加農牧。問題是：第一雨量不平均，每年七八兩月是雨季，百分之九十的雨水傾盆而下。第二是雨水落地迅即入海。因此建議除了造林以求水土保持的久遠之圖，治標之道，第一是逢溝築壩，第二是多挖池塘，兩項工作歸向一個目標，即「提高地下水水位」然後廣開井而取之。金門環海，海水密度濃，海的面積大，雨水入地，不能再滲流入海。

在朱光彩小組的精密設計下首先在太武山之北作了一個水壩，是陸軍第十四師官兵們努力作成的，爲了紀念他們的辛勞，定名爲武夷水壩，武夷是該師的代名。壩分東西兩渠，中爲溢洪道，鋼筋水泥質料。東渠最長，沿太武山脚而又分支北出，導山坡之水及壩中蓄水引入數十個池塘中，功效還在使雨水入地，點滴不漏入海中。這個壩用的兵工不算工錢，費時幾近一年，花錢近乎百萬，款係金門軍民福利社中撥出，在當時在當地，確係一筆太大的支出，也不可能再負擔一個同樣這種工程，偏偏這種性質的工程在金門的當時是十分需要的。

在武夷水壩之後的水利工程。乃着重於逢溝堵壩，並且在一條溪水中上下可堵數壩，有些壩由於洩水溝渠不當，壩塌水洩，造成災害的也有，但多數却都成功。太武南的金湖溪由蟹眼泉起本來是荒溪小徑，牧童濯足的野草地方，後來由於節節堵壩，兩側修路，中實蓮藕，又在路邊鑿山爲洞，築屋而居，變成了金門島羣發號施令的地方。這個工程由第九第十兩師及原先的第五軍直屬部隊所完成。現在的「太湖」風景如畫，便是由蟹眼泉發源的金湖溪所積聚的。太武山西南的兩個水壩其中之一是六十九師曹杰師長所完成，八二三砲戰激烈時，附近軍隊便由兩壩供應用水。太武山東南鵲山附近的砲兵部隊在砲戰時對敵傷害很大，但也承受敵彈至多，可是用水不乏，這也是幾個水壩之功。陽宅附近的大而且多層的蓄水壩是二十六師李向辰師長的傑作，幾乎收容了太武山東北部的水源。由於蓄水地高亢，還有灌溉的功能，高英傑指揮官能變鵲山以北一大片沙漠爲森林，這個蓄水壩供獻不少。

蟹眼泉在太武山南海山寺的西側，泉由石縫中滲出，形如蟹眼，涔涔而下，不捨晝夜，乃太武風景之一，筆者以此作爲金門東部水利的代表。金門西部最足以爲水利之代表的，是由寶月泉點滴而滙集成的古岡湖，乃金門唯一產稻之區，舊金城位於岡阜之上，由高俯瞰，湖光山色，不減江南明媚，近亦環湖築路，建亭植柳，可與太湖東西相映而爭美矣。

金門西部水利之大者是後浦港之築堤，收容了雙乳山以西的雨水。其次是古寧頭西南的雙鯉湖，最初規模不大，現在已變成廣濶幽美的慈湖。阻水入海，這兩個堤壩，效用已彰。古寧安岐間，由農復會援助的槓桿水井，入地三尺，即可由井得水灌田。後浦至榜林間一片碧綠的菜畦，常年不輟的供應市塲，也是地下水充足使然。

以雙乳山爲中心，東到小徑，西到榜林，南北到海，這個窄狹地帶，大部份是斷崖殘凋，鋁土赤鐵混合砂石，每當雨季，急流入海，南岸海邊一片黃色，沖洗之厲，可以概見，駐軍用水每從遠方運來。在此地段唯一的制水之法是築壩，首先是阻土隨水入海。走筆至此，忽然想起「禍兮福所倚」的古訓來，由於雨水冲洗也替金門帶來福音，雙乳山以南海岸崖立加削，色白似雪，這便是陶瓷所需要的原料白土，福建省僅德化與金門有此原料可以製造瓷器。但金門白土之被發現，乃是冲洗中得來。

金門也有幾個深水井，係由經濟部鑿井工程隊經勘察試鑿而成，第一口在頂堡，第二口在尚義機塲附近，每口需款近二十萬元，而且要用發動機抽取，現在看起來微不足道，但在民國四十二、三年，金門本身確實負擔不起，因此不敢廣事發展。同時，地下水水位因堵壩日多漸漸增高，深水井已無此必要，固然深水井取出的水色清味甘，最適飲用。

民國四十三年夏末，筆者調職回臺，舊日袍澤仍在金門服務者，面告筆者曰：「新司令官爲金門帶來福音，枯井也滿了水，雖然軍隊人數增加不少，但以往軍民爭水的事件不再發生了。」筆者頷首者再，幾乎熱淚奪眶！飲水思源，我袍澤胼手胝足，汗滴黃土，現在總算有了結果。近來看電視聽到翁倩玉小姐唱：「成全了別人，犧牲了自己，這才是愛的眞諦……」不禁又哈哈大笑，我們的萬里河山不也是我們的列祖列宗用血汗創下來的嗎？我們這些點滴微勞，敢向大禹王比嗎？小巫之至者也。希望舊日袍澤也爲此而哈哈一笑！

周道如砥・其直如矢

趙家驤將軍第一次看到金門馬時，失聲大呼曰「唐馬、唐馬！」筆者訝其多怪。彼曰：「頭昂尾張，四肢均衡，刻苦耐勞，任重致遠。」原來唐太宗李世民就憑着這種唐馬，不但威震四夷，而且打來了一個萬王之王的「天可汗」榮譽徽號。無怪乎趙將軍驚極而呼！唐末秦宗權據汝南，苛虐之至。漢川光山一帶之民，相率南逃，止於閩南，陳淵入金門牧馬，乃定居焉，故老相傳此乃金門有人烟之開始，金門馬亦與金門人同時同地而繁殖於此。千年以來，良驥蜾伏，人已忘其爲唐馬，且更不知其以往之英風偉績，但以之爲耕種及交通工具。筆者初到金門時，每見一馬被鞁，二人分乘於式右兩側，得得山隙幽境之中。且多係一男一女，人稱之爲鴛鴦馬，乃金門島上主要交通所賴，尤其東西往來，人畏波濤而又迂迴，皆樂乘馬。

由於時代進步，島民僑居南洋漸多，乃有修築公路之議。民國十九年安溪人李敬仲先生任縣長，若干僑領願嘉惠桑梓，捐款相助，李縣長樂觀其成，金門第一條公路由後浦經盤山瓊林而至沙美，並延伸至官澳。通車後僑款未來，李縣長不得已遂賣其私屋之在廈門者以還墊款，其路雖簡，且經若干次加修，以後在王多年司令官任內舖成六公尺寬水泥路面，而成爲環島北路，但其意義却不尋常。作縣長墊錢修路，李敬仲先生的精神自足千古。二十年後島上路密如網，四通八達，使人想起韓昌黎所云：「莫爲之前，雖美而不彰，莫爲之後，雖盛而不傳。」李縣長應十分自傲，「七品縣令，也爲之前！」

民國三十八年冬，筆者初主金門防務。旰衡國防民生的需要，以開闢交通爲當務之急。乃竭其全力，從事於此。由三十九年到四十三年的五年中，島上公路經大力闢修，已具規模，路線之直，係由劉鼎漢師長創其始，路面之平則爲華心權師長開其端。太武山公墓完成後，十字交义的路線炸石塡溝，力求平直。薛仲述軍長的成就乃係劉華兩將軍的風範所鼓舞。由料羅到溪邊的路線，中經一座土丘，馬安瀾師長集合團營長面告曰：「愚公可以移山，吾人不可以不平丘」？該師拉直湖前至鵲山路線時，馬師長又鼓勵官兵曰：「精衛可以塡海，吾人爲何不可以墊壑？」該師官兵果如所願，修築的路，又直又平。各線紛紛效尤，遂使本島公路合乎世界標準。

中央公路，乃責怨最多，艱苦最甚的一條路線。修築的動機，是爲了東西部隊互相增援容易，實際經驗中證明，短距離戰場內的大部隊調動，急行軍的速度較汽車運輸爲快。主持其事的是蘇時少將，施工部隊是十四師、十八師。由工程專家測量設計，後後浦經雙乳山攀入太武山西部再轉而南以達料羅灣，全長約廿公里。爲了尊重專家的高見，注意到坡度及灣度的安全，雖然力求平直，却仍然犧牲了不少原則。由小徑上太武山西尾，便是一例，本擬架橋騰空，直上直下，但還達不到平的要求，同時當時的財力與技術，也支持不了那樣的作法。

中央公路是本島舖修高級路面的第一條。其後浦到榜林無名英雄像段，由第十九軍軍長陸靜澄中將率直屬部隊負其責。先將路面挖平，舖編好鋼筋，再灌入幾乎一公尺厚的水泥。這樣不惜工本，爲的是「以費爲省」，一勞永逸，同時也表現我軍人的氣魄。但主要的着眼還在乎路面好，車輛使用的壽命可以延長，一旦進入戰爭，運輸的速度可以提高。上述那段完成後，筆者第一次任期屆滿，爲了後來者可以繼續舖設，當時的參謀長葉熹年便率防衛部直屬部隊向東多舖了一百公尺。民國四十六年夏，毛匪已修通了鷹厦鐵路，氣勢洶洶，志在求逞。筆者被徵調第二次復主金門防務。此時島上軍用車輛一再照編裝數減少，但還有九百多輛，比原來多了四倍，特別是載重車輛加多。中央公路乃是主要運輸路線，車隊絡繹，飛塵滿天，道旁行樹，亦變顏色。偶而貴賓來訪，開道車前導，貴賓車隨後即無法睜眼。車禍時出，更屬常事。筆者乃决定賡續前願，繼續舖設水泥路面。此時金門財力已由曩昔之月得廿餘萬者，增至月得一百四十餘萬，財力無慮，而國防部由於中美共同防衛台澎條約之簽定，乃全力支援金門。自費購買水泥，使用築路機械，利用剩餘構工材料，一切一切，比曩昔便利極多。施工部隊是張聞聲的卅三師，林初耀的廿七師，雷開瑄的九十三師，李向辰的廿六師，馬安瀾的第十師及曾力民的第九師。不到三個月，全程水泥高級路面，舖設完畢，預算好的二百四十萬台幣，還加舖了湖前翠谷段支線。兵工之力，確實可愛！爲了競爭優勝，便能晝夜從事。爲了合乎標準，便能反復修正。祇要高級長官說一聲「好」，他們便忘記了汗流浹背而笑顏頓開。工程完成，他們會三五成羣，漫步而行，嘴邊依然是勝利的歡悅。這次總工程的指導官是工兵少將李賢，由開始到結束，他足足費了半年的工夫。這次工程完成的第一代價是路不飛灰，行樹碧綠。第二受益是汽油節省，車輪損壞減少。另一個難以估計的價值，是民國四十七年匪砲轟擊，我們在敵砲火下運八吋榴自走砲搶灘登陸時，最初是寸步難移，必須以少數鋼板墊沙而行。但一到水泥路上，砲車躍進如飛，迅速加入戰鬥，祇是一百多發的奇襲射擊，眼看到敵岸上砲毀人亡，烟幕衝天。我軍官兵久處敵人彈幕壓抑，至此歡聲雷動。厥後每彈三百磅的240大砲，陸續運到參戰，毛共乃不得不低首求饒。中央公路的水泥路面，至此始獲人們諒解，而免却了多方譏評和責怨。當然在開始修築時，官兵那以啤酒瓶當作碾路機，由太武山肩石而來。又以石擊石地代替以後的碎石機，挖高墊低，都用肩挑，就算作推土機。那種苦况殊非今天的人們所能想像。但那些值得贊揚的官兵，從來不會垂頭喪氣，口出怨言。有時看到軍師長或者司令官和他們一起揹石同行，還會高聲歌唱「我們好比上火線，沒有後退祇上前，唉、呼、啊……」來。「樂觀奮鬥」「抬頭樂幹」的精神，每每使筆者於一石在背，渾身是汗的時光，不禁也笑逐顏開。克服了艱苦，終底於成。遺憾的是當時沒有開山機之類的築路重機械，而且筆者奉令調職，所以預定展築至太武山的一段，未能施工。金門築路的經過，不管受了多少責怨和艱苦，但祇最高統帥 總統蔣公的一句稱贊，筆者便如榮膺桂冠詩人，什麽光榮都難比擬。當中央路面舖成，統帥親臨戰地，首先稱贊「很好很好，這是我多年來要求的築路標準，今天在金門看到，實在高興。」同時，我們 統帥還指示我的後任展築至太武山，并名其路曰「玉章路」。筆者二次主金時，親奉面諭：「樹立玉章路的牌坊」時，不禁自責曰：「我就不曾修路上山。固然我沒有開山機，爆炸藥，可是到底還是氣魄不足！」民國四十七年冬，劉安祺將軍接長金門，喊出了「經營戰場，培養戰力」的口號，大將風格，不同凡響。原來方面之將，並不是單槍匹馬，橫衝直撞，而需要總領全局兼籌並顧的。劉將軍繼續舖修高級路面，遂使金門往昔「蒙塵」的面孔，逐漸轉變而爲明媚的風光。凡是立身前線的革命軍子弟，以及居住在戰地的金門兒女，我們固然對我們的成就，引以爲慰，可是千萬不能驕傲。試想北美合衆國的東西南北各五十條，而每條都是幾千公里的超級水泥路面的道路，我們自是小巫中之小巫。而且由恰克圖到廣州灣，由上海市到伊犁城等等的超級公路，正等待着我們去開闢，中華民族的金飯碗在南中國海，但炎黃世胄的生命線却在北新疆。由金門進軍北上時，千萬不要忘記了你們的「唐馬」，牠將陪伴着你遠走雄奔，邁向勝利。

地瓜千與高粱酒

福建省的人，好以富貴貧賤四字形容厦門、金門、平潭、東山四個大島，金門居然取得一個貴字。凡到過金門的人，也會驚奇金門村落之命名，與他地之張莊、李寨、趙樓、王屯等等者不同。金門有榜林，也有瓊林，更有無地不開花之西洪、官澳等等。故老相傳金門科甲鼎盛，顯宦輩出，故省人以貴字許之。厥後由於一次鼠疫，死亡甚多，政治上也起了變化，島人乃相率遠走他鄉以謀發展。巨商富賈，代替了當年的翰林進士。金門人的得志則行道爲官，世亂則求富積財的聰明智慧，表現無遺。陳國礎在新加坡的金門僑人羣中，稱黃祖耀、鄭樹順、蔡普中、歐毓章等爲當地金門人的四傑。他們在華人社會中是銀行家、企業家、聲勢赫赫，無人不知。筆者在幾次南洋島羣的旅行中，基隆坡、吧生港全是金門人的天下。沙撈越、婆羅乃、沙壩等地的華人世界裡，可以說衣食住行都在金門僑人的營業範圍之中。同屬炎黃子孫，何以金門人的活力竟然超乎其類，既可發科甲之名，又可獲工商之利，處處出他人頭地？幾經研究，發現食物乃是最大原因之一。蚵蠣加髮菜，與地瓜磨粉對稱拌合而成的主食品，不但使金門青年男的相貌堂堂，女的花枝招展，而且給予他們一種力爭上游的衝勁。代代相承，脈脈相傳，久而久之，便成了一種氣質，一種精神。

我軍初到金門，高峯為了鼓勵前線戍卒，特發雪白洋麵。筆者的心目中，士兵們必然歡天喜地，大為感戴。可是回答却是愁眉苦臉，「吃不慣麵粉。」幹部們代答曰：「幸虧此地有蛇，廣東兵纔能在蛇肉的支持中精力百倍，挖壕掘溝，搬石築壘」。我訝然！幹部續曰：「不但蛇多，而且有蟒，重可百斤，長約數丈，以之為羹，味美而鮮，粵兵嗜之如命，但使三日一羹，饅頭亦可下咽。筆者姑妄聽之，初未知吃蛇可以造成金門的嚴重後果。三個月後鼠疫發生，民亦乏食，報請上峯派專家來研究。台灣衛生處長顏春輝先生親自蒞臨，工作數日，有了結論。金門的老鼠不能超過廿萬隻，否則侵食地瓜，傳染疫癘。以往因為蛇蟒在野捕鼠為生，鼠類不易繁殖。現在我軍吃蛇，無異助鼠為虐。鼠類得此機會，不特入地吃薯，而且入營吃米，伙伕頭，特務長且有被咬傷者！司令部與專家合作，一面禁止殺蛇，一面發動捕鼠，懸賞緝拿，如臨大敵。軍民人等以鼠尾兌換現款。且規定每日應繳鼠尾數目。不三月，鼠患乃消。官兵回台，不再被牽入檢疫站洒滿一身白灰了。筆者驚告粵籍官兵，且止饞涎，亦報請上級改發白米。一塲風波，始得平息。金門男女也笑逐顏開，地瓜無恙，蚵蠣常收，民以食為天，不再對士兵投以厭惡目光，「你不吃蛇，我便有地瓜為食」。

近年以來筆者年事漸增，閱歷日積，開始體察到「解決問題」與「一勞永逸」的說法，殊有思索必要。人類綿延不息，問題層出不窮，一勞殊難永逸。因為問題之中還有問題，循環不已，一勞則可，永逸則未必！即以金門的民食為例：固守金門，待機反攻，這是國策。但孤島挺峙，以往與鄰近各地有無互通的方便中斷了。首先感到困難的是燃料問題，生地瓜必須煑成熟飯。本來缺少樹木，現在又要構築工事，準備打仗，軍民便爭割田陌上的防風草，草盡便又爬根，除根無草，又如何維持地瓜收成？經過若干次討論，終於有了結論：「河北山東人不是也沒柴燒嗎？種高粱，吃高粱米，燃高粱楷，金門應倣效冀魯。」可是，奇怪，金門民衆不吃高粱，一如廣東兵不吃洋麵然。五萬官兵已夠台灣運輸補給的辛苦了，再加上三萬八千居民，在當時兵慌馬亂，國庫支絀的艱窘情形下，確實無法負担！為了鼓勵官兵的豪邁氣概，筆者曾經擬定兩句口號：「救國家者絕不拖累政府，愛人民者絕不騷擾百姓。因此抱定「打掉牙齒和血吞」的決心，告訴同僚：「天上下雨地面滑，自己跌倒自己爬。」三萬八千民衆的生活問題。由我們自行設法解決，不必讓中央分心。曾經徵求民衆意見：「不吃高粱，吃不吃大米？」反應是「高粱喂猪，人當然吃米！」但是籌措經常食用的大量白米，談何容易！在苦思焦慮之中，忽然想出了解決的辦法。原來金門軍民每月至少要從台灣買酒十萬瓶以上，若果把這筆買酒的錢改買大米，以大米換回高粱顆，再以高粱顆製成「聞香先下馬」的蘭陵酒，這樣飲高粱酒，吃大米飯，燃高粱楷，豈不一舉三得。此一構想，經過提出研議，果然一致贊成。時正早春，高粱萌芽，說作便作。民國四十年底在張子英處長督導下，周新春廠長利用舊金城寶月泉的甘泉，開始生產了「金門高粱酒」。當時的紅牌大麯十二元一瓶，黃牌高粱祇賣八元五角。雖然如此，仍比從台灣買來的酒便宜很多，因為減少了運費和損耗。金門物資供應社每月獲利八、九萬元，不僅是解決了食用及燃料問題，而且無中生有的得了一筆款項，百萬元一年，在當時確實是一個大數目。「財是庶政之母」，地方建設，打仗措施的需費便也迎刃而解。

好像是管仲說過的話「民可與樂成、不可與計始。」民衆們看到種高粱有好處，便又提出要求：一斤高粱顆要換一斤大白米。經過盤算，即或如其所求，供應社還是有利可圖。於是向民衆提出了對等要求：荒地要納田賦，種高粱可以免稅。「財者民之心也。」他們當然接受。於是在農復會引進肥料的幫助下，高梁種植面積年年增加，高粱酒的釀造也歲歲擴張。由於酒色清，酒味醇，而且酒香撲鼻，較之當時的台灣清酒、啤酒，另有一番誘人的滋味，不知不覺便打入了台灣社會之中。台灣是烟酒公賣。當然不許金門高粱侵入市場。不斷折衝，成立了協定，金門自用以外的高粱酒，由公賣局議價收購。經年累月，公賣局成了金門高粱的最大主顧。酒價漲，酒量加，當年的歲十萬，現在增到了幾千萬。聽說今日金門的每年稅收一億幾千萬台幣中，高粱酒佔了不少的數目。這確是解決民食及燃料問題始料所不及。民國四十六年筆者第二次主防金門，每見鄉村市鎮，有村姑賣酒，戰士農夫園飲歡笑，印度田青黃花滿枝，高梁大麴香氣四溢的美麗情景，想起唐人詩句「風吹柳花滿店香，吳姬押酒勸客嘗。」不禁悠然自語曰：「無心插柳柳成蔭」。也是始料所不及。

筆者最近參觀亞洲蔬菜中心，陸副主任把甘薯（地瓜）的營養價值說得天上有地下無，百美俱備而無一害。當時在場的國防部長高煜辰（魁元）將軍迅速反應曰：「今日金門正在『地無一尺荒的口號下努力。擬請派員前往彼處，化驗土壤，引進品種，俾可大量增產。」這是高部長的明智之舉，事屬軍事範圍暫不論及。但地瓜又將在金門的沙土地上再度揚眉吐氣，以與白米爭妍鬥艷，恐亦非當年大種高粱時始料所能及。白雲蒼狗，滄海桑田，世事誠難料也。

為文至此，筆者尚欲稍作說明，民國四十年代高粱酒正在紅極一時，「譽滿天下，謗亦隨之」，某些人便以有色的眼光投諸金門：「軍人經商圖利。」筆者在衆口鑠金聲中，祇能又說一句：「軍人並未經商圖利，乃福建省主席開闢財源，以利前線軍民也！」蓋當時金門防衛司令官尚兼福建省主席，統攝軍民兩政，必須兼籌併顧。當時事艱難之會，苟利國家，一意為之，毀譽原無所縈心也。

筆者於三年前被邀訪問前線，早春時候，禾生隴畝，慨然作打油詩就正於問行之王化行（昇）將軍，末句為「從此金門不地瓜」。現在人無地瓜氣，食將又地瓜矣。

莫斯科東大孫大見聞

周華質

二

但根據俄共中央馬列研究所主編的「共產國際史要」一書第二五一頁「共產國際馬列宣傳和訓練幹部工作」一節中之報導說：「數千名共產黨員在『國際列寧學校』，『東方大學』（KUTV），「孫逸仙大學」（Sun Yat-Sen University in Moscow），在共產國際執行委員會領導下工作（註十九）。從這資料看來，東方大學在教育行政上是由共產國際執行委員會領導的。

（二）史達林與東方大學：東方大學為紀念史達林又稱「史達林東方大學」。表示東方大學是培養史大林派的大本營。

史達林曾經到東方大學講過二次話：第一次，是一九二五年五月十八日東大成立四週年紀念，史達林在紀念大會上講題是「東方大學的政治任務」（註二十）他在講辭中開頭說了幾句很親切的話：「同志們！首先允許我致敬禮於你們東方大學成立四週年紀念。我希望你們大學在很艱難的道路上培養東方共產主義幹部之成功。」「再允許我道歉，雖然應該常來，我却很少到你們大學來。忙些甚麼？——事務多，沒有常來與你們見面的可能。」

他這篇講辭的重點，是說明學生的政治任務。因東大學生成份分為二大部份：一大部份學生係來自蘇俄國內東部經濟較落後的共和國「史達林稱為東方蘇維埃共和國」（如亞美尼亞，喬治亞，阿塞爾拜然，中亞細亞五個共和國，西伯利亞，及海參威沿海各省及邊區等），其任務是培養蘇俄東部各共和國黨政幹部。另一大部份「史達林稱為從殖民地和半殖民來的學生」，其任務是培養他們成為適合於亞洲及中國和印度、日本、韓國等地區革命幹部。

第二次，史達林對東方大學學生講話，是一九二七年五月三十日，題目「給東方勞動者共產主義大學的學生們」（註二十一）。是對東方大學第四期畢業生講話，這些講話地方我還記得是在東方大學俱樂部（位於普希金詩人銅像廣場附近），正是東方大學托洛茨基反對派暗中活動積極的時期，中國班多數學生對史達林來校講話並不重視，有些學生背後就批評史達林政策。

（三）東方大學學生包含那些民族和國家：有二個資料可以作為研究東方大學學生民族成份：①史逵林第二次在東方大學講演中說：「代表七十四種民族的第四期畢業生」（註二十二）是有根據的。②根據「共產國際史要」一書第二五一頁記載，「二十年代在東方勞動者共產主義大學，有中國人，印度，阿拉伯國家，印尼，印度支那（越南、高棉、寮、泰、緬）蒙古，日本，菲律賓，拉丁美洲，其他國家及世界各地區。」（見馬列研究所主編「共產國際史要」，一九六九年莫斯科政治文學出版社）來自蘇俄國內東部各共和國的學生，據我所見到的有幾個民族的學生特別顯著：穿喬治亞服裝史達林家鄉的人很多，米高揚家鄉亞美尼亞人亦不少。其他在飯廳裡常見的，有喜戴花帽子的維吾爾人（新疆一帶），韃靼人（Tartaar），阿塞爾拜然（Azerbaijan），達格斯坦（Daghestan外高加索），蒙古人（Mongol）。來自亞洲各國的學生：土耳其，伊朗，阿富汗的人很多，由於當年列寧和史達林很想「解放」土耳其和伊朗，因此培養了很多幹部。寢宮裡常見的日本人和高麗人（Korean），也有少數美國黑人。

（四）東大中國班學生來源：

五四運動後，赤潮東滲，影響了中國青年思想。早期東方大學中國班學生來源，大多從上海，兩湖，北京，廣州，法國巴黎等地區吸收去的。引證幾個資料說明當年吸收中國青年去東大的情況。

①據棲梧老人著「中共成立前後的見聞」中說「這時我從武漢帶着幾個青年團員到上海，準備去莫斯科，他們就留我在中央工作，組織了一個教育委員會，由我同楊明齋負責。教育委員會的工作，主要就青年團員中選擇比較優秀分子赴莫斯科學習」。「開辦外國語學社，由楊明齋、俞秀松主其事。主要是招收青年學習俄文，準備送莫斯科東方大學求學。被送往者有彭述之，謝文錦，華林等，劉少奇曾在該社學俄文（見王健民：中共史稿第一編第一章第三二頁）。

②據美國Conrad Brandt 教授研究報告：在巴黎共產黨刊物中，包括胡志明的「勞動報」，開始報導莫斯科學生日常生活的誘人報告，一所為東方勞動者而設的共產黨大學成立了，一九二二年——二三年冬天經周恩來的聯絡，中國學生大批赴俄的浪潮開始了」（註二十三）。

③「一九二〇年八月間，彭璜，何叔衡，毛澤東聯絡湖南教育界聞人方維夏等，發起組織「俄羅斯研究會」和留俄勤工儉學。簡章中曾提到「派人赴俄實地調查，提倡留俄勤工儉學」這一團體是鼓動中國青年到俄國去，任弼時，蕭勁光等就由毛澤東介紹第一批進東方大學」（註二十四）。

（五）校舍（教室，圖書館，教研室，膳堂，宿舍，俱樂部兼禮堂）

東方大學校址建於莫斯科市中心普希金（Aleksandr Sergeyevich Pushkin）詩人銅像廣場對面教堂後面，是一座六層大廈，學校行政辦公室，教室，教研室，圖書館均設在大厦內。圖書館設在第一層樓。教研室蒐集教學資料，編譯教材。在我底回憶中，東大蒐集有關中國農村經濟的資料相當多，我在教研室遇到一位前嶺南大學教授楊翰生先生，他是研究中國農村經濟的。地下室有咖啡室，以供教授和學生休息。東大膳堂設於普希金詩人銅像對面一所大教堂後院，餐廳相當大，從早到晚川流不息的站隊進餐，每人一湯二菜是分食制，中國學生吃不慣牛排，也有豆腐和鷄一類的菜。膳廳是東大特點之一。學生宿舍設於普希金詩人銅像街道花園路旁一座三層樓大厦內，規模相當大，距東大校本部半哩許。前後有花園和空地以供健身運動。

註⑲「共產國際史要」一書，一九六九年莫斯科政治文學社出版，由八名專家集體主編。

註⑳見「共黨原始資料選輯」第三集斯大林著。國際關係研究所和政大東亞研究所出版。第三九八頁——四一二頁「東方大學的政治任務」。

註㉑見一九二七年五月三十一日眞理報「給東方勞動者共產主義大學的學生們」——史大林全集第九卷第二八三頁中文版。

註㉒同註㉑。

註㉓見「Tne French Returned Elite in the Chinese Communist Party」蒐於「Symposium on Economic and Social Problems of the Far East」一書（香港大學一九六二年出版），作者Conrad Brandt。

㉔見鄭學稼教授著中共興亡史第二三章第五四一頁。

二、東方大學教育行政及組織

(一)教育行政

東大教育任務，史達林已於一九二五年五月東大成立四週年「在東大政治任務」中說得很明白，他說「東大有二個任務：一個任務，培養蘇俄國內各少數民族「以應殖民地革命的需要」。另一任務，對外國學生「以應東方蘇維埃共和國的需要」。

據我觀察，教育行政很簡單，除校長及若干職員外，對學生簡直沒有任何管理，你不去上課也沒有人管你。每班採取小班制。據胡志明報告，有一百五十位教師。

第一任校長是民族事務委員會副人民委員 YA 布羅伊多 Broido 兼任，有關他的資料不多，我只找到二點資料：他在慶祝東方大學週年紀念報告中說，該校成立一年後，已有來自東方五十七個民族的學生七百餘名，並在土耳其斯坦，巴庫，伊爾庫茨克等地設立分校(見Edwarp H. Carr, The Bolshevik Revolution 1919—1929 Vol. 111(New York The Macmillan Company, 1953)P. 268—269)。其次，在蘇俄科學院東方研究所出版的「現代東方各國歷史家」一書中第四七頁，蘇俄著作中「十月與伊朗」問題這篇文章說：他是研究伊朗問題專家。註㉕。

東方大學第二任校長舒米亞茨基(B. F. Shumiantsky (Andrei Chervonnyi)，是老布爾什維克，早期在西伯利亞活動，一再被捕，十月革命後，任西伯利亞蘇維埃中央執行委員會主席。內戰期間，任俄共中央遠東局委員，第五軍革命戰爭委員會委員，一九二〇年至二一年任蘇維埃外交人民委員部西伯利亞和蒙古全權代表，共產國際遠東書記處首長，一九二二年至二五年任駐波斯大使，一九二六年至二八年任東方大學校長。一九三一年蒙古政府特給紅旗勛章，表示他對俄帝經營蒙古有特別貢獻。

據蘇俄科學院東方研究所出版「東方國家現代歷史家」一書中第四七頁，蘇俄著作中「十月與伊朗」問題一節中說：「B.F. Shumiantsky 是研究伊朗問題專家。他對中共問題亦有著作。他在「革命的東方」雜誌(一九二八年第四——五號)發表「中共黨和共青團歷史」。註㉖。

東大教授大多由蘇俄各大學教授來兼任。據我回憶中有兩位女教授，一位教我俄文的安娜教授，能說一口流利的英法文。另一位教我經濟地理的教授，她能講希臘文。

有一位郭范侖科教授，著有「新社會觀」一書，原來就是東方大學的講義。註㉗。

我在東方大學會見(大概是一九二八年)愛羅先珂盲詩人，他在東方大學日本班担任日語翻譯，他精通日文，由他的女公子伴着，我見他是在東方大學教授休息室。他能說北方話，他說曾經在北京大學講過學，他最喜歡聽中國青蛙叫的聲音。魯迅是他的朋友(魯迅著作中會經提到他)，到過日本，據說他過去是個無政府主義者。

據張國燾回憶錄中說：「瞿秋白曾經在東方大學講過課，正是一九二二年第三國際第四次大會時，那時瞿秋白是中共的代表(見明報第三卷十期(34)張國燾回憶八二頁)。

東大軍事班的班主任，是一位沙皇時代担任過團長的職業軍人，學生稱他馬歇爾將軍，因他有官僚作風，被學生反對去職，易以後來的一位身材高大的曾經担任過師長的一位職業軍人。

(二)教育組織

1.班級：外國學生班，據史達林報告中說：「一九二五年東大成立四週年時，有十種民族班」；據我所知道的就是中國班，日本班，越南班，蒙古班，朝鮮班，印尼班，印度班，新疆班，土耳其班，伊朗班。從一九二六年——二八年中國學生大批到莫斯科，班次自然增加。

2.課程：胡志明報告說：「有一百五十位教師，負責講授關於社會科學，數學，歷史唯物論，工人運動史，生物學，革命史，政治經濟學等」(見胡志明選集第一卷第二一一

——二一二頁）蔣永敬著「胡志明在中國」第三三頁「註⑳」。

據 Sun Yat-Sen University in Moscow and the Chinese Revolution 作者 Yuen Sheng 一書中第五章六一—六三頁報導孫大課程：俄文，歷史，中國革命史，西方革命史，東方革命史，唯物史觀，政治經濟學，經濟地理，軍事學等（因東大課程與孫大相同）。

3.學生人數：據東大第一任校長 YA 布羅伊多於一九二二年四月慶祝成立一週年報告說：「有七百餘名學生」。據一九二三年一月的報告，有學員八百名，大多來自亞洲地區（見蔣永敬著「胡志明在中國」一書中，註⑲引自Charles B. Mclane, P. 26.）。據胡志明選集第一卷中報告「東方大學現有一千零二十五名學員」。查胡志明是一九二三年——二四年這段時間從法國巴黎進莫斯科東方大學（見蘇俄科學院出版「共產國際與東方」第四二四頁）。據我瞭解一九二七年七月武漢政權失敗後，中共幹部及左傾中國青年進東大軍事班最多時有五百餘名，東大中國政治班約二百人。

註㉕此書於一九六九年莫斯科「科學社」出版。

註㉖見「共產國際與東方」一書，蘇俄科學院所著，一九六九年莫斯科出版。

註㉗王伊維翻譯，瞿秋白校正（見新青年第一號——五號）平民書社發行。

六十四年二月六日脫稿

記余心清間諜案（上）

——戡亂時期最大一次特工戰——

·金人·

自一九四五年美國總統特使馬歇爾來華調處國共爭端以後，於次年一月在北平成立軍事調處執行部。這調處執行部一共包括國共和美方三方面的代表，國共兩方面的代表不談了，美方代表人員是講究生活享受的，工作之餘，他們要找個地方去調劑生活上的寂寞，因此北京飯店，六國飯店，歐美同學會這些地方，就登時熱鬧起來。

那時北平市政府爲了招待國際朋友，表現「地主之誼」起見，就在東交民巷台基路舊奧國公使館故址，組織了一個「中西俱樂部」，裡邊的設備異常充實，有餐廳，有茶室，有網球塲，有游泳池，還有一個宏敞的會議廳，利用它開開會，請請客，都很適合，如果在夏天，這裡是花木葱鬱，草皮舖地，環境相當清幽。不過因爲它是政府機關設立的，主要用意，是爲的招待軍調部美方人員，所以設有崗警，以資警衛。除美方人員外，軍調部兩方面的高級將領，政府方面的如鄭介民，蔡文治；共黨方面的葉劍英，徐冰，也常常到這裡來玩玩。至於一般的中外人士，沒有特別許可證，這裡的門崗是照例擋駕的。

除了軍調部方面人員以外，北平行轅參謀長王鴻韶，孫連仲夫婦，北平市長熊斌夫婦，北平警備總司令陳繼承夫婦，保定警備司令池峰城夫婦，孫連仲的機要秘書丁力行，十一戰區設計委員會主任委員余心清，十一戰區軍務處處長謝士炎，長官部外事處處長胡鐘京，副處長陳融生，都是中西俱樂部裡時常出現的人物。

在這些人裡面，風頭最健的要算余心清，他瘦瘦的身軀，高高的個子，斑斑的白髮，要是在春末夏初，他經常戴着鴨舌帽，穿着短褲叉，白色線襪，白色囘力球鞋，右手拿着網球拍，在球塲上馳騁，因爲孫連仲夫婦都喜歡這種運動，所以他就成了一個很好的對手。他對于長官，對于高貴朋友，都非常和氣，見了面，遠遠就「哈囉，哈囉」的打招呼，握手言歡，問長問短，親熱的了不得！

除他之外，陳融生，丁力行，也都是相當活躍的角色。陳是長官部外事處副處長，丁是孫連仲的機要秘書，他們時常到這裡來，追隨在孫連仲的左右前後，情理上也還說得過去。只有謝士炎，他是軍務處處長，掌管的業務是單純的軍事部門，他自己的工作就很忙，而且同這些人都很少發生業務上的關係，然而他却常常跑到這裡來，並且來了之後，不時的和余心清在一起談談說說，狀至親暱，日子久了，就引起了政府特工人員對他疑慮。

在那一個時期，華北戰塲國共兩軍的戰鬥，國軍總是走下坡路，每次對壘，都很吃虧，當國軍大部隊集中的時候，共軍總是聞風遠颺，逃得無影無踪；如果是小部隊的單獨行動，又一定遭受共軍的奇襲，而且時間，地點，兵力多寡，都弄得非常準確。

尤其在一九四七年夏天，那時調處已告失敗，華北軍事當局，實行一次「冀中掃蕩戰」，爲了捕捉共軍聶榮臻的主力，曾經動員了四個軍的兵力，集中使用，並且還把傅作義的主力部隊卅五軍，由察綏方面借調過來，希望一舉擊潰。那次我方大軍指揮官是卅四集團軍總司令李文，事前在兵力調動方面，糧秣彈藥準備方面，都做到了相當保密的程度，可是當部隊開始行動以後，沿着平漢線北段兩側的的保定，高陽，博野，蠡縣，望都，無極，一直伸入定縣城郊這地帶，連一個共軍的影子也沒有碰到。不但這樣，早在幾天前，共軍已經實行「堅壁清野」之策，把民間的健壯男女，以及糧食，鍋灶，全部搬遷一空，剩下來的只是一片荒涼的村落，和少數老弱婦孺，使國軍耗時費力，結果是一無所得。

這樣一來，高級軍事將領們就有些沉不住氣了，他們覺得這一定是我們的軍事機構裡面，有了敵人的間諜滲入，把我們每次軍事行動的消息，事先透露了出去，使敵人對于我軍的行動，瞭如指掌，所以「進攻」「退守」，都做得恰到好處。這個仗要是這樣下的打下去，那就是相當危險！釜底抽薪，就決定從肅清內奸，嚴厲保密組織上，同時着手。

輪到這個階段，就是政府特工和共產黨特工的鬥法了。當時，馬漢三，倪超凡，毛惕園，這些保密局的高級人員，就計議一下，決定了初步偵察的步驟：第一是注意檢郵電；第二是截收各無線電台所發的電報，拿來分析研究；同時搜查本市秘密電台。初步偵察結果，成績相當不錯，因爲根據所獲得的材料，知道我方洩露出去的電報，對於我軍調動的日期，地點，人數，裝備，和部隊作戰的能力，都非常正確，而且情報走出去的快捷異常。那麽，這絕不是一個普通間諜人員所能担當的任務，可以斷言。因而進一步的縮小偵察範圍，注意到高級司令部裡面一切幕僚人員，和三室（機要室，譯電室，傳達室）兩務（電務，勤務）的人員上去，尤其對於那些「黑名單」上的「問題」人物，更是嚴密監視他們的行動。

此外，還有一種偵察線索，就是所有過去和軍調部共方人員來往密切的我方軍政人員或商民，治安機關都擁有一份詳詳細細的底册，依照底册，按圖索驥，也很容易找出可疑的人物來。

根據這幾種步驟分頭並進之下，這個案子就已經有了相當的頭緒。原來那位經常和孫連仲夫婦在中西俱樂部打網球，見了任何長官，高貴朋友，都哈哈大笑，滿面春風的十一戰區設計委員余心清，就是共黨方面的一個大大的同路人；那位經常到中西俱樂部與余心清喁喁私談的十一戰區長官部軍務處少將處長謝士炎，也是共黨的間諜之一，他並且已經取得中共「預備黨員」的黨籍。至於孫連仲的機要秘書丁力行，十一戰區長官部外事處副處長陳融生，這些人，都是和他們串同一氣的。這個中西俱樂部就是他們經常交換情報的所在。後來軍調部撤消了，中西俱樂部依然保持，他們仍舊在這裡碰頭，做着他們「顛覆政府」的地下工作。

筆者和余心清是老朋友，他是安徽壽縣人，當時已五十多歲，他是一個「虔誠」的基督教徒，早年曾在河南開封教堂當牧師，一九二二年，「基督將軍」馮玉祥任河南督軍，由於馮當時是信仰基督教的關係（一九二六年五原誓師時，馮才聲明不再信仰基督教），常常到開封教堂去做禮拜，因此和他混得很熟。余心清嘴巴能說會道，人也非常伶俐精明，和馮玉祥很談得來，以後馮就請他到部隊上去担任傳教工作，西北軍的人。都管他叫做「余牧師」。約自一九二二年開始，他就正式加入馮的工作，並且一度担任西北軍「軍官子弟學校」的校長，所以西北軍的官兵，上上下下，老老小小，沒有不認識余心清的。

按說，信教的人因爲受了基督教義的影响，受了上帝的感召，第一是應該有「博愛」的胸懷；第二是應該淡泊名利，視富貴如浮雲的。雖不一定說每個基督徒，都像我國和尚的所謂「出家」那樣，六根清淨，至少，也要比一般非信教的人，性情總要溫柔些。然而余心淸恰恰不然，他這個人，脾氣最壞，張口就罵，動手就打，「混賬王八蛋」的官腔，經常是掛在嘴邊上的。前面已經說到過，他見到長官和高貴朋友，總是笑顏逐開，頂會巴結的，但是這僅限於他對待長官和高貴朋友，對於部下，他就實行「打罵政策」了。他身邊常用的一個隨從副官，叫做周禹臣，幾乎是最怕和他見面，一聽到他的呼喚，就有渾身發抖，由此也可想見他的粗暴行為到了什麽程度了。至於他的車夫，聽差，厨子，都領教過他的大耳光，背地裡都管他叫做「轟炸機」，聽到他的聲音就退避三舍。

其次就是他的政治慾望極高，滿不像一個基督教徒的樣子。他因為追隨馮玉祥而在政治上失敗了的關係，形成了對政府極端憤恨的思想，凡是反政府的運動，他都參加。一九三四年福建「人民政府」的成立，雖然曇花一現，為日無多，但他還跑去當了一任「福建人民政府」的「經濟部長」，由此即可見他熱中名利之一般了。

閩變失敗後，他始終是軍統局「黑名單」上的人物，所以他到處跑來跑去，躲躲藏藏，永遠不敢出來公開活動。一直到抗戰軍興，全國在「一致對外」的團結旗幟下，他才敢跑到重慶，住到馮玉祥那裡去。他的英文根底不錯，常常替馮玉祥翻譯點文字，對外作宣傳；此外，就是聯絡「民主人士」。他和馮玉祥有一個共同的原則，就是如何拆國民黨的台，把政府搞垮，這是他們的最大目的。只要能夠達到這個目的，他們就不惜使出渾身解數，全力以赴。

抗戰初期，他常常利用西北軍同仁的老面子，到那些西北軍的隊伍中去做說客，看風使舵，想替中共立功，作為「晉見」之禮。劉汝明，孫連仲，張自忠，馮治安，孫桐萱，宋哲元這些將領，都很討厭他，認為他是個「危險份子」，當面都拿他開玩笑，管他叫「紅色牧師」；背地裡就嗾使副官們出他的醜，故意的揶揄他。最後不過是送他幾個錢的路費，叫他早些滾蛋了事。所以在西北軍裡，除去馮玉祥以外，他討厭任何人，也就是說：任何人都討厭他！

那時，他看到「游說」的辦法，都是「此路不通」，祇好黯然低頭仍舊回到老馮那裡去，替老馮做拉攏「民主人士」的工作。抗戰後期，國共決裂已經表面化了，他就和李濟深，張瀾，龍雲，陳銘樞，劉文輝，這些反政府的人物過從密切，並且，他還弄了一個「民主同盟」委員之類的名銜，一直到他被捕以後，老馮還在美國替他呼籲，說他是「民盟份子」，不是「共諜」，要美國朋友出來督促國民黨實行「民主」，把顚覆政府的「民盟份子」，保釋出來。

他以「民盟」小丑的姿態，在重慶混了八年，一直到抗戰勝利，他並沒在政府任何部門，担任過任何實際工作。這原因：一來是他的思想有問題，那個單位也不敢「引狼入室」；二來也因為他根本是個傳教士，沒有地方安置他的工作。日本投降後，住在重慶的外省人，有工作的分別走上了各人的崗位；沒有工作的也紛紛復員回家。只有他，這時才感覺到中國之大，幾乎沒有他棲身之處。所以他在重慶遲延復遲延，始終沒有地方好去，眼看着馮玉祥要以「考察水利」的名義放洋出國了，他才有些着慌，最後由馮玉祥厚着臉皮，寫了一封信給孫連仲，把他介紹到華北來，叫孫連仲隨便給他安置一個吃飯的工作。這時已經是一九四六年七月，距離抗戰勝利，已經快一年了。

派他到華北來，那是馮玉祥計劃中的一部份。關於這些事，後來余心淸也「不打自招」了。他說：一九四六年一月，一個雨後的夜晚，他們（指反政府份子）在重慶民權路聚興誠銀行樓上的客廳裡，有一個秘密的聚會，參加的人，計有馮玉祥，陳眞如，劉文輝，龍雲，朱蘊山，張瀾，李濟深等。會談中，馮玉祥曾經說：「國民黨如果發動軍事攻勢，一定是先北而後南，因此我們『工作』重點，也必須放在北方。余心淸對北方人事最熟悉，請他去担任這項工作。是再適當也沒有的。」

這樣決定後，余心清會和周恩來、葉劍英在重慶陳眞如家裡，晤談過兩次。據余心清事後自己供稱：「他們（指周等）一致的希望把北方的些雜排軍隊拉過來，策應共軍的作戰。因爲他們認爲：一個雜排軍的倒戈，在軍事力量對比上說，就等於國軍損失了三個軍，共軍增加了三個軍，縱然不能拉這些雜牌隊伍個個倒戈，但能夠使這些指揮官動搖了作戰的決心和信念，也是對共軍有利的。」周恩來、葉劍英對余心清作了深刻的企待，一再囑咐他：「務必要向國民黨最致命的地方下手！」

除了在聚興誠銀行開過這次會議以外，以後他們又在馮玉祥重慶寓所——歇台子，開了兩次會，作了不少更具體的決定，關於他們中間的聯繫工作，由陳眞如，朱蘊山，余心清，分別負責。

余心清負着這樣「重要的使命」而到華北來，這位基督徒是準備着背負十字架，戴荆棘冠的。他初到北平的時候，孫連仲碍於老馮的面子，不好意思不睬他，但始終不發表他的工作職務，這樣拖延了近兩個月的光景，孫連仲才把一個十一戰區設計委員會，交給他去負責。在這個委員會裡，由孫連仲担任主任委員名義，由他担任副主任委員名義。所謂「設計」云者，不過是個名詞罷了，實際上，讓他設計些什麼呢？軍事乎、政治乎？經濟乎？顯而易見的，這是一個空招牌。在編制上，沒有這樣一個部門；在實際上，也沒有他正式工作。說穿了，不過是吃閒飯的名堂而已。

關於這一點，余心清也坦白的承認了，他說：「這個設計委員會，是我經過審愼攷慮向孫連仲建議設立的，目的在廣泛的網羅學者，名流，和專家，經常的研究華北一般的軍事和建設問題。這個會只對孫個人解責，而非軍方的組織。會中委員由孫聘任，不接受任何津貼。」如此看來，這個機構的成立，在余心清是認爲得其所哉了，因爲這樣可以便利他間諜工作上的掩護，可是在孫連仲心裡，根本沒有把這個機構當做一囘事。

孫連仲因爲有一次招待外國記者，事前準備未週，鬧出來一個很大的笑話，他得了那麼一個教訓，以後就視爲這些對外應酬爲畏途。尤其對於北平這個文化都市裡的大學教授，聯絡一下彼此之間感情，表現一些民主丰度，未嘗是不可以，但是見面之後，又不知談些什麼問題才好，在他自己認爲這些事情是個「虐政」之時，恰巧有余心清出來願意替他負責，他樂得把這事交給他去辦。但他對余心清的行爲又不大放心，所以規定他祇限於聯絡學者，名流，專家，而實際又不給予他任何經費，在孫連仲的計劃中，不管你余心清怎樣左傾，從這種不着邊際的環境裡，你是玩不出什麼新花樣的。

余心清最得意之作，就是邀集北平這些大學教授舉行「時事座談會」了。他這個人，是非常工心計的，他的計劃是：「先從『教育』孫連仲下手，希望使他在思想上有所轉變。」孫連仲雖然是個大老粗，但他也有粗中帶細的地方。他每次參加時事座談會，都另外邀集本部許多高級幕僚，一同參加，以壯聲勢。

最初兩次，余心清和他的同路人，還規規矩矩，沒有敢露出來狐狸尾巴，第三次就大不同了。那個清華大學者名的「左翼」教授吳晗，藉着「沈崇事件」，直接對美軍咆哮一通，間接着對孫連仲玩了一次把戲。也湊巧，那天筆者在場，因爲看不慣吳晗這種出言無狀，老實不客氣的把他奚落了一頓，自此以後，孫連仲有些看出了余心清的企圖，便對他諸多留心，怕是再落他的圈套。不過孫連仲是個忠厚的人，忠厚人最大的弱點就是「善善不能用，惡惡不能去」，在面子上，他對余心清還敷衍着，不忍過份的予他難堪，況且余心清對付長官，自有他一套吹拍功夫，使孫連仲夫婦並不以他爲討厭。

除了進行拖孫連仲下水以外，余心清的第二項工作就是拉攏「朋友」，避免孤立。他的着眼點，是放在不滿現狀的人身上，喜歡發牢騷，有正義感的人，常常爲他爭逐的對象。舉個例說，他知道筆者從東北囘來之際，情緒上是有些不痛快的，他對我便施展了這種進攻的手段。因爲他的妻子遠在美國，北平身邊，只有一個十二歲的女兒華心，在東城貝滿女中讀書，而且寄宿在學校裡，所以他便隨時利用我的住宅，我的廚子來請客。請的客人，不外是鹿鍾麟，鄧哲熙（北平高等法院院長），池峰城，這些西北軍的老同仁。有時由他個人出名邀請，有時由我們兩人共同出名邀請，還有的時候，他把我的廚子借到他的住所，替他做菜，請的是些什麽人，我就不大清楚。據我的廚司務秦鳴廷囘來說：「蘇聯駐北平領事，也常常是他的座上客。」我曾經問他：「蘇聯人不是要吃西餐嗎？你這個中國廚子會做出什麽給人家吃呢？」他道：「蘇聯人倒是不計較西餐中餐，只要是大塊的鷄鴨魚肉，他們都很欣賞的。」

我雖知道余心清對政府是不滿意的，但總料想不到他是來替共黨做工作的。因爲從他生活浪漫，飲食奢侈，脾氣粗暴，信仰基督，種種方面來分析，他是無法和共產黨一起過活的。所以我們碰在一起的時候，嘻嘻哈哈，無所不談。他也時常用話頭來挑逗我的思想，他萬想不到，我對於認賊作父，奴役同胞，滅絕人性，出賣國家民族的共產黨，尤爲痛恨！

所以他試探了我幾次，看到我意志堅決，立場穩定，與他所預想的大相逕庭，他只好算了。在另一方面，他的成就也的確不小，經他甜言蜜語，欺騙利誘，居然被他拉攏上了好幾位「工作同志」。其中負咎最深的，計有前面所說過的謝士炎，陳融生，丁力行，以及十一戰區天津指揮所少校參謀朱建國，十一戰區長官部第二處少校參謀石淳。這些人，前前後後都被他介紹和中共北平地工負責人徐冰會過面。會面的地點，就在余心清臨時住的東城鐵獅子胡同二號。

余心清住的地方，那是宋哲元的產業，一所很有名的巨宅。據說：「慟哭六軍皆縞素，衝冠一怒爲紅顏」的陳圓圓，就曾經在這裡住過。它的隔壁，就是北洋政府時代的海軍部，俗稱「海軍大樓」，段祺瑞的執政府，一九二五年所製的「三．一八」慘案，就是這個地方。在宋哲元沒有買下余心清住的這所房子以前，它原來是「狗肉將軍」張宗昌的產業，張宗昌在山東被刺以後，他的家屬便把它出賣了。宋哲元在「冀察政委會」時代，曾經拿來做爲他的高級幹部俱樂部，取名「晉德社」。日未侵佔華北期間，因爲隔壁海軍大樓做了日軍華北駐屯軍總司令部，這所房子也就成爲司令官根本博的官邸。勝利後，因爲它是敵僞產業，被政府正式查封，算是由宋哲元遺族具名請求發還，因爲房子太多太大了，宋家遺族來到北平的人又很少，自己也住不過來，余心清藉口是西北軍的老同仁，便請求借住，好在他的人口簡單，只是一個女兒，和三個用人，宋家沒有什麽不答應的，這樣便借給他住了。

余心清住的是西跨院，中間正廳，就做了「設計委員會」的辦公室。余心清爲了便於自己工作的掩護，他又向宋哲元的家屬建議，必須在門前掛起許多機關名稱的招牌來，才好防止別人進來侵佔。因此除了設計委員會一塊招牌之外，他又掛上些什麽「宋哲元，張自忠，佟麟閣，趙登禹殉國紀念委員會」，什麽「廿九軍抗戰將士史蹟蒐集委員會」，亂七八糟，弄了一大堆官銜，使人走在門前經過，鬧不清裡面是個什麽樣子的衙門。

在這方面，余心清又供認不諱了，他說：「一年的時間，在這座房子裡，開過不少秘密會議，也舉行過許多次的時事座談會，一些『革命』的朋友，在這裡往過，聯繫過，中共方面的徐冰，常常突然閃擊到這裡和什麽人接頭；後來我同許多地下工作者，也在這裡接線。」根據余心清這些材料，大概謝士炎，陳融生，朱建國，石淳，都是經他介紹，在這裡和徐冰見過面，開過會，並且在這裡交遞過一切的軍事情報。

余心清和謝士炎怎麽勾搭上的呢？說起來是相當有趣的。原來國共兩軍在華北地帶初期作戰中，在防守方面，國軍一個連，可以抵禦共軍一個團的進攻；在攻擊方面，國軍一個連，可以攻擊共軍一個營，這就表示說，國軍的力量是相當尖銳的。一年期間，把華北共軍打得到處流竄，不敢立脚。在這個時候，共軍一方面是高喊「和平」，呼籲停止軍事衝突；一方面是利用間諜滲入，想要刺探國軍的作戰計劃，以及軍隊調動部署情形，好避免正面作戰。

當余心清由重慶到達北平之際，共軍在軍事上已處於不利地位，也就是在國軍攻下張家口，打通平綏鐵路線之前幾個月。那時共軍已急於想獲得國軍方面的軍事情報，余心清此來，對他們是太有利了，因而毫不考慮的便把這個重大的責任，放在余心清的肩上。

這時，葉劍英以軍調部共方委員的資格，公開在北平活動，葉和余心清在重慶是碰過兩次頭的，他們當然是舊相識。由葉的介紹，余心清又認識了中共北平地工首腦徐冰，那時徐冰，正以「軍調部共方委員辦公室副主任」的名義，在北平社交場中，非常活躍，他和余心清以朋友資格往來，倒也不能說是「大逆不道」的事，所以余心清也敢坦然承認：「徐冰常常到他的寓所和什麽人接頭」的話。

孫連仲是華北戰區的軍事最高指揮官，余心清是孫身邊最吃香的清客，整天的隨侍左右，形影不離，共軍有着這樣重要的「內線」，按說可以毫無遺憾了。然而他們從余心清的手上又能得到些什麽呢？無非是，老爺喜歡吃些什麽，太太脾氣如何，少爺有幾位，小姐們在那裡上學。像那些婆婆媽媽的材料，對共軍是沒有多大用處的，可是，除此以外，余心清所知道的就非常有限了。

當共方向他提出這些有關軍事部門的材料時，余心清是感到有些爲難了，因爲十一戰區長官部裡面，所有跟他認識的人，都討厭他那種「眼皮向上翻」的作風，愈是西北軍的老人，愈是和他斷絕往來，他向這方面去打聽軍事消息，那是「問道於盲」的，也許碰上敏感一些的人，立刻就會把他當做奸細，報告上去，所以他選來選去，就找上了謝士炎，朱建國，石淳，這幾個人。

至於陳融生，丁力行兩個，都是共方早就埋伏的內線，據說陳融生根本就是老共產黨員，他們和余心清連繫，不過是工作上的配合而已。

在這裡，應該把這幾個「私通敵人」的間諜，簡單的介紹一下：謝士炎那時只有卅八歲，湖南安化人，他是黃埔軍校出身，進過交輜學校，又深造於陸軍大學，學資都是很好的。他原來是第六戰區的少將副參謀長，勝利之初，奉派担任武漢前進指揮所主任，由於接收物資搜括得太多了，一度被撤職查辦。經過軍法會審，因爲證據確鑿，當時被判處徒刑五年，他入獄三月，不曉得受那方面力量的援助，又把他從獄裡保釋出來。

他出獄之後，工作崗位已經沒有了，一塲官司又把私蓄花得乾乾淨淨，携家帶眷，生活立刻成爲問題。這時他猛然想起了孫連仲，因爲孫在第六戰區當副司令長官時，和他總算有長官部下的情誼；他又知道孫是個忠厚人，對於部下向來照顧，安置一份普通的工作是沒有問題的。因此便買棹北上，到北平來見孫。果然，孫念在第六戰區那段淵源，委他當了一個少將高級參謀職務，派在參謀長辦公室服務。

謝士炎是個矮個子，面型圓圓胖胖，一雙烱烱有光的眸子，透着他的聰明伶俐，他的文筆很好，對於軍事見解，應付人事，都有他獨到之處。所以在參謀長辦公室服務這個階段，和十一戰區參謀長宋肯堂關係處得很不錯，爲日無多，軍務處處長劉本厚調任新二軍師長職務，剩下來這個缺，就由宋肯堂保薦，派謝士炎遞充。

以軍務處掌管的業務和參謀處來此，那是不能相提並論的。孫連仲覺得這也沒有什麽大不了的問題，便慨然批准了。謝士炎就任軍務處處長的時候，大概還沒有和余心清拉上關係，後來余心清有意利用他，故意找機會和他接近，謝士炎看余心清是孫連仲的清客，又看他常和孫夫婦在一起說說笑笑，不知道他的來歷如何，揣摹着他是長官的好友，對於他的接近，自然表示歡迎。

在這種因素下，他兩人很快便結成非常要好的朋友。

因爲謝士炎在武漢吃過一塲官司，情緒上不免有時發些牢騷；他是一個當幕僚很久的人，靠着薪水過日子，拖着妻子和兩個小孩，經濟上當然也相當困難。這兩個弱點，正是余心淸向他進攻的良好路線，所以他們認識以後不多久，謝士炎便被他收買了。他不但但把他經管業務下的材料，擇要的交給余心淸轉送出去，並且還擬過一個「對付國軍作戰方畧」，「貢獻」給共軍作參考，以局內人談自己事，他的方畧當然很有「價値」。他因爲投靠得這樣熱烈，所以余心淸就進一步的控制他，又介紹他正式加入共黨，而且還得一個「預備黨員」的資格。

他在被捕以前的兩個月，還痴心妄想的請求到共區去「學習」，結果被共方婉拒了。共方藉口的理由，是「以他留在北平工作較進入共區學習爲有利」，這是當然的情形。因爲共方看中他的地方，是因爲他是十一戰區軍務處處長，並不是看中了他這個人有什麼用處！如果單單需要一個「預備黨員」的話，何至於找到他的頭上來呢！謝士炎當時「利令智昏」到這種地步，也就非常可悲可哀了。

朱建國是個廿七歲的青年，江蘇徐州人，風流倜儻，極善詞令，談起什麼問題來都能頭頭是道。他的筆下很好，見解也不錯，是個精明强幹的小夥子，上官雲相以十一戰區副司令長官主持「天津指揮所」的時候，他被派在那裡服務。不知道余心淸怎樣和他拉上了關係，曾經介紹他和徐冰見過面。朱建國是在被捕以前才結婚，大概是金錢方面的力量被余心淸收買了。朱建國的「傑作」，已經破獲的是把國軍在天津附近軍事部署的計劃，以及一部份兵力配備要圖，偷了出來，送給共軍。

石淳是個卅歲的青年，河北元氏人，在長官部第二處（情報）當參謀，他和朱建國一樣，被余心淸收買後，一同見過徐冰，因爲他的地位小，性情愚鈍，做出來的「成績」，並沒有朱建國那樣輝煌，然而也經他之手，偷出來不少的重要文件。

謝士炎，朱建國，石淳，獲得了一切可供參考的材料，大部份都交給余心淸，余拿來之後，有時直接交給徐冰，有時交給陳融生轉遞。陳融生是個十一戰區長官部外事處上校副處長，地位雖不大，工作却非常活躍，大概他和共方的關係比余心淸還要深，所以工作上的連繫也比余心淸密切十倍。

除此之外，余心淸如果如獲得重要而有時間性的情報，還可以直接用無線電拍發到共區去。在拍發無線電方面，有時是由陳融生代爲辦理，有時是由共方地工人員到余心淸的寓所來取，也常是余心淸自己所供認的那句話：「我同許多共方地下工作者，也在我家裡接過線。」至於電稿拿去如何拍發，自有共方人員安排得妥貼適當，這一點倒用不着余心淸去費心，因爲做特工的有一個大忌，就是竭力避免橫的連繫，像余心淸這樣「暫時利用」的一個外圍份子，對他當然更是採取這樣的態度。

其實這件重大間諜案破獲的線索，還是根據余心淸和地方工作人員鬼鬼祟祟的往來上尋找出來的。原來馬漢三，倪超凡，毛惕園，這些保密局的高級人員，在偵知余心淸，謝士炎，丁力行這幾個人在東交民巷中西俱樂部時常喁喁私語的情形後，已經起了疑竇，曉得他們此中定有問題，然而在沒有獲得任何證據以前，他們是不主張「打草驚蛇」的，祇是暗中派人秘密跟踪，隨時注意他們的行動，和一切來往的人員而已。因爲他們希望藉此獲得更多的線索，企圖一網打盡。這是一般特工人員工作上必然的態度。

在余心淸謝士炎還在懵懵懂懂在鼓裡的時候，特工人員已有一項重大的發現，便是看到一個廿幾歲的青年學生，風雨無阻，每天都騎着脚踏車到余心淸家裡去，來去匆匆，行踪相當詭秘。

特工人員又從這個青年身上，再去偵察他的行動，調查他的職業，採訪他的來歷，這樣費了一個月的功夫，終於調查淸楚了。這個青年叫做張昌輝，共方報紙在北平公開出版的時候，他在一家報舘電台上當過報務員，軍調部結束後，中共人員全部都撤退了，共方報紙也全部停刋，因爲他是在北平僱用人員，不在撤退名單之內，所以他仍然在北平住着。

他在北平居無定所，經常寄宿在一但叫做「華北學院」的私立大學裡，名義上是在那個學校讀書，實際上他並不按日上課，祇是東跑西跑，到處鬼混。余心淸那裡他是天天去，去了之後，躭擱的時間並不久，有時從門前出來，有時從後門出來，出門時一定先要探頭探腦，左右張望，然後才一脚跨上脚踏車，走出鐵獅子胡同東口。十次有九次，他要到東單牌樓燈市口一家已經歇了業的電料行裡面去轉個身，然後才一溜而去。這些經過，好像是他必然的步驟。特工人員再一偵察這家電料行，立刻發現裡面有秘密電台的設置。

案情發展到這種地步，問題已經了解了大半，於是就由治安機關決定了先以掩捕手段，捉拿張昌輝，搜查這家電料行，並準備好了技術人員，在破獲共方電台之後，都要利用這部發報機，繼續和共方的電台保持接觸，對於北平共諜送來的文件，也照常收授，在表面上，完全保持原來狀態，因爲希望能藉此再獲得更多的發現。

一切佈置就緒之後，在一天傍晚，張昌輝就在燈市口這家電料行門裡被捕了，同時又在電料行內捕去數人，在搜查這家電料行的時候發現了一部可以隨時使用的無線電發報機，也發現了一些密碼電本和許多抄報紙。在譯院人員的桌上，還發現一個三炮台香烟盒子，上面用藍墨水寫着：某件已與前途談妥，請派人面洽。」後來經過核對筆跡，這是余心淸親筆寫的字。

在張昌輝的身上，也搜查出來幾張他們作諜報的證件。譬如說，在他的外衣口袋中，檢查出來一個皮夾子，裡邊裝了十幾張票面一百元的法幣，這些法幣中，有一張上面寫着十幾個阿拉伯字碼，字碼的位數有四個的，像五個的，像電話號碼，也像電報號碼。又在他貼身襯衣的小口袋裡，搜出來一張票面五百元的法幣，上面有紅墨水畫的星形符號。那時法幣的面額很大，一百元，五百的在市面久已絕跡，一望而知，這是他們間諜人員所用的暗記。

那次承辦這個案件的是北平警備總司令部督察處副處長毛惕園，張昌輝被捕之後，他一面派人去監視那些嫌疑人犯的動態，防止他們聞風遠颺；一面趕快把張昌輝叫在跟前，親自加以審訊。雖然如此，那個十一戰區外事處副處長陳融生，還是被他聞聲潛逃，進入共區了。事後知道：他們的間諜關係，前後左右都有許多眼線，這家電料行一經發生意外，他們早已分別通知，預作防範了。陳融生和共方關係最深，所以他們千方百計的要掩護他脫險，至於像余心淸這些人，因爲屬於「暫時利用」性質，不在他們掩護的範圍，生死吉凶如何，那就只好聽天由命了。

審訊張昌輝的時候，最初他還百般狡賴，嗣後由於證據確鑿，無可推諉，他也就坦白承認了。據他說，方才他去的那家電台，是中共在北平秘密發電和傳遞情報的一個機關，余心淸是蒐集情報的負責人，所有的情報，都是由他手裡送往電台的。

他又解釋，他的替共黨工作，完全是爲了生活問題，他並不是共產黨黨員；他的加入共方報舘做報務員，是經過軍調部一位姓徐朋友的介紹；他到余心淸那裡去連絡，也是經過淸華大學教授吳晗的推薦。

當時毛惕園把張昌輝的口供錄了下來，再一對證近些時來所獲得的一切資料，對於本案主要人犯，似已證明確係中共間諜無疑。因爲案中牽扯到人犯多至數十人，而且有許多現任軍事機關高級官長，如果分別拘捕，在警備司令部方面，他們還不敢擅予動手，因而由倪超凡毛惕園二人，面報北平警備總司令陳繼承，請示決定。

像一個戰區長官設計委員會的副主任委員，和長官部軍務處少將處長，司令長官部外事處副處長，以及司令長官的少將機要秘書，這都是地位很高，職務很重要的人物，陳繼承雖是戰區副司令長官，兼北平警備總司令，但是他也不好意思輕於動手，於是他一面命令倪超凡毛惕園二人回去，調派人員，安置眼線，先行準備一切；他一面坐上汽車，直駛南長街北平行轅主任李宗仁公館，請示一切。

陳繼承的處置是對的，因爲這裡面的要犯都是孫連仲的左右人員，他如何能向司令長官去請示呢？捨此之外，他只向李宗仁報告然後決定辦法了。李宗仁聽到這種消息，也是非常驚訝的。當下，他就命令陳繼承按照既定步驟，去分別實施，便打了一個電話給孫連仲，請孫即刻到他的公館來一談。

這個時候，已經是午夜二時，孫連仲早也入睡了，他不知道李宗仁深夜找他，有什麼重要的事，他那裡敢多作躭擱，馬上穿好衣服，坐上汽車，趕到李宗仁公館來。晤談之後，很出乎孫連仲意料之外，李宗仁並沒有說到什麼要緊的事，只是品茗清談，胡帝胡天而已。直到兩小時後，李宗仁估計着陳繼承那邊辦理得差不多了，這才把這件案子的內容，和處理的情形，透露給孫連仲知道。不用說，這時的孫連仲已經嚇得滿身是冷汗，他考慮了一下，這件公案，連己都是「泥菩薩渡江，自身難保」，那裡會有力量出來庇護余心清，對於李宗仁、陳繼承的處置，也只有表示同意而已。

這天晚上被捕的，計有余心清，謝士炎，丁力行，朱建國，石淳等五人，此外，還有趙良璋，梁靄然，董兆蘭等若干人，都是本案有關的重要人犯。全案人犯中，祇有陳融生沒有捕到。據事後調查，當張昌輝被捕後，他便已得到消息，連夜逃入共區去了。

去逮捕余心清，是由毛惕園，憲兵團梅團長，警察局刑事警官大隊長李連福等人負責，而担任响導的，是長官部第二處處長王耀先，王耀先是余心清的老友。

那時余心清已經脫下衣服睡着了，把他喚起來之後，由王耀先陪着他出來到客廳裡和大家見面。因爲是仲秋，夜凉似水，所以余心清穿着毛衣，夾袍，只是襪子還沒有來得及穿上，大概在態度上，王耀先對他有些强迫的意思，沒有一點朋友的交情，否則，爲什麼襪子都不准他來得及穿上呢！

余心清見到這些不速之客，平素有認識的，有不認識的，但毛惕園和王耀先，他們是時相過從的，自然是很熟識的朋友。不用問，余心清自己心裡明白，曉得「東窗事發」了，但是他還能「裝蒜」。（「裝蒜」，北方俗話，就是故意裝糊塗的意思。）故意的問王耀先道：「你們有什麼事，半夜三更，這麼嚴重的來看我？」

這王耀先處長，他很滑稽，也故意的逗他，說道：「我也不知道什麼事，他們拖我一同來，聽說有一點小事要和你談談，請穿好衣服，跟我們一塊兒去，談完話就可以回來。」余心清人是聰明的，他曉得事到如今，要抵賴也是沒有用的，便道：「好，我跟你們去一趟再說吧！」

到這種時候，他知道他的末日將臨了。因爲一個政府的高級官吏，通敵有據，翻遍今古中外任何國家的法律，很不容易脫掉一個死罪的。所以他想起「上帝」來了，他告訴他那個見了他的面就嚇得渾身打戰的周副官說：「你給孫長官打個電話，報告一下；明天小姐從學校裡回來的時候，你們要好好的招呼她。」交代了這兩句話之後，才被押解着走了。據周副官事後談起，說跟他在一塊廿多年了，從來沒有見他說話態度這麼溫婉的，難道眞是「人之將死，其言也善」嗎？

特工人員隨即在余心清家裡搜查出來的，還有中共北平幹部的檢討會議記錄，和中共中央對於這些文件上的指示，這些文件裡面，還牽涉到前兵役部部長鹿鍾麟。

當晚余心清被扣押東城弓弦胡同十五號　戴笠紀念堂，在這裡也沒有審問他，小住一宿，次早就把他解到東直門內砲局子，河北北軍人監獄裡去羈押。在砲局子裡面，他見到了謝士炎，丁力行，朱建國，石淳這幾個人，彼此相對黯然，默無一語。「

流涙眼觀流涙眼，斷腸人對斷腸人！」恰恰是他們幾個人情景的寫照。

在逮捕余心淸的同時，也就是逮捕謝士炎的時候，那倒是費了一些周折，官方雖然得到謝士炎的通敵證據，但他還沒有像余心淸那麽明顯確鑿，在這方面，特工人員事先請出來長官外事處處長胡鍾京，作爲响導，再由倪超凡會同警察局局長湯永咸陪着，一同到謝士炎家裡去，「耑誠拜會」。

謝士炎這個傢伙，平日的生活，是非常荒唐的，閑來無事，常常同胡鍾京在一塊打牌，跳舞，逛窰子。他和倪超凡也是歡笑塲中的朋友，平素的感情都不錯。在謝士炎心裡想着，他和余心淸幹的那些事，因爲做得非常週密，總也不會有什麽露出什麽馬脚的地方，所以心裡很坦然，對於胡鍾京的深夜過訪，並沒有感到什麽意外。

胡鍾京也會故弄玄虛，把他從夢中攪醒後，硬說是「三缺一，」非拉他到家裡去打牌不可。謝士炎最初是推三推四的不肯去，謝的太太也說：「夜深了，明天再玩吧！」但是胡鍾京那裡肯，死拉活扯，一定要約他去一趟，好在他們平常日子是在一起打打鬧鬧慣了的，謝士炎無奈，祇好穿好衣服，陪他們走出去了。嗣後，特工人員，在他家裡沒有搜查出來什麽重要的文件，只是拿走一束私人函件，做爲偵察資料而已。

謝士炎他們一行數人，走出門來，坐上汽車，一直開到東華門大街警備司令部稽查處，下車後，轉眼之間，胡鍾京不見了，只有倪超凡湯永咸左右陪着他，他自知不妙，但跑也跑不掉，只好硬着頭皮走進去，進了稽查處處長的辦公室。

大家坐下來，祇是閒談。這是倪超凡，是個有名的肥佬，朋友們都管他叫一聲「胖公」，當下謝士炎覺得更深夜半了，牌又打不成，談得有些不耐煩，便對倪超凡道：「胖公，我明天早上還要上班，可沒有功夫陪着你們閒聊天，如果牌打不成，我就要囘去睡覺了。」

倪道：「對不起，你有什麽事，叫旁人替你處理吧！你暫時是不能囘去的了。」謝士炎是個小機靈鬼，一看就知過事情不同往常，但他勉作鎭靜的對倪道：「怎麽囘事呢，胖公，你要拘留我嗎？」

倪超凡一笑，說道：「也可以這樣說吧！」謝士炎這時聲色俱厲的對倪道：「你敢，你是奉誰的命令？」倪道：「奉行轅李主任的命令。這總不會錯吧！」

謝士炎這時才有些慌張起來，便對倪道：「我是個有職務的人，我的行動，我須要向長官報告一下。」倪道：「這是可以的。如果長官有命令，我馬上就送你囘去。」

謝士炎聽到這句話，隨手就拿起桌上的電話機，要向孫連仲公舘叫電話，倪超凡伸手把他一攔，說道：「用電話是不許可的，最好你寫一個書面報告，叫人送給長官批一批！」謝士炎怒氣冲冲的拿起筆來說：「好的，我就寫！」

謝士炎寫給孫連仲的信，事後孫連仲交給我看，大意是這樣：

「職於本夜二時，應邀赴警備總部稽查處談話，初意有要公會商，不意晤面之後，所談均無關緊要之事，職以要公待理，亟須返部，而稽查處負責人堅不放行，據云須有長官命令，方可釋放。詢其原因，亦不明告，直如置身五里霧中，莫知所措！職之立身處世，鈞座知之最深，乞賜證明，通知放囘，不勝屛營待命之至。」

倪超凡接過這封信，和湯永咸二人細細的閱讀了一遍，然後派人提過去搜獲有關謝士炎通敵的文件拿來，把他所寫的信，對照着筆跡又看了一囘，隨即問謝士炎道：「這個計劃和對策，是不是你寫的？」

這才是一個尷尬的鏡頭，當謝士炎看到倪超凡拿出來這個文件，他如何不認得這是他的親筆「傑作」，立刻嚇得面色蒼白，渾身戰抖，方才那股兇勁，也不知道消逝到那裡去了。原來那些文件，正是謝士炎交給余心淸轉遞給共方的秘密計劃。他曉得事到如今，抵賴也沒有用，便老老實實的把他經由余心清介紹，參加共黨的經過，供了出來。

當晚他被羈押在稽查處，委屈一宿，次早就轉送到砲局子軍人監獄來。他走進監獄的時候，余心清還沒有到，監獄的守衛班長循例的要把犯人整個身體搜查一遍，謝士炎雖然官階少將，但是到了此時此地，也就不用講什麼身份了。當時守衛班長就命令他脫去上衣，軍褲，鞋襪，詳詳細細的加以檢查，並且照例的把他的手表，水筆，皮夾，皮腰帶，金戒指，以及皮鞋上的帶子，登記扣留，代爲保管，謝士炎對此還不耐煩的咆哮起來，嚷道：「我是國家一名將官，我對國家有過不少的功勛，你們能這樣對待我嗎？」

那些監獄裡的守衛士兵，都是特選的優秀青年，訓練有素，一般的都有是非感，看了謝士炎的階級證章，和他案卷上所列的案由，知道他是一名通敵的間諜犯，心裡就有些看不起他。謝士炎這樣一吼叫，就把那個班長弄火了，那個班長也不過廿幾歲，彪形大漢，個子比謝士炎魁梧得多，他也不客氣，走進一步用他那巨靈之掌，照着謝士炎雙頰，左右開弓，狠狠的打了兩個耳光，並且罵道：「你有功勛於國家，是那個國家？恐怕不是中華民國吧！」

兩記耳光下來，把謝士炎打得火星直冒，他指着牆壁上那些藍底白字的標語說道：「你們不是寫着不打人，不罵人的標語嗎？爲什麼又打我又罵我呢？」那個班長和其他士兵都逗得笑了，班長道：「我們是不打好人，不罵好人，對於你這樣的壞蛋，是又要打又要罵的。」至此，謝士炎祇好低頭赧顏，不敢胡說八道了。

當謝士炎被打之際，正是余心清被特工人員押解進來的時候，謝士炎領畧的那點滋味，余心清看得清清楚楚，所以輪到他被檢查的時候，他就馴服得像一隻綿羊，沒有敢在言語上作絲毫的頂撞。至於丁力行，朱建國，石淳這些人，自知被捕之後，絕無生理，更是失魂落魄的，老老實實，一點囂張的氣氛也沒有。

在謝士炎被捕的次日，胡鍾京到我家裡來閒談，據說，在昨天夜裡，他曾經被人利用，做了一次傻小子，他担心謝士炎一定會不滿意他。我告訴他說：你放心好了，像謝士炎這種案子，還會有好結果嗎？他自己性命恐怕都難保，不滿意又怎樣呢？

余心清小女華心，以後也找到過我，希望我幫忙，爲他父親說些好話。但我曉得他們是一件間諜案，那裡還有過問的力量，不過把她安慰兩句，也就算是盡了我做朋友的責任。

在砲局子監獄裡寄押期間，一共又審訊了他們幾次，由於證據確鑿，毫無抵賴餘地，謝士炎，丁力行，石淳這些人，都很坦白的承認了受人利用不諱，祇有余心清老奸巨猾，一味的推三推四，實行「拖」的主義，大約在半個月之後，他看着也拖不下去了，這才拿起紙筆，寫了一篇長可三千字的供狀，不過在供狀詞上，他還欲蓋彌彰，供詞結尾又寫上他是爲了調和內爭，和什麼「鳥之將死，其鳴也哀，年已半百，死當其時」這些不倫不類的話。

這幾個間諜犯直認不諱之後，就由軍人監獄每人給他們加上一副特製的手銬脚鐐，以示鄭重。因爲他們幾個人的案情，不同於普通人犯，所以在兩個月之後，又專機解往南京，寄押於寧海路十九號，由國防部軍法局負責審訊。

政府對於這些通敵的間諜犯，說起來也相當寬大，第一步先由軍法局檢查處調查案情，檢齊證據；然後才提起公訴；最後由審判處來判決。因爲這種原故，所以他們這一案，一直到次年的九月中旬，才宣讀判決書，進行宣判手續。謝士炎，丁力行，朱建國，石淳，因爲是現役軍官，私通敵人，意圖顚覆政府的行爲，於法是無可遁形的，因是被判處死刑，宣判之後，就拉到監獄院子裡，明正典刑了。

這裡面只便宜一個余心清，在謝士炎等四人被槍決後，他由國防部軍法局又轉送到特種刑庭審訊。特刑是個專爲審理政治犯的機關，比諸軍法審判就輕鬆得多了。當時國防部軍法局所持的理由，是因爲他沒有軍人的身份，軍法局不便處理他的案子，所以要把他移送過去。這一來，挽救了余心清一條已經瀕臨死的邊緣的生命。

關於余心清身份的爭執，說來也是很滑稽的。因爲依照他的職務——設計委員會副主任委員，保密局的材料上是把他列爲陸軍中將的，果眞如此，余心清就應該確定爲軍人的身份了。然而當審訊他的時候，余心清矢口否認他是陸軍中將的身份，並且根本不承認他是軍人。他向法官解釋：「我不是軍人，我和孫長官連仲只是朋友，在北平一年，我從未奉委過軍事上的名義，所謂『設計委員會』，不過是孫長官的私人顧問性質團體，裡面的委員，不是孫長官的朋友，就是地方上的名流學者；大家不但沒有薪給。連車馬費也沒有拿過。如果我是中將，一定會有任命狀，薪餉冊子上也一定會有我支薪的單據！……這些都是沒有的。」余心清這一席話，說來却振振有辭，如此狡辯的結果，這個「罪魁」的軍人身份，果眞被洗刷了。

其實這祇是他沒有在軍法局審判一種表面上的理由，骨子裡的原因，還是側重在美國朋友的身上，幫了他一個很大的忙。

原來當余心清被捕後，馮玉祥在美國首先吼了起來，他爲了援救余心清的生命，首先去找馬歇爾和魏德邁，請他們向中國政府出面營救；其次是招待新聞記者，宣佈余心清被捕的經過，希望輿論的同情與支援。他所持的理由，就是余心清並非「共諜」，而是一個「主張民主」「奔走和平」的「民盟」人士。

除了馮玉祥的大聲疾呼以外，余心清的妻子那時正在美國養病，也找到魏德邁，請出美國朋友來保鑣，因爲在馮玉祥和余心清太太的心理，認爲只有美國人的力量，才能打動政府當局的心弦，捨此是別無途徑可尋的。

據說魏德邁一九四七年來華訪問，曾和余心清在北平有過一面之雅，而援救余心清的人，就抓住了這個好題目，硬說余的被捕，完全是和魏德邁會見談話有關。這些話果然使魏德邁聽了非常動容，他立刻給美駐華大使司徒雷登拍過來一個電報，請司徒雷登就近向中國政府洽詢經過，酌予赦免，因此司徒雷登曾有兩度謁見總統，總統告訴他：余心清間諜一案，已經得到了確實的證據，依法是有嚴懲辦的。司徒雷登當時情求，希望把屬於這一類的案子付之公審，不要秘密處置。這是余心清由軍法局轉移特刑庭的主要原因。

不管是軍法局或特刑庭，也不管余心清是現役軍人或是政府文職官吏，按照「戡亂時期緊急治罪條例」，余心清的罪名，於是難逃一死。然而他他能獲得死裡逃生的，又是當時國內的情勢救了他。

一九四九年春，總統引退，李宗仁代理總統了，國共和談之說，甚囂塵上，而赦放政治犯，又爲政府方面誠意謀和的表現。因此，余心清在這種空隙下，恢復了整個的自由。

有人說，李宗仁想請他出來爲國共和談而奔走，這未免把余心清的身價抬得太高了，憑他那個身份地位，距離這種任務還差着十萬八千里呢！不過因爲他是「驚弓之鳥」，深怕被釋之後，夜長夢多，再度捉將官裡去，所以出獄當晚，便匆匆離京去滬，轉道來港，然後到北平去了。

在余心清還沒有出獄的時候，那個替他奔走呼處的軍馮玉祥，已經燒死在黑海的蘇聯船上了，所以余心清出獄之後，有朋友曾對他說：「世界上的事奇妙得很，你是必死而不死，他是死不應該死而竟死！」這確是一件千古疑案，馮玉祥究竟是怎麽的？除了馮玉祥本人可以解答以外，恐怕祇有上帝能夠知道一二的吧。

唯一獲得成就的，應該就是余心清。雖然謝士炎四人受了他的「成全」，犧牲了個人寶貴的生命，並且促成了國軍在華北戰場上的節節失敗，然而，余心清終於功成圓滿了。他以後在北平，做了中共政權「典禮局局長」，只不知道他那種「暴燥如雷」的脾氣，經過「改造教育」以後，已經比較過去好些沒有？

胭脂宮井話珍妃

芝翁遺著

西太后與珍妃的故事，最近又給搬上銀幕及電視了。這一段悽愴哀惋的悲劇，是發生於清光緒二十六年的七月二十一日，是時，胡騎縱橫，那拉老婦在倉皇逃命之前，做出這慘酷絕倫的事，遂至一代娥眉，宛轉就死，沉埋井底，莫問株儒，直到那年冬間，才從景陽宮監，稍稍吐露出來，此事才喧傳全國，珍妃的老師文芸閣（廷式）在上海聽到消息，寫了一首絕詩弔她，題目是「月」字，句云：「藏珠通內憶當年，風露青冥忽上仙。重詠景陽宮井句，菱乾月蝕弔嬋娟。」隱隱約約地註云：「李義山景陽宮井雙桐詩：秋港菱花乾，玉盤明月蝕。」

按清史后妃列傳：「珍貴妃，他塔拉氏，瑾貴妃女弟，同選爲珍嬪，進珍妃，以忤太后，諭責其習尙奢華，屢有乞請，降貴人。逾年，仍封珍妃。二十六年，太后出巡，沉於井。二十七年，上還京師，追晉皇貴妃，葬西直門外，移祔崇陵。」清史所記者，如此而已，「沉於井」三字很有春秋筆法，與羅惇曧「庚子國變記」之：「二十一日，天未明，太后青衣徒步泣而出，帝及后皆單袷從，至西華門外，乘騾車，從者載漪、溥儁、載勛、載瀾、剛毅等，妃主宮人皆委之以去。珍妃帝所最寵，而太后惡之，既不及從駕，乃投井死。」所載，及辛丑迴鑾後光緒帝煌煌諭旨中所說：「珍妃從亡不及，投井殉國」的門面語，作直接否定，自是特筆。

珍妃，他塔拉氏，滿洲鑲紅旗人，祖裕泰，道咸間曾做過湖廣總督，謚莊毅。裕泰有三子，長長善，任廣州將軍，次長敬，四川綏定知府，季長敘侍郎。珍妃和其姊瑾妃，即爲長敘女，均庶出，但不同母而已，瑾妃生於同治十三年甲戌，珍妃後一年，爲光緒元年乙亥生的，姊妹生辰相距僅三四個月。幼時在他伯父長善廣州駐防將軍署中，文廷式未達時，曾在長善幕爲教讀師爺，瑾珍都是文的女弟子，那時是十一二歲左右。光緒十三年的冬天，慈禧太后爲光緒帝選后，詔各大臣有少女的呈報備選，其堂兄志銳（字伯隅又字伯愚，號迂安亦號公頴，爲長敬之子）竟把她倆呈報了。

其時，報名的不多，除慈禧后有意立她娘家兄弟桂祥女名靜芬的姪女即後來的隆裕后之外，大官有女，多不願報，因爲宮庭儀飾起居極不自由，后妃雖貴，沒有願把驕生慣養的小姐，送進宮去受拘束的。所以除了桂祥的女兒靜芬之外，另外合選的只有四個，即江西巡撫德馨兩女鸞、鳳姊妹，及侍郎長敘兩女瑾、珍二人而已。慈禧爲光緒帝選后，其實僅可稱爲選妃，皇后是早經她內定的了，安樂鄉人說她：「但冀門楣屬外家，何嘗鐘鼓求佳偶。」是一點不錯的。

德馨二女，長得極艷，長敘二女，因爲是異母姊妹，稟賦稍有不同，瑾豐腴而珍俏麗，桂祥之女顯得矮矬矬地不像她蘭兒姑媽早年那麼明冶。挑選之日，以舊宮監唐冠卿所述爲較詳，足破若干年來所傳之疑誤。唐監云：「光緒十三年冬，慈禧爲德宗選后，召備選各大臣少女在體和殿上，依次排立，與選者五人：首爲桂祥女，次爲德馨巡撫兩女，末爲長敘侍郎兩女。太后上座，德宗侍立，榮壽固倫公主等立於座後。座前置小長桌，其上置鑲玉如意一柄，紅繡花荷包一對，爲定選證物。（淸制，選爲后者得如意，選爲嬪者得荷包。）慈禧指諸女告德宗曰：『皇帝，誰堪中選，汝自擇之，合意者授以如意。』德宗答曰：『此大事，當由皇爸爸（德宗對太后的稱呼）主之。』慈禧仍令自擇。德宗持如意趨德馨女前，將授之。慈禧大聲曰：『皇帝』！隨以口暗示前列之女，德宗愕然悟，即將如意授桂祥女。……如意授後，慈禧即命固倫公主將荷包兩對，分授長敘兩女，德宗並未參預意見。」淸制選秀，覆驗合格始參加備選，備選合格即算定了，謂之「留牌」，沒選上的謂之「撂牌」。德馨二女，遂被撂牌，賞了綢緞出宮，這二女後來成了戲迷極深的風流小姐，因不屬本文，從略。

這一幕選秀情形，大畧如此。有傳「光緒選后時，慈禧坐臨監視，帝本欲遞如意於長敘之女，慈禧疾接之，轉遞於桂祥之女。」及鮑蘋侶所言：「大婚時，德宗將如意授珍妃，因見慈禧作色，始授隆裕。」故邁園詩「金冊榮封敵禮尊，銀環甘就昭容位」云云，雖鮑爲珍妃之姨姪，揆以當時情形，自以唐監所述爲較近情理。光緒帝當時所屬意者爲艷麗風流之德馨女兒，將要授以如意爲慈禧喝阻，遂授給桂祥之女，老辣的慈禧隨即把荷包命固倫公主給了瑾珍，匆匆完事，作成定局。這事慈禧是有經驗的，當他爲其親生子同治選后時，本屬於瑜妃，而同治偏給崇綺之女，后妃之局，和她意中正相反，後來同治偏向皇后，婆媳母子之間弄得不堪之極。這回她見光緒意在德馨女，爲恐再啓妃后奪愛宮闈勃谿，所以决把德馨二女撂了牌，而留瑾珍二人，其防德馨之女，即爲其娘家姪女固專房之寵也，這老太太是很有深心的，至於瑾珍之留牌，誰又能想得到是命宮磨蝎的開始？天下事之難料，有如此！

光緒帝大婚，爲十五年己丑的正月廿六日，依制，妃嬪是先一天入宮。皇后冊立後，她姊妹亦封爲瑾嬪珍嬪。當珍妃初入宮禁之初，光緒對她寵愛固不必言，即慈禧對之亦頗爲喜愛，據珍妃的貼身侍奉的白宮女言：「珍妃入宮，極爲太后所鍾愛，知其性喜書畫，曾命宮中供奉繆嘉惠（素筠）女士，教以花卉。……
……」

珍妃是文芸閣的女弟子，寫得一手好字，「慈禧軼聞」說「妃嘗代太后書寫福壽鹿虎等擘窠大字，年終頒賜大臣，有靑出於藍之譽。」「又常侍太后披閱章奏，預測批答，百不失一。」至於光緒帝對她宸眷之隆與房帷愛好之渥，如劉宮女所說：「妃喜裝束，曾與光緒互易衣履；又極喜攝影，每早自慈寧宮請安後，回景仁宮任意裝束，並攝取各種姿式影子。」這在故宮周刊珍妃專號（民國十九年出版）珂羅版所印珍妃的照像，旗裝橫髻，長袍洋粉色，背心月白色，鑲滾寬邊，確稱得起俏麗二字，而此種裝束，當爲那時最時新式之宮裝了。更在故宮膳檔所載：珍妃實爲常侍光緒飲膳的。她年紀輕，又聰明活潑，知書識字，又是到過南方的旗下小姐，比起隆裕自然開竅得多，她姊姊瑾妃則較厚道老實，有「木頭」之稱，因此三千寵愛自然地集於一身了，但正又是她的不幸，殺身害命的慘局，便由此釀成的！

光緒是在十五大婚後親政的，珍妃的失歡於慈禧，招妬於隆裕，則爲甲午（二十年）那年起，在那五、六年中間，集寵一身，固引起中宮的嫉妬，也造成了她自己的大意而不免流於放縱。淸朝最重的是「祖宗家法」，宮禁廷闈間，慈禧常利用這四字作爲她整人的殺手鐧。珍妃於甲午年和瑾妃一同由嬪遞封爲妃，不數月降爲貴人，其獲咎原因，實積有多端，綜合各種傳記所載：如干預仕進，經手鑽營；如不戒嬉游，輿服越制；如觸忤中宮，頂撞慈闈；陰狠的慈禧隨時都可以搬出家法大題目來壓制的。其有關干預仕進經手鑽營的，如所傳她的老師文廷式得鼎甲，本來「外間頗有物議」，「大考第一卷下，傳旨毋動，餘皆可動」（見翁同龢日記）實爲妃向光緒「進言而然者」。偏這文廷式又數數糾彈慈禧寵信的孫毓汶，犯了慈禧之忌，翁同龢日記曾載：「文學士彈濟甯，詆奮過當，上亦不甚怒也。次日太后見樞臣，論及言者雜遝，如昨論孫某，語涉狂誕，事定當將此輩整頓」。又謂：「楊崇伊參文廷式，摺呈慈覽，永革驅逐。楊彈文與內監文姓，結爲兄弟。又聞前發黑龍江之太監王有、聞德興，均就地正法，聞即楊摺所謂文姓者也。上年有奏事中官文德興者，攬權納賄久矣，打四十發打牲烏喇，聞有私看封奏干政事語，蓋慈聖所定也。」珍妃之兄，和文廷式同爲清流黨，翁同龢日記，光緒二十年十月二十九日云：「太后召見樞臣於儀鸞殿，次及宮闈事，謂瑾珍二妃有祈請干預事，降爲貴人。臣再請緩辦不允。是日上未在坐，因請問上知之否？論云：皇帝意正爾。次日，上語及昨事，意極坦坦。又次日，太后諭及二妃，語極多，謂種種驕縱，肆無忌憚，因及珍位下內監高萬拔諸多不法，若再審問，恐興大獄，於政體有傷，應交內務府撲殺之。即寫懿旨交辦。」又「懿旨，撤志鋭回京當差。……又諭及志鋭舉動荒唐。又溯同治年事，慈顏爲之戚然。」

楊崇伊黨於孫毓汶，毓汶諂事慈禧，有「齊天大聖」的渾號，翁同龢則接近光緒帝者，而孫翁二人又素不相睦，展轉牽涉，所以葉鞠裳在其緣督廬日記中，曾有「道希（文廷式字）爲楊莘伯（崇伊字）所糾，牽涉松筠庵公摺及內監文姓事，革逐回籍，鈎黨之禍起矣」之嘆！有人說：光緒中葉以來，門戶之爭，新舊之事，均起因於宮闈母子姑媳嫡庶之爭，因此，這一齣戲，也可說是「西太后與珍妃」，是「雙頭牌」的「主角」。

珍妃獲咎原因，鮑蘋侶所記，說是「珍妃代筆，字勝太后，因此招妒失寵」，似不能成爲理由。劉宮女則謂：「光緒二十年，有耿九者，賄結慈禧小太監王長泰（即王有兒），聶德平（即聶八十），謀取廣東海關道，王聶兩監託妃進言，事洩，太后大怒，珍瑾兩妃同受板責，王聶亦皆遠戍黑龍江，行至營口，逗留不進，遂就地正法。」又說：「珍妃喜攝影，太后以非妃嬪所當爲，戒之。妃密遣太監戴姓在東華門外開設照相舘。隆裕密報於太后，太后杖戴監於廷，斃之。」又「宮中體制，妃嬪概不得乘八人肩輿，光緒帝特賞珍妃。太后見之，摔毀其轎。」均可採信。

珍妃甲午年降稱貴人，隆裕向慈禧進譖，是主因。隆裕慈禧在親屬來說，是姑姪；在宮廷體制言，后爲皇帝敵體之尊，做妃子的總是應委屈的，拋開親屬不論，慈禧單把祖宗家法宮闈體制兩項大道理搬來，珍妃即鬥不過。何況隆裕不善御下，更以羊車不至，嫉寵爭憐，早有不愜，而又因託情不遂而爆發，如白宮女所述：「慈禧六十萬壽時，（即甲午年），福州將軍出缺，隆裕欲以畀其舅，託妃向光緒帝進言，妃答：『誰說都是一樣』。隆裕惱怒，以大不敬劾妃於太后。太后召妃及宮監訊問，並施搒掠，又命掌刑太監掌責珍妃，令其自陳，妃羞憤不欲生。太后益怒，奪兩妃名號，但翌日仍以八盒食物贈珍妃，以慰之。」

珍妃性子急，嘴巴快，言語尖，又因集寵一身，不免有些驕氣，這當是事實，這次被責確是不輕，相傳：當命杖時，光緒戰慄跽地求饒不已，連隆裕也驚倒了，受辱的珍妃，如何不羞憤欲絕？一般文人的麗句，有「鞭鸞撻鳳肯相寬，座上君王掩面看：……黠額何須獺髓調，斷腸誰乞鸞膠續？」以及「文羅袴上桃花血，滴向長門未忍看。」皆甚言之。至瑾妃受其妹牽連，亦同遭貶責，「紈扇悲涼感不禁，兕教同謫累嬃碪，」而食物八盒之賞，曾不及之，似乎慈禧對珍妃這時尚有餘愛未絕，在慈禧本身而言，責罰和賜食物，是有公私之分的。

慈禧自己出身妃嬪，對妃后奪愛，自有體會，更爲着衞護自家姪女，故不惜儆之以威，又慰以小惠，這一個讀書不多，識見有限，而又攬權自用，高下隨心的老太太，在她衡量之下，自必覺得很得體了。這時她只是在維持宮闈體制而已，對光緒雖沒有愛，卻未有恨，所以第二年乙未對珍妃姊妹又恢復重封了。有人說：珍妃之輕恣，向使慈禧就其越制嬉游，干預仕進，經手鑽營，得罪宮中各款，明白宣示，予以廢黜，申家法而肅宮闈，理由原亦正當，乃忽呈淫威，辱以掌責，又賞以食物，皆失刑賞之正。這是史家事後論人的義法，而未明當時慈禧的心理的。

至於重封後三年，珍妃再受貶禁，始由景仁宮移徙於鍾毓宮，至戊戌變法失敗後，又由鍾毓宮而移於北三所，與瀛台遙遙作禁囚之對，其嚴酷什倍於甲午之貶責，則此時母子之爭和新舊之恨已成，慈禧和光緒對立，便禍連於珍妃了。珍妃圈禁於北三所後，門加反鎖，僅留一小穴，以遞進飲食，所帶進去的什物，白天裡密藏放所挖牆角的洞洞裡，夜裡才敢拿出來用，苦酷至極，這時才是眞恨。至其獲譴之由，各種傳述中缺少具體紀載，有言妃被潛「干預外廷事」於先，詰責光緒之時，又挺身代帝乞恩，她還會捱了這老佛爺玉手親摑的，以她和光緒恩愛之篤，於事實或差不離，是則妃之於光緒，可算忠貞了。

珍妃之死，是在在庚子七月慈禧母子出奔前之一剎那，惲毓鼎「崇陵傳信錄」載：「七月二十日，英軍陷京師，翌日，聯軍繼之。兩宮黎明倉皇乘民車出德勝門……，太后御夏衣，挽便髻，上御青綢衫，皇后及大阿哥隨行，妃嬪罕從者，瀕行，太后命崔閹自三所出珍妃，推墮井中。初珍妃聰慧，得上心，幼時讀書家中，江西文廷式爲之師，頗通文史，廷式以庚寅第三人及第，妃屢爲上道之，甲午大考翰詹，上手廷式卷，授閱卷大臣，拔置第一，擢侍讀學士，充日講官，廷式感奮驟言事，遼東敗問亟，廷式合朝臣聯銜上疏，請起恭親王主軍國事，太后素不善王所爲，上力請而用之，丙申，或構蜚語讚妃干預外廷事，太后怒杖之，囚三所，僅通飲食，妃兄禮部侍郎志銳謫烏里蘇雅台。上由是悒悒寡歡。……」惲氏傳信錄之作，是宣統辛亥的事，以其自稱「侍先帝左右近且久」，宜可較詳，但說得很籠統。此外王照所作「德宗遺事」，說得稍詳些，如：「外兵逼宮，太后將奔，先命諸閹擲珍妃井中，諸閹皆不敢行，二總管崔玉桂曰：『都是鬆小子，瞧我的！』於是玉桂拉珍妃至井口，珍妃踞地，求一見老佛爺之面而死，玉桂曰：『沒那些事的』。一脚踢之入井，又下以石，辛丑迴鑾，帝始知之。」把惡閹崔玉桂口吻，寫得如聞其聲，但細譯之，又和事實有距離。

更離奇的，有說因珍妃已有了身孕，慈禧乃置之於死。如鮑蘋侶所言。又有說是由內監把珍妃私縛起來，投之於井，如清稗類鈔所記。白宮女更說是「入井前一夕，太后召妃，謂江山已失大半，皆汝所致，我必令汝死，妃憤曰：『隨便辦好了』翌日即推之入井」。白曾侍珍妃，甲午後已出宮，此語似仍得之傳聞，而一般均信唐冠卿太監所述者，如：「庚子七月十九日聯軍入京，總管崔玉桂，率快槍隊四十人守蹈和門，予以率四十人守樂壽堂。時甫過午，予在後門休憩，突見太后自內出，身後無人隨侍。私揣將赴頤和軒，遂趨前扶侍，及至樂壽宮右，太后竟循西廊行，予頗驚愕，啓曰：『老佛爺何處去？』太后曰：『汝勿問，隨予行可也！』及抵角門轉彎去，太后遽曰：『你可在頤和軒廊上守候！如有人窺視，槍擊勿恤。』予方駭異，見崔玉桂來，扶太后出角門西去。……少頃聞，珍妃至，請安畢，並說老祖宗吉祥。太后言：「義和拳搗亂，洋人進京，怎麼辦？」繼語音低微，喃喃莫辨。忽聞太后大聲曰『咱們娘兒跳井吧！』妃哭求恩典，且云未犯重大罪名。太后曰：「不管有無罪名，難道留着咱們遭洋人毒手嗎？你先下去，我也下去。」妃叩頭哀懇，太后呼玉桂。玉桂謂妃曰：『請主兒遵旨吧！』妃曰：『汝也來逼我呀！」玉桂曰：『主兒下去，我也下去。』妃怒曰：『汝不配！』旋又聞太后曰：『把她扔下去！』即聞掙扭之聲，俄砰然一聲，珍妃墜井矣。」以上唐監所言，歷歷如繪。宜若可信，但考之史實，七月十八九兩日，裕祿和李秉衡尚在前方接戰，十九日榮祿方將敗訊報告，慈禧泣言「出走不如殉國，並令皇帝亦殉」榮祿請將端王等斬首，「正其矯擅之罪，而明朝廷之心」。但慈禧仍希望拳民有法術可救北京，仍猛攻使館，十九召見榮祿八次，召見端王五次。這天聯軍還未入京。二十日下午五時，通州陷，剛毅倉皇入報，慈禧在慈壽宮召見軍機凡五次，才漸議避張家口的，夜半，復召見軍機，這時軍事旁午之際，縱極惡珍妃，亦無先事把她處決的閒暇，而况唐監乃奉諭旨守候頤和軒之人，如何能聽到樂壽堂角門轉彎一二百步外之各人對語？而所述慈禧對珍妃開頭所說的幾句，等於先騙後逼要她跳井，以平日陰狠此時正在忙亂中的慈禧，不會還是這樣從容的，宮闈事秘，傳眞最難，此其一例。此外珍妃出於自裁的，除羅惇曧之日記，與慈禧軼事外，如小三吾亭隨筆，胡思敬驢背集等，自不足採信，崔玉桂爲當時之二總管，位次於李蓮英，與李不睦，後遭驅斥，歸惡於彼，指爲當日下手之人，傳說頗遍，但總不及景善所撰「庚子拳變日記」，爲接近情理，至其下手之太監則爲李蓮英等也。茲錄之以供騈證。

景善爲滿洲正白旗人，以翰林轉內務府，宮至內務大臣，其家與慈禧母家有戚誼，和滿清親貴間均有關連，於宮闈鉅細皆能詳悉。聯軍入京後，景之家屬皆自盡，其本人則爲其子推入井中，日記係其死後在其家中爲洋兵所得，譯成洋文，有關珍陳的一段，爲日記中最後的數頁，茲將由洋文轉譯的，照錄如下：「二十一日，文年告予：老佛寅時即起，只睡一個時辰耳，匆匆裝飾，穿一藍布衣服，如鄉間農婦，蓋太后先預備者，梳一漢頭，此太后生平第一次也。太后曰：『誰料今天到這樣地步！』轎車三輛，皆平常騾車，帶進宮中，車夫亦無官帽，隨降旨，妃嬪等皆於三點半鐘齊集，太后先下一諭，此刻一人不許隨行。珍妃向與太后反對者，此時亦隨衆來集，胆敢跪請於老佛之前，謂「皇帝應該留京」。太后不發一言，立即大聲謂太監曰：『把她扔在井裡去！』皇帝哀痛已極，跪下懇求，太后怒曰：『起來！這不是講情的時候，讓她就死罷，好懲戒那不孝的孩子們，並叫那鴟梟看看，免到了羽毛豐滿的時候，就啄起母親的眼睛。』李蓮英等將珍妃推於寧壽宮外之大井中。皇帝憤怨之極，至於戰慄，太后曰：『上你的車子，把簾子放下。……』這日記所記，以尚合當時情理。慈禧初無必死珍妃之意。且妃閉北所已久，如非傳呼，不至隨衆俱集，其所以臨出奔前急遽有此慘酷情事者，實由於珍妃忽有皇帝應留京之進言，慈禧自戊戌二次垂簾後，以至欲謀廢立而演出拳亂，無非決不讓光緒再柄政權，她要死要走也要光緒同殉同行，怎肯令其單獨留京，或籍外力而親政？珍妃之奏，聽得她「一言不發」，霎時間自甲午至戊戌一肚子憤怨湧上心頭，恚恨萬端，立起殺機，非致之死不可了。其鴟梟云云，明指珍妃，實是在罵光緒，故光緒既憤怨亦畏懼而至戰慄也。

珍妃死後，初淺葬於京西田村，辛丑迴鑾後，據白姓宮女之「慈禧在長安時，常於夢裡見妃，心惡之，乃封妃爲神，亦追薦之意。是日慈禧假寐時，即夢見妃告以不必加封，吾已成神矣，並力數慈禧之惡。醒而不語者半日，咽喉盡腫。回鑾後，出妃屍於井，顏如生，胭脂尙存，只失紮腿一飄帶而已。」光緒帝則鬱鬱寡歡以至於死。文人學士對妃之死既哀其遇，復傷其死，爲詩詞以相弔者頗多，皆各有篇章傳世，惲毓鼎詩：「金井一葉墜，凄凉瑤殿旁，殘枝未零落，映日有輝光。溝水空流恨，霓裳與斷腸，何如澤畔草，猶得宿鴛鴦。」朱彊邨的聲聲慢一闋，寫得最好，句云：「鳴螿頹墻，吹蝶空枝，飄蓬人意相憐，一片離魂，斜陽搖夢成煙。香溝舊題紅處，拼禁花、憔悴年年。寒信急，又神宮凄奏，分付哀蟬。終古巢鸞無分，正飛雙金井，拋斷纏綿。起舞迴鳳，纔知恩怨無端。天陰洞庭波瀾，夜沉沉、流恨湘絃，搖落事，問空山、休問杜鵑。」沁水賈煜如生前在「長春宮詞」之作，凡九百二十四言，洵稱詩史，茲摘抄最後一段，以作結束：「……一言忤旨乘輿留，滿殿無聲盡回首，雷霆大發不遲疑，天語驀傳近侍知。豈是佛堂無尺組，忍教宮井葬胭脂？君王久畏天威積，長跪冀回顏咫尺，此時不是乞恩時，任他一死何須惜！鴟鴞作鑑更驚心，不孝兒臣罪已深，無奈柴車西去也，長途愁聽雨淋鈴」。……其取材也是根據景善日記的。

曾重伯爲文正之孫，所爲「庚子落葉詞」十二首，描寫生動，情見乎詞，擇錄數首如次以作結束。其一：「甄宮一夕淪秦璽，疏勒千年出漢泉，鳳尾檀槽陪玉婉，龍文瓔珞殉金鈿，文鸞去日紅爲淚，輕燕仙時紫作烟，十月帝城飛木葉，更於何處聽哀蟬？」其二：「赤闌迴合翠淪漪，帝子精誠化鳥歸，重壁招魂傷穆滿，漸臺持節召眞妃，淸明寒食年年憶，城郭人民事事非，湖瑟流哀彈別鵠，寒魚哀雁盡驚飛。」其三：「銀床玉露冷驚鋪，碧化長虹轉鹿盧，姑惡聲聲啼苦竹，子規夜夜叫蒼梧，破家叵耐關昭訓，殉國爭憐李寶符，料得珮環歸月下，滿身星斗泣紅蕖。」其四：「朱雀烏衣巷戰場，白龍魚服出邊牆，鷗波亭外風光慘，魚藻宮中歲月長，水殿可憐珠宛轉，冰綃贏得玉凄涼，君王莫問三生事，滿驛梨花繞佛堂。」其五：「王母傳籌擁桂旗，闔門宜謝肯教遲，漢家法度天難問，敵國文明佛不知，十宅少人簪白奈，六宮同日策青驪，玉娘湖上粘天草，只託微波殺卷施。」其六：「天文正策王良馬，地絡先摧蜀后蛇，太液自來涵聖澤，水仙從古是名家，惠蘭悼影傷瓊樹，河漢回心濕絳紗，狄女也憐人薄命，繞欄爭桂相生花。」其七：「十海停歌山罷舞，芙蓉獵獵鯉魚風，璇台戰鼓驚朱夢，瑤席新香割綵熊，魂魄暗依秦鳳輩，聖明終屬晉蛟宮，景陽樓下胭脂水，神岳秋毫事不同。」其八：「簾外曉風吹碧桃，未央前殿咽秦簫，石華廣袖誰曾攬，沉鬱奇香定未燒，荷露有情拋粉淚，凌波無賴學纖腰，雲袍枉繡留仙褶，白石清泉任寂寥。」更有仿白香山長恨歌，爲作落葉詞以紀其事，頗有白頭宮女話天寶之概，並錄之以覘珍妃的一斑。詩云：「西飛逋鳥東飛雀，宮井梧桐驚葉落。蜀魄年年望帝歸，寃禽夜夜啼姑惡。卅年鸞子憫恩勤，鴞取我子燕啄孫。母氏耄荒終聖善，君王宵旰自憂塵。憂勞我室愁風雨，同心黽勉宜無怒。陰雨偶懷葑體怨，凱風誰識棘心苦，姊弟齊飛入禁門，貴妃明慧獨承恩。漢宮燕尾憐雙影，號國蛾眉奉至尊。至尊自惜如花貌，况復田妃能顰笑。殷憂國步更艱難，每爲玉人紓懊惱。頻年燕瘦妬環肥，慈聖垂簾總萬幾，墨勅斜封成慣例，黃台枯蔓摘頻稀。一自宮闈罹政變，內宮裁減昭陽膳。未許求全長信宮，何當私語長生殿。惆悵西風凍紈干，已成羽翼鍛鷂鵃。奮飛折翅奈何帝，鸚鵡前頭未敢言，房陵幽廢盧陵嗣，倉卒黃巾滿兗冀。州吁阻兵終自焚，蕭同笑辱等兒戲。無端王子召我兵，烽火驪山一夕驚。八國聯軍齊北上，兩宮微服遂西行。瀕行母后重回首，一曲薇蕪忍揮手。漸台遲節未隨行，蜀道淋鈴先出走。莫言傾國與傾城，君王掩面豈無情。景陽辱井馬嵬恨，一例何能媲聖明。半泓秋水凝寒碧，血花猶泛胭脂色，妄心井水自不波，六飛一去無消息。誰賦招魂問水濱，痲姑幾見海揚塵。瑤池張樂觴王母，羅襪凌波惑洛神。六宮無人簪白奈，生花歐女猶爭桂。甃石應無茅徑好，寒泉當與菊花酹。宮人白髮話銅駝，似云妃子葬湘波，君王未製哀蟬曲，詞客爭傳比翼歌。秋風墮葉飄香砌，夜月魂歸響環珮。銜石難塡恨海寃，化作望夫隨精衞。」(完)

抗日殉國的李守維將軍

·邵 父·

本資料係由抗戰時期軍委會政治部江蘇國民軍訓處參謀長雷豐恆（鵬志）所提供，經加整理，刊出，雖敍述李將軍個人之生平，但可窺我江蘇在抗日初期戰爭中之經畧，尤其當茲神州未復，緬懷先烈，心有餘悲，揮淚寫此，藉彰忠貞於萬一也。

李將軍守維，字新甫，江蘇省泗陽縣南湖鄉李家橋人氏，世代忠孝，耕讀傳家。將軍天資慧敏，賦性敦篤，少懷壯志，攻讀唯勤，初就學於鄉里，即蜚聲於州邑。年十八，以高材生畢業於江蘇省立第一工業學校。父捷章公，耕耘親操，嘗以升學深造爲勗勉。但將軍秉性至孝，堅以父母在不遠遊爲辭，乃執教桑梓，期以稍分父勞也。

五四運動起，國民革命熱潮，遍及全國，將軍目擊國政窳弱，外侮日亟，軍閥專橫，民不聊生，勢非貫澈國民革命，實行三民主義，不足以興國家而救人民，乃決心獻身革命。捷章公以移孝作忠，奮勇報國相期許。將軍遂毅然負笈去革命聖地之廣州，考入黃埔陸軍軍官學校第二期，沐受 國父及校長今 總統蔣公之薰陶。畢業後，參加東江討伐陳逆炯明及北伐之師，轉戰湘、鄂、贛、豫、魯諸省，所向披靡，由第三師排、連、營長，洊升爲第五十二師團長、副旅長，雖屢負重傷，然殺敵報國之決心，則愈奮而彌堅。

民國二十二年蘇北土匪猖獗，將軍奉調回蘇，屈就省保安團長，敬恭梓桑，悉心規劃，經匝年撫剿，地方匪禍，賴以敉平。積功於二十四年晉升江蘇省保安處少將副處長（處長項致莊）旋奉調入陸軍大學將官班第一期受訓，從茲學術修養，倍益精進，期滿後，仍回原職，斯時倭寇侵界，陰謀日彰，政府爲未雨綢繆，以防萬一，計劃擴大地方武力，將軍除將省保安團四團擴編爲八團外，並積極整編充實各縣常備大隊，尤重視民衆組訓及壯丁集訓等工作，藉以貫澈用兵不如用民之古訓，期以達到充裕兵員之目的。廿五年江蘇省舉辦第一屆高中以上學生集中軍事訓練，將軍奉命兼集訓總隊副總隊長，事必躬親，深得受訓學生之崇敬（時蔣緯國將軍，亦以東吳大學學生之身份，受訓於該總隊），軍事委員會蔣委員長倍極重視國民軍事教育，曾親臨該總隊訓示，以將軍管教訓有方，面予嘉慰。厥後江蘇省之民衆動員及青年組訓等得有相當成就，抗戰時期而能獨撐東南半壁者，乃實肇基於斯也。

七七變起，將軍奉命任江蘇省保安總團長及淮揚警備司令，由鎮江進駐邗上（揚州），隔江扼守。未幾，江蘇省政府改組，由第三戰區司令長官顧墨三（祝同）將軍，遙領兼主省政及第二十四集團軍總司令，以該集團軍副總司令韓楚箴（德勤）將軍兼長民政，實負全省軍政大責。將軍晉升江蘇省保安處中將處長，兼省府委員，省黨部特派員，及江蘇省動員委員會副主任委員等職，襄佐韓代主席，運籌擘劃，頻建勳績。

淞滬撤守，國府西遷，敵寇壓境，江蘇首當其衝，顯須應變，乃協助省屬黨政軍民，移駐蘇北之淮陰，復須佈防禦敵於高（郵）寶（應），適斯時也，奉令將原有之保安部隊，劃撥四個團調豫（河南）補編國軍，然將軍不感氣餒，在韓代主席指示之下，於一週內，將各縣訓練有素之常備大隊，整編爲十四個堅强步兵團，軍事委員會賦予韓代主席兼長八十九軍，轄乙種制兩師一獨旅，將軍則奉命爲副軍長兼一一七師師長（三十三師賈韞山，獨立旅翁達），仍兼負黨政各要職。時黃（杰）達雲將軍之稅警總團，奉令編爲國軍西調，僅留兩團監護鹽區，及海防任務。政府復派將軍兼長稅警總團，爲配合環境與作戰之需要，將原有兩個團擴編爲四個建制團，增厚海防實力。廿七年奉命兼長軍委會政治部江蘇國民軍訓處，（時筆者調任該處第二科上校科長），對加强民衆組訓及地方自衞武力整編等，勵精圖治，策劃周詳。延至翌（二十八）年底計編成十個省轄保安旅，各行政專員區亦使經常控制一個常備旅，各縣則編成一個常備團，縣之區公所各有常備兵一大隊或一中隊之武力。從茲兵員無匱，戰力增强，抗戰初期三年間，蘇北之能控制三十餘完整縣，各縣境治安之良好，士氣之旺盛，係由於韓代主席德勤之英明領導，及當時黨（凌紹祖王振先等爲委員）政軍民團結合作無間，而將軍之深謀遠慮，實有以致之也。

民國二十八年韓代主席眞除省政（秘書長王公璵調長民政）及二十四集團軍總司令職，將軍奉令實授八十九軍中將軍長，遂堅辭稅警總團長獲准，改由陳泰運繼任。而將軍則專負作戰訓練之責，舉辦各種訓練班，培植地方青年幹部，共荷抗戰衞鄉任務，以該班成績優異，奉命改爲中央軍校駐蘇幹部訓練班，將軍兼班主任（教育長單洪培）樂育英才，教誨不倦，至今桃李遍軍中及黨政各界。三民主義青年團成立，將軍奉兼主持江蘇支團部，發動青年從軍，組織三民主義青年抗日義勇總隊，自兼總隊長，展開政治活動，以防共黨之滲透。當時雖集黨政軍重職於一身，但於公務叢脞之餘，仍親往前線指揮，如昭關壩，（江陰高郵間）鹽（城），阜（甯）、徐（州）、睢（甯）、宿（遷）、泗（陽）、沭（陽）、灌（雲）、連雲港、銅（山）、六（合）、天（長）、儀（徵）、兩淮（淮陰淮安）、高（郵）、寶（應）、通（南通）、如（臯）等地大小戰役，計百餘次，尤以昭關壩及鹽阜之爭奪戰，最爲劇烈，幸賴韓主席之愼謀，將軍之果決，則蘇北所以能達成持久抗戰之目的也。

當日寇進犯兩淮情勢緊張之際，新四軍陳毅股，由江南竄抵蘇北之靖江，陽借抗日爲名，陰收坐大之實，威脅利誘地痞流氓，招兵買馬，擴充勢力，復施其政治陰謀，對我方抗戰陣營，力盡挑撥離間之能事。其時魯蘇皖邊區游擊總指揮（後改爲長江下游挺進軍總司令）李明揚（師廣），率部駐蘇北心臟地帶之泰州，爲人顢頇，竟受共方黃逸峰，朱克義、季方等愚弄欺騙。韓主席暨將軍雖窺察其情，深知開誠團結，始能共禦外侮，不忍遽起鬩牆，予日寇以可乘之機。詎陳毅蓄意倡亂，得隴望蜀，率殘部五千餘衆竄擾泰興之黃橋，破壞蘇政統一，阻撓抗戰。韓主席及將軍洞燭其奸，知非肅清內禍，不足以禦外患，爲掃除抗戰建國之障礙，決計予以圍剿，議由李明揚擔任北路正面，陳泰運（稅警總團）擔任東北空隙地區堵襲並相機出擊，東南兩面，由將軍親自督剿，並定十月一日會師黃橋，將軍奮勇督師推進，血戰一週，黃橋指日可下，不料內奸洩漏進剿計劃，陳毅密派部隊，繞道東北出擊我東路之側背，又復勾結日寇自如臯襲擊我南路進剿部隊之正背，將軍斯時已進駐距黃橋僅里許之地區，突遭敵僞共軍四面夾擊，且所處之地形地勢，均于我不利，致陷口袋泥淖之重圍，但將軍仍沉着勇敢，奮不顧身，指揮所部，浴血苦戰，凡二晝夜，終以彈盡援絕，不幸於二十九年十月七日壯烈殉國，是役與難者有八十九軍少將副參謀長丁琥將軍，（黃埔軍校一期），獨立第六旅少將旅長翁達將軍（黃埔軍校四期）及英勇官兵約萬人，嗚呼痛哉！將軍身負重傷渡河時，因洪水泛濫沒頂，猶振臂高呼殺敵，狀至慘烈，其浩然之正氣，堪與日月同輝，永垂不朽也。

港九新界史話

·曹文錫·

漢書藝文志有堪輿金匱十四卷，列於五行家。東漢許慎謂堪乃天道，輿爲地道，顏師古及李善二人均贊揚其說。後世稱相地者曰堪輿家。實則須與天象相配合也。

漢代有青烏子。善相地，著有葬經。至晉代郭璞精五行卜筮相地之術，亦著有葬經，但祖述青烏子之說。故堪輿家之學，亦稱青烏術焉。

古代有望氣術。是最精深之堪輿學。秦始皇時有望氣者進言，謂金陵（今南京）有天子氣。始皇懼，乃命人至金陵開鑿山嶺河道，以洩王氣，今日南京城內之秦淮河，即始皇所開鑿者。但繼秦而爲皇帝者乃漢高祖，實生於今江蘇省之沛縣，非金陵也。惟歷代在金陵建都者，均享國不久，且屬南都之局。如三國之吳，與後來之東晉宋齊梁陳（世稱六朝）及五代時之南唐，均偏安江左，無有能統一全國者，至明太祖朱元璋，統一南北，建都金陵，名曰南京。（公元一三六八年）太祖旣崩，因太子標早卒，遂由皇孫允炆繼位，改元建文，不及四年，即爲其叔燕王棣所篡奪（史稱靖難之變）改元永樂。至十九年即遷北京新都（北京城乃永樂時所建，動全國之人力物力，費時十八年）。故明代定都南京，不過五十三年耳。至中華民國，亦以南京爲首都，但爲期不久，且多災多難，且避日寇而遷重慶。復員後不久又落入共產黨手中，是南京建都之不利。彰彰明甚。豈因秦始皇開鑿秦淮河，洩去王氣使然耶？噫。亦異矣哉！

地運之盛衰，有久暫不同之別。大抵地運如洪爐，其積厚者其氣長，其積薄者其氣弱，望氣之術。惟有道者始能知之。然亦必須三才相配合，所謂天時地利人和也。漢文帝時，有趙人新垣平者，以望氣術入覲，以僞術愚帝。位至上大夫。後發覺其全屬詭詐，卒遭族誅。是知望氣術失傳久矣。

香港九龍新界區域，在兩漢時歸番禺縣管轄。至唐時設立東莞縣，乃將其地撥歸東莞範圍。至明代，以東莞區域廣濶，遂將今日寶安縣之區域，析置爲新安縣，至康熙初年，對台灣用兵，勒令沿海五十里之居民後撤，復將其地歸併東莞縣，及台灣旣平遂招民開墾沿海荒地，乃再行恢復新安縣，即割讓香港與英人時，其他仍屬新安縣也。迨民國二年，中國政府以全國縣份，雷同者極多，例須分別，不令重複。如江西河南均有新安縣，乃將廣東之新安縣更名寶安，此則其沿革也。

香港山脈，實由羅浮蜿蜒而來，經大小梧桐山，過狼山而趨八仙嶺，向西南行而成大刀刃山再向南行而爲草山和陽山，鬱勃而起成爲大帽山，成爲港九兩地之最高峰。而越海而行成爲赤柱山，即香港島也。根據昔日輿圖，香港島總名赤柱山，山峭海深，實爲天然良港。至十九世紀始發達。則地運使然焉。

九龍半島伸出海上，形如一龍，而尖沙咀乃其舌尖。香港島則如龍所吐出之寶珠。所謂「東方之珠」極爲恰當。

A、九龍半島之吉穴

九龍半島，僻在南方，自昔人民稀少，有識之士罕至其地。故不爲堪輿所注意。當北宋徽宗崇寧年間，有江西省吉水縣人鄧符，字符協，服官廣東，初爲南雄州倅（即州官之副手）後調陽春縣令，秩滿後曾漫遊青山屯門及今日元朗各地。鄧氏精堪輿術，曾在此尋有佳穴數處。知葬後其子孫必繁衍。乃決意在此地定居，並囘江西携其先人遺骸轉葬於此。其吉穴有數座。如「王安拜堂」「仙人大座」等是也。今日鄧氏子孫多能言之。且諸族譜。鄧氏當日卜居於岑田（即今日之錦田）並建立書院以課其子孫，文風日盛，至鄧符之四代孫某，出爲江西贛州縣令，甚有德政，當時南渡不久，金人侵擾，宋宗室多有逃難至贛者，鄧氏收容一流離之少女，其後與其子結婚，厥後始爲趙氏宗室女，且屬當時之皇姑，於是表奏朝廷蒙賞賜甚厚，而皇姑所生之二子，亦受封蔭，故鄧氏有皇姑墓一穴，而粉嶺之龍躍頸村，舊日有駙馬府一座，蓋由錦田分支之始祖也。今日新界鄧氏之村落極多，人數達十萬以上，未始非蒙祖宗吉穴之賜，是則風水之說，信而有徵，想今日或尙有不少牛眠吉地，存在港九或新界山野間，則在乎精青烏術者之發掘耳。

B、屯門要塞

新界之屯門，自古爲波斯人印度人及東南亞各國商賈來華之重要海口，即達摩祖師亦附搭商舶經此地而達廣州者。自漢末至三國及晉代，往來人士益繁。因地當要衝，必須屯兵駐守，故曰屯門。凡外國之珍奇，如象牙、犀角、珊瑚玳瑁、珠寶等物，均經此地輸入廣州。當西晉時，石崇爲荆州刺史，兼管廣州，其所得之財物、珠寶、珊瑚等物，多命其部下在屯門附近之海域向外國商賈勒索或刧奪而來者，故石崇之富，甲於天下，但最後不得善終。可知屯門之重要矣。

在明代正德間，葡萄牙人曾遣兵船多艘，占據屯門，因其船高大，屯兵非其敵，於是葡人大肆刧掠，甚至烹嬰兒而食，最後由某將軍設計，用數百艘小舟，滿載柴草及燃料，乘風駛至敵船旁，縱火焚燒，當時敵船無一幸免者，葡人多遭溺死。先後被葡人强佔達年餘始轉危爲安。但自香港開埠後，屯門已失去重要性矣。

C、青山之葱鬱

青山，一名屯門山，又名杯渡山。山頂有石碑，題曰「高山第一」，乃唐代韓文公所書。世皆謂公曾遊其地因而題寫者。其實非也。韓公以諫迎佛骨事被貶潮州，其南行路綫，乃由湖南之宜章，入粵北之樂昌，經瀧水赴韶州，再遵陸路東行至龍川興寧而入潮州。其往來路綫，均未經海道。蓋當日海運尙未發展也。今日龍川興寧（古稱齊昌縣）間，有地名「藍關」，尙存韓文公廟，蓋當時人士懷公曾過斯土而建築者，歷代修葺，至今尙存。至此地而名藍關者，因韓公曾有詩云：「雲橫秦嶺家何在。雪擁藍關馬不前」。此詩乃被謫時所作。所稱藍關，乃陝西省藍田縣境，又名藍田關後來粵人强將此地名藍關。實則粵東安得有大雪耶。至青山之石碑，乃鄧符（見前）慕韓文公之爲人，因搜集其書，刻之山上。以增光輝耳。

又五代時，有天竺（今印度）僧曾掛錫青山，甚有道術，異事頗多。能站立一木杯上而渡海，其行如飛。時人稱爲杯渡禪師，或名杯渡和尙。故此山又名杯渡山。今則寺觀日增，館閣林立。交通便利，允稱旅遊勝地焉。

D、香港得名之由來

香港島，昔日總稱爲赤柱山，（與今日之赤柱山不同）歷代均視爲無足輕重之荒島。其北部（即今之上環中環及灣仔一帶）多屬荒山及下等梯田。稍東則香爐峰，有宋代所建之天后廟（在灣仔附近）。至明清之際，海盜據爲巢穴，賊船多至百艘以上，外商入口貨船，疊遭刧掠，惟對於當地居民，不加騷擾。至嘉慶道光之際，盜氛益熾，粵東派水師往剿，疊遭敗衂，故今日港島尙有西營盤一名，即當日海盜鄭一及其妻（衆稱鄭一嫂）暨其義子張保仔據作巢穴之營盤也。其東營盤則在灣仔北角附近。今其名不復存在。

港島山環水繞，海深可容巨舶，實爲世界上著名良港。其南部山勢漸低而入於海。漁人多麕集作業（即今日赤柱深水灣、淺水灣一帶海岸）考英國接管香港時，全島居民僅七千餘人，漁民佔十分之八。（多居赤柱一帶），其餘則農人及石工，蓋港島盛產花崗石，往日之石塘咀一帶，均採石地區，鑿成石板或石柱石條等運往廣州銷售。

香港一名，是英人統治後始發生，但實由「香港村」之名所蛻變。而「香港村」乃數百年前之村落名稱，其命名之由來，有如下述：

九龍原爲東莞縣之一部分，在元明之際，東莞盛植香木。如「七里香」「九里香」等植物。其葉細小而厚，木質含有香氣，樹不甚高，而較檀香沉香尤馥郁。農人植之以牟利，植後多年，俟其樹成長，然後逐年伐其樹枝而留其大幹，割爲小塊，累集而運售廣州，轉輸往各省，作爲焚香或燻衣之用。其伐木工作，多由婦女任之，故少女輩擇其佳者私藏，以備日後粧奩費用，名曰女兒香，其值尤貴。在九龍半島一帶之香木，均運至今日之尖沙咀落船。尖沙咀舊名尖沙頭，其下有一碼頭，名「香步頭」因香木均由此載運，故名。然後即轉往今日之香港仔集中。該地原名香港村，亦以香木均由此地集中而得名者也。香木由香步頭運至香港村，即轉入大船，俟滿載後駛往廣州，故香港村當日居民較多，屋宇亦較各地尤密，蓋舊日石塘咀等地之石料，亦由此地起運也。

英國人接管香港時，係由南方登陸，（即今日赤柱灣一帶），至香港村而稍作逗留，詢及居民，知其地爲香港村，而香港二字，在外人較易學習，寖假遂省去村字而稱 Hong Kong 焉。此香港之名所由來也。

E、九龍自古爲產鹽區域

九龍原稱大鵬山，其東方海面稱大鵬灣，自兩漢以來，夙爲產鹽區域。至南宋時，設有官富場，爲重要鹽場，管轄附近產鹽之地，其地則名官富司。今日之九龍塘及官塘皆舊日之鹽池也。鹽場由朝廷派委一高級官吏主管之。在鯉魚門之天后廟（俗稱大廟）山邊石壁間，有宋代咸淳年（宋度宗年號）鹽官嚴益彰題字百餘鐫在壁上，至今尚在。

F、李鄭屋村古墓之研討

十餘年前九龍李鄭屋村，因建築徙置屋宇，發現古墓，一時港九學人教授暨考古專家等，紛紛制往考察研討，當時港九各大報章，均發表各人之研究專論，歷時多日，均不得要領，甚至有某學者謂爲日本人墳墓者，殊屬可笑。

查此古墓所用之陶磚甚多，均印有番禺二字，是其地當日尚歸番禺縣管轄，至唐代始歸入東莞縣，則此古墓必在兩漢至晉隋時期也。又自漢武帝時全國之鹽鐵，均歸政府專營，以後多遵照遺規。九龍在千餘年至二千年前，係屬斥鹵之地，既不能耕稼，又不能種植林，只有生產鹽斤。則當日居留其地者，除鹽民，灶戶外，其他農商極少。而此古墓，頗具規模，墓內明器（即殉葬物）頗多，如陶屋陶杯等物（見當日報紙）均屬古代陶器而無釉者，其年代可知。此墓既非普通平民所有，必屬當日之官吏。則此官吏，必鹽官也。至此古墓，並無棺槨及遺骸。大約日後其子孫移葬故里，亦未可料。但當日發現時，一班專家教授等並未思量及此，余故表而出之，以質世人。

G、獅子山爲國防要塞

獅子山，原名虎頭山，古代在山巔設有烽火臺，並派兵駐守，以防海盜或倭寇之入侵，山後即瀝源堡。（即今沙田）。在火車隧道附近，今日地圖上尚有烟墩山之名，是此山自昔已視爲重要防區，與屯門前後相對矣。

H、九龍曾作帝都

歷代帝王，向未有蒞臨九龍者。即五代時割據稱帝之南漢劉龑劉玢劉晟劉鋹數主，亦僅定都廣州，從未至其地。至南宋末葉，元兵南下，臨安（今杭州）被圍，全太后及恭帝降元，被執北去。張世傑陸秀夫等奉益王昰衞王昺奔寧波，逃至福建。益王在福州即帝位，改元景炎。（即日後之端宗）。復由福州遵海道經潮州而至九龍。相隨之大臣官軍妃嬪宗室及眷屬暨人民等，不下二十萬，所有官商船隻，徵用殆盡。既抵九龍，即興建臨時宮闕。當時所建者，僅一大殿，以備朝覲或集會之用，蓋各人均以船舶爲居室，以備隨時逃亡，不欲長留陸上也。九龍、原有小山用作瞭望台，以探測敵人舟師行動。後人稍增飾之，名曰宋王臺，今日已夷平，僅留嘉慶間所鐫之匾額耳。其後元兵繼續南下追襲，端宗及諸臣等復避至錢灣（今荃灣）及碙州，（即大嶼山），並曾一度到虎門駐蹕。某次，遇颶風，舟師覆沒頗衆，端宗亦墮海，幸而獲救，未幾遂駕崩。遺命以衞王昺繼位。至端宗之陵寢葬在何處。後人遍察大嶼山各地，均無跡象可尋，有謂香山之馬南寶將其遺骸移至香山秘密安葬，以免敵人發掘蓋馬氏爲當地富人，曾捐助穀米數十萬石助軍，而端宗亦曾一度幸其第宅。此說似確。

I、宋帝昺在大嶼山登極

大嶼山，原名碙州，又名大奚山。至如何改稱大嶼山，殊不可考。查嶼音序。粵人誤讀爲余音。余與奚爲諧聲。或因此而改名大嶼山也。此山舊日多爲海盜及鹽梟所盤據，且曾一度進犯廣州，其猖獗可想，至南宋時，始行平定。又此山乃宋代廣東名臣李忠簡公昂英食邑。至今尚有李氏界石在。

自端宗駕崩，陸秀夫即召集羣臣開喪，並奉衞王昺爲帝，改元祥興，其登極地點，即今日大嶼山之梅窩。當時陸秀夫曾草擬端宗遺詔，及祥興帝登極詔書，此兩篇詔書，可歌可泣，動人心絃，（文見陸丞相集）其時有黃龍飛翔海上，衆以爲中興之兆，乃改碙州爲龍翔縣，並改廣州爲龍翔府。自南下以後，所有軍事，均由張世傑主持，當端宗未崩之前。有主張逃往呂宋島者，亦有主張赴安南者，安南原爲屬國，已先派陳宜中前往商討，但宜中一去不返，而呂宋情勢，更不熟悉。故兩事均不能實行。後由張世傑設計，徙往新會之厓山。所有船舶，均集中海上，結果遭元將張弘範率其舟師前後包圍，展開大戰，宋舟師全部覆沒，死者無算，陸秀夫負帝投海而死，張世傑以數舟突圍，逃至高州雷州之間，欲尋覔趙氏後人，以圖復興。其後在海陵山遇颶風，張氏溺死，而宋運遂終。

祥興帝（即宋帝昺）死後數日，其屍浮於海上，隨水飄流而至新安縣（原日東莞縣）境之南頭附近。有某寺老僧見此衣冠華貴之童屍，有飛鳥數百翺翔其上，急划舟往視，知是帝王屍體，乃覔地厚葬之。夫祥興帝死於厓山，而屍體何以流回南頭，亦一異事也。此祥興帝墓，後來趙氏宗族重修之。入民國後，尚有致祭者。

（未完待續）

再談吃在北平

唐魯孫

前些時寫了一篇吃在北平，承蒙新知舊識紛紛來信說北平的飯館還有許多可寫的，你都沒寫，所以（再寫這篇補遺）把北平幾個有名教門館再談談。

現在正吃炰烤羊肉季節，我們就先說東來順吧，東來順掌櫃的姓丁，起先是推車下街買鍟炰羊肉的，後來因爲手藝好，份量給得足，小買賣越做越興旺，可就改在東安市場上擺上攤子了。手底下既乾淨，人又隨和，再加上羊肉筋頭碼頭全部剔掉，所以顧客如雲，生意鼎盛，到了中晚飯口上，大家要排隊才能挨得上座兒，而且一個人也實在忙不過來，於是跟牛街姓趙的開起東來順來了，由二層樓擴充到四樓，連屋頂都賣座，這純粹是人家丁老板苦心孤詣慘淡經營的成果。

東來順是個不忘本的舖眼，儘管買賣昇發了，可是對着吉祥茶園後灶的火房子，仍舊砌了兩排磚桌石凳，凡是貧苦大衆，到那兒吃牛羊肉餃子，牛肉大葱，羊肉白菜，油足肉多，一律四分錢十個，特號食量的人，四十個餃子，再來一碗羊雜湯也儘夠了。您要是在樓上吃，雖然餃子的肉是上肉做餡，可是那就要賣您四毛錢十個了，人家默默行善，恤老憐貧，所以買賣越做越大越發旺。

東來順生意發達了之後，先在南郊西郊各買了幾十畝地，開闢園子種菜，凡櫃上用的蔬菜，全是自家園出產，既地道，成本當然更低。跟着又開了一個醬園子，所以同樣一個菜，跟別的店館開同樣價碼，可是東來順就比別家利厚得多了。

東來順最拿手的菜是羊油荳嘴炒蔴豆付，雖然是一道極普通的家常粗菜，可是他們家羊油跟猪油一樣，分老油，中油，嫩油，煉出來磁罈子盛起來，隨時拿出來用。據說羊油越煉越沒羶味，同時蔴豆付自己磨，發酵程度正合適，酸中帶點甜頭，所以這道菜在東來順可以說旱香瓜另一個味。

炸假羊尾也是東來順的拿手菜。把蛋白打得起泡，裹上細豆沙，薄薄滾上一層飛羅麪，炸起來眞像炸羊尾。這是一道比較別緻的甜菜。據說這道菜最受熱河都統馬福祥將軍的激賞，每次到北平公幹，一定要上東來順吃一回炸羊尾，因爲馬都統對炸羊尾是每飯不忘的。

他似蜜也是回教舘的名菜，北平有十來個大小回教舘，可是誰家做的也沒有東來順做的入口滑潤。他似蜜大概是回語翻成漢字的，說穿了就是滑溜羊裡肌絲，高雄有個北平舘子，特別在報上登廣告，拿手菜有他似蜜，不知道味道怎麽樣。

東來順少女掌櫃的丁永祥，雖然上了兩年商業學校，可是因爲櫃上買賣忙不過來，也就是棄學從商了。飯口已過，他一得空就往東安市塲南花園曹小鳳開的茶樓溜搭，到得早來個鎖五龍，到得晚人家唱法門寺，他給配個劉彪。久而久之，可就迷上票房啦。丁老掌櫃的一瞧不對，就派他在三樓看座，不准下樓，可是丁永祥眞有一手，就在三樓練嗓子，一會來一嗓子看座呀，一會大喊一聲小費多少謝啦。把嗓子練的又高又亮。協和醫院藥房名淨票張稔年，戲曲學校費玉策的父親費簡侯，都是東來順的常主顧，跟丁永祥都算是莫逆之交，他們一到東來順就往三樓上跑，一聊天一吊嗓子就是三個鐘頭。

後來丁永祥拜蔣少奎爲師，對戲就迷得更利害了。有一年冬天，老掌櫃的上天津隨份子去了，丁少掌櫃的一看這可是好機會，於是會同張稔年費簡侯具名出知單，把六九城的淨行，可以說全請到了。恰巧當天筆者也在東來順吃涮鍋子，丁永祥把知單拿出來顯排排：計有裘桂仙，董俊峰，郝壽臣、侯喜瑞、于雲鵬、蔣少奎、王連浦、駱連祥、李壽山、范福泰、范寶庭、連淨行票友秦嘏庵算起來一共有二三十位，眞可以算是淨行伶票大聯歡。據說當時這一撥人光是牛羊肉片就切了三百多盤，後來丑行有人發起，也打算來一次大聯歡，可就辦不成了，這件事丁永祥一提來就眉飛色舞，認爲東來順創業以來最露臉的事呢。

談完東來順該說說西來順了，西來順座落在西長安街，跟宣南春對面（後改中央理髮館），原先是華園澡堂子舖底，由清眞教名廚師褚祥，跟回教富商穆子淵倒過來開的，開張正趕上臘月，門口左右兩邊，掛着紅字白底烤涮兩個磨盤般大字，周圍綴滿了小電燈，旣豁亮又惹眼。一進門是條院子，正房跟兩邊東西廂房，都隔成雅座，高大的鉛鐵照蓬底下，擺了一排烤肉支子，祇要是飯口，您打從西來順門口一過，一股子烤肉香味，由不得您就要往裡邁腿進去解解饞。

西來順的菜碼，要比東來順高一成到兩成，可是菜也就細緻多了，西來順能辦清眞翅席，可是用東來順整桌席面的，那還很少見呢。

北平人原先吃烤鴨講究上便宜坊全聚德，後來會吃的主兒要吃烤鴨，都奔西來順了。吃烤鴨最主要是鴨皮酥而脆，鴨肉嫩而醲，便宜坊全餐德食古不化，墨守成法，遇上下雨下雪天，您去吃烤鴨吧。鴨子烤得片好上桌，照樣皮軟肉柴，有嚼不動咬不斷的感覺。因爲宰好的塡鴨，必定得先掛起來風乾，等水氣散散，拿下用鼓氣針扎在鴨子皮肉外吹氣，讓皮肉分離，再挂起來過風，等吃的時候再上爐現烤，才能好吃。可是遇上陰天下雨，空氣溫度太高，您不管怎樣風乾過風，因爲脫水不夠，烤出來的鴨子總是皮皮啦啦不酥脆。褚祥對於烹調一道非常肯動腦筋，又加上西來順原先華園堂子燒大池的爐灶沒拆，於是他拆拆改改，變成了一間小型乾燥室。西來順的烤鴨，除了先過風之外，不論晴雨，都另外加一道乾燥過程，所以他家的烤鴨不論晴雨，都是皮脆肉嫩，反到後來居上。眞正的鴨子樓反到趕不上人家了。

西來順的鷄肉餛飩也算一絕，不過知道的主兒不太多。飩餛的好壞，餡子皮兒各佔一半。鷄肉一定要選活肉做出來的餡子才能滑潤適口，皮兒一定要用擀麵杖擀出來的，切麪舖的切皮不可太薄，可是也不能太厚。徽州的鴨餛飩，雖然味道也不錯，可惜皮兒厚了點，未免減色。所以餛飩的皮兒，一定要用手擀的厚薄適度，包出來的餛飩，才能稱爲上選。勝利之後，馬連良多福巷寓所，是當時達官顯要吃宵夜的最高級處所，其實最著名的點心，也就是鷄肉餛飩跟攢餡兒燙麪餃兒。早先西單牌樓西長安街拐角有個會仙居，大家都管他叫小樓，早上買炒肝攢餡燙麪餃，後來一拓寬馬路，把個會仙居拓沒有了，居然在馬溫如家能吃着攢餡蒸餃，大家都有如睹故人的感覺。所謂攢餡，主要的材料是鷄鴨血，葫蘿蔔絲，老南瓜，乾蝦末等樣，可是蒸出來燙麪餃，楞是別有一番滋味。楮祥每天晚上都到馬連良家料理宵夜，雖然掙錢不多，可是認識了不少顯貴，聽說後來借着這條路線，到了美國洛杉磯開了一個富麗堂皇的教門館，現在已經腰纏百萬在美國做富家翁了。

前門外的教門館，以兩益軒最夠排場，論資格比東西來順都老。早先梨園行的人都住在南城外，不管那一工都是要注意保養嗓子的。大家都認爲吃猪肉最愛生痰，所以不論大教、淸眞教、梨園行的朋友，都喜歡到教門館吃牛羊肉。兩益軒佔了地利的好處，於是就讓梨園行給捧起來了。

兩益軒的烹蝦段是最叫座兒的菜，馬連良在梨園界可算是美食專家，祇要是對蝦季兒，一到兩益軒必定先來個烹蝦段滲酒，跟着再來一個兩個都說不定。兩益軒還有一個菜，是老牌電影明星黑牡丹宣景琳所發現的。宣從上海脫離影界，就去北平養老，有一次跟朋友到兩益軒小酌，跑堂兒給她介紹一個不葷不素的下酒菜，叫燒鴨絲炒蜇皮。燒鴨絲要用帶皮的燒鴨切絲，有點薰烤味，海蜇一定要用蜇皮，愛吃香菜的再上一點香菜一炒，端上桌來眞是色香味俱全，可以說得上是下酒的妙品。不過，這個菜需要恰到好處的火功，蜇皮老嫩都嚼不動，如何才能不瘟不火，那就要看大師傅的手藝了。顧蘭君有一年到北平去玩，宣請蘭君在兩益軒小吃，就來了個燒鴨絲炒蜇皮，顧嚐了之後贊不絕口，後來回到上海，有一天在四馬路大雅樓吃飯，想起這個菜，大雅樓又是個北方館，於是要一個燒鴨絲炒蜇皮，等菜端上來一嚐，燒鴨絲沒帶皮，櫃上還特別討好，海蜇皮改用海蜇頭來炒，火候拿不穩，簡直嚼不動。由此可見隨隨便便一個菜，摸不着竅門。貿然逞能去試，都會砸鍋的。

兩益軒還有一個特點，不管生張熟魏，祇有您同朋友一入座，他必定來兩個敬菜，不是酥鯽魚就是芝蔴醬拌荳末菜，要不就是木樨棗兒，小碟小盤實會又得吃，不是說櫃上送的，就是說伙計們的敬意兒，聽到耳朶裡，讓主人從心眼兒痛快，而且當着朋友也顯得特別有面子。您吃完一算帳還能不多賞幾文小費嗎。現在台灣飯館子可好，有理無情楞給您加上一成服務費，吃不吃最後都給您端一盤西瓜或者是幾塊橙子，生熟不管，酸甜不論，反正是揑住脖子要錢，讓人想起從前北平大小飯館跑堂兒的殷勤週到，怎麼不讓人發生思古之幽情呢。

東北境內清三陵

·王　良·

清朝原為東北土著之滿洲族，即建州衛女眞完顏氏之後裔。久經沈淪之後，正當明朝政治衰微，女眞之後裔滿洲族愛新覺羅氏乘機崛起於長白山下；逐漸擴大其勢力。愛新覺羅氏世居寧古塔（今松江省寧安縣）之西南部鄂多里地方。明英宗時，部長孟特穆移住呼蘭哈達山下之赫圖阿拉（今安東省新賓縣老城），後四傳至努爾哈赤。努爾哈赤雄才大畧，心懷為祖父報仇之志，乃決心討伐明朝，當明神宗萬曆十一年（西一五八三年）起兵，首先征討尼堪外蘭（滿洲部人，居蘇克蘇滸河圖倫城）為父復仇。爾後勢力日大，續破扈倫（國名，為金之後裔所建，在今遼寧、吉林兩省境內）長白山諸部及蒙古科爾沁部聯合軍。其領域以赫圖阿拉為中心，南起遼寧省之東北部，北至松花江、東領沿海州（烏蘇里江東岸地），以及朝鮮北部之地。於是努爾哈赤遂於呼蘭哈達山下赫圖阿拉（即新賓）即大汗位，國號後金，建元天命元年。成為名實相符的滿州之共主矣。於是創設八旗制，並計劃改革曆法、文字，發展女眞族文化。天命三年（明萬曆四十六年，西元一六一八年），向宗主國之明朝宣戰。因明朝無故殺其祖覺昌安父塔克世，故於祭天壇之時以七大恨告天。同年四月攻陷撫順城，翌年三月一日薩爾滸之役，大敗明軍，滿清之基礎愈固。及太宗（皇太極）即大汗位，改元天聰元年（明天啓七年，西一六二七年），同年興起征明之師，一度在寧遠（今興城縣）失敗，更轉西攻臨潢府（興安省林西縣——高麗城子），同年六月又討伐察哈爾的林丹汗。以長城北東地方為其勢力範圍，漸次侵畧朝鮮及河北。山西北方之地。天聰十年（明崇積九年，西一六三六年），太宗接受羣臣之勸進，改大汗稱皇帝，改國號為大清，改元崇德元年。故有「裡崇積，外崇德」之稱。今將滿清入關前之幾代酋長、大汗或皇帝之陵寢，埋葬於東北區城內者，即所謂「清三陵」。分別簡單加以叙述，以供研究東北歷史之專家學者參考。

一、永陵

1位置及沿革

永陵位於興京縣（今安東省新賓縣）城西四十華里，蘇子河（蘇克蘇滸河）右岸。乃清太祖高皇帝（努爾哈赤）以前之四祖即肇祖原皇帝（澤王——孟特穆）、興祖直皇帝（慶王——福滿），景祖翼皇帝（昌王——覺昌安）、顯祖宣皇帝（福王——塔克世）、及各皇后葬祀之地。最初稱為興京陵，天命九年（西一六二四年），景祖、顯祖及二后陵墓一度移至東京城（今遼寧省遼陽縣城）東北五華里之楊魯山（後命名積慶山），故稱東京陵。順治八年（西一六五一年），又將興京陵封為啓運山。十五年，復將景、顯二祖同皇后陵墓，由東京陵移回興京陵合祀。十六年乃尊稱為永陵。欽定盛京通志記載：「永陵，啓運山。在興京城西四十里，初肇祖原皇帝、原皇后。興祖直皇帝、直皇后之陵共一山，稱興京陵。景祖翼皇帝、翼皇后，顯祖宣皇帝、宣皇后之陵共一山，稱東京陵在奉天府城東二百五十里。順治五年十一月，始上列尊號。八年封興京陵爲啓運山；東京陵爲積慶山。均從祀方澤。十三年於陵周圍立界址，界內禁止採樵。十五年奉移東京陵改附興京，罷積慶山祀陵。十六年尊爲永陵。十八年立遷附永陵廟碑。陵前寶頂上，有瑞榆一株，輪囷盤鬱，圖覆城隅。乾隆四十三年御製神樹賦，勒石西配殿。」

通志記載與前述景，顯二祖及皇后，於天命九年曾一度移至東京陵一事，並無矛盾之處。

乾隆皇帝四度東巡，每次均有詠永陵之詩。茲錄第二次（十九年）東巡時詠永陵詩一首。

恭謁永陵

四祖分陵遺址同，鴻禧景祜奠岐豐。
制因漢民修園寢，尊擬周室號古公。
念結拜瞻千里外，派綿繼續萬年中。
日承月啓均予責，惟敬惟勤勵此衷。

2永陵之規制

寶城高一丈三尺，周圍八十六丈餘，前爲啓運殿，殿內大暖閣四座，設有寶座，奉祀靈位。別有小暖閣四座，奉祀靈牌八塊，此外尙有東西配殿、焚帛樓、功德牌亭、各門、各房之附屬建築物等。周圍界址二千二百八十六丈。並植紅椿樹七十四株，距紅椿樹二十丈以外之地，植白椿樹六十四株。距白椿樹十華里以外，植青椿樹三十六株。至道光十八年時青椿樹增到一百株。於青椿樹四面，設置界碑。東至加爾虎溝，西至楊家台，南至哈爾山，北至護山北嶺。建築甚是宏偉，清朝時代曾派永陵守護大臣守護。更於西方約三華里蘇子河岸，通稱「假御殿」一座，是於康熙三十四年（西一六九五年），爲守護永陵之皇族等住宿之用，而建造之宮殿，周圍百間四方形。當日俄戰爭之際，俄國軍隊充當宿舍之用，退却時一火焚之。而今宮殿，片瓦無存，可見俄軍慘酷之一斑矣。

二、福陵

1位置及沿革

福陵位於瀋陽市三十餘華里，故亦稱東陵。爲清太祖高皇帝（努爾哈赤）及孝慈高皇后陵墓所在之地。清順治八年（西一六五一年），將陵山封爲天柱山（原名東牟山）。於渾河之右岸，全山老樹覆蓋，其中紅牆綠瓦，天然風景爲三陵之冠。陵域周圍二十五華里，有石牌樓、石華表、石正門、石獅子、石虎、石駱駝、石馬等，配置其間，於磚道旁尙有康熙皇帝勅撰之聖德碑一座。進入正殿，其後爲二層之隆恩殿，奉安孝慈高皇后之靈位，殿後之築山，即太祖高皇帝永眠之陵寢所在。如登隆恩殿二階遠眺，長白山系之支脈輝山，可以盡收眼底。全山青翠與福陵前門之紅磚綠瓦，相互輝映。如再凝目下望，渾河之流水，可以一洗塵俗之情懷。

2福陵之規制

天柱山周圍二十五華里，康熙二年，太祖高皇帝、孝慈高皇后兩陵宮加以改建，修理完竣，從祀方澤。孝慈高皇后之陵墓，寶城高一丈七尺一寸，周圍五十九丈五尺。寶頂一座，高二丈，周圍長三十三丈。月芽城高一丈六尺五寸，四周長二十三丈四尺七寸，正中有琉璃照壁一座。

方城高一丈五尺七寸，四周長一百十三丈八尺四寸，垛口高五尺，方城上設角樓四座，書「太祖高皇帝之陵」。明樓之下，有洞門二，門外有石五方，供案一，供案高四尺；長一丈八尺六寸。寬五尺，上設香爐、蠟臺、花瓶等。均爲石雕，前有石柱門二。

隆恩殿有三楹門四座，窗八扇。殿內有大暖閣一座，上設黃緞罩，內設寶床帷幔、衾枕、渾概（衣架）等。小暖閣一座，設錦罩，恭奉神牌二尊，上設黃緞罩。閣前有龍鳳寶座二座，福金椅東西各一，供案一、陳設棹四、朝燈六。均蓋以黃罩。另設龍毯六。乾隆四十四年，於龍毯上增蓋黃布單七條。

隆恩殿坐臺高五尺，四周長三十六丈七尺七寸八分，共分三路。中央飾以盤龍，四旁雕石花欄杆，左右配殿各有五楹門十二座。配殿前焚帛石樓一座，隆恩門三楹，樓三層門二。東爲茶膳房，西爲果房、滌器房，各均三楹。其南爲省牲亭、齊班房、各三楹，前爲碑樓。碑座二層，門二。恭立神碑一方。碑前有橋二座，東西有華表四柱，橋邊左右有石獅、虎、駝、馬等各二並列。乾隆四十三年，帝晉謁陵後，命守護大臣，澈底巡視，於附近地方，查出墳塚數處，均給與官費遷葬。並於正門外加添一千五十四架木柵。周圍植紅椿樹二百七十一株，距紅椿樹十丈外，植白椿樹二百六十一株，距白椿樹十華里外，植青椿樹三十六株（工部則例爲四十株）。於青椿樹外，設置界碑四座。周圍二千九百六十丈。東至興隆鋪、西至西毛屯、南至三家村、北至長嶺。於界碑以內，禁止採樵、耕牧、通行及埋葬等。福陵之形勢天然，前有渾河環繞，後有輝山、興隆嶺爲峙。其遠流發源於長白山系，又有俯臨滄海之勝。實王氣所鐘之地。茲錄乾隆皇帝詠福陵詩一首：

恭謁福陵

天殿隆宗萬載亭，福貽奕葉藉威靈。
風雲儼若通神宰，龍虎常如護帝扃。
黍稷一時陳俎豆，瞻衣十載易霜星。
敬觀實錄思開創，每悉艱難淚雨零。

三、昭　陵

1位置及沿革

昭陵位於瀋陽市西北十華里，因此別稱爲北陵。於順治元年，滿清第二代太宗文皇帝（皇太極）及孝端文皇后靈柩合葬於此，故尊稱爲昭陵。同八年封爲隆業山，今稱北陵公園。境內周圍十六華里，外壁九〇〇間，內壁高二丈餘，入口處有類似華表之大牌樓。一入正門，蒼松遮蔽磚道。其旁爲獅子、走獸（白澤）、麒麟、馬、駝、象等石獸並立。其中有兩頭石馬，象徵太宗所乘有功之大白、小白二駿馬。其中所見之牌樓，係康熙皇帝所撰之漢、滿、蒙三種文字的昭陵聖德神功碑之所在。再前進爲三層樓之隆恩門；進門便是隆恩殿，即爲拜殿。殿之背後有明樓一座，內有漢、滿、蒙三種文字所書之「太宗文皇帝之陵」的石碑，寢陵爲半圓形牆壁所包圍，爲太宗皇帝及孝端文皇后合葬之地。萬籟寂靜，石獸默然。碧瓦、黃甍、紅椿燦爛奪目。斗拱及虹梁等雕刻，配合得絕妙美好。石門、石階、石欄以及壁間之彩雕，實令人驚嘆不已。其中牌樓之浮刻，精巧亦極，由此可以追思滿清全盛時期之一斑矣。現在附近一帶，列爲公園用地，是瀋陽市人士，星期、假日之遊樂好去處。

2昭陵之規制

昭陵寶頂高二丈，周圍三十三丈。方城高二丈三尺餘，周圍長七十九丈。規模和福陵相同，周圍界址二千五百六十丈。植紅椿樹一二八株。距紅椿樹東十丈，南北西二十丈以外，植白椿樹九十株。距白椿樹十華里外，植青椿樹三十六株（工部則例爲四十株）。青椿樹周圍設置界碑。東至二台子村、西至小寒羊屯、南至保安寺村，西至台子。

四、三陵所屬管地

安東省境內之永陵，瀋陽市境內之福陵、昭陵，祀典所供奉之果穀，菜蔬等均由祭田所生產，此項祭田爲三陵所直轄，但其面積並不太大。此種官地，可分三陵莊園、窰柴官甸地、三陵餘地等三類。其中三陵莊園，與清初內務府官莊，同爲投荒地。爲三陵之祭品如果穀、菜蔬等生產之地。其他二類，一爲未經開墾，只供採伐燃料之地。一爲查防陵寢爲目的而設之地。

其後依據民國十四年八月（西一九二五年）公佈之（丈放省有三陵內務府各種官地房基章程」之規定，三陵官地明定爲省有（三陵原均於遼寧省境內）。其後更定「管理三陵章程」。俟後乃根據民國十七年（西一九二八年）九月制定之「古蹟古物保存條例」之規定管理之。

五、憶三陵思故鄉

興京（今新賓縣）爲滿清肇建之初，自肇祖原皇帝（澤王——孟特穆）至太祖努爾哈赤，均於此地開爲首府，四週山巒重疊，形勢天然，是永陵（興京陵）所在之地，惜余未曾一遊，實一憾事。瀋陽爲余舊日讀書之地，福陵（東陵）、昭陵（北陵）均留有余之足跡，印象深刻，永難忘懷。但與太宗文皇帝合葬於昭陵之孝端（日文資料均爲季瑞當屬錯誤）文皇后，並非清世祖福臨之生母。福臨之生母，乃爲太宗文皇帝之莊貴妃，博爾濟吉特氏因生福臨而被尊爲孝莊皇后。據孝莊后傳載：「后自大漸之日，命聖祖以太宗奉安久，不可爲我輕動，況心戀汝父子，當於孝陵近地安厝。」另據一般史料所記：太宗文皇帝死後，孝莊文皇后曾改嫁攝政王多爾袞，並正式結婚，故孝莊文皇后死後，不便與文皇帝合葬，於是聖祖玄燁，便托詞稱：「奉孝莊文皇后遺命，昭陵奉安年久，未便合葬，建造兆域，必近孝陵。」因此葬於孝陵南東之地，稱昭西陵。由此可知，今之昭陵（北陵），僅係太宗文皇帝與元配孝端文皇后，而世祖福臨之生母孝莊文皇后並未合葬，其原因可以明矣。

余離開故鄉東北，迄今已三十餘載，赤禍浩刼蔓延大陸，尤其東北地區，更早遭受生靈塗炭，但不知三陵，可曾無恙否？

附東京陵

莊親王舒爾哈齊墓（編者註一），於遼陽州東京城（今遼陽縣）東北五華里處，因此稱東京陵。距中長鐵路遼陽站二華里許之積慶山（原名楊魯山、又名巖盧山，俗名墳山）上。登山遠眺，風景極佳。太子河於脚下奔流，遼陽城於前方俯瞰。此地有莊親王以下數貝勒墳墓六座。莊親王墓左後方爲褚英墓（編者註二），右方爲貝勒雅爾哈齊墓（編者註三）、貝勒巴拉墓。東角爲穆爾哈齊（編者註四）墓及達爾察墓等。牆壁週圍，規模甚大。入陵門處爲碑閣，其碑文爲「莊達行漢晃魯親王碑」。刻有漢、滿兩種文子，立於龜趺之上。石碑兩側，蒼松翠柏，環繞其間。於石碑北方之墳墓，上爲饅頭形，下爲圓台，陵高一丈二尺餘。

編者附註

註一：舒爾哈齊爲清太祖努爾哈赤胞弟，努爾哈赤之父顯祖塔克世共五子，長努爾哈赤，三舒爾哈齊，四雅爾哈齊同母，次穆爾哈齊及最幼者巴雅喇庶出。清室雖在部落時代，嫡庶之分亦甚嚴，庶子地位甚低。故創業時，努爾哈赤與舒爾哈齊爲領袖，明實錄與朝鮮實錄均兩人並稱。以後因意見不合而有芥蒂，舒爾哈齊率本部兵出走，爲努爾哈赤追回，殺其長子阿爾通阿，三子札薩克圖，因舒爾哈齊，不久即死，是自殺抑被殺，不詳。

努爾哈赤事後頗悔此舉，稱帝後立「四大貝勒」，地位僅次於皇帝，大貝勒代善（努爾哈赤第二子），二貝勒阿敏（舒爾哈齊第二子），三貝勒莽古爾泰（努爾哈赤第五子）四貝勒皇太極（努爾哈赤第八子，以後嗣位即清太宗）。努爾哈赤以阿敏爲「二貝勒」當由於內心愧疚，有補過之意。

及皇太極嗣位又誅阿敏，但仍念舒爾哈齊舊勛，封其第六子濟爾哈朗爲鄭親王，皇太極崩；遺詔以睿親王多爾袞（努爾哈赤第十四子）爲攝政王，濟爾哈朗爲輔政王，共輔佑幼主，多爾袞擅權，剝奪濟爾哈朗輔政之權，濟爾哈朗亦不與校，及多爾袞死後，順治帝親政，暴多爾袞罪狀，即由濟爾哈朗主其事。

鄭親王一系世襲罔替，俗稱鐵冒子，與國同休。清代親王世襲罔替者，初入關時八，以後又增三，前後共計十一。鄭親王爲唯一非努爾哈赤嫡系子孫。入民國後，鄭王府售與北平中國大學。

註二，褚英，努爾哈赤長子，因諫努爾哈赤侵明，被囚禁而死。

註三，努爾哈赤第四子。

註四，努爾哈赤第二子，庶出。

三國演義與三國志

岳騫

（八）

另外三處：武昌與嘉魚之間一處也不是，因爲曹兵未到該處。另外兩處一在蒲圻縣西一百二十里，一在嘉魚縣西七十里，水經注，「元和郡縣志」主前者，「方輿紀要」主後者。究竟誰對？可以說都對，因爲當時戰線全長一百多里，兩處赤壁皆在戰場中。但是，如果以曹操屯兵的赤壁作爲眞正的赤壁，應當是蒲圻西一百二十里的赤壁，但後人懷疑此赤壁的，認爲上下烏林距此過百里，當時決定性戰役在烏林，兩地不應距離過遠。近人楊惺吾對此有精闢的解釋說：

「有謂赤壁即烏林者，御覽（一百六十九）引荆州記臨漳山南峯謂之烏林，亦謂之赤壁，此以赤壁在江北，又有謂赤壁在漢川縣西八十里者，李吉甫已駁之。御覽（七百七十一）引英雄記，謂曹操北至江上，欲從赤壁渡江，無船，作竹簰，使部曲乘之，從漢水下出大江浦口。此亦以赤壁在江北，然周瑜傳言，遇曹公於赤壁，初一交戰，公軍敗退，引次江北，則赤壁在江南審矣。且張昭明言，曹得劉表水軍，蒙衝鬥艦以千數，何謂無船，然今嘉魚下有簰洲，當亦因此得名。文選注（三十）引盛宏之荆州記，蒲圻縣沿江百里南岸有赤壁，此元和志以赤壁山在蒲圻縣西一百二十里所本，在江南岸與曹敗引次江北似合。然此山自名蒲磯山，故一統志駁之，惟水經注在百人山南，謂即黃蓋詐魏武處，而其上又云，黃蓋敗魏武於烏林，相去幾二百里，遂疑其自相矛盾。余以爲此不必疑也，蓋操以水陸軍沿江而下，聲言八十萬，據周瑜傳注，實有二十三四萬，以二十三四萬之衆，夫豈一二山林所能容？且水經注言，赤壁之下有大軍山，小軍山，又其下有黃軍浦。水經注亦言是黃蓋屯軍所。夫吳以三萬人拒操，其屯兵已及百里，蓋赤壁爲操前鋒所及，烏林爲操後軍所止，吳軍以蒙衝鬥艦數十艘從南岸引火俱前，同時發火，（觀此則知自赤壁至烏林同時發火）是水經注所據，於當時軍勢至合。其他方志附會之辭，正不必一一辨論也。」（楊說見晦明軒稿）

故在未談赤壁戰役之前，必先說明四點：

第一、長江雖然由西向東流入大海，但並非一直由西向東，在許多地區是由北向南或由南向北，在赤壁處長江，是由西南流向東北。曹軍雖在上游，却在西南，吳軍雖在下游却在東北，隆多之際皆吹西北風，所以吳軍佔了半面順風，才可以縱火燒船，使當日眞吹東南風，吳人要先燒了自己的船，要是「東風眞與周郎便」，却實在會「銅雀春深鎖二喬」了。

第二、赤壁戰役的全面戰場將及二百里，但眞正決定性的一戰並不發生在赤壁，而在烏林。

第三、赤壁之戰的全部時間，打了三個多月，不但在赤壁打，戰事還綿延到安徽合肥（當時尚無安徽）。三國志「魏武記」：「公至赤壁，與備戰不利，於是大役，吏卒多死者乃引軍還。」只是史家筆法，不得不簡，三國演義雖然極盡舖張之能事，但也未說出全部戰役時間。由戰事前後打了三個多月，可見南軍之勝利不易。

現在談戰役經過，前邊說過曹操此戰主要之失在地利，如果曹操接受賈詡建議，屯兵江陵不動，以待東吳內部有變，如果東吳一定不降，春暖之時再用兵，東吳便很難招架，此是上策。如果在初次與周瑜交戰不利，引兵退回江陵，徐圖大舉，還不失爲中策，株守赤壁、烏林，與東吳對峙，便是下策了。

曹操大軍由江陵順流而下，在建安十三年（二〇八）十一月間，一路無阻，佔領巴丘，巴丘是現在湖南省岳陽，目前是粵漢鐵路大站，湘鄂之間重鎭，但在當時却是一個荒涼小地方。劉備部隊屯駐江北，以夏口（今漢口附近）爲中心，周瑜部隊大本營在柴桑（今九江附近），劉備聽說曹兵已到巴丘，因隔了長江，無力援救，就催周瑜出兵，周瑜帶了孫權給他的三萬兵，連同本部兵一萬多人，全部兵力大致總在四五萬之間，疾趨而上，雙方就在江夏（今武昌，按三國時另有武昌，在黃岡對岸，一名鄂城）之上，巴丘之下的赤壁碰上了。還要說明的，赤壁是總稱，當時曹操大軍由其堂弟征南將軍曹仁担任前敵總指揮，進抵簰洲，東吳方面前敵大將是黃蓋，抵達黃軍浦，兩軍就在當地發生了遭遇戰，在曹軍一方，希望一戰而勝，即使不能全殲東吳軍，也要把東吳軍打回江夏。因爲當劉表在時，東吳轄境只到江夏，此時周瑜越江夏而西，等於侵入了曹操剛佔領的荆州地界，曹操非要把東吳兵趕回江夏不可，所以曹軍抱了必勝信念。但東吳也敗不得，因爲此仗若敗，江夏未必便能守得住，若任曹軍越過江夏，佔了謀家磯，眞眞變成順流東下，東吳將不能繼續打下去，所以東吳將士也認定這一仗敗不得，拚死抗拒。

另一方面劉備也自夏口來援，側面攻擊陸上的曹仁部隊，這一場水陸大戰，曹方曹操可能仍在赤壁，未親身參戰；吳方孫權不在，其餘要角可說全出場了，這一戰足足打了一天，到了黃昏各自收兵，檢點下來，曹方損失較重，曹方所受打擊尙不在人員，而在士氣，在未開戰之前，曹方官兵沒有人會懷疑這一仗會打不勝的，及至一仗打下來，發現吳人並不如想像的弱，而水軍操舟之靈活，已非荆州水軍可及，北兵更不必談了。至此，曹軍對吳人已有怯意。

曹操在赤壁得到黃軍浦方面戰訊，也頗出意外，此時曹操有三條路可走，一是盡起大軍與周瑜決一死戰；二是退回江陵，休息整補後再來；三是就地安營，伺機再戰。

這三條路以第三條最要不得，曹操偏偏選中第三條，何以會如此，因爲曹操在官渡戰袁紹，也是當退不退，死纏爛打，終於獲勝。曹操想將那一次勝利的經驗，仍用於這一次，所以選擇了就地安營，繼續作戰的戰畧。觀察歷史人物的成敗，有一個很有意義的事例，不論何等英雄，皆會爲自身成功的歷史所誤，最後失敗的經過與當初成功的事實，往往如出一轍。

曹操決定不退兵，就地紮營與孫劉聯軍相峙，長江至此不是由東而西而是由東北而西南，曹軍本來紮營在長江東岸，但由於東北風猛吹，江東沒有隱蔽，乃移至長江西岸，幸而有此一移，否則曹操那一次眞可能片甲不回。套句三國演義的話：「也是曹操命不該絕」。

曹操大本營在赤壁，移至江西後，駐上烏林，曹仁統大軍駐下烏林，與黃軍浦的東吳前鋒大將黃蓋對峙。曹軍移西岸後，藉當地樹木避風，士卒生活已有改善，乃作長久之計，但江中水軍由於西北風猛吹，顛簸不定，本來水軍皆是荊州人，習水性，應不會暈船。可能曹操不放心把水師全交由荊州水軍，另派了一批中原部隊上船，這批中原部隊，也許就是曹操在鄴城鑿玄武池所練的水兵，但玄武池所練出的兵，只可游水，不能練大船上的操作，所以中原水師上了船，受到西北風猛吹，江中大船顛簸不定，感到不能適應。大概就因此，引起了「連環計」的傳說。

三國演義龐統獻連環計，也是一篇精采之作，「連環計」之事雖無，但連環船的事可能有之，否則下烏林一帶也不會被一把火燒得這麼精光。至於連環船之事，史書無載，只有「英雄記」說「曹操北至江上欲從赤壁渡江，無船，作竹簰，使部曲乘之，從漢水下出大江浦口。」（太平御覽七百七十一卷引）。就在黃軍浦對面，至今尚有簰州，傳說即曹軍製竹簰處。

此事相當値得研究，在山區行過船的人，都見過竹簰或木簰，簰並不是船，只是山區向平地運貨的用具，只能用於淺灘，不必說行軍作戰，就是運輸也不能用之於長江，若把簰開進長江，一定會被風浪打沉江底。而且曹操得了荊州水軍，怎會沒有船，因此，筆者懷疑史籍所記之簰，大概就是以岸上之竹把江中之船釘在一起，所以黃蓋才向周瑜獻計說：「操軍船艦首尾相接，可燒而走也。」

曹操移營西岸之後，依高阜結寨，岸上江中連成一片，作持久之計，準備到春暖花開，再同東吳決戰，此一戰畧雖不算太高明，但在當日來說，也頗足制東吳死命，東吳將帥都感焦急，黃蓋就向周瑜說「今寇衆我寡，難與持久」。周瑜、程普及劉備一方面的文武，也有同樣感覺。但曹操水陸連營，異常穩固，要想以兵力突破，確非易事。於是就引出了黃蓋獻詐降計的事。

黃蓋其人，三國志有傳，簡畧言之，其人有幾項特色。第一、黃蓋是孫堅舊部，曾隨孫堅討過董卓，是老一代的將領，三國演義稱黃蓋爲老將，是不錯的。第二、三國志雖然未說明黃年齡，但估計當長於周瑜十五歲至二十歲，因此，黃蓋詐降，曹操判斷可能是黃蓋輕周瑜年少，不服調度，所以相信。第三、黃蓋不特長於武功，也特長於文事，凡是難治之區，孫權皆以黃蓋爲守長，前後守過九縣，皆能綏懷士民，平抑亂事。

黃蓋獻詐降書：「周瑜傳」引「江表傳」載蓋書曰：「『蓋受孫氏厚恩，常爲將帥，見遇不薄。然顧天下事有大勢，用江東六郡山越之人，以當中國百萬之衆，衆寡不敵，海內所共見也。東方將吏，無有愚智，皆知其不可，惟周瑜、魯肅偏懷淺戇，意未解耳。今日歸命，是其實計。瑜所督領，自易摧破。交鋒之日，蓋爲前部，當因事變化，效命在近。』曹公特見行人，密問之，口敕曰：『但恐汝詐耳。蓋若信實，當授爵賞，超於前後也。』」

曹操平生多疑，何以會輕信黃蓋呢？說來還是誤於其成功的往事，曹操一生幾次當大敵，討呂布、討袁紹、討劉表，都由於對方內部有變，而獲得成功，唯一打不爛、拆不散的就是劉備集團。同時曹操也知道江東方面文官多願降，不願降者只是周瑜、魯肅一羣少年新銳，因此，曹操對黃蓋之降，乃不復懷疑。

至於火燒戰船的經過：「周瑜傳」注引「江表傳」曰：至戰日，蓋先取輕利艦十舫，載燥荻枯柴積其中，灌以魚膏，赤幔覆之，建旌旗龍幡於艦上。時東南風急，因以十艦最著前，中江舉帆，蓋舉火白諸校，使衆兵齊聲大叫曰：「降焉」！操軍人皆出營立觀。去北軍二里餘，同時發火，火烈風猛，往船如箭，飛埃絕爛，燒盡北船，延及岸邊營寨。瑜等率輕銳尋繼其後，雷鼓大進，北軍大亂，曹公退走。」

但另據御覽引英雄記：「周瑜夜密使輕船走舸百艘，艘有五十人施棹，人持炬火，持火者數千人，卒於簰，乃放火，然即回船遠去，須臾燒數千簰，火起，光上照天，操乃夜走。」

兩者叙述稍有異同，但亦相去不遠，總之，火燒戰船這件事，大體不是假的。

與黃蓋對峙的是下烏林的曹仁，曹操則在上烏林，所以曹仁首當其衝，江中火起引到岸上，不論樹木或竹，冬天都易燃火，一旦火起，岸上部隊也不戰自亂，而此時周瑜自江邊殺來，劉備又親率大軍自後攻至，曹仁失去抵抗能力，只有突圍向上烏林逃走。

曹操此時在上烏林已得到敗報，正不知道怎樣應付，曹仁率下烏林的殘兵敗將跑來，說明在江中所遭遇情況，曹操知道不能再戰，立時下令退走。

當時曹操本在岸上，但曹操開始未從陸路走，仍然上了船向上游逃，曹操所以捨陸取水，當是由於上烏林一帶地形太險，又沒有道路，大軍不能通過，而且担心劉備在山區設伏，曹軍一旦闖入，必至全軍覆沒。因此，曹操決定由水路退走，到了鹽利才捨舟登陸，經華容道奔江陵。

曹操這一措施，相當高明，雖然還是經過相當困難，但終於安全逃出，若不是周瑜、劉備緊跟不捨，窮追猛打，曹操水師還可以保留一半。結果自然是全殲了。經此一戰，中原地區無力再對江南用兵，直到七十年後，晉武帝篡魏已十年，蜀漢滅亡了十二年，晉始造成水師，始有「王濬樓船下益州，金陵王氣黯然收」之事出現於中國歷史。

兩首引出問題的詩詞

歷代咏赤壁之戰的詩詞，可編一專書，但眞正引出問題的只有兩篇，一是蘇軾念奴嬌：赤壁懷古，一是杜牧赤壁懷古七絕。

茲先說前者：蘇東坡「念奴嬌」：赤壁懷古。

大江東去，浪淘盡千古風流人物，故壘西邊，人道是三國周郎赤壁，亂石穿空，驚濤拍岸，捲起千堆雪，江山如畫，一時多少豪傑。

遙想公瑾當年，小喬初嫁了，雄姿英發，羽扇綸巾，談笑間檣櫓，灰飛烟滅，故國神遊，多情應笑我，早生華髮，人生如夢，一尊還酹江月。

這首詞是咏赤壁的絕唱，後人無論有多少作品，皆無出其右，但其中「羽扇綸巾」一句，究竟指的何人，八百年來，一直引起爭論。去年在台北開了一留美學者會議，一位劉大中博士粉墨登場唱了一齣「黃鶴樓」，於是舊事重提，「綸巾羽扇」是指周瑜抑指諸葛武侯，聚訟紛紜，也未作出定論。

筆者讀書自不能與這些專家學者相比，但對此問題自信有一得之愚，願提出與當代學者商榷。

東坡此詞之「羽扇綸巾」完全與武侯無涉，證據有二：一、羽扇綸巾，非武侯一人所專有。二、赤壁之戰時，武侯不在周瑜軍中，坡公學究天人，不會不曉得這兩點，而把綸巾羽扇作爲武侯之特殊標幟。

既然綸巾羽扇不指武侯，應該是指的周瑜了，也不盡然，因爲周瑜當時也不可能着綸巾持羽扇指揮隊伍，所以綸巾羽扇在此處仍是虛詞。

這四個字不能單讀，應當是這麽讀：遙想公瑾當年（一段），小喬初嫁了，雄姿英發（一段），羽扇綸巾，談笑間，檣櫓灰飛烟滅（一段）。「遙想公瑾當年」引起下文，想什樣呢？想公瑾的「雄姿英發」的丰度，想公瑾「談笑間，檣櫓灰飛烟滅」的事功。但爲了加重這兩點，所以特加了兩句形容詞，以「小喬初嫁了」，形容公瑾之「雄姿英發」，一個少年將軍形相，躍然紙上，其實東坡也不會不知道公瑾同小喬結合在建安三年，到此時已經整整十年，再有二年，公瑾即病逝巴丘，小喬與其姊同命，也成了寡鵠離鸞，只是寫詩詞不同寫史論，但求文字感人，不必合乎歷史。同樣情形，下面「綸巾羽扇」爲了形容「談笑間，檣櫓灰飛烟滅」，實則也並無其事。赤壁之戰在建安十三年十一月至建安十四年正月，是一年中天氣最寒冷時期，周瑜手中怎可持一把羽扇，綸巾也非大將臨陣時所用。以後武侯臨陣可能持羽扇戴綸巾，但武侯北伐是以丞相身份出師，仍穿文官便服是可以的，周瑜是大將軍，兩軍對陣之際，不可能着綸巾、持羽扇的。坡公這首詞以「虛」的「小喬初嫁了」，「羽扇綸巾」，形容「實」的「雄姿英發」、「談笑間，檣櫓灰飛烟滅。」上一段形容公瑾少年英雄，下一段敘述公瑾指揮若定。以虛帶實，極盡跌宕之能事，此是最不可及處，如果專拿着「羽扇綸巾」一句話作文章，就不能與全篇相呼應了。

其次再說杜牧之赤壁懷古。

折戟沉沙鐵未銷，自將磨洗認前朝，東風不與周郎便，銅雀春深鎖二喬。

這首詩要分開兩方面來說。第一、牧之根本未到過赤壁，他的赤壁懷古，是坐在書齋中作的，何以見得？如果牧之眞到了「三國周郎赤壁」，看見大江是由西南流向東北，也就不會說「東風不與周郎便」了，應該改爲「東風若與曹公便，銅雀春深鎖二喬」了。

也許有人會說，杜牧可能所到的也是以後東坡到的黃州赤壁，東坡能在黃州赤壁大寫「赤壁賦」、「念奴嬌」，牧之又何嘗不可在當地寫一首七絕。

這一問題不能這麽解釋，因爲東坡明知黃州赤壁非「周郎赤壁」，所以赤壁賦說：「此非曹孟德之破於周郎者乎」，「念奴嬌」則說：「人道是三國周郎赤壁」、「此非」、「人道是」皆非肯定語，明告世人是將錯就錯。牧之不同，牧之開首便說「折戟沉沙鐵未銷，自將磨洗認前朝」。如果是到的黃州赤壁，那來的「折戟沉沙」。但如果是眞到的「周郎赤壁」，又怎會寫出「東風不與周郎便」，所以無論怎樣解釋，牧之未曾眞到過赤壁，這位晚唐浪漫詩人，是在書齋中瞎想的赤壁懷古，但這首詩的影響太大了。尤其後兩句不但成了典故，而且也成爲歷史上一大公案。

仔細咀嚼牧之詩「東風不與周郎便，銅雀春深鎖二喬」之語，是說如果沒有東風，東吳必敗亡，到時江東二位美人大喬、小喬便要置之銅雀台上了。牧之之意只是根據三國時情況而言，曹操破袁紹，曹丕掠紹妻爲婦，就是後來成爲歷史上問題人物的甄后，曹操破呂布，得秦宜祿妻，並重用宜祿之子秦朗，並且逢人誇耀，則破了江東，取大喬、小喬，置於銅雀台上（按：赤壁戰後二年始有銅雀台，此亦牧之疏忽處），又有何不可。

但後人根據此詩，硬說曹操發誓要取橋公二女大喬小喬，即使不敢說曹操下江東爲大喬、小喬，但也說成曹操有心取了大喬、小喬，非一日之事，似乎赤壁之戰，未嘗與二喬無關。以後有人咏赤壁詩，多扯到二喬頭上，言二喬的一定要與銅雀台連在一起。

到了三國演義更「發揚光大」，武侯下江東與周瑜見面，商量迎曹拒曹事，武侯即說曹操下江東爲二喬而來，周瑜問有何證據，武侯乃背誦銅雀台賦，加四句，改二句，便成爲鐵證。周瑜至此忍無可忍，拍案而起，此一段文字是三國演義最精采處，與三顧茅廬媲美，讀後使人忍唆不禁，回味無窮。經此一渲染，於是江東二喬與曹操，銅雀台便扯到一起，變成千古佳話了。

實則此是一個百分之百的謊言，完全沒有這回事。茲分段說明。

曹操有沒有說過要取橋公二女，已是一項疑案，就算曹操眞在開玩笑時說過此言，則此橋公二女決不是江東二喬。

先從年齡來說，橋玄死在漢靈帝光和六年（一八三），這一年孫策、周瑜都是九歲，江東二喬年齡有多大，不得而知，但孫策、周瑜與二喬結婚時是二十四歲，假定結婚之年大喬二十歲，小喬十八歲，則橋玄死時，大喬五歲，小喬三歲。雖然不能斷定橋玄七十歲不能生子女，但可能性畢竟不大，何況生了一個又一個。

橋玄是中原地區人，曹操祭橋玄墓在開封附近，橋玄怎會跑到江東去，轉一個彎又回來死在故鄉。「寰宇記」記橋公爲舒州懷寧人，橋玄是梁國睢陽人，更不是一個人。（未完待續）

南天書業公司
South Sky Book Co.

107-115 HENNESSY RD., HONG KONG
TEL- 5-277397 5-275932

南天書業公司門市部

圖書最多：卅餘萬種三百萬冊號稱書城
價錢最平：定價公道大量購買另有優待
場地最大：六千方呎設備新穎分類清晰
設郵購部：方便外地讀者購書迅捷周到
附設畫廊：經常展出名作如林代辦展覽
◁買書不必東跑西跑慳錢慳力南天最宜▷

◁暢銷書藉目錄▷

分類	書名	作者者	精裝 HK$	平裝 HK$
文	中國文學史	易君左		20
	國學概論（中日文對照）	章太炎		20
	戴震原善研究（中英對照）	成中英	25	15
	哲學論文集（中英對照）	陳榮捷	50	35
史	中國近代思想研究	溫心園		6
	唐詩選譯（中英對照）	唐子長	50	
	老子重編（中英對照）	唐子長	40	
	孫子重編（中英對照）	唐子長	40	
哲	宋詞評釋（中日文本）	波多野太郎	144	
	金瓶梅詞話1—5冊	明萬曆秘本	880	
	聊齋誌異（原稿手寫本）	蒲松齡	60	
教	雙梅景闇叢書（宮庭秘本）	葉德輝藏	60	
	太平天國與中國文化	簡又文		5
	香港改府公認美國大學	陳炳權		15
	美國大學教育	陳炳權		5
育	大學教育五十年上下	陳炳權		60
	通才教育	陳炳權		8
	南華小住山房文集第一輯	謝扶雅		35
	南華小住山房文集第二輯	謝扶雅		35
傳	南華小住山房文集第三輯	謝扶雅		35
	南華小住山房文集第四輯	謝扶雅		35
	南華小住山房文集第五輯	謝扶雅		35
	南華小住山房文集第六輯	謝扶雅		35
記	南華小住山房文集第1—6輯精裝成匣	謝扶雅	250	
	愛眉小札（原稿手寫本）	徐志摩		10
	中國電影史話上下	公孫魯		10
文	中國歷史課題解答	沈　剛		6
	世界醫藥發展史	徐學雲	30	
	黎元洪如夫人危文繡本事	陳澄之	10	6
	我怎樣寫杜甫	洪　業		6
集	秦璽考（附彩色璽圖）	曹樹銘		20
	黃紹竑五十回憶	黃紹竑	30	
	梅蘭芳舞台生活四十年1—3	梅蘭芳	80	70
	梅蘭芳全集文事藝工大全	梅蘭芳	200	180
	匋廬瑣憶（政海實錄報導）	李孤帆	50	40
	現代中國戲曲影藝集成（特大巨型重22磅全部圖片名家說明）	曹聚仁、李吉如	220	
	金瓶梅與王世貞著作時代社會背景	吳　晗	10	7
	上海通（研究資料）第一輯		50	
	上海通（研究資料）第二輯		50	
	上海春秋（掌故資料）		90	
	徐福（人物資料）	林建同		3

分類	書名	著作者	精裝 HK$	平裝 HK$
文	中日手冊A Librarian' Hand Book For Use In Chinese Japanese Collections		75	
字	Enementray Chinese For American Lidrarians			10
語	中日姓氏彙編	陳澄之	60	
	漢英翻譯文範	溫心園		5
	大衆國語初級篇	劉秋生		7
言	大衆國語中級篇	劉秋生		7
	大衆國語綜合篇	劉秋生		7
	金文篇正續合篇	容　庚	150	
	香港學校指南(中英對照)	東　亞		15
名	枷　鎖	叟　聞		4
	新紅樓夢上下冊	散髮生	20	15
	新水滸傳上中下三冊	散髮生	28	20
	雪鄉中文	川端康成		7
	雪鄉中英文本	川端康成		5
家	千羽鶴英文本	川端康成		7
	千羽鶴中文本	川端康成		5
	時間的去處	徐　訏		6
	門邊文學	徐　訏		7
	場邊文學	徐　訏		5
小	街邊文學	徐　訏		6
	潮來的時候（中英對照）	徐　訏		9
	鳥語（中英對照）	徐　訏		9
	離魂（中英對照）	徐　訏		9
	劫餘集	徐渠成		6
說	無奇不有集	秦小雲		6
	近代名人性生活記趣	陶亢牟		6
	教父（中譯本）	南天版		15
書	中華國寶上下輯文物畫輯	丁星五	300	
	錦繡中華（中國風景文物）		250	
	張大千畫集	張大千	100	
畫	故宮文物選萃共四輯20冊	故宮藏品精印	每本100	
	蘇加諾藏畫雕刻藝術集1—5冊	蘇加諾總統	4,500	
文	故宮名畫1—10冊	故宮藏品精印	每本150	
	中國歷代名畫選集		200	
物	故宮博物院緙絲刺繡		4,500	
	郎世寧畫集上下冊		300	
	于右任草書	于右任		20
	段四愓遺墨	段四愓		50
	撝叔（趙之謙）遺墨	趙之謙		50
	唐宋蘭亭帖七種	蕭文梅		40
	蘭亭敘正草千字文	史正中		60

在中大財源枯竭‧高談節約聲中——

看中大圖書館

‧流蘇‧

一天下午，我到新界公幹，歸途時，巴士駛過馬料水的大學城，遙見中文大學校園內校舍湊輻，車輛來往不絕。想不到這幾年中，中大的發展，遠出當年在這個地方做學生時所預料的，於是，乃興起一遊母校之念頭。同屆畢業的同學至今在裡面服務的還有多人，可以作爲臨時嚮導。

下車後，步行約二分鐘，便到中大校門，我說校門，其實是四支石柱和一塊石牌，每柱高約二丈，後來打聽所得，光是這校門，建築費竟達四十萬港元，是由一隱名人士捐出來的。

校園裡有樹木花草，不在話下，樹木是由他處移植來的，如果要每株都由幼苗培養起來，沒二十年不見樹蔭；樹木已然如此，樹人更是困難。因此，在教育事業上的矜誇自大，都是淺薄狂妄的。

校園入口處設有路障、警崗，檢視進入車輛的身份。聽說全部校警數目，比沙田區用來維持治安的正規警察還要多，由此足可見中大規模之一斑。我步行入內，自然通行無阻，首先到達一所方形的圖書館大厦。這幢建築物的建築費達六百萬，一半是由已故商人唐某所捐的。進館後所得的第一個印象是器宇深沉，人聲寂寂，只聽一片抽氣機系統開動的嗡嗡細响。近門正中處，是一片半月形的櫃枱，憑它分隔開左出右進，秩序井然。

我用櫃枱電話輾轉聯絡上在館內工作的某君，請他作嚮導。他遲疑了一會，終於應允。我等了一刻，便見他從上面跑下來，一片匆遽的樣子——後來我才曉得，我那請求給他帶來很多不便。

圖書館第一層是雜誌室，雜誌種類多得令人眼花撩亂，泰半是洋文的，中文雜誌則以港、台出版物爲主。排列法是按刋物名稱第一個英文字母作序。我對中文雜誌比較熟悉，發覺其中所收的，水準低的有很多。我正要查看其中有沒有武俠雜誌之類，同學某君已急不及待似的把我牽引到電梯去，憑電梯可以通上二、三、四各樓。

二樓陳列參考書及中大自己的出版物，如學報等。三樓貯存英文，及其他外文書和善本書，四樓是收存東方語文書籍。每層樓所予人的印象都是寬敞深沉，只是到館閱書的人不多，零零落落的，職員也是少見，書架空洞的比貯書的還要多。而最令人不舒服的，就是那抽氣系統的嗡嗡聲响，像要寸寸閹割人的神經。我把所得的印象告訴某君，還想打聽他在館中工作的情況，他却連連苦笑，欲言又止，且不時看他的手錶，一片不耐煩之色。我想可能是他有不方便之處，只好識趣告辭。

離開那圖書館大厦後，順着山路到兩間學院圖書館，作跑馬看花的遊覽了一回，然後在往火車站途中，來到母校的圖書館探訪好友，一直跟他們盤桓到下班時分。

不知是否因為情感所歸屬之故，我對學院的圖書館才有親切感。它面積雖然遠比中大圖書館小，但有溫暖、熱鬧氣氛，校友置身其中，頗有「如歸」之感。在與友好晤談之中，打聽了一些有關中大圖書館的近況，現在把它整理，寫在下面，以供關心的人士和校友參考。

中大圖書館現在由一位四十多歲有本港博士銜的女士任館長。莫小覷她一個女流，她到任後察察為明，手下的七八位男性助理館長給治得貼貼服服，在工作時間中一點不敢放恣，連藉大小便而開小差的事情，都有人呈報上頭知道。甚至每天上午一頓茶叙小息，每人也只敢舒展十五分鐘。助理館長以下，共有將近一百位職員，聽說目前尚有兩三個助理館長職位空缺，一直找不到願意「屈就」的人士填補。說也奇怪，那些不安於位的助理館長竟然多是女的。她們有些是居住在大學城裡的教職員的實眷，寧願不辭跋涉跑到市區當班，也不願意在近在咫尺的圖書館做助理館長。

衡量一家圖書館的功能，可以從三方面入手，第一是計算館中的藏書數量，第二是看全年借出圖書的數量，第三是它提供讀者的各項服務的情形。

現在先說第一方面。到一九七四年六月止，崇基的牟路思怡圖書館中西圖書共十二萬三千多冊，新亞圖書館有藏書十二萬五千冊，聯合的胡忠圖書館藏書約十萬冊。三館的圖書合計約共三十五萬冊。以上是三校各經十多二十年來陸續購置及保存的成績。至於中大圖書館又怎樣呢？它成立到現在不過十年，中西藏書已有十四萬五千冊，增長率自然比三院校遠勝。經費充裕固然是主要原因之一。不過，另一因素是：三院校被規定要向中大圖書館「獻捐」部分藏書。原來他們的「圖書館系統」有這樣的規矩：中大每一學系系會裡自成立一圖書館小組，有權指令三院校圖書館將所謂屬於研究性質的藏書移去中大圖書館貯存。就以一九七三年度說，雜誌三千八百冊先後由三校圖書館移入中大書庫；一九七四年度亦有雜誌三百二十冊移交。對於這個捐書數量，女館長一直未感滿意！

至此，讀吾文者一定以為，中大圖書館所藏的書籍一定是「高級讀物」的了。事實上則不然！就我那天遊覽所見，東方語文書庫中居然有「汪政權艷史」，「歡場兒女」，「閒花集」……等不甚高級，無甚「研究價值」的圖書。按理，以上的次等閒書不應該在以高級研究作標榜的偉大圖書館中出現吧。

談到全年的圖書借出情況比較，也是很有趣味的。未看比較前，讀者宜先了解院校圖書館的員工數目。中大圖書館的職員情況，上面已說明。三院校圖書館，自館長以降，由編目數到坐櫃台的，都不超過十三人。三院校圖書館職員的總和僅為中大圖書館的三分之一，至於薪級等第，不說也罷了。

一九七四年度內，崇基圖書館共借出書籍九萬四千冊，聯合六萬八千冊，新亞借出書籍五萬冊。至於那龐然大物，人財豐贍的中大圖書館，地處校園中心，交通便利，所借出的書籍只為三萬六千冊。

中大館以往有一規定，凡學生在三年級及以上者，始有借書資格。此一嚴規，大概他們當事人後來也覺得太過份，近年始於廢止。不過，該館之重視階級的觀念，依然根深蒂固，在中大圖書館借書的教職員，規定為行政助理及相等於副講師級以上者；一般文員和技術員如要借書，須先經所屬單位具文推荐，始可向大學館的館長申請借書證而借期只有二週，不是如教職員的一學期。

圖書館提供的服務，自然不只借出書，代讀者影印文件那麼簡單。其他如：提供參考諮詢工作，舉辦學術講演，編製館藏分類書目，出版與書目有關的刊物等，都是一家有規模的圖書館所應戮力以赴的工作目標，以上的種種事體，如以之責望於經費極受限制，人手不足的院校圖書館，似乎是太苛求。三院校目前每年所獲得的圖書經費係按每名學生一百元計算，姑以三校各年級學生總數均爲一千名，每校的圖書費不過十萬元，其中除去報章，雜誌訂費，釘裝費，什用等支出，實得僅六萬元之譜。每校平均約有十七、八學系，如用平均數計算，每系所獲分配的購書費不外戔戔的三千餘元，至於中大館又如何？據知七四年度整個中文大學全年雜誌、書籍開支約爲一百萬，若除去三院校圖書費則大學圖書館全年購書費用有七十萬，超過三院費用總和的二倍！

以此豐贍的經費及衆多的人手，自然具有充足的條件展開圖書館份內的各項工作。可是，根據女館長近二年的年報透露，偌大的人力除了用於搞些編目工夫外，別無遠圖。

根據大學及理工教育資助委員會的年報，我們可以算出，三年來中大四間圖書館與香港大學圖書館，其職員薪金佔全部圖書館經費的開支百分比如下：

年度	中大	港大
一九七〇——七一	六〇	六〇
一九七一——七二	六七	五八
一九七二——七三	六八	五七

港大與中大圖書館在職員薪金開支方面，其下降與上升的趨勢，恰成一極端，就七二年度說，中大四館每開銷一元買書，即需同時開銷二元以上的管理費。或曰，聯邦大學的支銷不應與中央制大學相比。不過，正如前文所指出，中大四館中，三院校圖書館全部經費的總和仍未及中大館的一半。況且，聽說三院校圖書館的職員編制早已全部確定，而女館長的年報中又告訴我們，中大館中的幾個助理館長空缺尚待塡補。如以花事作譬，彼則開到荼蘼，此則正含苞待放。以此，三院校的圖書館與中大的圖書館在未來年月中的消長機運，不待龜著而可預知也。

筆者參考一九七二年度雪梨大學圖書館年報，該館全部職員薪金開支佔圖書館總經費爲百分之五六・四，此所謂異地同儕者。雪梨大學該年度正式學生數目幾達一萬二千名，選科生（PART TIME STUDENT）亦有六千餘名，就此而言，圖書館的社會功能，中大瞠乎遠矣。

秦腔

西皮的始祖

·楊璉·

「秦腔」是被認為乃廣義的「梆子腔」—西皮—始祖的一種戲劇。原始的「秦腔」由甘肅省傳至陝西省遂成為「陝西梆子」，而為其正宗。流行陝、甘二省，影響及於寧夏、青海、新疆三省的部份地區，湖北省的西北部，河南省之西部，四川省之北部。充滿了燕、趙慷慨悲歌的色彩，如是，就有人附會它可能發源於戰國時代，秦人因仰慕荆軻、高漸離之壯烈而形成的。不過，那時，我國的藝壇上還沒有具備形成戲劇的主、客觀條件；所以，這一附會的立論是站不住的。如果加以合理推斷的話，那就是它原係流行於陝、甘一帶土生的民間歌、謠，由於地處通往西北的孔道，必會受到外來音樂的影響，從而就逐漸發展茁壯起來了！

在戲劇的特質上，它具有兩大特徵：

一、唱腔方面　音調高亢激越，可以充分表現出悲壯、酸楚的情致；同時，節奏極為爽朗鮮明，旋律活潑而富於變化。成為我國大部份戲劇腔調裡兩大支流——西皮、二簧中，西皮的豐富遺產。而且戲詞也極「口語化」。

二、做工方面，在傳統上，伶人們的動作，既能誇張又很細膩。表演更極為「人性化」，與社會的實際生活接近。

甲、「秦腔」源流研考

一、秦腔　依清嚴長明氏之「秦雲擷英小譜」謂：「……院本之後，演為曼綽（？）（或謂即以管樂伴奏之戲腔；後又經推廣而稱「蒜酪」），為絃索。……陝西人歌之為秦腔。秦腔自唐、元、明以來，音皆如此。後復間以絃索。……」（按嚴氏之說法雖如此，但也只能認定其僅具聲腔，尚未形成完整的戲劇而已。）又因其發源於秦故地關中之甘肅、陝西，故名「秦腔」。

二、琴腔、甘肅調、西秦腔、亂彈　據王芷章氏之「腔調考源」云：「所用以托者腔為胡琴、月琴，故名。從樂器名也。」依清乾隆時太初(長元)氏之「燕蘭小譜」云：「友人言，蜀伶新出琴腔，即甘肅調，名西秦腔。其器不用笙、笛，而以胡琴為主，月琴副之，工尺伊啞如話。旦色(即演旦的角色)之無歌喉者，每借以藏拙。」又謂：「秦腔傳入北京，始於蜀伶魏長生。」（按魏伶俗呼魏三、字婉卿，四川金堂人，乃秦腔班之名花旦，可能為首先創用「踩蹻」（木製假足）的人，至少也是光大此種技藝者。乾隆三十九年——甲午、一七七四——夏入北京，因演「滾樓」等「粉戲」而名震九城；後以「有傷風化」為由，於乾隆四十七年被驅逐出京。魏氏取道江、浙、皖、鄂，沿途演出，以散播秦腔種籽，且又自然地吸收了若干地方戲劇的精華，從而發揚光大了秦腔，更擴充了「川梆子」的傳統、資產及其影響力。）又在同書「吳大保」條，更有「……本習崑曲，與蜀伶彭萬官同寓，因兼學『亂彈』。」劉獻廷氏之「廣陽雜記」謂：「秦優新聲，有名『亂彈』者，其聲甚哀而散。

三、梆子腔　依清乾隆李調元氏之「

雨村劇話」謂：「秦腔始於陝西，以梆（子）爲板，月琴應之，亦有緊慢。俗稱『梆子腔』；蜀謂之亂彈。」

四、西皮　清道光張際亮（亨甫）氏之「金臺殘淚記」云「……南方謂甘肅腔曰西皮調。」又謝章珽氏之「賭棋山山莊詞話：「甘調即秦腔，又名西秦腔，胡琴爲主，月琴副之，工尺伊啞如語，今所謂西皮調。」又依王芷章氏之「腔調考源」謂：「……隴山橫亙陝、甘界上，由秦中而言，則甘肅固在關、隴之西坡。疑流俗必有『西坡調』之稱謂者，其後遂訛爲『西皮』。」也有人說：「西皮乃來自『西』方，用『皮』所蒙的樂器如胡琴等所伴奏的戲劇腔調。」（按：在皮、簧合流後，此一說法即不周延了。）又據筆者所知，漢劇伶官稱全戲爲脚本；個人的唱詞、介口叫作「單皮」，後或有改稱「單片」者。

五、近人齊如山氏在其著作「國劇漫談」中也說，秦腔大約始於元代，最晚也是明初。

乙、陝西省戲劇的四大流派

一、同州梆子　傳在明代即已形成了戲劇。流行於大荔（古同州）、朝邑、華陰一帶，人稱「東路秦腔」或「老東路」，以「二股絃」爲主要樂器，定的是「四、工」絃。音調高亢，以生角爲主。現已沒落，但其影響頗大。東南傳入河南而成「河南梆子」；再東向入魯而有「曹州梆子」、「山東梆子」、「萊蕪梆子」；由齊、魯南向而有「淮北梆子」。東入晉南，在蒲州與被明成祖所遣送「樂戶」的「土梆子」及「勾腔」（？）結合而成「蒲州梆子」；北上影響了「中路梆」、「代州梆子」、「口梆子」。再東入河北省影響了「絲絃老梆子」、「河北梆子」、「喝喝腔」；更間接影響了「蹦蹦戲」等。

二、西路（府）秦腔　其形成晚於「同州梆子」，現亦沒落，且缺乏具體參考資料。

三、西安亂彈　在現況下一枝獨秀、代表「秦腔」的「梆子」戲班，用「呼呼」伴奏，定的「合、尺絃」，音調較低於梆子」，注意旦角，現已被視爲正宗的「秦腔」，以下，筆者將對其作較詳細之敘述。

四、漢調桄桄　可能是發源並流行於漢中各地「老腔」，現已綜合形成包涵西皮、二簧等「漢調」的原始形態，再倒流入陝中。民國建元前，西安市仍有上演者，名花旦小錢兒的傑作有「日月圖」；名老生某有「太和城」者，惟均以很接近「梆子腔」了。

以上四者，近人翟墨氏曾爲文研討，可供參考。

民國初年，以上演「西安亂彈」而崛起了「五大秦腔班」，由於都市經濟、文化的哺乳，已漸次發展、茁壯，遂使其他的劇種如同梆子、西路（府）秦腔、調桄桄等相形見絀，被放逐於窮鄉僻壤間，而愈形沒落、泯滅。

丙、由「西安亂彈」所組成的「五大秦腔名班」

一、易俗社　乃由蒲城名宿李桐軒氏所首創、新式的模範班，重在破除迷信，改良劇本，推行社會教育，訓練劇藝的新血輪。前河南省清鄉督辦張伯英氏也曾擔任過主持人——社長，編劇者孫仁玉氏及另有一習旦的老伶工，對於該社的擘劃、執行，盡力最大。李氏公子名博，字約之者，曾於民國十年左右，率領學生等遠征漢口。筆者童齡即追隨家君聞泉公作過長期的欣賞。李氏之另一公子名協，字宜之者，即我國之水利權威李儀祉氏。科生命名依「中華民國易俗」等六字。著名者如劉毓中（老生）、沈和中（小生）、王秉中（小生）、王文華、駱秉華、耿善民（生）、王天民（名旦、有秦腔梅蘭芳之稱，曾去北平公演，極富時譽）、劉廸民（正旦）、馬平民（丑）、閻振國（正生）、雷成國（淨）、康頓易、劉箴俗（花衫）、湯滌俗（丑）等。在寶島，民國六十一年三月戲劇節後，教育部文化局所主辦之大陸戲劃聯合公演秦腔於台北市中華路國軍文藝活動中心，曾發現似有「內行」多人，而該社之乙班科生藝名×愛易者更曾擔任過數戲的主角小生。

渭南舉人李石山有秦腔大師之稱，曾編劇「十大本」，即春秋筆、販馬記、雙官誥、三上轎、四進士、周仁回府、胡蝶盃、金琬釵等；另尚有他人所編的戚繼光敗倭、收復朝鮮、史可法戰死梅花嶺、鴉片鑑、白丁修書、金蓮痛史等。抗日戰爭期間，西安名儒樊仰山氏更曾編有木蘭從軍、頤和園、秋瑾傳等；其他名作尚有雙詩帕、折桂斧、三知己、三休樊梨花、櫃中緣、武典（家）坡、白蛇傳、燕子箋、蒙古女兒、宮錦袍、得意郎君、美人換馬等。該社對於「秦腔」推動的影響力極大；但社會人士却不免譏之爲「學院派」。

二、正俗社　主角青衣爲李正敏（在青海省會西寧演出之乾旦秦亞敏，可能爲其徒輩或私淑者），差可與王天民並駕齊驅；出身易俗社之小生沈和中亦曾加入合演；老生爲毛金榮，大面則爲王庚寅等。

三、三意社　以專演秦腔老的大本頭戲爲人所重視。悲旦有楊金聲者，資格尚老於李正敏，人多尊爲秦腔正宗，唱腔凄切動人，年老而技藝更有精進；另有臺柱青衣花旦何正中者（可能爲「易俗社」科生），唱作俱佳，尤以「家庭痛史」（即「妻黨同惡報」或「空門賢媳」）最負盛名。老生王文鵬亦頗傑出，尤擅三國戲，名作有「葫蘆峪」、「七星燈」及「洪羊洞」等。

四、秦鐘社　乃爲有「秦腔譚鑫培」之稱的名老生劉立傑所創；其名作有「天水關」、「二進宮」等。跨灶子毓中，爲易俗社科生，曾主持「新生社」在天水上演，能戲有「甘露寺」「殷桃娘」等。科生命名都帶有「鐘」字，如老生李瓊鐘、花旦姜瑤鐘、崔曉鐘等，在天水搭班助毓中之乾旦筱金鐘可能亦出身該社。

五、牖民社　乃爲與「易俗社」名丑馬平民堪稱雙絕之蘇牖民所主持，旭角有李小儂，姜維新等，多公演於渭南、潼關一帶。

丁、筆者與「秦腔」的因緣

民國十年左右，家君正任職於漢口基督教青年會，負責文教工作，週末的電影欣賞亦屬主管。某次，筆者見有制服整齊類似中學生者，集體整隊，進入夏季的露天劇場看電影。後來才知道是由李約之氏所率領「易俗社」的部份生，抵埠後的社會活動。不久，他們就在「長樂茶園」及「山陝會館」臨時劇場，先後公演。筆者獲有追隨欣賞的機會，差不多每天都躬與其盛。印象深刻的戲則是劉廸民，沈和中的「光武復國」，閻振國、馬平民、雷成國等所主演，羣戲「太平天國」的「楊章內門」和「石達開與韓寶英」等。角色中以旭角劉廸民，劉箴俗兩人的風頭最健。箴俗早有戲聖之稱，所演偏重於冶青衣與花旭於一爐「花衫」，「漢口消閒社」的主持人英山劉雲集（別署雲集山人）氏，因其與漢劇名伶翠遠，頗有虎賁之似，捧場最力，家君則極重視工正旦的劉廸民。一時頗爲轟動，不久突停演離去。據傳係因學生們新入大都市，眼花撩亂，難於管理，小生沈和中的桃色事件，已告明朗化，不得不提前離去，以免鬧出糾紛。漢上有周郞癖者，不無濃厚的依依之感。

三十三年，筆者奉命調查青海省的可塑性，取道陝、甘前往。在天水、蘭州、西寧、平凉、西安、寶鷄等地，均曾有較長時間之勾留。公餘多暇，欣賞「秦腔」已成日常之必要功課。

時天水有「梆腔」兩班。其一是「新生社」，由劉毓中任社長，傳說是屬於新派的。首次看的乃是劉毓中所主演的傑作「烙碗計」（即平、漢各戲所帖的「鐵蓮花」、「生死板」、「定生掃雪」「或掃雪、打碗」等，但似仍以「烙碗計」較爲適切），由老丑王某反串其後妻。劉氏之表演，極足以震撼觀衆的心弦，尤以赶子，揹子二折爲甚，乾旦主角爲其師兄弟行筱金鐘，演「斷橋」後之「產子，合缽」，當其水髮被壓於缽下，而沿掉翻身時，尤見功力，可能是所謂的「梢子功」了。老丑王某之「滾紅燈」（即「武怕妻」，另「父怕妻」則爲「祭棒」，其路子同於漢、川兩劇種，腰、腿同具幼工）。另一爲「鴻盛社」，屬於老派，曾看過陳懷民之「哭祖廟」，某武小生之「黃逼宮」，（「即劉裕逼宮」，在額上畫一粗的黃色直線條，自稱爲漢家的後代，要向司馬家討囘江山。另尙有「紅逼宮」，即司馬師逼宮。「白逼宮」即曹操逼宮等）。他如「磐河大戰」，（平劇似無此戲。比之漢劇也較完整些。由射死公孫瓚之胞弟演起，直到子龍下山救孫爲止），「轅門射戟」等戲。（西北各劇種的特點，即爲了尊重關夫子，如非主角，例不出場，此二戲亦然。）

蘭州南關外爲遊藝集合中心，「秦腔」兩班，另外在鹼灘有露天劇場一處。筆者先後看過名旦盧英杰的「櫃中緣」，名淨兼演紅淨劉全祿的「古城會」，和「五龍二虎逼死王彥章」的「荀家灘」，全本「薛平貴與王寶釧」，（其脚本跟漢劇很接近，由於此戲中丑角無所表現，遂作複線條的發展，有「雙綵樓」、「雙別窰」等演出。）全本「九蓮燈」（包括粉宮樓刺王殺駕，六部大審，陰陽判等。）全本「琵琶詞」（陳世美不認妻，包公鍘駙馬，但主角老生黨玉廷是日却演歇工戲，擔任殺廟的韓琪，功力仍自不凡。）

西寧的秦腔班，乃由俗社科生楊化民所主持，每日演出兩場，除楊化民老生以外，尙有老生周正俗，旦角秦亞敏等。某武生的「五台出家」，演的很好，他兼文武二花，更能「要牙」。各角演變臉戲時，多用酒杯盛鍋烟，用力一次使其滿佈面上。還有「拆命堂」（即戰樊城），「春秋筆」，「牧羊卷」之「放飯」等，所表現的「烏紗翅子功」和「氣椅」（連人帶椅由外場跳至台口右方而仍坐着），均屬令人耳目一新的動作。

平涼東關的平樂社，經常演出秦腔。我只看過沈和中與其女配演「鴻鸞禧」中的丑角金松，沈已垂垂老矣，較其昔年演出擅名一時之小生戲，已判若兩人。

以上係筆者在大陸所看秦腔的大概情形，時隔數十年，印象仍甚深刻，來台後歷觀地方戲劇演出，僅六十一年三月上旬，教育部文化局主辦大陸地方戲劇聯合公演，曾推出秦腔「花亭會」（由馮宗陶文舉陸玉珍飾張梅英），「二進宮」（李唐明飾李艷妃，張瑞岐飾徐延昭，王健鈺飾楊波）「平貴別窰」（馮宗陶飾平貴，楊菊菁臨時攢鍋飾王三姐），「珠痕記」之「放飯」（王金蘭飾趙金棠，廖鎭甫飾朱春登，張瑞岐反串老旦）等，原擬上演之「韓琪殺廟」，則因故「囘戲」。多年未看，觀此亦堪過癮。在此前後二十餘年，筆者另未看到演出過。當茲高唱復興中華傳統文化的時期，曾經擔任過戲劇主導脚色「秦腔」，竟告湮沒，實堪嘆惜。

亂彈選粹

黃花崗拜掃

黃花時節三秋盡，黃花女兒祭夫君，自從我黃帝軒轅開國運，黃族歷史五千春，孫文黃興起義憤，黃郎立志去從軍，實想說與我黃族盡責任，誰料黃土埋了有志人。到今朝黃粱一場夢，獨留青塚向黃昏。

實想說與你結個枝成連理，花開並蒂，鴛鴦比翼，雙鳳棲棲，寸步不離，形影相隨，舉案齊眉，相敬如賓，恩恩愛愛，親親密密，一對好夫妻，誰料想天道多變換，人事更離奇，把你的正氣還天地，丟下奴孤鴻獨自飛，終有那通天術難以塡海底，女媧氏煉石難補彌，天長地久有時盡，此恨綿綿無絕期。奴無一時一刻一秒不想你，直等到每年三月二十九到這裡。

燕子箋

百花年年都開放，好春光一去倒秋涼。撲噹噹鴛鴦驚破浪，亂紛紛落紅斷人腸！曾記二人相偎傍，曾記得携手玩春光，曾記得行舟江湖上，曾記得枕邊話短長。却怎麼一去三年，三年一去，人兒、影兒、書兒、信兒全無往，難道說賀郎不思量！到叫奴春去秋來，暑盡寒往時惆悵！獨居在燕子樓頭把月望，過了端陽又過重陽。

香港詩壇

次復觀今生棄子文擢唱和之作　涂公遂

老懷孤往與時懸，彈指平生世幾遷，盜寇王侯成起伏，鳳梟狐鼠看周旋，河山無恙存殘奕，文字相糜破夙禪，閱盡繁華珍敝帚，摩挲倦眼惜餘年。

餞別書枚翁移美　涂公遂

衣冠去國今何世，耆舊浮桴又此翁，尊酒安能消別緒，長歌聊爲發晨風，雲山俯仰音容遠，道義綢繆夢寐通，皓首終期還禹甸，重溫甘醴視華嵩。

哭梁公均默　涂公遂

小別雲泥才一月，人天永隔痛如何，清風亮節垂青簡，豪咏雄辭振玉珂，瀚海遊踪成苦憶，巴山雨舘忍重過，聯吟應是他生事，寸淚千哀付逝波。

前題　王質廬

驚聞噩耗失時賢，一慟難禁欲問天，早歲已膺才子譽，高名更有法書傳，市樓品茗多承教，海澨迎春詎化仙，敝篋尚留遺墨在，不堪翻檢淚漣漣。

次均叔美遊美　曾克耑

廿載香江聚，春來舉爾觴，交期重咸藉，綜跡訝參商，養志誇嬌女，看天老異方，鵬飛鷹眼疾，下視定茫茫。

妙術工搏骨，歡心看綴肌，奔車名對喚，丈室令妻隨，老子餘孤咤，諸孫好共嬉，耄齡昆弟契，何只百年期。

世已悲三古，人方誦六經，楚秦爭北斗，堯舜見東溟，去國心何遠，居夷眼更明，終期泯核戰，何物是虧贏。

聞亦老爲稼秋丈主編遺稿　李叔裘

文物秦火餘，海外延一線，風雅同扢揚，社盟俱俊彥，中有吳稼翁，詩骨最稱健，許我忘年交，誨我長不倦，吟筒數往還，幾度共游讌，噩耗忽驚傳，靈光失魯殿，屈指過半年，思之仍淚泫，鄧老尺書來，亡友同憶念，欲爲編遺篇，片羽重久遠，叔季仰高風，生死交情見，從來號詩人，無分貴與賤，實至自名歸，聲華並世羨，著作概生平，千秋如識面，奚必俟史官，列名文苑傳，九原或有知，掀髯應一囅。

香港詩壇茗敘初晤亦老相與論詩語多投契因賦一律　李叔裘

翰墨緣深友亦師，吟壇一幟豎南陲，格高未許籓籬限，詩好能兼雅俗宜，旣愛古人存古意，更鎔新事入新詞，並時屈指方家少，識面眞嫌十載遲。

次念因掃紉詩墓均　包天白

眞信相思日更深，長洲春水幾千尋，三年齋奠酬盟誓，百夜恩情費夢吟，樓上花枝猶有色，亭前楊柳已多陰，芳郊只合傳歡笑，且了青天碧海心。

前題　張方

花魂已斷正春深，芳塚風亭更一尋，幾樹斜陽疑獨倚，漫山杜宇託愁吟，金聲玉韵歸黃土，翠袖青娥化綠陰，黯絕洲前鷗鷺跡，悠悠千古白雲心。

立春偶賦　徐義衡

蒼蒼大武峙崔嵬，淡淡閑雲自去來，六柏階苔尋好句，萬年溪水釀佳醅，門無車馬惟風月，座有琴書況菊梅，一笑寒冬難駐得，天涯今日接春回。

信步椰灣又柳灣，春風吹醒醉中顏，梅蘭郁郁迎新歲，魚鳥依依戀故山，卅載所嘗殊域苦，一生難得此時閒，放懷詩酒園林外，身在流雲淡宕間。

歲首　朱琴庵

元旦茫茫天一方，江山依舊屬他鄉，人多吉語供陶醉，世尚窮兵各主張，三窟有誰同狡兎，萬家無計饜貪狼，盜泉滾滾東流去，烏賊成羣載墨囊。

春園　徐義衡

春園花好主人閑，新柳絲垂似翠鬟，午睡醒來無一事，斜陽影外暮鴉還。

觀郁文精製石山有詠　高韻賜

弄假成眞絕妙工，石砌詩情入古風，匠心獨運更誰同？盤堆畫意開新景，縮地無痕疑費叟，移山有法笑愚公；依稀故國神遊處，盡在先生一室中。

和念因清明祭紉詩原韻　前人

水繞煙籠草木深，啞鈴島上幾回尋？踏青詩塚人憑吊，擁翠宜亭鳥和吟；贈畫觀猶驚國色，遺文讀似入山陰；東風吹老天涯客，依舊江湖一往心。

次公遂和復觀均　亦園

一笑心如野馬懸，奔馳莫定地天遷，哀時淚逼人因老，故國家亡客未旋，亂絮風雲成大刼，殘宵鐘磬破枯禪，玄絲換盡餘銀髮，百歲流光賸幾年。

酬叔裘原玉

風流儒雅亦吾師，赫赫詩名動遠陲，句盡腸空慚我老，才淸筆健讓君宜，漫誇古典爲眞道，應化粗言作雅詞，並世吟儔同一笑，此中三昧識何遲。

酬少颿原玉

笑余投老學夷裝，聊禦炎州薄薄霜，野鶴長棲惟壑谷，閑鷗久宿慣滄浪，身無一物猶嫌累，世有千賢合自藏，佳會相期他日約，市樓煮茗曉雲張。

編餘漫筆

編者

這一期皆精采文章，黃季陸先生「中華民軍史事紀要前言」，敘述編纂中華民國史事紀要經過，此是一種扛鼎工作，別人數十年能辦到季老就任兩年，即完成部份，目前已出七冊，篇幅之巨，考訂之精，紀載之博——嘆爲觀止，中國俗語事在人爲，至今仍爲不破之眞理。

光緒帝與珍妃故事，哀感頑艷，民國以來徧爲話劇、電影者不知若干次，粵劇亦搬上舞台，近來又有珍妃電影上演，且上了電視，但珍妃一生眞實歷史究竟爲何，世人仍多模糊，本刊特將近代史權威芝翁遺著「胭脂宮井話珍妃」一文刊出，此文將各家記載臚並舉，然後指出何種傳說較爲可靠，讀者閱後自可了然。

用五先生久未爲本刊撰稿，近由編者力請，特撰「抗戰雜憶」一篇，記述幾個小人對國家的貢獻，情文並茂，讀後回憶抗戰之根苦，殉難軍民之義烈，感慨無已。

「金門憶舊」作者關西人即鼎鼎大名胡璉將軍，胡將軍半生戎馬，功勛彪炳，民國三十年之古寧頭大捷，民國四十七年金門砲戰，均由胡將軍任司令官，金門幸而得胡將軍任司令官，始能連戰克捷，胡將軍也幸而兩位金門司令官均適逢大戰，始得大顯手手，英雄時勢，交相輝映。胡將軍不僅是名將，且是成功外交官，出使越南，深獲越南朝野敬重。交卸使篆後，復折節讀者，在台大研究所專攻宋史。。此文乃隨筆之作，文字流暢，引人入勝。已非我輩執筆爲文者可及。

「四川進一統一與抗戰」，爲孫德操（震）將軍大作，孫將軍亦是名將中擅於文事者，雖年過八十而神明不衰，所記四川各事，敘事詳明，論斷公平，最後難得，本刊將陸續發表孫將軍大作，以餉讀者。

余心清案，爲勝利後最大一次間諜案，此事影響之深，非今日所能想像。其間過程如看間諜小說，以後雖然破獲，但已無補於北方大局。

曹文錫先生之港九新界史話，對港九新界過去歷史之考證甚詳，頗多前人未及處。

前期本刊發表之「吃在北平」頗受讀者歡迎，茲再發表「再談吃在北平」，作者文字流利，敘述眞切，以過來人述第一手史實，價值之高，自不待言。

本刊一向少談本港現實問題，本期特轉載「人文半月刊」已發表之表看中大圖書館，俾世界各地讀者均了解中大圖書館眞象，亦爲香港記下此一頁歷史。

掌故

月刊

45

一九七五年五月十日出版

錦繡神州

出版者：德興文化事業公司

我國歷史悠久，文物豐富，古蹟名勝，山川毓秀。尤其歷代建築藝術，都是鬼斧神工，中華文化的優美，在世界上有崇高地位；所以要復興中華文化，更要發揚光大，我們炎黃裔冑與有榮焉。

如欲研究中華文化，考據博古文物，瀏覽名山巨川，遊歷勝景古蹟；畢一生精力，恐亦不克窺全豹。往年雖有此類圖書出版，惜皆偏於重點介紹，不能滿足讀者理想。

本公司有鑒於此，不惜巨資，聘請海內外專家搜集資料，歷三年編輯而成；圖片認真審定，詳註中英文說明，堪稱圖文並茂。內容分成四大類：「**文物精華**」「**勝景古蹟**」「**名山巨川**」「**歷代建築**」將中華文化的精英，包羅萬有，洵如書名：**錦繡神州**。並委託柯式印刷廠，以最新科技，特藝彩色精印。八開豪華精裝本，金線織錦為面，織成圖案及中英文金字，富麗堂皇。「**內容**」「**印刷**」「**訂裝**」三並重，互為爭妍；所以本書被評為出版界一大傑作，確非謬贊。

凡備有本書者，不啻珍藏中華歷代文物，已瀏覽全國名山巨川，遍歷勝景古蹟。如購贈親友，受者必感隆情厚意。

全書一巨冊　港幣弍百元

經已出版。【付印無多，欲購從速。】

總代理

吳興記書報社

地址：香港租庇利街十一號二樓

電話：H四五〇五六一

Ng Hing Kee Newspaper Agency

No. 11, Judilee Street, 1st Fl. HONG KONG

九龍經銷處

德興書店（旺角奶路臣街15號B）

吳興記分銷處（吳淞街43號）

外埠經銷處

星馬婆	遠東文化有限公司
曼谷	青年文化服務社
菲律賓	華安書店
越南	聯興書報社
紐約	友聯圖書公司
三藩市	益智圖書公司
三藩市	新生圖書公司
三藩市	文化書店
波士頓	中西公司
芝加哥	文華書局
檀香山	大元公司
倫敦	東寶公司
加拿大	香港百貨公司
澳門	可大文具店
斗湖	光明書局
亞庇	利民公司

掌故 月刊 第四五期 目錄

每月逢十日出版

掌故

第四五期

每冊定價港幣二元正

全年訂費 港幣廿四元 美金六元

出版兼發行者：掌故月刊社

地址：九龍亞皆老街六號B

通信處：九龍旺角郵局信箱八五二一號

電話：K八〇八〇九一

The Journal of Historical Records

P. O. Box No. 8521, Kowloon

Mongkok Post Office, Hong Kong.

督印人：鄧少卿

總編輯：岳騫

印刷者：和記印刷有限公司 新蒲崗景福街一一〇號超達工業大厦十樓

總代理：吳興記書報社 香港租庇利街十一號二樓 電話：H四五〇五六一 四五〇七六六

國內代理：黎明圖書社 台北市重慶北路一段九十五號 電話：五四一五五八

星馬代理：遠東文化事業有限公司 新加坡厦門街十九號 檳城沓田仔街一七一號

泰國代理：曼谷青年文化服務社 曼谷黃橋東北路五六六號

越南代理：聯興書報社 越南堤岸新行街二十二號

其他地區代理：

澳門：大文具店
亞庇：利民公司
千里達：中華公司
菲律賓：華安書局
倫敦：東寶公司
芝加哥：杏林春
波士頓：中西公司
三藩市：新生圖書公司
三藩市：益智圖書公司
加拿大：香港商店

漢城：汎亞書籍公社
寮國：永珍圖書公司
斗湖：光明書店
菲律賓：玲瓏書局
紐約：友聯圖書公司
紐約：友方圖書公司
洛杉磯：永安堂
檀香山：大元公司
三藩市：文化商店
加拿大：新國華公司

蔣公靈櫬奉厝慈湖記詳

•王家政等•

總統　蔣公遺靈奉厝慈湖殯禮大典，四月十六日上午隆重舉行，在大典進行過程中，全民舉哀，殯禮行列所經之處，哭聲盈市遍野，入目是「近淚無乾土，低空有斷雲」的哀切景象。

自國父紀念館至慈湖沿途，恭行路祭的機關、團體、學校及民衆，綿延不絕，一望無際，香案鱗次櫛比，均焚香燃燭，供奉香花素果。

人羣中有匍匐長跪，有的鞠躬爲禮，哀慟聲中，夾雜着佛號、梵唄、聖歌及祈禱，這一片凄切的聲音，從國父紀念館至慈湖，三個小時內沒有一秒鐘間斷。

殯禮行列是由國父紀念館經仁愛路、介壽路總統府前轉寶慶路、成都路、跨中興大橋進入台北縣境，經三重市，越高速公路南崁交流道進入桃園縣境，經桃園市、大溪鎮，抵達慈湖，沿途有數十素色牌樓誌哀。

九時卅分啓靈，哀樂起奏，禮砲鳴廿一響，三軍儀仗隊在靈車前列隊肅立，靈車停在國父紀念館正廳門外階前，十二名政戰學校的女生，恭侍靈車兩側。

九時四十分，靈柩由舉靈人員緩緩奉出國父紀念館，儀仗隊舉槍致最敬禮，此時，雲層乍舒，陽光湧現。

九時四十五分，靈柩安奉於靈車，由樂隊、儀仗隊、國旗、黨旗、統帥旗前導，捧勳軍官及奉行，蔣公遺囑令繼之，牧師引靈車徐徐前進，靈車兩側，有三層人員隨護，依次是侍衞、治喪大員及政戰學校女生隊；治喪大員的名單是：嚴總統、總統夫人、田炯錦、余俊賢、何應欽、王雲五、徐慶鐘、黃少谷、薛岳、陳啓天、林金生、高魁元、倪文亞、楊亮功、張羣、陳立夫、于斌、鄭彥棻、谷正綱、張寶樹、孫亞夫、沈昌煥、賴名湯等。靈車正後方是　蔣公的家屬，夫人居前、　蔣公長公子行政院長蔣經國、次公子三軍大學戰爭學院院長蔣緯國將軍繼之，其次依五服親等隨後，再後是執紼人員，包括各國弔唁特使團、各國駐華使節、中國國民黨中央常務委員、總統府資政、中央政府五院副院長、國軍一級上將、行政院各部會首長及政務委員、中國國民黨中央評議委員及中央委員、國民大會主席團、立監兩院各委員會召集人、監察院審計部審計長、全體大法官、全體考試委員、考選及銓敍兩部部長、台灣省及台北市各單位主管、省市議會議長、北部地區各大學校長、北部地區各重要大衆傳播事業負責人、僑團團長、重要民間社團負責人等。

靈車所經之處，街道兩旁人羣均紛紛跪叩號慟，拈香禮拜，一片哀聲。

靈車至光復南路口暫駐，家屬分別向執紼人員及治喪大員答禮後，夫人由兩位孝子扶上禮車，治喪大員及執紼人員亦均登車，然後，全部殯禮行列由廿四輛開道車引導，繼續向慈湖進發。

在仁愛路四段路祭的，有行政院及中央各部會、台北市及台北縣許多眷村，靈車經過的第一個路祭香案是勤易新村恭設的，依次是五、六個供桌，均屬聯勤單位眷村所設；行政院的路祭場面最大，正對國父紀念館大門。

基督教福利會附設新生訓練中心的卅多位殘肢男女青年，有的撐着枴杖，有的坐着輪椅，也趕到仁愛路恭送靈車通過。靈車經過仁愛路三段時，附近的各公司行號及來自較遠處的國立編譯館、國立藝術館、各大觀光飯店、各同鄉會、宗親會、大安及古亭、景美等區民衆、退除役官兵輔導會榮民、寺廟僧尼，以及各行各業人士。

守在浙江、寧波和舟山三個同鄉會供桌後的同鄉們，都頭裹素經，男女老幼則全身披孝。

國喪元戎、民失聖哲
淚雨涕雷、天人共哭

仁愛路二段從新生南路口至林森南路口，路祭的有中山區、大安區、古亭區居民及市水建會員工、北師專學生、救國團總團部員工等，還有沿路商家、人民團體、商業同業公會、許氏宗親會、台胞存日本軍郵儲金討還團等等。

其中約有一千多人着白色孝服，許氏宗親會數十人均穿白長衫，着黑色馬褂，跪拜於路旁。

靈車通過林森南路口的時候，參加路祭的團體包括靜修女中、中國海事專校、中興大學、台大醫學院、省水利局、漁業局、台北市體育會、馬偕醫院等單位。

蔣姓宗親會四十位代表，每人頭裹白經，跪在供桌後面，向靈車磕頭。

國民黨中央黨部一千一百多位代表，就在黨部旁邊路上，舉行路祭，這些哀傷的革命幹部，揮淚恭送他們敬愛的　總裁。

十時廿分，靈車前開道的憲兵摩托車隊出現在景福門，緩緩駛上介壽路。

在台北賓館前，列隊致敬的有歷年來台的大陸義胞、反共義士、以及香港調景嶺來的代表。他們凝望着素花圍繞的靈車，一路跪在地上；路對面的一羣台大醫院護士也跟着跪在地上。

在這羣人旁，是海內外青年軍袍澤代表的隊伍。當年，他們響應　蔣公「一寸山河一寸血，十萬青年十萬軍」的號召，投筆從戎；如今　蔣公去了。他們用一付輓聯表達他們的哀傷：「國喪元戎，涕雨泣雷天共哭；民失哲聖，錐心泣血島同聲。」

靈車駛過介壽公園，北一女中的樂隊低而緩的奏着悽愴的「喪禮進行曲」。

總統府正前方，分列着總統府的文武官員，他們立正敬禮，恭送靈車。

靈車經過寶慶路時，贏得世界冠軍的第一代金龍少棒隊全體與華興中學師生，下跪致哀。陳智源、陳鴻欽等淚流滿面，他們想起　蔣公當年還摸過他們的頭之情景，不禁興起無限哀思。

華興中學小學部王主任以淚洗面，想起學校創辦至今，逢年過節，　蔣總統派人接學生到官邸過節。如今，華興師生追憶往事，無窮哀傷。

振興復健中心的百餘名殘疾兒童，也佇立道旁，拜祭他們所敬愛的總統　蔣公。

三十五個大陳義胞新村的代表，都身披重孝，匍匐在地上，迎送靈車。

中華民國傷殘育樂協會數十名坐輪椅或拄枴杖的傷殘青年，也在仁愛路林森南路口向總統　蔣公致祭，雙腳殘廢的蘇光祥在人羣中奮力轉動着輪椅，雖然滿頭大汗，但是他並不以爲苦。

台北市縫紉業同業公會的數十名會員，昨天穿着白布袍在仁愛路列隊向總統　蔣公致祭，當靈車出現時，他們哀傷的雙膝跪地，默送靈車。

台北市體育會及所屬廿多個單項運動委員會，三百多名代表，聯合在東門游泳池後面的仁愛路恭設路祭。

靈車安抵慈湖

在公路局服務了十六年的駕駛員楊華民，昨天完成了他平生責任最重的一次任務——駕駛 蔣公靈車，由國父紀念館恭送這一代偉人的靈櫬到慈湖。

楊華民說，他是以萬分誠敬的心情担任這一任務。他說，一定是 蔣公在天之靈護佑，使戴着 蔣公靈櫬的靈車順利的完成六十多公里的路程。

楊華民說，在靈車快抵達慈湖的時候，必須通過一座「S」型的橋樑；前兩天，他曾以金馬號客車試了幾趟，過橋時兩側各有一個拳頭的空檔，但由於 蔣公靈車兩邊紮滿了素色的菊花，寬度又增加了約廿公分，靈車通過橋樑時，兩邊幾乎沒有空隙。他說，如果不是奇蹟，他怎麼也不敢想像會順利通過。

他特別說明：當靈車抵達慈湖， 蔣公靈櫬安厝之後，歸程又通過這座「S」型窄橋，車的兩邊都被橋身刮到了。

楊華民說，駕駛靈車通過這座「S」型窄橋，有三個困難，第一是靈車比普通車寬了二十公分，橋的寬度剛好容靈車通車，若差之毫釐，車身便會擦到橋身；第二是靈車沒有後照鏡，根本不能察看靈車後面的情形；第三是靈車只能前進，不能打倒車。

四十五歲的楊華民，於四月十三日晚上接到通知，要他駕駛 蔣公靈車。十四日及十五日，他曾使用金馬號客車試走啓靈奉厝的路線，因為 蔣公靈車是使用新製金馬號客車改裝而成，公路局修車廠在一天半的時間內，將靈車改裝出來。若照平常效率，至少要半個月才能打造出一輛客車。這是公路局員工敬愛 蔣公的具體表現。

前天晚上十時，楊華民就上床睡覺，但無論如何都睡不着，他只在默默祈禱，希望能順利達成任務。昨天上午四時，他就起床趕到中崙公路局修車場。上午六時，將靈車開往國父紀念館，九點半啓靈，約於中午十二時卅分順利抵達慈湖。

楊華民是哈爾濱人，多年來，都開台北、台中之間的金馬號班車，在公路局是最優良的駕駛員之一。楊華民昨天在駕駛 蔣公靈車三個小時的時間中，看到沿途民衆悲慟的情形，使已經克制住的哀傷，又湧心頭，好幾次，眼睛含着淚水，但為了不影響駕車的平穩，只好強忍着悲傷，精神專注，不敢揮淚。

楊華氏說：「這次很榮幸能駕駛 蔣公靈車前往慈湖，希望將來有一天能再駕車，將 蔣公靈櫬奉安南京！」

祝禱吾公永生永在
奉行遺訓一德一心

中央黨部的祭台長達一百五十公尺，是仁愛路一帶最長的祭台，祭台的上面並紮有牌樓，牌樓的下面有十二面大幅的國旗與黨旗，牌樓的上面插有一百餘面小幅國旗與黨旗，整個祭台莊嚴肅穆。

警備總部軍樂隊奏着「永遠永生」讚美詩，恭送總統 蔣公之靈。

靈車於十時四十分經過西門地區，軒轅教信徒，穿着黃色教服在成都路口路祭。他們說，四月五日 蔣公過世當天，剛好是黃帝的誕生日， 蔣公生前恩澤廣被，仙逝後也會神明保佑我們。

龍江街九龍宮的信徒，昨天披蔴帶孝，向 蔣公致哀。

中華民國影劇協會，在中影公司大樓豎起大型的標語牌：「恪遵總統 蔣公遺訓，矢勤矢勇，勿怠勿忽」，兩百多位國內演藝人員，站在下面致哀，他們穿着素色衣服，洗淨鉛筆，一臉哀戚。

中華路和成都路交叉路的天橋下，人潮洶湧，爲了恭送 蔣公靈柩，他們一個挨一個，向前推動，希望和 蔣公靈榇更接近。

息影的女星張美瑤，穿着點色襯衫，在新世界戲院下，爲 蔣公服喪哀悼。

當 蔣公靈柩行過成都路，葛小寶泣不成聲，他的父親葛香亭也在一旁落淚。

資深的女演員盧碧雲和傅碧輝、昨天一大早就到成都路口。她們用白色手帕，不斷地擦眼淚。

話劇演員們非常哀傷，因爲 蔣公曾在金門看過他們演的「田單復國」，在台北中山堂看過「陽春十月」，在澎湖看過「陽光普照」，每次都是勉勵再三。

西門一帶的商店都主動休業，民衆自動湧到路旁，人手一柱香。有一家餐廳前天夜裡準備好香案後，便由四位小姐澈夜守護。

有一家公司請了一隊十六人的國樂隊，並佈置路邊靈堂，供民衆悼祭。

有一家公司作了一幅一丈長的「慟」字橫幅，高掛路旁，全體員工素衣跪拜路旁。該公司已將 蔣公遺訓遍貼櫥窗，以喚起國人努力奮勉，達成遺訓。

靈車駛過成都路昆明街口，一羣穿黑衣的婦女，每人手上都點燃三柱香，含淚膜拜；站在前面的一些人，跪了下來，伏首哀泣。負責維持秩序的軍警人員，舉手致敬。一名協助維持交通的童子軍，向緩緩行過的靈車行「三指禮」，淚水奪眶而出。

大世界戲院對面的走廊下，有家居民，披蔴帶孝，跪在香案之旁叩頭痛哭！

戲院的大幅電影廣告，早已換上白底黑字的輓額，商店的霓虹燈招牌，大多蓋上了白幔，今日公司用一幅藍白相間的布條，綴上一個大大的「慟」字，好幾隊中樂西樂，幽幽的奏出哀樂，夾着人羣中的飲泣聲，更令人心酸。

一幅悼念故總統 蔣公崩殂之天象，及表達萬民瞻仰心切的輓聯，在微風中飄搖着，聯文是：「憶曩夜，烏雲密佈，風雨驟至，閃電先馳，雷霆繼後；諸神降庭，擁簇登輿，嗚呼 蔣公，已歸天上！看今日，春杵停聲，絃歌罷市，扶老携幼，嚎啕靈緯；儀容宛在，謦欬不聞，哀哉吾民，再有誰依？」

十時四十四分，靈車緩緩通過昆明街口，附近的景美女中樂隊奏起哀樂，兩邊人羣肅立致敬，很多人手裡拿着三柱香，向靈車頻頻禮拜，人羣中傳出了陣陣的飲泣聲。

從昆明街口到中興大橋一帶，佇候的羣衆有附近護專及西門國小的學生。

兩列人龍齊縞素 一行車隊過三重

台北市議會全體議員，在中興橋頭，看到故總統 蔣公靈車緩緩而來，肅穆地跪拜在地，叩頭行禮。

在中興大橋下，雙園區民衆穿着白色喪服，頭戴白紗，當故總統 蔣公靈車通過大橋時，個個痛哭失聲，十幾位七八十歲的老太太跪在中興大橋前的安全島上，靜靜地哀禱着。

十時四十七分，總統 蔣公的靈車，在一百五十萬台北縣民無限哀悼之中，緩緩通過中興大橋，進入台灣省境。

兩百多個台北縣的機關、團體、和中小學校設置的香案，從中興大橋台北縣這一端起至三重市重新路口止，沿馬路兩側排成了兩條縞素的長龍。

三重市同慶里天后宮的二百五十位信徒，身披法衣，一早即在設在成功路右側香案四週，爲 蔣公誦經，香案上一對白燭上，分別以金字寫着「一身肝胆生無敵，百戰威靈歿有神」。

台北縣的新聲西樂團，亦在三重市成功路側設置了香案，該團四十名團員，不時奏出哀樂。

靈車在十時五十分駛入三重市重新路四段，恒毅中學與中華中學的軍樂隊奏哀樂，金陵女子中學唱讚美詩。

在重新路四段至重陽路一段，短短三百多公尺的街道邊，大約設置了五十多個祭台。在這裡致祭的有光仁、金陵、中華、恒毅、光榮、重慶等中學，以及北縣的旅館、縫紉、公車、百貨、皮革、布商等公會，連同附近民衆約兩萬人。

靈車於上午十時五十二分通過三重市重陽路中山路口，台北縣長邵恩新與中國國民黨台北縣黨部主委蘇鼎銘，縣議會議員呂芳契等率同縣政府各單位主管下跪叩祭。各人民團體理事長及全體縣議員、縣政府、縣黨部、縣議會全體職員、學校、廠商及民衆均在路旁兩側列隊肅立弔祭。

十點五十四分，靈車緩緩駛過三重市重陽路二、三段，道路兩旁，一百四十四個單位設香案路祭。

基督教三重教會的教友們，低沉地唱着「告訴主耶穌」、「安穩在基督手中」聖歌，靈車經過時，他們低頭默哀、祈禱。

台北縣佛教會所屬一百五十座廟宇，原定推選四百名代表參加路祭，却到了一千六百名。長長的行列，都穿着袈裟，手持唸珠，誦經默禱，靈車經過時，僧侶跟信徒都合十致哀。

上午十時五十八分，靈車通過重陽路四段及高速公路三重交流道附近，三重市後備軍人代表二千五百人，一律頭裹白經跪拜。

一千多位男女中學生，在三重市交流道附近，演奏哀樂，並用哀沉的聲調，唱「總統　蔣公紀念歌」；三重交流道附近迎靈民衆，多達三萬多人。

在三重交流道附近路祭的單位有一百卅五個，包括台北縣各私立專科學校、私立中學、各信用合作社、消費合作社及附近的里民等。

義胞羅拜無隙地
榮民長跪七小時

上午十一時正，靈車駛入高速公路，原在交流附近迎靈的民衆紛紛由高速公路的斜坡，湧向公路兩旁，再度向　蔣公致最後的敬禮，一直到車隊遠離後，才依依不捨的離去。

靈車於上午十一時十五分，通過高速公路泰山收費站，恭迎在兩旁的路祭單位有交通部、高速公路工程局及所屬各單位員工二千餘人，在泰山收費站兩旁山腰上，站滿了來自鄰近鄉鎮的民衆，估計有一萬多人；高速公路施工單位的美國帝力凱撒公司工程人員，也參加路祭的行列。

十一時四十分，靈車駛離高速公路，經過南崁交流道，進入桃園市，桃園縣長吳伯雄在此跪泣，六十桌路祭香案後面的人潮也俯首致哀。

列隊在這裡的一百卅七位南麂島的男女義胞，設置了一處莊嚴的路祭香案，並全體披蔴戴孝，如喪考妣。

靈車於上午十一時四十三分，經過水汴頭橋附近時，路旁發出了佛教僧尼及信徒的頌經和敲木魚的聲音。

站在路邊的桃園高中的女生均跪地叩拜。

十一時五十分，靈車緩緩從三民路駛進了桃園市區。恭迎靈櫬的人潮遠遠看到了靈車的隊伍，想跪下來，却沒有下跪的空隙。

桃園市大部份市區昨天都幾乎呈靜止狀態。十五萬市民大都湧向靈車經過的三民路、民生路和復興路上，除了路旁人家設香案路祭迎靈，桃園縣、市許多社團及商戶，昨天一早也在路上佔了位置，擺上供桌。估計在市區的短短四公里內，至少有香案兩千桌。

十二點零七分，靈車駛進了八德鄉大湳村，在桃園、新竹退除役官兵設立的素色牌坊下，跪着八百多位身穿藍布衣的榮民。他們從清晨五時就冒着濛濛細雨，步行到此，在潮濕的泥上，足足跪了七個鐘頭。

僑愛新村自治會的婦女們，恭立在村門牌坊前，白衣黑褲，身披孝服，人手一支點燃的香。靈車駛來時，她們匍伏在地；靈車過後，仍不肯離去，向着大溪方向遙喊着：「總統呀，您不能走哇！」

十八縣市恭設路祭
大溪全鎮叩首迎靈

來自基隆八斗子的大陳義胞有三百六十餘人。這些赤忱的義胞們，一下車便都跪在地上。

八十一歲纏着足的義胞金林領居老太太，披麻戴孝，極力抑制自己哀慟的情緒，不斷拭擦着香案。

國立中央大學師生五百餘人肅立在路旁。由那些青年學子婆娑的淚眼中，顯示出了他們對　蔣公的愛戴。清華大學及交通大學的同學們紅着眼，分頭勸慰路旁的羣衆節哀：「蔣公雖走了，但是精神長存。」

在大溪松樹脚一帶，等候路祭迎靈的單位是全省十八縣市組成的，包括縣市首長，省級人民團體，以及八德、新屋、楊梅、觀音等村民衆。

十二點廿分，在松樹脚的素色排樹下，出現了殯禮車隊的前導車，十八縣市路祭單位中的許多首長及代表，紛紛激動得跪倒，向一代偉人　蔣公靈櫬叩拜。

十二時二十二分，靈車駛上大溪橋，以每小時四十公里的速度，緩緩通過三百二十公尺寬的大漢溪，進入大溪鎮市區。

大溪鎮公所員工三十餘人，在橋頭跪地迎靈。開道車駛過，跪地的人羣拜伏於地。

通過大慶洞口，三百名雙溪國小學生排列在路旁，接着大溪鎮康莊路口，跟着就是民衆路祭，大溪鎮民陳阿勉將一座珍藏的古銅香爐端出來，從前晚就點上檀香末，裊裊的青烟，繚繞着供祭的水菓和桌上的　蔣公遺像。

桃園客運大溪站前賣水菓的張清江，帶着家人在康莊路與復興路口拜祭，他拿了三個大木瓜供在桌上，全家人拈香拜祭。他聽人家說　蔣公生前喜歡吃木瓜，特地選了木瓜來供祭他老人家。

福安里的路上，擠滿復興鄉與大溪鎮的五十個單位，包括代表會、農會、服務分社和區內的廠商，都在這裡路祭。

救國團的全體義務工作人員在福安里轉彎的坡下，披麻戴孝奠祭。中午十二時卅四分，靈車抵達大溪鎮頭寮賓館，故總統　蔣公生前，曾在這個賓館住過。台灣省政府、省議會及中國國民黨省黨部在賓館外右側路邊，設置莊嚴肅穆的大香案，省府主席謝東閔、省議會議長蔡鴻文及中國國民黨台灣省黨部主委梁永章，領導省府委員、各廳處長及省議會、省黨部人員，肅立香案右側，向靈車行禮。

在頭寮迎靈後，省府謝主席立即驅車趕往慈湖，參加　蔣公奉厝儀典。

十二時卅九分，總統　蔣公靈櫬到達慈湖賓館門前。

頭寮賓館到慈湖這二公里的路邊，從早晨四時起，就有許多從各地趕來此迎接總統　蔣公靈櫬的人們，八時以後差不多擠滿了，有三萬人以上。

從頭寮到慈湖，沿途路祭多達二百多，均是福安里一鄰到四鄰的民衆自動擺設的，他們認爲　總統蔣公，經常到慈湖小住，有時到附近散步與居民聊天，閒話桑麻，關心他們的生活，與他們有濃厚的感情。另外，很多復興鄉的山地同胞，清早三、四點鐘就開始走路，長途跋涉趕來參加路祭，復興鄉的角板山也是蔣公生前常去的地方。

當總統　蔣公靈車經頭寮緩緩駛入時，沿途民衆自動的跪下，介壽國中的十幾位女生，抱頭飲泣，悲戚氣氛，籠罩了整個山區。

魏德邁將軍憶蔣總統

——施克敏——

在　蔣總統的許多美國友人中，魏德邁將軍無疑地是和他相知最深的一位。第二次大戰期間，　蔣總統任中國區盟軍最高統帥時，一九四四年四五年的階段，魏德邁將軍擔任統帥部的參謀長兼中國戰區美軍司令。一九四七年魏德邁將軍又以杜魯門總統特使身份，到中國實地調查剿共戰爭情勢與　蔣總統有過更深的瞭解。事實上，魏德邁將軍得識　蔣總統，遠溯自一九四二年起，他數十年戎馬生涯，可說和中國，特別是　蔣總統結了不解之緣。四月七日中午，蔣總統去世後第二天，這位銀髮蒼蒼的第二次大戰名將，以英雄惜英雄的心情，和本報記者談著當年他和蔣總統之間的一些往事。

魏德邁將軍邀約記者到華府陸海軍俱樂部，另外他還約了當年的特別助理艾勒上校和奧馬哈世界前鋒報的華府辦事處主任奧洛夫森兩人。因為艾勒上校追隨魏德邁將軍多年，退役後在哈佛大學獲得歷史學博士學位，目前正在撰寫美國前陸軍部長皮爾森傳記，他珍藏魏德邁將軍軍旅生涯的重要史料，對　蔣總統與魏德邁將軍之間的往事，甚為熟稔。在談話中，艾勒上校曾間或為魏德邁將軍作一些時間上與事件始末的補充，至於奧洛夫森，則是魏德邁將軍多年好友，他代表的世界前鋒報，是魏德邁將軍的故鄉尼布拉斯加州及中西部一帶有影響力的報紙。在訪問中，魏德邁將軍特別提起　蔣總統在抗戰後期嚴詞拒絕日本軍事當局要求在中國戰場停火的秘密建議，牽制日本百萬大軍，使美國在太平洋上減少日本軍事壓力和人員傷亡，希望超過世界前鋒報，把　蔣總統始終堅定與美國站在一起的往事，提醒中西一帶的美國人。

這位魁偉而挺拔的白髮老將，憶起他首次和　蔣總統見面的往事。他說：「那是一九四二年十二月，美英兩國在卡薩布蘭加舉行高階層會後，由於中國戰場在對對抗軸心國的戰爭中，已佔了很重要的比重，羅斯福總統特別派我到重慶，向　蔣委員長做簡報，報告那次盟國高階層會議的重大決定，那是我第一次見到　蔣委員長的。」

「我還記得，中國人第一個叫我『魏將軍』的，就是蔣委員長，以後他總是叫我魏將軍，在我做他的參謀長時，也這樣，一直到去年我到台灣訪問，在病榻上探望他時，他還是叫我魏將軍。」魏德邁將軍說，在談話中，魏德邁將軍稱呼　蔣總統時，常常用的是「大元帥」（亦譯作委員長）Generalissimo，這也是一般早年及抗戰期間在中國停留的外國人，特別是美國人，對　蔣總統的稱呼，他偶而也用『蔣總統』的字眼。

魏德邁將軍談着最早幾度和　蔣總統交往的事，他的神態黯然，記者發現，那天，這位老兵沒有叫酒喝，滴酒不沾，那顯然是感傷於蔣總統的溘逝，通常外國人飯前喝點酒，是件常事。他說：「蔣委員長是個很難爲常人瞭解的人，我們美國人對他有太多的誤解，一般報紙對他的報導，尤是這樣……」他飲了一口番茄汁，然後接著說：「……但是現在他人已經去世了！」

他談起早年第二度與　蔣總統見面，是一九四三年在開羅會議時，　蔣總統和美國羅斯福總統及英國邱吉爾首相在開羅舉行盟國三巨頭會議，當時魏德邁將軍是羅斯福總統的軍事助理。他第三度與　蔣總統見面，則是在一九四四年，他奉美國總統羅斯福訓令，再往重慶，調解當時中英兩國爲緬甸與中國的邊境糾紛。他說，

蔣總統是個堅持原則但又有眼光和雅量的人，所以他的調停使命，終能圓滿達成，中英盟國之間，嫌隙掃除，他對　蔣總統至爲感激，也進一步瞭解　蔣總統的爲人與處事態度，因而該年年底，史迪威將軍爲羅斯福總統調職，他從新德里奉派前往重慶，出任　蔣總統的參謀長兼美軍司令，也就欣然接受了。魏德邁將軍是個溫文爾雅的軍人，他的作風和史迪威截然不同，在抗戰後期，與　蔣總統合作無間，後來和　蔣總統成爲至友，抗戰勝利後，政府在剿共戰爭中局勢逆轉，他又奉派前往中國調查實況，就是因爲他已成了　蔣總統和中國的友人。

魏德邁將軍突然把話題一轉，談到一九四七年他以杜魯門總統特使身份，再回憶中國的往事，說到這裡，這位老將軍的語音有點顫抖，他的話說得很慢，顯然想澄清一些外界對他和　蔣總統之間的誤解，他說：「現在蔣委員長去世了，一個我所敬佩的人走了，我必須答覆一些人對我和委員長之間的誤解和惡意的說法，說我在一九四七年時，曾經對　中華民國有所不敬，這完全曲解委員長和我的用意，那年我在中國實地調查後，由於委員長和當時美國駐華大使司徒雷登的一再要求，我曾經在中華民國政府的內閣會議中演說，當時我勉强去講那番話，用意是希望能激勵中國政府和人民，用更積極的行動，去抵抗共黨叛亂，……那時中國的情形，可說是百廢待舉，那是因爲二次大戰前及二次大戰期間，中國大民爲了抵抗毫無人道的侵略者，曾做了重大的犧牲。」

魏德邁將那次演說，後來被美國一些同情共黨的人，拿來做爲攻訐中國政府的口實，他說：「　蔣總統是個極有雅量的政治家，以後我數度和　蔣總統見面，他絕口不提這件事，外界的人對這件事的誤解，他也不辯解，後來有一次我見了陳誠將軍，陳誠曾告訴我演說以後，在場的很多人都哭了。于右任是其中的一位，他坐在陳誠將軍的身邊，陳誠將軍告訴他，魏將軍是眞正的中國朋友，才講那種話。我聽了很感激，我覺得在中國，除了委員長外，陳誠將軍是知我最深的人。」

他說，那次演說後，他返回美國，知道美國舉國譁然，有一次，支持中華民國的克佛威參議員（Carey Esfe Keiauver，出身田納西州的已故參議員，一九五二、五六兩次曾競選過民主黨總統候選人）找他吃飯，席間對這件事頗有責怪之意，他告訴克佛威參議員，那時國防院官員從中國拍回華盛頓的電報，全是詆譭國民政府的，他則說了點批評的話，但仍有些好話，這才是客觀的，杜魯門總統才會採信他的話，否則他全講捧場話，不正視中國政府剿共戰爭逆轉，美國政府當局一定全採信國務院的報告，而不信任他的報告。他說：「我特別告訴克佛威參議員，蔣委員長一定能諒解我的用意！」克佛威參議員才被說服。

說到美國一般未能瞭解　蔣總統，魏德邁將軍認爲是極爲不幸的事。這位七十八歲的名將，連連說了幾個故事，證明這件事。

他說，在抗戰後期，日本當局突然向　蔣總統獻議，要在中國戰區謀取和平，當時日本當局提出「很有利的條件」，要單獨與　蔣總統領導的中國停火，但　蔣總統嚴詞拒絕了，並決定繼續堅定與盟國，特別是美國站在一起，因爲他認爲美國

是中國傳統上的友人。如果當年　蔣總統接受了日本軍事當局求和的建議，則日本將在中國戰區上獲得喘息的機會，馬上可以把陷在中國戰場的一百廿萬日本軍隊調往太平洋，這將對太平洋上美國麥克阿瑟將軍及尼米茲將軍的部隊，構成立即有效的威脅，則美軍人命傷亡，不知要增加多少，但是　蔣總統沒有這樣做，使美國在二次大戰後期，得以在太平洋上減少巨大的傷亡數字。

說到這裡，魏德邁將軍轉向在座的奧馬哈世界前鋒報記者奧洛夫森，用沉重的語音說：「我們美國人永遠不該忘記，二次大戰期間　蔣委員長始終和我們站在一起的往事，寫歷史的人，尤其不要忘記寫下這一段！」

魏德邁將軍又講起一段，他初到中國，接任盟軍最高統帥部參謀長時，在中國及美國一些中傷　總統的歪曲報導，他說：「當日本部隊很快在桂林及貴陽一帶推進猛攻時，　蔣委員長和我，心理上都受到很大的威脅，因爲敵人可能馬上對昆明採取行動，對重慶構成直接威脅，而昆明則是我們後勤支援的重鎮。因而委員長交給我一個任務，就是擬一個作戰計劃，來阻止日本部隊前進。我當時從兵學上的一個重要原則，來據作戰計劃，那就是，不要在戰略上去猜測敵人行動，而要在敵人的能力中去研判敵人的作爲，同時做最壞的打算。因此我那時研判，非得調遣西安附近及在緬甸戰區的中國部隊到桂林一帶不行，可是，那時美國和中國有一些報導說，委員長故意在西安一帶集結重兵，包圍中共，而不用來攻擊或抵抗日本進攻，我不相信有這種事，因爲我對委員長瞭解很深，於是在我提出的作戰方案中，有一部份建議要調西安附近的部隊，委員長一點也沒有猶豫的面色，馬上同意我的作法，這件事證明，當時那些謠言，說委員長不讓何人調動西安附近國軍，完全是一種邪惡的用意，但是一般中國人和中國和美國人，有多人知道這種事！

講了這個故事，以耿直聞名的魏德邁將軍，顯然有點激動了，他滔滔不絕說下去：「……我再告訴你幾個故事。很多人常常批評委員長不接受別人的意，這完全是存心想詆譭他獨裁的人捏造出來的，我自己和他相處，做他參謀長，又替他調停過事情，對他很瞭解……」

他說：「在桂林抵抗日本部隊進攻的作戰方案中，我主張從緬甸戰區另調兩個師回來支援，這一點，委員長的意見和我的參謀作業有出入，他主張把在緬甸的五師國軍全調回來，由於我們的意見出入太大，委員長吩咐我，第二天開戰略會議時，把詳細的部署圖也帶去，我記得那次會議是在晚上開的，當晚委員長的高級助理人員都在場，包括宋子文先生，陳誠將軍和林蔚將軍等等，會議中我再提議，只要從緬甸調回兩師國軍來，不過我們要故意把情報洩漏出去，說我們調回五個師，讓日本知道，也就是用詐敵的計謀，我講完以後，主持會議的委員長，一個個問在場的幕僚人員，大多數國軍將領支持調回五個師的方案，只有陳誠將軍，林蔚將軍和我三個人，贊同調兩個師的方案，委員長一個個問完以後，再回過頭來向我說：『魏將軍你還堅持只調兩個師回來嗎？』我說：『是的！』很出乎我的意料之外，委員長居然接受我的意見，他隨即命令三件事，第一，從緬甸調回兩師國軍，到桂林一帶佈防，第二，命令與美國空軍方面協調，在調回兩個師時，需要飛行的架次，並從日軍佔領區上空經過，第三，訓令把調回五師的情報，由國防部第二廳廳長鄭介民負責，設法故意透露給日本軍方。一年後，戰爭結束了，我應邀到日本訪問時，曾和日本侵華部隊總司令岡村寧次會晤，我特別找了一份地圖，問他爲什麼一年前他的部隊打到桂林和貴陽一帶後，不再繼續進攻，向昆明推進，岡村說：『當時我知道你們從緬甸調回五個中國師回來佈防，我怎麼能再繼續進攻呢？』」

「從這件事可以知道，」魏德邁將軍說：「蔣委員長是從善如流的領導人物，他是個很能接受別人意見的人，也因爲這樣，我在做他參謀長期間，我們雖然有時候大家意見不一定相同，但是我們總能夠消除歧見，維持友好關係，成爲好朋友。」

魏德邁將軍又回憶起抗戰期間，美、英、俄三國秘密訂了雅爾達密約，損害中國權益。 蔣總統知道後，痛心疾首的往事，他說：「一直到現在，外面的人很少有知道委員長知道雅爾達秘約後，痛心的情景。」

他說：「一九四五年二月，羅斯福總統、邱吉爾首相和史大林在雅爾達開秘密會議，決定在日本無條件投降以後，要中國政府同意把旅順租給蘇聯，中長鐵路由中蘇兩國共營，開放大連港爲國際港，並承認外蒙古獨立，這是傷害中國主權的安排，雅爾達密約後，我很快就知道其中的內容了，但是中國政府還不知道，委員也不知道，我當時覺得非常不安，站在參謀長的立場，我應該忠於委員長，把我知道的事告訴他，但是我是個美國人，美國軍人，我要忠於美國，不是我份內的事，我不能講。我本來想請赫爾利大使秘密轉告中國政府，後來我覺得這樣做不對，所以我始終沒有做，大概一個月以後，赫爾利大使接到華盛頓國務院來的訓令，要把雅爾達密約的內容，通知中國政府，赫爾利大使接到電報後，非常焦急，也覺得美國這樣做是不對的，就馬上打電話找我，他知道我和委員長比較接近，就要我把這個電報的內容通知委員長，我當時告訴，我是個軍人，外交或政治事務，我不便插手，同時美國政府沒有訓令我做這件事，我是不能做的，後來赫爾利大使問我能不能陪他到官邸見委員長，我說可以，就按排定的時間官邸去，當天赫爾利大使找了伍漢民做翻譯，伍是個極好的譯員，非常能幹，他出生在美國，能說中國國語，上海話和廣東話等多種方言，赫爾利大使把電報內容唸了，由伍漢民傳譯，我看到委員長愕住了，靜坐在那裡，很顯然，他似乎不相信電報的內容，不大相信美國會對中國做出這種事來，我自己因爲已經知道內容了，坐在那裡覺非常難堪，委員長思量了片刻，又叫譯員伍漢民請赫爾利大使再把電報內容唸一遍，伍漢民第二次譯給他聽後，委員一語未發，靜坐不語，然後伸手到茶几上把那杯茶的蓋子掀開了，我知道一點中國的禮俗，這是端茶送客的意思，我馬上提醒赫爾利大使，說委員長請我們走，我們就辭出官邸了。

「那天我們見委員長，報告雅爾達密約的內容，委員長始終沒有講話，他是個對人極親切的人，那天他半句話沒有說，示意我們走，我可以體諒他是非常痛心的，我從沒有看過他這種表情，但是，到現在我敢說沒有多少人能體會他當時痛心的情形！」

魏德邁將軍又談到了抗戰後，由於許多刻毒的流言中傷，使 蔣總統在很多政策決定上，動輒受到掣肘，影響政府的效率和功能，連帶也使中國受害。

他憶起抗戰勝利未久，眼見中個在八年抗戰中，元氣大大受創未復，又看到蘇俄勢力已入侵東北，共黨有吞食整個東北之虞，他曾私下建議 蔣總統，在經過國際公認中國對東北的完整主權條件下，不妨暫時將東北置於中、美、英、法、俄五强共管之下，俟中國政府元氣恢復，力足以在東北成立一强有力的地方政府，再慢慢把東北接收回來，這種情況下，蘇俄一定會感到在東北野心，受到阻遏，必會惱羞成怒，拒絕參加，則下一步可由聯合國託管，這是在中國國力未復元前，借助國際力量，防阻蘇俄野心和共黨吞佔的不得已辦法。他說，當他把這構想講給 蔣總統聽了以後，起初沉思良久，後來苦笑向他說，要再考慮考慮，由於當時外界對 蔣總統流言已多，這構想自然是無法實現，兩年以後，東北果然在蘇俄盤踞下，爲共黨所侵佔了。

魏德邁將軍夫婦去年曾應 蔣總統伉儷之邀，到台灣訪問了一次，對中華民國政府的經濟建設與政治革新，留下深刻的印象。談到這裡，有似有感觸，搖搖頭說：「中華民國政府過去二十多年來在台灣實施的政策，曾是早年 總統想在大陸上實施的，記得二次大戰勝利未久，有一次我和蔣總統晤談，那時我們的強敵日本已被我們打敗了，他已把對日本作戰大業擱置一旁，往前展望如何建設未來的新中國，我記得很清楚，他當時告訴我，將來他要在全國推行土地改革和經濟建設，他當時給我講的那一些，去年我到台灣訪問時全看到了，我想 蔣總統離開這個世界最大的遺憾，就是他沒能在台推行政策，先在大陸上實施。」

一生的事業和中國牢不可分，又和 蔣總統訂交三十餘年，魏德邁將軍自然也成了中共的眼中釘，不少有關中美近代史的書上，常提到當年羅斯福總統任命赫爾利繼高恩之後，出任駐華大使前，原先是屬意於魏德邁將軍的，任命都已快發表了，據說，魏德邁將軍連呈遞國書的燕尾服都已做好了，結果因爲周恩來的反對。使美國政府改派了赫爾利爲大使。問魏德邁將軍這說法可不可靠時，他肯定說：「對的！的確我的禮服都做好了，不過任命案還沒有最後簽署，也就不算是收回成命了。也免去了中美關係上一段不愉快的插曲」。

問他何以當時周恩來竟能左右美國總統的大使任命時，魏德邁將軍用右食指點了幾下桌面說：「你可以想像當時中共在美國已有多大影響力了！」

又有很多美國人說，魏德邁原是個美國陸軍參謀長，甚或參謀首長聯席會議主席材料，但由於他和中國的關係太密切了，使他的宦途受到影響，記者問他這說法可不可靠時，他沒有直接的答覆，而從他在一九四四年奉命到中國戰區不久後，接到的一封信，做爲答覆。

「一九四四年我駐守印度新德里時，有一天接到羅斯福總統訓令，要我在二十四小時以內，趕到重慶，出任 蔣委員長的參謀長，我依命在時限內到達，幾天後，我接到一位朋友的第一封信，那是美國當時最有名的遠東問題專家洪貝克 Stanley Hornbeck 寫的，他曾在中國和一些亞洲國家服務過，有沒有做過駐華大使，我記不淸了，不過他信內有一句話，我却永遠記得，這句話是說：『東方是美國外交官和軍人的墓場』 The Orient is the Graveyard of American Diplomats Add Militarymen. 魏德邁將軍說。

說罷，這位體軀筆挺的老將，若有所思的低下頭來，一陣微笑展現在他滿臉的皺紋上，然後他低沉地說下去：「……但是你想想，美國軍人中有多少人能像我這樣得識中國的一位歷史人物—— 蔣委員長，並和他成爲知己！」

自從退役以來，魏德邁將軍一直隱居在華府近郊馬里蘭州西北角波夷德地方的一座農莊，而並沒有到他出生的尼布拉斯加州歸隱，印證了西方人常講的一句俗話，那從是，演過大戲的人，是不會離開戲台太遠的。這些年來，他看了不少歷史書籍，特別是有關中國和 蔣總統的，總統去世翌日美國報紙大篇幅刊載，魏德邁將軍也仔細看了，問他對這些報導，特別是他知道最清楚的總統生平報導有什麼感想時，再一次，這位二次大戰期間的名將，用一種富有啓發性和哲學意味的話，來做爲間接的答覆。

他說：「過去的一段時間，我曾一口氣看完了史學家杜仁特Durant夫婦的名著『文明的歷史』Story of Civilization一書，這是一部十卷的皇皇巨著，我記得全書結論論有一句話，很值得唸歷史和寫歷史的人去回味，這句話說：『歷史多半是揣測的，剩下來的部份都是有偏見的』。History is Mostly Guesswork, The Remainder is Prejudice。」

對魏德邁將軍來說，美國那些有關 蔣總統的報導和記述，這句話正是最好的寫照吧！

（四月十日於華府）

屢蒙總統召見之回憶

錢穆

總統　蔣公崩殂，舉國悲痛。我在翌日清晨聞訊，內心震悼，不知所措。日常閱覽寫作，無可持續，惟坐電視機旁，看各方弔祭情況，稍遣哀思。乃經各報社敦勉撰文，並皆指定題目。竊念各方哀思，如是之殷，凡屬欲我有言，此皆關切　總統生平之無微不至，我何可默爾不答。更念我以愚迂無用之姿，數十年來，屢蒙　總統召見，在　總統禮賢下士之心，盛德之流露，正其承續我民族文化傳統大道之一節，而在我自問，何所報稱，實無以仰副　總統盛德誠意之萬一。每一追溯，惟增慚負之私疚，更何顏面瑣瑣道達於國人之前。

繼又思之，蓬蓽雖陋，亦既同受陽光之和煦照耀，何可以自慚蓬蓽，而諱言陽光之和煦。抑自我去年作爲八十憶雙親一文，各方渴盼我於平生經歷續有撰述，而屢蒙　總統召見一事，厥爲我平生經歷中一大事。必當述及。今於悲痛中作此追溯，既可稍釋我悲痛於無聊賴之中，亦可稍慰與我同悲痛者，有欲知其事之所望。爰敢不辭，述此回憶。

我見　總統，最先在民國三十一年。前一年春末，我在四川樂山武漢大學作短期講學，嗣又遄赴青木關教育部開會，會畢，留在中等學校教師暑期進修班授課，事畢返成都，忽得教育部來函，述　委員長於報端見我在青木關消息，電話召見，詢我是否能於短期內再往。我覆函，　委員長軍務倥傯，不願以我愚陋，無可獻替，而輕應召，以妄費　委員長之精神。並恐　委員長因見我愚陋，而減少其對學術界之興趣與信心，此責更不敢當。此下遂無續訊，是爲我蒙召見而未獲晉謁之一次。

翌年春，時我居成都北門外二十里許之賴家園，四川省政府特派人持函來，告以　委員長來成都，囑於翌日下午赴城中某處謁見。是日應召到者約達一百人。　委員長在台上，召見者列坐台下。　委員長唱一名，其人即起立，垂詢應答，各不超過一兩分鐘，歷兩小時而畢。是爲我親瞻　總統顏色，親聆　總統聲音之第一次。

翌日上午，　總統又召見於成都軍官學校。我於十時到，候見者尚留十許人，分別晉謁。約五分鐘另召一人，我最後。在十一時晉謁，坐定，私瞻　總統神采奕奕，若無倦容。是晨所談，專涉宋明理學方面，尤其爲清初明末遺民顧黃諸家。所談之詳，已不盡記，似從垂詢有關於傅青主某一事談起。對我已往經過，學歷資歷，均未問及。更無一句通套泛語。回憶當時社會相識人，都說我專治史學，而　總統當時和我初次見面，却即談到理學上，而這正是我平日最看重最愛研究的一項學問。雖第一次獲見政府最高首領，又爲我平日素所崇仰之人，但談話不到數分鐘，已使我忘却一切拘束，懽暢盡懷，如對師長，如晤老友，恍如仍在我日常之學究生活中。猶憶是晨談話，亦有兩次詢及我私人方面者，但亦從前面話引端觸機，並非突發詢問，一因談及顧黃之不仕清廷，　總統問我是否對政治有興趣。我答我治歷史，絕不會對政治不發生興趣。即如當年顧黃諸人，他們盡不出仕，但對歷史上的傳統政治都有大興趣。其對現實政治乃至此下可能的理想政治亦都極大關心。又一次因談及理學少爲現代人注意，　總統又問我是否能講英語，我答不能。當時詢及我私人者，只此兩事。

是晨談話，自十一時起，直過十二時，侍者報午膳已備，　總統命我同餐。餐桌旁備兩座，一座背對室門進口，一座在右側，我見座椅不同，即趨向右側之座，乃　總統堅命我坐背向室門之一座。我堅不敢移步，　總統屢命不輟。旁侍者告我，　委員長之意，可不堅辭。余遂換至背對室門之座。侍者見我移步，即將桌上預放碗筷互易，我乃確知此座乃預定爲　總統座位，心滋不安，但已無可奈何。　總統座，我亦坐。進菜乃中餐西吃，皆盛以小碟小盌，湯菜三四品，皆江浙家常味，未進小點，　總統命我一一皆盡。有鹽鴨蛋，　總統尤特命我品嘗，　總統是日食量亦佳。席間轉換話題，談及時事。我告　總統，歷史上外族入侵，如五胡，如遼金，如元如清，或割據一部分，或併吞全中國，此次抗戰，賴　委員長堅貞英明，勝利有望，洵屬歷史上曠古未有之奇蹟。他日光復回都，若荷國人諒解，　委員長獲卸仔肩，退身下野，爲中華民國首創一成功人物之榜樣，亦將增進國人無上信心，俾得逐步向前。　委員長亦得稍減叢脞，在文化思想學術教育上領導全國，斯將爲我國家民族一無上美好之遠景。　總統點頭稱是。

飯畢，仍回前室，　總統將口中假牙置桌上，仍續有談，約十分鐘離坐興辭，　總統親送至門口，是爲我第一次之謁見。

是年冬，陳布雷先生來成都養病，告我云：明年春，　委員長必將召君去重慶，爲期當不遠，當先準備。翌年春，果奉召赴中央訓練團演講，下榻復興關。　總統晚宴於官邸，獲見政府要人不少。宴前，　總統先與我有一番談話，問認識吳稚暉先生否。我答，我認識吳先生，曾在無錫一師範學校任教時，吳先生來演講，我在台下認識其面。然吳先生並不認識我。　總統云不然，彼知你甚深。彼屬年長，當往拜候。我遂於翌日，初次謁吳先生。

又明年冬，　總統再召我赴中央訓練團高級班演講，仍獲召宴於官邸。總統於前年曾命教育部派人編撰宋元明清四朝新學案，俾便社會羣衆閱讀。宋元明三代，由黃全兩家舊學案中刪節，清儒學案須有新編。我奉命任此事，限時半年，限字四十萬。我歸成都後，窮日夜趕寫此學案，適有友人赴西安，爲我遍搜關學方面之著作，得二十種左右，極多流傳少而不易得者。我之清儒學案，最於關學方面，頗極用心鉤稽。書既成，因當時物力艱，未寫副本，即以原稿寄教育部。所得關學諸書，則全數移藏於成都之四川省立圖書館。此次見　總統，　總統尚憶前事，問清儒學案成稿否，我答已成，並已寄教育部。教育部長陳立夫先生時亦在坐，　總統面囑即速付印。惟四朝新學案之印刷，聞由國立編譯舘任其事，按先後付印，猶未及我之清儒學案，而抗戰已獲勝利。此稿乃聞於回都途中沉於長江。我所留，則僅目錄一篇。

此次與我同赴中央訓練團演講者，尚有馮友蘭、蕭公權、蕭叔瑜四人同一室。同在復興岡過陰曆年。元旦之晨，　總統特降臨。適逢開飯，菜餚四色，已放餐室桌上，　總統臨行前，一一揭蓋視之，頷首曰尚好而去。

以上爲我兩次謁見　總統於重慶，此後即未再去。三十八年春，我南下至廣州，夏間即往香港，創辦新亞書院，　總統聞其事，復來函召。我於三十九年冬來台北，由經國先生爲我下榻於勵志社。翌日之午，奉召至士林官邸。時值匪區派伍修權去聯合國。　總統在總統府開會，屢次電話通知邸中，會議未畢，稍緩即歸。蔣夫人先以點心欵待。　總統返邸，已在十二時半，即賜陪餐。回憶前在成都重慶屢獲陪餐侍宴，較之今日，情形又大不同。所吃乃配給米，只稍後在經國先生家，亦同吃配給米。其他場合，乃至沿街買食，皆非配給米。我歸香港後，常以此告之相識。

總統席間，垂詢香港及新亞情形。我之此來，本爲新亞經濟困竭，擬懇政府救助，然不願向　總統申述，只詳告香港之一切。此後在教育部長程天放先生晚餐敘談，行政院、黨部、僑委會各有關機構皆參加。我報告新亞經濟情況，學生百分之八十以上皆免費。教師薪水，從我起，一律以任課鐘點計算，一小時港幣二十元。我一人任課最多，得最高薪，亦不超過港幣兩百元。全校只一職員，無工役，一切打掃雜務，全由學生分任。惟薪水及其他雜費，如水電紙筆郵費等，最低非港幣三千元，不足維持。偶商得捐助，支票皆不肯開收付雙方名字。以此倍極困難。當與預會人表示，新亞員生，絕大部分皆來自大陸，政府當絕對支持。經濟最低限度所需，政府必照額支付。惟是晚行政院長陳辭修先生未在坐，當俟報告再作定案。總統府秘書長王雪艇先生發言，奉　總統面諭，新亞津貼，可由總統府辦公費中劃出與政府所給對等之數。今所定按月港幣三千元，行政院方面須待立法院通過，總統府方面即可按月支給。此後新亞經費，幾乎專仰總統府之辦公費救濟。直待數年後獲得美國耶魯哈佛兩大學援助，始由新亞自動請總統府停撥。

此次晉謁，　總統又詢見吳稚暉先生否，告以初到，尚未往拜候。　總統又言吳先生年老，你當往，於是又再謁吳先生於其台北之寓廬。

此後我每年必來台，每來必蒙　總統召見，或賜茶，或賜宴，從容垂詢，必歷時始退。某一次，由經國先生陪赴官邸，　總統尚在總統府未歸，稍後至，我起立敬禮後，　總統未就坐，逕返內室，換穿長袍馬褂再出，我心慚惶無地。因我初到香港，僅有隨身舊袍，間或改穿短裝西服。此次之見，已不記是長袍或短裝，要之未備袍褂禮服，　總統是日，本穿中山裝返邸，乃改易袍褂見我，我何以自容。自後不憶在何年，經濟稍裕，始製藍袍玄褂，亦不再製短裝，至此事，尚使我懷憶無窮。

民國四十一年四月十六日下午，我在淡江學院驚聲堂爲聯合國同志會演講，場屋受傷倒地，失血過多，不省人事，絲毫不知有痛，亦不知已轉去中心診所，其他一切更全不知。但明明耳邊有三聽覺。一聞聲云：我是黃伯度，代表　總統前來慰問。一聞聲云：「他已死了。」事後乃知指故立法委員柴春霖。一聞聲云：今送你至手術室。翌晨醒來，乃知在醫院，因問護士，我尚有聯合國同志會演講未去，何以來此。經數日，始漸漸記起演講事，然至臨場屋前一兩分鐘即全不記憶。此乃三聲，明白在我腦際，但亦不連貫知爲何事，此亦可怪。

又憶民國四十八年夏來台，　總統交我閱讀其科學的學庸之稿本，命我遇有見，可逐條指出，以便改定。我在寓處細讀完後交上。一日，　總統召見，謝我指正。我說：　總統書中微言大義，當待後世學術界公評，穆何敢措一辭，只指了些筆誤，如有子曰誤寫孔子曰之類。總統連說：「這那裡是小錯，這那裡是小錯。」

同年九月又來台，爲國防研究院講民族的文化。一日上午，　總統來研究院，蒙召見。我適上一堂下課，院中告我，今晨　總統召見人極多，大概接談時間不多。下一堂課，可稍緩一刻鐘或二十分鐘再上。我到候見室，坐候者約可二十人左右，先一西人應召，約五分鐘即續召及我。直談至午刻，此下各人，殆已改時再召矣。　總統問我，此次選舉，汝是否有反對我聯任之意，並曾公開發表文字，我答無此事。　總統隨起身向書架取書。我言總統勿再檢此書，應是我民國三十九年初到香港時所寫向政府進忠言，並非爲選舉總統事而發。我又言，我曾面勸　總統抽身下野，乃在成都初謁　總統時所言。　總統言：汝那次所言，我常憶在心，或許汝當時所言，誠對國事有益。今且問汝對此次選舉之意見。我答：今已時移境易，情況大不同。此待　總統英明，內定於一心，斷非他人所能參預其意見。我當時勸　總統下野，

因見　中山先生手創民國，開歷史上未之前有之大業，而此下形勢所迫，廣州再起，在國人心中，一若仍爲一未成功人物，此對國人對我民族國家前途信心有損。　總統抗日成功，亦歷史上前所未有之一大勳業。若　總統在勝利後下野，明白昭示一成功人物之榜樣在國人心中，或可於國家民族前途有另一番甚深之影響。我當時意見只如此。然而情勢所迫，以至今日，　總統在此奠定一復興基地，此又是　總統對國家一大貢獻。然而多數國人，終不許總統不繼續担負此光復大陸之重任。担負此重任之最適當人物，又非　總統莫屬。穆私人對此事，實未能有絲毫意見可供總統之采納。　總統聽我言，屢頷首，不作一辭。平日蒙　總統召見，我每直率陳辭　總統亦不厭往復。此晨我說話已多，已屆午刻，遂告辭而退。及今回憶，事又隔十六年之久，　總統在此十六年之中，決心肩負此光復大陸之重任，大陸水深火熱之億兆同胞，應無日不想望　總統之重莅。而　總統今日遽此溘逝。自民國以來，我國家民族多災多難，　中山先生與總統，雖勳業彪炳，將來必長垂史籍。然此兩偉人之生命與其心情，乃長與我國家民族以及億兆同胞，乃仍將有一段多災多難之命運與心情之持續。然亦必有其國運昌隆以及民生安泰之前途，一如　中山先生與我　總統平日所想望與所抱負之必然到達。此則有待我全國人民對我國家民族之歷史文化傳統乃及此兩偉人生前之精神生命，有其更深更切之瞭解與信仰。此誠古今中外每一國家民族所希遘難遇之奇蹟也。

我在民國五十六年決心回國長住，先二月，回國選擇地點，在士林外雙溪東吳大學之東側，向陽明山管理局借租公地。　總統聞之，命陽明山管理局依我擇定地點用公帑建賓館，許我暫居。七年來，獲得杜門潛修，炳燭餘光，積有百萬字以上之著述。凡我愚陋，所以報我　總統生前特達逾分之獎誘於千萬分之一者，則亦惟此而止耳。

含淚憶述，哀何能已。

鐵軍軍長張發奎痛悼蔣公

陳祖華

從民國十三年開始追隨故總統 蔣公的抗日名將張發奎，七日下午偕同夫人由香港抵達台北以後，連日來眼淚未曾乾過，內心之難過，非任何語言文字所能描述。

六日上午，張發奎與子侄輩一起到新界去玩，下午到香港，始知道 蔣公逝世的消息，他看到報紙之後，立刻要他太太收拾行李，準備回台北服喪，他太太告訴他旅行證件已經過期，恐怕走不成，他說，管不了這麼多，我一定要儘快回台北。

於是，他一面打長途電話到台北，希望國民大會秘書長陳建中（張發奎是國大代表）在台北替他想辦法入境，另一方面打電話到中華航空公司香港辦事處訂票，訂票的人問他旅行證件是否齊全，他說，你只要賣兩張機票給我，其他的問題我自己解決。

七日上午九時卅分，他與太太提着簡單的行李到機場中華櫃台付錢拿票，機場工作人員索閱他們的旅行證件，發現已經過期，不肯給他們劃位子，費了很多唇舌，沒有結果。他要求與機場辦事處負責人見面，他告訴那位負責人說， 蔣先生過世了，我們站也要站到台北，無論如何請你幫忙讓我們上機，至於台北方面，由我個人負全責。當他說完這幾句話時，那位機場辦事處的負責人眼圈紅紅，拿了一張保證書請他簽字，說明如果發生任何問題，概由旅客負責，以完成法定手續，然後把他們夫婦送上飛機，那個時候距離飛機起飛的時間，只有五分鐘了。

民國十三年，張發奎是 蔣公麾下的警備團團長，以後歷經東征、北伐、勦匪、抗日，始終追隨 蔣公。中央政府遷到台灣，他雖然羈留香港，但是心在祖國，尤其對於 總統，更是尊重，六十一年九月，傳出 蔣公身體不適的消息，他立刻摒擋一切，於九月底回到台北，表達一位作部屬者對於老長官敬愛的心意。

七日下午張發奎到達台北後，未暇休息，就趕到士林官邸行禮致敬，九日上午 蔣公遺體由榮民總醫院移靈國父紀念館，他又至靈堂瞻仰遺容。

這幾天，他謝絕了很多應酬，與他太太留在下榻的中央大飯店，默默地回想 蔣公生前的一言一行，每到傷心處，這位八十歲的將軍忍不住老淚縱橫。

他向本報記者說，這幾天，他害怕看電視，尤其看到男女老幼在 蔣公靈堂內跪地嚎啕痛哭的鏡頭，每天看到他都陪着掉淚。

話題轉到近廿多年來，大家在蔣公的領導下，勵精圖治，所獲得的輝煌成果，他說，民國卅六年，他是廣東行轅主任，蔣公命他到台灣視察，當時整個台北市很少看到樓房，老百姓都打赤脚，到了六十一年九月他再來台灣，情況已大有不同，寬廣的大馬路，高樓大厦林立，路上的行人都穿得整齊而體面，尤其難得的是社會的安定與治安的良好，世界上沒有幾個地方能與我們相比，這次來台北，雖然沒有心情到處參觀訪問，但是搭車所經過之處，覺得又與三年前大有不同，這種飛躍的建設的成果，由於全民共享，所以　蔣公逝世，大家無不哀痛逾恒，　蔣公深恩厚澤，已深入民心，所以大家才自動自發的，由每個角落趕到台北，向這位一代偉人致最後的敬禮。

說到這裡，話題很自然地轉到毛匪所控制的中國大陸。這位老將軍說，在香港偶而會有些左派人士去看他，向他說大陸匪區如何如何，他不跟他們說大道理，只反問一句話，你們說得這麼好，但是爲什麼每年有成千上萬的大陸同胞游水逃到香港呢？

他說，游水逃港的大陸難胞，冒着九死一生，他們都是二、三十歲的青年，是所謂「吃共產黨的奶水長大的」。然而，最先背棄共產黨的却是這一羣人，共產黨說得天花亂墜，這一點却永遠不能自圓其說！

有人說，大陸之被赤化，是「刼數」。張發奎不同意這種說法，他說，這種刼數是我們自己造成的，是人爲的，而非天意。他很痛苦的說，大陸沉淪，億萬同胞過着地獄般非人的生活，我們這一輩要負完全責任。

這位老將軍擦着紅紅的眼睛表示，　蔣公所決定的一切大政方針，高瞻遠矚，見人所未見，他所說的許多話，後來無不一一應驗，但是，我們這些做部屬的，當時却不能體會他的用心，或者陽奉陰違，致使共匪坐大，我們實在對不起大陸億萬同胞，更對不起　蔣公他老人家。

但是往者已矣，大家自怨自艾不但無補實際，而且還會削弱了自己的力量，予敵人可乘之機。因此，他認爲大家應該把悲痛化爲力量，去完成　蔣公的遺志，他相信，由　蔣公逝世全民所表現的悲傷情緒來看，證明民心可用，赤禍一定可以戡平。

他說，記得陳故副總統在世的時候，他會說過，一旦反攻的號角響起，他這個老兵願意立刻投入戰場殺敵報國。今天他雖然已經八十歲了，但是精神體力還很不錯，仍可報効國家，藉慰　蔣公在天之靈。

總統　蔣先生繼承國父志業所樹立之典型

黃季陸

總統蔣先生的崩殂，是世界上驚天動地的大事。當此一不幸消息傳出的四月六日凌晨，我先是震驚至極，旣而抑止不住的悲慟。這一驟然來臨的噩耗，使我錯愕、徬徨，默默地爲深沉的哀傷所衝擊，只有五十年前在廣州驚聞　國父在北京逝世時的情景可以比擬。在平時，我自以爲是個頗爲堅强的人，但在這種巨大的悲傷所衝擊之下，也感到軟弱而無法自持了。從悲痛中忽而使我振作起來的，是我回想民國十四年　國父逝世時　總統蔣先生所以自處的堅忍奮發的往事，他爲我們樹立了革命的典型，是我們在悲痛中最當記取的。

民國十四年三月十二日　國父逝世於北平時，　總統蔣先生正在東江前線指揮作戰，因爲前線軍事緊張，中央恐怕噩耗影響軍心，此時秘不與聞。　國父逝世的噩耗，正式到達前方是三月二十一日，蔣先生在軍中，自聞總理去世，朝夕惘惘，他嘗說：「旣帶軍隊，自當以死誓。在軍日取手槍藏懷，恐爲敵所乘，不如自殺，尚有人生樂趣耶？遁世葆眞乎？抑負荷重託乎？皇然不能自決。」其悲痛之情可以想見。然而更重要的是化悲痛爲力量與決心，蔣先生於悲痛之極時，曾撰感言一首，文曰：

「斬草須要除根，擒賊必先擒王，不誅叛逆陳炯明，不算革命眞男兒，剜其心肝，祭我　總理神靈，肅淸東江餘孽，實行三民主義，繼續先烈生命，完成本黨責任。」

這不啻是　總統繼承　國父未竟志業的一個誓言！三月三十日，蔣先生率領前線將士在興寧縣北門外刁屋壩開追悼會，在公祭　總理文中有云：「……英士旣死，吾師期我以繼英士之事業，執信踵亡，吾師並以執信之責任歸諸中正……憶自侍從以來，患難多而安樂少，每於出入生死之間，悲歌慷慨，唏噓悽愴，相對終日，以心傳心之情景，誰復知之？……」眞是血與淚俱，革命事業的艱難、困苦、辛酸，豈是一般人所能想像得到的？

總統蔣先生敬事　國父之忠誠與乎繼承　國父革命志業之苦心孤詣，堅定不移，求諸我們的歷史亦不多見，其革命人格的偉大，眞是仰之彌高。我們今日的悼念總統蔣先生，應不忘他在遺囑中所昭示我們的未完成的革命志業，光復中華，重建大陸。

現在我要說的是有關　總統蔣先生的偉大事蹟和他如何繼承　國父革命事業一些片斷。我們要企求拯救大陸億萬待救的同胞，完成國民革命大業，　國父與　總統蔣先生的偉大人格已爲我們樹立了崇高的風範，最値得我們效法。

總統蔣先生第一次晉見　國父是在民國前二年，那時他纔是二十四歲的青年，論學業則僅僅是日本振武學校一個畢業生，論事功則當時負時望的大有人在，而　國父在第一次接見他時，便許他爲不可多得的革命人才。　國父是在衆人中選識了蔣先生，而蔣先生後此的成就亦眞不負　國父的期望。這在治歷史人看來，不能不說是一件偉大而難能的奇蹟！

中山先生對蔣先生之器重，我僅在此舉出幾件重要的事以概其餘：

當民國十一年，　國父孫先生在桂林督師，感覺陳炯明勾結北方軍閥態度不穩時，便由桂林回師廣東，先謀後方穩定，再行北伐。孫先生到了梧州電陳炯明來見，陳竟不敢來，乃下令免陳炯明本兼各職，陳遂退兵惠州石龍一帶。當孫先生率領大軍到三水，　蔣先生即建議大軍進駐石圍塘，並主張力攻石龍惠州，消滅陳部，以除北方後顧之憂。孫先生以寬大爲懷，盼陳悔悟，不欲驟加摧毀，於是蔣先生於到達廣州後，便有去志，孫先生知道了他要走的消息後，特親致挽留對蔣先生說：「此時你若走，則我與你爲機能全失，人無靈魂，軀殼有何用處？」蔣先生深受感動，雖然暫時不走，然因主張未被採納，而又加以當時環境也極複雜，後仍回到浙江，蔣先生當時堅決主張先肅清陳烱明之理由，可於其是年六月一日致許崇智先生的信中窺其用意，信中說：「吾果能先發制人，則無論其集中東江，或盤據省城，不難一網打盡，否則猶豫不決，遷延隱忍，必有束手無策、噬臍莫及，不可挽救之一日，維愿吾言之不中耳。」後來果然由於遷延隱忍，不出他之所料，陳烱明竟於六月十六日稱兵叛變，幾幾乎危及中山先生的生命安全。及至中山先生困守珠江兵艦上，蔣先生聞訊立即萬里赴難隨侍孫先生左右，在危難萬狀中奮鬥達數十日，一直到了北伐軍回師討陳全盤失利，乃又追隨孫先生到了上海，所以孫先生在蔣先生所著「孫大總統廣州蒙難記」一書作的序文中有：「陳逆之變，介石赴難來粵，入艦日侍余側，而籌策多中，樂與余及海軍將共士生死……」的話。

中山先生於民國十二年二月十五日，由上海啓程南行，於同月廿一日抵達廣州組設大元帥府，並任命蔣先生爲大本營參謀長，蔣先生於四月十九日抵廣州，在此時期陳猷決策，草檄批牘，籌戰守，饋餉糈，出隨車駕，入掌樞機，日不暇給，革命軍事的大責重任叢集於一身。

我在此要舉出一件小事，以說明中山先生是如何的在軍事上倚重蔣先生和如何的信賴他。

民國十二年六月三十日，陳烱明進犯廣州，蔣先生隨中山先生赴石灘督軍。在這以前的兩日，（廿八日）陳烱明見劉震寰軍圍攻惠州急，乃令別部抄出後方，襲陷博羅，進窺石龍，廣州震動，中山先生親在石灘督戰，時潰兵麕集，傳聞石龍已失守，蔣先生不之信，自領衞隊鄧團二百餘人前行，各部始不敢再退，俄頃得報石龍無恙。中山先生問其故何在？蔣先生曰：「料逆部佔領一城，須留滯時日，我軍昨日失博羅，離石龍九十餘里，彼必不能迅速若此，是以知之。」

這是一件小事，其他決疑定策之大事，中山先生之信賴於蔣先生者類此甚多，這並不是偶然，而是他信譽素孚，洞燭機先，中山先生對他產生了堅强信賴的緣故。

中山先生對蔣先生之倚重已非一日，民國九年他寫給蔣先生的信中曾說：「………自執信忽然殂折，使我如折左右手，計吾黨中知軍事而肝胆照人者，今已不可多得，惟兄之勇敢，誠篤與執信比，而知兵則又過之。」

民國十年，蔣太夫人逝世後， 國父一篇祭蔣太夫人的祭文，在這篇文中有下面的句子：「文與郎君介石，遊十餘年，共歷險艱，出生入死，如身之臂，如驂之靳，朝夕未嘗離失。」譚組安先生在當年國父致蔣先生手扎廿三通上曾附跋了下面幾句話，他說：「……至其望介石之深與待之之厚，諄諄如家人父子，尤令人三復感激……。」觀此就足見 國父對蔣先生倚畀之殷切了。

民國十一年一月，蔣先生陪同段祺瑞代表徐樹錚，從廣州往桂林謁孫先生，事後徐樹錚回到上海，對其友人方立之說：「這次見到了許多名滿天下的人物，但是將來眞正幫助孫先生成功的，恐怕是一位蔣介石先生。」後來蔣先生一度回到寧波，徐樹錚一方面寫信給孫先生，勸他切不可放走蔣先生，一方面寫信給蔣先生，勸他千萬不要離開中山先生。徐樹錚曾經把這兩封信給方立之看過，方立之還開玩笑的說：「這是國民黨自家的事，關你甚事？」徐樹錚說：「這是關係大家的事，關係整個國家的事，我們怎能不關心？」徐樹錚是黨外人士，他所見到的蔣先生在革命陣營中的重要性是十分眞確的。（見徐樹錚先生年譜）

說到蔣先生的肝胆照人勇敢誠篤，在革命的史績中記載得很多，民國四年春，陳英士先生由日本回國，蔣先生送英士先生到橫濱輪次，臨別時黯然對英士說：「此去萬一不幸而爲袁氏所害，余當爲兄化身，以成未竟之志。」到了民國五年五月英士先生不幸被袁世凱以七十萬巨金購買刺客李海秋，暗殺於上海法租界日本同志山田純三郎的家中後，不僅同志親友驚惶不敢露面，就是山田本人也恐怕大禍及身，咆哮失態，前後如出兩人，惟獨蔣先生挺身而出，把英士先生的屍體運到自己家中，親爲治喪善後。他在祭英士先生的祭文中說：「丁未至今十載，其間所共者何如事？非安危同仗之國事乎？所約者何辭？非生死與共之誓辭乎？而乃一死一生，國事如故，誓詞未踐。死者成仁取義，固無愧於一生，而生者守信堅約，豈忍惜於一死？嗚乎大難方殷，元兇未戮，繼死者之志，生者也，完死者之業，生者也，生者未死，而死者猶生。死者之志未終，而生者終之，死者之業未成，而生者成之，不終不已，不成而不死亦不已，以覆去春握別扶桑第二化身之懺語，以守我之信，堅我之約而已……」這種在公義與私誼上所表現的卓絕行爲，正是蔣先生至性至情的流露，亦正是他建立偉大革命事功的一個根源。

下面我將畧言蔣先生之事國父者又爲如何。

民國七年　蔣先生正在廣東潮汕陳烱明軍中任職，一日陳烱明約他前往聚餐，陳的部下葉舉出言不遜，詆譭　國父，蔣先生憤激不能抑制，他便離開座位，請陳烱明到另一房談話，憤向陳烱明道：「你是黨員，而你的部下可以當衆辱罵　總理，你聽見沒有？你爲何不予以糾正？」陳聽了之後僅敷衍幾句，毫無誠意的表示，蔣先生由是預斷陳烱明這樣的人，將來必定會背叛　國父，背叛革命，於是他便收拾行李離開了陳烱明的粵軍總司令部而回到浙江奉化。其後他雖然迫於中山先生之命回到軍中，參預攻閩及其後反攻廣東諸役，然而他對於陳烱明的爲人，觀察極爲深透，時時在警惕當中，後來不幸竟皆不出所料！

陳烱明是他畢生最恨的一個人，陳烱明雖然叛變了　總理，使革命事業受了很大的打擊，但是最後能繼承　總理遺志討平陳逆，出師北伐，也是由蔣先生予以完成。說到陳烱明在革命事業中的罪惡，實在是至痛可惜的一件事。蔣先生對於　總理的忠誠無間，信仰彌篤，也可於陳烱明之重視他的地方看出來，陳的作用是否眞誠的欽佩蔣先生，抑或是想爭取他以孤立國父，在此不必細論，而在此種地方更可見出蔣先生對　國父之忠誠可貴。

當民國七年蔣先生責備陳烱明不應聽任部下辱罵　國父憤而離去之後，陳派人送了一封信挽留，信中說：「粵軍可百敗，而不可無兄一人」。其推重蔣先生可謂至矣，在不知底蘊的人，必定引以爲奇，但我們細加研究，從陳給蔣先生的另一封信中更可獲知陳烱明的用心之苦。民國八年陳烱明派人函挽蔣先生赴閩相助云：

「介兄偉鑒：弟一人心有餘力未逮，盼吾兄來漳匡助，使粵軍得一部刷新，逐漸擴充練成中堅部隊，以保障地方之發展，……吾兄能來將粵軍弄好，將來必可於福建樹立一遠大之規模，否則共濟乏材弟亦無法能爲國家努力，惟有獨善其身而已。」

從陳這封信中，可以看出他挽請蔣先生相助，竟說到自己要表示消極來使對方感動。在陳烱明方面固然是竭盡一切求助，而在蔣先生內心對陳氏之取舍則一唯其是否以服從國父而爲斷。一個卓絕偉大而具有遠大理想，服膺　國父的不世人物，陳烱明又豈能動絲毫。

綜觀蔣先生當　國父在世之時，其對國父對革命的偉大精神，値得我們傾心景仰與效法的地方約有三點：第一、每遇國家重大問題，勿論他是否在　國父左右，他必竭智盡忠，爲　國父詳盡規劃，表現出他獨特的忠誠與識見：第二、主張能行則留，不行則去，明就去，別是非，非至萬分必要絕不還就；第三、每遇　國父在危難之際，雖冒萬死，必間關萬里奔赴左右！

我們今天悼念　總統蔣先生，緬懷他這些偉大卓絕的典型，只有我們感激奮發，以竟其未竟的志業，不容我們因他崩殂而懷憂喪志！

敬悼曠世偉人逝去

——兼記一些親歷的小故事

陳紀瀅

我寫這篇悼念文時，是　總統蔣公去世六天後（四月十一日），每天正有幾十萬人分別來自本島各地，以及海外在　國父紀念館前排着數里長龍，要瞻仰這一代偉人的遺容。所有的人都懷着一顆悲戚的心，睜着兩隻充滿淚水的眼睛，默默地走向紀念館，以耗費三小時之久，才能達到瞻仰的目的，而毫無倦容。當這篇小文與讀者見面的時候，　總統遺骸已暫厝於桃園大溪慈湖。一場國喪，料已暫時沉靜下來。

總統　蔣公的逝世，是二十世紀末葉的一樁大事。不僅因他老人家是一位世界偉人、是中華民國的救星、是　國父孫中山先生的忠實信徒，是三民主義的實行與發揚者；他更是近五十年來中華民族的精神象徵，全國人民的政治軍事領袖，全中國人民的大家長，更是每一個中國人民的驕傲。何怪乎他去世後，一片哀慟之聲不已，每個人比喪考妣更爲哀凄、更爲長憶。這種情形在事前誰也不會料到。

近代中國史上，清康熙在位六十一年，乾隆在位六十年。但我們找不出絲毫根據來證明這兩位皇帝駕崩後，所發生如總統　蔣逝世後這樣動人的影響。而且這些悲痛、這些禮數都出自內心，沒有一點兒勉強。因爲　總統　蔣公以五十年執政期間，他親政愛民，與人民同甘苦、共患難，沒有一天離開過人民。他的功業，人民都是看得見的，從東征、北伐、剿匪、抗戰、戡亂，以致率領數百萬軍民撤退到台灣。以二十多年時光，使這個小島成爲三民主義的模範省，使它成爲西太平洋上的反共堡壘，使它成爲反攻復國的基地，使它成爲八億大陸人民的燈塔。這種輝煌功業，在歷史上不但空前，恐怕也要絕後。

當代那一個政治家能趕得上他老人家？後代那一個能負起這些艱鉅的任務？二次大戰，並肩作戰的領袖，如羅斯福、邱吉爾、史大林等三人，估計一下他們的影響於世界、影響於國人的，誰抵得過總統　蔣公？

所以全中國人的悲慟是歷史性的、是世界性的，是民族性的，是國家的，也是每個家庭的！這種混合性的背景，使人掉淚而不自知，也道不出原因，只知道哭就是了。我相信在總統　蔣公以前，無此先例；總統　蔣公以後，也不會再有第二位。而我更相信，大陸八億同胞內心的悲慟，絕不會減於我們絲毫。毋寧他們比我們更悲哀，因爲我們親炙他老人的慈愛多過他們廿餘年。他們久離懷抱，渴望王師，年復一年，所以他們應在比我們更悲痛。

在過去五十年間，總統　蔣公對文藝的提倡與愛護，眞夠得上不遺餘力。尤其是抗戰時起，一直至他老人家捨我們而去，對文藝界可以說照顧最多。不但有他所著「民生主義育樂兩篇補述」內有清晰的指示，對國軍文藝有明白的列舉；每年中國文藝協會大會的訓詞，鼓勵與訓示的意義，斑斑可考；就是平素在談話中，他老人家也諄諄囑咐，激勵作家們寫作，並指示方向，「戰鬥文藝」就是他老人家所提倡的口號。純眞的、優美的文藝創作也是他老人家諄諄囑咐的目標。世界上還有哪一國的領袖有過如此明白的文藝方針？特別是來台灣以後，成立「中華文藝獎金委員會」與成立「中國文藝協會」都是他老人家親自下令的。而爲文藝工作，我清楚地記得，至少召見過我們兩次。一次是四十一年春，由張道藩先生領導我們幾位、道藩先生、平陵兄、友培兄、孫陵和我。那是在總統府總統會客室左首一張長方型的桌案前，總統自室內走出，然後道藩先生給我們一一介紹。 總統滿面微笑跟每一個人說話，無非是鼓勵大家努力工作，大約歷二十分鐘大家退出。

另一次稍後，約四十二年， 總統又單獨召見我個人。那次是他老人家聽說有人與文協鬧意見，而且已受到上峰的「薄懲」。他老人家要我知道文藝工作是由何人領導，所以才召見我。總統見了我就說：「文藝是由黨來領導，你不必懷疑。有什麽問題，找黨部好了。」我唯唯而退。那時因爲有人爭奪文藝工作的領導權，製造了些不大不小的是非。我個人非常灰心，所以才有這次召見。

其實，我以一個新聞記者的身份，早在民國二十七年十二月初已在重慶軍事委員會行營，被那時的委員長召見過了。

那時武漢撤守未久，沿江一帶人民正往大後方遷徙的時期。因爲我奉大公報之命，前往新疆廸化採訪第三次全疆人民代表大會的新聞，四十天之後，回到重慶。因爲我是第一位記者打開新疆關閉已久大門的。連續新聞電訊及通信刋載在大公報版達一月之久，所以委員長極爲注意。我回到渝市未久，就接到最高國防會議秘書長王寵惠先生的通知，要我去看 委員長。屆時王氏帶我去 委員長辦公室。 委員對我的採訪，鼓勵甚多，並且聽了我簡短的報告，就退出。

第二次我接到 委員長的轉知命令是三十一年。那年新疆主席兼督辦盛世才氏的四弟世騏，被蘇俄特務機關指使他太太把他殺害。盛氏突受打擊，處境困難，心神不安、惶惶終日。恰好那時 委員長巡行西北，在蘭州遇見國民參政會北考察團團之一的大公報胡政之先生。 委員長見了胡氏，就叫他傳口信於我，命我再去一趟新疆，（在此以前，我已去過廸化兩次，第一次二十七年，第二次二十九年。）安慰安慰盛氏，並且婉言相勸，請他離開新疆，回到中央。

我那次幸未辱命，回來以後，我僅把經過報告政之先生，請他轉報。不久，盛氏回到中央任農林部長。當然，他之歸順中央，絕非我的功勞，但有千分或萬份之一的影響而已。盛氏之得善終，到台灣來了以後，我是他絕對少數來往朋友之一，與我三渡天山，不無關係。

第二次單獨召見我，那時 委座已改稱主席的時候。因林故主席去世以後， 委員長就兼任主席。那是爲了我被遴選爲國民參政會參政員。時間是三十四年四月。地點是重慶上淸寺曾家巖委員長官邸。陪我去的是參政會副秘書長雷震，替 委員長招待兼紀錄的是陳方（芷汀先生）。那次一同召見有十幾人，但仍是一個一個的傳見。因爲有了以前種種印象，所以 委員長一見了我就說：「我看見你寫的許多文章。」我說：「 委員長多多指敎。」然後問我家庭狀況、子女幾人，以及是否還與盛世才往來等語。我一一具答後即退出。因爲召見的人很多，每人攤上十幾分鐘，就頂多了。

第三次、第四次召見，就是以前所述爲文藝工作的兩次。

第五次召見我，仍是在台北總統府。那是爲我被派爲中央黨部設計考核委員會委員。一同被召見的有蕭同茲與朱斅春兩位先生。當時我們誰也不知道爲什麽見我們。我們三人惴惴不安地在客廳等着。不一會兒功夫，就有秘書來請我，走到 總統辦公室門口時，突然有一位穿白制服的武官，大聲喊道：「陳委員紀瀅到！」這也是我第一次接受這種接待。一個記者出身的人，本來已養成不在乎的習慣，且我見 總統已非一次，並無「畏懼」之感，可是被這位武官大聲一唱名，反倒使我侷促不安起來。我進了門，只好一步一步地邁向　總統的辦公桌前。　總統當我走近了，就站起來歡迎我。那時爲　總統作紀錄的已是秦孝儀先生了。

從這次起，他老人家就開始下邊這幾句話，做了召見我的開場白：「你還研究邊疆問題嗎？看見盛世才沒有？大公報有什麽人在這裡？」然後再歸入正題。可知他老人家對我與盛世才，與大公報的關係印象深。後來有人告訴我，假如三十八、九年時，我若向　總統要求在台灣恢復大公報出版，　總統會批准的。這話出自黨方負責人之口，我也有此相信。但我沒那樣做，因此我顧慮到我的身份、地位。因爲我在大公報雖然服務了十五年之久，畢竟我不是負責人，而且我那時已被遴選爲中央日報的董事。我若對新聞有志趣，應該把力量貢獻於黨，不必旁騖。話又說同來，如果大公報能在台灣出版，也可能發生一些意想不到的影響。雖當過參政員，我承認自己仍是書生。這樁事的誰是誰非，只能留待歷史家去評論好了，我個人並無遺憾。

第六次召見我，我已記不淸年月，可能是中國國民黨第八屆代表大會時。總裁要召見一部立法委員黨員，我被列在名單之內。那時陳叔同兄是秘書，召見我們的地方在國防研究院大禮堂的後邊院長辦公室。待召見的人雖然不少，但仍個別接見，這次他老人家非常愉快，除了問我關於大公報及盛世才外，還囑咐我：「你有什麽事，可寫給我。」語意親切人。然而我從來沒有給他他老人家上過「萬言書」。同時也因爲爲自己無「高見」，不敢在他老人家日理萬機之餘，還看我的「連篇廢話」。

第七次召見，我記憶最深，時間大概在五十一二年間。也是一次重要黨內會議上。　總裁在開會期間，要召見一部份立委黨員。地點在國防研究院禮堂樓上的會議室。那次召的有二十多人，一張長方型桌子豎擺着，把我排在桌首第一位。總裁進來後，就坐在緊挨我的案頭。他老人家穿着淺綠色軍裝，笑容可掬，滿面紅光，眞是精神奕奕。這是我從來沒有距離他老人家挨近的這一次。但因爲見得多了，我心理上一點兒也沒有緊張之感，反覺得他老人家如家長一般，增多了一份親切之情。他先跟我點了頭，再問大家好。因爲他面前擺着一份依座位次序的名單，所以他老人家一一按名看了看大家。大約有兩分鐘的工夫，把人與名單看完了，就讓大家發言。「大家對大會有什麽建議，隨便談談。」於是一個接一個講了很多。當中有一位女委員，平常就是人矮聲高，這時她可能心裡很緊張，於是音調就改了腔，（用平劇術語，是荒腔走板。）再加上一口地方話，使人聽來既刺耳，又好笑。當她把嗓門提到「聲震屋瓦」時，　總裁不禁哈哈大笑，而且前俯後仰的。她是教育專家，所談不無可取之處，只因爲緊張，嗓門走了樣，才招得　總裁大笑。大家見　總裁大笑，也禁不住跟着笑起來。這是我首次看見　總裁這樣大笑的。

後來我向那位女委員說：「今天全部講話，只有你成功。你能讓　總裁哈哈大笑一陣，多麽與他老人家的健康有益！」

自從這次召見以後，再也沒有這種機會了。有之，那是陽明山舉行　總理紀念週時，與一年一度的新年團拜，以及就任多次總統職位時。這些場合是多數人共聆他老人家的教誨，與分享他老人家的光榮。

自六十二年起，他老人家就不能其出席新年團拜了。

我們最失望的，也是最大遺憾的是他老人家沒多活幾年，領導全國軍民光復大陸，解救同胞。我們想他老人家比我們更多遺憾！我們不要空口說說「化悲慟爲力量」，我們要遵照他老人家的遺囑去一一實現他的理想。尤其我們若不能光復大陸，就愧對總統對我們五十年的教誨。對這位曠世偉人，我們人人虧欠太多，必須要把深痛哭泣的哀情，孕育成一股排山倒海的力量，光大他老人家的思想與主張，才不愧對他老人家五十年爲國爲民的辛勞！他老人家的遺訓，我們必須有實現的勇氣，有擔當的肩膀，使它化爲全國人民淚珠的結晶。

（六十四年四月十一日下午於興隆山莊）

黎玉璽含淚說當年

·李廣淮·

總統 蔣公於五日深夜逝世，離開了他領導數十年的國家和同胞；對於曾追隨總統 蔣公抗戰剿匪大業的總統府參軍長黎玉璽將軍來說，更是悲傷哀慟莫名。

昨天黎玉璽將軍放棄了星期日休假，含着悲痛，上午離開總統府，下午就趕到全國體育協進會上班。他認爲努力工作，才不負 總統蔣公的遺訓。

民國八年一月，蔣總統忍讓爲國「引退」時，黎玉璽將軍曾率「太康」軍艦，追隨 總統歷經患難險厄，因此，他對總統英勇偉大的風範，有更深刻的體認。

對於 總統在「引退」的偉大事蹟，黎玉璽將軍是含着滿眶的淚水，以無限崇敬的口吻，向本報記者追述的：

卅八年四月廿五日，寒冷陰雨的天氣，似乎象徵着 總統被迫「引退」，所帶給舉國的沉悶和厄運，那天 總統由象山口岸登上「太康」艦。當時的太康艦長黎玉璽，是年僅卅五歲的海軍中校。

總統登艦後，才說出要去的地方——「到上海去！」這使 總統隨從和黎玉璽艦長大爲驚異，因爲當時共匪已經渡過長江，上海情勢非常危急。而總統堅持要在最危險的時機，到最危險的地方去！

總統在上海指示保衞上海的防務，或召集黃埔軍校學生訓話，幾無一刻休息。這時，黎玉璽艦長曾前往報告 總統：太康艦泊於黃埔江的「復興島」待命。總統似乎很喜歡「復興島」的名字，連說：「好！好！」

那時候， 總統並搭艦往來舟山羣島一帶，巡視各軍事據點，對於穿山鎮等地的地形瞭望，及通往內陸的交通，非常注意。黎玉璽表示， 總統雖是「退野」之身，但猶不辭辛勞的奔波各處，視察防務，對於這種心懷邦國的精神，眞使他有無限的感佩。

後來， 總統乘風破浪的到過澎湖、廈門各地。有一次狂風巨波，船上許多官兵都暈船躺下了，而黎玉璽却親眼看到總統正沉着泰然的在看書。

黎將軍說， 總統雖在日理萬機中，仍不忘時時在看書，甚至在狂風巨浪的險惡情況下仍然利用時間在看書，這種看書進修的毅力和精神，給他和全艦官兵無比深刻的印象和啓示。

總統曾訓示太康艦所有官兵：「海軍在未來反共復國任務中，担負着很重要的使命」。——這一直是黎玉璽艦長和他的部屬，所時時自勉自勵的一句話。

不久， 總統抵達台灣，而黎玉璽以第二艦隊司令的身份，仍然經常追隨 總統身旁，視察澎湖、高雄、左營等地要塞軍港的防務。

往後，黎玉璽以保國功績升任海軍總司令、國防部參謀總長、總統府參軍長等要職，有幸繼續追隨 總統視察金馬前線，及重大的國軍演習。

在視察各地國軍時，黎將軍感覺到：總統對國軍官兵的愛護無微不至，不但注重他們的生活改善，尤其對官兵們的未來前途，更關懷備至，並幫助他們發展。

對於跟隨 總統觀臨幾次重大的國軍演習經驗，黎玉璽說：總統是當代偉大的軍事家，他除了注重一般軍事基本動作，對於演習各種大小情況，更觀察入微，嚴格要求確實。記得某次在桃園大演習結束的當晚，總統曾召集了所有當長以上的幹部，詳加檢考演習的成效，翌晨全體出動察看砲火的效果，以及建築工事的防禦力量……。

黎玉璽將軍會編成六大冊——「蔣總統軍事思想大系」，有二百萬言，他把總統軍事思想中的軍事藝術、科學、哲學，領導統御，國防建設等精闢的訓示，都作了詳盡的記載。

「總統訓詞」中强調的「三分軍事，七分政治」；「三分敵前，七分敵後」，在 總統早年領導北伐時，所見到後方老百姓迎接王師的情形；以及抗日戰爭，我國軍民團結，同仇敵愾的精神，都是最好的例證。

「總統 蔣公雖然離我們而去，但他畢生革命奮鬥的經驗，却遺留給我們。此一豐富的軍事思想遺教，不但有助於我們反共復國，於抵抗共黨侵畧的自由世界，更有寶貴的參考價值。」——黎玉璽將軍這樣指出。

追述 總統蔣公的偉大事蹟，黎玉璽將軍因爲抑不住悲痛，談話時斷時續。

目前，黎玉璽也兼任全國體育協會理事長的職位，他正在編印一本「蔣總統對體育訓示」的書，該書集有 總統從民國十九年四月一日，在第四屆全國運動大會的訓示，到近年來在台灣省、台北市、國軍等運動會的訓詞。

黎玉璽說：總統對體育的訓示，有下列四個重點：

一是，運動不僅强身，也在培養羣育及德育。二是，强民是强國之本。三是、提倡全民體育，而不是訓練少數運動員去表演。四是，體育不僅在操場裡，應該擴展到山林原野裡，包括游泳、射箭、登山等多方面的運動。

黎玉璽將軍，希望全國體育界，以總統的體育遺訓共勉努力，這是追念總統蔣公的最好行動。

和淚濡墨述恩德

高玉樹

蔣總統的大名，是我們從小就耳熟能詳的，在我們幼小的心靈中，他是一個偉大的人物，祇有他能拯救台灣人民脫離日本統治下之悲慘酷烈的命運。那時，我們還在讀小、中學，由於常受日本人的欺侮和不平等的待遇，祇有隱忍的份，因此，使我們知道生活在異民族統治下的人民是如何的痛苦，而解除這政治上的桎梏，非得有像 蔣總統這樣大軍事家的領導收回台灣歸還祖國不可。當時，我們每天從報上都能讀到 蔣總司令領軍北伐打倒北方軍閥的消息，日本人所辦的報紙，雖然在言論上未必支持北伐的國民革命軍，可是消息還是照登，由於憎恨日本人和愛國心的驅使，我們都以爭覩爲快，看到北伐軍節節勝利的消息，我們都喜在心頭，看到日軍在山東半島阻擾北伐，我們無不切齒痛恨，祇是不敢露於面而已。

民國卅四年 蔣總統領導八年抗戰，獲得最後的勝利，台省同胞得重回祖國的懷抱，那時台省同胞歡欣鼓舞的情況，也許不是大陸同胞兄弟們所能想像得到的程度。此後，由於共匪的叛亂，蔣總統從大陸移蹕暫居台灣，台省同胞從小到大，心目都以他爲最偉大的民族英雄，全世界尤其是日本人，也因 蔣總統以德報怨的仁德胸懷而感動得涕泗交流，可說是歷史上外邦入寇一次眞正的投降，今後能夠跟從這樣一位民族救星時代巨人從事反共復國的神聖使命，無不感到光榮與興奮。日本人重利害和現實，一些短見的政客爲圖近利，雖然與共匪建立關係，然其內心深處，對總統的宏恩，還是記在心頭。現在世界上的投機政客很多，若求眞正有抱負、有理想、有遠見、有氣度、有道義的偉大政治家，可以說其數寥寥，無論如何，我們的 蔣總統，總是歷史上公認的偉大政治家的革命領袖，其精神上所留給我們的也和國父一樣是永難磨滅的。其恩其德，溥及世界，尤其在日本人心目中，對他們比前背義忘恩的乖張行爲，無形中受良心的譴責而必有所懺悔的。

四十三年，我以一個無黨無派的候選人，徵倖當選台北市長，蒙 蔣總統第一次召見，我面對平生最敬重崇拜的革命偉人，內心豈是感激而已，而 蔣總統對我的寬宏厚遇，視我如後生晚輩，不以我非執政黨員一視同仁而加勉鼓勵，一如子弟，這是我畢生難忘的，當時我感動得熱淚盈眶。

玉樹以前沒有從政經驗，祇因從小受日人統制，不甘被壓迫奴役而激發出來的愛國熱忱，始終絕不動搖，這次當選台北市長，又蒙 蔣總統眞誠感召，祇以拚命工作，竭盡所能爲職志。我是在日本和美國學工程的，於工程規劃科學管理方面，自問尙畧有所知，而於工作的熱情和不畏艱難的勇氣，似乎是與生俱來的秉賦，所以我一直抱着不計毀譽，祇知工作的態度。第一件工作，是把中山北路的復興橋，在五個多月中建設完成，接着宣布拓寬羅斯福路，把一千六百餘戶違章建築遷移安置，這中間所受到的波折困難，眞是罄竹難書，嘗盡苦頭，深幸最後四十四年夏天， 蔣總統特別召見我和當時的衞戍司令黃珍吾將軍、警務處陳仙洲處長，當面指示，要貫澈到底。因此，三單位同心合力克服困難，把第一條新拓的的都市幹道的羅斯福路，卒底完成。

又玉樹奉命拓寬敦化路，也是 蔣總統親自召見指示的，當時指示敦化路拓寬應爲三十公尺，再加兩邊各二十公尺寬，今天我們一出國際機場，抵達國門步入七十公尺寬園林大道，但覺寬濶宏偉，林蔭濃密，這就是我們偉大 領袖高瞻遠矚親自規畫所產生的。我們應知道， 蔣總統不但是偉大的政治家，偉大的軍事家，偉大的精神上導師，及垂範百世的偉大的聖哲，同時也是一個非常傑出的都市建設家，今天我可以說，世界各國都市建設專家，鮮有人能比得上 蔣總統，他的都市建設理想，「都市鄉村化，鄉村都市化」，可說是永久不滅的定律。今天世界上的繁榮都市，大都過份偏向物質上的繁榮，過份注重經濟活動的物能和效率，所以像紐約、東京，人口空前集中，工商繁榮，但這種都市並不適人類居住環境，爲挽回這種錯誤，祇有鼓勵市民向郊外去住，或者是改造高空摩天大樓，甚至要分散居戶，這都是因為起始沒有高遠理想目標，造成錯誤，一錯再錯，以至不可收拾。今天台北市新都市地區到處都有寬濶的幹道，到處有平坦美觀的人行道，到處有公園綠地，樹木年有成長，愈來愈綠化，玉樹要坦率的宣布，這都是偉大領袖 蔣總統的理想和指示所啓發我們設計出來的。 蔣總統甚至對台北市行道樹也很有講究，有一次召見時指示，台北市區人行道、綠島種樹，最好種樟樹和茄冬樹，玉樹前後在台北市十一年，試種樹木不下數十種，最後發現 蔣總統所指示種的樟樹和茄冬，不但對汽車排氣抵抗力强，而其綠色之美，可以說超過任何樹木。有一次召見時， 蔣總統問愛國西路拓寬，原來大茄冬樹怎麼辦？玉樹答：儘可能設法保留。 蔣總統說：對！必須保留。玉樹回來後，和工務局同人費盡腦筋，想出一個辦法，把愛國西路原路闢開一個園林散步專用道，以保留大茄冬，現在到愛國西路眼看綠蔭蒼翠，佳木葱籠，在市中心地帶還有這樣一個散步和運動好去處，也要拜 蔣總統他老人家的恩賜。不但如此，台北市建設工作，無論拓寬馬路，建設陸橋，打通辛亥、莊敬、自强隧道等， 蔣總統都常趨車去看，像忠烈祠的興建， 蔣總統親自規畫指示並改變設計多次。早年拓寬敦化路時因包商不太規矩，延誤工程一段時間，玉樹即會面受指責。當時像我這一年資淺薄，少不更事，總統不以我輕賤，像嚴父長輩樣的親切訓責，當時玉樹感激得哭了出來。

五十七年，突然接到行政院電話說，奉 總統指示，行政院剛才通過台北市改制為直轄市，同時第一任市長，也通過派你担任，當時，我感激得說不出話來， 蔣總統的逾格提拔和愛護，刻骨銘心也難記恩德，今後我祇有拚命努力，以工作的成績，來圖報於萬一。

這裡，玉樹要特別說明一件歷史性的故事，也是我國亘古以來文化教育制度上的一件偉大成就，那就是九年義務教育延長的實施。當台北市決定改為院轄市，玉樹已蒙 總統任命為第一任市長之後，在首次召見中， 總統以建設現代化都市，以適應戰時需要為目標，以勗勉玉樹，同時，特別指示玉樹，要把義務教育，延長到九年，這一劃時代的舉措，我回來後，經過深入的籌算，過幾天，在市府的動員月會中，正式向市府同人宣布，在未來一年中，我們要排除萬難，奉行 總統指示，辦到九年義務教育的延長，有關校地、校舍的興建，師資的增加，經費的籌措，各主管單位立即開始籌備，這個消息經報紙刊登後，聽說 總統即召見台灣省政府黃主席，指示說台北市已有決心要辦，台灣省也應同時辦到。從此，九年義教，在中央、省、市通力合作之下，即時進行，這一劃時代的歷史性德政，在一年後終底於成，這完全是 蔣總統的德威和精誠的感召，溥利萬民、加惠百世，玉樹因此竟獲政府授予景星大綬勳章。

此外， 蔣總統的德惠，雖一草一木，也常沾恩澤。當我在台北市政府時，常接侍從室電話，某處草坪被踐踏了！某處樹木被損壞了！ 蔣總統行經市區，祇要看到，立即就命隨從侍衛電話市府修護。有一次市府為中山北路人行道樹木，常被無知市民當做脚踏車車架，結果弄壞不少，台北市政府試行以鐵條做成欄干圍護，先圍幾棵試看效果，過了幾天，侍從室來電話，謂總統見了，非常高興，指示全條馬路即日仿行，自此以後，也不知維護了多少花木不被損壞，於今台北市到處綠葉成蔭，這都是蔣總統仁民愛物的襟懷所鼓勵出來的。

玉樹在台北市前後十一年，市政建設，見仁見智，有不同的看法，也有不同的批評，玉樹均不介意，祇知埋頭工作，勞怨弗辭，也不做任何宣傳，但問心之所安，這種恩度和作法法，能畧有所成，完全出之 蔣總統德威的感召，精神的鼓舞，使若千困難險阻，均能克服，有以致之，這種力量的護致，實在是台北市和玉樹個人對 總統感念不置的，今後當一本此旨，不計榮辱及毀譽，以報効國家及他老人家的深仁厚澤。

現在， 蔣總統已遠離我們而長逝了，緬懷往日，屢蒙召對，慈祥溫煦，恩寵有加，猶歷歷在目，午夜夢迴，涕泗滂沱，握管記述，感恩懷德，誠不知欲報何從也。

記總統蔣公與先父的二三事

·趙佛重·

總統　蔣公崩殂，舉世同悲。謹述　蔣公與先父恆惕老人四十餘年來相知、交往的一鱗半爪，以為　蔣公的祭禮，從中可窺見不甚為外人所知的　蔣公行誼。

民國十一年間，先父主持湖南省政，曾派廳長袁華先生至桂林大元帥府報聘，袁先生回來後，先父問在彼處幕中曾見何等人才否。袁說祇見到一位蔣參謀，辦公之餘，即手不釋卷。後來才知道這位蔣參謀即　總統蔣公，先父常常以這段故事來勉勵筆者兄弟多讀書。

蔣公北伐統一全國後，先父已離開湖南省政。　蔣公曾有一封親筆信，邀先父去南京一敘。信上的稱呼是「炎公先生尊鑒：」。　蔣公以北伐總司令之尊，對一位退職的省長，竟如此恭敬，　蔣公的盛德謙光，眞是罕見，所以　蔣公日後的成就，不是偶然的，民國十六年秋，　蔣公與先父晤於九江，這是　蔣公與先父相見之始。

西安事變起，先父曾電請吳公佩孚促張學良明辨是非，因為先父與張學良雖屬相識，但究不及吳公對張學良之有影響力。

廿六年，　蔣公聘先父為軍事委員會軍事參議官。參議官是上將銜，是做日本軍中制度，位極清貴。軍委會還發給密碼本，隨時可以向　蔣公密呈。先父對這密碼本，在旅行時都隨身携身。但非最重要的事，不輕易使用。

三十年，　蔣公在南岳召開軍事會議，先父因為會議需要房屋甚多，自動讓出自己住處，遷往寺廟暫住。先父按例晉見　蔣公，報告公務。　蔣公於握別時說：「會議後再作長談。」先父以為是客套語。一日下午，先父正在午睡，　蔣公偕經國先生駕至，令先父稱歎不已，所以有人說先父席間，上自　元首，下至老百姓，皆為座上客，一時傳為美談。而　蔣公不苟然諾，可以想見。

卅七年，　蔣公召先父去南京參加全國糧政會議，先父便趁機脫離湖南的姑息氣氛。會後在南京患攝護腺腫大症，　蔣公在軍事倥偬中，囑在中央醫院治療，愈後便來台。所以先父常常向人說，「晚年的歲月，全是　蔣公所賜的。」

蔣公當選第三任總統後，曾宴請年長國民大會代表于士林官邸。宴後攝影，　蔣公請年長代表坐于椅上，　蔣公率政府首長立于其後。這種謙虛，眞是古今中外元首所鮮見的。

五十四年，寒舍房屋待修，總統府秘書處派員來探問，需欵多少，先父告訴他二萬。秘書處以欵數上報，　蔣公批贈四萬。即此一端，可見　蔣公之篤念舊誼。

每次　蔣公賜宴，先父必對國事有所陳詞，知無不言，言無不盡，亦頗為　蔣公所嘉納。先父于民國四十年，與陳含光、張默君、鍾伯毅、李漁叔諸先生創辦「中國文化月刊」，提倡復興中華文化，與後來　蔣公所揭櫫的「中華文化復興運動」是符合的。

偉人永生

顏元叔

四月五日晚上十點多鐘，我照樣在窗前寫讀；那天原本很熱，窗戶大開；突然，陣陣寒風吹入，立似涼秋。我驚訝天氣轉變如此之快，乃起身關閉窗戶；不一會，狂風吹起，接著就是驟雨，傾盆而下；遠處隱隱尚有雷聲。台灣氣候固然多變，變化如此之驟，似乎少見。次早起床，久等報紙不至；正在盥洗之際，妻持著一份日報，塞到我眼前：「你看！」那黑黑的大標題，簡直令我心昏目暗：「 蔣總統逝世了！」我記下這一經歷，是要保存一個證據，總統 蔣公逝世的那天晚上，那個時辰，台北的氣候，突然急變。假如有人說，這個偶合，這是迷信，或這是附會，都可以。總之，這是一個事實。我寧可相信莎士比亞的話：「當巨人崩殂之時，天象必生異景。」

當然，總統 蔣公是為巨人，無待天地之靈性為見證；他自己的雙手創造了足夠的證明。六十年來的中國，沒有他便沒有歷史；六十年來的中國，有若一部血淚悲壯史，這部史為他所手勒，為他領導中國人所共同手勒；他創造了中國現代史。如今，他結束了創造歷史的生涯，自己走入歷史之中。歷史是不死的，他便持續生活的歷史之中，站在過去的傲岸之上，對未來的流變，繼續看舵手的駕馭。今後的我們，我們之後的子子孫孫，均將汲飲自他開闢的歷史之流。他是河的開鑿者，他與河一起日夜地流。

一個人格的成長，是八千里路雲和月的累積。總統 蔣公的人格乃是他的全部生命的稠密與重量，日積月累的成果。 總統有生之年，每當我們仰望著他，他似乎是披著時空編織的氅蓬，輝耀著、閃爍著。這種光芒是時空付給他的，也是他從時空裡自我創造出來的。從前，在每年一度的教授年會之中，最大的期盼，是會餐後看他老人家，走過羣衆，走過人巷，走出高聳的門廊。我見一位極傲的人，在 總統走過他的身邊時，不禁俯身作六十五度的鞠躬。時空付給他老人家的光芒，在微笑中鎮懾了一切。

如今四、五十多歲以下的人，甚至六、七十歲以下的人，全部的生命都是在他的日照下，發芽、生長、成熟，甚至衰老。的確， 蔣總統就是一盞明燈，一個人工的太陽，臨照著每一個人，日出而作，日入而息，那一天的瞳孔裡皮膚上不留下的光輝！如今，他從實質的光，化為精神之光；今天、明天、後天，乃至無數的來日，他的光仍將照射著我們。所以，他的肉體雖將物化，他的人格進入永恆。我們為他的物化——因為他是舉國的大家長——都漣漣淌著熱淚，來自情感源泉的熱淚；在為他而淌的熱淚裡我們相結合、相握手、相擁抱；因為，我們自信是這位大家長的好子弟，我們必須維繫，必須振揚他留給我們的家邦。

一位偉人的肉體仆下去的候，他的人格乃冉冉上昇，直搏天庭，凝結為一尊銅像，矗立在超越時空的歷史裡。

公祭總統蔣公文

維　中華民國六十四年四月十六日，總統嚴家淦敬率治喪大員，謹以清酒香花之儀上祭於　故總統蔣公之明神前曰：

呼嗚。皜日九霄。仰鯤溟之溥照。驚雷五夜。痛龍馭之遐升。寰區追慕乎風徽。溥海倍殷於雨泣。恭維　總統蔣公。道崇曲阜。志繼中山。帥天下以仁。教國人以孝。研幾窮理。直賡十六字心傳。温故知新。重振五千年文化。闡正德利用厚生之要義。心物無偏。揭倫理民主科學之宏綱。知行並重。建軍黃埔。六花清夏甸之塵。懸法白門。萬柳壯春旗之色。日興日革。唯善是從。自北自南。無思不服。當戎衣之底定。忽鳴鏑以橫加。釁啓强鄰。烽傳列郡。奮其神武。遏彼凶殘。戢三島之鯨氛。毋夷王幕。更八年之鳳曆。載履康衢。龜陰反見奪之田。牛耳司會盟之局。數茂勳以難終。蓋前史所未有。黃圖既飭。赤焰旋張。初爲狐鼠之憑城。卒效鴟鴞之毀室　。公乃厲精救聚。加意安懷。闢馬列之詖辭。稽犧軒之舊典。化海濱爲鄒魯。木鐸交聞。望雲裡之蓬萊。星槎迭至。輝增白日。兩間揚正義之旗。力障狂瀾。萬丈峙中流之柱。雖火牛之捷。待復其丘園，而銅馬之誅。豈逃於斧鉞。戈船習戰。具直指之雄師。墨絰宣勤。有中興之文叔。哀兵必勝。破賊非遙。斯可上告在天之靈。以申擊楫之誓者也。嗚呼。謨烈永昭。威神如在。訓垂薪膽。遠承大越之英風。歸奉山陵。定掃蚩尤之妖霧。哀哉尚饗。

治喪大員仰體[redacted]遺志，決定[redacted]總統蔣公遺體，暫厝「慈湖」。

慈湖在青山翠谷中

慈湖，這塊碧水青山，曾爲[redacted]總統蔣公深所鍾愛的蕑蕤靈秀之地，昨天在淒風哀雨中黯然悲泣。　蔣公撫摸過的梅木芳樹，蔣公閒倚過的廊廡石几，都神傷淚垂。

慈湖在大溪鎮南靠近與復興鄉交界之處，納大漢溪支流之水而成湖。乘車沿北段橫貫公路，約七公里，逢一隧道，取名爲「百吉」，還不到隧道，路東邊一溪豁然開朗，沿溪遍植翠竹、棕櫚，此即爲「慈湖」。

慈湖以前稱爲「埤尾」，而埤尾所在，鄉民稱爲「洞口」，因「百吉隧道」在往昔，是一個很小的走台車的山洞。「洞口」的土稱，一直保持到現在，桃園客運公司在此處設了一個招呼站，站名即爲「洞口」。

在行政管轄上，這裡屬於大溪鎮福安里。福安里位於羣山環繞之中，附近的草嶺山，東方的白石山，南方的石牛山，再遠一些的插天山、角板山、拉拉山、李棟山，都像是執戟武士，守衞著這一片青翠福地。

福安里的居民有千餘人，務農爲生，在白石山和草嶺山的山谷中，有一層層的梯田，梯田的隙地裡種了許多竹子、樟樹，農舍錯落其間，一灣流水，潺潺於谷底，景緻極爲幽雅靜謐。

在民國五十二年前後，一日 總統蔣公驅車前往角板山，經過福安里，見到如此一片靈秀之地，非常喜愛，尤其在山間公路上停車下眺伴著大漢溪的大溪鎮，更似江南水鄉。

蔣公也看見了原稱「埤尾」的小湖，湖畔的青山上盛開著花朵。 蔣公目睹青山勝境，追念慈母王太夫人，因此改名爲「慈湖」。

慈湖分前、後兩湖，兩湖一水相連，青山疊翠橫豎貫穿其間。前湖一山，拱如帽狀，後隨各峯，宛若矯龍，鄉民見其勢不凡，就稱呼後湖爲「過龍脈」。

「前慈湖」稍大，約有五公頃，碧波微揚，顯得很深，其中養魚，在溪水流注入口處，修有一過水橋，並設有橫溪的鐵柵欄，魚游出，亦可避免上游冲下之朽木等雜物進入湖中。「後慈湖」稍小，比較窄長，溪水由後慈湖流出。前後慈湖間，橫亘一脈碧峯。

慈湖之上，時罩一層薄霧，青峯穿霧而出，顯承白雲縹緲，益增靈氣。湖畔小坐，俗念盡滌。

湖上有雙槳木舟，也有汽艇。 蔣公從前到慈湖來時，常乘舟徜徉山水之間，以涵養睿智，裁決大政，救國救民。如今舟橫港曲，細雨輕飄，訴出無限哀傷。

湖的南側有一長堤，堤頂即爲出入要徑，直接連着北段橫貫公路。這段堤路，北濱碧波，南偎翠嶺，湖畔遍植樟樹和垂柳，老幹橫壓凌水，枝葉隨風拂起無窮漣漪，眞是「千樹壓西湖寒碧」。

堤路盡端，一片花圃，在淒風愁雨中，盛開的花卉，也因無限的哀思而垂淚。圍繞花圃，有一圈迴車道，一塊停車坪。

迴車道的下車處，即爲慈湖賓館。賓館建築於民國五十年前後，是個四方形的建築，佔地約一百二十坪。建築當中，有個正方的天井，拾級登門後，隔天井即是大廳正屋， 蔣公遺體，即暫厝於此。

慈湖賓館三面環山，茂篁中一角紅樓。賓館四面紅磚爲牆，正門兩片黑漆大門，門上嵌着一對獅頭銅環，古色古香。門楣正中，供奉 蔣公親書「慈湖」木匾，匾作深紅泥金，渾厚天成。

入門後左右，分兩條迴廊，拾級而下，有兩行廂房，正對大門，隔天井即爲正廳，廳兩側各有兩間上房，據說蔣公駐蹕時，即住於東側上房內。

由此處尚有一條山徑，可直通慈湖湖濱，山坡前後，建有兩棟招待所，前棟爲平房，後棟則爲一樓一底，背山面水，每到夏季，蟬聲悅耳。

蔣公從前駐蹕此處時，經常沿山徑散步至這兩棟招待所，或閒眺山景，或在窗下讀書。

鍾靈毓秀的慈湖，有幸暫厝這位二十世紀的世界偉人，青山若有知，亦當敬謹奉侍偉人之靈。

蔣公的特殊歷史紀錄

吳相湘

故總統 蔣公崩逝以後海內外人士和報刊都讚頌這一代偉人的歷史地位。但就管見所及， 蔣公擁有的若干特殊歷史紀錄，一般人和報刊尚未提到的，謹陳述如左：

第一：黃河、尼羅河、恆河流域是中華、埃及、印度三大文化的發源地、人類歷史的寶庫。這在國民小學歷史課本裡都有記載，可以說是一般人的常識了。但幾千年世界歷史上， 蔣公是第一位也是迄今為止唯一一位曾經親自走上這三大流域泥土的一大國家 領袖。拿破崙、羅斯福、邱吉爾都祇看過金字塔，沒有親眼目睹「黃河之水天上來」的盛景，或者詳細數計「恆河之沙」。而民國三十一年（西曆一九四二年）二月， 蔣公到印度，倡導印度獨立，會晤聖哲甘地，力言中國印度文化的悠久優美，日本會深受這兩大文化的薰陶啓迪；以揭穿日本自居「東亞新秩序」領導者的妄言。民國三十二年（一九四三年）十一月， 蔣公蒞臨埃及開羅，與美英領袖會晤，發佈宣言迫使日本將歷年侵佔土地歸還原主。東北四省、台灣因此重回中國版圖，韓國的獨立也確定了。

第二：近四十年來，交通工具進步，國際間為迅速解決重大問題，時常舉行最高層會議。有關國家領袖促膝傾談，相互瞭解也多增進。但在這許多次會議中， 蔣公是第一位也是迄今為止唯一一位曾經與美英兩國，也就是與美洲歐洲領袖同時分庭抗禮的一亞洲國家領袖。這就是一九四三年的開羅會議，也就是人類歷史上亞歐美三大洲領袖會集一堂的空前紀錄。

第三：中國幾千年歷史上有關國家元首「巡狩」、「巡視」的記載很多，但大半是遊歷性質，近代的康熙帝乾隆帝幾次下江南，就是顯例，祇是他們到的地方最遠不過「中原」、「東北」、「江南」、「東海」。 蔣公除開時常往來中原及沿海各地以外，更是第一位也是迄今為止唯一一位本國元首曾經遠到雲南、吉林、青海、西寧、西康各邊省以及甘肅通新疆的河西走廊。民國三十一年八月，蔣夫人代表 蔣公且遠飛到新疆迪化。這樣的南北東西四處奔走，不遑寧處，都是為促進國家統一、增加各省地方人士對中樞的認識與瞭解，同時也是部署國防。

抗戰勝利，蒞臨台灣以及近年在寶島各地巡視，也是國史上空前紀錄——這固然是現代交通工具進步，飛行各地遠較前代便利捷速；但當今舉世各國領袖，除美國總統以外，其他各國領袖如 蔣公這樣經常巡視各地的却非常少見。

第四：中國自有文字的歷史記載以來，我華族就表現出善於吸收融化外族的優美文化。孔子孟子更說「國於天地必有與立」。不幸近六百年來即明清兩朝統治者竟施行「海禁」，「閉關自守」「虛矯自大」的國策，且墨守成規不知取人之長。這些違反華族傳統又不適合時代變化的錯誤觀念，可以說是導致一百餘年來多次對外戰爭失敗的一項主要因素，喪權失地的不平等條約因此形成。幸我 國父在中日甲午戰時奮起倡導國民革命，特別注意國際關係，更重視美國的友誼。　蔣公繼承并發揚這一原則。羅斯福總統又與　蔣公具共同認識：中國對日抗戰與美國抗英獨立戰爭意義相同。民國三十一年（一九四二年）雙十節前夕，美英共同宣佈自動取消在華一切特權。美國費城獨立廳自由鐘且為祝福中華民國國慶而鳴鐘三十一響。當時，　蔣公致電羅斯福總統說：「自童年以來，『自由鐘』、『獨立廳』就在我內心留下深刻印象。幾十年來為中國爭自由的奮鬥中，繼續不斷的夢想中國終必成為一獨立并且民主國家，今日理想已成為事實。謹自內心感謝閣下卓越的領導、鼓勵和協助中國在盟邦取得平等地位」。而在這年一月，中華民國即已是四强之一。從此英文書刊中不再見 Powers（列强），而用 Big Four（四强）了。同年七月七日抗戰五周年，美國特發行郵票一枚，上鐫　孫中山先生與林肯總統肖像及「民族民權民生」等中國字與青天白日黨徽翌年（一九四三年）二月十七日（美國時間），蔣夫人在美國國會發表演說，提到美國時，應用中國國語音調「美國」兩字。這些是歷史上空前紀錄。

中國文字原是世界上淵源及流傳最久遠的（巴比侖和埃及文字雖古老，却早失傳），不幸自一八五八年中英天津條約起竟失去了國際地位，所有中外國際條約都以英法文為標準，經過這兩次「歷史紀錄」以後，一九四五年聯合國終於決定中文是五種官定文字之一。八十餘年被外人輕視的恥辱才從此洗刷，這是　蔣公領導全國軍民努力抗戰的成績，比較國土重光還要重要。

第五：中國士大夫明哲保身不面對現實的風氣，積習深重。民國十年十月，　國父孫先生對全國教育界發表演講，指出西洋留學回國學生不談政治「實大錯誤、實誤會之極」。民國十三年初夏，天津南開大學學生刊物也指責西洋留學生回國不應用專門學識為國盡力，祇知循方便途徑回校教書。南開教授因此憤而罷教，引起軒然大波。可見積習難返。但自民國十七年夏，　蔣公完成北伐統一全國以後，這種風氣就開始大轉變，許多留學生都紛紛回國效力。民國二十二年夏起，國民政府教育部正式宣佈：鼓勵理工農醫各應用科學學生，限制各大學文法科學生名額。對日抗戰前後，尤其當今台灣省各種物質建設，就是這一新風氣形成的結晶。近日報載美國日本推崇　蔣公促進中國現代化的種種努力。我們如一比較北伐前後學術教育界風氣的轉變，事實更加明顯。

所謂「現代化」就是一民族國家秉承她固有的優良傳統并時時選擇吸收世界新潮加以協調融合的結晶。民國二十三年三月，蔣公發起的新生活運動，就是秉承「禮義廉恥國之四維」的傳統，并採取吸收美國基督教青年會（ＹＭＣＡ．ＹＷＣＡ）的若干精神與方式融會貫通的。這是對日抗戰精神力量的主要來源。值得特別注意。同時，　蔣公制訂的對日抗戰的大戰畧，也是根據中國古代兵法，參考近代西洋兵學戰史而融會得來的。這比較日本軍閥祇知迷信優越的武器裝備，而不知政畧戰畧的重要。優劣非常顯明。今綜合戰後公開史料，可以說：蔣公早已未戰而勝。所以許多日本作家都異口同聲譴責日本軍人「拙劣、混亂、無策」，若干「戰術的務利」絕對無法挽救戰畧的失敗，自然祇有無條件投降。

對日抗戰八年有餘，這是二十世紀歷史上最長一次戰爭，蔣公領導全國軍民秉持求生存求自由獨立的目標，以無比的希望心和忍耐力從事奮戰，終獲最後勝利，不祇國土重光，中華民族一定强的自信心也從此如山高水長。

蔣公能擁有這些突出的歷史紀錄，主要因素在他老人家對實踐　國父遺囑的誠心決心信心，才能不顧內外夾攻，堅持「百忍」，在不到二十年的時間——正確的說祇經過十七年半歲月，就完全實現了國父「求中國之自由平等」、「喚起民衆」、「開國民會議」、「廢除不平等條約」四項目標。如今　蔣公留下的遺囑也是四項目標。典型不遠，我們實在應效法學習他老人家實踐　國父遺囑的精神去奉行　蔣公遺囑。「人人皆可為堯舜」，大家在哀悼之餘，更應懷抱為我民族國家再創歷史紀錄的決心信心。

三篇歷史性文件

本刊資料室

安危絕續之交 應戰而非求戰

——對於盧溝橋事件之嚴正表示

（中華民國二十六年七月十七日出席廬山第二次共同談話會演講）

中國在外求和平，內求統一的時候，突然發生了蘆溝橋事變，不但我舉國民衆悲憤不置，世界輿論也都異常震驚。此事發展結果，不僅是中國存亡的問題，而將是世界人類禍福之所繫。諸位關心國難，對此事件，當然是特別關切，茲將關於此事件之幾點要義，為諸君坦白說明之。

委曲忍痛原在覓求和平

第一、中國民族本是酷愛和平，國民政府的外交政策，向求共存。本年二月三中全會宣言，於此更有明確的宣示。近兩年來的對日外交，一秉此旨，向前努力，希望把過去各種軌外的亂態，統統納入外交的正軌，去謀正當解決，這種苦心與事實，國內大都可共見。我常覺得，我們要應付國難，首先要認識自己國家的地位。我們是弱國，對自己國家力量要有忠實估計。國家為進行建設，絕對的需要和平，過去數年中，不惜委曲忍痛，對外保持和平，即是此理。前年五全大會，本人外交報告所謂：「和平未到根本絕望時期，決不放棄和平，犧牲未到最後關頭，決不輕言犧牲。」跟着今年二月三中全會對「最後關頭」的解釋，充分表示我們對於和平的愛護。我們既是一個弱國，如果臨到最後關頭，便只有拚全民族的生命，以求國家生存；那時節再不容許我們中途妥協，須知中途妥協的條件，便是整個投降，整個滅亡的條件。全國國民最要認清，所謂最後關頭的意義，最後關頭一到，我們只有犧牲到底，抗戰到底，唯有「犧牲到底」的决心，纔能博得最後的勝利。若是彷徨不定，妄想苟安，便會陷於萬刼不復之地！

大好河山不容敵蹄蹂躪

第二、這次蘆溝橋事件發生以後，或有人以為是偶然突發的，但一月來對方輿論，或外交上直接的表示，都使我們覺到事變發生的徵兆。而且在事變發生的前後，還傳播着種種的新聞，說是什麽要擴大塘沽協定的範圍，要擴大冀東偽組織，要驅逐第二十九軍，要逼迫宋哲元離開，諸如此類的傳聞，不勝枚舉。可想見這一次事件，並不是偶然。從這次事變的經過，知道人家處心積慮的謀我之亟，和平已非輕易可以求得；眼前如果要求平安無事，祇有讓人家軍隊無限制的出入於我們的國土，而我們本國軍隊反要忍受限制，不能在本國土地內的自由駐在，或是人家向中國軍隊開槍，而我們不能還槍。換言之，就是人為刀俎，我為魚肉！我們已快要臨到這極人世悲慘之境地。這在世界上稍有人格的民族，都無法忍受的！我們的東四省失陷，已有六年之久了，繼之以塘沽協定，現在衝突地點已到了北平門口的盧溝橋。如果盧溝橋可以受人壓迫强佔，那末我們百年故都，北方政治文化的中心與軍事重鎮的北平，就要變成瀋陽第二！今日的北平，若果變成昔日的瀋陽，今日的冀察，亦將成為昔日的東四省。北平若可變成瀋陽，南京又何嘗不可變成北平！所以盧溝橋事變的推演，是關係中國國家整個的問題，此事能否結束，就是最後關頭的境界。

最後關頭唯有拚死戰鬥

第三、萬一眞到了無可避免的最後關頭，我們當然只有犧牲，只有抗戰！但我們的態度祇是應戰，而不是求戰；應戰，是應付最後的關頭，必不得已的辦法。我們全國國民必能信任政府已在整個的準備中，因為我們是弱國，又因為擁護和平是我們的國策，所以不可求戰；我們固然是一個弱國，但不能保持我們民族的生命，不能不負起祖宗先民所遺留給我們歷史上的責任，所以到了必不得已時，我們不能不應戰。至於戰爭既開之後，則因為我們是弱國，再沒有妥協的機會，如果放棄尺寸土地與主權，便是中華民族的千古罪人！那時便祇有拚民族的生命，求我們最後的勝利。

絕續之交唯賴舉國一心

第四、盧溝橋事件能否不擴大為中日戰爭，全繫於日本政府的態度，和平希望絕續之關鍵，全繫於日本軍隊之行動，在和平根本絕望之前一秒鐘，我們還是希望和平的，希望由和平的外交方法，求得盧溝橋事件的解決。但是我們的立場有極明顯的四點：一、任何解決，不得侵害中國主權與領土之完整；二、冀察行政組織，不容任何不合法之改變；三、中央政府所任地方官吏，如冀察政務委員會委員長宋哲元等，不能任人要求撤換；四、第二十九軍現在所駐地區，不能受任何的約束，這四點立場，是弱國外交最低限度，如果對方猶能設身處地為東方民族作一個遠大的打算，不想促成兩國關係達於最後關頭，不願造成中日兩國世代永遠的仇恨，對於我們這最低限度之立場，應該不致於漠視。

總之，政府對於盧溝橋事件，已確定始終一貫的方針和立場，且必以全力固守這個立場。我們希望和平，而不求苟安；準備應戰，而決不求戰。我們知道全國應戰以後之局勢，就祇有犧牲到底，無絲毫僥倖求免之理。如果戰端一開，那就是地無分南北，年無分老幼，無論何人，皆有守土抗戰之責任，皆應抱定犧牲一切之決心。所以政府必特別謹愼，以臨此大事；全國國民亦必須嚴肅沈着，準備自衞。在此安危絕續之交，唯賴舉國一致，服從紀律，嚴守秩序。希望各位回到各地，將此意轉達於社會，俾咸能明瞭局勢，效忠國家，這是兄弟所懇切期望的。

仁義之師　以德報怨

——抗戰勝利對全國軍民及全世界人士廣播

（中華民國三十四年八月十四日在重慶廣播）

正義必勝終獲證明

全國軍民同胞們：全世界愛好和平的人士們：我們的抗戰，

今天是勝利了，「正義必然勝過强權」的眞理，終於得到了他最後的證明，這亦就是表示了我們國民革命歷史使命的成功。我們中國在黑暗和絕望的時期中，八年奮鬥的信念，今天纔得到了實現。我們對於顯現在我們面前的世界和平，要感謝我們全國抗戰以來忠勇犧牲的軍民先烈，要感謝我們爲正義和平而共同作戰的盟友，尤須感謝我們　國父辛苦艱難領導我們革命正確的途徑，使我們得有今日勝利的一天，而全世界的基督徒更要一致感謝公正而仁慈的上帝。

我全國同胞們自抗戰以來，八年間所受的痛苦與犧牲雖是一年一年的增加，可是抗戰必勝的信念，亦是一天一天的增强，尤其是我們淪陷區的同胞們，受盡了無窮摧殘與奴辱的黑暗，今天是得到了完全解放，而重見青天白日了。這幾天來，各地軍民的歡呼與快慰的情緒，其主要意義亦就是爲了被佔領區同胞獲得了解放。

深望從此永無戰爭

現在我們抗戰是勝利了，但是還不能算是最後的勝利。須知我們戰勝的含義決不止是在世界公理力量又打一次勝仗的一點上，我相信全世界人類與我全國同胞們都一定在希望着這一次戰爭是世界文明國家所參加的最末一次的戰爭。

如果這一次戰爭是人類歷史上最後一次的戰爭，那末我們同胞雖然曾經受了無可形容的殘酷與凌辱，然而我們相信我們大家決不會計較這個代價的大小和收穫的遲早的。我們中國人民在黑暗和絕望的時代，都秉持我們民族一貫的忠勇仁愛，偉大堅忍的傳統精神，深知一切爲正義和人道而奮鬥的犧牲，必能得到應得的報償。全世界因戰爭而聯合起來的民族，相互之間所發生的尊重與信念，這就是此次戰爭給我們最大的報償。我們聯合國以靑年血肉所建築的這道反侵畧的長堤，凡是每一個參加的人，他們不僅是臨時結合的盟友，簡直是爲人類尊嚴的共同信仰而永久的團結了起來。這是我們聯合國共同勝利最重要的基礎，絕對不是敵人任何挑撥離間的陰謀所能破壞，我相信今後地無分東西，人無分膚色，凡是人類都會有一天一天加速的密切聯合，不啻成爲家人手足。此次戰爭發揚了我們人類互諒互敬的精神，建立了我們互相信任的關係，而且證明了世界戰爭與世界和平皆是不可分的，這更足以使今後戰爭的發生勢不可能。我說到這裡，又想到基督寶訓上所說的「待人如己」與「要愛敵人」兩句話，實在令我發生無限的感想。

不念舊惡與人爲善

我中國同胞須知「不念舊惡」及「與人爲善」爲我民族傳統至高至貴的德性。我們一貫聲言，祇認爲日本黷武的軍閥爲敵，不以日本的人民爲敵。今天敵軍已被我們盟邦共同打倒了，我們當然要嚴密責成他忠實執行所有的投降條欵，但是我們並不要報復，我們只有對他們爲他的納粹軍閥所愚弄所驅迫而表示憐憫，使他們能自拔於錯誤與罪惡。要知道如果以暴行答復敵人從前的暴行，以奴辱來答復他們從前錯誤的優越感，則寃寃相報，永無終止，決不是我們仁義之師的目的。這是我們每一個軍民同胞今天所應該特別注意的。

願與盟邦共建和平

同胞們：敵人侵畧中國的帝國主義，現在是被我們打敗了，但是我們還沒有達到眞正勝利的目的，我們必須徹底消滅他侵畧的野心與侵畧武力，我們更要知道勝利的報償決不是驕矜與懈怠。戰爭確實停止以後的和平，必將昭示我們，正有艱巨的工作，要我們以戰時同樣的痛苦，和比戰時更巨大的力量，去改造去建設。或許在某一個時期，遇到某一種問題，會使我們覺得比戰時，更加艱苦，更加困難，隨時隨地可以臨到我們的頭上。我說這句話，首先想到了一件最難的工作，就是那些法西斯納粹軍閥國家受過錯誤領導的人們，我們怎樣能使他們不只是承認他們自己的錯誤和失敗，並且也能心悅誠服的接受我們的三民主義，承認公平正義的競爭，較之他們武力掠奪與强權恐怖的競爭，更合乎眞理和人道要求的一點，這就是我們中國與盟國今後一件最艱鉅的工作。我確實相信全世界永久和平是建築在人類平等自由的合作基礎之上，我們要向着民主與合作的大道上邁進，來共同擁護全世界永久的和平。

我請全世界盟邦的人士，以及我全國的同胞們，相信我們武裝之下所獲得的和平，並不一定是永久和平的完全實現，一直要作到我們的敵人在理性的戰場上爲我們所征服，使他們能澈底懺悔，都成爲世界上愛好和平的分子，像我們一樣之後，纔算達到了我們全人類企求和平及此次世界大戰最後的目的。

蔣公復行視事文告

——中華民國三十九年三月一日

去年元旦，中正鑑於共匪肆虐，生靈塗炭，國家前途之憂患方殷，而國人和平之期望彌切，當時固知共匪爲蘇俄之工具，其侵略決無止境，和平自難獲致，第以個人之誠信未孚，不能使中外深喻斯義，乃發表文告，重申以政治方法，解決中共問題之旨；復於一月廿一日依據憲法第四十九條「總統因故不能視事時，由副總統代行其職權」之規定，將總統職權交李副總統代行。原冀共黨幡然悟悔，弭戰銷兵，出人民於水火，拯國家於危亡。乃一年以來共黨匪徒初則破壞和談，窮兵黷武，繼則擅改國號，僭立政權，最近更明目張膽，與蘇俄訂立僞約，出賣我國家領土資源，斷送我人民之生命財產，使國家淪爲附庸，人民夷爲奴隸。亞洲之形勢爲之激變，世界之危機日益迫切。此誠我中華民族，五千年來未有之浩刧，凡我國人所當一致奮起救國之時也。李代總統自去年十一月積勞致疾，出國療養，迄今健康未復，返旆無期，於是全體軍民對國事惶惑不安，而各級民意機關對中正責望尤切。中正許身革命四十餘年，生死榮辱早已置諸度外，進退出處，一惟國民之公意是從。際此存亡危急之時期，已無推諉責任之可能。爰於三月一日復行視事，繼續行使總統職權。抗戰勝利結束至今不及五年，而國事演變至此，中正領導無方，彌用自責。惟有鞠躬盡瘁，補過去之缺失，策未來之成效。所望我海外愛國同胞精誠團結，三軍將士砥礪奮發，各級官吏竭誠奉公，爲恢復中華民國之領土主權，拯淪陷同胞之生命自由，維護世界之和平安全，同心一德，奮鬥到底。務期掃除共匪，光復大陸，重建我中華民國爲三民主義民有民治民享之國家。全國同胞幸共鑒之。

◁新書目錄▷

書號	書名	編著者	出版者及日期	定價HK$
74—401	最新國際商品及術語專用電碼（包括各國及其重要城市商埠銀行及船隻輪船公司之名稱英文本）	文政出版社	Iuly 1971	288.00
75—402	中華民國進出口貨品分類表海關進口稅則號列對照表（中英本）	弘　道		108.00
75—403	毛詩引得（附標校經文）	弘　道	弘 道 1971	57.60
75—404	漢書辨疑	錢大昭	光緒十三年版	288.00
75—405	續漢書辨疑後漢書辨疑三國志辨疑	錢大昭	光緒十三年版	288.00
75—406	莊子引得	弘　道	弘 道 1974	108.00
75—407	清代韻圖之研究	應裕康	弘 道 1972	144.00
75—408	説文音義相同字研究	張建葆	弘 道 1974	126.00
75—409	説文聲訓考	張建葆	弘 道 1974	144.00
75—410	新校宋本廣韻附索引	澤存堂藏版	弘 道 1972	36.00
75—411	四聲等子、韻鏡合訂本	佚　名	弘 道 1971	9.00
75—412	中原音韻		弘 道 1972	7.20
75—413	莊子口義	林希逸	弘 道 1971	43.20
75—414	詩話叢刋（上下）	宋陳巖撰	日本近藤評訂	86.40
75—415	楚辭集註	朱　熹	仿宋本影印	10.80
75—416	方言調查字表	普林斯頓大學	1970	25.00
75—417	莊子大傳		弘 道 1971	7.20
75—418	法言（附音義）	楊　雄	弘 道 1971	7.20
75—419	國際貿春實務	蘇長庚	1974 四 版	54.00
75—420	大專英文選（大學及職業學校標準課程）			28.80
75—421	英文關鍵字研究（中英對照）		弘 道 1974	14.40
75—422	地盡其利之途徑（經濟建設論集）	鄭士珪	萬 象 1972	18.00
75—423	最新公文製作法		弘 道 1973	3.60
75—424	中日馬三國實用會話	林友慶	弘　道	21.60
75—425	香水鑽石珍珠及珊瑚寶鑑	鄭天昊	雙子星社1972	9.00
75—426	綠園賞文	許家鸞	弘 道 1971	3.60
75—427	認識人參	鄭士珪	雙子星社1972	3.60
75—528	堂堂正正的中國人	汪　希	弘 道 1970	3.70
75—429	莎士比亞的詩與歌（中英對照）	李達三等	弘 道 1974	4.40
75—430	華兹華斯的詩（中英對照）	李達三等	弘 道 1972	3.60
75—431	鄧約翰的詩（中英對照）	李達三等	弘 道 1973	3.60
75—432	伯蒲的詩——秀髮刼（中英對照）	李達三等	弘 道 1974	8.00
75—433	米爾頓的詩（中英對照）	李達三等	弘 道 1973	4.40
75—434	紅樓夢研究專刋 1—9輯	中文大學紅樓夢研究小組	道林本9.00	報紙本5.00
75—433	The Great War Vol. 1-13 H.W.Wilson London Thh Amalgamater Press Ltd. 1919 第一次世界大戰史畫集（英文本十三大册）			HK $ 12,800.00
75—436	The War In Pictures Vol. 1-5 Odhams Press Ltd. London 第二次世界大戰史（畫集英文本五大册）			HK $ 25,500.00
75—437	偉大的蔣主席	鄧文儀主編 白崇禧序	國防部出版1946	HK $ 1,000.00
75—438	支那事變寫眞全輯(中）上海戰線畫集	星野辰男編	朝日新聞版昭和13年	800.00
75—439	寫眞昭和30年史1926—1955	千歲雄吉編	每日新聞社1955	800.00
75—440	Faces of Destiny	Karsh 編畫集	Ziff-Davis Publishing Co.,	1,000.00
75—441	Since Stalin (A Photo Histort of our Time)	Boris Shub 編畫集		1,000.00

蔣總統治喪圖片選輯

蔣公靈柩奉移慈湖安厝

嚴總統率治喪大員在靈車兩旁執紼。

嚴總統輓聯

天下不可無公慟柱折維傾淚雨寧惟溢江
至德難乎爲繼秉文謨武烈精誠誓必復河

蔣公所佩三座勳章之特殊意義

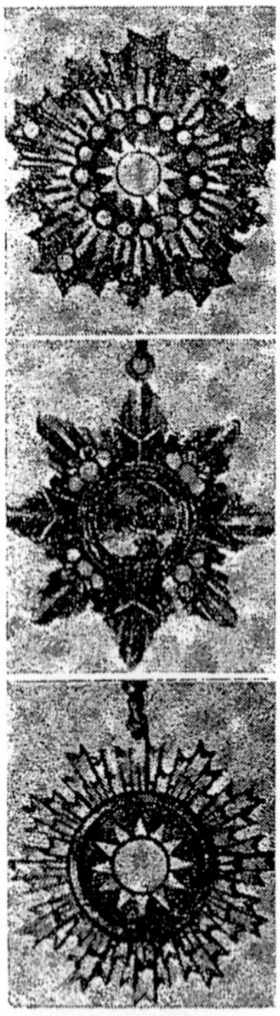

總統蔣公生前功業彪炳，所得勳章甚多。其中，采玉大勳章、國光勳章和青天白日勳章，爲總統蔣公生前最喜愛佩戴者。因此，經治喪會徵得孝家的同意後，決定將這三座勳章佩戴在總統蔣公遺體上。

采玉大勳章（上），爲我國最高的榮譽勳章，民國二十二年十二月二日令頒實施，僅元首能佩戴，或贈友邦元首。

國光勳章（中）則爲一般勳章中最高者，此勳章是於民國廿七年二月廿日令頒實施，這種勳章與他種勳章並佩時，居於左襟最右的位置，勳章以威武鷹揚爲圖案，四周爲光芒，象徵榮獲此章者，有使國家前程遠大，國運昌隆，光芒四照之功。

青天白日勳章（下）僅次於國光勳章，於民國十八年五月十一日令頒實施。其圖案爲青天白日國徽，代表國家，四週爲光芒，象徵榮獲此章者，有禦侮克敵，使國家光耀之功。

蔣夫人由蔣經國院長（左）蔣緯國將軍（右）隨侍，向參加執紼人士致謝。

蔣緯國將軍親撰並書悼念總統 蔣公禱詞

天上的主，請垂聽我的呼聲

我 父親本 祢的恩召，這是您老人家偉大一生的最高潮，這是您光榮的勝利，因為 您已經衝破魔鬼對 您的一切困擾、壓迫、刺激和侮辱，我們感情上的損失固大，但我們不能為了自己的悲哀而影响了 您老人家的光榮。

我們要重復地回憶 您老人家的耳提面命，再三地研讀 您老人家的所有訓詞，凡是有關當今應建之制與應興之事，而我們尚未開始或完成者；凡是 您老人家要做而尚未及推行或結束者，都當逐一展開並督制其進度與成果，我們祇有各本崗位，以力行來紀念 您，以實踐來報答 您，而一切的努力當以光復大陸河山，重振民主憲政為目標，非如此不足表示我們對 您老人家的忠孝；非如此無以表示我們對 您老人家的忠誠；非如此無以克服我們心中的悲痛；更非如此不能顯耀 您老人家至高的光榮和勝利。

願 主福祐我、 父在天之靈 懇求主帶領我們這群子孫和世代的追隨者

阿們。

香港八和會館主席新馬師曾夫婦同國敬悼總統。

關麟徵將軍在靈[illegible]前致哀，泣不成聲。

民國十一年一月，在桂林謁見 國父，商討北[illegible]伐計劃時攝。

美國新聞處長葛立仁率領全處員工到 蔣公靈前行禮致哀。葛處長跪在 蔣公遺像前用「法國喇叭」吹奏「我的祈禱」哀樂，歷時十餘分鐘。吹畢起立時，淚流滿面，泣不成聲。

慈湖賓館外貌

總統蔣公靈柩，奉厝於賓館正廳。

蔣總統逝世與日本人

——司馬桑敦——

蔣總統大殮安靈大典，十六日方在台北隆重舉行的時候，在東京文京區公會堂也舉行了一個規模極大的 蔣總統追悼大會。參加這個追悼大會的團體共有三十餘個。其中，除了一部爲華僑團體而外，多半是日本人。

兩萬多人參加追悼會

東京文京區公會堂座落在後樂園球場的附近，是東京市民經常集會的著名場所。日本執政的自民黨和在野的社會黨兩黨的歷年代表大會，都在這文京區公會堂開會。所以，這個會場也是日本政治新聞上經常見報的重要地方。文京區公會堂的容量共有一千八百個座位，但是據日本警察方面的統計，追悼大會這天却到了兩萬多人。有一大部分日本人在追悼大會進行時未得入場，而是會後纔陸續入場的。這些日本人一一向 總統遺像獻花敬禮，有的則按佛教儀式合掌默禱，他們的表情大都是沉重而嚴肅。

這種情景，使我聯想到兩天前的十四日，在東京有樂町日本劇場同樣的一個蔣總統的追悼大會。這是由日本勝共聯盟舉辦的，到會的也達三千名以上。勝共聯盟因爲有基督教團體的背景，與會的有多數日本男女青年，在氣氛上與文京區公會堂則另有不同。

文京區公會堂追悼會的主辦單位共爲四個。即：外務省指揮下的交流協會、亞東關係協會東京辦事處、旅日中華民國華僑聯合會和日華關係議員懇談會。前兩個單位，一個代表日本外務省，一個代表中國外交部，兩個單位在國交斷絕的今天，共同爲追悼 蔣總統而聯合列名，自是含義極深的。有些日本人毋寧以此引爲遺憾。認爲：兩國正式的政府機構未能聯合列名，而只出以代表的機關，這分明有背於 蔣總統生前對日的一番德意了。

追悼會主辦單位由十四日開始在東京各大報上刊出了 蔣總統追悼會的訃聞。同時，在產經新聞上由自民黨衆議員藤尾正行名義登了一個半頁大的意見廣告，特來追述 蔣總統生前予日本的許多恩澤。

並在追悼會當天，印發了兩種文件。一爲 蔣總統的遺囑，中日兩種文字對照；另一爲一九四五年八月十四日 蔣委員長的抗戰勝利對全國軍民及全世界人士廣播演說詞。這就是日本人所深爲感動的「以德報怨」的演說詞。後一份文件只有日譯，據說是第二次大戰時的日本退役軍人會特別要求複印出來分給前來參加追悼會的日本人士的。

蔣公不以日本人民爲敵

日本退役軍人會所希望於日本人的，當然，要日本人記住當年 蔣委員長下面的一段話：

「我們一貫聲言：祇認日本黷武的軍閥為敵，不以日本的人民為敵。今天敵軍已被我們盟邦共同打倒了，我們當然要嚴密責成他忠實執行所有的投降條欵；但是我們並不要報復，更不可對敵國無辜的人民加以汚辱，我們只有對他們為他的納粹軍閥所愚弄、所驅迫而表示憐憫，使他們能自拔於錯誤與罪惡。要知道，如以暴行答復敵人從前的暴行，以奴辱來答復他們從前錯誤的優越感，則寃寃相報，永無終止，決不是我們仁義之師的目的。」

這一演說的宗旨，因為實際上徹底的執行了，所以，才有戰後日本復興的基礎。日本退役軍人會在文件前的引言中特別指出說：

「如今，數百萬日本軍民平安歸國之事，記憶猶新，而　蔣總統竟遽爾成為故人，深澤厚誼，自應永誌不忘。」

這也就是何以有些老年弔客，站在遺像前，淚流滿面，遲遲不忍離去的主要原因了。

也許應該說，也就由於這個原因，在許多外國人追悼　蔣總統的集會，唯有東京的日本人有這種突出的規模，也有了許多令人感動的場面。

蔣總統逝世在四月五日的深夜。這天是星期六，所以星期日出報的東京大報都未趕得及報出消息。但是日本公營的廣播台和電視台ＮＨＫ却由一早的六時便搶先播出了這個消息。而且，到了下午，因為東京各大報照例星期天無晚報，　蔣總統逝世的消息便完全成了各家電視台的主要新聞。

這裡應該特別一提的是，和產經新聞同為一個股東的富士電視台，在紀念　蔣總統生平的特別節目上編排的極為突出。節目上除了歷述　蔣總統領導北伐和抗日戰爭的豐功偉業之外，並且特別介紹了抗戰勝利對全世界人士的廣播詞。廣播員加重的又念了一遍　蔣總統要求中國軍民不要對日本軍民採取報復的話，藉以喚起日本人民對　蔣總統一番德意的回憶。

讀賣新聞系統的日本電視台也有同樣的節目，而ＮＨＫ除了在各節新聞上一再重複播報　蔣總統逝世消息和介紹　蔣總統生平之外，在夜間國際評論的特別節目上更臨時編插了一個紀念節目。令聽衆最感動的是，廣播評論員用最激動的聲調說：蔣總統是歷史上的偉人，是現代史上的巨星，這都是不成問題的，他而且在今天日本人的記憶中是絕對抹不掉的一個偉大存在，幾乎可以說，沒有　蔣總統，便沒有今天的日本。

日人永念　蔣公恩德

這位評論員由衷的說了他的感激之詞，一再重複了他的感情，因此他甚至忘記了說下去他繼續應有的評論。

就在這天（六日）晚間，日本時事通訊社由北平打回東京一封電報。電報的內容是東京大學教授衞藤瀋吉對記者的答復。他主要指出兩點：

『①目前台灣的國際環境，不會因　蔣介石氏之死有所改變。

②　蔣介石氏經過國民革命和抗日戰爭兩過程，已成為民族的英雄。最後，他雖因敗於國共內戰而退到台灣，但是一九五七年時，中國方面（指周恩來）也以　蔣先生呼之，尊為一個愛國者。』

衞藤教授說這話時，方在隨同日本學術文化代表團訪問北平，他而且担當代表團的秘書長工作。豈知，就是他這一番對　蔣總統的讚詞出了問題。

中共頭頭廖承志等人首先認為衞藤教授以賓客身份在北平做此談話，是對「中日友好的一種傷害。接着，他們便把文章由北平做到東京的政治上面來了。

本來，當　蔣總統逝世消息六日晨轉到東京時，自民黨幹事長中曾根康弘認為　蔣總統與日本的關係，非比尋常。雖然兩下無國交往來，而故人的恩誼不應因政治關係而置諸不顧。因之，乃商得三木武夫的同意，先以自民黨總裁名義向台北打了一封弔電，並由總理官房長官井出一太郎發表了哀悼談話。接着對記者宣佈，擬請黨內元老如前任首相佐藤榮作等人以自民黨代表名義赴中華民國參加葬儀。

中共的政治文章便指向這一事實上來了。

「日本人心肝何在？」

廖承志和中共外交人員向日本公開表示，日本政黨對 蔣總統逝世如此隆重的表示，是在暗示對中共的不友好，中共引為遺憾。就在此時，自民黨中强調應從速締訂「中日和平條約」的親毛份子，便對三木武夫施以壓力了。三木武夫本來就對中華民國懷意不善，於是，他便馬上變卦了。

結果，他只請佐藤榮作以個人名義前來致弔，至於岸信介和灘尾弘吉所率中日合作委員會和日華議員懇談會的一批人，他只能不聞不問了。

所以，日本一家「國會時報」的小報，曾出了一個特刊，在文京區公會堂的門前義贈。這特刊便羅列了三木武夫等人因受左派壓力而變卦的事實。編者特在第一版標了一行特號字的題，上寫：「日本人心肝何在？」文中便對日本人的這種忘恩負義的行徑，大為不齒，大大的罵了一頓。

走筆到此，讓我想起一位僑領的感慨了。我在電話中告訴他，日本人尚不乏講交情重義氣之士，已經紛紛去台北奔喪了。但是這位僑領却不以為然的說：但願這不是他們最後一次的表演：要知道，老先生在，他們尚感到一分恩情在，老先生不在，他們心目中恐怕就一切都沒有了。

這句話，出自一位居日二十餘年的僑領之口，道理似很淺近，而含義深遠。但願歷史能有一天證明他是說錯了。

（四月十九日寄自東京）

輓 蔣公聯、詩選萃

天下不可無公，慟柱折維傾，淚雨寧惟溢江海；
至德難乎為繼，秉文謨武烈，精誠誓必復河山。
——嚴家淦

其德望則彌綸宇宙，其勳業則震鑠古今，六十載救世拯民，斡地迴天原夙志；
論治化當繼美唐虞，論征誅當比隆湯武，億萬衆蒙恩被澤，傾河注海有沉哀。
——治喪委員會

開億載宏基，奕代光昭，隣服亦知崇德厚；
為兆民立極，萬方雨泣，此生常憶受恩深。
——田炯錦

一日之師，終身之父，况五十年督勉提攜，挾纊至今温，回思震耳嘉言，奮袂要清全禹甸；
九洲待復，元惡待誅，滙億萬衆哀傷悲憤，深恩何日報，省識銘心警句，攀轅長愧老門生。
——黃杰

識威名於五十年前，親明誨在二十年後，報國矢忠誠，駑駕敢忘垂訓日；
以一身繫億萬人心，聞噩耗下千萬人淚，誓矢遵遺命，中興指顧奉安時。
——高玉樹

五千年道統肩承，至聖至仁，撥亂早揮三尺劍；
九萬里謳歌懷慕，矢忠矢勇，澄清定告一戎衣。
——石覺

驚霆怒坼地維傾，白日潛輝慘不晶，生有自來為救世，哀無可語但吞聲；
狂瀾欲倒憑誰挽，大廈猶欹仗孰擎？靈爽赫昭如在上，精神終古見牆羹。
——張齡

寰宇沉沉夜。寒光北斗移。雞籌驚乍報。龍馭渺難追。誓海風雷震。膏原雨露滋。如何鑽火節。竟是遏音時。
志業中山偉。傳衣在篤行。北征曾殪兕。東向更屠鯨。器物從新制。詩書啓後生。欲陳經世畧。蕩蕩總難名。
憶昔趨壺嶠。麻鞋蜀道還。衣冠參鷺序。燈火近鰲山。閭澤綿千祀。哀音動百蠻。慈湖今日水。萬淚共潺湲。
——成惕軒

一

神武基天縱。英明並世無。法天承道統。則地撫皇圖。百戰安中國。千憂集一軀。攀髯嗟不及。涕泣向天衢。

二

至德難名誦。千秋聖亦神。攘夷抒遠畧。戡亂重親仁。舉國尊慈父。全球仰巨人。豐功彪史冊。歷歷見艱辛。

三

蒼翠慈湖路。廻屏似浙山。地因形勢勝。峯在鬱蟠間。此日珠襦閟。明年木主還。廿年陳兩頌。緬德淚痕斑。
——李猷

莫斯科東大孫大見聞

三、東方大學中國班的學生

一、中國學生托派份子多

在我的回憶中，東大有三多：第一，東大學生民族多，第二，東大學生職業革命家多，第三，中國學生托派份子多。中國學生參加托派有它的時代背景：①由於史達林領導中共叛亂失敗，反對派對黨進行攻擊，聯共決議說：「……由於中國革命遭到局部失敗，反對派就集中力量在我國的國際政策方面（中國，英國）對黨進行攻擊」（見蘇共決議彙編第三分冊第三〇五頁「一九二七年八月九日聯共（布）中央和監察委會聯席全會通過：關於季諾維也夫和托洛茨基違反黨紀問題」）。第二，反陳獨秀派，共產國際和中共中央指責陳獨秀是機會主義（說他不堅決實行土地革命，不敢武裝工農等）。第三反「旅莫支部」，就是中共駐在莫斯科的黨組織，被陳獨秀派和留法勤工儉學學生所把持，以「家長制」管理學生，引起東大孫大學生反抗。第四，東大學生看到史達林式的血腥獨裁專政共產主義的眞面貌，感到失望。

東大托派與莫斯科托派組織發生關係，大致有兩個來源：第一來源，與莫斯科托派地下組織接觸，據聯共（布）第十五次代表大會（一九二七年十二月二日至十九日在莫斯科舉行）決議中說：「關於反對派」有一段記載，「反對派有自己的中央委員會，有區域，省，市，區的中心，擁有辦事機關，出版機關」。此次代表大會決定，把托洛茨基反對派重要份子開除出黨，共計七十五名「註一」（其中是克·拉狄克 Radek, Karl 列、加米涅夫，G·季諾維也夫Zinoviev 等）。同時把普薩龍諾夫集團開除二十三名「註二」。

當時東大有一位學生王文元（Wang Wen-yuan又名「凡西」，陳獨秀給他信稱他爲西流），浙江嘉興人，杭高畢業，北京大學外文系畢業，他的英文能寫能講，德文能閱讀，他到東方大學大約半個年頭，就能講流利的俄語，能閱讀普列汗諾夫 G. Ple Khanov』的哲學著作，在東大肄業二年，第三年併入孫大俄文班，同學中稱他爲中國的普希金。回國後他是中國托派中之「十月社」重要角色。在他的譯著中，哲學方面，他以王凡西之名曾譯普列汗諾夫名著「從唯心論到唯物論」，一九三六年二月十五日在上海亞東圖書館出版，他在「譯者序言」中說，「這本小冊子是普列汗諾夫晚年最後一本著作，在哲學上最後成就的一本著作」，此書現不易購得，成了孤本。

王凡西把安德烈·馬爾勞著Les Conquerants（「中國大革命序曲」一九二八年出版）於一九三八年譯成中文。在明報月刊第三卷第十期（一九六八年十月號）曾登載「馬爾勞筆下的中國，香港，廣州」一篇文章。

當時在東大同王文元（凡西）同一寢室的有幾位學生也值得一提，有李立成（俚人）湖南人，廣州中山大學畢業，一九二六年進東大。張仲實，回國後曾任生活書店主編，譯著甚多。梁金山（陝西人）北京大學畢業，精通俄文。顧我（浙江奉化人）於一九二九年與孫大飯廳女職員俄國小姐結婚後，就到遠東海參威一帶工作。老方（浙江金華人，眞名回憶不起），他是上海河海工程學校畢業，武漢政權失敗後進東大，因公開反史達林有托派嫌疑被捕，聞當時就關進莫斯科附近牢獄中。第二來源，是同國際列寧學院「註三」的中國托派學生發生連繫，當時國際列寧學院中有兩位學生是著名的托派份子：一位是劉仁靜（鏡園 incorrectly written as Lin Jen-Chin 劉仁津），他精通英德俄文，托洛茨基的德俄文著作或文件，由他譯成中文，分發給東方大學學生閱讀，劉仁靜由國際列寧學院畢業那年曾經到土耳其訪問過托洛茨基。另一位是馬秀才，眞名現在回憶不起來，他是河南人，瘦長的身體，學者風度，東大河南籍的托派份子大多受他的影響，他們都稱他馬秀才。

現在我把東大托派學生比較著名的回憶記錄下來：

（一）劉英，回國後改名爲李麥麥，他是湖北人，妻王民先，他在東大學生中是個演說家，曾經公開反對王明二十八個波爾雪維克。回國後參加中國托派，成爲托派「戰鬥社」之領袖之一。以後曾任上海復旦大學教授，著有「中國古代政治哲學批判」，「各國民族統一史論」等譯著，鄭學稼教授同他是最要好的朋友，一九四一年七月十六日逝世於上海，鄭學稼教授曾引嚴復先生輓友人句悼他：「生平風誼兼師友，天下英雄唯此君」。「註四」（編者按：本刊四至五期鄭學稼教授著憶李美美一文，敘述甚詳。）

（二）趙濟，雲南人，是東大反「旅莫支部」和反王明的學生領袖之一，回國後爲中國托派「戰鬥社」重要份子，抗日戰爭時聞已回雲南担任某中學校長。

（三）王平一，山東人，爲東大托派重要份子，他說：「我與當時反史達林的地下組織來往，即托洛茨基派，所以我冒着死亡的危險，接受他們送來的文件，並把這些文件又傳給西班牙人安得爾—寧，和外蒙古同學安登道爾得」（見王平一著「克里姆林宮內闈秘史」亞洲出版，民四三年第二一二——二一三頁）。回國後，爲中國托派「戰鬥社」重要領袖之一，江西剿共時，曾任南昌行營專門委員，王氏善應變，常有獨到見解。

（四）范金標（Fan KanPiao）浙江人，爲人勇敢誠實，東大托派重要負責人之一，在莫斯科曾參加反史達林示威，公開高呼反史達林口號，一九二九孫大清黨後被捕，放逐西伯利亞。

（五）紀達才，浙江義烏人，浙江杭州省立第一師範畢業，上海大學肄業，在上海杭州一帶領導職工運動。一九二六年赴莫斯科進入東大，在東大公開反對史大林政策，孫大清黨後被捕流放西伯利亞。

（六）趙顏卿（河南人，俄文名稱爲媽媽西庚），他是東大托派負責人之一，北京大學畢業，曾任中共河南省委會書記，品學兼優，獲得東方大學學生敬信，（在東大學生中有趙媽媽的稱呼），孫大清黨時，被蘇俄特務謀殺。

二、東大中國班第一期學生

據「明報」月刊張國燾「我的回憶」第二編第五章第五九頁說：一九二〇年曾派學生八名赴莫蘇科東方大學「……到一九二〇年冬，就派出劉少奇，彭述之，羅覺（亦農），任弼時，卜士琦（道明）袁達時，抱扑，廖化平等八名」。

又據另一資料第一批學生中尙有蕭勁光，謝文錦，華林等。據「卜士琦自述」中說：「民國十年秋，陳獨秀商得共產國際代表伏丁斯基Uoitinsky, G. N. 之同意，將余及劉少奇，任弼時等十餘人送往莫斯科東方大學受訓」。

根據以上這三項資料證明，第一批派到東方大學受訓學生，不僅是八名，而是十餘名，「卜士琦（道明）自述」資料是確實可信的。

以上這十一名學生中，現尚在中共黨內任要職者只有蕭勁光一名。有二名爾後成爲中華民國反共鬥士：卜士琦（道明）和廖化平。有關卜氏生平，引自「卜士琦自述」。

「卜士琦（道明）於民前十年生於湖南益陽縣澗山鄉之彭家灣。民四獲得家族獎學金之助考入長沙船山中學，民七畢業，曾任小學教員一年，以所得薪俸充旅費，於民八年赴滬考入復旦大學，無法繳學費，經陳獨秀邵力子介紹改爲復旦大學系旁聽生，同時並加入陳及戴季陶先生所創辦之「滬濱工讀互助團」，充民國日報副刊「覺悟」校對，半工半讀。該團團員十餘人，包括後成共黨首要之劉少奇，任弼時，蕭勁光等在內，多無職業，經濟困難，年餘即告解體，民國九年秋，陳氏即以該團團員爲基幹，成立「社會主義青年團（CY），並設一外國語學校，於法租界漁陽里，爲團員補習俄，英，法文，以楊明齋爲講師。余學俄文，從此開始。

民十年初，余登記赴法勤工儉學，旋以學生額滿未果。是年秋，陳獨秀商得共產黨國際代表伏丁斯基 Voitinsky, G. N. 之同意，將劉少奇，任弼時等十餘人送往莫斯科東方大學受訓。余民國十一年冬回國後，曾任上海大學俄文講師一學期。十二年秋，被選爲CY中央幹事，與鄧中夏主辦「中國青年」雜誌。民國十三年夏，經陳邵二氏介紹赴粵任黃埔軍校校長俄文翻譯（此時俄加侖將軍爲總顧問），得親聆蔣公訓誨，并隨軍參加兩次東征及蕩平楊劉之役。十五年秋蔣公派邵力子使俄，命余隨同前往，余抵俄後，一面任邵氏翻譯，一面就讀孫中山大學高級班，并兼任翻譯工作。民十六年春，學校青年團部決定將余轉入共黨。邵氏於十七年回國，余則仍留孫中山大學担任編譯及政治經濟學講師。民十八年冬，孫中山大學宣告解散，余要求回國未獲允准。乃於民國十九年考入莫斯科世界經濟研究（屬於蘇俄科學院）以求深造，同時担任「列寧學院」中國班政治經濟學講師，至二十二年冬始獲准回國。回國後，曾在中央組織部所屬機構担任國際問題編審工作，中央軍校俄文教官，航空委員會秘書（管理蘇俄志願軍事務）。民二十七年秋任軍委會辦公廳外事科長，主管俄文譯員事務。三十年秋任軍委會辦公廳顧問事務處長，三十三年任外交部亞西司司長，以後任中華民國國際關係研究會主任」。卜氏二次留俄，歷時七載，精通俄文及蘇俄問題，爲現代蘇俄問題專家，不幸於民國五十二年逝世。

廖化平四川人，回國後曾任黃埔軍校教官，中華民國國防部情報機構担任教育和訓練工作，生活淡薄，爲人敦厚，晚年研究佛學。

謝文錦與彭述之都是陳獨秀時代重要黨幹：

謝文錦（又名忠華），浙江永嘉人，浙江溫州中學畢業，上海大學肄業。一九二〇年赴莫斯科入東大，回國後曾在上海大學任教，在「新青年」第一號（列寧號）第一〇九頁至一一七頁，著有「列寧與農民」等篇文章。其弟謝文侯於一九二六年入東方大學軍事班。

彭述之在其「在讓歷史的文件作證」一文中曾提到謝文錦說：「一九二七年國民革命軍佔領南京時，謝文錦任中共南京市委員會書記」。「當我（彭述之）四月一日由滬抵南亦首先訪問南京市委書記謝文錦（見「明報月刊」一九六八年六月號第三卷第六期「讓歷史文件作證」一文）。

關於彭述之在東大學生時代一段歷史，據一九六八年六月號「明報月刊」第十八——十九頁登載「彭述之簡史」中有一段記載：「一九二一年春赴莫斯科學習，我在莫斯科呆了三年（一九二一年至一九二四年），全部時間都在東方大學研究馬克思主義，并担任中共「旅莫支部」書記，協助同志們的教育工作。當一九二四年六月至七月間，共產國際召開第五次世共大會，我被中共中央指派與李大釗張太雷等參加大會，會後，我於八月間回國」。

東大中國學生已於一九二六年已開始組成托洛茨基組織（反史達林），托派學生已蒐集和研究托洛茨基全集，季諾維也夫全集，托派中國問題專家沙發洛夫著作，孫大校長克・拉狄克的中國革命史等著作，可見東大托派學生理論水準已提高。中共黨內到一九二九年春才看到托洛茨基文件。彭述之在其致「明報月刊」自述簡歷中說：

「一九二九年春，我從莫斯科回國的留學生中得到托洛茨基關於中國革命問題兩個最重要的文件：「中國革命的回顧與前瞻」和「第六次大會後的中國問題」，這兩個文件是分析過去革命的根源和當前的政策，極爲精確，因而我同意托氏的基本立場，隨後，我將這個文件轉交陳獨秀研究，他亦完全同意托氏的基本觀念，因而我們開始在中共內部組織左派反對派……」。

彭述之這段話說明，中共政策路線在一九二九年以前完全被史達林派所控制，可見中共黨內理論水準的低落，一九二九年中共黨內分裂爲史達林派與托派。

註　釋：

「註一」：聯共（布）第十五次代表大會（一九二七年十二月二日至十九日）托洛茨基派重要份子被史達林開除七十五名（見蘇共決議彙編第三分冊第四一九頁至四二〇頁）。

「註二」：同「註一」資料。

「註三」：一九二六年創立稱爲國際列寧訓練班，一九二八年起稱爲國際列寧學院（見馬列研究所主編「共產國際史要」一書第二五一頁一九六九年俄文版。

「註四」：鄭學稼教授著「我的學徒生活」（傳）第四一頁徵信新聞報五十四年出版。

粉筆生涯二十年（一）

張丕介遺著

張丕介教授，是香港新亞書院創辦人之一，曾任新亞書院經濟系主任，及「商學及社會科學院」院長。一九七〇年因病逝世。本文作於一九五五年，記述其二十年來從事大學教育工作之經歷，對中國大學教育問題有極深切的剖析。本刊從本期起，分期刊出，共饗讀者。

——編者

序言

自我第一次登上大學講壇的那天算起來，我厠身大學教育工作的時間已整整二十年。這一時期，除去在南通學院的一年比較安定外，恰是我國政治社會經濟諸方面變動最劇烈的時期，因之我的粉筆生涯也充滿了種種意外的變化。我經歷過的大學有南通學院、西北農學院、貴州大學、政治大學、地政研究所，和現在的新亞書院。從空間看，我的足迹所至，包括了大半個祖國大陸。但是不管環境如何變化，空間如何轉變，我居然始終保持了我所選擇的工作目標，二十年之久，沒有脫離大學講壇。現在回想起來，這差不多是一個意外。

我把二十年的粉筆生涯分成五個不同的段落：

在南通學院任教的一年是我初出茅廬，首次認識我國大學教育的時期。那時正是國家社會比較安定，而一切在進步之中的一年。那時期我工作緊張，一切印象也最新鮮而深刻。對那時期的回想，也最使我低徊留戀。——作「濠上一年」篇第一。

抗戰的號聲，使我短時期拋下書本，走向戰場，但不久又回到了原來的工作崗位，不過空間改變了，再不是山明水秀的長江下游，而是黃沙漠漠的大西北。在這裡有一年的時間是任教，有半年多的時間，却是西北邊疆的考察。——作「西北去來」篇第二。

從大西北到大西南，正好是一個對角。雲貴高原改變了我對祖國大陸的淺薄知識。這時期有一年多在極南的烟瘴地區，從事農墾，有兩年在貴陽的花溪過着講壇生活。——作「雲貴高原」篇第三。

在我西北西南兩地來回變動之中，最多的時間，還是在抗戰首都附近的南温泉，一方面在政大任教，一方面辦中國地政研究所。抗戰勝利後一年，隨校東返，再到南京，仍然住在温泉（湯山温泉）。這時期的工作不算太多，但是研究機會比較充分。——作「從南泉到湯山」篇第四。

最末一個段落就是至今還在繼續的流亡教育工作。為避赤禍，南來港九，轉瞬已經六年了。流亡人辦流亡教育，環境之艱困與心情之悲痛，都是一言難盡的。今天面對祖國無窮的災難，只有藉着這點努力和忍耐，保持對明天的信心和希望；至於實際形勢變化如何，只好置之度外了。——作「飄零篇」第五。

二十年的時間，對一個人的自然生命而言，並不算短。二十年的見聞言行和經驗，若是詳細記錄起來，將是一件很費力的工作。我沒有撰寫這麼一種回憶錄的時間，所以只好把幾個段落中和教學相長有關的重要經過，粗枝大葉的寫下來。這就算作我個人的記念吧。假設將來有人研究這一階段的中國大學教育史，我相信這篇短短的記錄可能是一個忠實的證人。

在二十年前的八月一日，我開始了我的粉筆生涯；而今年的八月一日又是我在新亞書院任職滿足了六個整年的日子。六年以來，為這個流亡教育事業，嘗盡了想像不到的艱難；但是我終於幸運的走畢了這段崎嶇險阻的路程，而且從這一天起，我被允許解除了担任已久的部份行政職務。從今天起，我恢復了單純的講壇生涯。對於我，這一天是值得記憶的。我要利用這六年來第一次眞正假期的機會（可惜也只有一個多月），反省我二十年的粉筆生涯。至於這篇東西是否值得讀者一顧，我暫且不去管它了。

一九五五年八月一日晨

濠上一年

我首次走上大學講壇的地方是南通學院；時間是民國二十五年的秋季。

南通學院是一所大學級的私立學校，由張季直先生手創的農、醫、紡三科大學改組而成。學校行政中心和農醫兩科都集中於南通縣城南門外的濠水之陽，紡科却遠在距南通縣城不到二十里的揚子江邊天生港附近。

南通是揚子江下游距上海最近的江北大縣；不單名氣大，物質建設，社會建設，文化建設等方面也是全國一千八九百縣區中的模範。論自然風景，也不亞於江南最秀麗的地方。

就在這個地方，我首次登上了我國大學的講壇。

我參加大學教育工作，能從南通學院開始，事後回想起來，實在是一次幸運的選擇。

首先，南通學院原是一所私立學校，從前清末年經張季直先生創辦起，直到民國二十五年止，始終保持一種良好的學風。民國二十五年，南通學院改為省立，只表示經費來源與過去不同。過去完全由張氏私人事業所支持，改組後由省政府補助一部份。院長任免由江蘇省政府決定，首任院長為鄭亦同君。至於學風却始終不變，比當時一般國立大學顯得單純，質樸，切實，師生間也十分融洽，沒有任何派別人事的磨擦。

其次，南通學院雖包括農醫紡三科大學的底子，但在組織上和人數上看，並不算大。而且三科分別設立，每一科頗像一小型的專科大學。我在農科任教（科長爲湯惠蓀先生），全科教授和助教不過二十幾人，學生不到二百人。走進校門不久，大家便熟悉了。

又次，南通學院是實科教育，不尚理論，而務實踐。師生相接，大半在實驗室，實驗場，工廠，醫院；課堂時間，反成次要。在共同工作，共同試驗之中，不容易逃懶作僞，更不容說大話，閒聊天。農科學生的生活方式很有中國農民氣味，不像大都市中文法學校風氣的輕浮。

最後，南通學院的地理位置和社會環境，十分宜於這一學院的健全發展。南通不是大都市，但現代化的基本條件很完全，比起許多大都市的文化建設更完備。（南通是有名的實驗縣；教育方面的建設最得風氣之先。這裡有一所相當完善的師範學校，一所有名的江蘇第六中學，另外是女紅學校，盲啞學校，和許多中小學。農、醫、紡三科大學同時出現於一縣之中，全國也只南通一縣。這些全是張季直先生一手創辦的。除這一批學校外，還有一所規模可觀的博物苑。）小小的縣城四週是農村，但憑輪船交通，半天多的時間，就可直達上海。有大都市的方便，也有農村生活的寧靜。上課和實習以外，師生們的消遣方式，總不外河濱或農場附近散步談天。對於我，這簡直是最重要的一課，因爲靠這一機會，才使我進一步瞭解了長江下游的農村社會。

沒有踏進南通學院之前，我對我國大學教育的實際情形很少實際的認識，但心中却懷着極大的敬意。根據我那時的願望，只希望能作一個起碼的助教，讓我在一位有學問有經驗的教授指導之下，認眞的學習幾年，等到學力和經驗成熟了，再進一步從事講授工作。

我把進大學教書的志願告訴了朋友，並且委託他代爲進行之後，我就忙着參加整理全國土地調查報告的工作。忽然有一天，朋友給我送來了一張聘書。我打開一看，不禁唬了一跳：我的名義竟是教授！我簡直不敢相信是事實。而待遇呢，竟是三百二十元！我得到的聘書恰好是大學裡最高階級的最高待遇！

我受寵若驚，但心裡却懷着一個極大的懷疑：爲甚麼我初出茅廬，便獲得了這層優遇？

我向朋友們打聽，我得到的答案是：原來這是根據當時教育界的慣例，凡有博士學位的留學生就「可以」被聘爲教授；至於待遇雖有差別，一般都由學校當局自行決定；如果人事關係好，自然可定爲最高待遇。我既偶然有了一個博士頭銜，又偶然和學校負責人有私人交誼，所以便如此這般的成了教授，並且得到最高的待遇。

這件事給我一極大的刺激，而且二十年來使我繼續着發生懷疑：

大學教授的責任是很重大的，非有高深的專門學識和足夠的經驗，決難勝任而愉快。一位有博士銜的留學生也許有相當的專門學識，但十之八九沒有經驗，爲什麼一下子便讓他担任這樣重大的工作呢？讓他先作助教，並不見得委曲了他的博士頭銜罷？讓他先作兩三年講師，慢慢的培養他的經驗，不更妥當些嗎？如果怕講師的待遇太低，提高一些不就行了嗎？

教授資格太濫，教育水準必然降低；而教授之爲教授，也失去了社會對他的尊重。此風一開，個個大學畢業生都希望先去外國拿一個博士頭銜，時間不過一、二年，或二、三年，便做了教授。至於本國大學畢業生，由助教而步步上升的，却至少需要八、九年或更多的時間，這不但不公平，實際上大大的壓低了他們的和本國大學的地位。

這個特別優待留學生的「制度」的眞正用意何在，我想不出來。根據我親身的經驗，可以說這是十分成問題的。

於是在當時特別優待之下，我先做了

教授，而後學習着認識我國的大學教育；我先做了教授，而後學習着在大學裡去教書；我先經過了這番學習，而後認識自己所能教的和必須重新學習的。這一連串的矛盾現象，一直困擾了我在南通的一整年。現在回想起來，簡直有些好笑，但當時却是莫大的苦悶。

這是我「教學相長」的第一章，我必須分別的講下去。

當作一間大學學府來看，南通學院當時還存在着許多使我無法同意的地方。例如教授的聘任，形式上還是和一般國立大學一樣，每年發聘書一次。這事最不可解。老教授憑資格和經驗，夠得上終身任職的，爲什麽一年一聘，來妨害他們的安定心理？「教授治校」是人人承認的最佳原則，但在這種不安定的制度下面却完全成了夢想。私立大學的人事比較安定，南通學院一改省立後，便犯上了一般國立大學的通病，要求教授兼作學生的導師，又是一個好理想，而結果也等於具文。我想，我國大學教育許多年來總不能發揮應有的作用，其中最主要的原因，大約就在於人事變換的太快罷。教育部在戰時試行了「部聘教授」辦法，如果普遍推行，認眞辦理，當可救治這個基本缺點，可惜那時既沒有普及，而現在更談不到實行了。

大學教授應該是終身職的專業；只有如此，才可以發揮他們神聖的責任和平生學問；也只有如此，我們才能培養得上國際水準的教授和大學。否則，我們的高等教育便永遠沒有希望。我在二十年中看到許多有爲之士，從大學退出去，改了行，從政的從政，做工商業，做律師，或其他獨立的自由職業，都大有其人。這是一種很難估計的損失。我也看到許多老教授們始終不肯改行，但在不安定狀態之中，只好勉强維持自己的生活，他們的學問雄心被凍結了。更壞的現象是學生們「學無常師」，年年改換先生，永遠難以追隨一位敬佩的先生，作爲終身學問的指導者。什麽「人格教育」，「以身作則」，全成了空話。

另一個和上面所說有連帶關係的缺點，是學校對教授專門研究工作的忽畧。依我所知，大學沒有反對教授研究的，也沒有完全缺乏研究圖書設備的大學。然而我二十年中認識的教授有著作有發明的，爲數有限，而且幾乎全是個人特別努力的結果。少數私立大學和中央研究院，自然例外。至於一般大學，似乎把教授只看作知識傳授的「教書匠」；對於教授們個人研究，既無協助，更少鼓勵。其實各大學的功課並不算怎麽繁重，每位教授一週的上課時間很少超過九小時，有些學校只有五六小時，若能協助他們從事研究，不但很多人樂意做，而對學校功課也絕無妨害。

我到南通學院不久，便發現了上面說的問題。後來經過幾個國立大學，我反覺南通學院教授的研究機會比較多些，這一點可從助教一層看出來。大多數大學都有助教，但是很少看見專爲教授研究而聘的助教。普通助教除了供系主任驅使外，就在領導學生實習，但和教授研究工作絕少關係。南通學院助教頗多，和教授關係很好，所以有幾位在學業上頗有成就。如果有一個好制度，爲研究而聘助教，我相信一定會有更進一步的成績。此外，圖書與經費的缺乏，更是普遍。於是教授的活動不得不限於上課一件事了。有可以從事研究的人，而讓他們這樣的浪費，實在太可惜了。

在課程組織和教學方式上，我發現我國大學有更多的問題，這些問題且留在下面幾篇去談，這裡不去多說了。總而言之，我是先當上了大學教授，而後認識了我國大學教育，雖說管中窺豹，只見一斑，但證之於以後各年的經驗，我相信上面說到的問題的確很値得注意。

在未到南通學院之前，我可以說是一個毫無任教經驗的生手。我在師範學校讀書時，曾被派到附屬小學去實習一個學年，但那時所教的只是一羣小學生，那種經驗此時完全用不着。我從德國回到南京後，也曾在地政學院上過短時期的課，不過那是專門問題講演和學員們的相互討論；

根本談不上經驗。而且南通學院的情形和地政學院完全不同，這時斷不能用對待研究生程度的學生一樣方式去授課。

學校要我開的課是經濟學和農業經營學。對於我，這是一次極其嚴重的考驗。我當時認出了一件事實：留學生，博士銜，都不足恃。經驗第一，而我却沒有經驗。我必須設法避免失敗的危險，尋找一條通過考驗的路子。首先，我利用一切可能的機會，調查我同科的幾位大學教授的教課方式，教材，講義，以及學生們的批評。然後再考慮自己「應付」功課的方法。

調查的結果，出乎我的意外：一方面使我對我國大學教育現狀相當失望；另方面却給了我一種鼓勵，一種自信，減低了登壇授課的畏怯心理。

教授方式和教材內容，當然異常複雜，可是我們可以把調查的結果歸入以下幾類：

根據他們的學歷看，我那時遇到的教授同仁，大部份是留學生，小部份是本國大學畢業或自修成功的。留學生出身的教授，不論有沒有什麽學位，他們所用的教材幾乎全屬於留學國家的現成著作。留英留美的用英文，留日的用日文，留法的用法文。回國時間較短的，多半拿着一本原文書作「教本」，有時讀一段原文，再用中文講一遍。老留學生多半用自己編的講義，講義取材當然不必出於一本原文書，但是詳看其內容，便會發現兩件事：一是它「老得很」，老到和科學進步脫了節；一是「熟得很」，熟到編者可以一字不漏的背誦得出來。講義是他們知識的全部，講義以外的一切著作，便與他們的功課無緣了。

當然留學出身的好教授還是有的，不過那是十中難得一二的稀少現象，至於能根據自己所學的，再參酌我國社會實際情形，以求適合我國學生的需要，而編製教材，這是學生們頂歡迎的好教授。無論他們對功課如何認眞，對學生如何嚴厲，學生們總沒有怨言。

不是留學出身的教授，也可分爲兩類，可是他們有共同之點，就是因爲沒有外國學位，無形中受了歧視。但他們的反應不同：一種人是深知外國學位的「價値」，和自己吃虧的原因，於是時時刻刻準備留學，一種人却集中力量在學問上下功夫。我認得一位昆蟲學教授，年紀比我約大一倍，從不會到過外國，但是他的研究成績十分令人佩服。依我知道，他應算是第一流的中國昆蟲學家。但是他少了一層留學資格，便被人長久的冷淡過。有些時候，談起這件事，老先生便不勝其憤慨。

南通學院傳統的學風是比較健全的。不管教授出身如何，教學方式如何，一般都相當認眞，而且大部份功課都有實習，所以太馬虎的人很難站得住。這比我後來在其他大學所見所聞的情形，已經好過多多了。

我考慮我担任的兩門功課。我不願意作「一本原文書教授」，也不能馬上編出一部好講義來。而且我担任的兩門功課在農學院裡有一個共同的特點，它們不是技術科學，必須看清中國自己的社會經濟實際情形，才不致於隔靴搔癢。技術科學或自然科學都沒有什麽社會背景歷史背景之類的顧慮；社會科學是科學而又有時空背景的糾纏。我怎樣安排呢？

我感覺到極大的壓迫，但無論如何，必須求得一個解決。

經過許久的考慮，我獲得了三項結論：

首先，必須把在國外學來的基本知識，概念，術語，表達方式，「翻譯」成我們習用的格式。我稱這種工作爲學術思想的「歸化」。在這番「翻譯」之中，自然同時就進行了選擇功夫。我的標準是：在課堂上不用外國字，不用生硬的名詞，不採取與我國社會經濟不相干的資料，不講述自己不相信或不明瞭的東西，更不能引起學生們的錯誤心理，以爲高深科學知識必須求之於外國；我希望引起他們對學問的興趣，但要大家明白，成佛不必到西天去。

其次，必須趕快準備兩門功課中必須具備的中國知識和資料。這當然不是急切之間所能一蹴而成的；但是那時我很僥倖已經有一部份現成的而且最新最好的資料。原來在我到南通學院之前，我曾參加「中央土地調查委員會」調查資料的整理工作。民國二十三年的中國土地調查包括了二十二個省，一萬六百多個縣市，一百五十餘萬農戶的範圍，爲我國有史以來最大規模科學調查工作。在堆積如山的調查表中，包括了我國大部份地區的土地問題，農業問題，農村社會問題，和一般性的經濟問題,不但資料豐富,而且相當具體。最後一次整理工作，包括資料的覆核、統計,和根據報告書的撰寫,除去總報告一冊（後經商務印書館於民國二十六年出版）以外，分省和分項的專題報告還有四十幾冊。當時動員的人手極多，幾乎所有國內的土地問題專家，農業問題專家等都參加了工作。我一方面帶領着六十幾位統計員，天天作統計和分析，另方面也參加了各專題報告的討論。這半年的收穫眞是「勝讀十年書」。我每天的日記筆記卡片，完全取材於各天所見聞的資料和討論。半年之間，手邊已積存了極大一批尚未刋布的寶貴東西。當然那時我還未想到如何使用這宗收穫，不過我意識到它對我以後的重要。除去調查資料外，我還收集了一個可觀的研究中國社會經濟問題的參考書目錄。在自己財力所及範圍內，也儘力搜購了一批必需的參考圖書。這些就是我到南通學院時最可依賴的教書本錢了。雖然這些資料圖書並不能算是完備，而在時間上我也不能一一消化利用，不過我總算有所恃而無恐了。

最後，我必須考慮一個上課的方式，那就是我二十年來所慣用的方式，一個比較有彈性的方式：我先編製一個全年的課程大綱（按上課時數計算，每小時講授的主題和要點）；其次，我給學生們擬定一套參考書，至少每人每學期必須選讀一二種，學期終了要他們交筆記或讀書報告；末了，對於個別問題有特殊重要資料時，我編製一些各自獨立成篇的補充教材，這當然以有關歷史文獻和統計資料者爲最常見。有這三項準備，我上課的方式便算決定了：大部份講演，小部份討論。這個方式是否合於教育原理，我不知道；不過有一個極大的方便，確係事實，那就是我不受任何一本書的限制，也不完全爲課程大綱所約束，因爲我隨時發現新材料時，都可以放進各要點之下。

看起來，我考慮的三項「應付」上課的方式，總不免有爲自己圖方便的嫌疑吧。是的，我承認確有這種用意。而且起初還相信是一條一定行得通的辦法。然而知與行之間，畢竟是有着相當距離的。當我開始照着上面所說的方式進行時，我立刻發現了這一點。原來這上面有着無窮的困難在等候着我。

第一個最大的困難在於我從外國帶來的東西不容易「歸化」。其中原因不在它「不肯」歸化，而在我自己的條件太不夠了。在我出國以前，我讀的社會科學書籍太少，對於各種思想、概念、術語，很少清楚的了解。在國外六年，一切見聞，全被當地背景所限制，連思想方式都不例外。對每一現象，每一學術問題，似乎只能用當地語言和文字才能表達。其實我們自己的語言文字，並非不夠用，只是自己讀書太少，運用太少，瞭解太少而已。我相信這是絕大部分留學生共有的重要缺點。所以他們回國以後，一開口便鬧笑話，要不然便須借用外國語文了。我們留學教育的失敗，其原因未嘗不由於此吧？

社會科學的「歸化」不自今日始，可惜我準備得太差，使我遇到了極大的困難。我必須一方面加速的閱讀中文出版的參考書，二方面給自己的腦筋去「化裝」。關於後面一點，我着手翻譯三本書，藉着一字一句的翻譯，來具體的認識每一個外國名詞之中文的對等術語。

第一本是狄爾先生著的「國民經濟學原理」（Karl Diehl: Die Grundbegriffe Der Nationalokonomie），一本不過十幾萬字的著作。狄爾先生的大著「理論國民經濟學」有四大卷，總字數大約二十倍於這本書，一時不敢動手翻譯，只能作為上堂時的參考了。其他經濟學方面的德文書籍，當然也同此一例。（「國民經濟學原理」譯稿在戰時經長沙商務印書館出版，流行不廣，現已絕版。）

第二本是艾雷貝先生的「縮本農業經營學」（Fr. Aereboe: Die Kleine Land-Wirtschafrs Betriebslehre），譯成中文也不過十五萬字。他有一大部「農業經營學」，論體積大約三倍於這本小書。我在同年中應地政學院之約，要把它譯成中文。可惜兩稿都未能出版。「縮本」譯稿，戰時留在南通的一位學生家裡，戰後曾檢還給我，我把它轉贈給復校後的南通學院，作為紀念。大本農業經營學譯稿約四十幾萬字，經戰爭流徙，在昆明車站被人竊去。

另一部是狄爾先生選輯的「經濟學名著選讀」八冊，每冊七八萬字，包括自重農學派以後經濟學各派的代表著作之重要篇章。我很想試譯，但限於時間，只好分篇作提要。不過工作性質仍屬於我所謂「歸化」一類。

翻譯對於我，其困難是出乎想像之外的。尤其開始的時候，簡直難到幾乎擱筆。中英文著作的對譯，也許比較容易些罷？中德文的對譯，比較少見，所以特別不易。除去參考書籍外，我動員了同事們和學生們，請他們給我尋找適當的專門術語。有時改了又改，換了又換，始終難以恰意。

然而翻譯工作的益處也是我始料所不及的。經過這番困難工作，我才發現自己對原文了解的程度，也就是說，自己對原文了解不夠的程度。一經字字句句的精細翻譯，等於對原文再下一次功夫。當然更要緊的是「歸化」問題。有些外國名詞很容易轉譯，或者用中文更恰當些，有的却硬是毫無「歸化」的辦法。至於因求了解，而不得不大量的檢查各種參考書，無形中擴大了自己知識的領域，那可以說是一種「剩餘價值」了。

翻譯工作給我課堂講授減輕了許多困難，但這並不算真正的「思想歸化」，因為這還不能把西方的科學理論和我國社會經濟問題的分析解答，融為一體。我時常發現兩者之間有扞格不入的情形。西方科學理論，各部門都自成一套，若強用西方科學理論來說明我國社會經濟問題，有時覺得必須遷就一方，那便是歪曲，不歪曲理論，就歪曲事實。例如中國社會的性質問題，便有這種情形。許多西方學者認為中國是封建社會或半封建社會，認為中國經濟現狀與西洋工業革命前的中古世紀相同，或至少十分近似。中國學術界在左派人物有意的歪曲之下，受了這種解釋的影響，在著作上言論上多半持這一論調。在我翻譯工作中，我沒有注意這點，但在我上課以及和學生討論時，便感到這一說法的牽強。於是我從中西社會經濟史上去求證明，從當前實際情形去求反證，結果我發現了許多似是而非的流行觀念。這一來使我感覺到有從新改正的必要，而要改正這類普通的錯誤觀念，却須下一番更大的功夫。

其初我以為手邊的調查資料很夠應付講課之用的，現在才發現還差得遠。重讀中國書，是最根本的；從中國社會經濟的發展史去澈底瞭解中國，然後再酌量現代西方社會科學理論中那些是對的或不對的，指出流行思想中那些是正確的或錯誤的。這當然是根本之計，可是這件鉅大工作既非時間所允許，也不是我區區一人之力所能辦到的。於是我感到了極大的徬徨。當時我只能做到一點，就是遇到這類可疑的理論問題時，我寧可存疑，不作肯定性的判斷。我自己懷疑，又帶領着學生懷疑，於是在我的功課裡竟到處充滿了問題。——二十年以來，我在這方面的作風，始終如一，不過後來畢竟比南通學院那一年大胆多了，所以我的著作文章，就不像那時期的謹慎了。例如我寫的「中國農村社會之生理與病理」（「民主評論」半月刊第四卷第二、三期，民國四十二年二月份），是一個顯明的例子。

大致說，我那時特別注意理論與事實的一致性，實在不得已時，寧可持保留態度，不肯「食洋不化」，或歪曲任何一方面。這樣辦法，學生未必得益，不過我感覺得心安一些就是了。老實說，我的「思想歸化」工作，並不算成功，無論經濟學或農業經營學當中，都容易發現「不接氣」的毛病。反之，在分析講述中國社會經濟問題方面，却頗為學生所歡迎。農業經濟組（那時農科不分系而分組，除農經組外，還有農藝、園藝、農化、病蟲害、畜牧各組，農經組是我去的那年新設的）上課時，常有其他各組學生旁聽，有時還有不少校外人士在座。這一層的主要原因，我須歸功於我手邊所有的新鮮而具體的調查資料。

我編的課程綱要，也是屢次易稿，屢經修改，但始終不能滿意。一年結束時，我發現其中缺點很多，而且相當嚴重。我準備下年開課時完全重新另編，把自已的經驗放進去，把要點式的綱要改編講義稿。可惜時局變了，這計劃，完全落了空。

在南通學院一年，我發現大學制度和課程等方面的問題，不止於上面所談的幾點。不過因為初登講壇，全部精神放在解決上課問題，對其他問題便很少留心觀察，縱然發現問題，也只好隨便聽聽談談就罷了。其實依我後來十八九年的經驗看，我國大學的問題實在異常嚴重，我在以後各篇中還要分別談到它們，這裡勿庸多說了。

單就功課一點說，我那時的緊張勤奮，非常可觀。每週六小時的功課（其初因農科科長湯惠蓀先生常在南京，我必須代為執行一部份行政工作，所以功課減為六小時。下半年增加了一門中國土地問題兩小時，共為八小時）實在不算多，但是對於我已經極端沉重。閱讀參考書，編寫補充教材，翻譯等，幾乎壓迫到喘不出氣來。有經驗的老教授們是那般的從容輕鬆，眞使我既羡慕，又惶恐。我那時怕失敗的心理强過要成功的心理，因為我既選擇了這份「職業」，就必須艱苦的站立得住脚呵！

我教、我學、我忙，時間過的飛快。我留心學生們的反應和同事們的批評，我感到慢慢的安了心。

當我忙於教學的同時，認識了週圍的許多朋友，其中之一是劉繩武先生（許多年生死不明，我希望他還活在這個多災多難的人間），他給我增添了一件忙上加忙，而很有趣味的工作。他邀我和另外幾位朋友，共同創辦了一個「濠上」半月刊。那是一種綜合性的偏重於文藝的刋物，以高中和大學一二年學生為對象，以培養青年課餘文藝生活為目的，十六開本，每期六〇至八〇面，印刷相當精美。在南通可算是破天荒的創舉。因為一切全是自己動手，所以相當辛苦，但是反應非常好，各中學都成了它的活動對象，所以銷得很好，每期印刷二千本，差不多完全售光。為它，我寫了不少的短篇文字，還譯了一部中篇連載的小說「維多利亞」。

暑期大致剛剛結束，「濠上」的稿子剛剛排到第八期，還沒有出版，突然「七七」的炮聲响了。——我教學生涯的第一年，也就此結束了。

這一年之中，我學習了不少有值價的事物；然而這只是一個開端。我只證明了一件事是確定不移的：我對於教書有了眞正興趣，因為我在這個「職業」上可以學習一切更高深更有意義的東西。

（未完待續）

四川進一步統一與抗戰（中）

·孫震·

委員長於二十八年十月訂頒四川省施政綱要，使四川省一切更納入中央統一正軌，進而發揮其人力物力財力，貢獻於國家之抗日前線。至二十九年，歐洲方面，，第二次國際戰事爆發，委員長側重指揮東南亞軍事，無暇兼顧，中央又改令國防會議秘書長，重慶行營主任張羣先生，繼任四川省主席，仍循委員長原訂之四川施政綱要，切實推行。除繼續以全川人力物力財力，支援前線外，由是進一步，實施新縣制，以整飭吏治；組織各級民意機構，奠定地方自治與民主規模；改進教育以轉移全川風氣；改革稅制，實施糧食徵實徵購，以裕全國軍公教配糧制度；完成川陝、川黔、川湘、川滇、四大公路，以發展四川交通，並便利軍事上對南北前線之運輸補給。因是即使以後日寇日益猖獗，豕突狼奔，甚至深入桂黔，於三十三年十一月，迫近至重慶以南之鄰省獨山；日本空軍更對於吾川成渝要地，及全川南北各區，猛轟狂炸，殺人無算；而吾川始終屹立於狂風暴雨中，五千萬人不顧一切，一心一意在中央領導下積極為抗日作戰而努力，以迄於三十四年八月之最後勝利。誠如蔣主席在勝利，於三十五年告別吾川父老子弟講演詞中所示，謂昔人所稱「天下未亂蜀先亂」的歷史觀念，已由此次八年對日抗戰中，四川整個變為國家安定之主力，而成為天下未定蜀先定」的歷史觀念了，實在是我們四川最偉大的進步。

三、四川各軍出川參加抗戰概況

吾川在民二十六年七月川康整軍會議後，出川參加抗戰各軍，其編組名稱及作戰地區方面：在抗戰前期，第二十二集軍，第二十九團軍及第三十六集團軍，係在長江以北，參加北戰場作戰；第二十三集團軍，第二十七集團軍，第三十集團軍，及第四十三軍（以後改編為二十六師），係在長江以南參加南戰場作戰。至抗戰後期，第二十九集團軍又由北岸第五戰區，奉調轉入南岸第六戰區。至各集團軍後方勤務方面：因川康整軍會議召集之初，計劃本甚遠大，但在開會期中，即僅七七抗日戰事發生，以至大會只就各軍軍費與四川財政支出比例為範圍，一律縮編三分之一，裁減師，旅，大單位，充實團，營，連，小單位，匆匆結束會議。因其主旨在於裁軍省費，故各軍，師，編組，只限於平時定居不動之基礎，軍師內有軍醫而無後方醫院及後勤組織，連排內無擔架運輸組織。縮編甫竣，正值日寇南進，戰事開展，各軍即就平時編組徵調出川，中央電令規定各軍開到前方集中地點，即換發武器，充實戰備後，始進入戰場。殊料開赴南北戰場後方集中各軍，均係甫達集中地點，即值前線需兵迫切，匆匆奉命投入戰場，以致補充彈藥，糧食之後勤，及收容傷亡之醫院擔架隊等，均毫無準備，且均缺乏當地作戰之地圖，以致各軍倉卒作戰，除犧牲慘重外，一切只有乞靈於隣接作戰之友軍。其中尤以參加北戰之二十二集團軍及三十六集團軍，均係秋季由四川徒步出發，尚係單衣赤足草鞋，即進入十月結冰之山西晉東晉北區，處境尤為困苦。延至作戰中途，各集團軍始奉令成立兵站分監部，負責後勤補給醫療各事事。至軍隊整編及人事方面，除在作戰傷亡後各軍軍隨時有整編混編情形，人事均隨之各有變遷外，在抗戰八年中，尚有兩次全國性前線陸軍大整編。一次為抗戰前期，民國二十八年南北前線各軍第一次大整編：出川之各軍，其師以下係兩旅四團或三旅六團者，一律廢旅，由四個團縮編改為三團制之師，增加砲，工，輜，各單位。四十一軍並因死守滕縣，在大部傷亡補充後，規定編組為甲種軍。（當時全國一百個軍中，指定三十個軍為甲種軍。）另一次為抗戰後期，民國三十二年南北前線各軍第二次大整編，中央規定全國各集團軍一律縮編三分之一。因之在各集團軍內，即發生有各軍各師配合混編情形，各軍組織人事，亦隨之大有變遷。至各軍作戰方面，除日軍侵畧，國軍犧牲抵抗，以時間換取空間外，尚有一特殊情形，即為日軍國軍均處於兩面作戰之形勢，其另一方面即共軍也。

惟共黨之所謂抗日，只在欺騙政府及當時有抗日熱誠之智識分子，其主要用意只在借抗日轉移政府剿共政策，促成早日抗日，破壞政府對日作戰準備，自身即借抗日為名，吸收抗日熱誠之智識份子，恢復共軍元氣，擴大共黨組織及共軍組織。因此在作戰中，凡政府及戰區給與第八路軍及新四軍之命令。均一概置之不理，自稱長於游擊戰，只是游而不擊。譬如後述晉東敵我兩軍在娘子關作戰，日軍由石家莊方面，以一師團突入娘子關之測魚口鎮，意圖繞襲娘子關國軍線側後，閻長官派有第八路軍（共軍）一二九師劉伯誠，由晉東向東推進，截阻測魚口日寇。又恐其不可靠的再加派匆匆入晉之四十一軍繼續推進，並指示四十一軍應與在前方與日軍作戰之一二九師取連絡。及四十一軍在前進中猝然與日軍遭遇，中間並未發現有一二九師，其實一二九師在與日軍將接觸之前，即已向側面避開，並不關心後面國軍猝然與敵軍接觸之作戰利害。惟當日此種情節，尚係在抗戰前期內，劉伯誠究竟尚有溫情主義之「餘毒」。抗戰後期，所有共軍，多半乘中日兩軍交綏之際，繞至國軍背後，乘勢夾攻，俘虜國軍人員，收繳國軍槍支，南北戰場，莫不皆然。因此抗戰初期，日軍與國軍時時均處於兩面作戰之形勢。至抗戰後期，華北日軍與共黨訂有軍事與物資之交換之秘密妥協，由此共黨對軍事方面，偏重將國軍行動洩漏與日軍，並專意襲擊國軍側背，即共黨自稱極為成功之「平行運動」。政治方面，則在日軍後方之冀、魯、晉各省，及國軍後方陝、甘、豫、鄂、皖、蘇各省鄉村之間，盡力發展共黨之地方政治組織，與軍事組織，與日軍佔領之點線城鎮，成各不相妨碍形勢。此種情形，除中央方面接有情報及前線軍民本身處境明瞭外，後方各省對共黨一切行動，多屬茫然，因此至有抗戰勝利，後方各省對共黨發生錯覺，而遺後來淪陷之禍。

茲將各集團軍出川之最初之人事統系表及作戰概況，依集團軍番號次序分述如左：

（甲）第二十二集團軍指揮系統表

二十二集團軍之戰鬥序列，係由陸軍第四十一軍四十五軍及四十七軍編成，列表如左：

一、總司令部

總司令　孫震
副總司令　李家鈺　董宋珩　陳鼎勳　李宗昉
參謀長　王雲—胡畏三—稅梯青—陳宗進—胡臨聰
參謀處長　駱道源
副官處長　雷啓鵬
交通處長　張織綸
軍法處長　陳鶴聲

特別黨部書記長　周菼然—鍾朗華—

中將高參兼駐京辦事處　劉大元

副師長兼總部執法大隊長　謝庶常

二十二兵站分監　黃嘯波

二、第四十一軍

軍　長　孫震—王銘章—曾甦元—胡臨聰—孫元良—張宣武

副軍長　董宋珩—羅廼瓊—曾憲棟—楊俊清—陳宗進—陳遠湘—周靜吾—張宣武

參謀長　袁玉峰—湯有光—周靜吾—周德和—覃毅五

政治部主任　劉大元

政訓處處長　繆象初—湯晶

（一）第一二二師

師　長　王銘章—王志遠—張宣武—熊順義

副師長　楊俊清—張宣武

參謀長　趙家賢

①第三六四旅

旅　長　王志遠

副旅長　魏書琴—張宣武—吳宗敏

參謀長　翟紹先—秦榕發

②第三六六旅

旅　長　童澄—胡臨聰

副旅長　李鑒陶—張熙明—葉紹堯

（二）第一二三師

師　長　曾憲棟—陳宗進—汪朝濂

副師長　胡玉笙—謝庶常—李煒如—

參謀長　吳暢—汪朝濂—

①第三六七旅

旅　長　陳宗進

副旅長　黃志洵—汪朝濂

參謀長　周學本

②第三六九旅

旅　長　馬沛霖

副旅長　古鳴皋—黃伯亮

（三）第一二四師

師　長　稅梯青—曾甦元—劉公台—蔡鉦

副師長　稅梯青—呂康

參謀長　鄒紹孟

①第三七〇旅

旅　長　呂康

副旅長　汪朝濂

②第三七二旅

旅　長　曾甦元

副旅長　劉公台

（四）新五師（三團制）

師　長呂康

副師長　雲啓鵬

三、第四十五軍

軍　長　陳鼎勛

代理軍長　王士俊—汪匣鋒

副軍長　陳離—王士俊—劉萬撫

參謀長　李傳林—劉萬撫—汪匣鋒

（一）第一二五師

師　長　陳鼎勛—王士俊—劉萬撫—汪匣峰

副師長　王士俊—汪匣鋒—盧濟清—陳玲

①第三七三旅

旅　長　盧濟清

②第三七五旅

旅　長　林翼如

（二）第一二七師

師　長　陳離—王徵熙

副師長　何翔迴

①第三七九旅

旅　長　王徵熙

②第三八一旅

旅　長　陳玲

（三）暫編第一師（三團制）

師　長　李宗清—李才桂

副師長　高强斌—李宇清

政訓處長　王石英

四、第四十七軍（人事系統表另詳第三十六集團軍內）

軍　長　李家鈺

副軍長　李宗昉

本集團軍奉命到西安集中，俟換發武器，完成備戰後，即進入戰區，即值晉北戰況緊迫，奉軍委會電令，不待集中完畢，即開赴第二戰區之太原，受閻長官指揮。至先頭部隊甫抵太原，又以晉東娘子關戰線方面，敵人已增派一〇九師團由娘子關南側之測魚口鎮，包抄娘子關我軍右側後，奉閻長官命令，不待全軍集中及戰備完成，先開赴晉東娘子關西南地區，截阻西進之敵，因此四十一軍先頭一二二師由太原又轉向晉東正太鐵路輸送，至晉東壽陽前方陽泉車站下車後，因無地圖，由任指揮之黃副長官紹雄派參謀引導一二二師，至陽泉東南之東回鎮。據參謀指示，前方有我八路軍之一二九師劉伯誠部，正截阻測魚口鎮西進之敵，囑取聯絡。殊該師由東回鎮向東推進，至娘子關西南之馬山村，即與優勢敵人遭遇，並未見一二九師踪跡，當即在馬山村與日寇一〇九師發生激戰。繼之一二四師亦由火車運到陽泉，亦奉命連接一二二師，展開於陽泉、壽陽，以南之平定縣西郊村一線。此時娘子關正面友軍，已因日敵竄到側背之馬山村一線。即於十月二十五日放棄娘子關，開始向壽陽轉移。二十二集團軍先到之四十一軍，因此始終在正大鐵路陽泉、壽陽，南側之柏井驛、平定、龍泉鎮一帶，掩護鐵路正面友軍之側翼作戰。至友軍於十一月四日放棄壽陽後，本集團軍又奉命北進增援太原，任務爲固守太原城外之北營陣地。本集團軍因先以火車繼續運到之四十五軍一二七師，改作先頭，徒步向太原前進。及抵太原，友軍已由太原向晉西晉南撤退。本集團軍遂轉入晉南扼守韓侯嶺之平遙、洪洞、沁源一線。迄至二十六年十二月下旬，因山東方面，第五戰區前線由濟南撤退，津浦路正面空虛，本集團軍奉調到第五戰區之碭山集結待命。即值委員長到開封召集軍事會議，指示作戰方畧，令本集團軍由碭山開津浦鐵路正面之魯南滕縣、臨城，迎擊由濟南、泰安、南下之日寇。委員長曾於本集團軍出發前，在開封召見各軍師長王銘章等，對本軍在西安未完成戰備前，即單衣赤足進入山西第二戰區結冰區域，奉命即行，毫無瞻顧，甚爲奬勉，官兵均極感奮。二十七年一月，我軍推進向魯南津浦路附近時，南進之日軍已抵鄒縣，其騎兵及游擊隊已達滕縣。我軍即以滕縣縣長周同率民兵爲嚮導，擊潰敵人騎兵及游擊隊後，以滕縣爲據點，以四十一軍，四十五軍，除以一個團位於右翼泗水縣掩護外，主力佈置於鄒滕兩縣間之兩下店界河石牆爲第一線。迄二月止，敵我在鄒滕之間，互有攻守，敵未得逞。二月上旬，本集團軍駐臨城之總司令鄧錫侯奉調回川任川康綏靖主任，余奉命赴臨城繼任集團軍總司令。當電呈軍委會，請以一二二師中將師長王銘章繼任四十一軍長，指揮滕縣前方之一二二師一二四師，即值日寇在濟南、泰安之十二軍團長西尾壽造發動攻勢，命其磯谷司令官指揮第十師團及一〇六師團，以直下徐州爲目的，向兩下店滕縣進攻。自三月中旬起，在兩下店、龍山、界河、石墻一線，與我四十五軍之一二五師、一二七師，及四十一軍之一二四師激戰。至三月十四日，敵軍突破界河及龍山間陣地，一面分別包圍第一線各據點，一面竄至滕縣城北之北沙河，城東之東沙河，進圍滕縣。此時本戰區援兵未集，徐州空虛，奉戰區長官部轉委員長電令，飭王代軍長銘章指揮四十軍，固守滕城三日，遲滯敵軍，以待後方兵力轉運增援。王代軍長因於十五日起，督率一二二師憑城死守，一面分調在前線左翼石墻大塢作戰之一二四師，及分守右翼泗水縣之一二二師七三一團回城內，加强兵力，與附城各據點之四十五軍呼應作戰。十六日敵人續增兵萬人以上，並以飛機、重砲、戰車，攻滕縣城東關北關。守城之四十一軍及守城外據點之四十五軍，均各自爲戰，前仆後繼，犧牲慘烈。迄晚城外四十五軍之普陽山、龍山兩據點，因傷亡重大，均已失陷。守東關之四十一軍一二二師嚴翔營大部犧牲，各據點殘餘官兵突圍後，均入城內固守。是日城牆破壞多處，均以沙袋土囊塡補，官兵傷亡過多時，縣長周同亦督率滕縣民兵登城協力作戰。王代軍長感於在開封面聆委員長訓示時，慰問之殷，及所示任務之重大，誓死不退。十七日晨，敵軍再次轟塌城東北角，敵步兵蜂擁攀登缺口，一二四師七三九團團長王麟督部反攻，將入城之敵殲滅，王團長及該團官兵多數亦同時陣亡。本日城內已沙袋可用，又將縣署補給軍食所堆存之鹽包、糧包，各數千包，塡補城署缺口。由晨至午，城牆數處被毀，敵軍數度衝入，均將之殲滅。至午後三時，敵大部在戰車掩護下，再次衝入城內。王代軍長親自督率兩師官兵巷戰，連負三傷，高呼『中華民國萬歲』，遂殉城陣亡。計此役守城作戰，陣亡者有一二二師參謀長趙象賢，一二四師參謀長鄒紹孟，及兩師政訓處處長胡清溪、繆嘉文，以下官兵三千餘人。負傷者有王旅長志遠，呂旅長康，張副旅長宣武，汪副旅長朝濂，以下官兵四千餘人。連同城外守第一線陣地之四十五軍，共傷亡在萬人以上。當日城破之後，除有機會跳出城外歸隊者外（當日寇四面圍攻，各城門均以工事堵塞），其餘城中殘留官兵，均戰至最後，以手榴彈互相自戕，無一被俘投降者。日寇初意本係一鼓直下徐州，卒以王上將堅持死守三日之時間，使後方隴海鐵路各兵團，適時轉運至徐州，佈置於運河台兒莊一線，徐州保衞戰得以完成，造成震驚世界之台兒莊大捷。事後政府明令以王代軍長督部固守要區三晝夜，使徐州陣線得以鞏固，追贈上將，入祀忠烈祠，委員長題賜『死重泰山』四字，且令集團軍盡一切可能尋得忠骸歸葬。全集團軍亦由第一線調徐州整補，軍政部立即於川內及豫蘇兩省共調來四個新兵團補充。經一個月整補後，值台兒莊戰況緊迫，復奉命全集團軍推進至台兒莊友軍左翼之利國驛，擔任運河河防作戰，並推進北岸，克復韓莊。至五月十九日徐州撤守後，奉令南撤，迂迴至徐州宿縣之間西移。惟因隴海鐵路西段之碭山黃口，及津浦鐵路南段之夾溝宿縣各地，均爲南北來攻日寇佔領，截斷歸路，退集泗縣五河縣各軍，不得已化整爲零，分爲無數小部，由敵軍已佔領之宿縣固鎮道南北地區，鑽穴滲透，經安徽壽縣六安，向河南信陽南北地區集結。經奉軍委會命令，除在兩軍中各抽老兵一部，編爲兩個戰鬥師，由四十五軍陳軍長鼎勳率領，歸胡兵團長宗南指揮，參加武漢作戰之信陽附近戰鬥外，本集團軍主力即集中襄陽整補。値第五戰區長官部亦移鄂北之老河口，奉命仍歸第五戰區戰鬥序列。二十八年十月，奉令接替襄花公路（襄陽至花園）上之第十一集團軍，負對隨縣、應山敵人之攻防作戰任務。曾參加聲援長江南岸抵抗日寇第一次進攻之長沙作戰，發動冬季攻勢，進攻隨縣、應山，敵軍第三師團，佔領隨縣附近擂鼓墩、獨崇山各據點，奪獲敵軍野砲一門，解送重慶軍委會陳列。二十九年參加棗宜會戰，擊退日寇自襄河東西兩岸向襄陽、宜城、南漳之攻勢。三十年五月參加鄂北戰役，擊退華中豐島兵團對鄖陽之攻勢。九月爲策應南岸長沙之第二次會戰，發動豫、鄂邊區攻勢，進攻隨縣，一度突入城內，斬獲甚多。十一月因京鍾公路（鍾祥至京山）大洪山方面之二十九集團軍奉調長江南岸，本集團軍奉命接替京鍾公路大洪山攻防任務，對應城、京山、皂市，之敵軍第四師團攻防作戰。三十一年十二月，敵人第三次進犯長沙，三十二年敵軍進犯鄂西及南攻常德，三十三年南岸敵軍再度西犯，本集團軍奉戰區轉軍委會命令，爲支援南岸友軍作戰，共前後五次抽編兩個挺進師，鑽穴迂迴敵後，鑽攻長江北岸之雲夢、應城、孝感、京山，各地，以威脅武漢敵軍，斬獲甚多。三十四年日寇在中原地區集中四個師團，附以騎兵、砲兵，及戰車飛機，於三月中旬，以第一戰區、第五戰區之南陽、西峽口、老河口、襄陽，爲目標，向豫、陝、鄂邊區進犯，欲突入陝境，威脅重慶後方。本集團軍由鄂中之京鍾路，兼程急調軍中，適老河口，奉命以襄河岸之老河口城爲據點，合尤爲密軍先到之一二五師汪匣鋒全師固守老河口城至鄂北之線，及四十五軍之主力固守老河口城後方之以四十五，四十七軍固守老河口以西之丹江西岸，以，四十一軍沿唯一之白老公路（老河口至陝西氣中）襄河南岸西進。日軍佔領襄陽南陽後，又以精銳之一五師團，騎兵第三旅團，附以飛機大砲，十五日進攻老河口城，兩次突入城內，均爲守城部隊消滅。因汪師傷亡重大，中央並加派空軍助戰。空軍戰鬥員有我守軍汪師長之胞弟汪夢泉上尉分隊長，因之配合密切。惟以日軍源源增加，城垣被轟炸太多，無法增强。共固守十四日，至四月八日，因守軍傷亡重大，奉命撤回南岸。軍委會以一二五師汪匣鋒守城勛績，有助戰局，授以青天白日勛章。自此四十一軍、四十五軍，又兩度反攻老河口城，及四十七軍對丹江據點李官橋數次爭奪，由此拉鋸作戰，至八月十日光復老河口城時，即值敵人宣佈投降，本集團軍奉命推進鄭州、許昌、漯河，接受日軍一一五師團及騎砲兵旅團投降，並予以繳械。

最後，本集團軍於官兵籍貫方面應附加以說明者，為四一、四五兩軍此次參加抗戰，除巴蜀子弟貢獻國家，出汗出血犧牲生命外，其中尚有一部份西康子弟，及直、魯、豫等省子弟，對全軍之剿匪抗日均同有功勛：

①為其中有一部為西康子弟：因四十一軍中歷任旅長師長及代理軍長之陳宗進先生，及一二四師內歷任團長、旅長、師長之蔡鉦先生，均為西康人。又四十五軍軍中歷任一二五師師長及副軍長之王士俊先生，及其歷任十五軍參謀長及一二五師師長劉萬撫先生，亦均為西康人，因之西康子弟隨之入伍者多。其中任部隊幹部及士兵者，在二十六年抗日出川時，約有全集團軍比例十分之一。

②為其中一部為直、魯、豫省子弟：在直、魯、豫三省比例中，尤以豫省子弟為多。此中原因，為西北軍中原作戰時，其第八方面軍張維璽係由漢中開拔出陝，留有王志遠司令及兩個步兵團，在陝南漢中維持地方秩序。及楊虎臣軍入陝主軍後，編王志遠部為陝西省獨立派。當時正值國民革命軍二十九軍受中央命令圍剿徐向前，前線需兵，即收容王部編為二十九軍教導旅。此時正值徐股向廣元進攻，王志遠立即遵命參加廣元作戰，大敗徐股於廣元以東之柳林鎮，殲敵甚多。民國二十四年、二十六年，川康軍隊兩次整編，該旅均係合其他部隊編為四十一軍一二二師三六四旅。因該師該旅前後任師長旅長王志遠、張宣武，兩先生均為豫籍，故豫籍較多。

（乙）第二十三集團軍指揮系統表

一、總司令部

總司令　唐式遵

副總司令　陳萬仞—郭勛祺—劉雨卿—佟毅

參謀長　阮××—王冠—吳鶴雲

二、第二十一軍

軍　長　唐式遵—陳萬仞—劉雨卿—王克俊

副軍長　周紹軒—岳星明—戴傳薪—凌諫銜

參謀長　于龍—唐明標—李前榮—江崇林—劉穎悟

（一）第一四六師

師　長　劉兆藜—周紹軒—石照益—戴傳薪—孫維策—馬國榮

①第四三六旅

旅　長　石照益

②第四三八旅

旅　長　廖敬安

（二）第一四七師

師　長　楊國楨—童安平—徐元勛

副師長　徐元勛—唐映華

①第四三九旅

旅　長　章安平

②第四四一旅

旅　長　黃伯光

（三）第一四八師

師　長　陳萬仞—潘左—廖敬安

副師長　達鳳崗

①第四四二旅

旅　長　潘左

②第四四四旅

旅　長　袁海青

三、第五十軍

軍　長　郭勛祺—范子英—佟毅—田鐘毅

副軍長　佟毅—吳鶴雲

參謀長　鄧叔才—盧雲光

（一）第一四四師

師　長　郭勛祺—范子英—劉儒齋—

副師長　唐明昭

旅　長　[illegible]

②第四三[illegible]旅

旅　長　唐明昭

（二）第一四五師

師　長　饒國華—佟毅—孟浩然—

凌諫銜—李忠熙

副師長　戴傳薪—許元伯—李志熙

①第四三三旅

旅　長　佟毅—戴傳薪

②第四三五旅

旅　長　孟浩然

（三）新七師

師　長　田鐘毅—黃伯光

副師長　蔣蔚成

①第十九旅

旅　長　孟存仁

②第二十一旅

旅　長　劉克明

本集團軍於二十六年九月出川，在宜昌集中後，奉命運輸至第七戰區長官部所在地之鄭州。殊在運輸途中，即值京滬失陷，敵軍西進，奉命轉運安徽長江南岸廣德一線，阻敵西進。十一月中旬，二十一軍之一四六師，已推至吉安；五十軍之一四五師，已推進至廣德，其先頭一部佟毅旅之戴團，已推進至廣德前方六十里之泗安，即與西進敵軍遭遇。經劇戰後，傷亡慘重，泗安失陷。師長饒國華親率四三三[illegible]惟因死傷枕藉，衆寡懸殊，至十一月三十日廣德失陷，饒師長堅持不退，於陣地自戕殉職。至推進泗安之一四六師，爲支援廣德一四五師作戰，其四三八旅旅長廖敬安指揮潘寅久團，繞襲日寇後方之泗安，斃敵甚多。並奪獲輜重車輛，曾經上級通令嘉獎。以後本集團軍集結長江南岸、青陽、石埭、整補後，自二十七年一月起，即擔任繁昌、銅陵、貴池、東流等長江南岸江防之守備，並控制長江，阻敵航運，曾奉命向蕪湖貴池間敵後游擊，予敵重大打擊，二十八年一月中旬，本集團軍參加全戰區冬季攻勢，編爲右翼兵團，以一四四師佔領茶山，一四七師佔領灰路嶺。十二月參加青（陽）貴（池）戰役，敵軍以兩個步兵聯隊在銅陵、貴池間登陸，一度佔領九華山，卒被本集團軍擊退。二十九年十月，本集團奉命以一四七師挺進，遮斷長江航運，於十一日晚分路向馬當附近敵據點施行果敢襲擊，肉搏敵陣，將敵磯田守備隊殲滅殆盡，我遂一度佔領馬當。三十年敵軍進攻長沙，本集團軍爲策應長沙會戰，挺進攻擊敵後，牽制敵人。三十一年五月，日寇以重兵分攻浙東及浙贛邊區，南昌之日寇亦同時出動，攻佔臨川貴溪，打通浙贛交通線。當時本集團軍因此與戰區長官部聯絡中斷月餘之久，腹背受敵，[illegible]戰區取得聯絡。同年（三十[illegible]）一月，又有奉令圍繳新四軍項英、葉挺一役。前述朱毛共軍在江西叛變，經國軍圍剿後，逃竄入陝北，其殘留在贛、皖、閩邊區，尚有葉挺、項英，率領流竄之數千人，編爲新四軍，抗日作戰時，中央令其受第三戰區指揮。惟項英、葉挺等自行逐漸擴充爲四個支隊，人數萬餘以上，對日則游而不擊，對國軍則襲攻後路，暗則進行兵運，對戰區一切命令抗不遵行。至三十一年初，要求欵彈之後，乘勢叛變。本集團奉令以劉副總司令雨卿指揮方日英四十師，殷霖茂七十九師，唐明昭一四四師，田鍾毅新七師爲左翼軍，向涇縣一帶，集結與右翼軍上官雲相在茂林集結之部隊，協力進圍叛變之新四軍。叛軍初以一部南犯我左翼軍方日英四十師部，以主力攻擊茂林之右翼軍上官雲相部，我左翼乘勢夾攻，激戰終日後，項英負傷，我軍將之包圍於茂林西北之東流軍鹿角山地，叛軍自葉挺以下，全體被俘。

自三十一年迄三十四年，本集團軍始終在長江南岸原陣地，拒止敵軍西進及由長江登陸，直至日軍投降。

（未完．下期待續。）

折戟沉沙記林彪（二十四）

岳騫

歸納中共這次批判林彪在「平津戰役」的罪行，概分爲三個主題，其中兩個是宣揚毛澤東的，一個是批判林彪的：

（一）毛澤東「關於平津戰役的作戰方針」是英明偉大的。

（二）「遼瀋」、「平津」甚至包括「淮海」戰役，都是毛澤東親自部署和親自指揮的。

（三）林彪在「平津戰役」（遼瀋戰役從略）的罪行：包括反抗毛澤東關於「提前入關」的指示。反抗毛澤東關於「入關路線」的指示。反抗毛澤東關於何者「圍而不打」，何者「隔而不圍」的戰畧部署等等。

以上這三個主題：如毛澤東「平津戰役的作戰方針」是否英明偉大？毛澤東是否爲「平津戰役」甚至包括「遼瀋」、「淮海」戰役的指揮官？以及林彪在「平津戰役」中是否確有反抗毛澤東指揮的罪行，本文特用中共自己的資料評析如下。

關於毛澤東「平津戰役作戰方針」是否英明偉大之問題：

一九七三年「洪城」的文章說：「遼瀋戰役已經結束，淮海前線激戰方酣……毛主席制定了『關於平津戰役的作戰方針』，不失時機的組織平津戰役，對這場大量殲滅國民黨軍隊主力的會戰，作了一系列英明部署，克服了劉少奇一類騙子的干擾和破壞，指引廣大軍民在解放戰爭中奪得了偉大戰畧決戰的徹底勝利」。一九七四年「洪城」的文章說：「平津戰役的作戰方針，是毛主席運用唯物辯證法對當時全國形勢和華北敵我雙方態勢進行科學分析而制定的」。「我華北野戰軍在平津戰場的兵力，共有二十萬，要阻止平津的六十萬敵人逃跑，殲滅這些敵人，是有困難的。這就要求東北野戰軍迅速入關，與華北野戰軍聯合作戰，以形成對敵的强大優勢」。「爲着隱蔽我東北野戰軍入關的戰畧企圖……指示該軍各部隊均走熱河境內出冀東，不走駐有敵人的山海關。要求部隊取捷徑，夜行曉宿，迅速行進」。「以後又命令尾部及總部也不走山海關」。「又令平津戰場我軍，對張家口、新保安之敵暫不攻擊，對平、津、通州之敵，只作戰畧包圍，隔斷諸敵聯繫，而不作戰役包圍」。「毛主席指示，東北野戰軍入關以後，不是首先包圍北平，而是首先包圍天津、塘沽、蘆台、唐山諸點，封閉敵人海上的逃跑」。「毛主席嚴令林彪的三縱隊決不要去南口，才制止了林彪先打南口的錯誤行動」。以上這些說法，中共新華社和各人民廣播電台，迄今仍在大量報導，因爲都是千篇一律的，這裡暫不摘錄。

現在，需要了解的，毛澤東「關於平津戰役的作戰方針」，其詳細內容，究竟是怎樣的。根據毛澤東選集，原來是一封電報，不具備任何形式，後改名爲「關於平津戰役的作戰方針」，就有些不倫不類。全文共爲十六條，其第一條是判斷張家口、新保安、懷來、北平、天津、塘沽、唐山等地國軍的戰力。第二條是同意林彪以第五縱隊進軍南口。第三條是不同意林彪的第三縱隊進軍南口。第四條是告知林彪，不是首先包圍北平，而是首先包圍天津、塘沽、蘆台、唐山。第五條是估計在一九四八年十二月十五日左右，林彪的第十、第九、第六、第八縱隊、砲兵縱隊和第七縱隊，可集中在以玉田為中心的地區。毛澤東并向林彪提議：在十二月二十二日到二十五日的幾天之內，取神速的動作，以第三縱隊由北平東郊東調，連同第六、第七、第八、第九、第十等六個縱隊包圍天津、塘沽、蘆台、唐山。其辦法是以兩個縱隊以武清為中心地區，以五個縱隊插入天津，塘沽，蘆台、唐山諸點之間，隔斷國軍聯繫。各縱隊均築兩面阻擊陣地，然後休整，恢復疲勞。然後攻殲幾部份較小的國軍。此時，第四縱隊由北平西北移至北平以東。華北楊得志、羅瑞卿、耿飈兵團，應於第四縱隊移動之前，殲滅新保安的國軍。東面則依情況，先殲滅塘沽的國軍，控制海口。第六條是說明第五條的辦法，大體上是林彪在遼瀋戰役中，對義縣、錦州、錦西、興城、綏中、榆關、灤縣作戰使用過的辦法。第七條是規定林彪在兩星期內，即十二月十一日至二十五日，對張家口、新保安圍而不打，對北平、天津、通州隔而不圍。以待部署完成後，各個殲滅。又規定林彪不可將張家口、新保安、南口打掉，這樣，將迫使南口以南的國軍決策狂奔。第八條是判斷國軍可能迅速由海上向南轉進。為此，并命令淮海戰役在殲滅黃維兵團之後，留下杜聿明指揮的邱清泉、李彌、孫元良諸兵團兩星期之內不作最後殲滅的部署。第九條是防止國軍向青島轉進，令山東方面集中兵力控制濟南附近的一段黃河，并在膠濟線上預作準備。第十條是判斷國軍不可能向徐州、鄭州、西安、綏遠轉進。第十一條是說明最恐懼的還是國軍從海上南下。第十二條是强調這些計劃是國軍意料之外的，尤其在林彪完成部署之前，國軍是很難察覺出來的。第十三條是說明國軍一向對共軍的積極性估計不足。第十四條是規定林彪在兩星期內，不惜疲勞，不怕減員，不怕受凍受餓，在完成部署後再行休整，然後從容攻擊。第十五條是規定林彪攻擊的次序，第一是塘蘆區。第二是新保安。第三是唐山區。第四是天津、張家口兩區。最後是北平區。第十六條是徵詢林彪對於這些計劃有何意見，有何缺點，執行有何困難，統統希望電告。

以上這十六條，用正規的參謀作業來看，只能算是一個作戰通報，而毛澤東稱其為戰役作戰的指導方針，實在不倫不類，尤其對國軍情況，對共軍任務，以及對爾後作戰發展，都不完全正確，并且對傅作義的性格，根本未予重視。但是，「洪城」的文章，以及中共新華社和各地人民廣播電台的報導，都指其為「英明偉大的戰略部署」。觀其所宣傳的，也不過是第三條關於南口問題。第五條關於各個縱隊的行動和任務問題。第七條關於對張家口、新保安圍而不攻，對北平、天津、通州隔而不圍問題。第十四條關於完成部署後再休整軍隊問題。第十五條規定攻擊次序問題。這些問題：無疑是指毛澤東對兵力部署規定得很詳細，或者是指毛澤東對於敵情和戰役發展判斷得很清楚。其實，這正是毛澤東指導戰爭所犯的嚴重錯誤。這裡對這個錯誤，暫不作詳細討論，現單就一個戰爭指導者，對於用將、用氣和用兵三方面討論，其所犯的錯誤如下：

（一）林彪是優越的戰役指揮官，他在「遼瀋戰役」中指揮過百萬大軍作戰，而且用兵神速而大胆。毛澤東對這樣的戰役指揮官，硬要詳細規定各個縱隊的行動任務，各個攻略目標的次序，是違反了孫子論將：「有能不御」的錯誤。

（二）東北野戰軍已經贏得「遼瀋戰役」，是勝軍之師，其揮軍入關，應該發揮軍破竹之勢。毛澤東既然早就組織計劃「平津戰役」，為何在林彪入關十八天以後，才匆匆下達這個方針，還要林彪在兩個星期之內完成部署和休整部隊，是違反了曹劌論氣：「三鼓而竭」的錯誤。

（三）毛澤東判斷國軍不可能向徐州、鄭州、西安、綏遠轉進。但又兩面分兵，對張家口、新保安「圍而不打」，對北平、天津、通州「隔而不圍」，既要全力防止國軍從海上南進。但他似乎又重視傅作義及其所部都是北方人，又要防止傅軍北進。這就當時的情況言，傅作義揮軍北進是容易的，等待海上南進，需要大量船舶支援是不容易的，毛澤東的這種南北分兵、兩個圍堵，是違反了他自己論兵：「兩個拳頭打人」的錯誤。

關於「平津戰役」甚至包括「遼瀋」「淮海」戰役，是否都是毛澤東親自部署和親自指揮之問題。

一九七三年「洪城」的文章說：「在毛主席親自指揮之下」。一九七四年「洪城」的文章又說：「毛主席指揮平津戰役作戰時，運用唯物辯證法這一基本思想」。這裡需要特別解釋的：「指揮」和「親自指揮」是不同的，「指揮」：有命令指揮和現場指揮。而「親自指揮」：則是親臨現場指揮。紅旗雜誌和人民日報中「洪城」的文章，含有「命令指揮」與「親臨現場指揮」的兩種意義，他的含義是欠明確的。因此，一九七四年十一月一日，中共人民日報刊載喜峯口軍民回憶當年羣眾支援平津作戰前線的歷史事實，批判林彪反抗毛澤東的罪行說：「毛主席親自部署發起平津戰役」。同年十月十六日，中共西藏人民廣播電台報導西藏某部五連認真學習毛澤東「關於平津戰役的作戰方針」說：「遼瀋、平津戰役，是毛主席親自部署和親臨指揮的」。同日中共河北人民廣播電台報導武漢部隊某部五連與駐地劉莊大隊貧下中農一同學習毛澤東「關於平津戰役的作戰方針」，貧下中農都說：「解放軍繪製圖片，介紹『關於遼瀋、平津戰役的作戰方針』，使貧下中農清清楚楚的看到遼瀋、平津兩大戰役，從决戰時機的選擇，到兵力使用和作戰方針，都是毛主席親自部署、親自指揮的」。同日中共河北人民廣播電台報導河北省大廠回族自治縣石家莊公社大車關大隊民兵連學習毛澤東軍事著作說：林彪胆小如鼠，畏敵如虎，遼瀋、平津兩大戰役，都是毛主席親自部署和指揮的。而林彪反黨集團顛倒歷史，把林彪打扮成『常勝將軍』『天才軍事家』，製造反革命輿論」。以上這些說法，雖與「洪城」的說法畧有不同，但都是由「洪城」的說法含義不明，從錯誤的方向渲染出來。然而這些錯誤的說法，在當前中共的軍隊和羣眾組織中都在以訛傳訛。

（未完待續）

謙廬隨筆

三十五

矢原謙吉遺著

故都四老太太

是時，故都有所謂四老太太者，皆或因子貴，或承祖蔭；雖未牝鷄司晨，親任封疆，而一言之出，幾舉城爭諾，倚歟盛哉，亦異事也。

此四者中，一時聲勢最煊赫者，自屬冀察政務委員長宋哲元將軍之母「宋老太太」。其人來自田間，面如重棗，虎背熊腰，雖纏足而步履如山；惟訥訥多痰，言未發已先喘，吁吁如牛。是故亦會以財政局長林世則之介，頻邀余視症投劑。最奇者，每至其府，輒必殷殷約法三章於先：

一、不解衣露體，

二、不打針開刀，

三、不「上電」。

「上電」者，林世則爲之註釋曰：「乃電療、透視，或照X光相也。試血壓，雖與電流無關，而宋老太太仍疑其頗有「過電」之嫌，故亦在「永不錄用」之列。

林君見余面有難色，乃悄聲告曰：

「老太太之憚『過電』也，非僅于照X光相爲然；即於普通攝影，亦避之若蛇蝎。當其大壽之辰，以子孫與賓客固請，始與全家勉攝二幀。攝影師復請其端坐於林森主席所題之「孟母家風」一匾下，獨攝一幀，以誌永久。不圖宋老太太忽拂袖而起，峻顏詬之曰：

『吾以古稀之年，苟延殘喘，惟憑此些須元氣耳，豈耐汝輩一攝再攝？元氣攝竭，余將安歸？』

實則宋老太太之見照相機而爲其元氣憂，已歷有年所矣。據林君言：宋尚未煊赫時，値其女初誕，未免返鄉一視，乃於家書中促寄嬰兒近照一幀，以慰遠念。孰意竟爲宋老太太所峻拒，且振振有詞曰：

「此嬰尚幼，元氣奇微，一旦攝而去之，將何以堪？況關山遠隔，道路崎嶇，亦更不宜令若斯微弱之元氣，作此遠遊也。」

余聞：宋老太太於此女，鍾愛特殷，人前常以娓談「俺家丫頭」舊事爲樂。漸至語及宋哲元時，亦不再逕呼其名，竟直稱之爲：「俺家丫頭的爹」。後有諫之者曰：

「丫頭一詞，雖屬自謙之語，究難登大雅之堂，不宜出自風範如孟母與曹大家者之口。曷以他詞代之？」

自是，宋老太太乃斷然訥諫，而於人前改稱宋爲「俺家閨女的爹」矣。

一日，宋母召「大鼓書大王」劉寶全入府，說唱山東梨花大鼓「楊六郎大破天門陣」故事。唱畢，有善諛者告宋母曰：

「老太太即今日之佘老太君也」。

宋母色然而喜，囁嚅遜謝曰：

「宋家豈有楊門中若是造化」？

座中有西北軍耆宿李筱帆之妻，心直口快，且與宋府有「通家」之誼，忽抗聲而言曰：

「老太太若無佘太君之造化，豈有萬衆口碑中，羣稱令郎爲今天楊六郎之事？得不被指爲潘仁美亦稀矣！」

聞者色變。宋母亦爲之默然；而二十九軍「智囊」蕭仙閣之妻蕭劉輔瀛，忽挺身解嘲曰：

「今日之冀察，乃二十九軍『老哥們』之天下，盡人皆屬孟良，焦贊，楊宗保。即秉炬尋覓，亦絕不可得一潘仁美也。」

潘仁美者，世傳宋朝巨奸，素與遼帥蕭天佐陰相勾結，而對楊六郎及佘太君事事掣肘之人也。

至是，宋母忽顧蕭妻朗聲曰：

「就說找不出潘仁美來，也保不定能跑出來個蕭天佐，那不也得把俺宋門害個『吃不了，兜着走』？」

蕭妻大慚，縮頸無言，梭巡而遁。

此事乃陳琢如之妻，於目擊之餘，欣然告我者。蓋西北軍之「老哥們」，多覷蕭之出身與行徑，爲旁門左道，而對其媚外以自重之慣技，尤覺齒冷也。

於此，亦可畧窺宋母之爲人，雖魯樸無文，而於大節所關之處，尙能明善惡取捨，固已難能矣。

一日，宋母觀賞京戲「戰宛城」，見有飾張繡之馬童者，頭戴寬邊氈帽，忽有所感，因顧左右問曰：

「此一小將，頗似虮蜡廟中之衆家英雄。在此劇中，官居何職？」

對曰：

「此乃大將張繡之馬童，位同弁兵，不足以言官職也。」

宋母聞之大恚，是晚就寢前，即憤憤謂宋妻曰：

「閨女他爹如今是個兵馬大元帥，歸根在腦袋上落了頂馬童的帽子，這可不叫人瞧着逗樂子？」

事後，宋雖明知其謬，而未忍重拂其意，竟從此極少再戴其美式呢帽，而改戴紅帽結之瓜皮小帽矣。

未幾，金陵諸政要舉行一重要會議，例有「謁陵致敬」之典。小「實報」之管翼賢君見其「團體照相」後，笑曰：

「幸宋老太太未見此照，否則定將慨嘆京中馬童裝之盛也。」

該報之「打油詩人」張醉丐，聞管言而詩興大發，乃立成「五言打油」一首曰：

「要人團體照，
道貌又威風，
朝中稱一品，
原來是『馬童』」。

（未完待續）

鄭曼青文武雙全

·蔡文怡·

國國名家鄭曼青，於中華民國六十四年三月二十三日凌晨二時十五分，因腦溢血不治在中心診所逝世，享壽七十五武。這位藝壇的博學雅士凋零了，身體健朗的鄭教授竟沒有留下一句遺言。

這位被譽爲「詩書畫」三絕的國畫名家，在藝術圈內是一位怪人。他的性情十分孤傲，認爲朋友之間應該說「眞話」，結果常常得罪人。不少同道都覺得雖然不易與他相處，但這種讀書人的本色，正是鄭曼青一個可愛之處。

在繪畫界，鄭曼青出道甚早。在廿七歲時就當上海美專國畫主任，廿九歲創辦上海中國文藝學院。據姚夢谷回憶說：曼老自視甚高，但辦起教育時，肯厚禮聘請比他畫更好的老師來教學生。

鄭曼青是浙江永嘉人，幼年喪父，最初由母親教他字文，姨母「紅薇夫人」教他畫畫。這位畫家留世的畫很少，因爲他不肯多畫。他從工筆入手，廿歲的作品非常娟秀，到六十歲開始走向古樸蒼勁，風格脫俗。

對於書法，這位美髯公也自有一套。他仿近唐寫經之法，用墨有濃淡。此外對「永」字八法他另有一番見解，曾創永字九法，在一橫一彎之處，另有特殊意見。

鄭曼青教授曾經教蔣夫人習畫。不過來到台灣之後，他幾乎沒有再教生畫畫，倒是在太極拳方面收了不少中外弟子。

他認爲「太極拳」不僅能防身，而且是一種非常好的全身運動。爲了練拳方便，那襲無領、短袖、齊膝的布衫，隨他遊遍各地，成爲他的標幟。

他教人打拳，不只是手脚比劃。據他一位學生說：「老師常常講述易經及老子與太極拳的關係，引人入理悟性。」當他在美國設絳授徒時，常有洋人找他較量。曼老一手摔出之後，隨即一把抓回，免得對方摔傷，如此一來一往，就使對方大爲折服。

對「太極劍」鄭曼青也有相當研究，可惜沒有傳授學生。不過他已經將這套功夫拍成影片，作爲紀錄。

由於幼年體弱，他到了四川後曾與山裡隱士學醫，抗戰時期在重慶爲不少人醫病。近年來他每晚只喝兩碗稀飯，是爲了養生的緣故。

鄭曼青是個「興趣」廣泛的藝術家，他還喜歡圍棋與酒。據他的好友胡克敏說：曼老當年在日本曾與二十幾位朋友對飲，結果衆人皆醉他獨醒。不過近幾年由於血壓高，已經限量淺酌。

去年返國後，鄭曼青全心全力於易經著作，他抱負很高，定書名爲「易全」，希望能把易經全部註釋寫成一部書。他曾幾番對朋友說，這本書他耗費心血最多，也是最後一本書，誰知一語成讖。

鄭曼青的太太惟莊女士，已於次日上午十一時半由美國搭機趕到台北奔喪，她下機後立即到殯儀館見亡夫最後一面。

香港詩壇

總統 蔣公悼詞 王則潞

抗戰時，于役渝州，因考績特優，曾蒙 召見，垂詢甚殷，並賜獎章，距今已三十餘年矣，忽驚崩殂，追懷往事，悲慟曷極。因爲哀詞以悼。詞曰：

巍巍我公，丁茲時艱。追隨 國父，排除萬難。推翻清室，剪除暴殘。肇造民國，五族以安。軍閥割據，誓師韶關。北伐既定，建設百端。方興未艾，日進千竿。島夷來寇，力抗兇頑。還都奏凱，黎庶騰歡。天禍中國，赤燄漫漫。播遷忍辱，堅守台灣。正期返旆，胡隕天顏。如枯東海，如崩泰山。萬方哀慟，摧心碎肝。遺言永誌，共挽狂瀾。上慰靈爽，殲彼豺豻。

壽李幼老八十疊其七十自壽韻 何敬羣

七十壽公詩，青山踏青日，堂堂十寒暑，公已臻八十，振鐸聲愈宏，傳經緒愈出，著書維世宙，游刃批大隙，康强錫難老，豪健猶曩昔，同爲洛社遊，日接文酒席，載賡撼公壘，知公定開壁。

東坡生日南薰二次社集得陰字因疊第一次尋臨心吟陰韻 何敬羣

誕祝東坡酒載尋，市樓呼取快登臨，青山一髮仍摩眼，瘴海行歌有會心，且引壺觴忘理亂，尚留天地與謳吟，一時逸興遄飛處，好爵同占鶴在陰。

疊韻賦報克寬加國沙城 涂公遂

窮經海角守匏懸，過眼星辰萬象遷，影事離憂煎夢寐，市聲塵吹苦縈旋，論交舊雨眞金玉，辟世高蹈卽定禪，坐對風雲覘世變，捫天痴待伐商年。

酬亦園 李滄洲

每讀佳篇有所思，聲華早仰識荆遲，參軍才調眞難及，開府文章老更奇，幸會清茶能代酒，閒談片語亦成詩，拈來信手皆佳妙，健筆天南第一枝。

蘆山訪梅 徐義衡

層巒疊翠水迴環，玉琢銀裝絕世顏，香雪林中花似海，怎敎人不上蘆山。

孤標無處不清華，爲惜瓊瑤望眼賒，戶外春寒渾未覺，一年幾日見梅花。

十里繽紛自在天，扶笻咏嘯任流連，天公爲我留圖畫，不在山邊在水邊。

滿林疏影月光斜，似入孤山處士家，欲學放翁千億化，一身長伴一梅花。

亦老邀茗 李叔裘

風雅弘揚一幟明，市樓茗盌暢詩盟，憑將文字嚶鳴意，換得苔岑契合情，筆下篇章皆俊逸，座中議論各縱橫，讀書十載何能及，金玉佳言啓後生。

淑陶招茗卽席有賦 亦園

杜鵑聲裡近清明，渡海閒鷗有舊盟，香茗不辭賢主意，廿醇倍見故人情，飄零家國千山遠，淡宕江湖一櫂橫，聞道東南天欲墜，倩誰仗劍拯蒼生。

次前韻 孔鑄禹

禁烟時節又清明，先作聯吟半日盟，喜得鶯黃傳酒令，更求雀舌續詩情，一尊六客心同樂，萬水千山氣自橫，是醉是痴都莫問，何嫌白髮滿頭生。

次前韻 張方

春日溪山似畫明，渡江踐約會鷗盟，紅燈照座詩何美，白水論交茗有情，我自無言慚老拙，公原走筆慣縱橫，東風一室多佳興，寡慾延年可養生。

次前韻 蔡俊光

醴酒當前入眼明，君侯有召赴詩盟，花飛寒食驚風雨，語帶烟霞見性情，孤抱猶存吾道直，千愁遙指遠山橫，賃舂求食應無怨，霜雪何緣鬢髮生。

宿屏東槐廬卽呈主人 包天白

忽動衝天興。欣欣入國門。風光疑故里。燈火認前村。剪燭宵何短。聯床語自溫。結鄰如許我。日與共琴尊。

憩丁公園登觀海樓

山海無邊蔚大觀。登樓方覺地天寬。何年留洞仙人去。雨傘亭高客上難。

四重溪浴溫泉

溫泉試浴四重溪。溪轉山迴四折齊。一樣華淸春水滑。凝脂休再惜香泥。

宿澄清湖

一堤晚照送椰風。塔影穿波倒映紅。憶昔十年湖上住。今來又在畫圖中。

林中小屋足淸幽。勝景三亭一覽收。倘許湖心容棹艇。幾疑身是住杭州。

千樹林訪深樹鳴禽

綴綠浮光草木榮。深林千樹好藏鶯。啼鵑只在春山外。挹翠橋邊別有情。

編餘漫筆

編者

總統　蔣公崩殂，薄海同悲，蔣公一生勛業彪炳，光在史冊，澤及蒸民，逝後台灣全省民衆呼天搶地哀號情況，古之所無，後亦不可能再有。本刊本期爲哀悼本國元首，並輯錄此曠代偉人之史實，特將台北各報刊重要文字輯錄。本刊所輯錄文章，與其他方面不同，不論作者之地位高低，只問其文字有無價值。尤以本刊側重史料，故選文亦以此爲標準，故一般僅僅頌揚　蔣公之文字，並未選入，所選者皆爲第一手資料，各文作者均與　蔣公有直接交往，所述或皆小事，但從一粒沙中見世界，可以看出此一代偉人之生平。

今再將所選各文分別討論，各篇作者皆代表一個階層，錢穆先生是名學者，並非國民黨人，蔣公敬其學問，特加禮遇，雖在最匆忙困厄中，而每次晤對，禮貌不衰。陳紀瀅先生爲新文學家名記者，記述與　蔣公之晤對，爲另一情景。

高玉樹先生是台灣省人，又非國民黨員，以獨立派人士身份出而競選，擊敗國民黨所提候選人。海外許多人都把高玉樹當作台灣省人反國民黨的代表，但看了高玉樹這篇紀念文章，蔣公對他之愛護督責，何嘗把他當作外人，此所以蔣公崩殂後，台省民衆在靈前、路傍跪祭，痛哭失聲，其來有自矣。

魏德邁將軍是美國人，與蔣公，公則長官部屬，私則知交。魏將軍回憶蔣公，是以第三者身份發言，公平而翔實，其中頗多重要史料，如戰後魏德邁奉命來華，調查中國情況，發表一份魏德邁報告書，頗爲中國人所不諒。由魏將軍此次回憶文中，可以了解當時實際情況。

黎玉璽將軍爲現任參軍長，隨侍蔣公數十年，對蔣公之胆識，對國家之忠誠，有深切了解，所述雖小事，但甚有歷史價值。

黃季陸先生一文，敘述蔣公繼承國父志業，全部皆重要史料，有些爲外界所不知者。

吳相湘教授一文，係以史學家身份，敘述蔣公所創特殊歷史紀錄，皆是眞實歷史，最有價值。吳教授此文撰寫較早，漏寫了台省民衆對蔣公之哀悼情況，亦創了歷史紀錄，且永不能突破紀錄。

另外又選了部份輓聯輓詩，但遺憾的是佳作太少。輓聯自以嚴總統一聯最佳；輓詩則以張齡先生一首七律最好。本刊所選皆以作品爲主，不計其人之身份地位，有名無名。惜乎報紙刊出雖多，可選者太少。

又本期以發表悼蔣公專文，部分長篇，暫停一期，請讀者見諒。

中華月報

一九七四年十、十一、十二月號 一九七五年元月號要目

中華月報社：香港九龍書院道九號

十月號

十一月號

十二月號

元月號

掌故

野史·佚聞·人物·風土·

月刊 46

中華月報

一九七四年十、十一、十二月號、一九七五年元月號要目

中華月報社・香港九龍書院道九號

十月號

十一月號

十二月號

元月號

掌故 月刊

第四六期 目錄

每月逢十日出版

掌故

第四六期

每册定價港幣二元正
全年訂費 港幣廿四元
美金六元

出版兼發行者：掌故月刊社
地址：九龍亞皆老街六號B
通信處：九龍旺角郵局信箱八五二一號
電話：K八〇八〇九一

The Journal of Historical Records
P. O. Box No. 8521, Kowloon
Mongkok Post Office, Hong Kong.

督印人：鄧少瑜
總編輯：岳騫
印刷者：和記印刷有限公司
新蒲崗景福街一一〇號超達工業大厦十樓
總代理：吳興記書報社
香港租庇利街十一號二樓
電話：H四五〇五六一 四五〇七六六
國內代理：黎明書報社
台北市八德路三段九十九巷六號
電話：七二一一二五二九
星馬代理：遠東文化事業有限公司
新加坡厦門街十九號 檳城沓田仔街一七一號
泰國代理：曼谷青年文化服務社
曼谷黃橋東北路五六六號
越南代理：聯興書報社
越南堤岸新行街二十二號

其他地區代理：
澳門：可大文具店
亞庇：利民公司
千里達：中華公司
菲律賓：華安書局
倫敦：東寶公司
芝加哥：杏林春
波士頓：中西公司
三藩市：新生圖書公司
三藩市：益智圖書公司
加拿大：香港商店
漢城：汎亞書籍公社
寮國：永珍圖書公司
斗湖：光明書店
菲律賓：玲瓏書局
紐約：友聯圖書公司
紐約：友方圖書公司
洛杉磯：永安堂
檀香山：大元公司
三藩市：文化商店
加拿大：新國華公司

對中華民國　蔣總統之追悼辭

美國參議員　鄺友良

本刊特載

原載「美國國會紀錄」一九七五年四月二十一日

主席先生，中華民國故總統　蔣公中正於四月五日逝世，享壽八十七歲。本人上星期深爲榮幸膺選爲福特總統指派，而以洛克斐勒副總統率領的美國官方代表團之一員，前往台灣，參加　蔣公大殮奉厝典禮。

今天我要向各位同僚及美國全體人民報告我們旅行半個地球，向這位自從一九二〇年代以來，其生命、哲學與功業即在世界歷史上扮演重要角色的偉大領袖，敬致哀思的經過。

最堅强穩定的美國之友

我也要藉此機會提醒美國人民，　蔣總統一直是美國最堅强、最穩定[illegible]國依然是美國最强壯[illegible]有活力的盟邦。

環顧當前世界，其他國家與日俱增與美國共執自由火炬，而中華民國却一直義無反顧，堅決護持自由。

因此，福特總統特派我們的副總統率團於上星期前往台灣，參加　蔣公大殮奉厝典禮，可謂至爲允當。洛克斐勒副總統不僅是美國代表團團長，他也是出席的外國貴賓中地位最尊榮者。他的出席，受到熱切的歡迎。

參議院方面，我們可敬的同僚，阿里桑那州參議員高華德，及我本人亦與副總統同行。鄺夫人亦欣然應邀與我們同行。

衆議院方面，北卡羅萊納州衆議員泰勒膺選爲代表團員，泰勒夫人也同行前往台北。

美國駐節中華民國最高級的外交官安克志大使，亦當然成爲此一官方代表團之一員。

此外，下列各位名流賢達亦爲代表團團員：前任駐華大使馬康衛先生；前任衆議員周以德博士；陳納德夫人；貝克曼博士夫婦；及艾克特夫婦。

×　　×　　×

[illegible]統生前即遴派能幹的領袖執行各項計劃，並且堅持原則，爲台灣人民帶來驚人的經濟與人文之進步。新任總統嚴家淦先生原任副總統，在　蔣總統逝世後，已準備接受起重責大任。行政院院長蔣經國先生，也是個才幹傑出，經驗豐富的領袖，敬謹承襲　孫逸仙博士的遺敎，及其父親　蔣總統的基督徒信仰。

除了嚴總統與蔣院長之外，中華民國人民今後仍將繼續得到蔣夫人睿智的指導與敎益。蔣夫人始終是他丈夫的最堅强、最忠實的伴侶，陪着他歷經他多采多姿的一生事業中之試煉及苦難、勝利與成功。她的敏銳的心智、睿智的才幹、高雅的風範與領導的能力，將繼續啓導中華民國人民。

中國人民衷誠敬愛 蔣公

中華民國人民對他們故　總統的敬愛是那麼的深摯。我們在台停留期間，自始至終親眼目睹人民對他們故總統表現出來的那安慰。份深刻的崇敬和愛戴。這不是表面上敷衍性質的尊敬或做作出來的感情。他們的哀思、悼念之誠乃是眞情的流露。主席先生，事實上，我由台灣之行帶回來許許多多足資緬懷的印象，其中最鮮明的一幕，就是中華民國人民全國上下，對於他們可敬的領袖的逝世由衷表現出來的那種天崩地坼，泣血椎心之哀痛。來自台灣各縣市、鄉村，來自全球海外華僑社會的男女老幼，爲數不下數百萬人之多，重重疊疊排成好幾道行列，恭列在靈車所經路線的兩旁。當裝飾着素花的靈車經過時，無不紛紛跪拜、哀泣，表示虔誠的敬意。

蔣總統數年來已因病而處於半退休狀態，但是這一幕動人景象使我深深體認到，他的逝世被社會各界視爲最大的損失。

唯有一位贏得其人民尊敬、景仰、摯愛的領袖，才能在這麼多人民中，引起這麼深摯的哀思。我認爲，對　蔣總統最大的敬悼就是全民族的命運由他領導這麼多年的人民，如此公開的表現出的哀慟逾恒。

主席先生，我認爲在這個時候來回顧　蔣總統的豐功偉業，時間至爲允當。他的勛業彪炳，使他贏得中國人民最大的敬愛。蔣總統在世界歷史上的地位是安如磐石，確定無疑的。

蔣公豐功偉業永垂青史

他曾經從事推翻滿清，掃除軍閥的革命事業，而於一九二八年統一中國。

他曾致力於爲中國建立一個憲政政府，使中國成爲亞洲的第一個共和國。但是對日抗戰和戡亂之役使他無法完全實現此一事業。

他在創建民國初期曾成功地把蘇俄的勢力逐出中國。

他曾廢除治外法權，並收回租界。

他是一位偉大的中國領袖將帥，與歷史上另三大人物——羅貧富、吉爾和史達林，是同盟國政策的主要擘劃人物，這使得盟軍能於一九四五年擊敗强大的軸心國家，贏得第二次世界大戰。他奮戰了十四年——其中八年的浴血抗戰，有四年時間，中國孤軍奮戰，毫無外援，對抗訓練有素的日本軍隊。一旦獲得勝利，他却寬大爲懷，以德報怨，未加報復或要求賠償，並且迅速將日本士兵遣送返國。另一個極爲鮮明的對比就是，史達林只和日本作戰數天，却囚禁日本士兵許多年，佔領了千島羣島、庫頁島和另四個小島，並且把中國東北的工業器械拆卸運送回俄國。

他是聯合國主要創始者之一。

他是較自由世界古往今來任何其他政治家反共更長久，更堅決的一位領袖。

他在台灣建立了憲政政府，並成功地完成土地改革。這是世界各地所曾實施的最有效的土地改革。

蔣總統以上豐功偉業，將永爲其國人追懷不已。

主席先生，今天的中華民國就是　蔣總統具有傑出技能，把一個農村社會開發爲進步的工業社會的光輝證明。在他堅定的指導和管理下，台灣精力充沛，朝氣蓬勃的人士已把這個島嶼締造成亞洲繁榮、興盛的一個經濟綠洲——就其人民享有的高度生活水準而言，在亞洲僅次於日本。

今天，中華民國的經濟是世界最穩定的經濟。中華民國享有極大的繁榮富庶。每年對外貿易總値超過一百卅億美元，台灣的經濟成長率每年在百分之八以上。

今天，中華民國是美國出口貨品十大主顧之一。

今天，中華民國乃是亞洲自由最堅强的橱窗。

今天，中華民國一千七百萬人民享有自由、繁榮，並且都有機會發揮其聰明才智與技能。

結束二次大戰厥功甚偉

主席先生，身爲四大盟國領袖之一， 蔣總統對於二次大戰能成功結束，其功至偉。中國在二次大戰，付出慘重代價。戰死沙場的中國人達到一百三十二萬四千人——是美國陣亡者二十九萬一千人的四倍半以上。

雖然中國對盟國的勝利居功甚偉，許多未有充分的背景知識或昧於歷史遠見者，或由於偏見對 蔣總統放棄中國大陸妄加批評者，未曾週當地考慮到當時他所遭適遇種種障碍、拂逆，即妄議國民政府部隊的短處。

要了解 蔣總統面臨的使命之艱鉅，我們必須回顧本世紀中國歷史上若干重要事件。以一九一一年辛亥革命始，他懷着自由鬥士的理想參與推翻滿清，掃蕩地方軍閥的革命。 蔣總統追隨現代中國之父 孫逸仙博士，獻身革命十餘年；一九二二年（陳烱明叛變），他更不計危險，隻身蹈赴險地，追隨孫先生達五十六天。

一九二五年， 孫逸仙博士逝世， 蔣總統承志業，領導國民革命運動。然而，要達成 孫逸仙博士國家統一、人民享有主權、改善農民生活的目標，誠如魏德邁將軍在其追悼詞中所譯「這是超人境界的使命」，因爲中國當時在地理上、語言上、意識型態上，和政府行政上，都是四分五裂。

領導抗日戰爭不屈不撓

在一個陣線上，全國多數地方眞正權力落於勢力强大的軍閥手中。因此， 蔣總統必須與這些決心割據一方的軍閥展開戰鬥。

另一個陣線上， 蔣總統又要和組織自己的武力，開始企圖僭奪大權，並且竭盡一切能事，破壞 蔣總統統一中國的努力的中國共產黨作戰。

除了對抗共產黨和軍閥外， 蔣總統還須防多年來一直對中國抱持野心，虎視耽耽的日本軍閥。一九一五年時，日本就曾迫使中國接受二十一條件，想把中國變成附庸國家。

一九一九年，巴黎和會時，一羣人坐在凡爾賽宮想把中國的聖哲之省山東省送給日本。日本後來於一九二七年再度侵畧山東，並於一九三一年佔領東北，其後六年更吞噬中國另三塊領土。

然而，日本猶不饜足其收穫，爲了制止中國發展强大的統一政府，更於一九三七年蓄意製造事件，導致中日這亞洲兩大國家爆發戰爭。中國兵力遠遜訓練有素的日本軍隊，尤其是中國軍隊裝備窳劣，武器不足。但是，四年下來，中國在蔣總統領導下孤軍奮鬥，毫無外援，不屈不撓，堅苦抗戰，絕不投降。

一九四一年日軍偸襲珍珠港，我國對日宣戰。一般人或許認爲美國軍援、補給中國的前景將爲光明起來。殊不知，事實並非如此。

羅斯福總統與邱吉爾首相在珍珠港事變後立即會商決定，在太平洋——亞洲地區採取守勢防禦，而在歐洲進行攻勢作戰，對抗德國和義大利。由於基本戰畧是先擊敗希特勒，美國的戰爭補給百分之九十八運往歐洲，送到亞洲者還不足百分之二，其中，台灣的軍援僅得百分之十。截至一九四五年三月，即日本投降前不到五個月時，中國僅得美國運往國外給我們盟邦援助總數的千分之二。

美對亞洲惡果責無旁貸

一九四五年三月十五日，周以德衆議員情緒激動地向衆議院發表演說，敘述給予　蔣總統部隊援助之微薄，並且對中國的努力有允當的評論。他說：「現在，假設羅斯福先生和邱吉爾先生改變他們的決定，決定先擊敗日本，而把我們的援助百分之九十八送往亞洲。試問，英國將何在？她將早已烟飛雲散。沒有人會因爲英國人沒有武器，無法作戰，就咒罵英國是懦夫和沒用的盟國。俄國人可能也無法扼守住史達林格勒，如果沒有這麽多軍援，她也不可能有今天這般作爲。然而，中國當時却未曾得安慰。援助！」

周以德又說：「我們及我們的西方盟國作的決定，使我們在歐洲得到璀燦的成就。但是這項決定幾乎無可避免地爲亞洲帶來災禍惡果。如果我們欲引歐洲方面的成就爲榮譽，我們對亞洲的惡果就責無旁貸。」

除了爲盟國戰畧犧牲重大生命之外，中國人民在　蔣總統領導下，堅守陣線，抵抗日本，使我們能集中力量，先行擊敗希特勒，其貢獻堪敬佩。並且，中國亦牽制住百萬名日本大軍，否則他們就可部署來對付太平洋地區的美國戰鬥人員。

中國國軍盡了最大能力執行由羅斯福和邱吉爾決定的戰畧——雖然事實上他們並不喜歡盟國不顧他們最先與暴逆抵抗，而把他們置於最後的戰畧。

二次世界大戰的最後兩年，美國將領魏德邁將軍與　蔣委員長密切地在一起工作。他在追悼辭中指出：

「日本侵畧不已，危機頻頻而來。但是中國仍然繼續作戰到底——雖然日本人已因美國在太平洋初期告捷而有所警惕，兩度以非常有利的條件，向　委員長提議談和，中國猶堅持作戰到底。」

中國決心抗戰牽制日軍

魏德邁將軍提醒我們，如果　蔣總統「接受了這些和平條件，當時在中國作戰一百萬名精銳日軍，就可能擺脫牽制，立刻可用來對付尼米茲將軍和麥克阿瑟將軍麾下的美國軍隊。」

如果　蔣委員長接受了日本和談建議，沒有人知道日本和美國之間的戰爭將拖延多久。也沒有人知道在這種情形下，會再有多少美國人陣亡或負傷。當然，美國人對　蔣總統應該感激，因爲當和平的誘惑懸於眼前時，他仍然堅定地站在盟國的陣線上。貧富、则，盟國對中國的忠誠和協和，予以何種回報呢？一九四五年的雅爾達會議，竟然未邀請　蔣委員長參加，也未邀請中國派任何代表參加。

參加者只有英國、美國和蘇俄——蘇俄在日本投降前七天，才參加遠東戰爭，至於中國却已對日抗戰八年。

比此一禮儀上的不敬更糟的是，這三個盟國在中國既不知情，也未與會或同意的情況下，商定了對中國不利與侮辱的條件。

一九四三年，太平洋遠東戰爭進行激烈時，俄國尚未加入同盟，羅斯福總統與邱吉爾首率直地地承認中國對滿洲、台灣和南沙羣島之主權，可是在一九四五年，戰爭進入尾聲時，美國、英國和俄國却同意跟蘇俄控制滿洲的中東鐵路百分之五十，以及控制中國領土上的旅順和大連。

雅爾達協定實背信負義

對於美國與英國在雅爾達會議上，屈從蘇俄對中國之需索要求——這是一樁不利於堅強忠誠的盟邦的秘密協定——若說它是背信負義，並不爲過。

蔣總統和其人民受到傷害是必然的，但是中國並未轉爲反美。相反地，　蔣總統却與美國携手合作，於一九四五年發起締造聯合國，同時，在他的領導下，中國依然堅強屹立，支持聯合國，不遺餘力，直到一九七一年中共被牽引入會，中華民國才退出聯合國。

二次大戰結束後，　蔣總統想在經過對日抗戰多年的一片廢墟上，重建中國，當他的部隊與日本侵畧者浴血奮戰之際，中國共產黨却忙着積極擴張勢力範圍，一九三七年夏天，　蔣總統決定與共黨和平，指揮其全部兵力抵抗日本敵寇時，毛澤東控制着大約五萬三千平方英里的土地，和全國四億五千萬人口中的一百五十萬人。

到了一九四五年日本投降時，毛共地位却鞏固到了控制大約廿二萬五千平方英里的土地，人口達六千五百萬以上的地步。共軍部隊並未因戰爭而削弱，反而在戰後立刻起兵稱亂，向國民政府挑釁。內戰爆發，杜魯門總統派馬歇爾將軍赴華調處，美國不但未送出　蔣總統為重建戰後中國，團結其人民所需的軍火與經費，反倒堅持　蔣總統與中共組織聯合政府。

如果讓　蔣總統能夠一直繼續作為全中國的領袖，一個與美國始終友好的中國之領袖，是否會發生韓戰、越戰、高棉戰爭呢？是否我國，和亞洲自由人民會遭此浩劫，死傷如此慘重呢？

證明了三民主義的實效

可是，　蔣總統和反共力量却被迫播遷到台灣。即使在這時候　蔣總統也未變為反美。他把精力投入台灣實行　孫逸仙博士的三民主義——民族主義，求全國統一：民權主義，實行民主政治；民生主義，增進經濟機會，平均地權，發展工業。

蔣總統在台灣證明了三民主義的確實有效性，有許多[illegible]日的先知說，中華民國命定要在台灣失敗。但是在　蔣總統開明的領導下，中華民國在台灣以其民選立法機關、以其土地改革，以其人民自由，它的成就實在遠超過任何人的預料。

佈道家葛里翰在華府人士為　蔣總統舉行的追思禮拜中發表證道詞說：「台灣是他的活的紀念碑。」我願再贊一詞說：「台灣是亞洲自由的燈塔。」

主席先生，我建議全體一致通過將葛理翰的證道詞全文列入紀錄。

主席：既無反對，通過。（全附誌於後）

在結束我的報告之前，我希望再加上幾句話。我和　蔣總統伉儷的友誼可遠溯到二十多年前。

一九五〇年代我担任夏威夷特區議會衆議院議長時，　蔣夫人訪問夏威夷，我首次結識她，她向我們參衆兩院聯席會議發表的演說，受到最熱烈的歡迎。一個人與蔣夫人會面時，只會感覺到他面對的正是一位有教養、雍容嫻雅和才智過人的美麗婦人。

堅毅精神從不稍有動搖

一九五六年我以私人身份訪問台灣時，首次晉謁　蔣總統。我再次感覺到面對着一位偉人，一位具有不平凡的尊嚴、智慧、遠見與力量的領袖。

一九六〇年，我到台灣訪問時，非常榮幸又蒙　蔣總統伉儷延見，並於總統官邸共進午餐。這是我成為第一位華裔美國參議員次年的事。後來，蔣夫人每次訪問美國，或我去台灣訪問，我都會拜會她。

雖然我們不是經常交往過從，我們的友誼却歷久彌堅。

蔣總統在致力達成他的目標方面，勇往直前不屈不撓的堅毅精神，從不稍有動搖，每當中華民國的任何領土受到攻擊時，他[illegible]起反抗，而他麾下亦勇敢善戰，絕不容輕侮。去年十月訪華期間，我參觀了國軍若干單位，個人對他們的訓練有素和士氣高昂，印象特別深刻。任何人若想以武力侵犯台灣，必將遭遇到裝備精良、士氣高昂紀律嚴明的堅强敵手。

第二次世界大戰以來，國際外交界經常呈現紊亂，聯盟關係轉變無常，其他國家中也發生難以置信的變化，但是　蔣總統維護中國人民的自由，及以為世界上一切民族自由的最終目標的決心，也從未動搖。

本人深感榮幸，得以參加這一莊嚴肅穆追思禮拜。

對於現在承担其領導重任的各位領袖，我希望中華民國能在各方面都有長足的進步。對於中華民國人民，我願對他們失去了可尊可敬的領袖，申致衷心的哀悼之意。對於蔣夫人、蔣院長和孝家家屬，我敬謹希望他們知道　蔣總統在歷史上居有千秋萬世不可磨滅的值得驕傲與為人尊敬的地位之後，心理上將獲得安慰。

附葛理翰在華府國家大教堂發表的證道詞：

四月五日，驟聞中華民國　蔣總統與世長辭的消息時，我立刻走進書齋，閉門禱告與默思。這位　領袖人物不平凡的一生隨即在我腦海中一幕幕浮現。

貧富老幼莫不哀慟逾恆

就在三十年前，他受到並肩作戰的一個世代的美國人之崇拜。他與羅斯福、邱吉爾和史達林等三人，並居第二次世界大戰盟國「四巨頭」。我在默思中不由得回想起，這位年輕的革命志士，孫逸仙的信徒，曾參與推翻滿清的大業。中國在他領導下，產生百年來第一次統一，他也成為中國的領袖。

我想到他與當代最睿智、美麗的婦女宋美齡的婚姻。我想到二次世界大戰期間，她向美國國會參衆兩院聯席會議發表演說，令全美轟動的情形。

內人生長在中國，我岳父一九一六到中國傳教兼行醫。當他在華時期，結識了　蔣委員長和蔣夫人，並且崇拜他們。

我在一九五二年第一次晉謁　蔣總統。韓戰當時猶在進行，我要到戰地與美國部隊共渡聖誕節。離開韓國，我和一些傳教士轉往台北，向基督徒佈道，並且參觀台灣的醫院和痲瘋病療養所。我竟然意外地受到　蔣總統伉儷邀請，共同進膳。餐會席間談話幾乎完全集中在基督信仰上，令我大為嘆服。

今天我受邀報告這位偉人的基督教信仰。我答應替他保密的親密朋友，曾告訴他們與　蔣總統相處的一些機密消息。我相信如果我今天報告與諸位週知，將可告慰於他，並且榮寵我主。

誠如諸位所知，台灣人民已經歷許多拂逆。但是兩週前，他們又遭遇了「最大」的哀慼。在我台北的一位密友在電話中說：「他的死訊像一場巨大的感情地震，震撼着人民心田。人民無分貧富、老幼，莫不哀慟逾恒，推心泣血。他們的領袖，曾與羅斯福、史達林和邱吉爾同起並坐，並且比他們都更享高壽的領袖，已經與世長辭了。」

光明正大無愧怍的信仰

我在許多場合與　蔣總統伉儷討論到他們個人的信仰。我知道他是一位眞理的信仰者。我也聽到與他過從極密達五十年的朋友，以同樣的信念表示，這的確是事實：

蔣總統具有怎樣的基督教信仰呢？

第一、他的信仰是一種個人的信仰。

在他逝世前不久，曾在他的官邸裡的小教堂舉行聖餐式。他身體太弱無法參加。他要求牧師帶來麵包和酒，這樣他們可以在他逝世前幾天一同在他房間裡舉行聖餐式。

第二、他的信仰是一種內心的信仰。他從未在台灣的公開場合中，利用他的信仰作政治工具。他也從未在從事國際談判時，為政治目的而利用它。當他談論政治時，就絕口不提宗教；但是當他私底下為他的基督教信仰證道時，他的證辭又是「清晰明白」與「積極之至」。

他一到台灣，立即就在官邸旁邊建立一座小教堂。每星期天在這教堂裡作禮拜，他偶爾也邀請政府屬僚和少數賓客，與他一同作禮拜。

但是這從未在報上公開。這座教堂是　蔣總統、蔣夫人和他們的朋友虔誠禮拜的地方。

第三、他的信仰是一種光明正大，絕無愧怍的信仰，播遷來台多年之後，他每年聖誕夜總要向全國廣播，發表文告，敘述耶穌基督誕生的意義與重要，這已成爲習慣。我的朋友聽過他文告後，由衷敬佩他的內心信仰，和勇敢主張聖誕祝上帝之子降臨人世，爲人類犧牲的節日。

准許在國軍中散發聖經

每個星期五，他習慣於官邸小教堂向朋友、部屬講道。我有一位朋友曾經數次出席，他說，　蔣總統對於耶穌基督十字架的意義解說至爲精闢。

基督教傳教士由大陸逃亡到台灣時，　蔣總統敞開國門，歡迎他們。因此，台灣的基督教教堂數量上增加了二十倍。今天台灣的某些教會已成爲全世界最活躍，成長也最迅速的教會。

蔣總統一九五一年對基督教做了一項最爲重要的决定，一個由第一次世界大戰以來就向軍人散發新的傳教的美國教會組織 Leaders of the Pocket Testment League，到　蔣總統辦公廳晉謁他。他們要求准予在國軍中散發聖經。他立刻連聲應好。後來他隨即自願地發布一項聲明，通知全台灣軍民。在他聲明中說：「我永遠欣慰人民研讀聖經，因爲聖經乃是聖靈的代表人。」

它表露出上帝的愛之正直。耶穌基督救世主犧牲祂的生命，流着祂的血，拯救那些信仰祂的人。祂的正直頌揚了國家。基督是全部自由的礎石，祂的愛涵蓋了所有的罪惡，信仰祂的人全都得到永生。

但是他並未踽踽獨行。他的愛妻蔣夫人在基督教信仰上，以及她的工作上，都與他並肩共行，她領導台北一羣婦女領袖每週祈禱會，歷二十餘年。這個祈禱會的捐獻，支持着全國軍醫院中的基督教會活動。

第四、　蔣總統是聖經的信徒。他在皈依基督教後，認眞地研讀聖經，因此他或許已睿智地了解基督教和他信仰上帝。從那時起，每天早晨坐讀聖經就成了他畢生的習慣。我有一位多年老友曾到　蔣總統的教堂宣講教義。他談到主題，令　蔣總統覺得新穎，事前所未聞。後來他與傳道者討論經文時，不時翻着他的聖經。我的友人見到了，後來他說他從未見過像這樣的一本紙角全折，添滿註記的聖經；逐句都以不同顏色的筆圈讀。　蔣總統誠摯喜愛上帝的教誨，並且虔誠地閱讀它。他最喜愛的經文就是馬太福音第十章第廿八節：「那殺身體不能殺靈魂的，不要怕他們；惟有能把身體和靈魂都滅在地獄裡的，正要怕他。」單只這個事實就能充分說明　蔣總統對上帝的信仰和信心。這種信仰和信心使他渡過了暴力、戰爭和他忍受的許多危機。

最後，　蔣總統是個虔誠的教友。從他早年與軍閥作戰，對日抗戰，以迄現在，他默默地以祈禱支持他的一切活動和同志。

給世人留下永恒的證言

他個人的習慣是每天早晨讀過聖經後，就獨自祈禱，夜裡則與夫人一道祈禱。

如果　蔣總統今天能爲自己發言，我猜想我知道他可能要說的話。他將記得使徒保羅臨死的情形。保羅被關在地牢裡，等待劊子手的行刑。他在等待中寫下最後的遺囑和證道詞給年輕的提摩太。

我猜想　蔣總統也會同意這封信的部分精義，並且將會留給我們，對他自己一生的永恒的證言。

他將會同保羅一樣地說：「那美好的仗，我已經打過；當跑的路，我已跑盡；所信的道，我已經守住了。」今天，我們不向蔣總統說再見。但是作爲基督徒，我們說：「後會有期」。

中國現代的民族主義和知識份子

——敬悼蔣總統逝世

·余英時·

蔣總統四月五日逝世的消息震動了全世界，這顯然是不可避免的，因爲　像蔣總統這樣一位近代史上的大人物，他的一舉一動都關係着世局的推移，特別是在中國和亞洲。近兩年來，　蔣總統雖因健康原因已不復處理日常政務，但他仍然是中華民國的精神上的領導人；更重要地，對於自由世界中堅決不向共產主義勢力屈服的人們而言，他則是一個最重要的象徵。

　蔣總統的功業早已昭昭在世人耳目，用不著我來多說；而他畢生努力的方向及其在中國近代史上的全面意義，將來的歷史家亦必有公正的論斷，更非這篇短文所能暢言。我的專業是中國史的研究和教學，　蔣總統逝世的消息自然不免要激起我一些「歷史的反省」。承編者的好意，要我寫一篇及時的紀念文字。我現在便把個人反省所得的一部份畧加整理，寫在下面。這篇短論將環繞着兩個主題：一是關於中國人的民族主義和愛國精神，一是關於中國知識份子及其近代的遭遇。但由於時間匆促，思慮不周和立論欠妥之處在所難免，至希讀者原諒。

一

現代歷史學不承認任何形態的「歷史必然論」；因此所謂「歷史潮流不可抗拒」之說，在稍有史學訓練的人看來是沒有什麼眞實意義的。但是這並不等於說，歷史完全是一團黑暗和混亂。在某些歷史階段中，我們顯然能看出有一些主導的力量在有形無形地支配着歷史發展的趨向。不過這些趨向最後歸於何處，則須視種種複雜的主觀與客觀因素之交互作用而定，無人能武斷地加以預言。從這一意義來說，民族主義正是中國近代史上一個最重要的主導力量。　孫中山先生首揭民族主義爲中國現代立國的第一最高原則，洵屬巨眼卓識。稍一回顧百餘年來的中國歷史發展，我們便可知凡是能掀動一時人心的政治、社會、文化的運動，分析到最後，殆無不由民族主義的力量或明或暗地在主持著。甚至共產主義之所以竟能得勢於中國基本上也是由於它劫持了近代中國的强烈的民族情緒。

　蔣總統在中國近代史上最卓著的貢獻便在於他一生不屈不撓地堅持着　孫中山先生的民族主義的建國原則。從民國十六年北伐成功到民國三十四年的抗戰勝利，中國在　蔣總統的領導下，終於從帝國主義不平等條約的束縛中解放了出來。民國三十二年一月十一日，中、美和中、英平等新條約簽字之後，　蔣總統（當時是軍事委員會委員長）發表「告全國同胞書」說：

　我國自淸季開始與列强訂立不平等條約以來，到了去年正是百週年。我們中華民族經五十年的革命流血，五年半的抗戰犧牲，乃使不平等條約百週年的沉痛歷史，改變爲不平等條約撤廢的光榮紀錄。

　我們必須指出，這一份光榮記錄是和　蔣總統的堅苦卓絕的領導分不開的。同年二月他的「中國之命運」一書正式出版，書名取自　孫中山先生「國家之命運在國民之自決」一語，更可見　蔣總統的中心思想是建立在民族主義的基礎之上。從最近日本產經新聞上連載的「蔣總統秘錄」中，我們更進一步瞭解了　蔣總統在抗戰末期和蘇聯帝國主義奮鬥的經過。一九四五年二月羅斯福在雅爾達會議中和史達林簽訂了一項密約，嚴重地損害了中國的主權。其中最重要的是所謂外蒙古的獨立和旅順港的「租借」。 蔣總統堅決不肯讓中國再度陷入「不平等條約」的恥辱之中。他在這一段期間的「日記」裡曾留下了不少「悲憤」、「戒懼」的記載，可以使我們充分地體味到他的心理狀態。後來屢經折衝，史達林纔同意外蒙古獨立問題由當地人民投票表決，而旅順港也決定了不使用「租借」的字樣。一九四五年八月十四日締結的「中蘇友好同盟條約」，其內容當然遠不能使我們滿意，但是今天回顧當時往復交涉的經過， 蔣總統確已在最不利的國際形勢下盡了最大的努力，以中蘇友好條約較之列寧在一八一八年與德國以及奧匈帝國所簽訂的Brest-Litovsk條約相比，則前者決談不上是喪權辱國的。

民族主義顯露在每一個個人的身上便成爲愛國的精神，而愛國精神的具體表現之一則是面對强敵以至强友都能不失民族的尊嚴和氣節。在這方面 蔣總統尤足以爲近代中國人的楷模。

我們都知道，中國雖自古爲東亞文化與政治的中心地區，但北邊常有强鄰壓境，故雖大有爲之主有時也不免要見屈於外敵。漢高祖有平城之困，用陳平奇計得脫，其詳史書不載，蓋必有甚屈辱難言者。稍後冒頓致書呂后，極盡悔慢之能事，而呂后終敢怒不敢言，但卑辭以復之。唐代開我國中世史上之盛業，而李淵父子初起事時固嘗稱臣於突厥，漢、唐最稱盛世，而創業之君尙難保持民族尊嚴，至於宋高宗對女眞之奉表稱臣，那就更不足怪了。

國民革命北伐成功之後，日本對中國的壓迫之重，野心之大都遠過於匈奴、突厥之於漢、唐。 蔣總統當時領導國民政府與日本軍閥週旋，不亢不卑，絕無辱國屈節之事。蓋力不如人，敗戰失土，只是可悲，並不可恥。民國二十六年七七事變爆發， 蔣總統決心抗日，在牯嶺談話會致詞，指出犧牲已到最後關頭，並宣稱「如果戰端一開，那就是地無分南北，年無分老幼，無論何人皆有守土抗戰之責任，皆應抱定犧牲一切之決心」。其實當時中國的兵力絕不足與日本抗衡，而 蔣總統爲了維護中華民族的尊嚴與氣節，毅然決定與日本全面作戰，更不顧及個人的成敗利鈍，這正是愛國精神的一種最高表現。從民國二十六年年底到二十七年的七、八月之間，德國、英國和美國的駐華大使曾先後表示要調解中日衝突，蔣總統都斷然加以拒絕，這更足以說明他的愛國熱忱是經得起嚴重的考驗的。

美國一向和中華民國保持著友好的關係，但美國這個自由世界的强友常不免以自己的價值標準去衡量她的友邦，甚至進而用行動來强迫朋友接受她自己的標準。這種强人從己的作風縱使是出於善意，也不免要損害到友邦的民族尊嚴和情感。中華民國便是首先遭受到美國這種「友誼」的壓力的國家。數十年來因此而引起的中美之間的種種不愉快，我不想在此多說，我只想指出，蔣總統處在這一十分困難的境遇中始終能一方面繼續與美國維持友誼，而另一方面却毫不喪失國家的尊嚴和個人的人格，在他認爲是屬於原則性的問題，並且關係到中國的獨立自主的精神時，他決不肯因爲要爭取美國的支援而有所遷就。從史迪威事件到馬歇爾的調處，在在都顯示了他的堅定的立場。他之堅持立場自然給他的政府帶來了某些不利的後果，但作爲中華民國的領袖，在這些緊要關頭上是不能考慮到任何後果的。還有一件大家都看得見的事實，蔣總統從來沒有到美國去訪問過。這件事看來很小，而意義則甚爲重大。我們從這裡可以看出，他生前所提出的「莊敬自强」的口號在他個人的生命中是具有眞實的內容的。

蔣總統是一個民族主義者，是一個愛國者。他的一生業蹟便是最好的見證，幾天以前，香港報紙上刊載了一條有趣的新聞：當 蔣總統逝世的消息傳出之後，日本有一個學術文化團體正在中國大陸上作官式訪問，該團的秘書長（一位東京大學的教授）聞訊後立即公開發表感想。他說， 蔣總統是一個愛國者，從北伐革命到抗日戰爭都足以說明這一事實。這位日本教授的發言引起了中共當局的不滿；中共發言人並向他提出了嚴重的抗議。然而蔣總統對中國爭取獨立自由所作的貢獻終究是無法抹殺的歷史事實；即使是政治見解與他不同的人，甚至日本人，也不能不向客觀的事實低頭。

今天海外中國人的民族情緒仍然非常激昂，而愛國的呼聲更是響徹雲霄，這自然是十分可喜的現象。但是我願意指出，中國人的民族觀從來和文化觀密切結合著的。上古的夷夏之別，中古的胡漢之辨，所重皆在文化而不在單純的血統。顧亭林析論「亡國」與「亡天下」之不同，則更是在觀念上把文化的存亡和政權的興滅清楚地區別了開來。中國人愛自己的民族是因為它創造了自己的文化；中國人愛自己的文化是因為我們只有生活在自己文化所孕育出來的價值系統和行為模式中才覺得自由自在。而我們愛自己的國家則是由於國家為民族文化的存在與延續提供了最基本的政治保證。當然，二十世紀的中國是處在現代化的過程之中，傳統文化也不能不相應地而有所改變；而且大家對現代化的觀點不同，因而對傳統文化的選擇和接受的程度都難以一致。但是這中間有一個自然的限度，即無論中國怎樣現代化，終不應達到完全顛倒傳統的價值系統和徹底拋棄中國民族的生活方式那樣的境地。因為一旦到了那樣極端的程度，則現代化的結果反將使中國人在文化上喪失其民族的立場。姑不論這樣的現代化在事實上是否可能，縱然我們以強制力推動而使其成為可能，恐亦終難為中國人所普遍接受，因而將導致長時期的動盪不安。原因很簡單，蓋所謂現代化在很大的程度上是與西方化或外國化分不開的，而中國的民族主義，如前所指出的，又復以文化為重。因此極端的現代化便無可避免地要與文化的民族主義發生正面的衝突。如果民族主義是中國近代史上的主導力量這一論斷為不誤，那麼，一切與民族主義相衝突的現代化運動，其最終的成就都是沒有保障的。

近代中國出現過各式各樣的現代化的思想和政治運動，其能掀動人心於一時者大抵皆以民族主義為出發點，並基本上假借着民族主義的動力；其所以卒歸於消沉者，分析到最後，則頗與中國民族文化中的巨大抗拒潛力有關。當茲民族情緒和愛國意識高漲之際，我願意特別指出文化的民族主義之觀念以供海內外中國知識份子的參考。

二

蔣總統的逝世引起的另一「歷史的反省」，則是關於中國知識份子及其近代的命運，因為 蔣總統是一位始終尊重知識份子的近代領袖。

中國知識份子在歷史上一直扮演著非常重要的角色，傳統所謂「士」或「士大夫」這一階層是社會的重心之所寄。自戰國以下，由於政府用人的標準基本上是個人的德行與才能而不是家世血統（只有南北朝一段是例外，但理論上並無改變），士人在政治上更處於領導的地位。但是士這一階層是一個非常複雜的羣體。在現代學人之間有一個普遍流行的說法，即認為在傳統中國，士、官僚、紳士、地主是四位一體的東西。這個說法成功地醜化了士的歷史形象，但同時也不免把問題過份地簡化了。按之歷史事實，士在傳統社會中雖有確定的身份，却沒有一定不易的名位。所謂「學而優則仕」者畢竟祇是少數；硬性地把士拴在官僚、紳士、地主的定樁上將使我們完全看不到士作為一個社會羣的整體的意義。現代社會學家認為現代知識份子自然有一種關懷社會現狀的意識，而這種關懷主要表現為對社會的責任感，以及要求自己有向社會公開表示意見的權利。更重要地，現代知識份子的活動主要是限於文化的領域，而不在實際政治和經濟的範圍之內。換言之，知識份子是通過「影響力」去指導社會，而不是憑藉著「權力」去支配它。知識份子縱使以專家身份參加重要的政府或私人的機構，他們仍不過是更進一步地發揮「影響」，而非直接地行使「權力」。

根據這一社會學的觀點去分析中國傳

統社會中的「士」，我們即可發現中國的「士」，早已具有高度的「現代性」。自東漢太學生清議以來，中國的士便正是要尋求「影響力」的發揮，而非實際「權力」的行使。宋代范仲淹提出「士當以天下爲己任」、「當先天下之憂而憂，後天下之樂而樂」，則更是用比較鮮明生動的語言把傳統社會中士的功能刻劃了出來。事實上這種士的精神早在孔子、孟子的時代便已顯露無遺。從漢末太學清議到明末東林論政，中國的士在發揮「影響力」的方面是有其光輝的歷史傳統的。俾士麥在他的回憶錄中嘗說：一個最理想的君主如果不想失去其理想性，以致變成社會的危害時，那麽他便得時時需要有一種「批評的刺」（Critical Sting）來幫助他、督促他。現代直言無隱的知識份子便是俾士麥所說的「批評的刺」；而中國傳統的士也正是發揮了同樣的作用。因此中國歷史上的英明之主也都有俾士麥的政治智慧。而以從諫如流爲人君的美德。唐太宗之以諫爲鑑更是比較突出的例子。

但是，傳統的士的「影響力」絕不限於向君主乃至社會作諍臣或諍友這一方面，因爲這祇是士的消極功能。在積極的方面。士則是中國文化大傳統的承擔者；所謂「以天下爲己任」以及「繼往開來」那種承擔精神必須在這一意義上去求得認識。用舊的名詞說，這就是所謂「道統」，承擔「道統」者則是古代所謂「師儒」或後來流行的所謂「士大夫」。在理論上「道統」高於「治統」，並且領導和督促「治統」，然而並不直接干預「治統」的實際運作。「道統」的內容頗爲複雜，但可以簡單地看作是道德和知識相凝結的一個混合的精神傳統，而尤以道德佔主導的成份。凡是自覺地承擔了這一精神傳統的士大夫便必然表現出「以道自重」的氣概。他們是「天子不得而臣、諸侯不得至友」的一類人物。古代所謂「坐而論道」便可認爲是針對「道統」和「治統」之間的關係所作的一種理想化的制度設計，至於實際的情形如何，那當然是另外一回事。

從歷史上看，自三代以下官、師既分之後，「道統」與「治統」便不能復合，「影響力」與「權力」之間至少在概念上是有一道界限的。因此稍爲像樣一點的皇帝都知道尊重師儒，因爲所尊者並非師儒個人，而是他所代表的「道」或「理」。明代呂坤曾說：「天地間唯理與勢最尊，理又尊之尊也，廟堂之上言理，則天子不得以勢相奪，即相奪而理則常伸於天下萬世。」通察漢代以下的歷史，我們便可知「治統」之向「道統」低頭（至少表面上是如此）確有其長遠的文化意義，不得徒以「利用」或「緣飾」說之。近代學人專喜歡用唐太宗「天下英雄入吾彀中」一句戲言來解釋士大夫的傳統性格，以爲中國士人讀書便是爲了考試、作官、成爲統治者的幫閑或幫兇。這樣淺薄的識見自然無法把握到傳統士大夫的承擔精神的源頭。漢代以來士大夫所倡孔子爲漢立法，甚至爲萬世立法的理論，今日聽來頗似迂腐可笑，其實這種理論的背後仍有其重要的象徵意義，殊未可等閑視之。

不過我們也必須指出，中國的「道統」與「治統」之間缺乏制度化、結構化的劃界和聯繫。這是中國傳統文化中的一大癥結。因此雙方越俎代庖之事時所不免，而尤以「治統」直接侵犯甚至辱弄「道統」的情形爲嚴重。清初呂留良認爲春秋時皇帝該由孔子來做，戰國時由孟子來做，漢代由董仲舒來做。這是「道統」想直接插手「治統」的例子，可以劃爲「作之師，作之君」一型。雍正撰大義覺迷錄與揀魔辨異錄，欲以人王而兼教主，則是「治統」要兼攝「道統」的例子，應該歸之於「作之君，作之師」一型。事實上，官師既不能重滙於一，「道統」與「治統」唯有分途發展，彼此互翼。這已成了「離則雙美，合則兩傷」的定局。

我無意在這篇短論裡詳細討論「道統」與「治統」之間的關係。我祇想藉此指出，中國傳統士大夫的承擔精神和「以道自重」的氣概是有其特殊的歷史文化的背景，而且這一士大夫的傳統昭乎確乎爲中國文化之一大特色，與其他文化系統中類似的傳統相比較則顯見爲異多於同。但我必須補上一筆，我決不是要粉飾中國士大夫的傳統，更不是說傳統的士人個個都具有承擔精神和「以道自重」的氣概。我淸楚地知道，歷史上固然有范滂、陳蕃、文天祥、楊漣、左光斗，但同時却有更多的公孫弘、阮大鋮之流。我特別重視傳統士大夫承擔「道統」的精神，是因爲這一精神在中國現代化各階段中仍有其變相的積極表現。

在近代中國一系列的革命和改良運動中，知識份子一向都是處於領導的地位。即使號稱是「無產階級革命」的中國共產主義運動，若分析其興起及發展的經過，則仍見其是以知識份子爲主導力量。將來如果有人將共產主義在中國的發展和它在俄國以及東歐各國的發展作一種細緻的歷史比較，我相信我們一定可以發現中國知識份子所發生的作用要大得多。一般地說，近代中國知識份子是頗爲勇於參加革命的。這一現象的造因自不單純，然而，從歷史的觀點看，我們不能不承認它與傳統士大夫的承擔精神和任道氣概確有其血脈相通之處。至少近代歐洲知識份子便不是從同樣的傳統裡跑出來的。西方知識份子，對於他們的政府和社會而言自然更是一根根「批評的刺」。但是有人研究西方知識份子批評精神的遠源，却發現它來自中古國王以及諸侯宮廷中的「弄臣」(Bools 或 Court Jesters）。「弄臣」在宮廷嬉笑滑稽之餘，往往借機諷諫，使他們的主子看見自己的過失。「弄臣」置身於一定的社會秩序之內，而同時在該秩序中却沒有定位，因此可以直言無隱，無所畏懼。這種處境和近代西方一般的知識份子極爲相似，但「弄臣」的另一特徵則是缺乏使命感和價値歸屬感，因此始終不肯以全幅生命投注在任何政治、社會的大運動中。中國歷史上也有「弄臣」，如淳于髡，東方朔等人，在談笑嬉戲之中往往「談言微中」，稍後則有所謂「文學侍從之臣」也是同一類的人物。但這些人畢竟與我們所說的以道自任的士大夫截然兩途。西方當然也有它的「道統」，但它的「道統」寄身於宗教。正如耶穌說的，上帝只管上帝的事，不管凱撒的事。總之，中國近代知識份子是孕育於與西方知識份子完全不同的文化傳統之中。

但是在中國現代化的過程中，舊有的「道統」和「治統」都已瀕臨解體。知識份子憑藉著傳統的精神和氣概，推翻舊秩序則有餘，建立新秩序則無力，因此，中國近代史的發展是以知識份子慷慨激昂地倡導革命始，而竟以俯首貼耳聽命於絕對的「權力」終。今天大陸上的知識份子已完全無任何「影響力」可言。我們所看到的是一種自古未有的「作之君，作之師」的局面。何以會弄到這樣的局面？從主觀方面看，知識份子在認知層次上對現代化和民族文化之間的關係無眞切的瞭解是原因之一，在心理層次上，由於知識份子「影響力」的表現從來沒有制度化、結構化的保障，他們因而看不見自己在政治、社會方面有任何實際的成就。這樣長期的心理挫敗導生了一種「原罪」意識。在這一意識支配之下，他們願意犧牲自己的一切來成全所謂「國家」和「人民」。

從客觀方面看，絕對的政治權力決不容許社會上存在任何「批評的刺」或「影響力」。在近代中國政治領袖之中，只有孫中山先生和 蔣總統是尊重知識份子的。換句話說，祇有他們兩位才眞能在政治現代化的過程中不忘中國禮敬士大夫的優良傳統。昔年在大陸上批評反對過 蔣總統的知識份子，今天應該已深切地認識到 蔣總統容忍反對言論的尺度是如何的寬闊。

但是中國官師合一的時代早在兩千年前便已過去了。如果我們今天還承認民主和自由是値得爭取的價値的話，我們就必須堅持社會上要有一個能充分領導並監督「權力」的「影響力」。秦始皇曾經企圖强迫「以吏爲師」的制度，然而秦王朝並不能一世、二世，以至於萬萬世。今天縱使有人掌握著比秦始皇更巨大的權力，他究竟能不能永遠遏阻「影響力」在中國的再出現呢？不妨讓我們拭目以待。

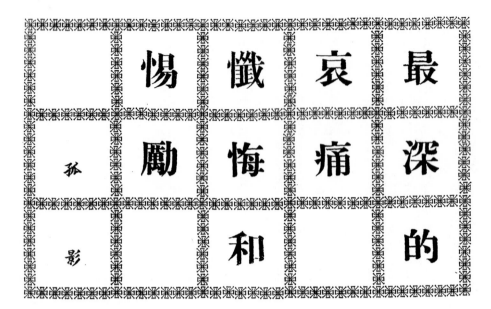

最深的哀痛、懺悔和惕勵

孤影

——追念偉大民族的領袖

他爲國民憂傷至死

報章記載，有位年邁的太太，曾在某一靈堂上痛苦地說：「總統他老人家，是爲了我們而累死了。」我想這位老太太可能不知道她在傷痛不能自持中喊出來的這句話，是多麼可痛的眞實正確。民族領袖往年在北伐時期，抗戰前後，所經歷的重重危險憂患，無休止的橫逆侮辱委屈，筆者在此都不多提。經國先生記述 領袖行誼的著作，身歷那一段苦難大時代的黨國要人、社會名流的回憶，都有生動沉痛的記載。單單以政府遷台這二十多年而言，民族領袖他老人家的日子，又何嘗有一天容易過的？又何嘗有一時一刻免於憂勞？

記得幾年前的元旦，公司循例放假兩天。我在三十一日那天下午，就買一些豬肉青菜魚丸豆腐，回家關起門來，飽吃兩天沙茶火鍋，看看書報雜誌，怡然自得。二號早晨靜極思動，又走到新公園閒逛。無意中抬頭望見總統府，忽然心中一陣酸楚。想到新年假日，各行各界的人，大多能偸得浮生數日閒，暫時把一切生活憂苦放在一邊，休息遊樂一番，年逾八十的高齡 元首，却要打起精神，接見來訪的美國安格紐副總統，討論嚴肅的國家大事，怎不令人心酸？一生勞苦的老農夫，到了八十多歲，也有福氣在家裡抱抱曾孫，晒晒太陽，頤養天年了。一生憂勞國事的總統，難道竟終不能在暮年畧微享受一下安逸的晚景嗎？

國而忘家　公而忘私

我很同意蔣院長的看法，對那些動不動就說什麼政府「德意」、「德政」的論調，老實說很有些反感。說的都是什麼話，沒有人民工作納稅，政府「德」也德不起來，大小官員，連自己的薪津都要領不到了。但是每當我想到　民族領袖的時候，却無法不油然產生由衷的感激負疚心情。我很冷靜的想想，在三十八年大陸潰敗那個階段，換上另外一個人，是不是大可以挾帶大批金銀珠寶，遠走高飛，到美國巴西去享其晚福？以　民族領袖的地位威權，難道作不到嗎？以他的智慧，難道會見不及此？他又爲什麼不此之圖，反而到當時風雨飄搖的台灣來挽救喪亂危局，終於使他自己生命的晚年得不到片刻的安閑？他如此作爲，到底是爲了什麼？是像我們的敵人所宣傳那樣，是爲了蔣院長嗎？自古以來，那些善爲子女謀的人，都是千方百計，想盡辦法使自己的子女遠離危險憂苦，一生富貴安樂。我們老老實實的說，今天的蔣院長，也不是很年輕的人了。他每天處理政務、主持會議、出席典禮、答復質詢，還要經常到處奔走，視察社會民情。他的日子，又是很舒服愜意嗎？民族領袖他老人家，究竟是善於爲經國先生個人福利打算呢，還是只善於爲國家人民謀，而不善於爲經國先生個人福利打算呢？再說得遠一些，三十八年大陸局勢極度惡化，兵荒馬亂的時候，　民族領袖經常指派經國先生四處奔走，執行任務。在那種潰敗喪亡之秋，誰也說不定各前線的將領是否都絕無動搖，各方封疆大吏是否都沒有萌生異志，各地區是否都沒有敵人暗殺隊化裝侵入。張羣先生就曾因奉命執行重大任務，被變節的方面大員扣留過一段時間。經國先生那時如果運氣不濟，可能早已有去無回了。民族領袖是使自己的子孫遠離危險憂苦呢，還是國而忘家，顧及不了愛子的安危呢？

電視所見　恍如夢幻

昨天在電視上看移靈實況，看到侍衛們把靈柩緩緩請出靈堂，送上靈車，靈車又開始緩緩行進，心裡終是疑幻疑眞，不大敢相信眼睛看到的，眞是不能改變的事實。記得以前有時夢見自己的母親逝去了，躺在床上，呼叫不應。我在夢中想到母親一生的辛酸不幸，再想想自己執拗的脾氣，經常惹她煩惱操心，難過得悽絕窒息。驚醒之後，那種幸好只是一場惡夢的安慰釋然，現在記憶猶新。我看着中國飯店咖啡間螢光幕上緩緩行進的靈車，心中又想起當年的惡夢。借用一下所謂文藝小說的筆法來說，我是多麼希望眼前的情景，也是一場傷心惡夢啊！醒來後，一切仍是如常，我們的老人家，也許正在士林官邸策杖觀魚呢。

民族領袖有形生命終結時，春秋八十又九。我們按理似乎不能再多所奢求了。然而，美國前任副總統加納，烟酒不忌，享壽九十九歲；許世英老先生以一位動過鋸腿大手術的文弱老者，也活到九十三歲；楊森將軍高壽九十六，身體仍十分健康。然則我們盼求　民族領袖有形的生命再延續五年十年，又能算是非份奢望嗎？

幾年前　民族領袖有感於國人每多不講禮節，不顧公共道德，有失大國民風範，他辛勞國事之餘，還頒佈一部國民生活規範，指示國人同胞矯正不良習慣，培養講禮貌、守禮儀的社會風氣。結果又是如何？公共場合大聲談笑、口沫四濺的人，購票乘車爭先恐後、醜態百出的人，駕車橫衝直闖、恍似出入無人之境的人，還不到處都是？這種種生活起居上最細小的事，都要年逾八十的高齡　元首來耳提面命，指示了之後而猶有人我行我素，不痛不癢。這是不是我們每一個國民最可恥的罪過羞恥呢？還是社會上那些奢侈放縱的風氣，　民族領袖他老人家不知道嗎？知道而能不痛心嗎？八十多歲的人，痛心而能不傷身體嗎？我們每一個人，如果能稍稍多自重自愛一點，最起碼不要讓他老人家爲那些細小的事煩心操心，他老人家有形的生命，是不是也許至少延長一兩年呢？如今他老人家已經永遠離開我們，永遠息勞了。我們如果仍是因循玩忽，故態不改，再讓他老人家在天之靈煩惱痛心，恐怕眞要招致天譴了。

新任元首　善繼遺志

如今新任元首，已經依法繼位。最高行政首長，也在執政黨命令下打消辭意，決定繼續努力，貫徹遺志，以盡大孝。國家的領導人，都是久爲　民族領袖分憂分勞，歷膺重任，熟練國事的。國人自應充份相信他們必能善繼遺志，領導我們的國家走出荒野，踏上肥美的土地。不過，誰也不能否認，　民族領袖一身繫國族安危半世紀，他的聲望威名，已隨着他的離去，而不再能像往常一樣佑護我們。這個重大的損失，短期內恐怕很難彌補。他老人家在世時，我們一般國民如果自重自愛一分，如今他老人家離去了，我們就必得自重自愛十分百分。我們一般國民固然需要新任元首和最高行政首長的領導，新任元首和最高行政官長同樣需要我們無保留、無條件的支持。在這個國遺大故的非常時刻，消極的「服從政府領導」是絕對不夠的，而必須積極的、無保留無條件的支持政府。拋開一切大道理不談，我們爲了自身一己的求吉避兇，也勢非如此不可。前幾天南越中央高地、峴港先後失陷，那一幅幅「遺民泣避秦」的悽慘流亡圖，相信很多人都在電視新聞和報刊圖片上看到了。那些扶老攜幼，號泣追隨自由政府撤退的百萬難民，都不是特權階級、財閥、資本家，而是確確實實的廣大人民。（如是特權階級、財閥、資本家，早就坐噴射機跑了，那會落到提着小包袱，跟在卡車後面徒步逃難？南越這個國家，大概也沒有百萬之衆的特權人物。）人民的眼睛是雪亮的，如果「解放」的滋味眞是那麼甜美，可以「當家作主」，這些上百萬的廣大人民，爲什麼不靜候紅色天堂來臨，而寧可拋棄一切，懷抱嬰兒，攙扶衰親，毅然投向一個沒有任何保障的茫茫前途呢？號泣流亡的南越人民，還有逃向極南端自由區的一線微弱指望。我們的背後就是茫茫巨洋。在這面對最危險最邪惡，無時無刻不以消滅我們而後甘心的敵人，作最嚴重的生死鬥爭的時刻，忽然失去了偉大的　民族領袖，能不加倍惕勵，切切實實的自重自愛自强嗎？

天道無親　唯親善人

古語說：「天道無親，惟親善人。」意思是說禍福無門，全看一個人自己所作所爲，是求福之道，還是求禍之道，種瓜得瓜，種豆得豆，因果不爽。在這　民族領袖永遠息勞，國遭大故的慘痛時刻，我們每一個人，眞該各自低下頭來，極痛切的自我檢討一下。　民族領袖一生勞苦，他老人家的希望，就是每一個國民都能自重自愛自强。我們有沒有在他老人家蔭庇之下，反而作出過令他老人家傷心痛心的事呢？我們在失去了他老人家的漫長歲月裡，能不能百惕百勵，決不再作令他老人家在天之靈傷心的事呢？

政府各級公務人員，有沒有下定最痛切的決心，絕不再遇事上下左右推，好官我自爲之，絕不再坐在那裡擺官面孔，端官架子？

負責治安的人員，有沒有下定最痛切的決心，絕不再坐視流氓幫派橫行猖獗，魚肉善良，絕不再縱容色情豪賭來腐蝕我們的社會？

高級知識分子、文化人士，有沒有下定最痛切的決心，絕不再賤視踐踏民族文化傳統，絕不再販賣絕望幻滅，絕不再推銷洋化、父子鬥爭、夫妻對立的思想？

在學青年，有沒有下定最痛切的決心，絕不再假「現代」、「進步」之名，行怪誕糜爛、放蕩墮落之實？

其他一般國民，有沒有下定最痛切的決心，一切從自身作起，消滅腐蝕我們社會的淫邪奢侈之風、暴戾之氣？

五十年前　國父逝世的時候，國民革命的力量也是侷促南天一隅。如果他的繼承人和信徒都懷憂喪志，就此一蹶不振，史家筆下的　孫中山，就會是四十年辛勞奮鬥，最後仍不免失敗而死的理想家。評論起來，恐怕要說他眼光能力都有問題了。雖說不能以成敗論英雄，又有幾個人能不以成敗論英雄，更不要說近來外國史界那些現實到極點的「青年才俊」了。我們可以懷憂喪志、自已失敗，讓史家也視我們的　民族領袖爲眼光能力都有問題的人物嗎？

完成遺志　大孝顯親

這幾天來，各界人士已經提出不少紀念　民族領袖的構想，都是很有意義。不過筆者覺得最好的紀念方式，還是發揚他老人家的遺志，完成他老人家未了的使命。好讓世人和未來的千秋萬世知道　蔣中正不是一個失敗者，他奮鬥五十年以求的目標，更不是神話夢想，他最後二十五年的辛勞血汗、苦心耕耘，都結出了光榮勝利的花朵，他只是軀體受到自然法則運行的限制沒能親自率領信徒，登上那莊嚴壯麗的勝利高峯而已。我們能作到這一點，才是「大孝顯親」，才最能安慰他老人家一生的憂勞困苦。

貞下起元　還我河山

八日傍晚，筆者搭乘末班金馬號公路局班車回台北。開出台中市時已是薄暮時光。朝外望去，只見天色昏黃，暮雨方歇，沿路經過的一橋一木，彷佛都流現着一片悽絕景象，撩人哀思。我眺望着窗外漸深的暮色，心潮起伏，也不知在想什麼。這樣走了將近一小時，腦中忽然靈光一閃，想到了一件事。再細細想下去，愈想愈覺不可思議，心裡不禁充滿彷佛一個人看見濃霧緩緩散去，異象出現時的那種敬畏之感。

我想到的是從　國父逝世到　民族領袖息勞，恰好歷時半個世紀。　國父賓天於民國十四年三月，　民族領袖晏駕，却在民國六十四年四月。　國父逝世當時，國民革命的力量恰巧遭遇到大低潮，侷處廣東一隅，受到强大軍閥勢力的壓制和國際上的輕視冷落。　國父留下遺教遺志，離開他的信徒不到數年，他的千千萬萬信徒，就已紛紛化哀痛爲力量，秉承遺教遺志，把青天白日旗插遍了大江南北，關內關外。半個世紀之後，　國父的繼承人，又在另一次大低潮中留下遺教遺志，離開了千千萬萬的信徒。更不可思議的是　民族領袖晏駕的日子，又正是我國的民族掃墓節。冥冥中一連串引人深思的巧合，彷彿是一種神秘的啓示，惕勵我們說，只要我們深深體念逝去　領袖的遺志遺訓，化哀痛爲力量，就能夠再度走向勝利，再北伐，再統一，完成偉大　民族領袖未竟之志。

上面說的，究竟是一些無意義的巧合，還是神秘的啓示，筆者自然無法斷言。不過，我們爲了國家的榮譽，人民的幸福，自已本身一身一家的安危禍福，都必須要深深體念逝去　領袖的遺志遺訓，化哀痛爲力量，完成偉大民族領袖的未竟之志。既然如此，就讓我們把它視爲一種神奇的啓示，舉起大旗來邁進吧！

請介紹，請訂閱，請批評，請指教。

四十年前北伐初期敵後工作概述

王仲廉

一、奉命黃埔、受訓廣州，赴滬轉漢，展開工作：

民國十五年四月，作者任軍官第二團（第四期學生）第一連連長職務，原以爲教學相長，藉以充實能力，作爲將來帶兵練兵之基礎，未幾得知層峯有意派我入蘇、魯、豫、皖、鄂五省担任敵後特別任務，曾爲此事專程赴廣州，拜謁中央黨部常務委員丁惟汾（鼎丞）先生，及陳果夫、王樂平兩先生陳述並領教益，當時深覺人微任重，未便遽允、又未敢面違原意，乃允返校請示後再爲決定，返校未及請示，同學李子玉再度來勸，始將去年奉派到滬，担任招生（第三期學生）及募兵工作，受苦受氣情形，傾腹吐出，決定帶兵，或在校中辦理教育，比較單純，不知因何緣故，校本部正式頒佈以我爲首，廿八位第一二四期同學命令派到敵後工作。「黃埔建軍卅年概述第一十四頁記載：十五年七月隨校長北伐者，有第三期學生廿八人，担任特別任務」。其實不然，即是我們，現在第一期同學尚記憶者計有：

李子玉、山東長清，在湖北黃崗犧牲。李正韜、河南鎮平，病故台北。蕭洒、河南許昌，現住台北、任立法委員。丁炳權、湖北，陷大陸。曹勗、湖北，陷大陸。吳興泗、湖北，陷大陸。

第二期同學：傅斯義、山東郯城，在徐州犧牲。

第四期同學：胡長怡、河南，現住台北，任立法委員。李鴻慈、山東，現住台北，少將退役。張欽安、山東，現住台南，少將退役。丁一、山東，陷大陸。孫蘭芳、山東，陷大陸。龔守訓、山東，陷大陸。徐學詩、江蘇，在徐州犧牲。呂道立、河南，在洛陽被吳佩孚槍殺成仁。建軍史記載，恐係筆誤。廿八位同學在廣州珠江船上，受了兩週秘密訓練，參加總司令 蔣公七月九日就職典禮後，即乘船到上海，按照省籍分赴各地遂踏上敵後工作的里程碑，並決定在上海、漢口、開封、徐州、濟南設立五個機構，便於連絡指導。

七月下旬，上海事竣，親來漢口，與鄂籍同學及李正韜同學共同策劃，進行工作發展。留李子玉同學在滬與各方面連絡，等武漢佈署妥當，再函邀來漢，不料子玉未及函約即隻身由滬乘船來漢，船往南京下關碼頭時由孫傳芳四名密探發覺，隨船監視，並在船上輪流盤查，船經過湖北黃崗時，子玉知不能逃脫，爲顧及全班整個工作問題，竟於是夜自殺在船上，其犧牲精神至爲敬佩，後由地方官紳將其尸掩埋黃崗城外山坡，我北伐勝利到達武漢後，由路可貞同學（現在台灣少將退役）將其靈柩護送山東長清原籍，並辦理其撫卹等事，這是敵後地下工作第一犧牲成仁的同學，每念及此，仍傷悼不已。

在漢口工作人地生疏，賴正韜兄及鄂省同學協助甚力，工作乃得順利展開，在漢口設立三處機關，兩次被吳佩孚密探偵知，均在事前發覺，及時遷避到法日租界內，未被破壞，實是幸事。漢口租界內無眷屬租不到房子，好在這時沒有身份證，以假夫妻名義胡亂混充。在法租界租樓房一棟，樓下僞裝住家掩護，樓上則爲秘密策劃機關。當時正是吳佩孚軍與奉軍會攻國民第一軍於南口，吳佩孚在長辛店督師，鏖戰方酣之際，我國民革命軍業已入湘，許多工作急待展開，當時因工作之需要遂以漢口爲工作中心，辦理情報、策反、破壞交通、組織敵後民衆武力等工作之進行，鬧的敵人風聲鶴唳。敵方偵緝隊晝夜搜捕更嚴，我們工作同志不稍畏懼，捉迷藏式的，爭取時間空間，運用機智，在軍閥鐵蹄暴行之下，反而工作效率極高，大有雨後春筍飛躍猛進之勢。上海改爲聯絡機構，担任由粵滙款收轉任務，由王貞民（女）同志担任，人極精幹，辦事簡捷，男同志亦不如也。徐州以傅斯義徐學詩兩同學及張葦村（山東郯城人，山東公立醫科專科學校畢業，中央後補委員）担任，由我兼總指導。魯南一帶，以丁一、孫蘭芳兩同學担任。魯西則是李鴻慈、張欽安、龔守訓諸同學担任。濟南方面因李子玉同學成仁，聯絡機構未能建立。河南以李正韜同學爲總指導，開封爲胡長怡同學担任，豫中豫西則由蕭　洒同學担任，豫南則由李正韜兼任。鄂省由丁炳權同學担任總指導，吳興泗、曹勗分別担任武漢及鄂西鄂北工作。在王樂平先生未到達武漢前，諸同學因時間急迫，即在軍閥鐵蹄之下，抱大無畏犧牲精神，冒險犯難展開急極工作。例如：策反劉佐龍師在漢陽龜山，於民國十五年九月六日清晨砲擊漢口查家墩吳之總部，逼使吳佩孚倉促北走，以及組織鄂省地方民衆武力，均係鄂籍同學所策動。豫南任應岐師及地方武力，爲李正韜同學所策動。開封胡長怡同學，則滲入河南奉軍衛隊旅，刺探情報，策反敵軍，幾乎遇難，並組織地方武力，整編爲第四路別働軍，襲擊奉軍于珍部，於蘭封陳留口之間，敵軍損傷過半，破壞鐵路交通，阻止敵軍運輸，影響敵人作戰甚鉅。魯西方面李鴻慈同學，策反呂秀文所轄張興科、王金韜等師，打入教育界領導青年，組織地方武力，並滲入綠林中，高舉青天白日旗幟，攻城畧地，曾先後攻破范縣、鄆城、嘉祥等縣城，宣傳三民主義。一時魯西大河南北，革命聲氣，風起雲湧，頗具實力，其未下城池，亦在控制之中，故而收效甚偉。最惋惜者，先烈曾憲武於最後進攻鄆縣南門時不幸被敵彈貫穿腹部陣亡，曾烈士豪俠尚義，有小孟嘗之名，且爲魯西革命之中堅，爲黨殉國。魯西一帶革命形勢，不禁黯然失色，徐州方面，由作者策反直魯聯軍王棟軍之王抵洲、王士廉等師，影響敵人軍心士氣極大，並組織安徽明光以北及徐州一帶地方民衆武力，鐵路工人，宣傳、破壞鐵路及通信等工作，收效尤著，而犧牲最重。總而言之各地同學本着宣傳主義，組織民衆，策反敵軍，鼓吹血性青年之宗旨，以求達到瓦解敵人軍心士氣，使其精神崩潰，振我革命先聲，開北伐先河之目的。

爲了任務驅使，時間緊迫，乃不計寒暑，晝夜奔走於蘇、魯、豫、皖、鄂五省之間，輾轉於平漢、隴海、津浦道上，像走馬燈似的繼續不停到處連絡督導，有驚人發展，我也忘却了個人辛苦和生命的危險。

返漢後，曾繞武昌（當時武昌城尚未攻下，武昌是十月十日收復）城郭，冒敵砲火危險，親往紙坊總司令站車站行轅（車上）晉謁總司令　蔣公報告敵後工作情形，深蒙嘉許，並派委吳滄洲（古岳）爲豫陜宣撫使，及親筆函件，命送往河南開封轉交，（當時吳滄洲任河南督署總參議），遂即繞道武昌城過江返回漢口化裝秘密北上，沿途檢查極嚴，抵開封城南門最後一關檢查站，全身搜查幾乎出事，是晚經往北書店街吳寓所，將函及委令交吳，蒙招待晚餐暢談竟夜。吳又寫親筆函件致張宗昌部之軍長王棟勸其起義，託我帶往，遂經徐州轉津浦路北上，密往黃河北的禹城王棟軍部，投函求見，經過兩次夜間鴉片烟燈傍之約談，始允待機起義，並送軍服一套，上尉差遣護照一紙，藉以掩護便於聯絡，乘車南返不但省錢，沿途軍警盤查亦極安全，到徐州將工作指導後，即南下赴滬，取欵乘船返漢。

抵漢時，適我革命軍正在河南駐馬店一帶與奉軍酣戰，總司令　蔣公已督師東下南昌，武昌共產黨徒，在俄國派來的鮑羅廷策動之下，竟然乘機叛亂，挾持武漢政府，實行其倒行逆施之陰謀，發號施令，實行排斥　蔣總司令運動，終日遊行示威，開會鬥爭，第一期劉雲、洪君器兩同學被被開會公審，槍殺罹難，鬥得武漢三鎮人人自危。當時我亦在其打倒之列，並已在漢口電報局後樓我的住所附近牆上張貼打倒不革命的王仲廉標語，心中暗想未死於軍閥之手，竟死在共產黨手中才不甘心呢！樂平、及立（考試委員現住台北）兩先生力勸我迅速離漢，以免遭其陰謀暗算，其實我已在共產黨徒冷相佑等以及七名女共產黨徒暗中監視中行動已經不自由了。明知逃脫不易，只好秘密查明開往上海英國商船的日期及時間，暗中化裝買好票，於開船前日晚間，邀請七名女匪幹吃晚飯，飯後並請全部分乘兩輛馬車到漢口青年會看電影，等開演不久，借入廁所之由，迅速回到電報局後樓住所，順手拿毛毯一條，手提箱一隻，直奔碼頭，登上輪船蒙頭大睡，破曉前汽笛一聲悄然東去，脫離虎口才得安心，今回憶其事，險哉！

二、徐州脫險記

民國十六年二月中旬，因推動工作由滬來徐，到車站二馬路濟民醫院（徐州秘密機關）之晚間招集傅斯義、張葦村兩同志，商討徐州工作推動事宜，傳同學談及經費事，言有敵徐州戒嚴司令部情報課長張某（忘其名）山東郯城人，與傅張兩位係小同鄉又小時同學關係，借去二百元等語。聽此事愕然，如何能與敵情報人員作朋友而交往，再三警告，他們警覺不夠，判斷必來敲詐，等達不到目的時，即對我們採取不利之行動。我立主張遷移，防患於未然爲妙。傅張兩同志均異口同聲的保證無事，並云與他同鄉同學情誼之篤，還可供給我們情報呢，我力斥其非，當夜將所有機密文件全部攜往南門外之南菜園梁二嫂（梁又良之二嫂）家中妥爲密藏。傅張兩同志對我處置頗不諒解，謂多用些錢，竟來責難，以後工作就難做了，我再三解釋不是爲錢，是爲安全實在有暴露身份之顧慮，犯了做地下工作者之大忌，談得不歡而散，到第三日下午，我又去濟民醫院，傅張同時對我說，張某昨日又來借五百元以應急需，請於三日內交付等語。我問借否，他們答：不惟錢未借給，反而大罵（張）一頓，我笑其糊塗萬分，你們保證無事，誰能保證你二人無險呢？次日薄暮前，我心神不定再去濟民醫院催促遷避，將到、見大門緊閉，心疑有變，正在躊躇不前之際，對面酒店老闆丁次川先生以手式招我，即進入店內，又叫我速入後院堂屋，即告知濟民醫院在廿分鐘前，有憲兵便衣人員一二十名進入，即將大門關閉，有人打門，開門進去遂又關門，看情形是出事了，店中不宜久停，請由後門走爲妙。我遂即出後門剛走到東關大馬路橋上，遇見李鴻慈同學大模大樣正邁步向濟民醫院而來，即將情況告知，將身邊所帶之錢給他五十元作路費，促其即離徐速返魯西，這位李同學也眞有荒唐鬼劉唐的作風，他竟在東站說書內聽了一天書，爲一個小行李非到徐州中學去取不可，我是極力反對他去。徐州中學是中國國民黨徐州機關，他眞有一手，躡手躡脚的進去，拿到行李就飛馳而去，走到大街坐上黃包車，經戲馬亭先到東車站，再下得車來，旋又換車再到北車站，搭上隴海火車而去。他胆大心細行動快捷，終於取走的不值兩塊錢的行李，雖未出事我却捏了一把汗。

我乘黃昏進東門時，盤查具嚴，衣袋內尚有十行紙寫的蘇魯工作同志名單一份，未及毀掉，檢查人員面前，只好偷偷吃在肚子裡，等臨到檢查我的時候，有一官長以手電筒照着我，看見是一個面目黧黑的病夫，隨便問了幾句話，放我混進城裡，街上警戒森嚴尤其文學巷徐州中學附近，三步一崗五步一哨如臨大敵，遂轉向城隍廟街坐黃包車直向門內天主堂醫院飛馳而去，到達該院進巷下車，附了車錢，轉彎抹角到達族兄善廣（少鄉）處前任河北大名府道尹公館就寢，次晨廚師李狗買菜回來將我喊醒，他驚慌的向我報告，街上紛紛傳說，昨晚在東車站一家醫院內，破壞革命黨機關，捕去十幾個人，暗示此地不是久居之地。吃完早點遂向南門而去，走到一文亭街上，行人議論紛紛，竟有在我背後喊着王仲廉的名字，我視若罔聞的出了南門，到了梁二嫂家中告知情況，雇一頭驢返回蕭縣城內教育局，到了介廉（子石）族兄局長室，渠惶恐的問：你沒有看報嗎？（徐州日報）未等待回答，他又接着說：報上登載徐州東車站濟民醫院破壞革命黨機關，捕獲傅斯義，張葦村等十餘名，首領王仲廉漏網在逃，並懸賞兩千元緝拿呢。此地耳目衆多，萬不可久停，趕快下鄉吧。看情形誰也不敢留我，即跑到第一高等小學學生宿舍混睡一夜，早晨又得知徐學詩同學在城內絲店內被捕，連夜押解徐州去了，假使事先知道徐學詩在城內絲店，一定會通知使其逃避，不致與傅等一齊罹難，事後聞知是傅斯義受苦刑所逼供出來的。

張宗昌部徐州戒嚴司令史某（忘其名）混名史屠戶，嚴刑苦打逼供後，即將傅斯義徐學詩兩同學，於二月十七日在徐州東關外舊黃河灘上執行槍決，臨刑時傅徐二烈士，態度自若，高呼中華民國萬歲，　蔣總司令萬歲。含淚飲彈而亡，嗚呼！傅徐二烈士慷慨就義。徐州民衆莫不疾首憤恨，哀悼！至被捕之張葦村夫婦及其女，暨其他諸同志，均關禁徐州監獄，俟我革命軍克復徐州時，始將其迎接出獄，聞以後張葦村在濟南被韓復榘派人暗殺犧牲了。

城內既不能久留，返回王莊家中籌借路費，再行赴滬，下午抵家中，用飯甫畢，村人來報，蕭縣縣隊一連已進入村寨，詢問我的行踪，村人均云，幾年未回家來，現在亦不知在何處，縣隊亦未搜查，休息片刻整隊而去，敷衍了事應付公事而已。是夜僅借了十幾塊錢路費，次晨由堂兄景廉大哥護送，逕往曹村車站，擬搭車赴滬，奈津浦路火車不通，改徒經睢寧，沭陽，至海州大浦，住了幾天無開往上海的船隻，又乘船到青島再換船到滬，沿途輾轉到青島時，路費已用盡，到了秦二哥賣馬的時候，可是我無馬可賣，只好典當衣物，可得之錢，除夠買三等船票外，身無分文。到達上海登岸，食宿無看，時南京業於三月廿四日克復，在滬諸同志均遷往南京，上海聯絡處撤消，遂同景廉哥往法租界二洋井橋，投往徐州同鄉所開設之同盛公寓食宿暫可記賬，因急須赴京報告，乃請大哥暫住公寓中等候，並無意把他作爲人質抵押，又無錢買車票，只好配上黃埔畢業紀念章混充一番，到南京後借住雞鵝巷第一期同學賈輥山（輝亭）兄處，即到中央黨部晉謁丁委員惟汾先生報告，歷經沿途辛苦，面目憔悴，衣服襤褸，潦倒不堪的狀態，未等我開口，丁先生即開門見山向我說：仲廉你來了，這一年多太辛苦，還好沒有把命革掉，先拿廿塊錢洗澡理髮做套中山裝，休息幾天，你的工作報告由張丕介同志幫助你整理，即介紹與丕介同志認識（張同志山東人以後留學德國，聞在香港某大學任教現已去世——編者按：即「粉筆生涯二十年」之作者），並約一同吃牛肉麵，（丁先生最愛吃牛肉麵）以表示慰勞，同時哈哈大笑連說，好同志。這幾句話，使我得到無限的安慰，丕介同志奉丁先生之命，陪我到街購置服裝鞋襪以及應用品物，理髮洗澡換上新裝，從頭到脚，煥然一新，同返我寓所，將資料交給丕介同志，不足的地方，再由口述筆記補充，以便整理，他晚間始返，次日我乘車返滬接大哥來京，彼他痛責，說我將他留上海作人質，自知理屈只好默默領訓，事實也是不得已的苦衷。

返京後丕介同志將報告書寫好交給我，乃於次晨七時赴鐵公祠總司令公館晉謁，當時　校長蔣公正在花園與吳稚暉先生散步，邊走邊談想必是討論黨國大計，等談話完畢，遂趨前晉謁，繼隨至辦公室內，將報告書呈閱，並作口頭報告補充，承詢甚詳，深蒙嘉獎，請求另派工作，未蒙准許，並諭敵後工作重要，令稍候。遂寫兩張手諭，一紙是發大洋五百元正，一紙是委王仲廉爲徐淮第二別動隊隊長手諭，囑往見朱總參謀（紹良）。旋捧手諭前往見朱，囑等候命令，於是乘便領了欵子，即將晉謁情形先後報告丁惟汾、陳果夫兩先生，回到寓所，這幾天自從將報告呈出如釋重負，心神倍感輕鬆，陪同景廉哥遊玄武湖，逛明孝陵，遊山玩水，或到街上給大哥添購新衣，或到小館痛飲三杯，返寓所與輝亭桑廡共語，談往說舊，好像在敵後所受痛苦，所遭危險，忘得一乾二淨，成了逍遙自在王，然而想起敵後工作同志，依然在惡劣環境中，繼續不斷的與軍閥作殊死的惡鬥，眞人在京中，心在敵後，何曾有片刻忘懷他們。

三、曇花一現的徐淮第二別動隊

四月上旬奉到委令及頒發關防，即在鷄鵝巷租房成立駐京辦事處，積極籌備成立，並請輝亭同學担任副隊長，王治安爲秘書以資襄助，先就前所聯絡在安徽明光東盱眙縣境河稍橋之袁（忘其名）部編爲第三支隊，沿臨淮關，向津浦南段開展活動。另將前往徐州一帶所聯絡地方武力編爲第一第二兩支隊，以徐州爲中心，担任津浦，隴海兩路之破壞工作，並組織宣傳隊宣揚三民主義，揭發軍閥之暴行，及策反敵軍搜集情報等工作，逐次分向魯南、魯西、豫東發展。因過去兩年敵後工作關係及經驗，進展非常迅速，我軍北進時，破壞交通通訊，及截擊敵人後方補給運輸，尤其瓦解敵軍軍心士氣收效益宏。敵後民衆盼望我革命軍如大旱之望雲霓註定了軍閥必敗命運建立革命軍必勝之基礎。

七月上旬奉命將一二三支隊合編爲補充第七團，我任團長，旋又奉命改編爲新編第二師第一團，我仍然任團長，遂將明光東河稍橋第三營，開往南京担任師部警衞，我再潛往徐州一帶指揮第一二兩營參加徐州戰役，因馮玉祥之楊虎城軍在徐洲西郝寨黃口一帶失利，我第十軍由徐南撤，遂將一二兩營轉入地下活動，徒步經安徽合肥，乘輪船經蕪湖轉回南京，沿途歷盡辛苦，旬日始到達水西門，見所有船隻均爲第七軍封用，不疑其他，入城到達鷄鵝巷辦事處，大門不知何故已被李宗仁之軍事特別委員會封閉。經查明，始悉我 總司令蔣公辭職東遊，京中爲李宗仁組織軍事特別委員會所佔據，我駐京之第三營亦被繳械，我第一軍及所有部隊均集結蘇滬杭一帶，情形突變，京中面目全非，北伐因此中斷。

粉筆生涯二十年（二）

張丕介遺著

西北去來

「七七」的炮聲震撼了中國和整個世界，它創造了我國八年抗戰的偉蹟，也給我們帶來了空前的浩劫。每個中國人的命運都被它抛出了原有的軌道，跌進了深不見底廣不見邊的茫茫前途之中。無窮的災難，無限的痛苦，在窺伺着。但是新的經驗，新的生活，新的天地，新的事業機會，也都一一陳列在每個人的面前，任你自由的去選擇，去開拓，去捕捉。在毀滅與勝利之間，誰甘心死亡，甘作奴隸，而不奮起抵抗呢？

「起來，不願作奴隸的人們……」

和許多人一樣，進行曲的歌聲沸騰了我的熱血；一個從來沒有準備上火線的人，這時唯一的要求就是上火線和敵人拚死活。我丟下了一切，我的職業和事業，我多年辛苦收集的圖書，我喜愛的家庭，當然一點點私有財物在內。我參加了最前線的戰鬥。

這一緊張刺激的生活只繼續了短短的三個月，便隨大軍潰退而告結束。由崑山而蘇州，而鎮江，而南京，而武漢，一步步的後退，夾在難民隊伍中間，逃向後方。悲憤與失望，困頓與饑渴，逼着我另求一條道路，去盡我國民一份子的責任。

我渴望着重返講壇，但我必須先加入流亡中的教育部，因爲在大撤退之中，一切失去了常態，我必須站在戰時教育的最高瞭望台，方能看到全局，方能尋找到自己要去的目標。

隨教部入川，在重慶不到三個月，一個機會來到了，我可以重新回到渴望的崗位工作。

二十七年的十月，我到了設在陝西武功的國立西北農學院，至第二年的七月，我再從那裡回到重慶。這是我參加戰時高等教育工作的第一年，也是我二次重遊西北，而在教與學上可惜是收穫最少的一年。

三年之後的七月，我獲得了另一次機會，再到西北；這時的任務不是教育，而是西北邊疆的農墾考察。我的遊蹤擴大到甘肅的河西走廊，最遠處到了我國最大的玉門油礦。一去一來，五六個月，使我進一步認識了我們偉大的後方，我的地理的、社會的、經濟的、文化的視野，都大爲擴充。這些新收穫對我個人生活的每一方面都有極重要的意義；不用講，這對於我此後的教學研究，也給予了極大的方便。

教育部的農業教育委員會也和其他若干委員會類似，都可以列入「駢枝機關」

一門。在會裡担任一個委員名義，每月支取一筆不大不小的生活費，我自己覺得是一個閑職的閒員，閒得十分無聊。但是那幾個月的閒暇（由六月至十月）對我的意義却頗爲重要，因爲這是瞭解教育問題最佳的機會。

在此之前，我對本國教育史，教育政策，教育制度，以及全國學校情形等，幾乎完全茫然。在南通學院一年的經驗，也等於以管窺豹，眞正知道的東西，還是少得可憐。那時只集中注意於自己的崗位工作，不但沒有時間，而且沒有興趣去留心全國的教育問題。我雖曾直接感到若干難解的現象，但總以爲是局部的個別的問題，根本未在我考慮之中。

從前方潰敗下來，由長江下游而向上游逃亡的時間，慘痛的經驗刺激了我的思想。於是對於固有的東西發生了强烈的懷疑，文化、政治、經濟，每一方面都成了懷疑的對象。當然在那種情形之下，斷不會產生任何結論，而只是一陣陣的心思起伏而已。我既然進了教育部，近水樓台，就先從教育問題入手，去滿足我發掘病源的慾望。雖說部裡文獻不多，檔案也不全，並且不會讓我自由的去利用。但這裡究竟有任何別處所沒有的方便，使我在三四個月之內，對各項重大問題都獲得了相當豐富的資料。於是我大致明白了民國以來歷屆政府的教育政策，和全國的學校狀況。雖說我對這類問題向少注意，可是這時獲得的知識，已足夠證明我的懷疑不只是個人的懸揣了。

根據那時的手邊資料，我發現了無數多的問題存在於我國教育制度上。從國民小學到大學，從課程編製到教授方法，從學生畢業後的出路到教師的來源，到處都顯示着嚴重的問題。——不過遺憾的事是我畢竟是外行，總不能把這些問題分析到最精確，也不能明顯的歸納出一個結論來。直到十多年以後，讀到了前台大校長傅孟眞先生著的「中國學校之批評」（大陸雜誌第一卷第十一、二期），方才恍然大悟，有先得我心之感。傅文對我國戰前教育制度有一段快人快語一針見血的批評，他說：

「所以大陸淪陷前之學校制度，只可說是抄襲的，而不可說是模仿的，因爲模仿要用深心，抄襲則隨隨便便。只可說是雜揉的，而不可說是偏見的，因爲雜揉是莫名其妙的產品，偏見尙有自己的邏輯。只可說是幻想的，而不可說是主觀的，因爲幻想只憑興之所至，主觀還可自成一系。並模仿，偏見，主觀還有些談不到，便是中國學校制度。」

我們拋開整個教育制度不說，單說戰前的學校制度，傅氏的批評並不過火。我們這一代，就是自小學而大學在這個莫明其妙的制度中長大的。平心而論，傅氏的批評雖針對戰前學校制度而發，但實際上也未嘗不適用於抗戰期間以及復員以後的情形，甚至一直到今天，自由中國的學校制度還應該接受他的批評。

有一天，我和一位部中任職的老教育家談到這個問題時，他會非常慨嘆的說：「清末民初，曾有教育救國一個口號。現在經過了三十年，事實證明，要想教育救國，還須先救教育！」

全國教育的最高司令塔——教育部——正被一個空前嚴重的問題所困惱着：即如何改變平時教育，以適應國難時期的需要？這即是當時所謂「非常時期教育問題」。這一問題的嚴重性，可從下面幾種事實看出來：

江河兩大河流中下游與東南沿海諸省在敵人蹂躪之下，各級學校勢難維持，大專學校更甚，於是像潰軍一般，紛紛內徙。政府對於這些不甘和敵人合作的教育界人士，是否曾有安排計劃不得而知；總之，自「七七」那天開始，學校，教員，學生之向西奔逃，便成了一件無法解決的巨大難題。交通工具，生活費用，沿途的照料，樣樣都無準備。教育界的災難比起難民來，有過而無不及。等到他們千辛萬苦，好容易到達了內地，立刻又有了更不易解決的問題。復校與維持這大批人羣生活，首先要求解決，而當時的教育部實際上又的確無解決這些問題的任何必需的權力和條件。

其次，如上文所說，戰前的學校制度已經是那樣的夠失敗的了，一旦遭遇了空前的國難，其不能適應非常時期的需要，明眼人早一望而知。學校制度，無論行政方面，課程方面，訓導方面，都有一大串的新問題，急待解決。平時那一套既已失敗，戰時又豈能照舊辦理？然而說到改變制度，却又「茲事體大」；單單由平時過渡到戰時的一段時間，已經使教育部異常困惱了。不能不變，又無法轉變，於是只好在千頭萬緒之中，暫且不考慮制度本身如何，只針對一件一件的事實，頭痛醫頭，腳痛醫腳了。

復校問題，經費問題，課程問題，學生生活問題，教師生活問題………我們看到的非常時期教育問題的內容，眞是洋洋大觀，整個教育部爲了解決這些問題弄到非常緊張而狼狽。

有一件事可稱爲教育部當時一切措施中後果最爲嚴重的政策，就是內遷學校的一部份，有的被取消了，有的被併入了後方原有的學校，也有的讓內遷學校併吞了後方的學校，有的內遷學校換了名稱，但最多的是院校長人事的變化，因而學校風潮也大半以人事爲導火線，直鬧到天怒人怨而不已。回想起那一段，特別是教育部遷重慶後的頭兩年，眞叫人不勝感慨。

如果再進一步去觀察若干學校的實際情形，更令人啼笑皆非：所有平時學校制度的毛病，一律保持未變，而所有新生的問題和不成套頭的花樣，却無不普遍的加於其上。這一來，原來不嚴重的老毛病，這時竟因新刺激而發作起來了。這方面的嚴重性有時更大過了學校制度等問題。下文我將提到這類不良現象，而我在戰時首次參加的一所獨立學院，便是被這類現象腐蝕的犧牲品。——它的名字是「國立西北農學院」：在它的名字之下，曾有一個獨立專科學校（西北農林專科學校）被改組，一個國立大學的農學院（北平大學農學院）被併入，而後拚成這個先天後天都有問題的獨立學院。從它誕生之日起，直至大陸淪陷爲止，它始終沒有獲得一個健全發展的機會。這便是非常時期教育措施的一個可悲的結果。但是這一切，當時並無人加以特別注意；我之所以對它較有認識，乃是由於我自己曾把一年寶貴光陰犧牲給它。

二十七年的十月，我受命參加改組成立的國立西北農學院，以教授資格兼農業經濟系主任；以教育部農業教育委員的身份兼任院務委員，然後再加上訓導長的名義。這件事的開端，便預示着其後複雜性的困難。

重新恢復教書工作是我的志願；但這許多層行政職務却使我遲疑起來。農教會的另一位同事是先我而被派去的院務委員，他曾詳細告訴我那所學校的複雜內幕：「那裡是一座隨時可以爆發的活火山」，他警告我說：「叫部長自己去辦，也會給人家趕回來的。」事後證明，他講的全是老實話；經驗告訴我，那所學校已患上了不治之病，不但我白費了一年的時間，一無效果；以後數年，連換了三四位院長，統統一樣，無不失敗得厲害。這裡的癥結是這樣的：

第一是合併政策的錯誤。先是西北農林專科學校（簡稱「農專」）自民國二十年間成立後，已有數年獨立的人事系統（雖然內部並不統一，仍然存在着嚴重的矛盾），而且有相當規模的設備（單是農場有一萬畝，其他可想而知）。一個軍艦形式的七層大廈，矗立在武功境內的渭河北岸，非常壯觀。如果教部不加干涉，內部不會發生大的問題。但華北的炮火趕出來一個北平大學農學院（簡稱「北農」），到了西安。論歷史，它已有三十年之久；論教授的資歷和人數，都比農專陣容强大得多；隨來的逃亡學生總數，也不少於農專。但是平大逃到後方，得不到復校的許可；反之，教部把其原有各院分別歸併到其他學校去了（平大師生爲此非常憤怒，認爲教部的作用是宰割，目的在消滅平大）而農學院的命運便是與農專合併而成一個獨立的國立西北農學院。這一措施，使院校雙方各懷憤怒。農專認為「被侵畧」，而有「亡校」之痛，對部令固不甘心，對北農尤多猜忌。北農師生的心理，另是一種不平，尤其「寄人籬下」之感，使其痛心。事實上雙方合併過程已極端不愉快，而部方「調整」方式，更是埋藏火種的亂源。起初，兩校院合併，暫時不設院長（怕爭奪），而設院務委員三人，一人代表農專，一人代表北農，另一人代表教部，但因後者與北農有舊，所以名為代表部方，實則被人認為北農一派。於是三委員根本無法合作，合議制比院長制更無效果，甚至弄到一開會便拍案大吵，永無結論，整個學校行政被癱瘓下來了。明爭暗鬥，達到無法收拾時，教員，學生，工友都被牽入，雙方向教部控告攻擊，形勢發展，差不多弄到各願「與女偕亡」的地步。據我所知，那幾年的教育部強迫合併改組的幾所大學與獨立學院，其內部情形之複雜困難，幾乎如出一轍。事實證明那一政策是澈底失敗了。

第二是人事派系的衝突。若有人問我，腐蝕我國近幾十年大學教育的勢力以什麼為最普遍而最深刻？我可以根據自己在武功一年和以後各年的經驗而作肯定的答覆：那是人事派系的小組織。西北農學院是否屬於最惡劣的典型，我不能說；但是當時的事實表現的確夠令人搖頭太息的。除去農專和北農兩個對立陣營以外，在雙方教職員中還有幾個以少數人為中心，而以某某大學為名目的人事派別。不是他們在學術思想上有什麼特殊不同的主張，而是割據主義的權利觀念在作祟。除院長一職外，學系，試驗場，各大小辦公處所，都是大家鬥爭的目標。每個「什麼大派」都須佔據一個地盤，加以鞏固之後，再向別處擴張。每個集團都有一二核心人物，而且都懂得縱橫捭闔的權術手段。那種情形，較之軍閥時代的中國形勢不稍遜色。當然大多數的教職員和學生是中立的，然無組織的中立者却常常是城門失火池魚遭殃的無辜犧牲者。所以他們學乖了，寧可噤若寒蟬，躲得遠遠的，却不敢正面開罪任何派系，他們的處境是可憐的——而學校就更可憐了。

西北農學院改組後，「一國三公」之局，既陷學校行政於癱瘓，教部對已定合併政策又不肯收回成命，於是想到加派一個中立性的院務委員，作雙方的緩衝和橋樑。當時既無人可派，就想到了我。記得那時和部中朋友談起這件事，我講過一句笑話：「一個和尚担水吃，兩個和尚抬水吃，三個和尚沒水吃，那麼再多一個和尚，豈不更糟？」我的用意是不願接受這件明知徒勞無益的差事。然而講來講去，還是非要我去不可。「給你全權，見機行事」，這八個字就算是「面授機宜」了。我的條件是試辦一年，不論成敗，一年後斷不繼續，這算是雙方的默契。於是這年的十月，我到達了武功。

西北農學院給我的初步印象，使我極為滿意。

武功是我國農藝鼻祖后稷的故鄉。后稷廟與姜源祠在城南面，雖然建築平常，而且相當破爛，但廟貌莊嚴，瞻之使人肅然起敬。農學院選武功為校址，深有意義。

校址在渭河北岸的「頭道原」，向南俯視新闢的渭惠渠（「二道原」），再南就是渭水（「三道原」）。正南面是終年皚皚白雪封頂的太白山；北面（校後）是漆水，水流不大，而其歷史名氣却饒有古意。

以規模和氣魄論，西北農學院在當時堪稱全國農學院之冠。那座現代式的大厦（想想看，在那時候和那地方居然有暖氣裝備），可在幾里以外，清楚的看到。一萬畝面積的農場，更是後方任何學校所望塵莫及的。改組後，設有八系（農藝、森林、園藝、畜牧、農化、病蟲害、農田水利、農業經濟）；各系教授、講師、助教之多，幾乎趕得上一所普通大學。由於以往經費特別充足，所以教學、研究、試驗等方面的設備也相當充實。許多新自外國訂購的儀器、藥品、圖書，證明這是一所頗有新氣象的學府。

在大平原中，四周寥落稀疏的農村之

間，一個這樣規模的現代農學院，怎不令人發生極深刻的印象！

然而我知道這裡是「一座隨時可以爆發的活火山」。到校不過一周，我已瞭解得很清楚了。其初是兩大對立陣營的游說，想用他們的言詞，影响我的態度，也可以說是藉以爭取我對其一方的同情；其次是冷嘲熱諷明槍暗劍的攻擊其對方。頂糟的是三個原來的院務委員不約而同的「罷工」，兩個去了重慶，一個住在西安。他們間或分別返校，可是全體委員却很少同時在校。開會不可能，吵架也不可能，最壞的是辦公也大成問題。兩方面的領袖遠遠的走開，手下的人馬留在學校裡，却繼續磨擦。四個和尚走了三個，我的苦處就大了。

我在農專和北農兩派同仁中都交上了幾位坦白可愛的朋友，在職員和學生中有更多的瞭解者。然而兩陣營的鴻溝竟是那麼難以逾越，一切勸說譬解，全屬枉然。各小集團間的紛擾，更是家常便飯。至於改革課程等，就根本無從說起了。

病是太深了，一時簡直想不出什麼好的治療辦法。我知道毛病的根本是由於大多數人缺乏振作心理的學術精神。然而誰能在這種條件之下，一下子創造出奇蹟呢？

火山沒有爆發以前，表面的平靜也有一種好處，就是各種學校行政可以勉强進行。我不能作更多的祈求，只有在勉强維持之下，抽工夫準備自己担任的功課。面對着書本和學生，可以暫時忘記種種麻煩問題。

我的功課是農業政策和土地經濟學，我準備功課和上課的方式還是採取在南通學院的經驗；不過我所教的已經完全是中國問題的教材，尤其偏重戰時經濟問題與西北農業問題。在功課進行之中，我深感到將來復員後土地問題的重要，除去與學生討論外，寫成了一篇「戰後土地問題」，交中國地政協會出版。功課進行的很順利，這是那時最大安慰。假設大家的精神都集中在教學和研究方面，該是多麼好啊！

然而不幸，連這種平靜局面都難以持久。次年春季，院長的爭奪戰，重新展開，使整個學校陷入混亂之中。其結果是雙方面兩敗俱傷，由教部派了一位和雙方無關的第三者作院長，才結束了那場軒然大波。

學校風潮平息後，我回到重慶。我檢討這一年的努力，實在如預料的一樣，得不償失。無論教課或讀書，都沒有什麼收獲。大部份時間，浪費在應付人事糾紛，使我對當時的教育前途蒙上了悲觀的看法。而學校風潮的平息，並不等於問題的眞正解決，不過活火山暫時間歇而已，一有機會，還會爆發的。那樣好的物質條件，那樣多的師生，那樣有希望的環境，而且在那樣有爲的時代，這個事業竟然被如此無情的犧牲下去，眞令人太息不止。平時學校制度的缺點，並無絲毫改革，又加上非常時期的鹵莽措施，以致舊症新疾，一齊發作，而不可收拾。教育救國云乎，眞如那位老教育家的慨嘆，要教育救國，還須先救教育！

西北給我印象很深。我到西北先後三次，可說一次比一次的印象更深些。

第一次到西北的時間是二十五年的春天，那時有一個西北建設協會在西安舉行年會。當時我國現代最偉大的水利學家李儀祉先生還健在，想不到他在抗戰開始時，竟溘然長逝，成爲我國水利建設上最無可補償的損失。在他主持之下，關中八渠的巨大工程已完成了一部份，涇惠、渭惠諸渠已經放水，使數百萬頃荒旱土地，一變而成爲豐富的沃野，數百萬無以爲生的農民，一變而爲家給人足的人家，而且使關中成了抗戰後方最重要的糧食和棉花的生產區。澤及萬民，功在社會；地方人士對他的崇拜，也到了頂點。各渠沿岸的農村爲他建立生祠，稱他爲今日的大禹王。在會場上李先生是大家注意的焦點；而他的確用事實表現贏得了每個與會者的信仰。他講解關中的水利史，上下數千年，如數家珍；他介紹他的工程理想，描繪出一幅美麗的建設遠景；他講到西北農民所受旱災的威脅和民生的艱難，句句話涵蘊着深厚的仁者精神。那時他身體很結實，還曾陪大家到郊外參觀，遠至咸陽武功等地。看他白髮蒼蒼而精神奕奕的站在渠邊，被大羣老百姓包圍着，好像他認得每一個人，而每個人也都是他的老朋友，那種場面眞是動人極了。

李氏天資極高，幼嗜數理，且亦邃於典籍，故詩文均所擅長。留德時，專治水利學；返國後，與南通張季直先生創辦南京河海工程學校，爲我們最早而最成功之建設教育事業。他有自著的「水功學」一部，已成治水利學者公認之必讀教本。我所見只是油印本，雖不懂工程如我，亦愛不忍釋手。可惜戰事一起，這本書已不知落到什麽人手上了。

和李先生短期的接觸，使我對西北經濟問題掀起了極大的興趣，可惜那次開會時間有限，我所見到的只限於潼關到武功一段，而且走馬觀花，實際看到的甚爲寥寥。我二次再去西北時，才有機會，作較進一步的認識。

在武功一年，雖忙於學校工作，我也會偸空跑開，去關中各地作短途的旅行。說實在話，我當初答應到武功時，心中本有這一動機，即我要進一步的去認識這個「內西北」。

從潼關往西到寶鷄，是關中的中心地帶。一出潼關，你便會有一種明顯而奇異的感覺：你走進了一座巨大的歷史陳列館。自秦到唐，一千多年的政治中心，文化中心、經濟中心、所遺留下來的古蹟，眞是多極了，多到遍地皆是，多到使今天的人還能直接去體會古代社會生活。除去秦、漢、隋、唐歷代帝王寢陵不說外，你聽聽那許多歷史上有名的地名！而這些地方，大部份還和一千年前一樣，他們今天還被人稱呼着：長安、咸陽、扶風、華陰：：……。如果不乘火車，而騎馬或徒步旅行，隨便什麽地方逗留一下，當然可以更親切的證明上面說的那種感覺。我們可以去訪問姜太公釣魚的渭濱，可以去文王墓上採一把蓍草，可以憑弔馬嵬坡的楊貴妃墓等。武功城外有一座小小的唐王廟，牆上還有唐代的塑畫（塑畫極美，可惜被軍隊塗了一層泥）。三道原上有一個傳說的唐王洞。西安城裡的古蹟，更不勝流覽。單單一座碑林，就夠看上十幾天。不論城內或鄉下，隨時隨地，可以看見出土的古代器物。西北的人看得太多了，已不覺新奇；若是外地人發現一批批古董那樣隨便東堆西堆，一定會大驚小怪起來。有一次，一個農民掘井，掘出了一大批古陶器，秦漢鑄，還有一個玉璫，一面古鏡。他送到我房間，擺了一地。他聲明這種東西多得很，只要我歡喜，他可以送我一牛車，而且不要半分錢。可惜我不懂考古，又不做古董生意，只有聽其堆在那裡便了。

這個「內西北」，可以往北擴充到陝北，往南達到漢中，往西達到天水。到處是活的歷史。愛讀三國志的人，如果親自走一遍，親自看看五丈原，定軍山，斜谷，岐山等地方，他會一輩子忘記不了。我想，將來的電影事業，大可拿這些眞實的歷史舞台，拍上幾部歷史片子，比一百個好萊塢的教育作用都大些。

從唐末五代以後，關中衰落了，眞是可惜。一千年間，建設沒有進步，至今還只保留一個歷史陳列館的地位。國家建設，不能平衡發展，實是一大錯誤。戰前，國人爭論中國建都問題時，曾有人力主恢復漢唐舊都的長安。如果成爲事實，會不會影响這些年來的國運呢？我們不知道；但我們也不妨如此假定，那麽至少陝北不致成爲共黨的巢穴罷。——那就會有極重大的歷史意義了。

我兩次西北之行，沒有超出關中區，那只是所謂「內西北」，那裡的社會經濟狀況，大致上還和潼關以東的黃河流域沒有太大的區別。只到關中逛上一趟，便說認識了西北，實在過於誇大；要認識西北，必須深入「外西北」，包括着甘、寧、靑、新四省，那才是我們的眞正西北邊疆，那裡看得見西北的眞面目和眞問題。可惜機會不巧，我第三次西北之行，也只在大西北的走廊上（河西走廊），在一條很窄狹的長形地帶上，來回走了一遍。勉強算是深入了，但實際看到的地方，不過十分之一二罷了。說到對西北的瞭解，這一次的收穫，却是很滿意的。

時間是三十年的夏天，戰時首都正在敵機頻頻轟炸之下。農林部新設的墾務總局曾計劃在後方開墾荒地，以容納日益增多的逃亡難民。為了設計的需要，必須首先調查後方各省可以開墾的土地。西北區的河西走廊就是調查目標之一。墾務總局派了四位技術方面的職員，另外臨時委託我担任那個小小調查團的「團長」。那時我在政校任教，同時參加辦理一個中國地政研究所。關於西北方面的資料已搜集了一些，而我對這個廣大的區域還很少實際認識，這次的機會來得很合我的素願，於是略作籌備，於七月底便飛到了蘭州。

蘭州是這次調查旅行的出發點，預定的終點是嘉峪關外三縣。從蘭州到星星峽約一千五百公里的狹長地帶就是有名的河西走廊。左面是高峰插天的祈連山脉，右面是合黎龍首山脉，中間是一條具備公路理想條件寬平直的甘新大道，和當日左宗棠開闢的行軍大道平行着。昔日的「左公柳」還有一些地方依然矗立在大道兩旁，為辛苦的行人供給清涼的樹蔭。許多地方還保存着秦漢以來的「烟屯」（「烽火台」）。這條公路是戰時後方主要的國際運輸線之一，沿途絡繹不絕的各種車輛，往來奔馳。東下的是油類和軍用品，西去的是羊毛糧食。

我們的調查工作，從武威開始（古代的涼州），自此往西，每縣便作為一個站，計經永昌、山丹、張掖（古甘州）、臨、澤、高台、酒泉（古肅州）。出嘉峪關，到玉門油礦（老君廟）時，已到十月，因氣候陡寒，飄落初雪，而預定調查時間已滿，不能延長，於是放棄了關外三縣的調查，而以間接方法，就近搜集一些參考資料，便整裝東歸了。

調查邊疆荒地的工作是很艱難的，然而也是很有趣的，第一次我看到了聞名已久的大沙漠，第一次親自接觸到蒙、回、藏、哈薩克諸邊疆民族的生活，第一次嘗到終日騎馬騎駱駝在廣漠無垠的大沙漠上奔馳。邊疆社會生活情調中的粗獷、簡單、樂觀、自由等成份，無一不使我們反顯得過度文弱、瑣碎、浮華。在甘州的祈連山脚下，我們聽到了雄壯得令人震驚的「甘州調」，看到粗獷而不害其為幽美的舞蹈。沙漠上的旅行誠然極其困難，然而此中有眞趣，非身臨其境者，决無法體會得到。

調查的目標不是沙漠，但不通過沙漠便看不到一大片一大片被它所包圍的荒地。同樣，不通過本地稀疏寥落的牧民和農民，也同樣找不到目標。而要獲得他們的合作，在生活上就必須完全學他們的方式。你以為這是當然的，然而其困難却不是容易克服的。下面一則當地人的笑話，可以證明。

我們到張掖時，地方領袖人物舉行過一次塲面頗大的宴會，席間主人之一起立致詞，一而再，再而三的稱我們為「專家」，而他和席中諸人又同時顯出忍受不住的狂笑。事後他講出「專家」的笑話：某年有一位某著名大學畢業而又是美國留學回來的青年昆蟲學家，來到張掖，除去筆挺西裝之外，就是滿口的科學名詞。地方人招待他，用的當然是大塊手抓羊肉和大麥酒，另外就是石頭一般堅硬的大餅。那知他竟食不下咽，因為和他的生活習慣太懸殊了。本地人面子上難過，心裡不舒服；就告訴他說，從此向西，一步步接近外國，你一定會找到好吃好喝的東西。豈知那位專家向西走了幾站，竟餓得一病不起，終於不幸死在路上。從此，凡帶幾分書生氣的人由內地到那裡去，便被嘲為「專家」。——主人的解釋又引起一陣子轟笑；但當他看到我們五個人居然大吃大喝，和他們並不兩樣時，他高興的站起來大叫：「今天的客人不是專家！」於是連我們也跟着捧腹大笑起來。

先後三次西北去來，使我獲得了多方面的豐富知識。除去一篇調查報告，一篇河西調查外記，還促成了我後來的一本著作「墾殖政策」（重慶商務，三十一年出版。報告存墾務局，其中附有開墾計劃書，外記發表於中央日報），綜合三次西北之行給我的印象可歸納於以下幾點：

遼闊而巨大的空間，非親履其地的人不能想像。看慣了內地各省人稠地窄的人，才感覺這裡地曠人稀的嚴重性。數千里廣漠的高原與草原是我們民族未來發展的良好空間，但在其沒有開發經營之前，却隨時可招引强隣「乘虛而入」，它將是民族安全的一個巨大威脅。新疆問題就是明白的例證。

大西北的天然資源，不論地面或地下，不論動植物或礦物，都異常豐富，一片片可耕而未耕的荒地，大至數十萬畝者，到處都是。千百萬成羣的牛羊；金、銅、石油等礦產的儲藏量，大到無法估計。我們在老君廟看到噴油井的壯觀，爲之驚異不已，而工程師却說這種油源可以開成幾百個深井，成爲世界上最大的石油庫。

西北問題的癥結全在於文化與經濟落後。若能在有計劃的大量移民之外，認眞推行教育，認眞的做經濟建設，任何其他問題都不難迎刃而解。當然這不是西北本地人力財力所能負担的，非用國家的力量，不能成功。例如水利與交通兩件事。

中華民族未來的生存空間，除去本部之外，主要的在於三大邊疆區，東北、西北、西南。而西北區又較其餘兩區更爲廣大。可惜我們一般人對邊疆的認識太差，而政府方面所做的功夫也太少了。

三次西北之行，引起了我對邊疆問題的興趣，所以我又兩次跑到了西南的「雲貴高原」。

（未完待續）

總統　蔣公紀念歌

—秦孝儀—

緊維總統，武嶺　蔣公，巍巍蕩蕩，民無能名。
巍巍蕩蕩，民無能名。
革命實繼志中山，
篤學則接武陽明。
黃埔怒濤，奮墨絰而耀日星；
重慶精誠，製白梃以撻堅甲利兵。
使百萬之衆輸誠何易，
使渠帥投服，復皆不受敵之脅從。
使十數刀俎帝國，取消不平等條約而卒使之平；
使驕妄强敵，畏威懷德，至今尙猶感激涕零。
南陽諸葛，汾陽子儀，猶當愧其未之能行！
以新生活育我民德；
以憲政之治植我民主；
以經濟建設厚我民生；
以九年國民教育，俾我民智益蒸；
倫理，民主，科學；
革命，實踐，力行；
中華文化，於焉復興。
奈何奸匪叛亂，大陸如沸如焚。
中懷飢溺，握火抱冰，乃眷西顧，日邁月征。
如何天不諱禍，一旦奪我元戎！
滄海雨泣，神州晦冥。
孤臣孽子，攀慕腐心。
孤臣孽子，攀慕腐心。
化沈哀爲震雷，
合衆志爲長風，
縱九死而不悔，
願神明兮鑒臨。
誓誅此大奸、元惡！誓復我四明、兩京！
誓弭此大辱、慘禍！誓收我河洛、燕雲！
錦水長碧，蔣山長青。
緊維總統，武嶺　蔣公，巍巍蕩蕩，民無能名。
巍巍蕩蕩，民無能名。

我對劉峙、熊式輝、桂永清三上將的粗淺認識

周重韶

唐朝劉知幾在所著的史通裡說：歷史家應具備三項資格：「史學、史識、史才」，乾嘉學人章學誠再加上一個「史德」——心術，所以寫歷史人物必須有大公無私持正不阿的素養，又必須注重自己的感情意氣，於善善惡惡之際能夠持平，因之論者謂「漢書」的價值高於「史記」，而魏收的「魏書」被視為「穢書」——「夫穢史者所以自穢……讀其書者先不信其人，其患至甚也」，因之章學誠的卓見而被目為學術界一個轉移風氣的人。

筆者喜讀史籍，尤喜研究問題，因鑒於歷史人物之忠奸正邪多被戲劇小說顚倒，化了將近十年人家打牌玩樂的時間來從事考證，嗣為了出版的便利，又化去幾年的時間將國劇源流衍化的考證所得合併寫成一本「國劇概論」。嗣為澄清歷史人物的功罪賢愚，免一般不大看正史的人被騙稿費的「歷史小說」所蠱惑——它們說趙高是趙國公子，是亡秦功臣。說董卓是建立小康局面的能臣，同時也為李林甫的罪狀掩飾，……直把孔子作春秋而亂臣賊子懼的精神完全推翻，此一錯覺的流毒非常危險，我很冒昧的寫了本「賢人與罪人」以二分法來確定賢或罪，希望能夠對歷史文化稍作貢獻，這只是一點小小心願，其效果是不敢作何遐想的。

談到我們江西，近百年來受盡了糜爛，人口由三千萬降為一千七百萬，黎東方說洪楊之亂當時死亡二千餘萬，我的忖度江西可能佔五百萬，其餘七八百萬當然死在共黨盤踞十年的手上，而更令人感到惘然的是江西近幾十年來缺乏一個造福省人的大人物，鼎革以還除了前期的李烈鈞先生曾為江西人創造了光輝的史頁之外（拙著「中國代表性人物評傳」將他與蔡鍔列為再造民國的代表人物，全書尚未脫稿）其餘出軍入政身膺方面大員的只有劉熊二公和黃埔一期最突出的桂永清氏，談劉桂二公之文本刊曾見數篇，談熊公者則付闕如，筆者與劉公等素乏淵源，但願以一個江西人的身份，就耳聞目見的粗淺的認識，本着歷史客觀則畧抒所感。

一、劉峙先生

劉經公在北伐時期中央軍中地位僅次於何敬公，北伐剿匪時期是他的黃金時代，我在孩提時即仰慕他的英名，他似在河南任兩省綏靖主任，鄉人每聞劉峙之名莫不欣然色喜與有榮焉，由此可知鄉人的心目中如何憧憬着一個同鄉大人物出現，來分享他的榮譽。那時的劉經公也着實為贛人生色不少，旌旃所指望風披靡，他的福將英名確也是百戰膚功所得，河南的經扶縣也就因此為名。西安事變他統軍壓境，張楊懾於軍威乃能改變態度，聞當時頗有人藉故中傷何公，但就歷史的法則是非常正確的。

抗戰軍興他兼任第二集團軍總司令，下轄孫連仲第廿六路軍等部隊，衛立煌原

發表該集團軍之前敵司令官，詎衛不到任另活動當十五集團軍才將軍隊開入，但爲時已晚南口失陷，衛乃率軍向晋北逃避，影響整個戰線潰退，時黃紹雄代表中央適來視察，劉素拙於肆應，黃乃藉機誣謗，因而撤職查辦。至於黃是否懷有政治目的則人言言殊，等到中央查明恢復他的綏靖主任，但威望已失，他並無基幹部隊，一個空洞的高級指揮官全靠威望，因此他漸走上了沒落的道路。抗戰初期的失利是必然的，也是全盤性的，其中牽涉到軍隊派系、指揮權責、協調合作、政治環境等的種種因素，他是個木訥型的人，不巧辯不諉過，獨責於他是不公平的。出任陪都衛戍總司令後，爲一個防空洞的慘案着實受了些責難，很多人說要殺他，那時他兼防空司令，實際負責的是胡伯翰副司令，聽說胡很精明。防空洞的管理是技術問題，一個防空洞出了事而歸罪於負衛戍總責的人，似也有失設官分職各有專責之意，陳平拒絕答復漢文帝的問話就是此理。其中詳情及事後處理情形，我因缺乏資料不敢妄評。

其後他調戰區司令長官，他和何敬公顧墨公性格相近，不苛刻不借機會宰人家來表現自己，不吃人家的部隊番號來壯大自己，使受指揮的人有安全感而樂於效命，如果站在研究歷史的眼光來分析比較，他們三人對　總統蔣公的貢獻最大，忠誠、穩練、厚重、寬宏集數十年如一日，不標新不立異，不炫功不諉過，具有歷史上名臣大將不犧牲人家表現自己的崇高品德。我初來臺時與一個曾在西北軍躭過的友人張涵齡閑聊，他曾在劉的戰區當過團長，他說拉雜部隊只有劉峙能帶，因爲他寬厚能服衆，他極言劉氏不是一般人所說的那樣，這正有如黎東方教授評論咸豐帝「有的地方確太軟一點，却也有安定『官心』的好處」，我想曾文正公等也就因此而敢放心去做。帶兵的人太寬固然不好，但歷史上苛刻的人却沒有成功的。

談到「徐州勦總」是個艱鉅的任務，一般人視爲跳火坑的工作，他臨危受命承擔了下來，就歷史的眼光而言是可貴的。有人說當時有三條指揮系統，指揮的不統一加上匪諜劉斐當國防部作戰次長，再加上物價一日數漲人心惶惶，和整軍裁軍後所造成的低落士氣，就是兵學權威孫子再生也沒法度，孔明更別談了。（孔明不知兵，詳拙著「國劇概論」考證）就歷史眼光而言，徐蚌會戰失敗百分之百非戰之罪。

他由大陸撤退躭在港九是失策的，但不能說「失節」港九是自由地區，宦場失意蟄居其地者極多，他當時已無官職，只要不投共不反政府就不能說失節。徐蚌會戰失敗後他成了不知底蘊的絕大多數人攻擊謾罵的罪人，我因爲多讀了幾本史書懂得歷代興衰之道，打仗全打組織和士氣，組織是一個人的心臟，心臟不健康四肢再發達沒用，當時我們的參謀本部潛伏了很多共諜，作戰計劃兵力部署一動敵全知道，（來臺後國防部次長吳石因係共諜，複印機密文件被發現而槍斃即爲一例）士氣又爲整軍裁軍弄得非常低落，雜牌部隊情形更糟，如果按照美軍的「狀況判斷」程式來作業，勝敗公算昭然，他不巧飾諉辯，也有所不便諉辯，他承擔了敗兵的罪人，他爲了避開國人的一片罵聲而有不得不寄跡海外的苦衷。有謂他不來臺最大原因是與當時主政的陳公不諧，閻關麟徵等均屬此因。我沒有當過他的部屬，也沒有單獨見過他，十年前南康賴公愷元中將逝世，我爲賴公料理喪事，劉公是治喪會主委，他親臨指點一切，顯得非常週到合理出乎我的意料，我自信也頗明事理而不盲目服人，我想也許因他爲人太過寬厚顯得近乎笨拙，這是我對他的一點粗淺認識，我姑且冒昧的以其「忠義有餘，寬厚太過」二語評之，他對國家對長官有大功，他的過可說不是他的過，他不是製造過失原因的人，只是他不諉過巧飾而已。

二、熊式輝先生

讀宋史文信國公傳中說文公「體貌豐偉，美皙如玉，秀眉而長目，顧盼燁然」，郭汾陽傳中謂郭公「身高六尺，體貌秀傑」，熊翼公的豐儀偉岸也許可與文，郭二公一較長短。

我們鄉下一般人對熊公的印象不大好，我小時常聽到一般人爲稅重役繁咒罵熊公之聲不絕，那時盛永發當新建縣長（後改名紫莊，甚富有，來臺辦及人小學）盛爲浙籍，吳城縣立小學有好幾位男女老師都爲浙籍，當時在我的幼年心目中對她們服飾很很感到摩登，所以迄今印象尤深。盛偶來吳城，縣人罵聲不絕於耳，使我對盛留下個極壞的印象。

江西自從朱培德種下禍胎，他的部下朱德造反竄入贛南山區之時，他不及時剿滅養賊自衛，十載爲禍全省盡赤，害得江西人寃死七八百萬，眞是罪大惡極死有餘辜！熊氏出主省政滿目瘡痍，百廢待興稅重役繁，加上他又不痌瘝爲懷與民接近曲爲慰解，因之怨聲載道！其實這責任並不全在於他，原因是朱培德種下了禍根，這情形有如唐明皇和李林甫種下了安祿山的禍胎，讓楊貴妃楊國忠做了替死鬼的情形一樣。

熊氏文武兼資，曾畢業日本陸大：是保定軍校畢業生中學資最高者之一，能詩文精書法，一筆字寫出來遒勁俊逸兼而有之。勝利後總綰東北九省軍政，可說是我們江西掌權最大的一人。熊氏在東北的處境並不好，軍事由東北保安總司令杜聿明直接指揮，政治上因俄毛的勾結而受到阻撓，他顯得比在江西穩練。後來杜因病重，他乃直接指揮軍隊作戰，收復了四平街等地，平瀋長春鐵路大致也能維持暢通，情況還算不壞。嗣陳辭公以參謀總長身份往兼東北行轅，熊乃黯然而退。陳公整編地方團隊造成流向共軍，情勢爲之一變，陳公憂患成疾回京，乃以衛立煌往代。當時東北民意代表極不見諒陳公，各報騰載咸主懲處，國民大會甚且僉以勝利甫降共患正熾之時，陳氏裁軍整軍瓦解士氣造成失敗，請「揮淚斬馬謖者」，救國日報龔德柏氏謂陳氏只是個師長人才，鑒於史例，這確是關鍵國脈的一着，因爲被裁者善良的黯然而去滿腹辛酸，黠悍者鋌而走險形成「法碼」（加入叛亂集團）未裁的見景傷情頓失信心，不穩的游離觀望見風轉舵，這是一種必然的後果也是一種常識，這種後果乃造成歷史上很多成敗興替的情形。

熊離東北後情況變壞，無形中一般人對他的印象看好，盛傳有出主北平行轅或出長內政部之說，但未見成事實，詳情不得而知。嗣亦與劉經公一樣無何官職，大陸撤退蟄居港隅，由其內兄顧君在泰經營紗廠，因不得法悉付流水，來臺後寄居臺中年前病故。

熊氏主持江西省政如何，省人均所深知，出主東北平情而論甚爲穩練，尤以杜氏病後其直接指揮部隊階段，曾獲四平大捷；他脫離軍隊已久，但極願用腦筋來求補救極力求好，非常珍惜這個可遇不可求的九省方面重職，而力求表現，他的精明與劉經公過份寬厚相反，東北交卸後沒有再獲實職機會。但他居港是失策的，這也和劉公一樣，同與陳公不諧有以致之。所以凡事都有它的客觀因素，而不能全採主觀看法。

三、桂永清先生

在黃埔一輩的人才中桂氏是最突出者之一，他曾留學德國，既統師干又辦教育訓練，在江西人中是一個最富創造最有活力的一位。

他的失敗在抗戰初期的作戰失利，部隊分割使用不能發揮戰力勢所必然，作戰消耗之後不予補充也自然化爲無有，嗣出國任武官及軍事代表團長，以他的才具和進取的精神與充沛的活力，自不難有卓越表現，闖其在情報方面及外援爭取方面極具貢獻。因他具有多方面長才，曾受知於何敬公，也見重於陳辭公，他以一個純粹的陸軍出身而來擔負重新建立海軍的工作，海軍過去的積弊很深，龔德柏氏的救國日報將陳紹寬罵得一文不值，海軍的派系很多，有馬尾、青島、雷電等等，在統御領導上是比較困難的，桂氏以其彪形大漢的威武外型，忠藎厚重的砥定力量，精明強幹的領導能力，博學卓識的豐富學養，和堅毅果敢的統御魄力，他融鑄了新的力量，建立了新的海軍攻防的擔負、長江的突圍、物資的搶運、大陸的撤退、沿海的關閉、外島的運補、歷次的海戰……都有極大的貢獻和嶄新的表現，海軍如果不是他的革新重建和掌握確實領導正確，對協同大陸撤退和臺海防務的發揮乃至歷次海戰的成果，都有不同的後果，他可說是大陸撤退來臺最著功蹟的人。他為中國海軍建立新的生命，也被視為今日的海軍褓母，在海軍史上會留下光輝的一頁。

他調任參軍長後接着繼周至柔氏升任參謀總長，這是黃埔生出任三軍統帥的開始，他似乎始終走在同儕們的前面，但也由於太負責而忽略了自己的健康，體溫的高熱而不及時休息就醫，仍行力疾從公主持會議，病情的急劇併發剝奪了他的生命。筆者沒有當過他的部屬，但我崇拜他對事業的創造力和任事的砥定力，我不禁為贛人失去一個有為的領導人才，而垂着清淚。

他的死甚至有人感到懷疑，有的並以當時的軍法局長包啓璜「要錢、要色、要命」的罪行，日久事發伏誅附會到他頭上，按包在當軍法局長之前擔任保安司令部軍法處長，他未任總長以前包早居此職，包和他不但沒有淵源，恐怕連認識都成問題。以常識論一個小小局長失職也牽扯不到總長身上。心臟病是急性病，由數日的高燒引起的併發症，說死就死是極為自然的事。

談到他們三人對江西同鄉的貢獻也許是失望的，但其中以桂氏比較好得多，聽說某公崛起也許得之他當時順手一提奠定了基礎，海軍中的贛籍人員也頗獲內舉不避親的平均發展。另聞人言當年劉公出主方面，鄉人千里迢迢欲求一官半職，所得的結果是送幾個旅費打發同家。熊公出主東北能夠找得上的也很少。他二位似乎很少培植江西甚麼人，更沒有百年樹人發展桑梓教育造福地方的舉措，江西乃文化氣節魚米之鄉，連一個大學竟至抗戰末期才有，新建為一等縣連一個中學都沒，想讀書都非常難，造成江西人在四隣各省中為學術界人才最少的一省。由於劉熊二公不關懷桑梓培育省人，後起諸公不僅依樣畫葫蘆，甚且有過而無不及，人云集江西在臺上所有的人沒有某省一人培植的人多，更有謂抵不上某省一人的百分之一，其實他們似也矯枉過正，我們的領袖對鄉親的情義之厚並以敦親睦族為訓，就值得我們效法，我有感於此所以才為此文。

蔣總統輓聯選粹

元首明哉、六十年宵旰經綸，至誠至公，復國粹淵衷、悵深禹甸來蘇望。

先生往矣，廿五載星霜趨侍，即師即長，椎心承末命，痛絕堯堦受記時。

——秦孝儀

半世紀華族尊師，立功立德立言，百代英豪推泰斗。

全亞洲赤潮砥柱，大智大仁大勇，千秋公論是完人。

——馬紀壯

硯山老人雜憶（二）

萬耀煌

湖北留日師範

張之洞興學堂，除了國文史地，可以就地取材外，其他的科學，都缺少教習。所以由兩湖經心江漢三書院，挑選高材生，約四十人，派員率領赴日本。因事前由湖廣總督咨駐日公使，與日本文部省辦妥，由該部專辦一速成師範，聘請教習，用早期留日學生任翻譯，章士釗即其一也。八個月畢業，同時將所有講義譯成中文。乘輪歸國時，在輪船甲板上開會，相約曰：我們學八個月速成師範，每節課，一半爲日人講，一半時間翻譯，實際所學只有四個月，又除去禮拜日，及其他假期，我們究竟學了多少東西，如果回去說實話，實在教人看不起。然則如何使人尊重我們呢，我們不要說學些什麽，我們只將這多譯出來的講義，交上海昌明書局迅速出版，能夠由我們帶回去出售最好，否則由該書局派人送回武昌，交由李鈺珊（國鏞）發行也好，其他各省則由昌明書局直接發行。如有賺賬，即購買教育用品，捐給武昌學界公用。最重要一件事，全體對天發誓，回武昌後，竭力說日本任何事都是優良的，決不說日本半點壞話，因爲說日本好，無異抬高我們身價，最能動聽的，乃是日本天皇萬世一系，天皇神聖不可侵犯。忠君愛國爲全國一致目標，富國强兵爲全國一致的努力方向，日本教育普及，拉東洋車的車夫，一停下來就看報，至風俗勤勞刻苦，上下一致，爲圖强而勤奮等等。此輩師範生的言論，正合張之洞、端方、梁鼎芬敎忠敎孝的旨意，志在春秋行在孝經，益信日本留學的益處，因此做了許多軍歌，交由各學堂演唱，歌詞只記得兩句，其他則以年老記不清。這兩句是『大清深仁厚澤十餘朝。列聖相承無異舜與堯』。幼年學生隊伍，以整齊步伐，高聲歌唱，意氣軒昂，開風氣之先，張督如何不喜，所以大開留學之門，官費學生不少，私費尤多。

戊戌政變後湖北青年愛國熱

當時湖北青年學子之感情衝動。戊戌政變六君子之被害一也。富有票案唐才常等被殺，張之洞與巡撫于蔭霖煌煌布告，張揚其事，青年刺激最深二也。義和拳之禍，八國聯軍佔領北京，兩宮西狩三也。辛丑中俄密約斷送東三省四也。以致德國之於山東，英國之於長江流域及廣東，法國之於滇桂及廣州灣，日本之於閩厦，都劃爲勢力範圍，瓜分之禍，迫於眉睫，五也。青年學子，激於義憤，非救亡無以圖存。李步青在花園山天子堂後面孫茂森宅租居，愛朋友，喜談論，故許多愛國之士，如呂大森、朱和中耿覲文、陳問淦、吳柄樅、張榮楣、李書城、孔庚、胡秉柯、史青、賀之才等等還有其他諸人，多集於此。名曰共商大計，但無一定主旨，更無一定辦法，只是將聽得的消息，知道的點點情形，報告出來，交換些空而無嘴的意見而已。吳祿貞回國，亦到花園山李廑，情況大變。

吳祿貞二三事

吳祿貞字綬卿，雲夢人，由秀才入武備學堂，受德國軍事教官的教育，德教官廣學堂附近專造之洋房私宅，吳課餘之暇，常就教於德教官，獲益特多，啓發其心雄志大，爲張之洞所賞識，與傅良弼、戢翼翬、劉成禺均爲第一次赴東洋的留學生，因在東京接受世界潮流，與孫先生的中興會人物自然接觸，又與梁啓超之流，亦有往還，祿貞入日本士官學校，爲中國士官學生第一期，其後由二期以至抗戰時爲止，分爲若干期。吳在士官學校與日本學生毫無差別的受教育訓練，有一次受某一日本學生欺凌，吳憤而言曰，汝是日本人，我是中國人，汝日本是强國，汝不能代表日本之强，我中國雖是弱國，而我並不弱，汝所學的學科術科，我那一門不比汝强，就是汝本有的日本文，我也不會比汝差，而我比汝更多一種漢文，更多一種德文及德國軍事學，在學問是我比汝强。至於武力，我願同汝一試，用拳用脚，用刀用槍，悉聽尊便，看誰强誰弱，日本同班同學，都在場看此一幕，無不以驚異佩服眼光注視祿貞，而祿貞意氣飛揚一定迫使比試。最後日本學生自知理屈，道歉了事。此事在日本學生中流傳頗久，爾後中國在士官學校留學生，不再受日人欺侮，乃祿貞之功也。

祿貞對日本人的性格，特別留心，日本對中國的野心，當年無第二人比他更爲了解的。所以後來爲「間島問題」，清廷破格用吳祿貞爲副都統延吉邊務大臣，以强硬手段對付日本人獲得最大的成功，可見吳祿貞乃眞正知日本者。

吳祿貞在花園山見這般青年學者，滿腔熱血，多無主宰。乃指示兩條路，一爲努力求學，要改造中國，必有大智大慧，是要從高深學問得來。一是上海爲人才薈萃之區，新出書報雜誌，應該設法輸入，散發在學士子及軍中，以爲將來的準備。

花園山之活動

花園山諸人接受吳祿貞的指示，推賀之才往上海。買新民叢報、革命軍、猛回頭及幻燈，與波蘭亡國史，革命書籍回鄂。由孔庚秘密散發，李書城秘密聯絡軍隊，耿覲文在閱馬廠放幻燈影片。有時講演波蘭亡國之慘，及瓜分之禍。時當局對於學生集會，仍以傳統看法，讀書人以文會友，吟詩作賦，舞文弄墨，乃尋常事。且對書院書生愛護有加。督撫衙門偵緝隊，對於這些老爺相公們，禮敬不遑，還敢過問他們所作何事？是時革命之說，尚未普遍於內地各省，爾後參加孫茂森花園的，更有萬聲揚、王式玉、張春霆等多人。

歐洲學生之派遣

吳祿貞謁見張香帥之洞，詳述日本之强，一面固由於明治天皇英明，開創維新局面，上下一心，勵精圖治，同時得力於留學歐洲各强國的專門人才，儘量重用，所以成爲國富兵强的强國。建議派遣優秀青年往歐洲留學，香帥採納，遂有選留歐學生之計劃。

迨兩江總督劉坤一病逝任所，清廷調張之洞爲兩江總督南洋大臣。以湖北巡撫端方兼署湖廣總督。時爲光緒廿九年癸卯端方遵循張之洞既定計劃，考核數理成績最優之學生，先已選好，只等上海電報，立即通知赴滬。因爲開往歐洲，沒定期航輪，鄂省獲知滬訊，知有往歐輪船，所以迅即通知已定之學生，召見即行。他們以爲派往歐洲的學生，都是好事者，那是諸人自己懷疑，要知當時督撫大吏，對於好事之徒，肯花大量金錢去培植嗎。除了一切費用均出自費外，每月還有安家費，派往德國的，有朱和中，派往比國，有賀之才、史青、胡秉柯、魏宸組等。何以派往比利時的學生較多呢？因那時蘆漢鐵路借比欵興修，所有工程人員，都是比籍，尤以黃河鐵路橋工程偉大，武勝關的隧道車的工程，令人奇異，所以派往比國學工程，以及先後赴歐洲的學生多，此皆張香濤爲國家培植人才之德政也。

歐洲湖北學生推動革命

歐洲留學生，湖北佔十分之九，咸仰慕創導革命的孫先生，甲辰年劉成禺在美國介紹朱和中、賀之才，謂孫先生已至倫敦，囊空如洗，朱和中滙一千二百馬克，賀之才滙三千法郎，孫先生遂蒞比京，住胡秉柯寓所，與諸同志討論革命理論方畧，宣立誓言，由孫先生首先立誓，衆人相繼立誓，此爲歐洲革命黨結盟之始。是時張之洞已回鄂任，繼續派往歐洲留學生更多。對孫先生最崇拜的，以史青、賀之才、朱和中、魏宸組爲最，孫先生住史青、賀之才寓爲多，至於誓約，均存先生處，而先生自書之誓詞，則存於史青處。

史青字丹忱，湖北安陸縣人，生於光緒丙戌年，在比國學工程，孫先生蒞歐，多寓史青處，辛亥南京臨時政府成立，奉孫先生命，回國任工程司長，爾後任京漢鐵路工程師，站長，長辛店總站長，我因總理誓詞在史青處，特約史青之女公子史俊明女士，即前任臺灣省政府委員兼建設廳長陳友欽夫人來宅，詢問總理誓詞，據史俊明女士說，曾聞乃父談過，寶藏總理誓詞，本擬送呈中央黨部，因職務與時局的變動，與中央黨部無法接觸，迄未呈出，家父保藏至密，我未看過云云。魏宸組曾任駐比大使，其子媳爲蔣百里之第五女公子，卅六年曾在武昌我家吃過飯。胡秉柯追隨總理久，其比籍夫人所生之女公子，數年前有信致湖北同鄉某君查詢其家人，秉柯家無人在臺。

我被學堂開除

遜清學堂每年假期，採用陰曆五八臘三季，到了民國才改爲寒暑假。我於三十三年八月中秋假期回家。適逢母親正在病中，而外祖母張太夫人又重病，乃奉母往外家，我母是外祖母的長女，外祖父夏子琴公諱曜奎，尚未通籍，家境貧寒，外祖父以教書苦讀，家庭責任，外祖母一肩承担，酸甜苦辣，備嘗之矣。我母以長女之身，佐外祖母理家務，兼教養弟妹，及外祖中舉、會進士，以救貧故不想留京，於殿試時，以字體不合，點即用，分發浙江，稱虎頭牌，歷任知縣至知府，以文名，歷四任房官，得門人三十二人，民初任江西巡按使之戚揚、其一也。逝於浙江任內，臨終語吾舅仲膺公（壽康）曰，外官清廉，並不足以救窮。意在翰苑，因之舅氏仲膺公，進學、中舉、連捷成進士，自以字不足以點翰林，遂告學習，遲至癸卯，始點二甲翰林，入進士舘，授編修，奉派往日本考察憲政。外祖母病逝，奉電奔喪。吾母知外祖母一生含辛茹苦，從無一日享受，自已抱病，晝夜侍奉醫藥，及至外祖母仙逝，吾母悲哀逾恒，吾父吾兄均未能歸，我在內外孫中，年事最長，仲舅匍匐歸來，延聘禮賓，皆一時名望，如二品銜候補劉先生。張翰林鳴珂，阮毓嵩、沈致堅舉人等等，三天大禮，除信民姨丈主祭一堂外，皆我一人主祭，（稱代奠官）一切喪禮，由大舅父伯渠（福康）公主持安排（善後局委員）盡合儀制。殯葬以後，奉慈母回家，自知開學已久，有被開革之虞，幸內心早有成竹，就是入伍當兵，準備考陸軍小學，至此不得不將實情稟告老母。我的母親寄望於我的，在進士翰林就是住文學堂，也是秀才舉人之類。今聞愛子有當兵之言，極爲失望。我以勃生大哥正在陸軍小學，黻屏大哥也在當兵，將來陸軍小學畢業之後，而中學而大學，一樣秀才舉人進士翰林，譬喻再三，始蒙勉强俯允，然始終憂慮，以致後來得癌症，或者與我從軍有關，在家多日，母病已愈，拜別慈顏赴省上學，適監學簡章先生點名，獨未點我的名，我向簡監學報告，我已到了。監學說：我看見了，我問何以不點我的名，他說汝曠課太久，學堂要開除，我說眞要開除嗎，他說眞要開除，我立刻拿了書籍掉頭就走，離開已經三年，僅差一學期半（八個月）就畢業的兩湖師範附屬高等小學而去，多少人爲我可惜。事後有人告訴我，當時如果向簡監學低首懇求，說明曠課原因，簡先生或者改爲記過，不致一定開除，迨後聽說周鳳章先生深不以爲然。幾乎與簡先生鬧翻，就是堂長胡百年經庭先生，亦覺簡監學處理太操切。胡堂長對我頗有認識，乃因胡（鈞）與千之先生賞識我的「言志」一文，周鳳章先生因我的一筆柳字，得再傳也。同學多人如此傳言，簡監學事後頗有悔意，我已離堂，無法挽回，以後仍給予三年休學證書一紙，爲我以同等學歷投考陸軍小學的證明。

入伍當兵

我離開學堂，即往左旗卅一標之四十二標學兵隊，寄寓萬逢霖勃生大哥處，說明我要當兵，他最初非常驚異、不信，我詳告被學堂開除，試問我不當兵往那裡去。勃生見我如此的堅決，就同我往四十一標三營前隊，會晤萬景超繖屏大哥，初亦不信，因他們知我的家庭教育，不容許我當兵，我既堅決，只好去報告隊官，我穿的學堂制服，年輕體壯，行動規律自如，隊官黃秉坤一見，即帶見管帶曹進，詢問好好的學堂不住，爲什麼要來當兵，我據實直言，管帶很欣喜我的誠篤，他命明天派員帶見統帶統領，次日再往晤繖屏，由隊官領到標部，由執事官同到協部，黎統領元洪親自考試，默寫四鄉黨篇，我的小楷雖不算好，比一般學生爲佳，且四書濫熟，立刻完畢，黎頗似滿意立予批准，補入四十一標三營前隊七棚二等兵。此時全標編成新兵一隊，已經訓練一個多月，我插入經考驗，居然趕得上，又經月餘，新兵畢業，成爲正式列兵。

軍隊同盟與群治學社

我入伍當兵，並不是如近代名流，素懷大志，十五六歲就加入同盟會，爲運動軍隊革命入伍的。我也聽過革命志士的演說，只是畧有所知，並不十分深入。我之入伍，另有所爲，乃在富國强兵，志在考進陸軍學堂。可是當時知識分子，當兵的很多，廢科舉興學堂，學堂有兩湖師範、支郡師範、法政學堂、中學如文普通等，都非秀才不能報考，高等小學則限於十二三歲少年，那些年事已過廿歲的讀書人，往那裡去呢。恰好張之洞在鄂，依陸軍部的建軍計劃，各省都要辦一所陸軍小學限十二三歲少年報考，這位張香帥却不照部頒辦法招生，他正將護軍各旗改成新軍，有新思想、新作爲，淘汰不識字的行伍，湖北陸軍小學，要在新軍士兵中考選，因此兩湖的士子（童生）知道有學堂可進。自然有出路，於是一擁而去當兵，況且許多出洋的大人物，也是當兵的出身。可是兵當了，學堂也考上了，同學的同伍的，却有革命思想的人物，况在前的唐才常的自强軍，在後的日知會的科學補習所，都傳播在武昌士子之間，直接間接流入新軍，添入這般學兵陣營，同學相聚，無話不談，自然談到革命排滿。開風氣之先的，是黃申薌、郭撫辰二人最熱心，也最努力，他們聽說有一位衣學生制服的青年入伍，特約左隊學兵鄒潤猷，及同隊的蕭驥、丁人傑、章裕昆、楊王鵬等，在左隊講堂會談，他們本都相識，青年過從，披肝瀝膽，談革命，談排滿，志同道合，以軍中普遍通行的方式換帖（交換簡譜）一般稱爲拜把，也就是軍隊同盟組織。我本來有幾個名字（派名廸煌，學名耀煌，又名萬奇）他們贊成用萬奇名字，爾後因軍隊同盟雖有組織之名，實際散漫空虛，乃自動組織羣治學社，社章就以同盟會的宗旨爲宗旨，因申薌他往，由楊王鵬爲社長，個人因與衆人接觸多，思想與知識眼界也廣潮了。我們最信仰的是　孫文先生，最嚮往的東京同盟會可是無從接近，可望而不可及，自己愛好自命爲同盟會外圍，也自命爲革命黨，在軍中宣傳革命排滿，曹振武、唐犧支、闕龍許多同志，逐漸加入，範圍漸漸擴張到各標營隊，要革命要排滿之聲，瀰漫於武昌新軍各角落，由是而振武學社、而文學社，乃至與共進會合流，而產生辛亥武昌首義，其始也簡，其畢也鉅。所以章裕昆說：「好像天生這些扛槍桿的小朋友，專爲推翻二百六十餘年滿清作武昌首義之用的」。近七十年前往事，那能詳記。李廉方辛亥武昌首義記及胡祖舜、張難先等，已有專著，我不過畧記概畧而已。

滿清光宣之際，朝廷及疆吏對湖北新軍之信任

光緒卅年江蘇揚州十二圩，鹽梟猖獗，南洋大臣兩江總督端方，電軍諮府陸軍部，調湖北第八鎭派兵一標，前往鎭壓。南京第九鎭早已成立，爲什麽不用第九鎭，而由湖北調第八鎭呢。因端對第九鎭不放心，趙聲爲該鎭三十三標統帶，在明陵一帶野外演習，講評之餘，舉明太祖朱元璋滅元朝故事，發揮民族革命的意義，影射滿清入關亡明，語雖含蓄，自然傳入端制軍耳中，徐固卿統制力保，僅予撤職，且第九鎭名爲征兵部隊，不使用於鎭壓鹽梟亂事。第八鎭之成立，正端方在鄂撫任內，自然信任，此時爲趙爾巽繼張之洞總督兩湖，趙係漢軍旗人，爲官開明公正，選第八鎭十六協第三十一標前往鎭江，開拔之前，親蒞左旗，集合全標官兵訓話，我是一個新兵，不懂軍中紀律，跑到一羣大官後面聽，如何勉勵，親切如家長訓勉子弟，只記得一句話，『你們每個人，有什麽困難，可逕行寫信給我，只要合理，決不叫你失望。』不多時我就用上了，在這以前以後，湖南萍醴事變，與長沙搶米火焚撫署之風潮，都是調二十九標前往平息的，辛亥廣州三月廿九日之役，三十標已暗作準備。所以端方爲四川鐵路風潮，奉詔起用入川，商由瑞澂指調第八鎭十六協，由協統鄧承拔率會廣大之卅一標（即調鎭江之原班部隊）及卅二標之一部，乃是信任湖北新軍之明證。至於卅二標之另一營往恩施，四十一標一營至宜昌，一營駐岳州，馬隊駐鄖陽。乃是軍事上縱深配備，準備策應入川之軍，絕非分散革命力量。實際革命潛力，早在清廷大吏極端信任之中，滋生暗長，已經接近完成爆發階段，因爲革命力量，全是地位極低的士兵，向來爲社會看不起，彼高級帶兵官根本不知，那一般大吏從何得知？不知治近代史的史學家們，何以曲解當時事實。六七十年往事，尚且如此。廿五史還可信乎？

蔣經國在贛南

·張仲仁·

贛南到處是高山叢林，因此交通不便，歷朝以來都是窩藏匪盜的地區，該處地勢特別，四面均有高山環繞；閩贛兩省邊沿有武夷大山直貫贛東南的瑞金，會昌縣；與湘南交界處，有萬洋大山連綿遂川、崇義、上猶幾縣；和粵北交界有大庾嶺及九連大山；除贛江一線盆地外，境內還有雩山、大帽山、西華山、及共黨落草的井崗山等等。每座大山均高聳入雲，人烟絕跡的原始森林，因此成爲匪盜野獸最理想的藏身地。

大庾嶺和九連山的區域性氣候，是和別處不同的，它的天然性的變化，很奇妙難言；山之東南是屬於廣東省境，氣候很溫和，從無降霜下雪的寒冷天氣；但在山之西北是江西省境，每年冬季是雪花飄飄滿天飛舞，氣溫低到寒冷結冰。

冬天乘粵漢路火車旅行，均有此實地經歷，當火車一過粵北樂昌，坪石那座山，進到湘南的宜章縣境至耒陽、衡陽，天氣就越來越冷，一冷一熱，是完全不同的兩個地帶；再進到湘北岳陽，至湖北省會武昌城；你站在長江岸邊，那種冬季的北風括起來，眞要冷得人吃不消；久居廣東的人們，是很難適應這種大寒氣候的。

江西有兩句俗話：「老年莫出廣，少年莫入川。」因廣東氣候溫暖，冬天不寒冷，最適宜老年人居住。四川是糧產豐富的天府之國，謀生容易，外省人來到四川，就不願離開此福地。

那時盤據在贛南一帶的共黨後來經中央派軍數次圍剿，雖被驅逐出江西省境，但遺留下的是赤地千里災民遍地。

蔣經國先生適在此時出任贛州專員。他初抵贛南接任，人事方面先遇到困難；因他立意要將各縣縣長區長選用有朝氣有熱誠的純潔青年，這當然是人選不易，同時要更換一班食古不化的老官僚，也要費許多手續。他擬具新行政計劃：清鄉、築路、辦學校、及設立各縣、區、鄉實業生產消費合作社。

清鄉調查戶口及訓練民衆，是維持治安及各項建設初期的主要工作；築路，使各縣運輸交通有聯系；發展教育，普設學校，令人民知識水準提高，使他們明白立身建國之重要。各地創辦合作社，是因戰時內地物資缺乏，諸如食鹽的專運，及急需的棉織品布疋；春荒時的糧食供應等等；有此消費合作社統籌辦理，就可不受當地奸商操縱。

蔣專員預定四項行政方針及六點目標，果然是針對當時的極佳辦法，但工作計劃講起來似乎很容易，可是一項項實行起來，那就會遇到極困難的阻碍。

在大陸築公路和修建電話線是同時並進的工程，公路旁邊沒有電燈柱，只有電話線桿，蔣專員要實行他的建設計劃，在築路方面就遭遇兩項難題，第一是派民伕；要人民放棄自己的工作，義務替公家建設，這是最令他們不願意的事，因此百姓們怨聲載道。第二是測量路線；在荒山野地開路，當然人們不會理你，但有些地方是民間的田園私地，路基必須通過，那麼問題就大了！事因侵犯到私人財產，那時不論貧富，聯合起來，一片抗議反對聲。

至於興辦學校及設立合作社，竟也同樣遭受一班老學究和地方商人的反對，因爲新計劃的實施，好像是跟這班人作對，實際是打破他們的飯碗；爲着利益關係，一班商人和老學究，竭力反對他的新建設計劃。雖經過當局詳加解釋，新建設是最理想的行政計劃，雖然開始苦點，但以後一定對大衆有益。

可是在初期還是遭到惡勢力的攻擊，政敵的毀謗，人民的謾罵，眞有八方圍攻，四面楚歌之勢。

蔣專員如不是有堅强的意志，百折不撓誠心爲人民服務的精神，是很難打開此種惡劣環境的。別人做專員是坐在公署裡做官，他却是馬不停蹄的在外面跑，親自去到各縣視察，有時還扮成普通平民，深入到民間查詢實情，唯恐下情不能上達，或被人蒙蔽。

蔣專員處理人事方面有種特性，是用人不疑，疑人不用；專員與縣長之間，坦誠相見，互助互諒，凡事負責到底，天大的事倒塌下來，他總一力承担，從不諉過於人，因此他的屬下，均能甘心職守，雖個人生活淸苦，而不易其節操。

贛南初期興辦學校，提倡新式教育，曾受到舊社會人士的阻撓。因爲發展國民教育，計劃每保必須設立一間初級小學，每鄉設立一間高級小學，每區應有一間中學，縣城則因人口的繁多，除開一間公立中學外，私立中學任其發展設立。各學校均採取三年制。

但因當地民風守舊，多數地區是私塾教書，學生啓蒙均讀人之初、性本善等舊書。有些家長因傳統下來，突然要改變讀新書，就不願將子弟送去學校接受新式教育，雖經鄉保長上門勸告，亦行不通，因此發展教育計劃又受到阻滯。

後來實行嚴厲取締私塾學館，將少數的老學究設法安頓生活；一方面令各鄉保長負責督促各家長送子弟上學，否則要受處罰。如此才慢慢解決了發展新教育的困難問題。

築路及修建電話線工程開始初期，更遇到强烈的反抗，因路線必要經過私人田地，那些貧苦人民的田地，如被毀掉，這一家就斷絕了生計，於心不忍；但那一班有勢力的富豪私產，也不能動它分毫，因爲他們絕不肯受到損失，凡是有錢人，大都爲富不仁，吝嗇成性，決不肯犧牲產業，來成全地方的福利，這是有事實可證明的。

當工程修築到民間田園地基時，該處居民，男女老幼各色人等，大批的坐臥在路線地基上，準備拚命以保自己的田產。

國民黨的建國方畧，是順民意，保障人民的利益，令人民享受絕對的自由權利。因此在人民集體反抗下，築路工程只有停工一途。以前從未聽過什麽反對思想，勞動改造，動輒槍斃等殘酷手段加諸人民頭上。因此當時縣長和區長均無善法解決此難題；最後將實情呈報專員。蔣專員接獲報告後，即親自下鄉調查情況，據說：專員親力親爲調查，恩威並用，證實貧困無依者，由政府開闢公地調換耕地，並另補償損失費若干。但對富有的惡勢力份子，決不徇情，如勸告無効，就要判罰阻碍建設罪名入獄。蔣專員並親自在場督工，如此一來，築路工程才獲順利完成。並得當地人民的稱頌讚揚；使得强權者畏罪，不敢再違抗政府的法令。

蔣專員的嚴明正直，就想起我們贛西有位危××行政專員，兩位同是專員，作風可是天壤之別，危專員自私無能，從未做過一件令人民稱頌的事。在抗戰時期，萍鄉縣境有兩項建設計劃，但始終無法實行。第一項是萍鄉縣城修築環城馬路；爲配合浙贛鐵路的主要幹線，及北門外飛機場的發展，環城馬路是運輸交通的必須建設。第二項工程是修築萍栗公路，由萍鄉縣城直通第六區的上栗市鎭，以銜接瀏、萬公路。

第一項工程測劃路線，由西門轉北門一條直線，要經過文氏宗祠門前，因此要將文家祠堂前的大坪佔去三份之一，還要將祠前牌樓拆掉；但文家是萍鄉縣城巨族，是淸朝最後一期名登榜眼的文廷式宗府祠堂，（俗稱家廟）那時文的後代在縣城有豪紳文仲伯，江西省府有財政廳長後任國大代表文羣。經縣府一再交涉請求讓開一線之地，並答應負責將圍牆牌樓恢復原狀，只須將位置移進一點。但是文家絕不讓步，一味强硬答覆不許拆！不准動！文家有高官的勢力，又有豪紳的威風，誰敢在太歲頭上動土！一項全縣得益的偉大工程，就此告吹。

第二項工程測量至縣城北門二十華里處，正好是行政專員危××的私產，是一百二十担種租谷良田一莊，如修萍栗公路，危專員這莊田產要去掉一半。整條支路九十華里路程，沿途當然要去掉不少稻田，然民間均一致擁護政府的建設計劃，並不因損失田地而反對；只有這位危專員，因他的稻田是他太太的私產，得知要挖她的田產，立即大發雌威，通知縣長不准動她一根青草！專員太太令出如山，爲了保留私產，寧可躭誤地方建設的築路大計，因此兩項工程計劃，結果都不能實現；縣長雖有雄心萬丈的幹勁，但頂頭上司不支持，也只可徒呼奈何而已。

贛南在同一時期的建設，就完全不同，一切阻力都難不倒進行中的計劃，任是困難重重，都能克服解決；最難能可貴的是，蔣經國先生所任職的地區是一個刼後支離破碎，地瘠民貧區域的行政督察專員；而危××是榮任贛西，包括有幾個甲等縣萍鄉、宜春、萬載等，素稱富裕之區的行政長官。

建設新贛南的經費，因地方貧窮，無法就地徵捐；因對擁護抗戰的徵兵徵糧國策，必定要遵照省府擬訂之甲、乙、丙等縣級繳交。

因公費有所限制，隨你有滿肚密圈的建設計劃，只能按照省府財政預算支付，不足之數，銀行是不肯墊付的。戰時國家銀行是中央、中國、交通，三大銀行，另外就是省立裕民銀行。

蔣專員對地方建設，只有前進，決不後退，遇到任何困難，必要設法解決。

但經費缺乏，無水不能行舟；要想向銀行貸欵，又不能用專員名義，因爲從無任何官衙向銀行借錢作公費用途的。這下可難倒了他。

據說：他來贛南前，曾經表示過，任何困難他設法去解決，只求將該區域治理好，使人民脫離貧苦黑暗的生活，進入清平安樂的日子。現今爲了經費不能解決，使在進行中的建設計劃，面臨停頓。

經他再三思考之下，終於給他想通了辦法；去找三大銀行經理，就用他私人名義貸欵，問他們肯不肯答應？如此的貸欵方法，各銀行負責人當然是無話可說了，還省却繁文縟節的公文手續，亦不受省府財政預算限制；國家銀行的錢，蔣經國簽名借欵，用作建設地方經費，這是堂皇正當的名義，更不須顧慮任何人的不滿和批評。如此一來經費問題就解決了；各項建設均按照計劃實行。

蔣專員在贛南的一切行政措施，給我們江西老表很多方便，用他私人名義，爲地方人民貸欵建設，這是別的專員所不能做到的。他治理贛南政務時，還有一件驚人又有趣的事，值得一記。

戰時全國响應節約運動，尤其嚴禁賭博；此種禁令，照理是治安人員執行，然而實行起來，並不如想像中的簡單，因此禁來禁去，只禁到小賭，那些大賭窟，治安人員竟無法禁止。蔣專員是時常微服深入民間查訪的；有一天偶然聽到百姓閒談，譏笑專員執行禁賭令，只拍蒼蠅，未打到老虎。他不禁一驚，想進一步查探線索，百姓們就不肯多講，因此查不出頭緒。

他自聽到被人譏笑的話後，當然很氣憤，自己不顧勞苦，爲地方消除罪惡，但到頭來，還是有人瞞住他大開賭場；竟然在暗中破壞政令！他下定決心要親自抓到這班可惡的人！任何老虎頭上的虱子也要除清，就是最凶猛的獅子頭上的尖角也要拔掉。

蔣專員的作風是說做就做，立即開始行動；每晚深夜，他就化裝親自出馬，探查此豪賭場所到底在何處？經他幾晚的查訪，結果給他找到線索，破獲了轟動贛省的豪賭案。

贛州街道上，每臨午夜就很少行人來往，蔣專員扮成夜遊神在街道遊蕩，走來走去，只見有雲吞麵担敲着竹筒找生意。

最初兩晚無所發現，第三晚開始留心這幾副雲吞麵担，有的麵担停留一處等顧客，有的在大街小巷到處賣。

這時被他發現其中有一担雲吞麵，不是沿街敲竹筒找生意，每晚一出門就不在街上停留，一直挑往一座建築輝煌的巨宅前停下，取出竹筒敲幾下，接着又再敲幾下，很有節奏的敲過後，就不再敲了；不久巨宅裡面有人出來開門，讓該雲吞麵佬進去。

普通民衆買雲吞麵宵夜，賣了幾碗，會挑着麵担出來，去別處找生意。

唯有這副麵担情形不同，只見他進入巨宅，經過一段很長時間才出來，挑出的麵担很輕鬆，看似所有的麵全部賣清，挑着空担子一徑回家。

難道這巨宅中每晚有許多客人吃雲吞麵？

那晚蔣專員在寒風刺骨，冷得發抖的氣温下，守候了幾個鐘頭，即暗暗的尾隨該雲吞麵佬，看他住在何處？

到第二天黃昏時候，蔣專員裝扮成外鄉難民，守候在雲吞麵佬屋前，蕩來蕩去，顯得可憐巴巴，極似一個在異鄉窮途潦倒的可憐人，他一看見賣麵佬出來，即上前請求救助，並表示只要飯吃，不講工錢，願意替人做工。

近日那巨宅賭客增多，賣麵佬的生意就日見興旺，每天必須多準備麵食，正感人手不足，今見有人找上門來，並且不要工錢，正合心意；因此一口答應，即日就開始工作。

我們這位江西老表賣麵佬，可算是巴閉到極！除開他誰有資格請到國家領袖的公子，地方行政首長來做麵担助手呢？然而他做夢也想不到，自此他財路斷絕，生意落空，一塲驚險刺激的諜影大破豪賭塲事情，就快要發生。

蔣專員立刻動手幫他做事，一面運用他聰明機智的頭腦，和他談賣麵的事，旁敲側擊的將那巨宅裡的情形，問得清清楚楚；然後他藉故抽身出去一趟，趕着安排好他的屬下，屆時埋伏巨宅四圍，等他設法進去，約定時間將房屋包圍後，就拍門高聲喝叫檢查。

當晚蔣專員挑着雲吞麵担，麵佬輕輕鬆鬆的跟着走。一個未挑慣担子的人，忽然間挑此沉重的麵担，走路難免左搖右擺；好彩他那時年富力强，而且從小並不是嬌生慣養出身；在俄國讀書時冷天在零下多少度的氣温中，過其勞苦的生活，受磨練十多年之久。

蔣專員因從小就吃苦耐勞，因此毫不辛苦的挑着担子跟隨賣麵佬走，去到那巨宅院前停下。他心想：「不入虎穴，焉得虎子？」

但單人匹馬進入黑勢力的賭塲，是一件十分危險的事，如對方有心狠手辣的打手，很可能施毒手殺人，然後毁屍滅跡！那時專員受害失踪，毫無證據；只有包青天還陽，才能查訪得水落石出了。

且說蔣專員挑着雲吞麵担進入巨宅，只見大廳堂裡面人頭擠擠，許多人圍着一張長方型木桌，正在聚精會神的賭得緊張關頭，誰也不來顧問賣麵佬請什麽人做幫手。

蔣專員頭上戴着舊八角小帽，拉得很低，經過刻意裝扮，就是熟人看見，亦難認得出，何況這班賭鬼？

專員立即留心查看在塲各賭客，其中有地方鄉紳，本市富商，男女混雜，形形色色，煞是熱鬧。

其中更出人意外的發現，與政府工作有密切關係的重要人物，竟也和他們蛇鼠一窩，參加在一起賭博，他一一的看得清楚；而這些賭客們再也想不到今天賣麵的夥計，就是他們的剋星。專員利用送遞麵碗的空間，將他所認識的賭客姓名記下來，以免在圍捕時有漏網的，到第二天傳訊時不認賬，那就枉費心機了。

再說埋伏在外面的衞士，看腕錶已到約定時間，即將該巨宅包圍，並將前後門守住，然後拍門高聲叫門。

裡面聽到這樣高聲叫開門立即感覺事有蹊蹺，因做賊心虛，自動停止下注押賭，就是下好了注的，亦將籌碼收回。

此時賭塲主人滿有把握的當衆說：「治安人員已打通關節，各位不必驚慌，決不會出意外的。」

正當此時，蔣專員立即採取行動，將帽子除下，現出他的廬山眞面目，一面表露身份，一面拔出自衛手槍，喝令各人不准走動！並對大家說：「屋外早已被包圍，不要想打逃走的主意，就是鳥兒亦難飛出去，還是乖乖的不要動。」並喝令屋主開門放警衛人員進來。

在場賭客大部份是認識專員的，當時均被他這種大無畏的威嚴所震懾，誰也不敢亂動，等外面的警衛進來後，全部帶去專員公署收押，並將各人身上所有賭本搜出充公。第二天按照各人身份，經濟能力，個別科罰。

聞說該次破獲豪賭案，充公之賭本及科罰之欵，數字相當可觀，後將此欵撥歸建設經費，當然是補助很大。

當年破此賭窟，曾轟動一時，婦孺皆知大快人心的事；蔣專員扮雲吞麵佬，更是人人樂道及讚揚的新聞。

在「風雨中的寧靜」所述贛南上猶、南康，兩位青年縣長，爲地方人民服務，可說是直做到鞠躬盡瘁，死而後已！眞是令人可惜又可嘆！爲要達成建設目的，抱病工作，到後來支持不住，住醫院竟交不出醫藥費，還遭到院方的白眼，眞是太過可憐！一套中山裝穿幾年；蔣專員送他一套衣料，因縫工貴，不捨得花費去做成新衣；皮鞋破了無錢買新的，這種縣長到那裡去找？

如不是蔣經國先生親筆寫出來，決不會知道當年建設新贛南，縣長們是如此的困苦；試問縣長生病竟無錢治，這不是很難令人置信？

所謂「一木不能撐大厦」，如沒有一班肝胆相照的同僚手足，同心合力的在各縣苦鬥，也不容易順利的推行新政令，建設新贛南。當看到兩位縣長爲工作勞瘁死去，使人萬分痛惜！中國如有多少如此苦幹清廉的縣長，相信將來復興必有希望，而對治理國事，也必能繁榮進步；對人民造福無窮！

新贛南事件雖已成爲過去，但蔣專員的功勞永遠不滅！而這兩位縣長的清廉爲民，眞可說是雖死猶生，他們的精神永遠活在人心中。

台東發現百年鐵樹

·呂一銘·

鐵樹開花歷來視爲祥瑞；鐵樹本身具有經濟及藥用價值。

被世界視爲稀珍樹種的「台灣蘇鐵」（CYCAS. TAIW ANIANA.CARR）

最近由台灣省林業試驗所調查隊，在我國少棒發源地台東紅葉村的深山峭壁裡發現，分佈面積竟達二百公頃以上，蔚爲奇景，使專家們非常興奮。

這種「台灣蘇鐵」，在世界各地蘇鐵樹種逐漸走向滅絕中，替植物學界燃起了新希望。因爲蘇鐵樹種是世上最古老的植物羣之一，雖有一百種之多，但多是「零零落落」的「孤獨生長」，同時天然野生羣落，已趨沒落。在台東發現一大片的「台灣蘇樹」，實爲世所罕見。

林試所所長劉宣誠，及該所專家胡大維、徐國士、鄭宗元，敘述他們在台東發現蘇鐵的經過。農復會森林組長葛錦昭，該組技正江濤也認爲，「台灣蘇鐵」不僅具有學術研究價值，其在經濟、藥用乃至觀光事業方面，也都有相當價值。

蘇鐵就是通常我們所熟知的鐵樹，「鐵樹開花」，被國人視爲一種祥瑞徵兆。

世界蘇鐵原有卅四屬、二百七十八種之多，最早起源於中生代早期，距今約兩億多年，北起西伯利亞，南至澳洲等地，因氣候與環境變遷，這類古老植物羣，其中大部份種類，已經絕跡，僅能從化石證明它的存在，所以又有「活化石」之稱。現存一百種左右的蘇鐵，多分佈於熱帶及亞熱帶地區。

林業專家指出，目前約有十五種的蘇鐵，多栽於庭園內作觀賞用，這些蘇鐵可能來自非洲，但今天非洲大陸已無這些野生樹種。

台灣庭園中栽植的蘇鐵約五種，其中屬於野生的，就是「台灣蘇樹」，過去一直沒有發現它的天然野生羣落。一度傳說在台東附近的山區，台灣光復後，林業專家們曾數度尋找多空手而返，大家雖感到失望，但並不氣餒，仍在「尋尋覓覓」。

今年三月間，林試所專家徐國士，偶從台東經過，見若干山胞把一捆捆類似蘇鐵的植物，論斤賣給商人，每公斤祇有新台幣六元，引起了他的注意，因爲蘇鐵原屬名貴植物，經他仔細調查，並帶回樣本，發現竟是「台灣蘇鐵」，已由商人大量銷往日本。

徐國士向林試所所長報告後，並與同事胡大維、鄭宗元商量，大家都覺得「茲事體大」，於是在四月初組織一個調查隊，前往台東實地勘查。

專家們由一位山胞帶路，沿着紅葉村鹿野溪右岸的小路，經過紅葉溫泉，步行一公里後，轉入一個南北向支流右岸，行走約兩小時。發現了零散的「台灣蘇鐵」，長在岩壁上，大家的心情，十分興奮。

他們再向削壁峻險的山區深入，約走了兩小時，在海拔約四百公尺至一千公尺之間的河谷，發現了一大片的「台灣蘇鐵「野生羣落，他們抑不住內心的喜悅。奔向蘇鐵，緊緊地抱住，像是發現了「新大陸」。

據專家們初步估計，「台灣蘇鐵」，生長處，面積達二百公頃以上，有的生在崩積土上，有的長在岩隙之間，偶見一、二處的斜坡地也有，生長頗密，該處爲一開曠地，森林蔭蔽的地方，則沒有生長，同時伴生的樹種，因地形、土壤等影響，不易成林。

專家們同時發現一羣「陽性的前鋒植物」，包括台灣二葉松、黃連木、山黃梔、虎葛、台灣蘆竹、腎蕨等等。

在這個天然野生環境中成長的「台灣蘇鐵」，樹幹高達五、六公尺，如依葉痕推算樹齡，皆爲百年以上的大樹。

今年三月間英國皇家植物園，鑑於世界蘇鐵已趨滅絕，還分函世界各地植物園，調查目前栽植蘇鐵的種類、株樹及保護情形。專家們說：『想不到我們發現了世界碩果僅存的「台灣蘇鐵」，實在令人高興。』

一般來說，蘇鐵類樹種，拉丁文意爲「棕櫚樹」，外形與椰子類相似，具眞立的幹莖，葉叢生於莖頂，但生殖器官的構造不同，蘇鐵爲原始的裸子植物。

專家們指出，「台灣蘇鐵」不僅對古生物乃至化石的研究，具有價值，也是探索人類起源的一項重要證據。同時大量繁殖保護，還可作藥用研究，譬如醫療高血壓等症，而美國會一度以蘇鐵類樹種，提製抗癌成份。

就經濟價值來說，一公斤的「台灣蘇鐵」，價值可達新台幣三、四千元以上。不過，專家們認爲，這類稀有的野生「台灣蘇鐵」羣落，宜由政府闢爲天然資源保護區，同時因當地的自然景象遼闊，有山有水，如劃爲觀光區，相信更有意義。

莫斯科東大孫大見聞

（四）

三、東大的留法學生

法國勤工儉學留學生調赴莫斯科進東大求學，由第三國際策動，有其時代背景：

（一）由於當初國內經濟接濟斷絕：「川湘兩省的勤工儉學學生大部份均告貸無門，求救無路，而變成忿怒的一羣，只有任由莫斯科第三國際派人到巴黎給他們救濟」。（見李璜著『留法勤工儉學與中共』——明報月刊第四卷九期一九六九年九月號第五頁）。「由周恩來介紹去俄京進入東方大學受訓」。（見同上資料第四卷第十一期）

（二）共黨刊物宣傳莫斯科創辦東方大學：

「在共黨刊物中，包括胡志明的「勞動報」，開始宣傳一所莫斯科東方大學的成立，一九二二年——二三年間的冬天，中國學生（留法學生）大批赴俄的浪潮開始了」。「周恩來奔走於比，德、法之間招募中國學生赴俄求學，並安排他們行程」（見"The French-Returned Elite in the Chinese Communist party作者哈佛大學博士Conrad Brandt）。

據有關留法學生先後赴東方大學受訓的資料：

（一）「李合林四川隆昌人，謝澤沅四川新津縣人，陳延年Ch'en Yen-nien 趙世炎於一九二三年春以前赴莫斯科進東方大學」。

（見李璜著「留法勤工儉學與中共」明報月刊第四卷第十一期第十頁一九六九年十一月號）

（二）「趙世炎（Chao Shih-Yen aslias Shih Yang 施洋一九〇一——一九二七年）一九二三年三月入莫斯科東方大學求學，被選爲『旅莫支部』委員，並與李大釗等出席共產國際第五次代表大會，一九二四年秋回國，先後担任北京地委書記和中共北方區執委會宣傳部長（共黨）」（見共黨刊物『紅旗飄飄』第十六集一九六一年十月出版）。趙世炎在未出國前，曾在北平師大附中畢業，共黨在上海第三次武裝叛亂前後被國府逮捕在上海就地正法。

（三）「一九二七年——二八年間在東方大學經常看到的留法學生尚有黃士嘉（東大旅莫支部領袖之一，他是一個短小精幹的活動份子），宗××，羅世文等，在東大與孫大合併前，他們先後遣送回國。黃世嘉福建人，回國後曾任福建法學院院長，福建省教育廳長及行政督察專員等職。宗××河北人，他是李石曾先生賞識的幹部，回國後，於一九三〇——三五年間沈尹默任國立北平大學校長，他担任國立北平大學附屬高中主任，校址設在中南海，一九三〇年

——三二年間我曾經去參觀過。羅世文（是個英俊的青年喜歡穿列寧裝），四川人，回國後曾在四川服務。（這段資料是我同靈峰兄的回憶）

這一羣留法學生進入東方大學和孫逸仙大學是有企圖的，他們千方百計控制「旅莫支部」（即黨的支部，將來有機會控制中共的黨）。武漢政權失敗後，國內大批青年學生進入莫斯科東大和孫大，就開始反對「旅莫支部」的宗派主義，俄共當局亦瞭解「旅莫支部」對未來中共的危害，乃下令解散和改組，這批「旅莫支部」留法學生的陰謀家，就先後遣送回國。

四、東大的軍事班

東大軍事班的設立，是二十年代第三國際想造就一批中共軍事幹部。大概設立於一九二六年，共分七個班次，學生最多時約在四百至五百人之間，大多來自武漢政權失敗後之武漢和上海的青年和工人。軍事班的學生成份非常複雜，有大專學生和工人，有兩湖及東南各省的共幹，程度參差不齊，當初因教學問題，傷透了學校當局的腦筋。校長是個蘇軍的師團長，不懂中文，對軍事訓練教育經驗不夠，領導無方，引起多數學生反對，整個軍事班鬧成翻天覆地，後來托派份子從中挑撥轉移目標，成為反對史達林。鬧了一年多第三國際決定關門大吉，一部份學生併入孫中山大學，一部份學生分發到列寧格勒，莫斯科，烏克蘭基輔等各地各軍事學校。畢業後有一部份俄共當局認為有托派嫌疑不可靠份子，後來送到「新疆」去，據說將近百餘人（其中有我一位朋友奉化人竺青丹在內，臨行時他還到孫大來辭行，他是個有為的青年才俊，很可惜。），這批流放青年的名單，當時無從獲悉，據鄭學稼教授對我說，他在美國史坦佛圖書館看到這批人名單，那是一件很寶貴的資料。

軍事班值得一提的還有幾位翻譯官：雲澤內蒙古人，就是烏蘭夫，那時他翻譯經濟地理，他是個平庸的人，徐季元，高衡（理文），芬格爾（俄文名，無錫口音），他們四人均由孫大畢業後調到東大軍事班當翻譯，四人在東大宿舍中同住一室。徐季元回國後，曾在江西贛州專員公署供職多年，為人誠懇和善，浙江蘭谿人。高衡湖北人，回國後，曾在上海從事文化工作，他的譯著多在上海神州國光社出版。嗣在江西贛州專員公署任職，主辦新聞事業，來台後，曾任中信局顧問，退休後現旅居美國。

軍事班教室，設於普希金詩人銅像廣場附近一個俱樂部內，這是莫斯科中心區，現在這個區域成為莫斯科鑽石地帶。

課程：西方革命運動史，中國革命史，世界經濟地理，軍事理論，戰畧和戰術，游擊戰，俄共黨的建設，列寧主義，教官多數由莫斯科各軍事學校教官兼任。

飯廳：軍事班學生同在東方大學飯廳用膳，這個大飯廳是一個大教堂改建的。中國學生不喜歡吃俄國菜，也預備豆腐燒白菜，燒鷄等中國口味的菜。

軍事班學生中幾個鬧風潮的學生領袖：范金標Fan Ken-Piao台州人，李平 Li P'in 浙江鎮海人，孫大清黨後他們倆均流放到西伯利亞，曾猛溫州人，回國後曾任陳獨秀的秘書，竺青丹莫斯科砲兵學校畢業後流放到新疆。

五、東大畢業再深造的幾位學生

朱岱杰四川人，他未出國前在上海國立交通大學學科技的，北伐時代曾經在陳誠將軍所領導的某軍任政治部主任。東方大學畢業後，俄共當局提升他到列寧學院「註」深造。回國後，抗日戰爭時，陳誠將軍主政恩施湖北省時，朱氏曾任省府秘書長及廳長；抗戰勝利後，他來到上海，住在法租界杜美路。我在上海主辦肇和高級中學校長，住在法租界亞爾培路四百號，見面機會比較多。

註：列寧學院 (Lenin SchooL) 又稱國際學院，是訓練各國共黨

胡志明曾在列寧學院受短期訓練。（見胡志明「選集」第二一六——二一七頁）。列寧學院院長是俄共中共監察委員會主席E・M・耶羅斯拉夫之妻 (the wife of the chairman of the CPSU'S Central Contral Committee, MRS, Eme Lyian Mikhailovich Yaroslavsky or Kirsanova) 契爾賽諾娃，孫大清黨時，她曾經來到孫大担任過清黨大會主席團的委員，那時她已五十多歲，是一個矮胖的婦人。列寧學院有幾個較著名的中國學生周達文Chou TA-ming，董亦湘Tung Yi-hsiang，兪秀松Yu Hsiu-Sung，劉仁靜等。

李紹鵬湖北人，東方大學畢業後，俄共當局提升他到列寧格勒「軍政學院（紀念列寧）」再深造，這個學院是專門培養蘇軍中的政工人員「註」。回國後，一九三零年曾任北平大學俄文法商學院任俄文教授，抗日戰爭時期他在章友江（清華留美又到莫斯科進孫大）主持的重慶一個經濟機構（國府貿易委員會）中工作。大陸淪陷後，聽說尚在北大教俄文。

註：一九三七年於列寧軍政學院畢業的V、P、姆沙哈瓦那澤Mzhavardze，一九三七年——四五年曾任團長師長及各軍軍事委員會委員，軍區政治副主任，一九六六年升俄共中央政治局候補委員。

六、東大畢業的哲學家嚴靈峰

老莊哲學家，政論家的嚴明傑（靈峰），在學術上他是五四運動時代興起的思想家，在政治上他在莫斯科東方大學於一九二六年就開始反史達林暴政的學生領袖之一。

嚴氏福建連江人，民國九年入福建省立第一師範校，時值五四運動怒潮澎湃影響，曾於十二年四月七日領導學生數千人至省長公署請願，與衞隊衝突身負重傷，而救國之志益堅。嗣繼續肄業於福建大學，於民國十五年結伴赴俄就讀於莫斯科東方大學，[illegible]兩部份，對黑格爾哲學及政治經濟學有深入研究。嚴氏因領導東大學生反史達林獨裁暴政，致被俄共當局驅逐回國。十九年應上海藝術大學文學院講授哲學及新經濟學，參與動力雜誌編輯，並經常在讀書雜誌發表中國社會發展史論戰。民國二十四年任職「軍事委員會」少將處長，三十二年迄三十四年任職「國家總動員會議」經濟檢察處處長。三十五年任福州市市長，嗣膺選福建國民大會代表。四十年奉命赴日工作，並參加東京黨務指導委員，策劃在韓一萬四千名反共義士來台。四十五年奉命赴香港工作，並應聘珠海大學講授哲學兼訓導長，五十年兼任輔仁大學哲學研究所講授老莊墨子哲學，現兼任國立台灣大學哲學系教授。

蒐藏編纂籌印老莊列墨諸子百家孤本名著：民國五十四年輯印老子集成初編三百零二卷。從五十四年至六十一年共編輯籌印老子集成論語集成，孟子十書，列子集成，莊子集成共三千三百五十八卷，類多孤本名著。民國六十四年六月出版無求備齋墨子集成九十四種三百五十卷四十冊。六十五年預定出版周秦漢魏諸子知見書目六巨冊。

學術貢獻：（一）自民國十八年以來所譯著政治經濟哲學暨先秦諸子達五十餘種，計數百萬言。（二）其中如胡適之中國哲學史批判，「老子達解」，「老子章句新編」，「黑格爾哲學史第一卷中譯本「中國哲學」「讀後記」，「易學新論」，「讀書雜誌」中參加中國社會史論戰，以上這些著作中在理論上有獨到見解，爲學界所重視。所著「中國經濟問題研究」一書，分析中國社會性質，爲日本專家所重視，並經日人譯翻，由日本中央公論社刋行。

我同靈峰相識從東方大學到現在已有四十多年的朋友，他在東大是個有名用功讀書的學生，終日呆在圖書館裡，常常深夜再回宿舍去。

七、幾位回國從事學術研究工作者

（一）林一新教授：東大畢業後，年青英俊林教授，以陳代青之名翻譯馬札亞爾Madyayr著「中國農邨經濟研究」名著，三十年代由上海神州國光社出版，書中評論「亞西亞生產方法」問題，為該書最大特色。林教授在上海復旦大學任教多年，來台後一直任國立台灣大學經濟系教授，兼國立政大東亞研究所「資本論」批判講座以及政治作戰學校「馬克思主義批判」教授，為現代自由中國批判馬克思經濟學著名學者。

（二）彭建華（健華）河北人，我進東大那年在一個會議上認識他，他是一個樸實無華待人誠懇的學人。回國後，他在贛南主持文教工作多年，三十六年他由贛南到上海，他來看我，我為他解決住的問題，他翻譯社會科學和哲學名著的甚多。

（三）政論家及軍事理論家杜滄白（清淇，畏之）河南人，他在莫斯科東大和孫大時，我和他沒有見過面。回國後，他在江西贛州專員公署任職多年，抗戰勝利後，民國三十七年，他到上海來見我，我招待他住在我家。他在上海蒐集很多有關各國軍事理論的英文書籍，三十八年他對我說，要把書籍運到台灣去，待我到台灣以後，他又回上海去，大陸淪陷後就無消息了。

過去他送給我的一本「讀兵雜記」，是民國三十七年新中國出版社印行的，他在這本「自序」和「編後」幾段文字中可以看他的研究工作態度。這本書共有二百六十餘條，他說：「二十年來，我的時間和精神大部份時間在兵學的研究上，但始終沒有走上戰場上的機會。我既不能在實際生活中使用我的軍事學理，只好退一步在紙上談兵了」。「我生在一個動亂的時代，我的四週都是好戰的人。這種情形使我不能苟安，不能偷生，逼着我去研究軍事理論，逼着我去學習戰爭藝術」。他的目的軍事理論，能創造出一支新的軍隊」。他私人主辦一個「國防月刊」，他確實是一個有智慧有遠見的學者，可惜他的抱負沒有實現。

他在哲學方面，曾翻譯G·V·普列汗諾夫 Plekhanov「史的一元論」及Engel's「自然哲論」名著。

（四）粟豐（豁蒙）廣西人，他是武漢政權失敗後赴莫斯科進東大，不久，就被蘇俄治安當局逮捕，據當時傳說，他同廣西軍人李白通訊，被蘇俄當局查出。據我的回憶，有一天清早，在東方大學飯廳早餐，有一位和他同寢室的同學很驚奇說，昨夜粟豐（豁蒙）被捕，大家面對面看着不敢再問下去了。

一九三一年我從莫斯科回國，在上海法租界蒲石路一家公寓遇到他，這時他在上海國立暨南大學担任教授。他沒有到莫斯科東方大學以前，曾在廣西大學畢業，曾留學日本。抗日戰爭期間，他負責廣西桂林三民主義青年團。

（五）徐公達（乃達）他在東方大學時也是反史達林活動份子，回國後，他曾翻譯馬扎亞爾L. Madjar 著「中國經濟大綱」由上海新生命書局發行，書中有瓦爾加一篇「序言」，他說：「亞西亞生產方法問題」，引起很多爭論，在這本書中不再提起，因它已在「中國農邨經濟研究」一書中論到，這本書第十章「中國革命前途」，頗有參攷價值。

瓦爾加 E. S. VARGA，一八七九年生於匈牙利，一九一九年匈牙利成立蘇維埃政權時，他是當權者之一，失敗後，一九二〇年僑居蘇俄，一九二〇年加入俄共，著有世界經濟名著甚多。

四川進一步統一與抗戰（下）

·孫震·

（丙）第二十七集團軍指揮系統表

一、總司令部

總司令　楊森
副總司令　李玉堂
參謀長　邵陵
秘書長兼駐京辦事處主任　李寰
第二十七兵站分監　劉瑛

二、第二十軍

軍長　楊森—楊漢域—楊幹才
副軍長　楊漢域—夏炯
參謀長　邵陵
（一）第一三三師
師長　楊漢域—夏炯—周翰熙
（二）第一三四師
師長　楊漢忠—楊幹才—伍重巖

三、第八軍

軍長　李玉堂

四、第二十六軍

軍長　丁治磐

本集團軍之陸軍第二十軍，於民二十六年九月奉命由貴州安順出發，經湘鄂兩省運輸至上海後，增援淞滬作戰。於十月十三日夜間，推進至蘊藻濱大場一帶，即與日軍相遇。經一三三師楊漢域部，一三四師夏炯部，協力奮勇抵抗，使陳家行頓悟寺一帶陣地得以鞏固。嗣因敵軍源源增援，攻勢益烈，我軍傷亡慘重，一三三師七九九團團長林相侯，營長先糾華及全團官兵四千餘人，同殉國土。本軍奉命向蘇州河方面轉進。至十一月撤至南京，奉命參加拱衞京畿，扼守秣陵關。十二月八日，秣陵關失陷，又奉命開至安慶，掩護友軍轉進，並參加徐州會戰之津浦南段淮南戰鬥，於含山、巢縣、合肥地區，與敵軍第六師團作戰。至民二十七年五月徐州撤退以後，奉命固守安慶、無為、廬江、舒城等地，阻敵西進。六月十一日，敵軍在安慶下游登陸，我軍激戰後，於十二日夜奉命向潛山撤退。另敵軍第十三師團一部，由合肥竄抵舒城，本集團軍之一三三師予以迎頭痛擊。繼因全局惡化，亦奉命向潛山方面轉進。六月中旬，敵軍第六師團與海軍陸戰隊又向潛山方面以北之源潭舖進犯，與我一三三師、一三四師，激戰四日，我軍因衆寡懸殊，當由潛山後撤，退守小池驛、太湖、望江附近，參加武漢外圍作戰。至武漢撤守後，本集團軍調長江南岸，歸入第九戰區戰鬥序列。民二十八年九月，敵軍第一次進犯長沙時，其第二十三師團同時進犯鄂南之通城，陷麥市，鯉魚港，我一三四師兼程趕至，阻敵前進。繼敵又陷我苦竹嶺，經我一三四師逆襲恢復，敵又繞襲我福石經以西陣地，我一三四師遮斷敵歸路，克復桃樹港。敵又竄朱溪廠，遭我軍兩師夾攻，傷亡甚重。嗣一三三師又在毛灣堵擊竄長壽街之敵，該敵不支，向南江橋退去，我軍旋光復渣津，再克復麥市。二十八年冬，本集團軍參加本戰區冬季攻勢之崇陽附近戰鬥。十二月，一三四師向據崇陽之敵第六師團二十三聯隊松奇大隊攻擊，一三三師協同行動，一度攻入城內，因敵軍施放毒氣，及衆寡不敵，乃由西門撤出，共傷亡官兵三百餘人。民三十年九月參加第二次長沙會戰，本集團軍兩師擔任鄂南通城楊芳林鐵柱港守備，因日寇强渡汨羅，我一三三師應援友軍，反覆衝殺，除克復平江關王橋外，並續向大荆街、長壽街之敵攻擊。此役我總部特務營某連驍勇異常，衝入敵陣，奪獲槍砲輜重無算。嗣因敵軍渡過汨羅江向長沙進犯，該師奉命尾擊，進抵長岳公路之麻峰嘴，向據守之敵猛攻，使敵傷亡慘重，續向新墻河追擊，俘虜不少。民三十年十二月，本集團軍參加第三次長沙會戰，我兩師擔任新墻河守備，敵人第三師團等部由岳陽來犯，三月二十日，敵四十師團向我一三三師清歌亭，梅樹灘陣地進攻，官兵奮勇迎擊，予以阻止。二十四日，敵軍第六師團向我一三四師新墻河陣地進攻，迄午突破我一三四師新墻河陣地，連陷關王橋、洪橋、黃沙街、長壽街，我軍節節抵抗，激戰一星期，予敵嚴重打擊。我一三三師之三九八團第二第三兩營及三九九團之一連，亦均先後在傅家橋、洪橋、黃沙河等地，因固守陣地，全部壯烈犧牲。三十二年五月，本集團軍奉命策應鄂西戰鬥，我一三三師、一三四師，向岳陽、臨城附近之敵攻擊，以截斷其平漢鐵路南段之交通，在岳陽以南花王橋平水舖展開攻擊，鏖戰近月，予敵嚴重打擊，兩師傷亡官兵千餘人，三十三年五月，本集團軍參加長衡會戰，敵軍約十個師團集中岳陽、崇陽、華容後，分三路南犯。我一三三師在汨羅江地區奮勇抵抗，因傷亡重大後，六月七日隨大軍向瀏陽轉進。二十日敵又突破瀏陽、趨醴陵；七月十日，陷茶陵，竄耒陽，我軍一度收復萍鄉、茶陵、蓮花、仁安，戰至八月八日，衡陽陷敵。此次敵我傷亡均重，暫呈對峙狀態。三十三年九月參加桂柳會戰，敵軍自八月陷我衡陽後，即以主力集中湘桂路沿線，發生桂柳會戰。本集團軍奉命取道寧遠、茶陵間，向道縣前進，由側面阻止敵之進犯，由此轉用於廣西方面。繼因敵軍第三師團之進迫，致在修仁附近發生激戰，不得已以逐次抵抗向龍江河轉移，十一月中旬行至宜山以北地區，遇柳城西進之敵，加以阻擊。繼因宜山失陷，十一月二十二日奉命於思恩林圩阻敵，不得已時準備確保黎明關。十一月三十日，敵第三師團迂迴黑石關入黔，有向都匀迂迴之企圖。十二月一日，敵十三師團突入獨山，旋經國軍收復。本集團軍之二十軍，因轉戰日久，為整補戰力，奉命北撤。至三十三年冬，中央對在西南地區之各部國軍，為對敵轉移攻勢計，整編為四個方面軍，本集團軍中之二十軍，編入第三方面軍湯恩伯之戰鬥序列。三十四年七月轉為攻勢之各方面軍反攻，進抵於柳州、桂林線後，八月日寇宣佈投降。

（丁）第二十九集團軍

第二十九集團軍，係由二十三集團軍抽出之陸軍四十四軍，與第六十七軍編成，其戰鬥序列如左：

第二十九集團軍指揮系統表

一、總司令部

總司令 王纘緒
副總司令 許紹宗—廖震
第二十九兵站分監 曾叔賢

二、第四十四軍

軍長 彭誠孚—廖震—王澤濬
（一）第一四九師
師長 王澤濬—趙璧光
（二）第一六二師
師長 張竭誠—孫輔—何保恒

三、第六十七軍

軍長 許紹宗—余念慈—廖震
（一）第一五〇師
師長 廖震—許國璋—趙璧光
（二）第一六一師
師長 許紹宗(兼)—何保恒—熊執中

本集團軍之四十四軍，自二十六年九月出川，宜昌集中後，奉命向第七戰區長官部之鄭州運輸。繼因京滬失陷，日寇沿長江北岸西犯，本軍改由長江北岸徒步向湖北省之鄂東推進，受第五戰區指揮，增援助、春浠水、巴河方面。自二十七年九月二十九日，鄂東友軍扼守之田家鎮陷落後，即與友軍逐次抵抗，迄至十二月二十四日，北岸之敵又突破國軍黃陂陣地後，本集團軍乃向平漢路以西撤退，在漢宜公路整補。同時本集團軍之另一部六十七軍，亦於二十七年開拔出川，來鄂歸入序列。二十八年，又奉命集結第五戰區長官部所在地之老河口鎮。四月因襄河東岸鍾祥之敵第十三師團北竄，發動隨棗會戰，本集團軍配屬於右集團軍張自忠部，推進襄河東岸石牌各地，拒止北進之敵。二十八年冬，全國發動冬季攻勢本集團軍參加第五戰區之冬季攻勢，協力右集團軍，於十二月中旬，於襄河東岸南下攻擊鍾祥洋梓敵人據點，佔領王家店。至二十九年一月，敵方十三師團增兵反攻，竄佔至長壽店王家店，旋經友軍增兵逆襲，將王家店恢復，我軍乘勢推進連續猛攻，因敵我雙方傷亡均重，形成對峙。至三月終，冬季攻勢結束，本集團軍推進鄂中京鍾公路大洪山，任該地區攻防作戰，並以六十七軍任東橋鎮，三陽店以北之守備。五月，敵軍發動棗宜會戰，其襄河東岸鍾祥之敵第十三師團於五月三日起陸續北進，攻佔長壽店，田家集，張家集，我右翼鄰接之三十三集團軍利用地形，逐次阻擊敵人，本集團軍亦自大洪山向張家集汪家集之敵側背攻擊。五月七日，敵軍已竄抵襄樊附近之雙溝，我右翼第三十三集團軍總司令張自忠親率所部猛力對敵尾擊，直至襄陽以南之黃龍瑲一線。本集團軍亦派一部由張家集北上，繼續向敵後猛力攻擊。五月中旬，北竄之敵驟然由雙溝向南回竄，於黃龍瑲附近之南瓜店，與向北追擊之三十三集團軍張總司令於南瓜店遭遇，張總司令於奮勇作戰中壯烈殉國，所部陸續退過襄河西岸。本集團軍在襄河東岸，陷於孤立，不得已向大洪山區及張家集方面緊縮陣地，完成一切敵後作戰準備，以保衛大洪山據點。惟困處山區，一面抵抗鍾祥及京山兩面日寇之攻擊，一面又防禦京山，鍾祥，天門，地方潛伏之共匪襲擊，支持甚為艱苦。本年敵軍方面於攻佔我宜昌後，於十一月下旬又發動對鄂中之攻勢，京鍾路之敵，又開始向我長壽店張家集猛攻。本集團軍四十四軍第一四九師，被迫自張家集撤至王家河龍觀一線。二十六日，敵陸續增加至五千人以上，一部至三里崗，主力向王家河方面進攻，激戰至晚，形成膠着。二十七日，本集團軍以四十四軍主力增加向王家河方面反攻，另以六十七軍協力夾攻，敵軍傷亡重大，於十二月上旬撤退鍾祥，本集團軍恢復原陣地。三十年一月，敵軍又發動對豫南攻勢，同時鍾祥之敵三十九師團亦由襄河東岸向我進犯，企圖牽制我襄河東西兩岸國軍，使不得增援豫南方面作戰，但仍為我軍擊退。五月隨縣安陸之敵，發動對大洪山以北之鄂北棗陽攻勢，鍾祥之敵亦同時響應，對本集團軍發動牽制之攻擊，仍為我擊退。十一月奉軍委會命令，本集團軍調長江南岸受第六戰區指揮，迨即於交防後，三十一年一月起，向長江南岸運動，進入第六戰區後，扼守華容石首公安一線。民三十二年三月，長江北岸之敵，渡江南犯，佔我華容石首藕池口。四月下旬，敵軍更集中六個師團，大舉渡江南犯，向鄂西進兵，本集團軍參加此次鄂西會戰，奉命固守安鄉亘公安一線既設陣地，與敵鏖戰十餘日，傷亡重大，五月八日安鄉淪於敵手，改守津市，澧縣，茅草湖，沙口之間，及澧水西岸，與敵相持數月，斃敵甚多。十一月中旬，敵軍再陷左翼友軍之石門，慈利，進出於澧水南岸。因戰略變更，本集團軍轉守太浮山衍嗣庵一線。至十一月二十日，敵再增步騎兵千餘人，由潘家舖挺進攻擊挑頭崗一五〇師許師長指揮所，一五〇師在各團傷亡已經重大之後，輾轉衝殺，最後被圍困於趣市北之畬田坪。師長許國璋，此時所率僅餘有官兵二百餘人，仍誓衆猛撲，勇氣倍增，突圍中許師長連中兩彈，遂壯烈殉職。因為本集團軍津澧間之血戰，石埤要塞陣地友軍之固守，長江北岸國軍同時挺進牽制敵後，及中美空軍大編隊轟炸之支援，國軍各路乘勢反攻，敵軍在死亡重大之後，紛紛向北岸撤退，遂造成鄂西大捷。本集團軍收復安鄉亘公安原陣地，中央追贈許師長中將，以紀功勳。十一月，日寇再度渡江發動常德戰事，本集團軍奉命在華容藕池口間，及津市澧縣間，步步為營，作持久抵抗，以消耗敵軍進攻之實力，並準備與鄰接之第十集團軍，協力將敵人擊破於澧水以北地區。惟因連日大雨，山洪暴發，致阻碍部隊運動，未收預期效果，激戰延至十五日，在敵陸空軍大舉增援之後，我軍津市澧縣石門均先後陷敵，本集團軍之四十四軍向南引退，固守太陽山，太浮山，盤龍橋，與我軍固守常德之五十七師呼應作戰。二十一日，敵軍一一六師團攻佔我盤龍橋。十二月三日，常德一度陷敵，即經友軍收復。自此本集團軍協力友軍反攻，於十二月下旬，我仍收復安鄉津市澧縣。民國三十三年軍委會重新策定國軍戰鬥序列，王總司令調渝另有任務。本集團軍兩軍四個師，均併入四十四軍，仍以王澤濬任軍長，改歸第九戰區指揮。三十三年五月，日寇再發動對長衡攻勢，六月七日，敵軍第三師團竄抵古港附近，四十四軍奉命於九日與友軍展開攻勢，擊破古港東門市之敵，斬獲甚多。繼續增兵反攻，四十四軍與友軍不得已向瀏陵撤退，敵六十八師團同一一六師團猛進爭奪瀏陽，我四十四軍固守瀏陽，喋血奮戰九晝夜，終以戰力殘破，十四日退出瀏陽。敵軍又繼續陷攸縣，四十四軍奉命赴茶陵南北地區，迎擊該敵。七月敵軍陷茶陵。八月八日敵軍又陷衡陽，指向桂林。四十四軍留置湘粵邊區，受第九戰區長官部直接指揮。於三十四年元月，參加湘粵贛邊區作戰。敵軍一部，元月中旬由茶陵安陽南進，四十四軍奉命迎擊，奮戰阻截，敵未得逞。迄至八月，日寇宣佈投降。

（戊）第三十集團軍

第三十集團軍，係由駐川之二十一，二十三兩軍，在川康整軍後之編餘部隊，及四川省所屬數個保安旅，編為七十二軍兩師，七十八軍兩師。編成後，於民國二十七年六月在武漢會戰之初，陸續由四川開拔出川參加抗日。奉命在荆(江陵)沙(沙市)集中，初受軍事委員會指揮，旋受武漢衛戍總司令部指揮，其戰鬥序列如左：

第三十集團軍指揮系統表

一、總司令部

總司令　王陵基
副總司令　廖震—歐震
參謀長　韓全樸
第三十兵站分監　王崇德

二、第七十二軍

軍長　王陵基—韓全樸—傅翼
師長　（一）新編第十三師
劉若弼—唐郇伯
師長　（二）新編第十四師
范楠—陳良基

三、第七十八軍

軍長　張再—夏首勳
師長　（一）新編第十五師
鄧國璋—傅翼—唐郇伯—江濤
師長　（二）新編第十六師
陳良基—吳守權

本集團軍自二十七年在荆沙集中後，即歸第九戰區（陳誠）之第二兵團（張發奎）戰鬥序列，參加第二兵團守備九江以西長江南岸地區任務，利用瑞昌以西幕阜山系，及沿長江要塞，佔領縱深陣地。自八月二十二日起，與沿瑞陽江公路進攻之敵第九師團第六師團，逐次抵抗，激戰月餘。至十二月日寇迫近武昌時，本集團軍隨兵團向通城（湖北）武寧（江西）之線撤退。至民二十八年三月，本集團軍參加南昌會戰，担任武寧方集之守備。三月二十一日，敵第六師團一部由津口南渡修水，攻擊本集團軍七十八軍陣地，由夏軍長首勛督部，頑強抵抗，迭施逆襲，戰鬥激烈，第十三師劉若弼部戰績甚為輝煌。至二十七日，本集團軍之七十二軍，奉命接替七十三軍陣地，敵軍乘機向我七十二軍陣地猛攻，並包圍七十八軍右翼，我軍傷亡重大，於二十九日退守武寧以西之甫田橋，烟港街陣地，成對峙狀態。至四月下旬，國軍在江西前線反攻，本集團軍以主力向武寧之敵攻擊，以一部於五月四日驅逐張渡之敵，挺進敵後，破壞交通，以支援南反攻之友軍。九月，敵人發動湘贛兩省攻勢，第一次向長沙進攻，本集團軍仍扼守祥符觀，會埠甫田橋烟港一線陣地，並以新編第十四師范楠軒部挺進德安以西地區，攻襲南潯鐵路敵人後方。二十六日，我再以新編第十五師鄧國璋部，阻止向傅家埠前進之敵一〇六師團一部，於傅家埠黃沙橋附近與敵激戰。至十月二日，再將新編十四師增援傅家埠，終將敵軍擊退。十月三日，敵軍三十三師團一部爲策應其一〇六師團作戰，於三日夜間進抵本集團側後修水馬坳，本集團軍於四日抽出新編十六師陳良基部及工兵營，向杭口，修水方面逐次增援，持久抵抗，至八日敵軍三十三師團，由修水向九宮山撤退。十二月，本集團軍參加本戰區之冬季攻勢，我七十八軍攻擊武寧附近，敵人第三十三師團之二一三聯隊，將其壓迫至城南老塔，及城西黃皮坳。我七十二軍攻克辛潭舖慈口鎭各要點。至民二十九年一月十日，我七十二軍一個團挺進將南成公路截斷，以利友軍之進攻。民國三十年三月，本集團軍參加上高會戰，以七十二軍一部守備燕廈，寶石關，主力控置三都。三月十六日，七十二軍進出甘坊以南，至大塅附近，策應友軍作戰，並派出新十五師進至水口墟，完成包圍圈，予敵重創。殘敵潰退後，我新編十五師又沿湘贛公路，經高安向大城追擊，戰績輝煌，民三十年九月，本集團軍參加第二次長沙會戰，以主力守備武寧九宮山之線，七十二軍集結三都。至九月三十日，長沙附近之敵開始突圍，本集團軍以七十二軍深入湘境，向楊林舖超越截擊。三十年十二月，本集團軍參加第三次長沙會戰，以十三師守備武寧，新編十四師守備九宮山，主力控置修水三都。至敵方開始進攻後，本集團軍主力由修水進駐平江。七十八軍第一步確保平江，第二步於敵軍接近長沙後，向西南尾追側擊敵人，三十日我七十八軍由金井春華山分別向長橋索敵攻擊。民國卅一年元月元旦夜，王總司令親率我七十八軍正向春華山前進中，因長沙附近之敵開始潰退，即奉命任東方截擊軍總司令，以七十八軍在楓林港以北長樂街以南地區，自東向西截擊。當即遇有殘敵向東北逃竄，被我七十八軍在黃花市西北古港侯家壟截擊，斬獲甚多。再奉命由金井向長樂街超越追擊。十三日，七十八軍克復長樂街大荆街，十四日又續向楊林街新牆追擊。十五日，七十八軍再擊敵軍後衞外圍支隊於陳家橋，關王橋，斬獲甚多。民三十三年五月，本集團軍參加長衡會戰。五月，敵分三路作廣正面向長沙南犯，本集團軍在通城方面以一部利用既設陣地節節抵抗，遲滯敵之前進。此時敵左翼之第三第十三兩師團，即指向我通城而來，二十九日突破通城後，我七十二軍在通城東南山岳地區，予敵重大消耗。六月一日，敵軍再陷渣津平江，向南突進，本集團軍尾擊截擊，於古港東門市各地，斬獲均多。惟因敵軍中央一路主力，自六月上旬向長(長沙)瀏(瀏陽)進攻後，六月中旬，長沙失陷，八月八日衡陽失陷，十一月中旬桂林失陷。本集團軍始於在鐵路以東之瀏陽醴陵，尾敵側擊。，保障第九戰區之湘贛邊區根據地。至三十四年元月下旬，本集團軍參加湘粵贛邊區作戰，敵軍二十七師團攻陷贛境永新，向遂川前進，本集團軍奉戰區命令，以在醴陵之七十二軍傅翼部之新編第十五師江濤部及三十四師祝顧錕部，向永新挺進。此時敵軍已竄至贛縣近郊，七十二軍即尾敵猛追至泰和附近，擊潰二十七師團向泰和進攻之一部，阻敵南進。自此在贛西南及湘東南地區，不斷游擊作戰，迄至八月敵人投降。

（己）第三十六集團軍

本集團軍係駐川之陸軍四十七軍，及軍事委員會加撥之陸軍第十四軍，合編而成，其戰鬥序列如左：

第三十六集團軍指揮系統表

一、總司令部

總司令　李家鈺
副總司令　陳鐵
參謀長　張持華
副參謀長　馬足驥

二、第四十七軍

軍長　李家鈺—李宗昉

參謀長　張持華

（一）第一○四師

師　長　李家鈺—李金廷—楊顯明

第三一○旅旅長　楊顯明

第三一二旅旅長　袁國馴

（二）第一七八師

師　長　李宗防—李家英

第五三二旅旅長　李克源

第五三四旅旅長　陳紹堂

三、第十四軍

軍　長　陳　鐵

本集團軍之四十七軍，本已編入第二十二集團軍戰鬥序列，自遵照川康整軍會議之規定整編完成後，依四十一軍四十五軍行軍次序，於民國二十六年十月開拔出川抗日。四十七軍因駐地在四川西南角之西昌，行程較遠，俟抵集中地點西安繼續入晉時，廿二集團之四十一，四十五兩軍，已於參加晉東，晉南作戰後，奉調於民廿七年一月移至蘇北，轉入魯南。軍事委員會因留置四十七軍在晉東地區作戰，並加撥第十四軍，另編成三十六集團軍，受第二戰區指揮。本集團軍入晉後，廿七年七月，接替四十軍防務，任晉東之東陽關，黎城，長治，長子各縣，對豫北之武安，陟縣之敵軍第八師團攻防作戰，同時亦對晉東地區共黨所組織地方部隊掃蕩，甚著戰績。繼又率部移防晉南之翼城，沁水地區，任敵後游擊作戰。同時該區域爲共黨發展正蓬勃地區，所謂共黨之軍區獨立旅縣獨立團甚多，隨時對我軍夾攻，歷時數月，環境極爲艱苦。繼又奉命移防平陸店，於中條山區設防，鞏固黃河北岸，凡數次擊退日寇之進犯。並爲策應友軍，曾側擊由運城南下之敵，並進攻夏縣。廿八年，奉命改受第一戰區指揮，東移參加太行山區作戰。十一月，參加第一戰區全線冬季攻勢，本集團奉命深入豫北，任對博愛，新鄉間之攻擊。自十二月起，我四十七軍挺進至豫境博愛，焦作間，掃蕩道清鐵道北側太行山南面山口之敵人，攻佔鐵道上之常口，柏山兩車站。廿九年四月，敵軍又以三個師團，向我晉東南太行山根據地進攻。廿四日，敵以一部由高平南犯，經我四十七軍予以阻擊，廿五日，四十七軍又與友軍協力向晉（城）博（愛）公路之敵，不斷襲擊，敵遺屍纍纍，五月敵即竄回原巢。三十年，仍奉命在太行山區，指揮九十七軍，及第十五，第十六，第八各游擊支隊，對晉城陵川之敵軍，深入游擊作戰。敵軍曾集中大部，包圍本集團軍於柏洋河地區，欲加殲滅，幸李總司令親率四十七軍總預備隊，突出包圍圈，轉危爲安。民三十一年，本集團軍以主力渡過黃河南岸，任陝縣，靈寶，閿鄉一帶黃河河防，一部留北岸，任敵後游擊。三十二年，繼續接任新安澠池地區河防。三十三年四月，敵軍發動豫中戰事，集中約十五萬人以上部隊，以主力由豫中之開封，向第一戰區之鄭州，許昌，洛陽，西犯，以一部配置黃河北岸之垣曲，準備渡河夾擊。四月廿二日，敵軍攻佔我鄭州，五月一日攻佔我許昌，五日已竄抵長官部所在地洛陽附近之龍門。五月九日，敵人配置晉南黃河北岸垣曲之敵獨立第三旅團，第五十九旅團，亦於南村，白狼各點强渡河，向我軍新安，澠池進攻，阻我增援洛陽，敵軍一方面又向西突進。五月十七日，陷洛陽以西之洛寧，十八陷陝縣，洛陽亦隨之失陷。本集團軍於新安澠池間盡力拒戰後，因傷亡重大，尾隨友軍逐次抵抗作戰。此時奉委員長電令，着李總司令團結友軍，担任後衛作戰。本集團軍因此以號鎮，盧氏之線爲目標，經伏牛山脈北區之張村，高莊，洪澗，十八盤各地，節節抵抗，前方對日軍，即行反攻。殊行抵號鎮附近之陝縣所屬姚店秦家坡地區附近，即遇先佔領陝縣之敵軍，三面包圍夾攻。李總司令率一部份官兵，反覆衝殺，因頭部腹部均中彈重傷，遂於五月二十一日於戰地壯烈殉國，經四十七軍後續部隊趕到，突破敵圍，救出忠骸。惟此次向潼關西進之敵軍，經李總司令之節節抵抗作戰，遲滯行動，直至李總司令陣亡後，始得順利西進，又於六月十日攻陷靈寶號鎮，十一日陷閿鄉，已迫近潼關。但此時西安新增援之十六軍四十軍，已適時趕到，即猛烈反

攻[illegible]
[illegible]戰之後[illegible]成強弩之末，因此入陝之企
圖受阻，遂成停滯狀態。中央政府悼念忠
烈，並嘉許李總司令以堅強之後衛作戰自
任，節節抵抗，遲滯敵軍行動，對戰局發生
轉危為安影響，特追贈上將，入祀忠烈祠
。卅三年七月，軍委會命令將四十七軍調
入第五戰區，歸還廿二集團軍戰鬥序列。

(庚)四十三軍—二十九軍—二十六師

一、第四十三軍

軍　長　郭汝棟

副軍長　劉雨卿—蕭毅肅

二、第二十九軍

軍　長　劉雨卿

三、第二十六師

師　長　劉雨卿—劉廣濟—王克俊

副師長　劉廣濟—王克俊

第七十六旅旅長朱載堂—周治羣

第七十八旅旅長馬福祥—王克俊

四十三軍軍長郭汝棟，以前任川軍第二師工兵營長，獨立團長，參加護國戰役，靖川戰役有功，歷升為國民革命軍二十軍第九師師長。民十八年升任二十軍軍長，十九年以番號重複，改番號為四十三軍，以下為王清澄，劉公篤，蕭毅肅各師旅。繼奉調出川參加在湘贛鄂各省剿匪，出川將以上各師旅縮編三混成旅一獨立旅。繼遵中央準備抗日之全國陸軍整理方案，全軍併編為陸軍第二十六師（國防師），[illegible]軍軍長郭汝棟兼任廿六師師長，副師長為劉雨卿，在贛鄂邊區剿共戰役中，曾消滅共偽十六軍孔荷龍部，肅清鄂南，以參加追剿朱毛，歷經湘黔滇各省，予共軍嚴重打擊。民國廿五年由副師長劉雨卿升任二十六師師長，移駐黔省，肅清殘餘共軍。二十六年日寇侵略日亟，迫成七七抗戰，本師請纓，參加抗日前線，於八月奉調由黔出發，開赴淞滬，參加淞滬戰役。十月進入上海附近之大場戰線，接任原來三十八師第八師之任務。官兵均知此戰關係國家民族存亡，無不犧牲奮鬥，作殊死戰，因之雖與友軍比較，裝備較差，但奮勇爭先，予敵人打擊之重，不弱於任何友軍。因此在大場前線，敵我雙方，屢進屢退，往返肉搏，遺屍纍纍，經七晝夜之慘烈鏖戰，計陣亡團長一員，營長十一員，初級幹部及士兵傷亡十分之七，第七十六旅旅長朱載堂七十八旅旅長馬福祥指揮所，均為敵彈命中，幕僚人員大部殉職，幸能鞏固原陣地。蔣委員長在漢口軍事會議，檢討第一期作戰，嘉譽本師為參加淞滬戰役中戰績最優五個師之一。淞滬戰後，本師調往江西武甯整補。廿七年五月中旬參加湖口作戰，日軍突破馬當要塞，本師奉命推進湖口佈防。敵軍乘我立足未固，三面環攻，激戰三日夜，陣地一部被敵突破，要塞守兵又先本師撤退，我陣[illegible]亡，堅守至第四日，湖西友軍轉軍委會命令，飭本軍放棄湖口，始突圍轉至九江附近收容整理。十二月本師奉命攻隸廿九軍陳安寶部，担任江西南昌附近撫河守備。民廿八年五月，參加南昌會戰，本師奉命協同贛北友軍反攻南昌，我右翼七十八旅王克俊部奮勇突入南昌近郊飛機場，擊燬敵機數架，斃敵甚衆，左翼七十六旅周治羣部進攻至南塘，敵軍增兵衝入陣地內，陳軍長於督部作戰中陣亡，本師師長劉雨卿負傷不退，裹傷督戰，穩定陣地，達成任務，以功升任廿九軍軍長。民國三十年，由王旅長克俊繼任廿六師師長。三月參加上高會戰，本師奉命馳援，甫達棹樹鎮，與由華陽南下之敵遭遇，當即于以痛擊逐退，保全該鎮。因該鎮（中國四大鎮之一）為戰略要地，上峯已下令堅壁清野，實施焦土抗戰，該師趕到，逐退敵人，幸免焚燬，當地民衆，無不感激。嗣又於黃蜂嶺磨子山側擊敵翼，配合友軍，造成上高會戰之輝煌戰績，軍事委員會賜頒第二武功狀（係授作戰部隊團體性者），實為川籍健兒以血肉換取之殊榮。民卅一年至卅三年本師担任第三第九兩戰區機動部隊，參加攻擊紹興及浙贛會戰，龍衢戰役，浙西戰役。卅四年八月，奉令攻擊浙江富陽敵軍，即值日本在華全線宣佈投降，本師在吳興武進兩地接受日軍第一〇〇旅及第廿師團之投降，予以繳械。

北平的回教飯館兒

·丁秉鐩·

拜讀了唐魯孫先生所寫的「吃在北平」，記載周詳，不勝欽佩，後來又看到唐先生寫的「再談吃在北平」，提及北平幾個有名的教門館兒。筆者是北平人，世奉回教，願就所知北平回教館兒的情形，不避續貂之嫌，稍作補充。

北平東來順掌櫃的叫丁子青，是通州人，誠如唐先生所言，是由小本經營出身，因爲本人勤奮，所以發達得很快，最後在東安市場開了四層樓的東來順。不但享譽北平，而且馳名全國，都知道北平東來順的涮羊肉最好。

丁子青不止有菜園子，還開了個醬園在金魚胡同，座落東安市場東門的對面，三間門面，字號是天義順。他還自己有羊圈，每年從張家口大批的買來羊羣，自己餵養，保持羊肉的經常而廉價的來源；同時，由此掌握了全國最好吃的涮羊肉權威地位。

羊肉，多少有一點羶味兒，信回教的人因爲吃慣了，不怎麼覺得，外教人有對羊肉羶味兒敏感的，所以有人並不習慣吃涮羊肉，但是唯有東來順的涮羊肉，在外教人的口碑中，絕對沒有一點羶味兒，非常好吃，同是回教館兒，其他任何一家的涮羊肉，都沒有東來順的地道。因此，大家趨之若鶩，而造成了東來順是涮羊肉權威的地位。這其中有個秘密，很少有人知道，就和東來順自有羊圈有關係了。

原來東來順用來涮羊肉所切的肉片兒，全用公羊肉，非常嚴格，母羊肉則作其他炒菜的原料，公羊肉絕對不羶，在白水裡涮，也沒有一點羶味兒，而母羊肉就不敢保險了。但是用作炒菜的原料，有作料油鹽醬醋的調和著，有一點羶味兒也不顯了。東來順因爲自己有羊圈，可以這樣嚴格的控制羊肉原料。

切涮羊肉的肉片，也是一行專門手藝，要切得薄，還要切得快。東來順常期養活著幾位切羊肉片的師傅，每年在涮肉季兒開始，（北平人吃涮肉是從九月初九登高起，到正月立春爲止。因爲一到打春就吃薄餅了。最多涮肉賣到正月底，再晚就口熱了，烤肉也是如此。）切肉的師傅，晚上就站在東來順的門口，作切肉片兒示範表演，以廣招徠，手執牛耳尖刀，手快如飛，切出來的羊肉片兒，其薄如紙，顏色透明，來一陣風能給吹跑了。逛東安市場的遊客，走到東來順門口，一看到這種鮮紅透明的羊肉薄片兒，在明亮的燈光下，從師傅們的雪白尖刀下，飛舞出來，不由得便會饞涎欲滴，食指大動。

從初冬起，東來順每天門前開始站兩位師傅切肉，到了數九嚴寒，門口站四至六位師傅，都切得忙不過來，而這幾位師傅五個月的工錢，就夠他們一年的嚼穀兒了。

丁子青刻苦成家，在事業上是有成就了。但是，對自己刻苦，可以儲蓄多金，有助於經營，如果對人刻苦，就迹近刻薄，容易招怨了。而丁子青就犯了這個毛病。

卅八年北平淪陷以後，東來順和天義順醬園的同人，因爲積多年對老板的怨毒

，再加上[illegible]
如洗，家敗人亡。現在的東來順，是否名存實亡？或者已然沒有啦？就不得而知了，興筆至此，曷勝慨嘆！

西來順的老板褚祥兒，原是馬連良的家廚。這個人頭腦靈活，心細如髮。賣涮羊肉比不過東來順了，他就在烤鴨子上動腦筋，獨具特色，詳情已見唐先生大文，此處不贅。東來順以賣小吃散座為主，很少吃整桌的，因為他們也沒有什麼名菜。西來順却以整桌席面為主，小吃為輔。褚祥兒除了發揮回教菜的特色以外，還參考外教館兒的菜單，用回教館兒的原料來做。另外他還有創意的發明些新式菜：像什麼「扒三白」，是用鴨胸、鮑魚、蘆筍，加奶汁兒做成，乾淨漂亮，增人食慾。「芥藍酥」，把芥藍菜切碎了，再過油一炸，爽脆可口。因此，西來順的整桌菜，菜式新穎，獨創一格，不止回教人，一般教外人士，如果請客用散席的話，都到西來順，而菜價則比其他館子就貴一點了。

唐先生文中所談西來順的鷄肉餛飩，和攢餡蒸餃的材料有鷄鴨血，恐怕在事實上有點出入。因為回教人不吃餛飩，並不止因為餛飩一向是用豬肉作餡，就是用牛羊肉或鷄鴨肉作餡，回教人也不吃餛飩的，因為那個形狀有忌諱，觀之不雅。如果西來順眞有鷄肉餛飩，那絕非是公開發售。褚祥原是馬連良家廚，在馬家伺候消夜[illegible]也許是馬家的朋友，在西來順煩他做一回，或者有的，但如公開在西來順賣餛飩，那褚祥兒絕不敢冒此天下之大不韙，傳嚷出去，就沒有回教人上門吃飯了。

回教人根據教規，是不吃動物的血的，不論牛、羊、鷄、鴨的血都不吃。回教人宰鷄，要把鷄的血控出來，叫做「出腔」，控乾淨了，再拔毛，切開做菜吃，所以馬家的攢餡蒸餃材料中，不可能有鷄鴨血，馬連良雖然是較開明的回教徒，却不會吃鷄鴨血。

有西來順以後，西長安街上靠西單牌樓，長安戲院附近，開了一座一畝園回教館兒。它的作風和東來順很相近，菜是大路活，以散座零吃為主，兼賣烤、涮。它的爆胡作得不錯。爆胡就是爆牛肉，不過，要爆得很脆，名叫爆胡，實際不會到焦胡的程度。一畝園的菜價比西來順便宜，因此西來順的散座兒生意，被它奪去了一部份，但是散席仍然保持權威。

前門外的回教館，資格最老當推元興堂，座落王廣福斜街。地方大，也排塲，菜做得細膩，那是在西來順以前，散席最考究的地方，不止常有人在那裡請客，也常有喜事在那兒舉行。

元興堂的菓羹很有名，回教館兒的菓羹就相當於外教館兒的八寶飯。以蓮子為主，佐以紅棗、豆沙、櫻桃等，蒸的火候[illegible]兒最要緊，吃到嘴裡，覺得甜而不膩，輕而不黏，十分可口。小窩頭也是元興堂特色之一，用栗子麵兒做的，仿御膳房方法，精美酥甜。它如荷葉粥，是用京米粥，在快熬熟的時候，上面蓋上一層荷葉，熬好之後，稀稀的粥，泛出極淺的黃綠顏色，而冒出荷葉的清香來，是夏天最沁人心脾的食品。在夏天去吃飯，對熟客人，元興堂往往先敬一個冰碗兒，是用冰鎮的菓藕，雞頭米、百合、櫻桃等做的，吃下去暑熱全消，胃口也打開了。然後再正式吃菜。

小時候在元興堂吃完晚飯，再到西珠市口開明戲院去聽戲，認為是無上享受。那時候梅蘭芳的承華社，和楊小樓，余叔岩的崇林社，輪流在開明演出，現在談起來，眞有點話天寶遺事了。

兩益軒與同和軒，都在李鐵拐斜街，源出於三元店。三元店是舊式客棧，先是有人租三元店兩間房子，做炒菜賣，後來越做越發達，在三元店內多租幾間也不夠用的了，索性搬出來開飯館兒吧，兩益軒先開的，同和軒在後。

在元興堂式微以後，兩益軒在前門外的回教館兒裡，位居首席了。菜做得細膩，以小吃為主，像唐先生文中所談的烹蝦段兒，爐鴨絲炒蜇皮等，都很膾炙人口。敬的小菜也精緻可口，像芝蔴醬拌苣末等，你吃一個絕對不過癮，非「再來一個」

不可。

北平梨園行的朋友們，都喜歡吃兩益軒，尤其名丑馬富祿，他雖不是回教徒，但幾乎可以三天兩頭在兩益軒發現他的蹤跡。

同和軒也是原在三元店的人開的，與兩益軒比起來，兩益軒顯得保守一點，同和軒則地方較大，佈置得整潔有序，價碼兒也比兩益軒便宜一點，所以慢慢就有點後來居上的趨勢了。小吃，外會，整桌散席全都齊頭並進的經營，大規模的請客，和辦喜事的就逐漸增多了。北平有個花臉票友吳廣智，在郵局工作，回教人。他拜金少山為師，拜師禮就在同和軒舉行，一擺幾十桌，那個場面，在兩益軒就容不下了。

前門外還有個以賣餡兒餅起家的回教館兒，名叫餡餅周。顧名思義，就知道這位周掌櫃的，當初是只賣餡兒餅出身啦。他的餡兒餅，不止餡兒大，皮兒薄，更烙得黃而脆；餡兒大，牛肉上好精選，絕沒有筋頭兒馬腦兒，咬一口一兜油，却又不膩。因此，越賣越興隆，先是擺一個小攤子，後來，供不應求，地方也不夠了，就在煤市街，正式開了飯館兒，以後還擴充為兩號。

開了飯館以後，字號叫什麼呢？人不能忘本，以此成名的，就掛了一塊牌匾：「餡餅周」。但又覺得不大鄭重，還得取個學名啊，於是又排了一塊牌匾：「同聚館」。一個飯館兒有兩個字號，却也生面別開。但是去吃的主顧，和慕名的客人，却都去找餡兒餅周，知道同聚館的很少。

餡餅周當然以賣餡餅為主，它的小米兒粥也很好，一般人都是吃幾個餡餅來一碗粥。因此，到餡餅「周」去吃餡餅「粥」，也是諧音的一段佳話，此外，賣點炒菜，很少有到餡餅周去吃整桌菜的，而吃他們整桌的，也吃不出特色來。

北平東單大街還有一家回教西餐館兒，叫福生食堂。東家姓安，人稱酪安家。現在台灣，自國外進口乳牛，經營牧場，不算是新鮮事了。但在距今五十年前，安家就從國外進口乳牛，可以說是頭腦很新的人物了。他們的牧場很大，發售鮮牛乳，自己也做乾酪，又開個福生食堂。

福生食堂定食的菜式，是三菜一湯，俄式小吃。小吃分八盆，除了習見的紅菜頭，酸黃瓜，滷雞蛋，醬牛肉，醬牛舌等以外，最精彩的是醬鴿子，一隻鴿子片成兩半，肉厚骨嫩，鹹淡得宜。筆者每次都覺得吃一小盆意有未盡，請他們再來一個，因係熟人，照舊補充如儀，毫不考慮增加成本。因為廚師手藝高超，福生的牛尾湯，紅燴牛舌，都很美味有名，除了回教人以外，許多外教人也經常光顧福生食堂。從民國廿三、四年到三十年。每客自大洋八角，而一元，最後漲到一元二角，按菜的質和量算起來，還是經濟實惠的。

同和軒的老板，有鑒於福生食堂的成功，在大柵欄西口也開了一個同和西菜館。但因沒有什麼特色，只是在前門外多了一個西菜館而已。以前，前門外的客人吃西餐，只有擷英西菜館可以去，現在總算多了一個去處。因此，沒有做出什麼成績來，也沒有什麼人特地去那裡品嚐。只做些附近客人的零星生意而已。

以上拉雜寫來，截止民國卅七年底，大陸陷共以前，北平的回教飯館兒，大概情形也就如此了。下面，我還願補充一些北平飯館兒中跑堂待客的本領，供此間做吃食生意者作參考。

一個飯館的人事組織，分「櫃」、「堂」、「竈」三部份。「櫃」是管賬目的會計和管錢財的出納，老板派可靠的人就能處理了。「堂」和「竈」的優秀、健全與否，却與營業興衰有重大關係。「竈」就是廚房做菜的師傅們，有好師傅，菜做得出色，能號召食客，與營業有關係。「堂」就是招待顧客的夥計，俗稱「跑堂的」，他們與營業有關係的重要性，就不為一般人所熟知了。

跑堂的任務有三：（一）保持飯館兒的常期客人，也就是「排座兒」。（二）調劑「竈」上的「調和」，（即烹調原料）。（三）招待客人週到，使生張熟魏，賓至如歸。現在一般的了解，都認為跑堂的只有第三項任務，把顧客招待好就成了。但是津、滬、港、台一般飯館的跑堂的，連這第三項任務都作不好，就更談不到前兩項任務了。北平飯館兒跑堂的有禮貌，爲衆所週知，但以能克盡職責，做好上述三項任務的，以筆者多年體驗，以東來順的跑堂，最爲優秀。東來順除了以涮羊肉炒蔴豆腐，炸羊尾幾個菜馳名以外，一般的菜都是大路活。冬季固然以涮羊肉爲號召，春、夏、秋三季，生意經常是滿坑滿谷，鼎盛非常；「竈」上的關係不大，主要在堂口上健全而卓越。

現在飯館兒都有電冰箱、大冰庫，可以貯藏大量的雞鴨魚肉，不會有匱乏、腐臭之虞。幾十年前的北平，那時候沒有電冰箱，飯館兒只有舊式的冰庫，而且容積也不大。所以要每天進調和。進少了不夠賣，進多了，剩下第二天賣，味道就不十分新鮮了。同時，進的各種調和也不見得就能均衡，有時候也許雞鴨多了，魚蝦少了。因此，每天上午，「竈」上要把今天所進調和情形，告知「堂」上，作爲他們賣座的參考。

假如今天雞多，蝦少，如果順其自然的聽客人叫菜，雞賣不完還是小事，吃蝦的人多，對後來叫蝦的客人，如果跑堂的說：「對不起，今天的蝦賣完了，您吃點別的吧！」請問，這給客人的印象多麽惡劣！

。東來順的跑堂們，就有他們的一套。如果雞多，蝦少，遇見蝦快要賣完，而又有客人叫蝦的時候，他會很誠懇而又半神秘的向你說：「按說，您叫什麽給您來什麽，不過，今天天津的火車誤點了，蝦不大新鮮；今天的小雛雞很嫩，您的烹蝦段兒，改個爆雞丁兒好不好？因爲您是老主顧，我才告訴您，您看怎麽樣？」客人當然大爲欣賞，認爲知己，照改如儀，還多給小費。如果蝦多，雞少呢？「告訴您，今天的雞可老了一點，剛下火車的大蝦眞新鮮，還亂蹦亂跳呢？您的爆雞丁兒，改個烹蝦段兒怎麽樣？」您當然也是俯允所請了，那時候，北平飯館兒的魚蝦都由天津供應，當天火車運來，究竟是由客車運？貨車運？？是否準時或誤點，客人往那裡去核對呀？還不是聽跑堂的信口開河，隨意編造。眞是「人嘴兩扇皮，怎說怎有理」了。但是由他們這一建議，預備少的調和也夠賣的，預備多的調和也推銷出去了，調劑供求，功莫大焉。

談到跑堂的第一項任務，如何掛住常飯座兒？那他們的察言觀色，反應靈敏，眞是令人佩服。大凡一個客人只要去吃過一兩次飯，他就能記住你的飲食習慣，喜歡口輕？口重？愛吃油膩？清淡？他都記得一清二楚，以後再去不用你費神說明，他都把菜配得適合你的口味，使你吃得舒舒服服。

如果你偶而陪上三朋兩友去吃飯，我們中國人好客愛面子，從喜歡多叫一兩樣菜，或叫一兩樣較貴的好菜，至少在表面上也要如此。這跑堂的不等你把菜點完，就搶過來說，「來，我給您掂對幾個菜吧，咱們不要這中看不中吃的，放心吧您哪！」果然，他安排的菜端上來，不儉不豐，恰到好處，眞合乎「經濟實惠，好吃不貴」，於是賓主盡歡，他給客人既做面子，又省下錢了，請問，對他的小費還能少給嗎？於是這位客人，自然便成了他的常座兒，櫃上多做買賣，他也多得小費，積少成多，生意自然興隆。

現在台灣有少數飯館兒，如果你對叫菜並無腹案，任跑堂的推荐，他爲給櫃上多做生意起見，什麽貴推荐什麽，甚至兩個人吃，能都給你來大盤。要是年輕朋友陪一位小姐去吃飯，他就更架弄你了，能夠海參，魚翅的胡這麽一出主意。再遇見小姐也外行，竟依了他，這頓飯錢，要是你腰裡不方便，而又沒有簽字的交情，那個急可就着大了，豈止是「小吃大會鈔」，簡直是「惡性敲詐」。請問，下次你還敢再去這家飯館吃飯嗎？恐怕要起誓一輩子不登門了。跑堂的作風，照這樣下去，把客人都得罪了，全不上門，這家飯館就快倒閉了。

劉汝明將軍二三事

汪樹山

正值偉大領袖　總統　蔣公崩殂，舉國哀慟，全民皆哭的月份裡，劉汝明將軍也於四月廿八日病逝，享年八十一歲，怎不令追隨劉將軍出生入死的子弟兵，再度的淚如泉湧呢！

民國廿五年，劉將軍任一四三師師長駐防北平，我於同年二月投入劉將軍麾下，被編入該部教導大隊，此機構爲訓練下級幹部的搖籃。劉將軍對官兵的訓練有四大準則：一、必須有高上的愛國情操。二、必須有團結奮鬥的勇氣。三、必須有獨立作戰的能力。四、必須有潔身自愛的道德修養。每一個新兵入營，劉將軍必親自過目，他對新兵的選擇條件有三：①强壯的體格。②充沛的精神。③宏亮的聲音。他對所屬的官兵要求有二：一要有挾泰山以超北海的氣魄。二要有泰山崩於前而色不變的胆識。劉將軍經常巡視連、營、團級單位，事先不通知，使各單位無法做出虛僞應付的準備，他發現錯誤立即糾正，時常與連級單位士兵一同進餐，以瞭解基層的生活實況，如發現某單位士兵面黃肌瘦或病的太多，該單位的主官就要挨罵或受處分，劉將軍經常告誡連、營級主官說：善良的青年子弟，他們家長很放心的送入我們這個團體，我們應當使每個人都成爲國家有用之才，如弄得每個人弱不禁風，那你們還有良心嗎？他如看到某單位士兵面部發光，顏色紅亮，動作如生龍活虎一般，他就非常高興。劉將軍特別高興的時候有個習慣性的動作，就是用手掌撫摸額以下的臉部，無論平時或戰時，有這個動作出現就是他最滿意的象徵。

該部訓練教材中有道德精神一書，規定官兵都要能背誦，其中有「死生有命，富貴在天，更是吾人不可忘的。」「大丈夫要光榮的戰死在國，不能恥辱的病死在家。」「死有重如泰山、輕如鴻毛之別。」這就是要人明生死，忠於國家；還有「黃金萬鎰，大夢一醒成空。」「禹聞善言則拜，子路聞過則喜，曾子三省其身，顏子克己復禮。」這就是要人把名利看得淡，修養要向古聖先賢看齊。各連隊起床後要唱起床歌，內有「看青天白日滿地紅照耀，滅日復仇顯英豪。」吃飯前要唱吃飯歌，內有「這些飲食，人民供給，我們應當爲國効力。」睡覺要唱睡覺歌，內有「外患方多，臥薪枕戈。」這是效法越王勾踐叫人每天三次問他，你忘記亡國的恥辱了嗎（按當時日軍已佔領我東北）？民國廿五年初夏該部移防察哈爾省，劉將軍仍以師長名義兼省主席，是年冬天他到北平去開會，在閒談聊天時，他向廿九軍軍長宋哲元說了一句很自負的笑話「我的部隊可

[illegible]軍長、幾位師長都在場，大家鼓掌大笑，這雖然是一句笑話，足證劉將軍對他訓練出來的子弟兵有一種堅强的信心。

劉將軍視士兵如家人，每一個伙夫、馬夫、二等兵都可以直接向他提出報告，所以他對基層瞭如指掌，他集合部隊講話也很隨便，在抗戰幾年內，多半利用老百姓收麥子的場地，他坐在石滾上叫部隊席地而坐，他喜歡講打白狼的故事及三國演義，糜竺同車載美人，目不斜視，終於保得全家財物，不受火災的故事，這兩個故事雖每人聽的都在十遍以上，可是由劉將軍口裡講出來，大家確是百聽不厭，其涵義就是要軍人有驅逐邪惡勢力的勇氣，與軍人不貪女色的品德修養，在每次講罷話後，他總是問士兵們家庭內有沒有困難，如士兵母親有病，父親亡故，家鄉荒旱，或遭水災、火災等，他都給予十元、廿元、卅元不同的數目以補助（當時上等兵待遇每月是五元）。在逢年過節他到營區去的時候，他喜歡士兵圍着他，向他要錢，向他身上袋子掏錢，一直到衣袋裡的錢被士兵拿光，他才高高興興的離開，如果他到某個營區，士兵沒有一個人接近他，那連、營、團級主官就要受申斥，他會說：你們把兵怎麼訓練的？大家都不敢接近我，這還有情感嗎？戰時還能同生死、共患[illegible]子望風而逃，若非平時養之有素，練之有恒的部隊，焉能勝任。

民國廿七年春由山東定陶馳援台兒莊會戰，是年夏調赴武漢外圍担任廣濟、黃梅、六神港、黃崗一帶防務，以屏障武漢，當時劉將軍已任六十八軍軍長兼二十二軍團司令，是年秋奉令沿七省公路，向老河口方向轉進，劉將軍發現公路兩側病兵傷兵很多，他就下車坐在路旁淚流不止，並命令軍部汽車大隊趕快把傷兵、病兵運走，當時距日軍騎兵僅三十里，衛士拉劉將軍上車，他哭着不肯上車，幸而衛隊營以重機槍在距劉將軍三里的地方，佔領高地，擊退了日軍騎兵，使汽車大隊，才有時間把病患士兵運走，劉將軍才肯上車，否則的話，眞是不堪設想，由此證明劉將軍寧願冒生命危險，也不願使自己的子弟兵落入敵手。

劉將軍用人最大的原則是求忠臣必於孝子之門，各級幹部的父母親，如向劉將軍提出報告，說他兒子棄親不養，或對父母不孝，該幹部會即刻遭到免職處分，他認爲天地間最近者莫如父母，那你對父母都不孝，你對國家、對團體、對長官會盡忠嗎？如有幹部的妻子對自己丈夫提出檢舉有胡嫖亂賭的行爲，對妻室子女生活不加照顧，這種人也同樣會遭到免職的命運[illegible]你對妻子都不忠貞，你對黨國會忠貞嗎？被免職的人，並不叫離開這個團體，是叫搬到軍部副官處反省，經過一段時間，經調查已變化氣質，改過自新，則再行派用，如此帶人眞令人感到有奧妙無窮之處。

抗戰末期，中原會戰，該部首當其衝，勝利後，劉將軍任第四綏靖區主任駐防開封，担任魯豫地區剿共工作，徐蚌會戰，復任第八兵團司令，在徐州宿縣淮河一帶佈防，以屏障南京首都的安全，接着部隊隨政府南遷，又在建甌、建陽一帶阻止共軍南下，最後該部奉令守漳州廈門，一直至大陸變色，撤退來台。總之從抗戰到剿共，該部隊無一天不在戰鬥的最前線，如今劉將軍已離開了人間，可是他親手訓練出來的子弟兵，現仍然分佈在黨政軍教各階層，担當着國家所賦予的時代使命，他熱心培育出來的民族幼苗，現仍然成長在自由基地的每一個角落，在期望着反攻復國的號角。

蔣公光輝照耀地中海

毛樹清

英國戰時首相邱吉爾，在他厚厚六冊的第二次世界大戰回憶錄裡，很多次提到故總統　蔣公領導中華民國對日抗戰的豐功偉業。敘述最多的，自然是開羅會議那一章，那是二十世紀起三大世界偉人僅有的一次晤面，是人類歷史旋乾轉坤的一個重要樞紐。邱吉爾說：在他會見　蔣公的第一個印象，深覺得　蔣公處事鎮靜、含蓄、切實的性格與高度的領導才能。邱吉爾對於蔣夫人在開羅會議上的表現，更讚揚備至，特別推崇蔣夫人的氣質與睿智。除了開羅會議那一章以外，邱吉爾在滇緬之戰那一章裡，提到他與　蔣委員長之間函電往返的情形很詳細，邱吉爾認爲　蔣公的卓越領導，使中華民國的四億老百姓，發揮了堅毅的戰力，抵擋住一個高度工業化的日本的進侵，但邱吉爾坦率承認英倫對於應付納粹德國的侵略，已使盡了渾身氣力，無法再調動力量來幫助遠東的盟友。但由於　蔣公與邱吉爾之間的密切聯絡，中英兩國同時對羅斯福總統的進言與說服，強有力的影響了美國的對日外交。邱吉爾在回憶錄裡說，美國國會通過了租借法案支助英倫不久。由於　蔣委員長的有力要求，羅斯福總統同意延用租借法案給中華民國，美國空軍援華志願隊（即後來的飛虎航空隊）的組成與馳援中國，邱吉爾認爲是　蔣委員長說服了羅斯福總統的有力證明。這些都發生在珍珠港事變之前，而後來直接影響珍珠港事變的，乃是國務院對狂妄的日本軍閥所提出的『十點方案』，邱吉爾在回憶錄裡說：一直到赫爾國務卿和日本特使來栖、野村的談判破裂，他還沒有完全了解方案的全部內容，但邱吉爾知道這是　蔣委員長和羅斯福總統之間的有效協議，是蔣公領導中華民國抗戰受到舉世尊視的重要一步。邱吉爾還提到很多羅斯福總統個人對　蔣公的崇敬。但邱吉爾仍然自信，後來華府決心否決來栖三郎與野村特使的美日妥洽備忘錄，是邱吉爾會同蔣委員長對羅斯福幕後施加壓力的結果，終而至於產生了日本軍閥對珍珠港的卑鄙偷襲，改觀了整個人類歷史。

在當年戰時倫敦，我沒有機會訪問邱吉爾首相，邱吉爾也很少有公開的記者招待會。可以發佈的有關首相的一切活動，都經由具有高度效率的英國情報部M. O. I.披露，我曾經透過情報部的推介，訪問了當年被認爲英國最權威的軍事評論家哈特爵士（Sir Basil Liddell Hart），哈特爵士那時在英國國防部擔任顧問，又替倫敦每日電訊報寫軍事專欄，替倫敦泰晤士報寫歐戰分析，許多英國人稱他爲戰略學家，也有人尊譽他爲陸軍機械化的鼻祖。我去訪問他的時候，他正在整理許多中國對日抗戰的資料，他對　蔣委員長領導的中華民國對日抗戰，認爲是奇蹟中的奇蹟，主要原是　蔣公的堅忍不拔的大無畏精神，與全中國老百姓對領袖的愛戴與心悅誠服。然後哈特爵士談到他的本行『陸軍機械化』運動，談到德國與日本的陸軍裝甲化，是第二次世界大戰侵畧者的最大賭本，乃至於談到中華民國在戰事結束以後的建軍方向。哈特爵士最後認爲，第二次大戰已推動了中華民國國軍的現代化運動，祇要有蔣委員長的偉大領導，他對於中國的前途，無限樂觀，哈特爵士於戰後寫過好幾本二次大戰的戰史，在各大學的圖書館裡都能看到。

「沙漠之狐」隆美爾逐出北非，『艾爾阿拉敏』關隘的戰役結束從不久，我到了開羅，住在開羅最豪華的許伯特旅館，那時候，阿拉伯同盟祇有七個獨立國家會員，他們正在許伯特飯店開會，我以跑去訪問當年阿拉伯聯盟的秘書長阿茲姆——倍 Azum Bey。阿茲姆告訴我他最敬佩最崇奉的，是中華民國的偉大領袖 蔣委員長。阿茲姆說： 蔣委員長不但是中國的革命導師，而且是世界弱小民族的救星，整個阿拉伯世界都願意接受 蔣委員長的領導。阿茲姆說：他說這些話是有根據的， 蔣委員幫助印度獲得和平獨立，不但使印度人心悅誠服，也使阿拉伯人爲之嚮往，阿茲姆說，他曾經好幾次去過印度，而且拜謁過印度的國父甘地先生，甘地先生及其信徒，都十二萬分崇敬 蔣委員長。阿茲姆是一個瘦長而面頰清秀的埃及人。不長於辭令，而使人有誠懇的感覺。那次會議是爲了叙利亞問題，阿拉伯聯盟共商對策對付戴高樂政府，與中華民國毫不相干，但與會的好幾位阿拉伯貴賓，一聽到 蔣委員長，都肅然起敬，使我感覺到無限的光彩。

由於阿茲姆的推介，我會見了當年開羅城裡煊赫一世的埃及首相諾可拉喜——巴沙 Nokorashi Pasha，諾可拉喜是當年埃及法魯克皇帝的親信，很像一個『肚裡好撑船』的宰相，Pashi和 Bey都是回教國家的封爵，前者高於後者。據大英百科全書的解釋，巴沙是土耳其和以前的貴族，「倍」則是鄂圖曼帝國統治下的省長。不管怎樣，我記得諾可拉喜的「氣派」確實不凡，他接見我的時候，一邊說話，一邊在客廳裡走來走去，往返不停。他的僕人請他接電話，他手拿電話筒，還是往返不停的走來走去，僕歐雙手捧著電話機，跟著他來回踱著，很有些天方夜譚上的味道。據他的新聞秘書哈立發告訴我：首相就是這個調調，決不是搭官架子，後來聽到這位首相談到對 蔣委員長的敬佩之忱，我恍然於哈立發的話不錯。二十年以從，我在紐約聯合國總部的一個偶然的場合裡，遇到了哈立發，他那時已是納瑟政府的高級外交官了，和我們中華民國處在十分不友好的立場，因此，大夫無私交，祇是尷尬的相互一瞥而已，沒有作任何交談。

諾可拉喜巴沙很健談，他是近代埃及的早期留英學生，他說他一生致力於爭取殖民地的自由平等，所以多少年來，一直注意於中國國民革命運動的發展。諾可拉喜說：中華民國能夠廢除不平等條約的束縛，能夠從帝國主義者的桎梏中解救出來，第一，靠 孫逸仙博士的偉大思想號召，第二，靠 蔣委員長的卓越領導，實踐了 孫逸仙先生的崇高理想。而這一個領導，必須要有堅强的意志，百折不撓的像鋼鐵一般的毅力，說起來容易，實踐却十分艱難。諾可拉喜說到興奮之時，便拿他治理下的埃及爲例。埃及那時候介乎英法兩大殖民主義者之間，運用列强的矛盾，以夷制夷，達成了半殖民地的狀態，然後是德意兩國後起的殖民主義者覬覦，好不容易才守住了『艾爾阿拉敏』關隘，沒有被隆美爾的鐵蹄蹂躪。諾可拉喜說： 蔣委員長領導中國革命，能夠把命運之舵，掌得很穩，能夠在西方列强的複雜鬥爭中應付裕如，使他感覺半殖民地、弱小民族也有挺直站起來的一天，感到無限驕傲。諾可拉喜說：開羅會議的時候，埃及是地主國，使他有這份光榮看到 蔣委員長伉儷，但始終沒有機會深談。他說：一朝戰爭結束了，他決定要到重慶去，向 蔣委員長詳細請教，以作埃及建國治國的指針。

地中海兩岸崇敬 蔣委員長的故事，窮年累月都講說不盡。在意大利，我藉着朋友的介紹，訪問無線電發明人馬可尼的家屬。這位意大利籍的偉大發明家，只活了六十三歲就死了。他沒有看到第二次世界大戰在歐洲爆發，更沒有看到墨索里尼瘋狂的參加軸心組織與用兵希臘，從馬可尼逝世到我去訪問他家屬的時候，他的遺孀與美麗的獨生幼女，已經度過了慘淡的八個年頭。馬可尼夫人告訴我：他們到過上海旅行，知道日本軍閥欺壓蹂躪中華民國的實際情況，他們更知道， 蔣委員長忍辱負重的埋頭準備，最後終因蘆溝橋事變的爆發而忍無可忍，發動了全面抗戰。馬可尼夫人說： 蔣委員長的德威，使萬萬千千的意大利人欽服崇敬，而他們自己的瘋狂統治者墨索里尼，偏偏選了 蔣委員長的敵人作朋友，眞是愚不可及。難怪墨索里尼要被意大利人民所唾棄。馬可尼夫人說： 蔣委員長反共，愛國，全力爭取國家的主權與榮譽，主張建立一個安祥和樂的社會，這些，都是意大利老百姓終身祈求的目標。然後，她堅定地把右手一揮：『意大利絕對不要共產黨，希望意大利永不沾染共產主義這一魔鬼！』

我在馬可尼家裡吃了一頓簡潔味美的晚餐，席間，馬可尼夫人告訴她幼女許多有關中國，和有關 蔣公的故事，她們也再三表示希望重遊中國，希望我作她們的遊歷嚮導，事隔十九年以後，一九六三年我從美國返台北小住，在外交部朋友邀請圓山飯店游泳池畔的晚會上，我赫然看見馬可尼夫人和她的女兒坐在意大利國會議員訪華團的貴賓席上，她們還是那樣愛着中華民國，還是那樣衷誠敬佩着我們 總統老人家。所不同的，祇是當年尙在髫齡的稚女，那次見面已經是婷婷玉立了。

以後，我曾經好幾次去過羅馬，但都抽不出時間再度訪問這位大發明家的家屬。相信他們還住在羅馬『西班牙方場』附近那幢古色古香的房子裡罷，但願一切都還是那麼安祥和平靜。三十年的歲月，曾經使斷垣殘壁的意大利，一度成爲歐洲經濟的重鎭。而如今，意大利又迷失在幻影與紛亂之中了。每次當我看報紙上意大利的新聞之時，就想到馬可尼夫人那句話：『意大利人永遠不要共產黨！』但願全人類的反共導師 蔣公的在天之靈，庇護這個虔敬於宗教信仰永遠不要共產黨的國家，給他們靈性上精神上的支援，以掃蕩在米蘭羅馬相當猖獗的共產妖氛。

半個多月前我在聯副那篇短文披露以後，有讀者提供了我兩個失落了的姓名。今早上我會見剛從西得來的金德曼博士，方始證實在維也納那位老漢學家的名字叫葛萊塞教授Prof. Greisser。據金德曼博士說：葛教授不但是 蔣公的虔敬崇拜者，而且也是我們 國父中山先生的廣州鄰居。對 中山先生更是欽敬到萬分。當陳烱明在廣州叛變砲轟觀音山那天，一顆砲彈流矢射入了葛萊塞教授的寓邸，後來 蔣公從上海趕到，護衞 國父左右，方使局面安靜了下來。很多年前，葛萊塞教授曾經把這段故事告訴過金德曼博士。而作爲今天德奧兩國第一個『中國通』的金德曼博士也曾在 蔣公生前，三次晉謁，以此爲畢生的榮寵。金德曼博士這次來華，專門爲弔喪而來，他是懷着無限虔敬的心情，來向全世界最堅强的反共鬥士，全世界最傑出的反共領袖作最後的見面禮！

歐洲見聞中講不完的崇敬 蔣委員長的故事，我想我不該佔太多篇幅。在收筆之前，我不能不提到民國初年那位第二任的北洋內閣總理陸徵祥。比利時全境光復不久，我去一座修道院內找尋陸徵祥。這位老者自從他的比藉夫人病逝以後，他完全看破紅塵，進入了那座門牆高聳的修院。但出乎我意料之外的，是在他那讀經的斗室中，除了大堆大堆的宗教哲學書籍之外，牆上貼了兩張巨幅照片，照片下面的是陸老先生親筆寫的斗大的正楷，蔣委員長的戎裝照相下面，他寫着『世紀偉人』，蔣夫人的照片下面，他寫着『國之慈母』。陸老先生已經去世多年，有相信這八個字的記憶，不會錯誤。 蔣公老人家不但獲得部屬子弟，乃至於萬萬千千老百姓的擁戴，而且獲得下了野的北洋政敵的衷心讚佩。陸徵祥寫的八個字，掛在與世界隔絕了的修道院內，顯然不是寫給別人看的，無疑是發自他自己的丹田心聲，確實使我無限感動。如今這世紀偉人 蔣公也已離我們遠去，我們應該如何擦乾眼淚、振臂奮起、來實踐他老人家交付給我我們繼起這一代的本完任務？

折戟沉沙記林彪（二十五）

岳騫

現在，要用毛澤東的歷史資料，來說明這些說法（包括「遼瀋」和「淮海」戰役的說法）都是錯誤的：

一九四八年九月、十月，毛澤東「關於遼瀋戰役的作戰方針」，毛澤東選集註釋：「這是毛澤東同志爲中共中央革命軍事委員會寫的給林彪（東北人民解放軍司令員）、羅榮桓（東北人民解放軍政委）等同志的（兩封）電報」。又註譯：「遼瀋戰役，是一九四八年九月十二日至十一月二日，東北人民解放軍在遼寧省西部和瀋陽、長春地區進行的一次巨大的戰役」。這說明「遼瀋戰役」的指揮官是林彪。如果說：毛澤東是「遼瀋戰役」的指揮官，那麽他的指揮位置，應該和東北人民解放軍司令員林彪的指揮位置在一起（即使不在一起，也應該相隔不遠），那就無需給林彪發什麽電報了。縱然九月七日，林彪尚在哈爾濱，毛澤東早已到達遼瀋前線某地，毛澤東組成「遼瀋戰役作戰方針」的第一封電報應該發給哈爾濱。但是，九月十二日，林彪已經率軍南下遼瀋前線，展開作戰。十月一日攻克義縣，十月十五日攻克錦州。這些作戰，如果不是林彪指揮的，而是毛澤東親臨指揮的，那麽十月十日，毛澤東組成「遼瀋戰役作戰方針」的第二封電報，就不必發給林彪。因爲林彪雖然是東北人民解放軍的司令員，但他已無權指揮作戰，他是毛澤東身邊的一個閒員。毛澤東又何必給林彪發什麽電報呢？

一九四八年十二月十一日，毛澤東「關於平津戰役的作戰方針」，毛澤東選集註釋：「這是毛澤東同志爲中共中央革命軍事委員會起草的給林彪（東北野戰軍司令員）、羅榮桓（東北野戰軍政委）等同志的電報」。又註釋：「平津戰役是東北野戰軍和華北兩個兵團，在林彪、羅榮桓、聶榮臻（華北野戰軍司令員）等同志指揮下進行的。」這說明「平津戰役」的主力部隊是東北野戰軍，「平津戰役」的指揮官是林彪。如果說：毛澤東是「平津戰役」的指揮官，那麽他的指揮位置也應該和東北野戰軍司令員林彪的指揮位置在一起，也就無需給林彪發什麽電報。尤其林彪在一九四八年十一月二十三日，由遼瀋地區揮軍南下平津前線，「平津戰役」的作戰部署，林彪已在逐步完成之中，而毛澤東却在林彪到達平津前線十八天之後，於十二月十一日才發出毛澤東組成「平津戰役作戰方針」的這封電報，這不僅是「馬後砲」，而且是給林彪扯後腿。如果說：「平津戰役」確實是毛澤東親臨指揮的，林彪雖然把東北野戰軍帶領到達平津戰場，他的指揮權既被毛澤東奪取，他是一個閒員，毛澤東又何必給林彪發出這封兵力部署和攻擊次序的電報呢？又何必在電報的最後一條（第十六條）向林彪徵詢意見，要林彪電告作戰方針有何缺點呢？

一九四八年十一月十一日，毛澤東「關於淮海戰役的作戰方針」，毛澤東選集註釋：「這是毛澤東同志爲中共中央革命軍事委員會起草的給華東野戰軍和中原野戰軍、華東局和中原局的電報」。由於華東野戰軍和中原野戰軍是兩個實力相等的部隊，不分賓主。因此，這兩個野戰軍於一九四八年十一月七日展開作戰。到了十一月十五日，還是各打各的，不相協調。十一月十六日，中共中央革命軍事委員會決議，由劉伯承（中原野戰軍司令員）、陳毅（華東野戰軍司令員）、鄧小平（中原野戰軍政委）、粟裕（華東野戰軍副司令員）、譚震林（華東野戰軍山東兵團司令員）等五人組成「總前委」（中共中央革命軍事委員會的前敵最高軍事指揮機構），由鄧小平任「總前委書記」，統一領導中原野戰軍和華東野戰軍，執行淮海前線軍事和作戰的職權。這說明「淮海戰役」的指揮官，自十一月十六日起，是鄧小平。如果說：毛澤東是「淮海戰役」的指揮官，那麼毛澤東早就應該在淮海前線，不可能在作戰時期發生兩個野戰軍各打各的情況。而毛澤東組成「淮海戰役作戰方針」的電報，就不應該在開戰後第五天，於十一月十一日才下達。更不應該在打了八天仗以後，於十一月十六日，再決定組成「總前委」，由鄧小平任「總前委書記」，統一領導中原野戰軍和華東野戰軍，執行淮海前線軍事和作戰職權。

以上毛澤東選集的註釋，都是經過毛澤東親自校閱、修訂和補充的。都否定了毛澤東是「遼瀋」、「平津」、「淮海」三個戰役的指揮官。關於毛澤東在這三個戰役進行時，他的藏身位置究竟在那裡？自一九四七年三月十九日，國軍攻佔延安後，中共中央就分爲兩部份，一部份由毛澤東所領導的包括周恩來、任弼時等，繼續在陝北流竄，其位置是陝北橫山青陽岔、靖邊縣王家灣、葭縣朱官寨、葭縣神泉堡、米脂縣楊家溝等地。另一部份是劉少奇所領導的，包括朱德等，組成中央工作委員會，經晉綏解放區進入晉察冀解放區，到河北省平山縣西柏坡村建立中共第二中央。一九四八年五月，毛澤東才經劉少奇原來走的路線到達西柏坡村。毛澤東所謂「遼瀋、淮海、平津戰役的作戰方針」，雖然沒有說明起草的位置，但從毛澤東選集註釋方式來看，都是在西柏坡村起草的。因爲在毛澤東選集中，前面的文件、註釋了起草的位置，如果位置不變，後面的文件就不再註釋位置。但會議則不同，每次會議都要註釋召開的位置，即使位置不變也一樣。例如：同年九月，中共中央政治局會議，即「九月會議」，就註釋在西柏坡村召開。該次會議，并且決定把原來各大戰略區的部隊，劃分爲野戰部隊、地方部隊和游擊部隊三類，將野戰部隊編爲野戰軍，下轄兵團、軍、師等，并於十一月一日通令實施。至於毛澤東何時離開西柏坡村，應該是在一九四九年三月，中共召開第七屆中央委員會第二次全體會議之後，因爲這個會議還是在西柏坡村舉行的。這時，距離「平津戰役」結束，已經一個月零五天，毛澤東尚未離開他的第二巢穴，他又怎能在三個戰役進行時，奔走於三個作戰前線呢？

關於林彪在「平津戰役」中，是否確有反抗毛澤東指揮罪行之問題：

一九七三年「洪城」的文章說：「林彪拖延入關時間」。一九七四年「洪城」的文章又說：「早在遼瀋戰役結束之前，即一九四八年十月底和十一月初，毛主席就指示林彪，叫他督促東北野戰軍先遣部隊向北平附近前進。十一月中旬，毛主席又命令東北野戰軍主力早日入關，包圍津、沽、唐山，在包圍姿態下進行休整。對於毛主席的指示，林彪製造了許多理由進行反抗。毛主席嚴肅的駁斥了林彪的種種毫無根據的藉口，嚴令林彪立即部署部隊，做好出發準備，限定入關的眞正日期。在毛主席和中央軍委三令五申，多次督促和批評下，林彪才勉强同意部署東北野戰軍入關作戰。」又說：「爲着隱蔽我東北野戰軍入關的戰略企圖……指示該軍各部隊均走熱河境內出冀東，不走駐有敵軍的山海關，要求部隊取捷徑，夜行曉宿，迅速進行。」「以後又命令後尾部隊及總部也不要走山海關……」。又說：「資產階級野心家、陰謀家林彪！畏敵如虎，不敢打前所未有的大殲滅戰，不敢與敵人實行戰略決戰，公然抗拒毛主席關於東北野戰軍早日入關的指示，擅自改變毛主席規定的行軍路線……在大部份部隊按毛主席的路線入關後，他竟私自命令後尾部隊走山海關，暴露我軍企圖。」

（未完待續）

費伯雄仁心仙術

鐵嶺遺民

本刊三十四期芝翁遺著「孟河費醫與翁氏叔侄」一文，其中提到兩件事，都與事實畧有出入。

芝翁文提到，伯雄在鄉，亦有譽望。咸豐間，太平軍陷鎮江，武進通江鄉劉明松，集奔牛鎮鄉民於夏墅，倡議抗糧。有人向常州府密告，知縣擬發兵往捕，伯雄知道了，急忙親往通江鄉晤劉，曉以大義，諭以禍福，劉等憬悟，願聽約束，設櫃徵糧，三日畢事，地方安堵，民賴以安。

這段記載與事實不符。查當時劉某集衆抗糧消息洩漏後，常州府知府即擬發兵圍捕，行動至爲機密，甚少人知，伯雄因經常爲官員診病，本身又是紳士，消息靈通，得到消息之後，立時趕到衙門求見知府制止發兵，知府告以地方糧米，國家正項，收不到知府也不得了，除非費醫生能負責代爲繳納，否則非發兵不可。知府這個話不能算是「官腔」，事實也確實如此，尤其是那個時候作官的人，先要顧住自己「考成」，如果百姓抗糧，事情鬧大了，責在督撫，知府責任不大，若是收不到米糧，就完全要由府縣負責了，所以知府寧可激成民變，都不能停止徵糧。

但是，費醫生却拍胸答應全部負責清繳，只求知府不發兵，知府自也不願激成民變，既然有人負責，也就算了。當時準備抗糧地區自不是常州府全境，但即使一個地區，其數字也不在少，費醫生回家變賣一切，盡其所有代爲繳納，一塲滔天大禍，消弭於無形，事後伯雄隻字不提，農民也不知，所墊之欵也就無處收回了。

另一件事是爲向榮治病事。芝翁文：稗官小說「太平天國演義」，有張嘉祥孟河請醫的回目，平劇「三本鐵公雞」中，火燒向帥這齣裡，且粉墨登塲。向帥即向榮（字欣然），太平之役，方以江南大營統帥，欽差大臣，督師金陵，積勞致疾，他部下驍將張國樑（即嘉祥），親到孟河請費伯雄診治，費切脈診斷，認爲向帥氣血大虧，根本治療，非靜居調攝，不易奏效，經用救急之法，進藥數劑，病很快就好了。張國樑伴送費回孟河，途中，費私對國樑說：「時局艱危，向大人鞠躬盡瘁，無法自逸其身，日後病發，便無可爲力了。」其後向果歿於軍。

此事與事實亦有出入，張嘉祥本廣西巨盜，由向榮招安改名國樑，此後即隨向征戰，忠心耿耿，屢立戰功，積功升至提督。向榮由廣西尾追太平軍至南京，安營孝陵衞號江南大營，扼太平天國之吭，僵持不下。向榮積勞成疾，嘔血失眠，張國樑乃去孟河請費伯雄診治，伯雄至江南大營爲向榮把脉後，出室告訴國樑此病乃積勞所致，病入膏肓，無能爲力。張國樑當時跪地痛哭說：「先生無論如何要想辦法，大帥此時死不得。」

伯雄鑒於張國樑誠意，勉强開一方，說道：「可延一年之命，過此即無能爲力，早作準備。」向榮服藥後一年始死，江南大營爲李秀成攻破，張國樑退至丹陽投水自殺。

芝翁又說：向榮果歿於軍，大營軍務由曾國藩繼任，亦與事實不符，曾國藩乃另起爐灶，向榮死後，江南大營覆滅。以後曾國荃又攻到南京予以包圍，完全是另一回事。與向榮之江南大營全不相干了。

芝翁文也提到伯雄文學，「擅長詩文，詩則古體瓣香青蓮，近體步武玉谿，文則具昌黎之氣勢，兼廬陵之丰神。」詩文均未流傳，近見葉恭綽選「清詞鈔」，錄入伯雄一首小詞，清雅可誦，是知芝翁之言，並非虛譽，只不知此一代神醫之佳作，是否尚存天壤間否？

香港詩壇

壽幼老 涂公遂

九夷塵海隱人豪，淡泊淵醇歲月高、曾袖風雲呼斷夢，歷搜肝胆起英髦，回天鐘鼓千聲遠，拔地干戈百魅嚚，爲頌岡陵屛刼隙，還憑正氣砥狂濤。

自刪詩稿 李叔裘

哀樂無端訴寸衷，偶然隨興學雕虫、不依門戶論長短，自闢町畦化異同，垂老暗憐才轉拙、久窮翻恨句誰工，唯餘一念刪詩意，草草勞生誌雪鴻。

次亦園茗敍均 高飆賜

共把幽情注茗甌，肝腸似夏鬢如秋、客途憂樂旋磨蟻，人海升沉逐浪鷗、閱世身如浮世繪、悟空心托養空遊、老來更愛江湖味、坐媚吟窗薄五侯。

暮春書懷 李紀欣

花落春殘又一年，聲聲杜宇鬧窗前，千山北望歸何日，十載南留別有天，種杏安能循故步，燃藜可冀近先賢，平原壯濶開吟境，待我縱横猛着鞭。

茗敍 亦園

閑約羣賢共一甌，慳囊初破幾春秋，人因久病驚殘葉，詩負淸吟笑野鷗，飛電何嫌江海阻，携笻且待水雲游，堂堂皓首皆耆宿、健筆還推年少侯。

乙夘清明 朱琴庵

荒塜纍纍歲月深、誰家野祭遍山尋，豈同無定河邊骨，長在春閨夢裡吟，待出狐狸驕日落，催歸杜宇泣天陰，故園廬墓今何似，忉怛他鄉游子心。

台雜遊咏 包天白

宿澄清湖林中小屋

山茶乞得水親煎，小屋孤燈別有天，昨夜相思林下宿，我偏無夢得酣眠。

野柳 包天白

不盡奇觀別境開，海雲如絮自成堆，只憐黑石黃沙地，仙窟於今亦刼灰。

宜蘭梨山道中 包天白

紆迴仄偪路千彎，車走雷聲過萬山，兩袖生雲揮不去，遠峯迎我盡低鬟。

慈母橋望蘭亭 包天白

慈恩浩蕩傲雲霄，白石爲崖玉作橋，我獨無家長戚戚，天涯猶寄一身遙。

又逢三日過蘭亭，詩酒年年幾醉醒，老去流觴情已懶，何時重睹越山青。

重過天祥 包天白

天生奇景甲台灣，巫峽神山境一般，莫問朝雲成雨去，流泉依舊響鳴環。

斷崖絕壁臨無地，翠嶺雲深不見僧，九曲洞迴溪瀨遠，塵心已作玉壺冰。

花蓮望太平洋 包天白

忘憂自惜百年身，山水之間見性眞，普渡飛橋連兩岸，回頭都是過來人。

變幻浮雲變幻風，望洋空嘆恨無窮，人間信誓終何用，不盡哀鴻尙向東。

答包天老用原韻 乙卯仲春 徐義衡

嘉賓天外至。淑氣照衡門。我掃陳蕃榻。君貽北海尊。春風消素抱。旨酒送清溫。聯袂添遊趣。携笻村外村。

台遊雜咏（八首） 次天老韵 徐義衡

四重溪溫泉

輕車再過四重溪。水滑泉溫意自迷。洗去紅塵千百丈。莫教重染客中泥。

宿澄清湖林中小屋

一掬香茶手自煎。蕉窗共對夕陽天。疎林塔影遙相望。且任春花笑獨眠。

野柳

海底珊岩地面開。流沙怪石聚成堆。滄桑蛻變原如此。千古奇觀刧後灰。

慈母橋望蘭亭二首 徐義衡

碧岩千仞入雲霄。綠水晶瑩下玉橋。源遠流長情不盡。慈恩終古自深遙。

重三嘉日過蘭亭。千古流觴醉未醒。我也悽然念慈母。吳山相望蔣山青。

三日宿花蓮 徐義衡

輕車千仞下花蓮。過水穿山越嶺巔。路到蘭亭鄉思重。客心一夜未曾眠。

披襟喜共對春風。一片汪洋望不窮。記否中原塗炭日。江河滾滾尙流東。

再過天祥 錄第三首

清溪翠谷寄閑身。一點禪心返本眞。解得回頭方是岸。天涯那有未歸人。

讀長沙張叔平先生蜷厂遺稿八首 李叔裘

清標拔俗一書生、藝苑人人識姓名、自是才華稱絕代、非關家系屬簪纓。

天生傲骨比松筠、甘向人間作隱淪、眼底功名同敝屣、幾疑身是六朝人。

有筆生花孰與儔、詩名早已滿南陬、還從墨蹟論書法、同是人間第一流。

故宅當年戰後尋、國恩家乘託長吟、烏衣巷口斜陽晚、筆下滄桑寄慨深。

陸沉又見變乾坤、避地匆匆別國門、異域飄零垂暮日、幾人能識舊王孫。

豈必門庭判異同、騷壇一例仰詩宗、尋常文酒相酬句、語出名家別樣工。

史實紛紜詠百年、眞人眞事入豪顚、一斑不獲窺全豹、誰續先生未竟篇。

曾因詩句識前身、覈實循名語自眞、爲問玉皇香案吏、何時許作再來人。

編餘漫筆

編者

這一期所刊文章，有幾篇仍是紀念故總統蔣公文章，是由於上期稿件太多，排在本期發表。美國參議員鄺友良向美國國會發表的演詞，是一篇有價值的中美關係文獻，我們中國人要說的話，都被鄺參議員說完了。尤其是鄺氏所述許多事情，是中國人至今不知的，例如美國根據國會通過的租借法案，援助同盟各國武器彈藥，中國只得到千分之二，中國面對的敵人，却是太平洋區的二分之一，世間不公平之事，寧有甚於此者！讀了這段演詞，對於我們在抗戰期間成長時的中國人，確有恍然大悟之感。是則美國袖手讓棉、越沉淪，勿寧說是「國策」了。求人不如求己，每一個中國人，每一個亞洲人，讀了鄺參議員的演詞，都非要自強不可。

余英時先生以歷史學家眼光，撰寫哀悼蔣總統之文，提出了「士」在歷史上的地位，這是一篇極有內涵的文章，古代的「士」也就是現代的「知識分子」。當政者如何對待知識分子，知識分子如何自處，是國家民族興衰存亡的關鍵，余先生文章雖然很含蓄，但也交待得很明白。編者願就余先生之文畧加引申，古代的士無論為善、為惡，知耻、無耻，但有一點都是自力自為，文天祥、史可法均是文人領軍承，又處於必敗之地，失敗則一身當之；洪疇，吳三桂為異族效勞，當時已不理於眾口，死後更遺臭於萬世，但他們亦是一身當之。即以汪精衛而論，抗戰期間與敵人合作，組織政權，其人已萬刼不復，但汪精衛也是隻身入虎口，冒着生命危險與敵人辦交涉，畢竟還需要相當勇氣。獨最近十年來，知識分子却形成一種新風氣話，專慫恿別人作，自己躲在另一角說風凉其影响國家前途，絕非淺鮮。因讀了余英時先生大文，順便提及。

劉汝明先生在台北逝世，當年二十九軍七位高級將領——軍長宋哲元，副軍長佟麟閣，秦德純，師長馮治安，張自忠、趙登禹、劉汝明，至此全部離開人間，但他們對國家民族的貢獻，將永留青史，尤其本年是日本投降之三十週年，回首前塵，益思勇士。

「蔣經國在贛南」作者本是江西人，對當時之事皆親見親聞，寫來饒有趣味。蔣氏今天已秉國鈞，回思少年時事，也許會感到好笑，中國民間喜歡「青天」型的官吏，但一旦國家實行憲政，法律便是「青天」，過去的事只能供茶餘酒後清談了。

長篇連載關素質先生一文有豐富史料，且多是外間所不知道的，將來必然為史者所採擇，願讀者留意。

錦繡神州

出版者：德興文化事業公司

野史·佚聞·
人物·風土·

月刊

47

中華月報

一九七四年十、十一、十二月號、一九七五年元月號要目　中華月報社・香港九龍書院道九號

十月號

十一月號

十二月號

元月號

掌故月刊 第四七期 目錄

每月逢十日出版

掌故

第四七期

每册定價港幣二元正

全年訂費 港幣廿四元 美金六元

出版兼發行者：掌故月刊社

地址：九龍亞皆老街六號B
通信處：九龍旺角郵局信箱八五二一號
電話：K八〇八〇九一

The Journal of Historical Records
P. O. Box No. 8521, Kowloon
Mongkok Post Office, Hong Kong.

督印人：鄧少卿
總編輯：岳騫
印刷者：和記印刷有限公司
新蒲崗景福街一一〇號超達工業大厦十樓

總代理：吳興記書報社
香港租庇利街十一號二樓
電話：H四五〇五六一 四五〇七六六

國內代理：黎明書報社
台北市八德路三段九十九巷六號
電話：七二一二五二九

星馬代理：遠東文化事業有限公司
新加坡厦門街十九號 檳城沓田仔街一七一號

泰國代理：曼谷青年文化服務社
曼谷黃橋東北路五六六號

越南代理：聯興書報社
越南堤岸新行街二十二號

其他地區代理：
澳門：可大文具店
亞庇：利民公司
千里達：中華公司
菲律賓：華安書局
倫敦：東寶公司
芝加哥：杏林春
波士頓：中西公司
三藩市：新生圖書公司
三藩市：益智圖書公司
加拿大：香港商店
漢城：汎亞書籍公社
寮國：永珍圖書公司
斗湖：光明書店
菲律賓：玲瓏書局
紐約：友聯圖書公司
紐約：友方圖書公司
洛杉磯：永安堂
檀香山：大元公司
三藩市：文化商店
加拿大：新國華公司

馬君武夏威與我

·王世昭·

中華民國二十年四月間，我從北平南下，到漢口，與黎行恕兄會合，經洞庭湖，抵長沙。休息兩週，遂乘舟到衡陽。續起旱坐滑桿，向廣西進發，先次零陵，後抵黃沙河，其地平全縣。桂林警備司令第十九師副師長陳恩元先生，以其夫人及小公子隨我們同行，又爲了陳與黎有舊，所以親自到黃沙河來接我們到全縣。全縣休息一日，我們坐車到桂林，寓皇輔坪陳公坡。桂林盤桓了兩週，識陳氏的令兄科元，遂遊七星岩，疊綵崖，獨秀峯諸勝景。那時覃連芳率二十四師駐桂林，有一天約我們到月牙山吃豆腐，是日幷遊龍隱岩，元祐黨人碑印在此洞中。

行恕兄爲第四集團軍老幹部，曾任第七軍夏威先生的參謀長，德安、龍潭之役均著戰功。武漢失敗後，李白黃假道越南回桂。旋粵軍退歸廣東，夏以第四集團軍行營主任駐梧州。我因黎，黎因夏，而科元兄此時亦擬率眷到廣東一行。於是遂連袂經柳州，貴縣，附舟直下梧州，這時大概是陽歷六月初了。

馬本嵩高靈廟碑原拓　世昭

到了梧州之後，我因行恕兄之介，得識夏煦蒼先生，那時我二十七歲，留着滿臉落腮鬍，乍看約莫也是四十五十上下。因此在旅途中，恩元太太稱我爲「您老人家」，她手上抱的小孩子用手指指我，稱我爲：「鬍子公公」。據說夏先生任七軍軍長的時候，也留過大把鬍子，因此廣西老將領中，通稱他爲「夏鬍子」而不名。我在梧州見到夏先生的時候，鬍子已經沒有了；看過去，他大概是四十上下。人不高也不胖，頭剃得光光地，但雙目炯炯有神，軍服軍帽全部是灰布，鞋子是青布面，白布底，加上絆絆兒，在我們福州是女人才穿的。

上面所說的布服、布帽、布鞋，剃光頭，廣西省內所有的軍政、黨、教、區鄉鎮甲各級官長、士兵、公務員、教授、教員，無不上行下效，一律遵從。那時廣西已拈出治省的兩大原則，歸納成一付對聯：

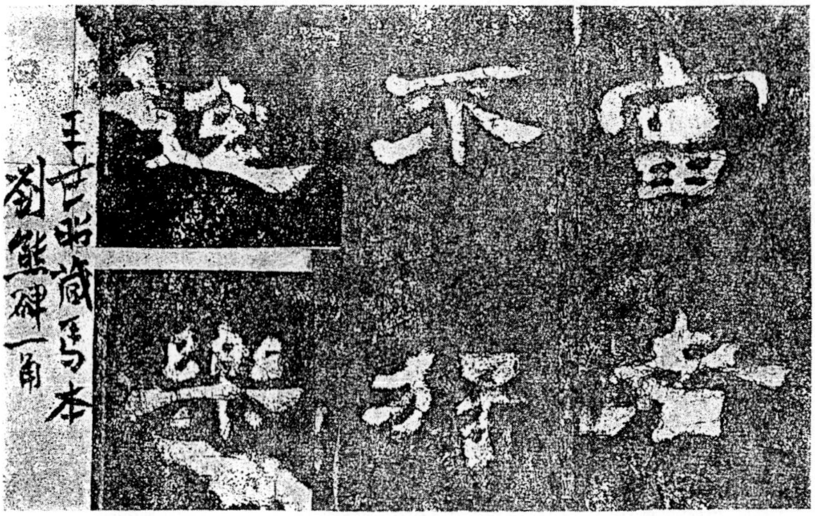

「窮幹，硬幹，苦幹；
自治，自給，自衛。」

窮幹者，廣西是窮省，在滿清是協餉省分；在民國以內戰頻仍，民既窮，財亦盡，所以第一要與窮鬥。硬幹者，窮既不怕，便要挺起腰骨，像桂林山水一樣，嶙峋耿介，矗立天空，不畏難，不苟安，都要奮鬥到底。苦幹者，窮是先天的，硬屬精神的，兩者既不調和，必然是一窮二白，衣、食、住、行、育、樂都有問題，所以要度過艱窘的日子也，必須與苦作戰。自治是自己管理自己，自給是自已養活自己，自衛是自己保護自己。總之，無須乎別人來干涉，我也不干涉別人。就憑着這兩個原則，以後廣西闖出模範省的美譽，與山西省幷駕齊驅，為抗日戰爭，打下了良好的基礎；也為了未來團結，奠定了今日中華民國的命運。

夏先生這個人，木訥寡言笑，大名又叫作「威」，夏已經畏，威則更加可怕了。所以許多人聽到夏威這個名字，其印象中，不是「豹子頭」，就是「惡老虎」了。其實他既非豹子頭，也非惡老虎，因為一個三軍司令，要那可判人生死，軍人的守則是：「靜肅，迅速，確實，秘密。」木訥寡言，不苟言笑，正是大將風徽，要有那個地位的人，便會懂得處這個地位的人立身之道。

我和夏先生第一次見面，從旁作陪的是黎行恕兄。他和夏先生一樣都是癸巳生，照中國歲計算，那年應該是三十九吧。三十九歲的人，已經獨當一面，今日留居香港的許多青年朋友，每覺自愧不如，其實軍政舞台上，蔡松坡三十二歲任雲南都督，唐繼堯二十八歲任貴州督軍，陳玉成、李秀成都是二十幾歲封王。古人云：「將相本無種，男兒當自强。」雖然，人傑要配上地靈，假使地不靈，人雖傑也是沒有辦法的，這不過舉一個例罷了。

夏先生是個軍人，我是一個教書匠，我們當時的談話，似乎不深也不淺，於是他介紹我去看廣西大學校長馬君武先生。

馬先生那時約莫五十上下，我到鸑鷟江口，蝴蝶山下，馬校長公館（以後改作警察局派出所）見到他。馬先生樣子是個粗線條大個子屬南人北相格；手粗脚大，純屬工程師典型。誰會料到曾任孫中山先生秘書長的是他，實業部部長的是他，廣西省長的是他，北洋工學院，大夏大學，廣西大學校長的是他。他的面圓中帶方，既非甲字型，也非田字型，可是他會寫出「趙四風流朱五狂，翩翩蝴蝶最當行，」那樣騷氣十足的句子；以及「但使夢魂能見汝，倚車酣睡過衡陽，」那樣旖旎纏綿的詞藻；殊出人意料之外。

我和馬先生的認識，使我在廣西工作上，得到一位精神上可通聲氣的朋友。到後來我在桂林法專和三高中教書，辦「灕聲」週刊的時候，請他為週刊封面題過字。而寫成東北慘史的時候，也請他為我寫幾句話刋在卷首，記得他寫成句子如後：

「全國人要臥薪嘗膽，不收復遼東三省和台灣，誓不甘休！」

抗日戰爭結束後，日本投降了，東北三省的主權確確實實由中國來行使了，台灣也由日本人手中歸還給中國了。可是馬先生呢？却於勝利前夕逝世於桂林，預言雖已兌現，但馬先生却不及見了！

民國二十六年杪，我受第五戰區司令長官的委託，為中央軍校第六分校護理第十五期東南亞地區招生專員。民國二十七年二月十四日，我率馬泰印尼沙勞越以及安南考生一百四十一人歸國。那時廣西大學已遷到桂林，第六分校則由南寧遷柳州，該生等均全部入伍，暫住江西會館。我則順道到桂林、訪候馬先生，夏先生，黃旭初先生。那時馬先生正住政府為他建築的新居裡，任廣西大學校長也如故。夏先生已調任第五路軍總部總參謀長，黃旭初先生則是廣西省政府主席。和他們見面第一日，即接到請柬，聚叙於樂羣社。主人是黃先生和夏先生。馬先生那一天是陪客。被邀的客人除我之外，還有馬超俊先生等。

省政府派唐現之陪我，除了飲食之外，就是看桂戲，這時候小金鳳正在得時。徐悲鴻以廣西省政府顧問兼藝術館館長，住在獨秀峯下中山公園內。我於夜裡去看他，他剛由外面應酧囘來，口袋裡裝着幾片沙田柚，他順手拏兩片給我，說：「以此，代茶！」不見了幾年，他的精神很好，興會亦高。馬來亞是他舊遊之地，黃孟圭、黃曼士、陳之初、駱清泉都是他的好友。我對他說：「這一次我辦理六分校招生，各方反應極佳，是否趕着這個時候，到那裡開開展覽會？籌欵以助賑，是亦藝術報國之一道！」他笑一笑，似乎胸有成竹。果也年底成行，籌賑的目的雖達到，越幾恰遘珍珠港事變，星馬不久均淪陷。他由檳榔嶼逃到印度，以後又由印度再囘重慶，這是後話了。

我到桂林之後本擬到徐州一行，以雷沛鴻先生自前線歸，遂奉訪承告：「台兒莊之役雖勝利，但敵軍壓境，倍於往日，我由那邊囘來，北行千祈審慎！」

現之兄問我：「有意重執教鞭否？」我答：「囘國的目的是從軍，軍既不能從，教書也是報國之一道。」因此，省政府便派我到省立梧州高級中學教書。

為了廣州吃緊，梧州高級中學遂遷到藤縣太平墟，那裡是陳玉成故里。這時恰好老友黎行恕以第五戰區副參謀長調任陸軍第一〇七師師長過太平墟，邀我餐叙，并以入幕相約。他說：「本部正缺一位秘書，不知老兄能屈就否？如承同意，舊雨得以重逢，聆教更加有日……」行恕的態度極為誠懇，所以他走了之後，我辭却教席，到貴縣報到，這是我投筆從戎的開始。

為了廣州淪陷，這時桂南已開始吃緊，我們的隊伍以次移防到橫縣，永淳，蒲廟，以後踰邕寧北，過四塘五塘六塘，以至黎塘。黃昏時分，我和副師長韓君做一路，遇到日本空軍襲擊。兩個人下馬躲在田埂下方，以後才到村裡與師長會合。爲了敵人已到桂南，邕寧已淪陷，師司令部退到那馬，隊伍集中於高峯隘。崑崙關會戰將開始，師部後方辦事處設在都安，我奉命隨辦事處往都安；駐都安城外。

崑崙關會戰之役，我方殲敵一旅團，又一支隊。黎竹恕兄調任第十六集團總司令部參謀長，接手的師長是王景宋。王景宋接任六分校教育長，與我在柳州已經見過面，他表示要留我，但行恕兄奉總司令命，調我任職總司令部秘書，這便是我追隨夏煦蒼先生的開始。

爲了桂南之敵尚未撤退，總司令部遷果德，我奉命到靖西寫幹部訓練班思想訓練的敎材，爲期三月。事畢，回總司令部覆命，奉派爲幹部訓練班辦公廳中校秘書兼敎官，主編挺進半月刊，組織挺進劇團。訓練班先成立於宜山魏家村四分校舊址。一年後，敵人退出南寧，我們遂遷回南寧，至是成立政訓處。總司令部參謀長詢處長人選於不佞，以何秘書濟剛對，時朱秘書新來，恐人望不孚也。

大同歌

大道之行天下為公復興民國促進大同政治共治經濟共管福利共享文化共有大政決定權在全民世界一家萬世和平

夏煦蒼先生手書

王世聰寶藏

兩軍六師的節餘，除辦幹部訓練班外，尚有南甯的曙光報，柳州的大時代日報。幹部訓練班兩年後結束，在此前後，擇地在柳州鷓鴣江辦婦孺工讀學校及大道中學，以便軍隊幹部眷屬及子弟工讀，全部免費。（當何秘書以遴選國大代表入京的時候，我曾兼代大道中學校長，大時代日報評論委員，那時我的本職是南甯黃花崗紀念中學校長，第八綏靖區少將參議。）又當第十六集團軍成立之初，由總司令直轄之下還有學生軍三團，學生軍司令由總司令兼，全部餉需也是由總司令部支付。抗戰不遺學生，亦猶北伐不遺學生，倒袁不遺學生，開國不遺學生一樣。夏先生是開國時代參加武漢革命的陸校學生之一，深知學生在政軍方面的作用，以一切開支，取之於公，用之於公。要說不自私，這才是眞正的不自私；要說爲國爲民，這才是眞正的爲國爲民。

幹部訓練班結束後，夏先生請我到他家裡吃飯，希望我到桂林去。那時綏靖主任公署，保安司令部及第十六集團軍總司令部準備成立軍隊聯合特別黨部，每一單位各派少將級代表一人爲委員。我爲了南甯黃花崗紀念中學正在籌辦，我一去，學校一定辦不成，所以表示不能去，因此三個上校秘書調整結果，我調總司令部秘書室主任，朱秘書任軍隊聯合特別黨部代表，何處長以總部上校秘書派到柳州鷓鴣江辦婦孺工讀學校，大道中學及大時代日報。

夏先生治軍很敬肅，平時不苟言笑，在幹部訓練班作精神講話，可聯續六小時而不匱，如果沒有講完，第二天繼續講下去，還是六小時，如果不是學術兩科修養有素的人，又那裡能夠做得到。

除了治軍之外，他也留心政治，對於三民主義不但有研究而且有修正，曾手著「民主主義經濟共管制」，當年在廣西早已印行（曾奉國民黨中央黨部傳令嘉獎）。又夏先生亦早已注意國防問題，曾由廣西建設協會爲之印行「中國疆域拓歷史」。這一次流亡到香港，深居簡出，除課兒訓女外，便是在荃灣自食其力，并手著「達到天下一家之路」一書（此稿存其夫人陳明厚女士手），都凡二十萬言。我手邊還保藏他手寫「大同歌」一篇，歌辭如下：

「大道之行，天下爲公。
復興民國，促進大同。
政治共治，經濟共管；
福利共享，文化共有；
大政決定，播在全民。
世界一家，萬世和平。」

在安徽，他先任第八綏靖區司令官，後升安徽省主席，論時間，恰好三年。我以何濟剛兄由蚌埠歸桂，承夏先生對我關切，帶到任我爲司令部少將參議指令。所以民國三十六年，我到南京，特往蚌埠奉謁，答謝他的盛誼隆情，在蚌埠我勾留了數日，住在青年會，每天吃飯都在他家裡。平時總是黃冠南兄和我聯絡。夏先生在皖治軍或從政，我因走馬看花，當然不清楚，但據黃冠南兄由基隆市來函，夏先生於民國三十七年秋，受任爲安徽省政府主席，倡三公八有之說，冀挽回政治逆流，何謂三公？

一、公敎，
二、公養，
三、公醫。

何謂八有？

一、有衣穿，
二、有屋住，
三、有飯吃，
四、有田耕，
五、有工做，
六、有話說，
七、有車坐，
八、有錢用。

其目的在均富，其作用則衣、食、住、行、育、樂、醫、養、都有着落，而且還包括言論自由在裡面。可惜他爲政不及一年，藥方雖開得很好，但亦無補於莫起之沉痾！所謂大勢已去，即百鈞亦莫之或挽也，悲夫。

夏先生逝世時，我尙在馬尼剌。新曆年前後，我忽然心血來潮：「夏先生不該在我離港的期間，發生事故吧！」不料一月下旬接孫寶剛兄及陳風子兄來航函謂：「夏先生不幸於月初逝世！」風子以徐太太轉到夏夫人的囑咐，「盼歸來後爲襄助一切」。寶剛兄已往曾隨夏先生任總司令部參謀長，故我當時即製聯一付，請徐夫人趙湘琴女士爲轉夏夫人，句云：

「問豹畧龍韜，幷世同嗟羊叔子；
憶先憂後樂，此生無忝范希文。」

夏先生逝世後，於九龍殯儀館治喪，張發奎、黃旭初、許孝炎、曾其新、陳克文、鍾紀、李揚、李芳西、馮樹、嚴海燕、陳錫瑚、孫德智、姚寧、劉棟材等均親臨吊唁，其夫人陳明厚挽云：

「垂老生涯居域外，
大同世界在胸中！」

眞足爲夏先生晚年物質生活與精神生活寫照。

黃旭初先生挽云：

「共練模範營，合兵平桂局，軍政協驅倭，爲國同心如手足；
「乘桴來海角，隱處小蔬園，弄孫開笑口，何期滑脚作神仙。」

上聯寫二人的交情，下聯寫二十六載海外生活與傷足不治，出之以幽默口吻。蓋八十歲爲大壽，雖喪事亦喜事，故不碍其爲好句也。

鍾紀鍾仲鍾協三兄弟挽云：

「論政績戰功，北伐殲倭，自有忠忱關社稷；
正風蕭雨晦，近憂遠慮，合從晚節見經綸。」

鍾紀曾任軍長，有弟鍾毅，以師長殉節於抗倭之役。挽語不特平實，而有遠見，甚切合其身分。夏先生有弟曰國璋，亦以副師長，殉節於蘊藻濱抗倭之役。

馮樹，李揚同挽云：

「八公山方面獨當，有政績煌然，無奈豐功成轉瞬；

「廿五載香江息影，惜英雄老去，相知一劍負平生。」

楊堅挽云：

「處世重和平，治軍嚴紀律，仰韜畧奇才，建德樹勛光八桂；

「立身存敦厚，報國本精誠，留典型永式，忠貞大節足千秋。」

祭文多篇，今錄張發奎、黃旭初、許孝炎、曾其新，張任民等一篇云：

「維 中華民國六十四年一月八日，旅港張發奎、黃旭初、許孝炎、曾其新、張任民暨各友好同仁等，謹以庶饈之奠，致祭於我故陸軍上將夏公煦蒼之靈曰：

嗚呼煦公，命世之英；夙懷壯志，模範組營。
驅陸滅沉，定桂軍興；助鄰戡亂，兩粵底定。
出師北伐，勇畧佩欽；龍潭奏捷，頓顯威名。
全國統一，首都金陵；論功行賞，上將榮膺。
抗倭著績，任主皖政；大陸陷赤，海隅躬耕。
蒔花種果，淡泊自寧；胸中理想，大同昇平。
禹甸未復，遽隕將星；風雨臨奠，涕淚滂零。
哀哉，尚
饗！」

現在讓我再來談談馬君武先生的事。

民國二十四年，我們在香港辦學的時候，我曾函請馬先生爲書「香港建南中學」六個字，此木刻橫匾，已於日寇攻香港的時候失去。爲了國家多故，兵燹頻仍，所有藏物多已散佚，馬先生的題字自亦不能例外。可是天地間事無巧不成話，多年來我却收購到馬先生的藏物多種，如：

一、劉熊碑
二、廣川令高峻碑
三、皇女碑
四、體仁碑
五、石文興碑
六、嵩高靈廟碑及碑陰
七、廣武將軍碑
八、夏承碑

在這八種的名碑中，以廣川令高峻碑爲最古，屬西洋碑，爲漢武帝元封三年物（西紀前一一一年）。劉熊，體仁，石文興，夏承爲東漢碑。嵩高靈廟及皇女爲北魏碑，廣武將軍則苻秦時代名碑也。但其中八碑，夏承碑屬明嘉清唐曜重刻本屬平常。可是西漢廣川令高峻碑，爲漢碑書法升高了二百年，故意義極爲重大。至於劉熊碑，爲端午橋心愛之物，曾以五萬兩銀抵押在某銀行，其子孫以十五萬元贖出，其名貴亦可想。嵩高靈廟碑爲馬先生書法功力所從出。廣武將軍碑爲于右任先生所發現，亦爲于先生草書功力所從出。碑在陝西宜君縣，今已佚。此本有碑額，碑陽，碑陰及兩側題字，尤屬難得。至於皇女碑，爲九歲殤女立碑，在碑刻上是稀有的。

我購買這幾本碑帖的動機，都爲愛重馬先生的書法；即使他的片紙隻字，我亦以爲寶。最大的原因却是馬先生爲我所題的字，以及面我的筆札，全部都失落了，所以我見到馬先生的手題碑帖，不問內容，我都把他買下來。買下來慢慢地研究，才發現這裡面有東西，殊出人意料之外。

撇開我私人對馬先生的感情，馬先生的書法在當代書家中，能不能佔一席地：記得四十四年前在梧州，與王覺兄（時王位廣西大學講師）見面的時候，曾談到馬先生的書法。我問王兄：「

依你看，馬先生的書法好不好？」他答：「醜得要死！」但接下去又說一句：「不過一直都是一樣醜，也就不醜了！」在那個時候，可能王覺兄還沒有了解馬先生書法淵源所自，所以答的話頗帶幽默意味。可是以大學講師批評校長的字是「醜」的，不是王覺那樣直道的人，是說不出來的。

我和夏先生馬先生初見面都在梧州。而往在香港，則夏先生時有過從，馬先生雖先期逝世，但他的手澤在左右，仍時得省親。馬先生生前著作等身，名滿天下，其門生故吏亦周徧天下。夏先生沉默寡言笑，功雖高而名不彰，養雖深而知者尚少。其初到香港，卜宅荃灣的時候，曾擬數聯以見志，并屬不佞書之，句云：

「信守諾言，做事要師華盛頓；
道行忠恕，爲人須學孔仲尼。」

又有句云：

「誦綠竹漪漪，撐起兩根窮骨頭，簞瓢自樂；
看紅梅灼灼，養活一團春意思，世界大同。」

這是何等心胸，何等氣象，今附錄於此，藉留永念！

中華民國六十四年六月三日
脫稾於大觀樓

憶父親

——夏捷葵——

抗日時期夏先生

北伐時期夏先生

一九七五年剛到人間，人們都有新的展望，新的祈求，我却有喪父之痛。二號黃昏，母親隔洋由香港來電話，說父親於香港時間三號下午一時許在依利沙伯醫院逝世。眞是晴天霹靂。聽見母親顫抖咽泣之聲，我幾乎暈厥。父親雖然年事高，身體也不十分强壯，但却很少病痛（心臟病、糖尿病、血壓高等）。據母親說：因跌斷腿骨，留醫十天，未等到接骨手術，即告與我們永訣，痛哉！痛哉！

我父夏威字煦蒼（據父親說：一位對易經很有研究的老先生對父親說：「你的名字太嚴肅，字需溫和些，故取字煦蒼」。意即是和煦的陽光，照耀着大地蒼生）。我父生於廣西省容縣沙田鄉，時滿清末年，因政治腐敗，與列强訂了許多喪權辱國的條約。國父孫中山先生提倡驅除韃虜，復興中華。父親雖僻處鄉村，但愛國並不後人，故於弱冠之年，即立志革命，許身報國。

我的祖父是個鄉村秀才，也畧通醫理，常免費爲鄉人醫病，曾赴桂林應試一次，不中。後因家務及經濟關係，更因交通不便，據說由撫河（灕江名撫河）逆水而上，沿途灘多水急。需用人力把船拉過灘頭，非常危險，以後是再沒有去應試了。祖母也是勤勞賢慧，常義務爲鄰舍小孩訂製布鞋。夫妻倆對孩子教育非常注意。據父親說：他六歲那年與五歲的弟弟國璋（中日戰爭，保衛國土，在上海大場，蘊藻濱之役，爲國壯烈犧牲。時官少將副師長）。大年初一日，忘記平日溫習時間，在院中燃放炮竹。被祖父罰跪廳中，由此可見祖父的思想多保守，對子女教導多嚴格。日後父親對我們兄弟姊妹的教導亦很嚴格。

父親十六歲時，革命前輩蔡松坡先生早在桂林創辦陸軍小學，父親報國心切，請求祖父讓他離家遠去桂林投考。因父親身體不强壯，少年多病，又加旅費問題，祖父實在猶豫。終因父親苦苦請求，祇好賣了些田，借了些錢，讓父親赴桂林投考。在學校一兩年父親確是多病，不時發熱、頭痛牙痛、流鼻血。父親說：他都以勇敢，忍耐的精神，一一予以克服。遇有腸胃不舒服，他常常一兩天不吃飯，只喝水來清理腸胃，所以學校的醫務室他根本沒有去過一次。他說人不怕吃苦，能立志，有奮鬥的精神，甚麽都不怕，何况小小的病痛呢。

辛亥革命前夕，學校組織學生軍，從桂林去武昌，參加起義，步行近月。他的同鄉同學黃紹雄君，年十六歲，是最年輕一個，脚被草鞋打破皮，流血發腫，痛苦得很。一般同學都勸黃君不要再跟隊伍前進，但黃君不放棄原有志向，一直支持到武昌。這種愛國勇敢吃苦的精神要我們年青人多多學習。

各界人士致祭夏先生

我是父親第四女。開始對父親有印象是在安徽蚌埠，那時我才三歲餘，有着一般兒童的天眞，更多些他們的嬌氣。我常愛着衣連裙，梳着冲天炮小辮，走進父親的書房，雙手搭着他雙膝。仰着頭問：「爸爸，我可憐嗎？」父親輕輕摸下我的小臉，笑瞇瞇說：「我的『點點小』是很可憐的。」我聽了很滿意的走開了。點點小是我的乳名，因爲我未足七個月便出世，母親爲我吃了苦（難產），我體重四磅半，所以從小自己認爲很可憐，也常常這樣問別人。

父親貌嚴肅而內心慈祥，秉嫉惡如仇，不愛說話。無嗜好，——酒不沾，又不抽烟。終日除了辦公，回家來還要會客，用電話談公事，或在書房讀書、工作，很少逗我們玩。蚌埠附近的懷遠縣，有白乳泉（泉水似乳）有寺院，五月石榴花開滿山澗，很是美觀。父親經過我們兄妹多次要求，總算第一次帶我們旅行了。坐在小船上，望着黃沉沉的淮水，心裡有些害怕。哥哥們却高興極了。蚌埠到南京祇數小時火車，乘津浦路火車到浦口，過長江，即抵南京。總算有機會跟父母親去遊中山陵、明孝陵、靈隱寺、玄武湖、莫愁湖等。我依稀記得我們坐在小船上採菱角。小船在荷葉中慢慢穿梭。黃昏落日，映紅湖面，好似一片彩霞，多美麗的圖畫。我們也曾在雨花台，撿拾各種不同顏色及形狀細小的石子，回家用水浸在小碟中，非常好看。此情此景，而今已廿餘年了。現在，父親，您已離我們而去了，我是多麽想念着你的呀！

我家來到香港，我已六歲。在市區及赤柱住了相當時日。後經友人介紹，在荃灣買地四千尺，築了平房。住屋外，有鷄舍、豬屋、水池，我們養了幾百隻力康鷄，數頭母豬，水池養金魚。實行家庭式的小農場。飼養些動物，清理糞便，注射防疫苗等，眞是夠我們忙的了。撿拾鷄蛋，用布擦拭乾淨，用秤秤過，分ABC三等價，則是我的工作。我雖九歲多，但做來却很有興趣。賣蛋則由三哥去荃市或由母親送去辦館。所以我們兄弟姊妹的童年，祇有讀書，勞作，而乏遊戲及娛樂。我們此地渡過八年沒有水電供應的生活。我們僱人開了一口井，在井旁裝了一個手搖水泵，在廚房屋頂上造了小儲水池，爸爸天天如是搖水供應一家食水，及洗滌豬欄鷄舍之用。在烈日下，細雨中，從不間斷。油燈的修理、保養、清潔、黃昏添火水油，算來全家共十來盞燈，也夠費時。此外，還要掃淨庭院落葉，修通排水溝渠。他是從不厭倦，從無怨言。並對我們說：做人要適應環境，知足常樂。不要比好過你的，要替比你差的人想想，一切就心安理得了，物質享受算不了什麽。我們在荃灣居住最久，也是父親最後與我永別的地方。記得我移民加拿大時，父親送我出園門情深欵欵，握着我的手說「捷葵！妳要立志學問，保重身體。」而今我事業無成，父親言猶在耳。有負他老人家厚望。我眞慚愧之極。

當我們逐漸長大，多半是中學生了，父親對我們的管教更加注意，常要我們七人一排站立，聽他教訓。老實說他的教訓多是千篇一律。但眞是苦口婆心，語重心長。他教我們做人第一要誠實，第二不要懶惰，第三勇於改過，第四擇益友。對工作負責，要腳踏實地的幹。只要問心無愧，不管蜚短流長，都要奮鬥到底。

父親聲音很洪量，如果我們有過錯，不聽教導時，他會大聲呵斥。連小小的房屋好像也要被震動了。我想張飛喝斷長坂橋也不過如此。事後，他亦會撫慰我們，說他聲音大是習慣了，以前對成千上萬的人演說，訓話，如果聲音不大，沒有播音器，台下的人怎知你說些什麽？他雖是軍人，從不粗言粗語，連一般人最常用的「衰」字也從來沒有說過。自我懂事以來，亦從未聽見他說人長短，朋友來訪他，總是說他一套大同主義，孔孟學說。他的朋友勸他寫回憶錄，爲他婉拒；因爲他自覺慚愧，過去對國家民族沒有貢獻。

父親一生不注意衣食。西裝不多一套，有時還不願意穿。食也很馬虎。從不說這樣好吃那樣不好吃。有時發了酸的食物也照樣吞下肚去，令我們感到慚愧。吃飯時一定要等全家人到齊，從未以身爲父親先起筷。要我們坐直，不許多話。餐廳懸一聯云：「盤中粒粒皆辛苦，席上人人自重珍！」

他要我們多事研究科學，對人類社會要有建設性的貢獻。要我們研究世界大同學說。他認爲終有一天會達到。我不能說父親是一個完人，但他確是一個有赤子之心的老好人。

寧鄉陳家鼎

兄弟姊妹之文學

—羅香林—

湖南甯鄉陳家鼎、家鼐，及其女家英、家慶，一門以事業文章，顯名於時。家英字定元，詩才敏捷，尤長正體，嘗與南社詩文之會。所著紉湘閣詩草，多清新之作，而温柔敦厚，深得詩教秘辛。五律如「寄懷伯兄汗園居士羊城國會用汪蘭皐先生來臺哀杯集原韻」云：「兄弟天涯久，飄零萬里來。寒侵黃歇浦，露冷粵王臺。去國鄉心切，思親血淚哀。大雷音問寂，何日聚浮杯。」頗帶唐人氣息。又爲「法源寺修禊雅集芮城景太昭社長以五律貽余一門依韻奉酬」云：「丁香三月好，含笑半開時。北景誰能敵？南黃倘可爲。詩因多病減，春爲好花遲。老父崇詩藻，吾來自九疑。」自註「家英一門兄弟姊妹及日生小姪女，雖均出身學校，各學專門，其詩古文詞，則純得自吾庭訓世習，自幼小時腦中先天即自然各有是物，非學而强爲也。先父甯鄉悔叟翁，博聞强記，一目十行，嚴重詩禮。歷史上節義，隨地隨時講解，每至終日忘餐，晏如也。家英猶憶清末，幼小侍父讀，聞汗園長兄追隨孫黃章宋汪胡景田及諸同盟會兄弟，七年逋外，先父母匿居甯鄉梨塘茅屋，緹騎四至，風鶴數驚，一日父授兒姊妹初讀，聞清騎至門，即拔足遁屋後茅棘中，一履遺諸戶外，猶手史詩數卷不釋也。嘗逃難華容公安南州廳等處，貧至贈詩游食，日詠陶令乞食句自遣。旋携家英及已故妹家傑，送鄂校，就胞仲兄家鼐軍次，時仲兄投筆從軍黎黃陂協統麾下，且投效張南皮所練新軍鄂營經已八年也。由甯鄉出洞庭，望九疑雲夢，弔大舜皇陵，憑弔屈宋遺址，登岳陽樓，直下黃鶴晴川。沿途余姊妹侍父，均有唱和。父悔叟翁，隱居不仕，慕陶潛、陳摶、王海月之爲人，且被家兄汗園黨獄，尤以潛匿爲生，詩文亦隨作隨燬，故世無知者。據此則家英兄弟姊妹之文學，又得之家庭教育也。此詩非沈潛工部一日久者不辦。又七絕爲「寄懷汗園伯兄羊城」云：「慷慨揮戈返夕陽，半生都爲別離忙。遙思定遠關山隔，不寄班昭字一行。」家英以班昭自況，可知其自視亦甚高也。

家英聞已於數年前去世，其妹家慶，字秀元，亦有才名，畢業北京女子師範大學，適鄂人徐英，同任大學教授。家慶詩集，余未之見僅見其「集放翁句同澄宇並寄壽元仲兄香江」七絕若干首，雖集句非同創作，然非熟讀原集而具有雅懷，不能爲也。其詩之一云：「倚竹眞成絕代人，抱琴翻欲全吾眞。悽然又起流年感，無地容錐甑有塵。」其二云：「柴扉雖設不曾開，怕聽城頭畫角哀。學古閉門人共笑，一瓢陋巷師顏回。」其三云：「胸中璀璨滿珠璣，幸少流塵化素衣。寒與梅花同不睡，斷雲漠漠雨淒淒」。其四云：「且借陽狂護散才，小園花木手親栽。從今惜取觀書眼，更看青天入酒杯」。其五云：「客中强起一登臨，雲海何時豁此心。八月秋濤供筆力，舊題襟處懶重尋。」其六云：「別是天涯一段愁，知非吾土强登樓。壯心未許全消盡，夢裡猶先天下憂」。其七云：「小樓西角漫憑欄，春盡江南尚薄寒。零落親朋勞遠夢，一樽何日共開顏。」文情恰合，有天衣無縫之妙。

家鼎字漢元，又號汗園，清季與國父孫公中山等，奔走革命運動，節概爲前輩所稱道，護法之役，建樹亦多。孫公於民國七年曾致信漢元，足爲歷史實錄，其信云：「漢元先生執事，頃誦惠函，及公電，具感眷念之厚。文前患感冒，近雖稍愈，然體氣未能恢復，醫者謂仍宜暫行靜養，故尚未能南來，惟新軍府既經成立，羣英濟濟，薈萃一堂會當佇瞻新猷耳。方今國事既可正式開議，此後救國天職，惟諸君子實始終之。所望力持正義，努力進行，以副國人喁喁之忱，前途實利賴之。率復布悃，並頌議祉，諸同人均候，孫文，七月廿七日。」時漢元方與諸國會議員南集廣州復會護法也。漢元妹婿徐英澄宇，曾爲漢元作傳，文頗淵典。漢元並長於文學，惜未見其遺集耳。

家鼐字壽元，少習軍事政治與經濟，今七十歲矣，昔年伊六十歲時，湘人士曾爲祝壽，其壽啓簡而得實，足窺見壽元爲人。其文云：「清之末造，綱紀紊亂，國勢不競，列强交侵，賠欵割地，瓜分之禍，迫在眉睫，其時愛國有志之士，怵於國亡無日，以爲不改建國本，無以救亡圖存，於是革命之風勃然以起，一發而不可遏。吾湘倡之者則有黃克强宋遯初蔡松坡諸先生，而甯鄉陳壽元先生其一也。先生名家鼐，壽元爲其別號，早歲即與其兄漢元先生，努力革命，勳勞著乎國史，其詳又已見先生自序中，玆綜述其大者，厥有三端，武昌發難，據天下上游由先生首倡此議，其識見超卓者一。討袁之役，拒受重金，不爲利誘，其操守廉介者二。篤信三民主義，力排異說，獨守一宗，其思想堅定者三。抗戰軍興，歸任省府顧問，經劃湘西，贊助抗建，不遺餘力，跡其生平所建樹，蓋得其母鄧太夫人之敎，而先生復禪之爲家訓。哲嗣五人，治學論政，皆嶄然露頭角。而其學則又本之宋儒敦尚氣節，故其父子兄弟間，無日不以國家民族爲念。至其私家之居，蕭然環堵，心顧晏如。方舉其先世藏書創建壽元圖書館，欲以民族文化，培養英材，扶持正氣，爲國家他日收得人之效。其用意懇篤如此，今歲五月一日（即舊曆四月初六日）爲先生六十初度攬揆之辰，親友慕其行誼者僉謀稱觴介壽，先生則固辭，竊謂人之相知，貴識其天性，與共虛文以相夸飾，何如共贊壽元圖書館之建，俾文化事業，流惠於無窮，庶所以爲先生壽者，愈徵先生人格之偉大，是則同人區區之心所屬望也已。」壽啓蓋爲某名翰林所擬云。

二次大戰期間美國計劃經藏援華

關山月

一九四二年時的中國，雖然已經公開被承認做盟國的「四强」之一；實際上並沒有擺脫「庶出」的待遇。在二十六個盟國組織機構中，只有三個，給中國留了一席座位。租借物資的供應量，也平均只有蘇聯的三十分之一，就連專門分配給中國的那些P40K式戰鬥機，也都早已是美國航校和歐洲戰場上用賸下來的舊貨。

那時，中國統帥部曾經通過史迪威將軍，向華府提出過三項「哀的美敦書」式的要求：

A、美國派兵三師，來協助中國部隊，打通中緬公路。

B、美國駐華空軍，至少須增加至五百架。

C、空運中國的軍事物資，必須增至每月五千噸。

羅斯福總統當然很了解：要想不失去中國，就只有在這緊要關頭，盡量地滿足中國所提出的要求。因此，他才馬上作出了這些承諾：

一、駐華空軍的兵力，不久即可增到五百架。

二、空運物資，將專撥巨型運輸機一百架，來負全責。

三、租借物資，將會以最快方式，源源運往中國。

但是，實際上問題却並不這麽簡單，正像美國駐華大使高恩，在一九四三年一月五日，向華府報告的一樣：

「目前狀況下，空運物資圓滿抵華之希望極微。

經伊朗、蘇聯、至中國新疆之公路運輸，亦不可靠。

緬甸攻勢，尚須數月。此後又需十月左右，始有物資自國外運抵昆明之望。

在這種進退維谷的困境中，羅斯福才決定採納美國戰畧情報局的建議：「把租借物資，假道西藏，運入中國的大後方」。

首先由國務院出面，訓令美國總統駐印度的私人代表菲里浦斯道：

「請向中國駐印專員沈之華洽談：經過西藏，運輸軍事的物資，到中國去。是否可能？」

回電是：

「重慶正在考慮中。但沈專員預料：『此路不通。』

沈專員認爲：此線的道路，大概每年只能運輸一千噸。三四千噸的想法，恐怕是夢想。

西藏人民顯然不肯合作，而且更不肯容忍有中印英的官員，在沿路監督運輸。

印度雖然對此不會反對。但是，沈專員表示：西藏是中國的一部份，它將拒絕任何包括西藏當局在內的三方面談判。中國也不會爲了接受一些物資，而犧牲這個立場。」

中國統帥部雖然看來對這並不太感興趣，美國「戰略情報局」却已經在羅斯福的支持下，開始大踏步地進行着「建立西藏國際路線」的計劃。第一步是派了兩個情報軍官，托爾斯泰上尉和杜南中尉，正式以「羅斯福總統私人代表」的資格，前往西藏，去拜訪達賴喇嘛。

他們在一九四三年的一月底，從美國來到了印度的首都新德里。英國政府已經受到了華府「遇事請予協助」的鄭重委託，所以馬上出面，把他們介紹給「西藏政府」的外事局，去請求「入境簽證」。

入境的理由，表面上是：

「奉命將羅斯福總統的親筆信和禮物，面呈給達賴喇嘛。然後再轉往甘肅蘭州一帶公幹」。

其實，當然是要藉這機會來仔細勘查一下，建立一條西藏國際路線所具的條件。

不管拉薩政府當時是否已經意識到他們的眞意何在？也許是基於倫敦的事先通融，也許是出於西藏對「美國路線」的不無興趣；總之，一向被看得難於上青天的入境簽證，到了他們的手裡，居然一請就准，而且還特別向他們書面聲明道：

「這是西藏第一次和美國建立友好關係……我們特准你們通過。但不能作爲此後別的外國人，要求這種權利時的先例！

爲了你們的安全，我們特派僧官一人，兵目一人，僧兵五人，隨同護送。」

那年的三月下旬，他們才到達拉薩，晉見了達賴喇嘛和西藏的攝政王，獻上了遠路帶來的羅斯福簽名照片一張，日曆手錶一只。

達賴喇嘛在大喜之餘，也回敬了羅斯福總統：

「尊貴頭巾一方，
黃金硬幣三枚，
簽名照片一張，
繡花哈達三幅」。

而且還在回信中，着重地指出：

「西藏最重視者，厥爲自古以來之自由與獨立。

更以久爲佛教根據地，余雖年幼，誓必發揚祖業，祈求早日和平，全世界永享自由與安泰」。

實權在握的西藏攝政王，更以政府領袖的身份，向羅斯福總統書面表示道：

「西藏自有史以還，即爲自由獨立之地。更悉全力於宗教大業，故爲佛教之中心。我等正從事於强國揚教，更祝大戰立止，使舉世均能和平安泰」。

兩封信的字裡行間，都說得很淸楚：

一、極力要他人尊重西藏的自由、獨立與教權。

二、只希望「早日和平」、「大戰立止」；而對盟國的勝利與否？並沒有興趣。

三、對中國的抗戰，隻字不提，根本沒有絲毫敵愾同仇的意思。

但這也並不等於西藏「會拒絕羅斯福的要求，不肯讓援華的物資通過。因此，拉薩才在這時不露痕跡地開出來了自己的價錢：要那兩位「戰略情報局」的軍官，幫助他們從美國「訂購」三套最新式的遊動電台裝置，「來建立西藏境內的通訊網」。

這種電台的功能量很强，雖然市價只値四千五百美金一套，但是由於戰時的供應情況緊張，運輸又非常困難，就成了當時最吃香的搶手貨，許多美國單位，都對它可望而不可及。就連中國在「租借物資」中，指名要一套的時候，都被負責分配物資的機構，一個釘子碰了回來。

現在爲了要取得西藏的合作，即使供應單位一時想不出辦法，美國的「戰略情報局」也馬上自告奮勇，情願從自己「庫存」的「老本錢」之中，撥出三套來，做爲「美國政府贈送給西藏人民的禮物」。

羅斯福的助理政治顧問海斯，已經同意了這種做法，却忽然又遭到了國務院遠東司的堅決反對。他們認爲：

「我們沒有供應中國所要求的一套無線電台，却把同樣的東西，送給西藏，勢必會引起中國的强烈反感。

中國聲稱對西藏有宗主權，當然不歡迎西藏得到這種無法加以管制的傳播器材，將來甚至於可能用來反對中國。

為了中美關係，似乎應當打銷前議，改用別的禮物，來博取西藏的歡心」。

主張一定要把電台交給西藏的美國「戰略情報局」長杜諾萬將軍，馬上提出了反擊道：

「我們如果答應了西藏的要求，盟國就有可能在這幅員遼濶的地區，發生很大的影响，而且使它現代化起來。

這個區域，具有很高的戰略價值。因此也就特別重要。

印度政府，也已經對這項贈送，原則上表示同意。

我們這種做法，將會對美國與西藏的關係，產生極良好的效果。

至於中國，我們到目前為止，早已在「庫存裝備」中，撥出過價值五萬美金的各種通訊裝置，來滿足了他們在各方面的需要。」

就在這個緊要關頭，華府忽然發現：原來還在支持「打開西藏國際路線」的英國，也漸漸地洩了氣。一方面由外相艾登爵士透露：這條路線開闢起來，困難多得出乎意料。另一方面又由印度總督林里資哥爵士出頭，向盟國政府發表了一個做為「內部參考資料」的聲明道：

「一九一三年，中英藏三方面的代表，舉行西姆拉會議……在草約上，承認中國對西藏的宗主權，也承認了前藏的自治權。

此約業經西藏與印度政府批准，却遭中國拒絕。於是，西藏也就因而不再承認中國的宗主權，成為一個完全獨立的國家。……

這就使得問題越搞越複雜，在所有的有關方面中，似乎只有美國一個還眞的在起勁地促使它成功。但是，羅斯福既急於要開闢這條路線，却又不願意為了過份爭取西藏，而弄得中國大不開心。於是，只好一面對印度政府大施壓力，要他們「盡量說服西藏，立即採取有效行動」。一面也訓令那迫不及待的美國「戰略情報局」，不要太輕舉妄動道：

「在戰爭的大前提下，中國對美國及其盟友的感情，關係至為重大。我們在西藏的任何作為，因此都應當盡可能避免刺激中國政府。

西藏所需要的無線電裝備，可以當做一項軍方的問題，由史迪威將軍，根據軍事上的需要，來決定它的供應與否。」

在那些年月裡，倫敦自然不能不向羅斯福賣賬，印度政府也就非逼着西藏在這個問題上表示合作不可；而且還一再地向拉薩提出警告道：

「再這樣繼續拖延下去，勢必會把中國和西藏的關係，搞得越發惡化！」

那位有他自己一套的西藏攝政王，在這種美國利誘，印度威脅的鉗形攻勢之上，才終於軟化了下來；但還是堅持着這樣兩點：

A、只准運輸民用物資。

B、不能有外國人在沿線監督。

不消說：所謂「外國人」也者，在拉薩的心目中，自然也包括任何中國人在內。

印度政府對這個收穫，已經感到相當滿意，便馬上向華府報告了這個喜訊。然後又正式地向外界發佈消息道：

「西藏業已同意：民用物資可以經過該處，源源運入中國。」

這整個交涉，都是由印度，美國和西藏在直接經手。表面上擁有「宗主權」的中國，却根本連被邀請去「旁聽」的機會，都不會有過一個。直到中國的駐印專員沈之華，在新德里的報紙上，讀到了這個頭條新聞以後，中國政府這才對「西藏國際路線」的進度，有了一個大概的觀念。

在這種情形之下，中國的反應，非但和「熱烈鼓舞」，有一大段距離；而且簡直像是在潑冷水。首先就由沈之華向美國的駐印度代辦瑪里爾，不客氣地表示：

「據我看，第一：美國的租借物資，根本還是運不進來。第二：這條運輸線，每年最多不能超過三千噸；充其量也只能輸送中國在印度買來的民用物資而已。」

接着就在另一個場合上，中國官方公開表示：「所有過去失掉的中國領土，今後都一定要重登版圖。」意在言外，西藏這個地區，當然也在將來一定「要收復」之列。

這些新的姿態，使得印度政府大爲担心。他們向美國表示：當初其所以拚命催促西藏公開同意這條國際路線，就是惟恐中國政府會藉此來對拉薩動武，現在看來還是免不了會大起干戈，國際路線到底還能發揮多大的運輸作用？自然也就更成了問題。

事實證明：這倒並不完全是印度政府神經過敏，據美國駐印大使館和駐華武官處的情報：當時，中國統帥部的確已經決定，從雲南、西康、青海，分兵三路，向西藏挺進。但是，雲南根本對這個「進軍」的命令，一味裝聾做啞。西康的劉文輝也既不肯「派兵入藏」，更不願意讓中央軍「假道」。只有青海，認眞派了一萬地方部隊，推進到藏南的邊境。因爲兵寡勢孤，這才沒有深入進去。

那時奉了羅斯福之命，去勘查國際路線的美國情報軍官，托爾斯泰上尉，已經和西藏當局建立了相當的友誼，自然而然地聽到了許多「軍國大事」；西藏部隊奉命向邊境集中的消息，也就從隨伴着他的電台上，迅速地傳進了華府的耳朶。

中國和西藏的關係，突然惡化到這步田地，使得倫敦和白宮都感到相當困惑。向中國官方提出來的諮詢，也回答得不着邊際。告訴英國大使館的是：

「大軍集結藏邊之說，並無所聞。……中國對西藏之宗主權，素所公認……」

向美國大使館提供的「增兵」的解釋是：

「西藏已爲日諜所滲透，且已獲得大量日本軍械，正擬向中國內地各省發動奇襲。」

美國的駐華代辦艾奇遜，在向國務院分析這種局勢的時候，乾脆就指出：

「中國此舉的目的似在

A、迫使西藏同意，用這條路線來運輸「租借物資」。……

B、藉此使中央軍，進入西康與青海。

C、藏此入藏，取得控制。

所謂「日諜滲透」一事，顯屬誇大其詞！」

事實上，根據美國的調查：當時在西藏的日本人，一共只有八個，全部都是和尙；而且無時無刻不在西藏當局的密切監視之中，根本沒有可能去搞間諜活動。所謂「大量日本軍械」之說，似乎也缺乏半點根據，就連身在西藏的那兩位美國情報軍官，都毫無所聞。——這些「藉口」，既不能成立，大家對中國當時的意向，當然更清楚了一層。邱吉爾首相這才會親自向主持中國外交的宋子文，忠告道：

「中國對西藏的保護權，並沒有任何人加以爭執。目前的當務之急，乃是如何盡量避免發生任何新的問題。」

宋子文也當場表示：

「中國政府以往沒有用武力對付過西藏，以後當然也不致如此。」

邱吉爾雖然得到了這個口頭上的保證，却還是通過外交途徑，向華府秘密地提出了一個備忘錄道：

「自一九一一年以來，西藏已享有實際上的獨立。……一九二一年之後，中國一再想加强對西藏的控制，西藏則盡量加以排斥。……

英國政府認爲：任何無條件承認中國保護權的態度，都會影响到維護西藏自治的立場。

由於對西藏政府的承諾，英國爲了印度的安全，必須西藏實際上享有自治。……

我們建議，在未來的討論中，應該指出：

A、西藏的自治，已有三十多年的的歷史。

B、英國和印度，對西藏都並無領土野心。

C、英國承認中國對西藏的宗主權，但前提却是西藏應當自治。

D、不能無條件地承認中國對西藏的宗主權。

總而言之，除非中國承認西藏自治，英國就不能承諾中國對西藏的宗主權。」

同時，拉薩也突然發表了一個聲明，正式宣佈：

「西藏是一個具有深摯宗教信仰的國家。我們堅決保衛自已的邊疆，以免遭受外來的侵略！」

就在這種中國殺氣騰騰，西藏橫眉怒目，英國大唱反腔的局面之下，非但「國際路線」的問題，早已沒有什麽現實的意義，就連地位一向比較超然的美國人，也直線式地倒向西藏那一邊。身爲羅斯福總總入藏私人代表的「戰略情報局」軍官，托爾斯泰上尉，既曾經向拍薩當局表示：「美國一定會對西藏要求獨立的努力，加以支持！」還建議給美國的駐華大使館：「美國應當支持西藏當局，來面對中國政府！」弄得連當時的駐華代辦艾奇遜，都要向華府特別報告道：

「托爾斯泰上尉與杜南中尉，在目前問題上的看法，顯然非常親近西藏。對中國，則多方批評……」

恰恰和那兩位軍官的「干入」態度相反，在中國的美國外交官們，在分析時局癥結的時候，結論得非常客觀。他們認爲：在那種混沌的局面下，最重要的發展因素，有這樣四個：

A、中國政府希望藉此來解決西藏。

B、西藏顯然不肯就範，

C、英國自然反對中國控制西藏，

D、中國邊陲各省的軍閥，忙於乘此來個混水摸魚。

事實的發展，果然證明了他們估計得頗不離譜。首先是中國軍隊在青海玉樹和集馬溝方面，集結了重兵，躍躍欲動。在甘藏邊境，更用飛機遍撒傳單，把藏民罵成「野蠻人」；公然說：什麽地方「親藏」，就是「附逆」，也就會受到無情的轟炸。西藏當局除掉在邊境，大大地增兵以外，還宣佈要「盡量擴軍」來應付需要。

兩軍之間，已經爆發過一連串小規模的「邊境衝突」。眞正的大戰，也有一觸即發的模樣。印度政府衡情量勢，認爲一旦大打起來的話，吃虧的多半還是西藏。所以才一面建議拍薩：「立即採取適當步驟，盡量避免衝突擴大。一面通過英國，正式知會華府，希望能在最後關頭，攔住中國用武。

羅新福認爲：這種可能發生的不幸事件，對盟國的整個形勢，純粹是有害無益。於是馬上訓令當時的駐華代辦道：

「請立即向中國外交部查詢，並須審愼地示意：大軍雲集藏邊，可能導致武裝衝突，從而嚴重地影響到盟國的對日作戰！」

事先大概誰也不會料到，這樣輕輕一句「示意」，居然就使中國政府忽然軟了下來。首先是由宋子文非正式地向英國外交官表示：

「我個人深信：中國部隊絕對沒有在那些地區集結，也更不會在那裡製造事件。中國只不過堅持：西藏乃是中國的一部份而已。」

中國的外交部次長胡世澤，也向美國駐華大使高思聲明：

「青海邊境的中國軍隊，絕對不會惹事！何況中國在西藏邊境，是一向就駐有軍隊的。所謂大軍雲集之說，當然不確。」

正好和這相反，西藏的態度，却反而變得越來越硬，連中國航空公司的客機，在從印度飛往昆明的時候，都不准再經過西藏的領空。即使偶一爲之的話，也會在事後接到印度政府的嚴重警告：「絕對不得明知故犯，以身試法！」

在這種情形之下，羅斯福總統那樣聰明的人，當然馬上知難而退，不再夢想來開闢什麽「西藏國際路線」了。

陰陽怪氣的侯曜

·寒連·

一九三三至一九三八年間，侯曜在香港從事電影、文化、教育的工作，以至寶文爲生，曾經給香港的讀者們留下一個深刻的印象，及後走上攝製「民間故事」，「神奇古怪」的影片，繼而跑到南洋去，替南洋當地的片商導演馬來語影片，太平洋戰事，就在不明不白的過程中，傳來死訊，死時還算不得上了年紀，像他那麽有修養，有才華的一個人，如果像他初期在報業中在文化界中在電影界中一貫的發揮他的抱負，應該是一個很有成就的人，可惜天不假年，可惜他走進了牛角尖，使勝利後少了一個叱咤文壇的健將，應該是中國文化界的損失。筆者對於他留港一段時間的往事，知道相當清楚。

侯曜在廣東高等師範畢業，北上求學，及後在國立東南大學畢業，民國十五六年間，投入上海電影界，那個時候正是黎民偉羅明佑搞民新影片公司演變爲聯華影業公司的時候，侯曜負責編劇和導演，「海角詩人」，「復活的玫瑰」，「月老離婚」，「觀音得道」等就是他的作品，「復活的玫瑰」是他寫成的一本舞台劇本，曾經在商務印書館出版，很多學校劇團都演過這個戲，劇裡還加插有一首歌，曲詞和歌譜都是他自己寫的，相當凄怨，當他的幾個學生跟他一道旅行的時候，他還會哼給我們聽。「海角詩人」不但是他編導，而且還做了男主角，女主角是李旦旦，她是第一位中國女飛機師。因爲他有深度的近視，眼睛看起來深陷進去，他特意把原來的劇本改成「盲詩人」，於是他可以不張眼睛做戲了。

「月老離婚」這個戲很有趣，他敘述天堂上的月老不懂得人間的愛好，胡亂的放下赤繩亂點鴛鴦譜，把看見裸體石膏像要倒上墨水的鄉間村女配上一個藝術家，把一個挺胸露臂的女運動家配上一個搖頭擺腦的書獃子之類，在公園裡一團赤繩亂纏一通，造成好幾對怨偶，及後彼此發現志趣相悖，不能偕老，大家認爲錯處都在月老，聯合斬伐一棵大樹，這些怨偶們都騎了上去，飛上天堂，逼月老夫妻倆也要離婚，諧趣中含有很濃厚的幽默感，即使在現時尺度看來，仍有相當高的成就。

聯華的一部電影「故都殘夢」，也是他策劃的，其中描寫一個棄婦在鄉居憂鬱的環境裡寫成一本小說名字叫「棄婦」，在侯曜的腹稿中，也有意思將它變成一套電影，可是終沒完成。

他在商務印書館出版的劇本，除了「復活的玫瑰」之外，還有「復活的國魂」，「皇姑屯之一彈」和一本「山河淚」，尤其是「山河淚」曾經多次給學校劇團公演過，劇裡也插有一首歌。一個時候他是相當自負的，曾經作過一首詩：「天荒地老志難磨，遙望長城滴淚波，誰說書生無壯志，乘風策馬渡灤河」，這首詩是他在九一八事變之後，在天津任河北省立法商學院教授的時候，一面當教授，一面暗中與關外的義勇軍深相接納，策劃種種活動，當中日兩軍在灤河兩岸鏖戰的時候，他冒險到前線從事聯絡慰勞接濟的工作，單騎涉水過灤河，適逢日機跟踪轟襲掃射，急逃得免於難後所寫。

在這一役之前，他曾經一度加入方振武部隊担任軍事教育的工作，方振武下野後，又一度跑到瀋陽馮庸大學當教務長，在東北和天津期間，經常用「鐵筆」的筆名在報上發表很多慷慨激昂的文章，造成一時的權威評論家，到天津的環境也不能容許他的過激文章的時候，他便開始南來飄泊的生涯了，曾經作有一首詩：「酸甜苦辣都嘗遍，冷暖人情祇自知，南北東西雙脚健，半囊書劍半囊詩」，都有點書生本色。

到了香港之後，聯華影業公司那時在北角的名園，建立片場，還有一個露天電影院，專放映聯華的片子，夜間營業，風涼水冷，頗受歡迎，附設一個「演員訓練班」，就是由他主持，開辦過兩屆，也有好些演員訓練出來，現在在電台和粤語電影圈子裡相當活動的，也有好些是這個訓練班訓練出來的。

一方面也在報館裡寫點稿子，循環日報，循環晚報，工商晚報經常都有他寫的文章，尤其是一些長篇小說如「沙漠之花」，「珠江風月」，「理想未婚妻」，「血肉長城」，「太平洋上的風雲」以至後來在循環晚報發表的「摩登西遊記」，用很通俗化的文字，描寫人性的愛惡情慾，刻劃入微，間中又配入一些佛偈經訣，把西遊記中四師徒的遭遇夾雜在人間形形色色的現代化「聲色犬馬」的生活中，嬉笑怒罵，隨意所之，荒唐怪誕。曾經引起一些衞道者的誹議，認爲誨淫文章，在南中晚報上，就有一篇攻擊得他體無完膚的文章，題目叫做「一個陰陽怪氣的文人」，侯曜看到這篇文章，幾乎要動起官司來，一般人的感覺，都會覺得他的描寫過份露骨，追讀和誹議的心情同樣緊張，可是他自己的解釋，却認爲要灌輸玄妙艱深的佛家哲學給一般普羅大衆，要用這種「糖衣」，以「入世」的手法幹「出世」的工作，他這種淋漓盡致的描寫是滿含着人生哲理在內的，「摩登西遊記」還出過單行本，一共有三集。

循環晚報和工商晚報，經常有他寫的短評，也能瘋魔不少讀者追讀，在工商晚報發表的一篇長篇小說「太平洋上的風雲」，因爲搜集他在東北天津「九一八」前後所親歷親聞的文獻材料，諸如田中奏章的內容，日人機關報盛京時報，和國人自辦的遼寧日報的記載，國聯調查報告書摘錄張學良的急電稿。

東北前線下級軍官在錦州發出的聯合宣言，新政權的傳單內容，國難痛史資料，僞滿建國宣言，義勇軍秘密機關的文件之類，都收集在那本書裡。再加上他自己多年來寫成的詩詞歌賦，借男主角夏青霜女主角馬碧珠的口裡欵欵道出，記得男女主角依依話別的時候，有一首詞這樣寫法，「記得別離時節，花事正闌珊，屈指殘冬去也，我不怕流年偸換，祇怕路遙人遠……同情最是今宵月，偏向離人半缺圓。」其中還有一個「二桿先生」，他的意思是說擁有筆桿槍桿的一個多謀足智的先生，有如諸葛亮般的性格，也就是他夫子自道的角色，在書的末尾「二桿先生」發明超絕武器「絕種毒氣」之後，創造世界和平。恍如原子彈結束了第二次世界大戰般的預言。那本小說是用章回體裁，寫一對爲國忘家捨身報國的青年男女的悲歡離合，一共十二回，在最後的幾回，用幻想預測的筆法，寫日美俄終於交戰，比如第八回的章目「北滿烟雲惡，東京彈雨飛」，第九回的「日艦潛襲巴拿馬，英軍飛援菲律賓」，頗有先見之明，雖然跟後來發生的事實有所出入，可是雖不中亦不遠，算是難得，現在再翻讀起來，仍有令人佩服不置的地方，全書在一九三五年五月十四日脫稿，還印有單行本發行。

一個時期，侯曜成爲多產作家，每天裡總要寫上十篇以上的文章，包含各報的小說和評論，同時又在西南中學担任「人生哲學」，「教育概論」，「論理學」的講師，一九三七年間，他糾集關楚璞、黃育根、黎伯梃、伍華等開辦一間「生活新聞學院」，院址設在堅道八十八號二樓，自任院長，預定兩年畢業，每天夜裡上課，每月學費五元，也曾請過姜西園、薩鎮冰、陳望道、陳伯流他們演講過，初時有學生卅多人，漸漸越讀越少，維持了半年，祇剩下十個學生，連房租也不易維持，不得不搬到他原來的住所奧卑利街一幢木樓的最高一層，那個地方原本是朱汝珍太史的舊居，搬了出去讓給他，可是在那兒祇住他一個人而已，沒有家人，如果說有的話就祇是他的一個女秘書尹海靈和她的丈夫，女秘書相當大年紀，深近視厚嘴唇濶嘴巴，每天裡都穿着露胸的西裝衫裙，丈夫整天裡不必做事，就替侯曜送送稿子去報館而已，因此有好些人就說侯曜和女秘書間的閑話，其實也不無蛛絲馬跡的，即如他在「太平洋上的風雲」一書中的最後一回，描寫男女主角永恒的愛挿上一首「死戀曲」中就有這樣的句子：「欲把深情叩海靈，人間哀怨幾時清，相思已化波千頃，恨海長埋地老情……」，平時倆人間的親暱，也難怪人們的推測。忽然間侯曜又信起佛來，適逢有一個西藏高僧「榮增堪布」從西藏過港，由侯全盤招待，還在伊利近街的港僑中學禮堂開設法壇講經傳道，傳授好些消災解難的咒語。風魔不少善男信女，那個時候差不多侯曜整天裡的時間都躭在佛偈裡，學校報館寫文章的事情都像絕了緣似的，甚至十天八天看不見他的面。

新聞學院無形中陷於停頓狀態，祇得由關楚璞收拾殘局，把學員們組織成一家「陽秋通訊社」分頭找新聞發稿給幾家大報，每個月裡每人僥倖還可以拿得幾塊錢車馬費。

後來又找到港紳杜其章的幫忙，搬到大道中光藝攝影院斜對面的一幢樓上，改名爲「香港文化事業社」，請杜其章做董事長，開幕的時候還在彌敦道新新酒店舉行名人書畫展覽五天，出版「廿世紀」雜誌，承辦循環日報「香海文藝」和「兒童」兩個週刋，學員一部份派到循環日報當練習記者。

適逢有一個南洋華僑來香港要拍幾部電影，看中了侯曜的「沙漠之花」，於是由侯曜編導，由吳楚帆，黃笑馨主演，那時他們是兩夫婦，公演時相當賣座，跟着他自己另外糾集一班朋友組成一家「文化影業公司」，開拍他的另外一部作品「珠江風月」，由鄺山笑、林妹妹、黃曼梨、黃壽年主演，描寫海員到處留情的風流生活，一個「珠姑」死心塌地的爲他犧牲了一切，終囘歸她的懷抱。繼續又拍了「理想未婚妻」，「太平洋上的風雲」，「血肉長城」。

漸漸他走上了神怪民間故事的路子，拍「觀音化銀」，「洛陽橋」以至一些古里古怪的神怪片子，到香港片塲的路子走不甚通的時候，他和女秘書尹海靈一道走到新加坡去，在那兒幹起馬來亞語片的導演來。

太平洋戰爭爆發，初時沒有他的消息，到勝利後才聽見他在「檢舉」的時候遭難，女秘書仍留在馬來，報上曾有過她在廣播電台廣播「太平洋上的風雲」挿曲的消息，女秘書有個弟弟尹瀚清，戰前跟隨侯曜搞電影，戰後也執起導演筒當起導演來，有時也編劇，或許他是爲着記念他的姊姊，連名字也改了「尹海清」，後來去安南當越語電影導演了。粵語武俠片吃香的一段時期，也編導過一些武俠片，幾年前改行開士多舖，最近沒有他的消息了。

粉筆生涯二十年（三）

張丕介遺著

雲貴高原

八年抗戰所加給我們的痛苦，是我們永遠不能忘記的。如果追問，那塲空前國難是否也會造成過某種負面價值，我相信將來的史學家一定會承認的。例如黃河泛濫，是一大災，但洪水退去，兩岸土壤便因淤泥堆積而更肥沃。雖說大災後的豐收決不足抵償水患破壞的損失，但總不能否認泛濫的負面價值也係事實。對於抗戰的結果，說公道話，也有類似的情形，雖然我們永遠不會忘記敵人侵畧的殘酷及因此促成的共黨統治之萬惡。

西北和西南兩大邊疆區域在戰時的飛躍進步，也可算是八年國難的負面價值之一。政治之統一，交通之建設，文化之進步，經濟建設之推進，都是兩大區域久已急待進行，而迄至抗戰開始未能澈底實現的要求。但戰爭一爆發，情勢立變，東南沿海淪爲戰塲，便不得不注意後方的開發與建設。平時以爲百端待舉，鞭長莫及，只好暫時延擱的事，忽然成了國家存亡所繫的關鍵；於是排除萬難，劍及履及，西北西南立即變成了朝野注目和努力發展的對象。誠然，物質條件不足，計劃步驟，相當凌亂，許多開發建設，距離理想很遠，都是事實；但在舉國一致努力之下，畢竟完成了若干極有意義的建設。例如直通新疆的西北公路（甘新公路），嘉峪關外的玉門油礦，作爲西南國際路線的滇緬公路，和許多內遷的大小工廠、學校、醫院等。這些事業，以及這些事業附屬的無數資本設備與人員，一經到達後方之後，便使偃大區域立即面目一新，一種從所未有的進步氣象籠罩了一向被人認爲荒凉落後的地方；同時各地方原來潛伏的物質的及精神的力量，也因之而獲得了發展的機會。我以爲那時最動人的莫過於那種無分彼此的團結精神，使內地與邊地，大家一條心，表現了我們久矣未見的眞正統一。在西北，我看到了這一事實；在西南，我也看到了這一事實。「我們都是中國人」一句口號代表了無窮深遠的意義。——假設不是共黨竊踞，我們有理由相信，西北西南兩大區域的建設，一定極爲可觀，說不定那兩個地方早已成爲全國建設最進步的區域了。

我有兩次到西南雲貴高原。一次在抗戰的第三年，爲辦理華西墾殖公司的開墾工作，到了雲南南境的建水，逗留了一年有餘。一次在抗戰最後的兩年，爲辦國立貴州大學農學院，到了貴州的名勝地花溪。兩次西南之行，前後三年有餘，往返於雲貴高原者五六次。這裡給我印象之深，對我教學裨益之大，却不亞於西北，而且都是永遠難忘的。日本軍閥毀滅了我的故鄉，却使我獲得更大的第二故鄉，還促進了我在學問知識上的進步，這也不能不算是一種負面價值罷；這對整個大局，自然微不足道，但就我個人來說，却是意義重大的。

二十八年的盛夏，戰時首都在敵機威脅之下，軍民情緒，都很緊張，反抗侵畧的鬥志，尤爲旺盛，長期抗戰已成爲國民的共同決心。我由西北回到首都時，正好有一個機會，參加這一工作，於是稍爲接洽，便飛到昆明去了。事情發展的經過是這樣的：

戰事爆發後，後方有兩個急待解決的問題：一是大量逃出戰區的義民，必須予以生活的安排；其中原是農村份子的，當然還以歸農爲上策，而歸農的第一個條件，必須有可耕的土地。一是後方的糧食問題，關係抗戰勝敗的程度，不下於前方的軍隊，而要增加糧食生產，也必須首先擴張耕地面積。後方各省，都有大宗可耕未耕的荒地，足爲解決這兩大問題最充分的根據。農林部爲此而特設了一個農林墾務總局，主持其事，我並曾爲此而作過第三次西北之行（事見「西北去來」篇）。但後方開墾工作既急不及待，而政府又不能立時進行全面開墾工作，於是想起了土地法所規定的「代墾人」。（即私人集資的墾殖公司，得無代價領取大宗公荒地，進行開墾，待墾完後，依規定價格，將土地分售於有勞力而無土地的墾民，令其自墾。此一制度，因有資本主義色彩，頗受指責，未經推行；戰時情形特殊，乃採取鼓勵私人開墾辦法，此種公司稱爲「代墾人」。）華西墾殖公司就是這時創辦的。

華西公司的主持人蕭錚先生是中國地政學會的創辦人，也是我多年相識的朋友。他邀集同志，創辦這一墾殖公司的目的，除去上說一般需要外，在於利用公荒與私資，而實驗「創設自耕農政策」，以爲實行平均地權與耕者有其田的理想。所以這一實驗始終爲地政學會所支持；恰好，我又是學會的一份子。

華西公司着手進行的第一個墾區在雲南南境距安南不遠的建水縣（舊爲臨安府治），而負責籌備的人又是我多年的朋友湯惠蓀先生（我們在地政學院及南通學院還是同事），但他因任雲南大學農學院長，必須長期駐在昆明(農學院在呈貢)，關於開墾實際工作，無暇兼顧。於是他們想到我。這件事來得很巧，用不着多費商量，便決定了。我之接受這一邀請，基於以下幾項考慮：

首先，我對實際農業工作的興趣，向來最濃；在國外注意的經濟問題，也以農業經營方面爲最多。我曾夢想自己經營一所較大的農場，來試驗改良農業經濟的理想，但回國後一直沒有機會。我到南通學院時，曾計劃替它開墾它所有的大片荒地（蘇北鹽墾區內曾爲它劃出十一萬畝荒地，稱爲「大學間」，始終沒有開墾），因戰事而成泡影。我也曾爲西北農學院的萬畝農場，懷過幻想，當然那種環境絕不允許我去實行。現在既有如此一個機會，我那有不欣然接受之理？

其次，戰局的急轉直下，給我國以最後勝利的信心，同時也告訴我們，世界戰爭的結束必須經過幾個艱苦的歲月，所以長期抗戰必不可避免，而長期戰爭對我們經濟又必然加重其負担。我當時有一個想法，以爲教育工作的效果遠不如經濟方面來得直接有用，所以我寧願暫時轉入經濟事業，希望多少能有一點實際貢獻。當我辭去西北農學院職務時，中央政治學校已遷到重慶郊外的南溫泉。我本可到政校，繼續教書工作，但是我終於接受了華西公司的邀請。

最後，我平生有一個志願，遍遊我國的邊疆，以滿足自己的好奇心。西北之行，曾給我以新鮮的刺激，所以極想到聞名已久的雲貴高原去看看。幼時讀書，遇到形容西南的字句，如「山高馬踏雪，地瘠人耕石」，如「五月渡瀘，深入不毛」，如「蠻烟瘴雨」等，都曾引起我種種想像，長大後還時常懷着那種好奇心。如果不是戰爭，當然很難跑到遙遠的邊陲；現在既有此機會，正是求之不得，所以我毫不猶豫的便從西北而逕飛昆明了。

在昆明稍爲逗留，和湯先生商談過墾區辦理方針之後，我就逕赴建水，——那裡有意想不到的新奇事物，也有意想不到的危險艱難。

墾區在建水縣城外約三十五華里的「羊街壩」。就自然條件看，眞是一個理想的新農業區。亞熱帶的氣候，四季溫度都高，極適於植物生長。墾區內土地相當平坦，四圍山陵包圍，中間是一片完整的狹長壩子，長約十五里，濶約七里，中間可耕面積約四萬餘畝。正中央有一座小山，可作全區的瞭望台。壩子裡有少數土著居民（夷族經漢化者，稍通漢語）。我第一天到達墾區時所獲得的印象是：「這是理想的工作地點！」

但是這個地方隱藏着各種嚴重的問題，我也立即覺察出來了。

我到達建水的第二天，動身到羊街壩去。看我的隨行隊伍罷！除兩位先我而到的職員外，請縣政府派了二十名武裝警衞隊出縣城十幾里，進入一帶山崗，本地人稱爲「金鷄嶺」。（好一個傳奇小說地名！）這裡是土匪出沒之地，時常發生遭遇戰。那天雖幸而平安通過，但是治安問題之嚴重，夠人担心的了。二十幾里的大山，起起伏伏，荒涼而寂寞，一路上沒有半個人影，又好像隨處都埋伏着不可測的危機。隨行的人告訴我許多土匪故事，後來證明全係事實。原來建水毗鄰錫礦王國的箇舊，當錫礦事業發達時，附近各縣人口紛紛流向箇舊，希望發現新礦穴，一夜之間，變成百萬富翁。因此，農村人口銳減，土地抛荒。在箇舊，有的人果然發了意外之財，例如我在建水城內的居停主，單是那座古典式住宅建築就夠驚人的。彫樑畫棟，儼然貴族人家。大理石的壁柱器具，擧目皆是。一個私家花園，竟有二十畝的範圍。我到建水時，這家暴發戶已是式微了，大家不做事，只知討姨太太吃鴉片，焉有不敗之理？那些奔到箇舊，而發不到財的人，都拿「下礦」（作礦工）維持生計。十幾萬這種人形成了一個特殊社會，吃苦、打架、賭博、槍殺，成爲每日必備的項目。一旦錫價跌落，立刻大批失業者，無以爲生；其中一部份便流爲明火執仗的盜匪。邊地民風是强悍的，殺人越貨，視若家常。嘯聚山林，甚至橫行城市，地方政府，竟莫可如何。那時有一最大匪首白某，號稱「白掌櫃的」，居然在距縣城不到二十里處建立一所勢派雄偉的要塞，內中可容七八百人生活，並有來自上海香港海防等地的最新生活設備。遠望之，好像一座小城。自治、自給、自衞，縣政府只有聽其存在。白某有時還要和縣長吃吃酒，講講交情，以免大動干戈。事實上城門以外，四境之內，全是匪徒世界。羊街壩的治安，若非獲得匪首的妥協，恐怕墾區根本無法存在的。而匪首之樂於作此例外「德政」，據說却有兩個非常堂皇的理由：第一，他認爲墾區是「中央」辦的，而中央是對日作戰的民族英雄。土匪而有民族意識，並且崇拜抗戰英雄，這或許値得許多不是土匪的人反省的罷？第二，墾區的目的是開發荒地，給本地人以生活的機會，與匪徒並無利害衝突，可以各不相擾。後來我們組織了墾區衞隊，物色了一位極忠誠的青年作隊長，而他就是一位過來人。一年之後，我辭職時，一位水利工程師不幸爲人暗殺，還虧得白某協助，將兇手緝獲。所以在建水一年，無時不在戒備，出門、工作，或在家，隨時要携帶武裝。好幾次遭遇小匪，槍彈橫飛，儼如戰場。地方居民之無法安居樂業，可想而知了。

其次是少數民族問題，邊疆各省差不多都有這一問題。說穿了，這問題很簡單，但其性質却非常嚴重。從內地到過邊疆的人都知道「漢官」的德政是什麽。受歧視的土著居民忍無可忍時，自會有不逞之徒從而加以煽惑利用。看到西北的哈薩克人，就明白他們悲劇式的命運，無非不肖官吏之逼反與俄人的挑撥。雲南西南的撣族，何嘗要獨立自治？但統治的惡劣，及泰國之有意效顰帝國主義，才弄出了複雜的問題。「迤南」（雲南分三迤，南部號淹南）幸而還不如上說兩地之惡化，但就實情而言，也就夠麻煩的了。土著漢化者自稱爲漢人，自謂祖居南京，一切生活思想方式與漢人相同；但這是少數人。四周山區，紅河沿岸，尤其紅河南岸，還保持夷民傳統（當時還保留土司制度）。他們曾忍受歧視，所以心理上總不肯接受漢化，而他們的生活又是那麽原始，那樣艱困。墾區以內，漢化土著少，大規模開墾工作，所需勞力又多；內地義民一時旣遷不到如此邊遠地方，就不得不設法就地招致半漢化或完全未經漢化的夷民。這件事極爲困難，而第一關就是信任問題。然而墾區解決這件困難，竟出乎意外的大成其功。其初三三五五，後來竟多到百人以上。雖然語言不通，生活方式不同，但一經贏得了他們信任之後，工作起來却十分認眞可靠。免費治病，供給烟草茶水，按日發給工資，尊重地方習俗信仰，訪問山中村寨，教給他們漢語和進步工作方法等，都收到了極切實的效果。這種工作的艱難，若非身歷其境，簡直無法想像。

最後是開墾的技術條件。就地取材的農具，簡單到頂點；而且數量極爲有限，不能應付墾區大規模的需要。我們不得已，只好自己畫圖，僱工，利用最笨拙的工具，製造最急切需要的農具。其次，比農具還基本些的是農舍。預備四萬畝農場經營必需的建築物，眞是一件極困難的事；甚至連初步工作地方的臨時房屋都不敷用。結果像農具一樣，自行建築了長濶各百公尺的一所大院落，四角上作爲守衞之用的「碉台」，院內房屋可容全體職員及工人外，兼備牛舍馬廐和倉庫晒場等。這項鉅大工程一直繼續了半年以上。又次，比農舍更重要的是水利，（乾季約自十一月至四月）須有充足的灌溉，方有冬作（本地人因缺少天然雨水不事冬作）；而雨季（約五月至十月）又須有充分的排水溝渠，方免於淹沒。爲了解決水利問題，曾約專家設計了一個新式蓄水庫（約可蓄水一百五十萬立方公尺）及全墾區水利系統，這工程繼續了一整年，只完成了十分之九，我已離開了。其他技術條件，如肥料、飼料、種子，以及一切大小工作條件幾乎全是一樣，就是完全自行設法，以求解決。

想想看，墾區的問題：治安、勞力、建築、水利、農具等等，都要集中於一個短時期來解決，當是何種的緊張罷！然而一年之內，居然大部份有了眉目，並且墾出了四千多畝荒地，統統栽培了作物，使高與人齊的荒草生長區域，忽然出現了整齊規劃和種植的農田！看到這一成績，使我高興得忘記了一切辛勞和危險。當然，我必須聲明，這些成績，主要的應歸功於湯先生事先的精細規劃和籌備及全體員工的熱誠和堅決。職員們是爲了實現一種理想，因爲他們多是地政學會會員；工人們是爲了實現一種希望，因爲他們都等候墾區成功時，自己可以成爲獨立自耕農。

如果不是日軍侵入安南，迫近國境，我大約不會中途捨棄這個親手經營的試驗區。然而戰爭的威脅，使公司不得不變更計劃，於是我也於二十九年秋季北返了。

在雲南的一年，我所得實際經驗非常寶貴，可惜這些經驗至今毫無用武之地。離開墾區，再回戰時首都，重新登上講壇，過我的粉筆生涯。但因我對西南不能忘懷，於是兩年之後，再回到雲貴高原。

在我國高等教育史中，國立貴州大學值得佔一頁特殊地位，原因它是在戰時誕生，又在戰時長大，不幸竟又隨勝利降臨後不久而告夭折。我和這個短命大學有兩年的因緣，所以回想起來，不勝感慨。

貴大誕生的時間和地點，就足夠說明它不同尋常之處。三十一年是戰事方酣的時間，戰區湧入後方的青年，在當時搶救政策之下，紛紛要求升入大學。長江南岸及兩廣學生退至貴州者，爲數極多，而黔省境內也新增了許多高級中學。在客觀需要壓迫之下，貴州原有的農工學院（三十年創辦）乃被擴大，增爲包括文理、法商、農工三院十四系的大學（三十二年我去貴大時，農工分爲兩院，共計爲四院）。明顯的，它的主要用意在適應戰時的特殊要求。

貴州的偏僻貧瘠是著名的。「天無三

日晴，地無三里平，人無三分銀」的環境，並不宜於大學的發展。社會的，文化的，物質的條件，比起長江中下游各省，相差太遠了。然而就在這裡辦起一所大學，而且兩三年間的進步，已差不多追上了許多有名的老牌大學。（若干內遷大學的規模設備，尙遜於這所新辦大學。）校長張梓銘先生的努力（他是黔省人），教育部的特別關注，地方政府和許多機關的多方協助，都是重要原因。

這所戰時大學設在距貴陽二十里左右的名勝地花溪，自然環境的幽雅秀麗，爲西南之冠。但論社會經濟條件，還不及辦墾殖公司時的雲南建水縣城，因花溪只是漢苗雜處的一個小鎭。可是大學一經開辦，各地湧到了上千的高等知識份子，並居然建設了幾幢大樓，使花溪迅速改觀，儼然成了一座小小的大學城。英國的劍橋牛津也沒有這樣超速的發展。我想，貴州在戰時後方各省中最爲安定，物價也最平宜，而西南交通又以此爲孔道等，當是貴大急速成長的有力條件罷。

三十二年的暑假，我應邀到貴大。

自二十九年秋季我從雲南回到重慶後，已不再作遠遊之計。我一面在政校任教，一面參加辦理中國地政研究所，同時我在趕寫幾本專門性質的書。直到三十二年，雖頻遭敵機轟炸，工作進行，頗有成績。但是我這年終於捨棄了較清閒的生活，接受了貴大的邀請。張梓銘先生友誼的督勸和雲貴高原對我的誘惑，是我無法抗拒的啊。

我之眞正參加戰時高等教育及認識非常時期大學教育的眞面目，全得力於這二年的花溪講壇時間。我在這篇短文中，無法一一詳述，只就個人經歷到的重要問題，簡括於以下幾點。

首先屬於學生方面的問題。在搶救政策下的後方各級學校，都大爲擴充。專科以上院校，更因公費貸金辦法的普遍推行，門戶洞開，使一切高中畢業生都獲得了升學的機會。這對於流亡青年固爲極大方便，同時也打破了後方社會的升學的限制。在我國過去二三十年間，讀大學的青年，總屬於中產以上人家的子弟，至於較貧困者很少敢作此想。現在不但機會普及，而且入大學就等於解决了生活問題，誰不爭先恐後的進入一向可望而不可及的高級學府？後方原有院校之擴充，內遷院校之復校，新設院校之增加，使後方敎育突然提高普及，其速度或較平時五十年之時間更大。這是我國社會的一件極大變革，不過那時很少人認識其深遠的意義而已。

大學學生人數之增加，學校風氣之趨向平民化，當然都是極應歡迎的現象。然而也有若干頗爲嚴重的問題，連帶而至，成爲政府、學校、社會三方面難以解决的問題。第一就是貸金生的「公糧」問題。其次是學生的訓導問題。第三是學校師資與設備問題。第四是畢業生的出路問題。公糧的供應，幾乎是各校鬧風潮的共同導火線。公糧的質、量、緩、急、供應手續等，直使各校負責人和各校所在地行政當局，永遠爲之頭痛。學生人數一多，來源成份自然複雜，恰巧又逢上戰時的訓導制度（雖非全爲「黨化教育」，但由此演變而來），小組織的活動，管不勝管，「職業學生」滲入後，更是鬧風潮的潛毒。在政府大力爭取青年，救濟青年，教育青年的原意與設施之下，居然有許多學校大鬧其「反飢餓運動」，「吃光運動」，成爲極大的諷刺。學生驟增之下，師資不夠，只好馬虎些；設備不足，也是一樣。結果是畢業學生的素質降低，大大影響了他們就業的出路。大批高等知識青年，在學校鬧慣了學潮，畢業後又嘗到失業的苦頭，於是最後的結果是爲淵驅魚，爲叢毆雀，大批大批的青年陷入於共黨的網羅。貴大在這一點上尙不太嚴重，不過上面四項問題也足使學校當局日夕焦灼的了。

其次是課程問題，教部對課程曾有數次改革的努力，證明這問題並未被忽視。然而直到戰爭中期，各院系課程依然很不合理，使執行部定課程計劃者，爲之萬分棘手。第一，學制和平時一樣，毫無伸縮之餘地。第二，課程繁重，名目細碎，學生不勝其負担，而永遠把握不到學習的中心。第三，教授任務被縮限於教室講授與實驗，不負研究之責，亦無研究之方便。在大學看得太多以後，有一種極不愉快的感覺：好像在一所龐大的飯店裡，不管什麽人進來，總是一份配好了的「客餐」。至於客人胃口大小，嗜好如何，時間遲早，概不過問。有些人比較「中常」些，可以既來之則安之，馬虎了事；但稍為懂得自由學術或要求自由學術的人，總不會甘心果腹的。我之特別有此感覺，是由於我必須負責設計農學院的課程。那時貴大和教部關係特別好，所以對部令也特別尊重。各教授本於以往的習慣，寧可照例行事，不肯多作改革。我明知不是辦法，但也只好將錯就錯，一切率由舊章。

有一件關於課程的事值得特別提出一談的，就是戰時大學教科書與教材之缺乏。農學院各系教授有的是老留學生，有的是新自外國回來不久的，也有幾位根本不曾出國留學的，大家對於教本和教材，都大感困難。其時唯一較為方便的是來自外國的英文本教科書。其初頗有人主張直接採用原文本來教學生，並要求學生直接去讀英文本教科書。但是經過大家愼重研究之後，乃一致決定：以外文書為參考，各人另編講義大綱，還是以中文來教中國學生。我不能說這是受了我的影響，但不能不說，這一辦法確是很適當的。抗日戰爭的根本精神就是民族文化的獨立要求，若捨中文而用外文以教學生，那麽戰時教育的意義便根本失去了。

除去課程制度一點外，我在貴大兩年的時間是很覺滿意的。我兼了院長、系主任及農場場長三重行政職務之外，每週上課最多時曾到十七小時。工作之繁重，比在武功時期，有過之無不及。但我的精神是愉快的。我担任的功課是農業經濟學、農業政策、土地經濟學、中國經濟問題等。我的教授方法中增多了一項，就是每門功課，除講授外，每週留一小時的時間，讓學生自由討論。討論的範圍，多半在功課範圍以內，有時也上天下地東西南北的任意發揮。我發覺學生們的興趣極廣極濃，樂此不疲，而在功課的學習上也增加了效果。

但佔據我兩年中最多時間的不是課堂而是農場。貴大有五百畝左右的農場，其中大半是熟地，早已分租於附近居民，小部份是起伏不平的荒山（附近大宗荒山不在內）。在貴大成立前，實驗場有地而無設備；荒地亦未開發。貴大開始，集中財力於土木工程與教學設備等項，更無餘力經營農場。這時農經系同仁與學生頗肯努力，願作一番新的農業改良試驗。那麽，第一必須有錢；第二必須獲得地方人士的合作。為了這兩件嘗試，着實費了許多心思。結果，首先獲得了農民銀行的貸欵（銀行要担保，我讓他們看我穿的草鞋，竟獲得了完全信任，後來因法幣貶值，照數清還，當然無任何困難），一年中建立了農事試驗場和經濟農場各一所。全體師生大為高興。其次，我發動一次土地改革試驗，也竟告成功。原來學校早先租出土地的條件和本地習慣相同，即二五對分土地收穫物。我向張校長（他亦是地政學會會員）建議，改革租佃制度，照土地法規定的三七五比例收租，而只限於「正產物」。（副產物，間作，小作，全歸佃農所有；正產物如稻穀，佃農保留產量的千分之六百二十五，學校只收其餘的千分之三百七十五。如此，農民所得增加不止四分之一）。花溪為苗漢雜處之區，大地主多為漢人，久享高租權利，對改革辦法當然不願接受。於是學校即以自有出租土地為試行對象。結果當然是十分順利的。佃農收入增加之外，土地的生產力也因之而提高了。佃農聽說還有更進一步的耕者有其田辦法時，其歡欣愉快，簡直然法形容。

非常時期大學教育中還有兩個令人痛心的現象，凡曾置身於當時大學者，莫不至今言之猶有餘憾。我在花溪曾親身經歷，在其他學校也曾親身目睹。但我於此不願多談，只簡單提及一筆就算交待了罷。那兩個現象之一是教職員們的過度窘困，之二是與此多少有連帶關係的意志消沉。

關於第一點，我先談一個實例。戰爭

時期，教職員待遇之菲薄，因法幣急速貶值而惡化。政府定了一個辦法，防止公務員夫妻領取雙份公糧，規定一家只可由夫或妻領取；凡夫妻在同機關供職者，也只許一人領取。這辦法的作用，竟逼使許多夫妻假冒離婚，以便多領一份，以維持家用。貴大有某君夫妻同時任職，也如法辦理。不過依照規定，既說離婚，就須有形式的證明，至少夫妻必須分居。這是曠古未聞的怪現象。而這事居然爲人所容忍，可謂盡人間殘酷之能事。某君夫妻表面分居，而事實又必須同居，於是有好事者竟於半夜闖入，演出捉奸的笑話。我聽說，重慶某機關另有一對夫妻，竟因此而弄假成眞的離了婚，尤可慨嘆。

另有一事，更爲典型。貴大有一老教授（前爲北京大學教授），因經濟窘困，「發明」了做牛肉乾的生意，每天燒製牛肉乾若干斤，分成小塊，派其女公子至學生飯堂叫賣，以圖蠅頭之利。學生知之者，有的暗中替先生落淚，有的還大開女孩兒的玩笑。及今思之，眞令人爲之欲哭無淚。

經濟狀況隨戰事之延長而惡劣，至勝利降臨時，已至崩潰的邊緣，教授生活之難於維持，人所共見。南京新街口一帶買賣銀元的小販中夾雜着多少高等學府的人員及其眷屬啊！離開大陸前的最後一段，我暫住於桂林廣西大學（將軍橋）時，其教職員的狼狽情形，達到空前絕後的地步。一到校門，便看見一個非人非鬼的校警，襤褸憔悴，比我們常見的乞丐，尤有過之。小胆人見了，定會嚇得面目改色。原來公餉太少了啊，沒有一個像樣的人肯當校警了。每到發薪之日（先爲金元券，後改銀元券），等於大罷課，全體員工排長龍，等候拿錢到手，立即飛奔入城（約八華里），去找換銀元，以保存其價值。爲了恐怕遲一天便吃虧，於是半夜也要趕了去。我看見六十幾歲的老教授夫婦，如此站班，如此焦灼，如此奔走，而一月薪水所換的不過三枚銀元而已。我們知道他們心中苦悶比任何巧妙文字所能形容者，更深更重更多。我在花溪的生活，比起許多大學同仁好得多，但當我兩年後再返重慶時，也已像蒼老了二十年；其他情形，不必多說了。

支持長期抗戰，使我國終獲最後勝利的主要力量，來源於軍民一致同仇敵愾的堅決意志。戰爭開始時的險惡形勢，最初一二年的連續挫敗，都沒有動搖過這一決心。最足代表這種精神的人是各級學校的教師和學生。內遷的經過，儘管艱苦萬分，危險萬分，他們還不顧一切的，還是沉着而樂觀的。看了那時師生們的情形者，決不會懷疑中國的民族精神與傳統文化的價值；也更不會預料數年之後，竟變成了思想混亂與意志消沉的現象。如果不明白當時實際情形，便很難解釋，爲什麽抗戰中期之後，國際形勢轉而有利於我國，後方社會心理反而是顯出那種趨向：學潮起伏，意志消沉，而且思想混亂。——這種可悲現象的解釋，我們留給將來的歷史家去作罷。也許他們比我們看得更淸楚，判斷得更公平。我在這裡只簡單談談我自己看到的事實。

引起多數人意志消沉的原因，第一件就應「歸功」於大學裡的訓導制度。各大學設訓導處的用意並不錯，但其結果却壞得可怕。首先，在教師與學生之間，插進了一種絕緣體，教師失去了直接教導青年的天職，而退處於單純的知識傳授崗位。其次，多數的訓導人員，可稱爲「不學有術」之士，領導學生的德智不足，控制學生的能力不夠，只好出之以小組織活動方式。第三，管理學生辦法不依課業操行，而依所謂「思想」爲標準，給教育家以嚴重打擊，從此更有所謂永遠糾纏不淸的思想問題；教授若有異議，連他們也會被人認爲有思想問題了。

第二件應該指出的是當時政治上相當流行的腐化風氣。官場的貪汚腐化，奢侈浪費，顢頇自私，使身在教育界的人充滿了憤怒；無法宣洩的憤怒，便化爲侵蝕性的消沉；不是無言的抗議，而是無頭無腦的「横議」，大家說氣憤話，說諷刺話，不管其影响如何，藉以宣洩其積鬱。

第三件就是教職員工的待遇，江河日下，艱困日深。這雖似過於原諒的話，而實際上却是一定的結果。本身及其家屬的經濟狀況，使人人日夕焦慮，愁眉不展，他們也無法不消沉了。何況還有朱門酒肉臭路有凍死骨的極端對比！

當然，在大學府之中，曾有共黨同路人及所謂民主人士的活動，也係事實，不過給以可乘之機者，還是上面說的幾件原因。——貴大幾乎例外的沒有這兩類人物，然而許多教師們的意志也還非抗戰開始時期那種振奮堅定，便可反證這一點。

在花溪兩年，使我對雲貴高原增加了深厚的感情。學校的順利發展，師生間與同仁間的融合，山國居民之淳樸風氣，以及花溪的明媚風景，都給我以極深的印象。那兩年時間的講壇生涯，充滿了緊張繁忙，不覺過得飛快。只有一次大意外，幾乎把這所新誕生的大學夭折，那是三十三年的黔南戰事。——貴大之較能保持朝氣，而表現其堅決意志者，或亦有賴於那一刺激罷。

日軍侵入獨山的消息，曾使中央震驚。貴州立即陷於風聲鶴唳之中。原是比較安謐的後方，忽於一夜之間，成了前方。於是演出了大逃亡的一幕。貴大的命運和戰爭初起時許多內遷學校一樣。在刺骨的北風吹襲之下，師生逃向黔北的遵義。而在這一意外之下，立刻表現出團結奮鬥的精神。多難興邦，信乎！我隨校遷至烏江北岸的遵義，臨時借用校舍，竟能弦歌不絕。數月後黔南恢復，貴大重返花溪。回想逃出的那日午後，殿後師生行降旗禮時的悲壯，儼然如在目前。復校之日，重新開學升旗時，另是一番興奮心情。師生意志由消沉而轉爲振奮，好像一度驚險就等於一劑强心針。以後兩年中，貴大進步，特別迅速，直至由勝利而轉爲共黨統治，乃被劫奪而終。貴大由誕生至毀滅，爲時不過七八年，曇花一現而已，誠可痛惜。

我去貴大時，原係張校長向中央政治學校聲明「借用一年」，却不料一去竟有兩年。三十四年暑假，我重返南溫泉時，抗戰已近尾聲，不久便宣告結束了。

兩次西南之行，先後不過三年，空間未出雲貴高原，個人所經歷的固屬有限，但我自問，亦頗有收穫。在建水一年，等於農業經營學的實習。同時我實現了自辦一所大農場的素志。在貴大，我也親自經營了一個經濟的農場。這番實習，使我知道平日所學所教，尚堪一試，而實際工作則給了我許多技術方面的具體經驗。在花溪兩年中，因主持一院，使我進一步瞭解了戰時大學教育問題，也給我一個機會讓我對國家多盡一份責任。至於兩個事業都是半途而廢，使我許多心力，等於虛擲，那是大環境所使然。整個祖國大陸都被丟棄了啊，夫復何言！（未完待續）

本刊啓事：

本刊第一期，第二期，第三十七期等，現已售完，不少讀者欲補購者，無法供應，至爲歉疚！現向讀者請求，如有保存上述各期而願割愛者，本刊願用新書與之交換。

臨風追憶話萍鄉

明月千里長懷念，故鄉事跡句句真。

·張仲仁·

江西萍鄉縣位於浙贛鐵路線之終點站，亦即株萍鐵路的起點；並銜接粵漢路，可算是三條鐵路線的重點所在地；是一個臨近湘省邊區的重要城鎮。

民元前丙午年，當地一班愛國開明之士，爲响應　國父孫中山先生倡導推翻滿清腐敗統治，曾聯合起義，然因缺乏嚴密的組織，又無正規的軍事訓練，至遭失敗。是役死亡人數很多，餘下的就離鄉流亡外省也不在少數。我國革命史上稱爲「萍醴之役」。

縣城東門外十五華里有著名的安源煤礦；出產提煉之焦，供應湖北大冶鐵礦、漢陽兵工廠煉鋼鐵製造槍械用途。這是全國聞名的漢、冶、萍公司經營三大國營工業之一；即漢陽兵工廠、大冶鐵礦、萍鄉煤礦。

安源煤礦場在四十年前，劉少奇曾在當地搞工運有很長一段時期，將煤礦場變成培養共產黨的溫床。毛澤東也曾在此處避過難，以後就進入井崗山。

萍鄉民風敦厚，從無歧視外省人之事，有善待客旅的良好風氣。因此當年雖知道此種共黨份子，潛伏礦場搞風搞雨，終以爲是疥癬之疾，不足爲患；再加地方政府亦網開一面，未曾嚴厲禁止，赤禍漫延，實非當年所能預料。

吾鄉商業發達，土地肥沃，可稱得是富裕之區，有關文事武備方面，歷代相傳從未懈怠，在耳濡目染下，青年一輩對於修文習武均非常有興趣，尤其武術一行，十分興盛。在民國肇建以後，就以萍鄉縣立中學而論，教育督導嚴格，學生學習精神高昂，因此每畢業生成績優良，投考全國各著名大學，錄取率竟有百份之九十八。歷年來學校均有名單公佈，以鼓勵在校學生努力向學，這是値得稱揚的教育方式。其他如鰲洲、金山、盧溪、宣風各中學，及雲英女中學等，在校風及學業成績方面均競爭劇烈；更難得的是各校校長教員平素生活清苦，無不以作育英才爲己任，此種爲教育而教育的精神實堪欽佩。

談到武術方面，在倡導練武强身的風氣下，萍鄉不論士農工商界人士，鮮有不會幾套拳術者，那時人人練得身强體健，既可强身復可禦敵，如果路見不平，就可施展幾下散手，以解危困。故此吾鄉可以說是文兼武備之地。現畧舉北區以上栗市鎮爲中心的第六區，幾位武術界名宿的軼事。

離上栗市鎮五六華里的南源村，有位鄒普志師傅，因鄒家人單勢孤，備受强鄰梁族的欺負；鄒師傅從小就有發奮圖强的志向，因家貧無力負担學校費用，便立志練武術；他意志堅强，不怕吃苦，日以繼夜的用功練習，經十多年之久，結果擊技超羣！所謂吃得苦中苦，方爲人上人，終於有了出人頭地的一天。

有一次他曾以寡勝衆，擊敗梁家一羣武師車輪戰法之後，他的名聲從此不脛而走，迅即傳遍全區。在我國抗戰勝利後第一次過新年，他會同一班同行友好，組織一隊獅子燈，藉以舞獅環遊四方結交朋友；所到之處，各鄉人士均熱烈歡迎。後來又到第五區一帶賀新年，我家就在五區內，當時大燒爆竹，表示歡迎，並專誠備酒欵待，以示敬仰之情。

那一次欣賞到他出色的眞功夫，祇見他一舉手一投足之間，的確與衆不同，最奇怪之處，鄒師傅打出之拳掌要比別人長兩三寸；普通一班武師一拳打出，肩膊關節凹陷之處可以放一枚鷄蛋；而鄒師傅的肩膊凹陷得成爲一個大孔，好似脫了節一樣，大可以放一隻拳頭大的深坑。

我年輕時，非常喜愛武術，凡遇到功夫好的師傅，就抱敬慕謙虛的心請求指教，故此和我有交往的大小師傅也不在少數，但從未遇過一拳打出的手，會比別人長那樣多；如不是自己親眼看見，眞難令人相信。同此我決定要請他拆招指點功夫；但那次看他表演是在新年，人客很多，時間又怱促，因此不便啓齒；事後又爲着自己的商務忙碌，一直未有履約赴鄒師傅的相邀，去他府上拜訪，甚爲遺憾！

後聽一位老師傅講述他的功夫，說他已練到卸了胛的地步，故此打出的拳會特別長，掌鋒拳力也特別强勁；一班拳師當然不是他的對手，練武練到如此深湛境地，也算是武林中的奇跡矣！

我曾看過他兩手硬功夫，一次他一拳打碎一塊石板；又一次一掌切斷兩尺多長，有碗口粗的一根硬木柱。我好奇之故，曾抓捻他的手臂，一抓上手不像是皮包着的肌肉，接觸到他的臂肌，竟如鋼鐵般的光滑和結實；他已練到拳能碎石，掌能斷樹的境地！眞使人欽佩又羨慕。

他還有一件憑智勇退匪盜的事跡，非常有趣，那是在民國十八九年間，吾鄉正在鬧土匪時期。一晚深夜，突然有一股土匪上門打刼，在鄒普志師傅門口圍住，然後撞門。爲防匪患，鄉民早有經驗，將門窗改造得很是堅固，如想將門扇撞破，並不容易。當土匪撞門時，鄒師傅爬到樓上前後窗口察看，在月光照亮下，清楚的看到約五六十個土匪，每人手持梭標和大刀，其中還有兩枝舊步槍。他看後暗自度量：土匪槍枝少，就不必怕他，要想辦法將這羣土匪一網打盡！吩咐子侄，速將廳堂裡的桌椅搬開，堆在牆角裡；一面大聲叫外面土匪不要撞門，等將桌椅搬妥即開門請你們進來。

在屋外包圍的土匪，當然有多數人知道鄒師傅是武術界的大師傅，此時一聽到雄壯宏亮，並且毫無畏懼的大叫聲，更不知道這位師傅將要如何來對付他們？這次原想杖着人多，來老虎頭上捉虱子，眼看佔不到什麽便宜，雖然有幾十個人，但並無把握打贏這位出名的武師，不要弄得財物未搶到，反而丟掉老命；幾十個草包土匪，越想越怕，眞所謂是無胆匪類！還未等裡面搬完桌椅，他們竟一窩風的溜之大吉。

再說鄒師傅將桌椅搬妥後，整間廳堂就像一間練武廳，他手握一把大刀，站在門裡右邊，徒弟握刀站在左邊，如果土匪衝進來，就準備用自己的廳堂作爲屠人塲，今晚要大開殺戒一次！他將大門打開，即向門邊一閃，舉起大刀，準備向衝進來的土匪，來一個殺一個，來兩個殺一雙！

誰知等了片刻，不但並無土匪衝進來，原本在外面鬧哄哄的人聲也聽不見了，靜得鴉雀無聲。這是怎麽囘事？難道說，我等着他們進來，而他們在外面等着我出去嗎？當時鄒師傅被弄得滿心疑惑，但又不敢出去察看，萬一土匪有詐，中他埋伏暗襲，那就糟了！他站在門背後，不敢聲張；過了一段相當長的時間，依然覺得毫無動靜，他就打手勢要家人上樓去窗口看看情形，一看之下，才知屋外四圍空蕩蕩，連一個土匪的踪影也不見了！原來這班膿包土匪，也有先見之明，竟讓他們料到有殺身之禍，趕快的逃跑了。這也是鄒師傅的赫赫威名，嚇退了這班打家刼舍的惡人。

十幾年後的新年迎接獅子燈，招待鄒師傅舞獅隊的筵席中，我曾詢問他那年鬧土匪的經過，當時他很愕然的說：「你怎麽知道的？本區很少人知道此事；當年匪患甚烈，不想觸怒這班魔鬼，因此特囑家人保守秘密，免遭後患。」我笑着說：「鄒師傅的鄉鄰，劉衛煌先生是我的姨父，（劉先生是前期的剿匪勇將，體重將近三百磅的大胖子，後因剿匪失敗被殺害；當年他的遇難訊息傳出，全縣無不感到震驚！認爲這是北區第一關的一座鎮邪符已被毀掉，地方從此將永無寧日矣！事後果然匪患日益嚴重，鬧到不可收拾的地步。）他的大兒子曾承你傳授武術；我們表兄弟在閒談時，他告訴我您的故事，並叮囑我不可講出去，十多年來，我遵守諾言，今天是第一次在您面前談到此事情。」他聽完我的話後，很感興趣，不覺流露欣悅之意，笑着和我說：「想不到你年紀輕輕，經過一段長時間，竟能遵守信約，不到處亂講，眞難得；我這次同梁炳林師傅來貴村賀新年，事先早有朋友相告，如去流江村，必定要拜訪張家，及對河黃家，現在證實，朋友的相告確實不錯，眞所謂聞名不如見面，我今天能夠認識你，也不虛此一行了。」我聽後非常慚愧，祇有自認年輕不懂事，還請鄒師傅多多指教。

他接着又說：「現在事已過去很久了，回想當年，如在目前；記得那晚我在樓上窗口察看，見到祇有兩枝舊爛步槍，就下決心放胆一拚，如能將幾十個害人精全部消滅，也可爲地方除一大害，誰知竟讓他溜跑了，眞是氣人。」同席人士聽到他這種豪語，均稱讚他胆識不凡，不愧爲名武師！我又問他說：「剛才表演拳術時，其中加插了一手『跌子』（又稱爲「以逸待勞」功夫），看你跳到中途就收勢停下，如您放勢縱跳，能跳得多遠呢？」

鄒師傅微笑回答說：「這手工夫很少人練；我奇怪你別的都不問，却注意此『跌子』功夫，大概你也練過此功夫吧？所謂熟識在行，一眼便知。否則你不會看得出的；你的武術練到何程度，我還不知道，但你的武術智識，已有了相當深度，這是我可以確定的。至於此『跌子』功夫，我可以跳二十尺左右，不知你已練到了如何程度呢？」我笑着說：「我太淺了，最遠只能逃到十一尺。」我和鄒師傅一談上武功，眞所謂「酒逢知己千杯少」。雖是初次見面，彼此意氣相投，話也越談越投機了。臨別時，他一再邀我去南源鄉玩玩，我答應定要拜訪他，就此相別。

這手「以逸待勞」的「跌子」功夫，是如何的使用法呢？這是一手很好的功夫；萬一你遇到强敵，不能以力取勝的時候，可運勁朝向對方攻出一拳，然後立即以迅速快捷的收拳手法，將拳縮回，乘勢托地向後一縱跳步法。但預先要看清楚後面停留落脚的地形，如空地廣濶，即可放勢跳得越遠越好。這就是一閃即不見踪影的輕功夫。

雙方正在拚鬥得難分難解之際，突然間脫離了對方的拳鋒範圍，一跳之力，已離開對方一二十尺遠的地方，在那裡蹲低休息，雙目却要盯實對方的行動；本身蓄勢待發，以靜制動的等候對方趕上前來攻擊。對方由一二十尺的距離，要趕到你面前，當然也要多少時間，在乘他跨步進擊的過程中，就可以仔細的察度形勢，及他所露出的破綻。俟臨近身邊時，就可乘隙反擊，如你心機靈敏，大可出奇制勝，穩操勝算。這就是「以逸待勞」的名之所在，是一手最精采的輕巧功夫。

孤僧命運（毛澤東與林彪部份）

王明遺著

前言

編者按：「孤僧命運」是前中共代總書記陳紹禹（王明）生前著的最後一本書。王明於一九七四年三月二十七日在蘇俄逝世，而這本書完成於同年三月初旬。莫斯科「和平與進步」電台曾於五月二十九日至六月二十四日以華語連續廣播其若干章節，而「蒙古消息報」則於六月十五日至二十九日以中文摘載部份內容。本刊選錄者即根據「蒙古消息報」資料。

關於此文有幾點須加以解釋：

一、王明所以稱毛澤東爲孤僧，是根據一九七〇年十二月毛澤東向美國作家史諾說：「我是一個夾着破傘到處流浪的老和尚了。」經史諾加以渲染，有些中文譯者又在下面加上「狂風暴雨中走在獨木橋上。」更加深此語之戲劇性，連王明也相信毛澤東是這樣說，實則是極大錯誤，毛澤東當時同史諾站在天安門上，指着下面幾十萬高呼萬歲的人們說：「我是和尚打傘，無法（髮）無天」這是一句歇後語，在中原地區像這類歇後語搜集一起當超過百句，有些非常精采，如此句便是。和尚本來無髮（法）再打了傘遮住天，便是無天，毛澤東發起紅衛兵造反，確是無法之舉，其與史諾說這段話更是志得意滿之言，一九七〇底也是毛澤東全面奪權奏功之日，怎會說出這種衰颯之言。可能當時譯員不懂這句歇後語，照句直譯，史諾更不能分辨錯誤，以訛傳訛至今。

二、編者一直不相信「五七一工程紀要」是林彪所爲，王明亦有此說，編者更不相信林彪跌死外蒙，尚待證實。

三、王明依論語作依據而駁毛，亦是重要文字。

本刊甚少刊載現階段政治文字因此篇既有價值，不流傳又不廣，故特刊出，此亦現代史也。若干年後更成重要史料矣。

蒙古消息報介紹王明

按：王明是中國共產黨和國際共產主義運動的著名活動家。他於今年三月二十七日逝世。王明在他與世長辭之前，即在一九七四年三月初，寫完了一本書。本報現將他生前寫成的這本書的一部分發表於下。

王明一九二五年參加中國共產黨。在一九二九年國民黨的白色恐怖時期，他担任過中共上海市區委書記、中共江蘇省委書記職務。

一九三一年王明被選爲中共中央委員、中共中央政治局委員和中共中央書記，曾經有一個時期代理中共中央總書記職務。一九三一到一九三七年他是中共駐共產國際的代表。一九三五年在共產國際第七次代表大會上曾當選爲共產國際執行委員會主席團委員和共產國際執行委員會書記處副書記。王明把自己的一生獻給了中國人民的自身解放事業和爲使中國走社會主義道路的事業。王明堅定不移的站在馬列主義的立場上和遵照無產階級國際主義原則，同中共政治方針中的機會主義、民族主義和沙文主義的形形式式的表現進行了原則性的鬥爭。他從未放鬆或停止過同毛澤東的反馬克思主義，反社會主義的政治方針進行的鬥爭。並且隨時隨地的揭露毛澤東的損人利己，花招多端，指東打西的惡劣本性。發表在下面的文章也正好會證明這一點。

正文

毛澤東之成爲「孤僧」不是偶然的。這肯定是他的思想錯誤和政治路線錯誤演變發展的必然結果。毛澤東最近常說：「思想上和政治路線上的正確與否是決定一切的。」他的這一句話，基本上是對的。如果一個共黨人總是在思想上和政治路線上不斷地犯錯誤，同時他又不願聽從黨的領導機關和同志們的糾正意見，而繼續加深和擴大他所犯的錯誤，他就難免最後走上背叛馬列主義、背叛無產階級的國際主義、背叛社會主義革命和社會主義建設事業的叛徒道路上去，走上背叛黨、背叛無產階級和勞動人民的叛徒道路上去。托洛茨基是這樣走上叛徒道路的。陳獨秀是這樣走上叛徒道路的。毛澤東也是這樣走上叛徒道路的。

從一九二一年中國共產黨成立到一九四九年中國革命勝利，這二十八年中，在中國革命的三個階段的五個時期中，毛澤東都犯了思想和政治的嚴重錯誤，都實行的是「左」的和右的機會主義路線。從中國革命勝利到現在，由於他的思想和政治路線錯誤繼續擴大和加深，終於使他成爲共產主義的叛徒和帝國主義的僕從，因此爲共產黨人和勞動人民所不齒，連他自己也不能不承認他成了「孤僧」。關於這些問題，我在一九七〇年發表的「列寧、列寧主義和中國革命」一文，一九六九年發表的【毛澤東實行的不是「文化革命」而是反革命政變】一文，本文內已有基本的敘述，因篇幅關係不再作更詳細的闡明。

其次，毛澤東之所以成了「孤僧」是他陰謀詭計毫無人性，不斷迫害同志的必然結果。他對共產黨和革命同志採取各種慘無人道的迫害，已是人所共知的事實。現在我只舉出他對待自己在各個時期靠以起家的所謂「親密戰友」和「同盟者」採取什麽背信棄義、殘酷迫害的行爲，就足以看出他爲什麽變成爲衆叛親離的「孤僧」了。

一九二七年秋，他奉黨中央命令率領部分武裝農民隊伍走上井崗山。當時他完全不懂軍事，農民隊伍也還沒有戰鬥經驗，他只有依靠早已佔據井崗山的王佐和袁文才率領的貧苦農民隊伍，同他共同作戰，才能在井崗山站住脚，建立根據地，但當朱德同志一九二七年冬率領中國革命軍隊到達井崗山（譯者按：朱德係於一九二八年四月率部上井崗山的），一九二八年秋彭德懷和黃公略同志率領他們的起義隊伍也到達井崗山後，他就用請客吃飯的陰謀方式，把王佐和袁文才殺掉，並繳了他們隊伍的械。在三〇年代末，毛澤東同我和其他人講話時，也不得不公開承認說：「事後想起來，王佐和袁文才殺寃枉了，他們本人和隊伍都基本上改造差不多了」。

朱德、彭德懷和黃公略等同志上井崗山後，井崗山才成爲一個能夠獨立作戰的軍事單位和革命根據地。毛澤東並不懂軍事，只是就黨中央的任命他才做了他們的政委，黃公略同志不幸於一九三一年被國民黨飛機炸死了。毛澤東多少年來主要地就是依靠朱彭這兩員大將指揮軍隊打天下。可是當地在一九三五年一月遵義會議上篡奪了黨的最高軍權後，就在四十年代前半期「整風運動」中，在政治和組織上打擊朱德和彭德懷同志，而在「文化革命時期，他繼續打擊和污蔑他們，並殘酷地迫害彭德懷同志。

一九三五年二月毛澤東在「遵義會議」之所以能夠篡奪了黨的最高軍權，主要地是依靠所謂「毛張聯盟」，就是他利用了張聞天和王稼祥同志的助，但到四十年代「整風運動」時，他就在政治上嚴重地打擊了他。最後在「文化革命」時期，更殘酷地迫害了他們。

在四十年代，他之所以能夠進行「整風運動」主要原因之一是，從一九三八年十月六中全會開始建立起來的「毛劉聯盟」。而到「文化革命」時期他給劉少奇同志加上「內奸」，「工賊」，「叛徒」，「修正主義」和「資本主義道路當權派的頭子」等罪名加以殘酷的迫害。

至於林彪，毛澤東從一九三三年起就設法拉攏他，要林彪給他繼承。林彪當時曾付之一笑，並把此事當做笑話告訴過博古同志。遵義會議後毛澤東先後利用紅軍總政委和中央主席的名義，繼續拉攏林彪（譯者按：遷義會議後，一九三五年六月，紅一、四方面軍在川西懋功會合，中共中央兩河口舉行會議，通過張國燾出任紅軍總政委。毛澤東則仍任中共中央軍委主席。中共中央總書記爲張聞天。當時中共中央尚無「主席」之設）爲他的軍事靠山，關於他對林彪的依賴關係，可以從他同我的兩次談話裡明白地表示出來。

第一次是一九三九年春。他說：「王明同志，你爲什麼挖我的林彪，告訴你，這個牆脚可挖不得」。當時我很驚訝地問他：「你說的是什麼意思？」

他說：「你爲什麼在去年夏天在漢口歡迎國際青年代表團的會上說林彪的好話呀？」

我說：「我不過說指揮著名的平型關戰鬥的林彪將軍也是個青年，這有什麼拉攏林彪挖你的牆脚的意思呢？」

他說：「你講他的好話，就是挖我的牆脚。我告訴你，我搞了十幾年的軍事工作，就算搞好了一個林彪。他是眞正我的人，他指揮的軍隊眞正是我唯一依靠的軍隊。其他八路軍新四軍隊伍都不是我的。所以你必須注意，我無論如何不會允許任何人挖掉我的林彪這個牆脚的。」

第二次是一九四九年三月七屆二中全會閉幕後的談話，在前面我已經寫過，毛澤東當時曾說我在二中的講話裡含有十點毒素，其中兩點就是關於林彪的。

他說：「你爲什麼在二中全會上又講林彪的好話呢？你爲什麼說他關於戰爭形勢講的好，講得具體而生動呀？十年前我不是同你講過麼：講林彪的好話，就是挖我這個軍事靠山的牆脚，你現在又講他的好話，這不是毒素是什麼？」

我說：「十年前我就向你說過，在我看黨的所有幹部，包括我們自己在內，都是黨的沒有什麼你的，我的，他的，沒有任何私人的。所以我講話完全沒有什麼拉攏林彪做我的幹部的意思。你說你們兩人有很久的親密關係，難道別人說句好話，就能把林彪拉走了麼？」

他說：「你不記得麼？當你第二次講話和回答問題時，我在旁邊插話，同你講起「整風運動」和黨的歷史問題，林彪馬上站起來向你說：「王明同志：關於黨的歷史問題，我一點也不知道」。你對他說：「林彪同志，你想知道黨的歷史問題很容易，只要我同你談一小時，甚至半小時的話，就一切都明白了。請你問問毛主席。他允許你還是不允許你同我談這個問題？」你看，關於黨的歷史問題，林彪不問我，而問你，你的回答又故意地將我一軍。這不是毒素是什麼？」

從這兩次講話可以看出，一方面毛澤東對林彪是何等好，依賴何等器重，何等寶貴；另一方面，他對林彪又是何等沒信心，何等不放心，毛澤東之所以對林彪抱這樣兩面的態度，主要地是由於他同林彪的關係並不是志同道合的戰友，而不過是他利用黨的中央軍委和黨中央主席職位對林彪施行威脅利誘，把他拉成自己的軍事靠山的關係，而林彪並不是願意和毛澤東同流合汚的。因而，毛澤東在「整風運動」時所作僞造黨史其它陰謀詭計的勾當都不敢向林彪坦白的說。此外，還有幾件我親身經歷的事，可以證明林彪不是都同意毛澤東的。例如：在一九三七年十二月，我從共產國際回到延安後的第一次中央政治局會議上，關於平型關戰鬥的估計以及我們地抗日戰爭中的戰畧問題，有兩種不同的意見。

毛澤東說：平型關戰鬥超過了游擊戰而帶有運動戰的性質，以後再不能重複這樣的戰爭。因爲我們在抗日戰爭中只能打游擊戰，不能打運動戰。這是我們的當前任務。八路軍正副司令朱德和彭德懷同志，新四軍的名義上副軍長，實際上的領導人項英同志，中央軍委會副主席周恩來同志等認爲：平型關戰鬥證明，我們在有準備和有利的條件下，可以再進行類似平型關的戰鬥來打擊日寇。在我們軍隊沒有更好的現代武器以前，我們對日作戰的戰畧方針應當是游擊戰，但不放棄在有利條件下的運動戰。與這個問題有關的還討論到由我轉達的斯大林和伏羅希洛夫同志的提議，就是：八路軍和新四軍應該利用一切可能機會建立一部分有現代武裝的部隊。現代武裝的來源，由蘇聯給中國國民革命軍的武器裡有五分之一到四分之一是給八路軍和新四軍的。這一點早已同蔣介石約定了的。

此外，斯大林同志並要我轉告中共中央政治局：「砲是現代戰爭之神，八路軍和新四軍必須首先建立砲兵部隊。爲的能夠修理砲、機關槍和步槍等武器，並自己製造砲彈和子彈，我們準備幫助你們建立一個兵工修理所，全部機械裝備和技術人員都由我們供應。」政治局同志全體歡迎斯大林和沃羅希洛夫同志的這個提議，只有毛澤東例外。他說：「我們在抗日戰爭中只是打游擊戰，我們要砲幹什麽？要修理所幹什麽？這只能增加我們的麻煩。」

毛澤東的這個意見不但在軍事上是完全錯誤的，而且在政治上也是完全錯誤的。他的這種觀點正是黑格爾在「邏輯學」中批評的那種「把從根據產生的東西寫作根據本身的觀點」。也正是馬克思所大聲嘲笑的那種本末倒置的「不是片像像人，而是人像像片」的說法。毛澤東認爲，八路軍新四軍等於沒有現代武裝，所以他們抗日只能打游擊戰，相反，認爲八路軍新四軍只能打游擊戰，所以不要現代武裝這不是因果顚倒，倒果爲因的標本的反辯證邏輯的看問題的方法嗎？林彪同志當時不是政治局的成員，沒有參加政治局會議發表意見，但是我從政治局同志的談話中知道，林彪同志是反對毛澤東的意見的。

在一九四八年十一月間，有一次我到毛澤東辦公室去，看見他正在生氣。我說：「毛主席氣什麽？」他說：「林彪！」我問：「爲什麽？」他說：「林彪不聽命令，我幾次命令他把長春打下來，他都不聽，他硬要圍困長春，叫守軍投降……」。

同年十二月，有一次我到毛澤東辦公室去，他又在生氣。我說：「毛主席，你又氣什麽！」他說：「還是林彪」。我問：「爲什麽？」他說：「還是他不聽命令！我寫好了給傅作義的哀的美敦書已經派人送給林彪，叫他送給傅作義，要傅立即投降，否則我們就立即大舉進攻，消滅他的全部軍隊。林彪不聽我的命令而聽鄧寶珊那些調解人的話，說什麽傅作義是北方人，個性強，投降不幹，起義會來。如果下哀的美敦書，就會把他的三十萬人的部隊拿來同我們拚一塲，打敗了，他坐飛機跑到南京去，結果把北京及其近郊都打得亂七八糟，太不合算。這樣林彪老等傅作義起義，我下了道命令，他都置之不理……」

由此可見，林彪同志對政治和軍事問題常有自己的見解，而不是完全盲目服從毛澤東的。

但是毛澤東在軍事上不得不依靠林彪。所以在一九五九年把彭德懷同志國防部長免職後，就任命林彪担任國防部長職務並從那時起，把黨中央軍委的日常工作交給林彪處理。同時他命令林彪在軍隊中極力培植他的個人崇拜，並實行所謂「學習雷鋒運動」，實際上就是宣傳「聽從毛澤東的話」，「看毛主席的書」，「照毛主席的指示辦事」等這套叫人盲目服從毛澤東的運動。同時毛澤東又展開所謂「學習解放軍運動」，「培養接班人運動」。一方面瘋狂的吹捧他自己，另方面準備林彪正式做承繼人。在所謂「文革」開始後，毛澤東更利用林彪大捧特吹毛澤東個人和「毛澤東思想」，而毛家宣傳機器也大喊大叫：「林彪是最忠實於毛主席和毛澤東思想，林彪是毛主席最好的繼承人！」到所謂「九大」時，就在黨章上正式寫上林彪是毛澤東的繼承人了。可是經過不到兩年半，突然發出了所謂九月事變，也就是林彪和他的妻子葉羣以及國防部副部長兼總參謀長黃永勝，空軍司令員吳法憲，海軍政治委員李作鵬和解放軍總後勤部司令邱會作等同志失踪！此六人除林彪外，其他五個都是訴毛澤東在所謂「九大」一中上特別提出當選爲中央政治局委員的。

這個所謂突然發生的九月事件，正是在所謂毛美關係突然改善，美國總統特使基辛格兩次訪問北京後，尼克森行將訪問北京前後發生的。世界許多國家的輿論，首先是美英兩國的報刊都明白指出：毛美親善事件同林彪破裂事件之間有着密切的因果關係。

陳伯達從一九四一年九月被毛澤東調去做他的私人秘書和「整風運動」助手，毛澤東就有計劃的在政治上和組織上拉攏他和提拔他。在政治上叫他對國內國際重要問題發表一些評論和論文，以培養他的地位。在組織上從提他當中央候補委員一直到中央政治局常委委員，把他拉入毛派小集團的親信圈內。毛澤東不但自己經常向人宣揚：陳伯達是「毛澤東思想的第一個理論家」，是他的可靠的政治心腹，而且採用許多辦法使大家都公認這一點。在所請「文革」時，毛澤東指定他當「文革」小組組長，雖然這是名義上的，實際上的組長是江青。但這總不失爲在政治上對他表示信任的名譽職。可是，當一九七〇年斯諾到北京不久後，陳伯達在八月間便從中國政治舞台上忽然消聲匿跡。而在一九七一年所謂九月事變時，據各方面消息，陳伯達也同林彪等一起失了踪。

此外，毛澤東常向人說，他從井崗山時代起，有四個親密的老戰友，就是羅榮桓、譚政、羅瑞卿、何長工。在「整風運動」後，他又常說，經過「整風運動」，他得到了幾個親密的戰友，就是劉少奇、陳伯達、胡橋木、彭眞、高崗、陸定一和周揚。除高崗在一九五四年就被毛澤東整死，羅榮桓同志在一九六二年病逝外，經過「文化革命」他把他的這一切新的「親密戰友」都迫害掉了！

最後，毛澤東之所以成爲孤僧，是他實行「整風運動」和「文化革命」的必然結果，特別是他經過「文化大革命」而公開走上聯帝聯反，反蘇反共的叛徒道路的必須結果，尤其是林彪事變引起的必不可免的結果。

執行毛澤東的「九大路線」，而招致的最大失敗，就是林彪事變及其引起的異常嚴重後果，使毛家小集團處於分崩離析，風雨飄搖而惶惶不可終日的窘境，毛澤東在「九大」上發出的「團結起來，爭取更大的勝利」的空喊變成了分裂下去，遭受更大的現實。因而毛澤東更加感覺到他處於威信掃地，孤立無援的「孤僧」境遇，所以他在「十大」上只能變作三緘其口的太廟金人了。

據中國報刊公開宣佈的材料，所謂「十大」是於八月二十日開幕到二十八日閉幕的。但據各方面可靠消息，這個所謂「十大」，是在八月中就開始舉行的。由於困難重重意見紛紛，所以閉起門來吵鬧很久，最後只發表兩個報告，一個章程幾個中央機構名單和一份新聞公報，勉強收場。

中國人民和世界輿論完全不知毛澤東指定出席的「十大」的一千二百四十九名代表，除兩人宣讀報告外，到底有多少人講過話，他們究竟講過什麽話？連主持這個大會的毛澤東究竟是講了話不敢發表？還是完全沒有講話？也不知道。不過無論是講了話不發表，還是完全沒有講話，都足以證明毛澤東的處境到了何等可恥的地步，從公開發表的上述幾種材料看「十大」通過的毛澤東對內對外政策更加反動，其所追求的目的更加露骨。因而「十大」路線的執行，只能招致比「九大」以來更大的失敗。

從公佈的幾項材料裡，首先我們可以看出的，就是毛澤東在「十大」決定的對內路線和採的組織措施的目的，都是圍繞着維持他個人的反動統治和準備江靑作繼承人這個中心環節的。

第一、這首先可以從「十大」所解決的中心問題——所謂林彪事變來證明。毛澤東爲什麽把林彪從指定爲繼承人變成爲不共戴天的大敵呢？引起所謂林彪事變的原因，究竟何在呢？據周恩來宣讀的毛家「政治報告」解答說：「九大以前，林彪伙同陳伯達起草了一個政治報告，他們反對『無產階級專政下的繼續革命』，認爲九大以後的主要任務是發展生產。這是劉少奇、陳伯達塞進八大決議中的國內主要矛盾不是無產階級同資產階級的矛盾，而是，先進的社會主義制度同落後的社會生產力之間的矛盾。這一修正主義謬論在新形勢下的翻版」。因而毛澤東否定了他們起草的「九大」的政治報告，另行起草一個政治報告叫林彪宣讀。

其次，據同一「報告」的解釋：林彪之所以被毛澤東宣佈爲生死大敵，是由於林彪「在一九七〇年八月九屆二中全會上發動反革命政變未遂」，一九七一年三月制定「『五七一工程』紀要」，反革命武裝政變計劃，九月八日發動反革命武裝政變，企圖謀害偉大領袖毛主席，另立中央。「這些僞造骯髒的」欲加之罪，何患無詞的罪名，値不得識者一笑。所以在「十大」前周恩來奉命的向美英記者對林彪事件作這類解釋時，聽衆就公開說：這簡直像神話。由此可見，引起林彪事件的第二個原因就是毛澤東僞造莫須有的罪名，作爲突然迫害林彪的借口。但照毛澤東自己的這兩種解釋，也可以看出所謂林彪事變發生的主要原因，是毛澤東已經在思想上政治上和組織上完全破產。因而他要繼續實行所謂「文化革命」，連他的「繼承人」和「文化革命小組組長」也斷然反對。因而連他自己也想到，他已成了人人得而怒之的叛徒國賊，所以連他的最親信的「繼承人」也要出來爲民除害，大義滅親了！

最後，必須指出，毛澤東迫害林彪的根本原因，是他從不願意眞正立林彪做繼承人；是他名義上立林彪，實際上立江靑，關於這一點，我在一九六九年三月發表的「毛澤東實行的不是『文化革命』而是反革命政變」一文中就指出過：「反共反人民的毛澤東小集團一共只有幾個人，而毛澤東最信任的只是他的老婆江靑一人……正因爲這樣，毛澤東不顧一切地實際上已經把江靑硬擺在暫時次於林彪的他的小集團的第三把交椅上。」

根據「十大」新公報，毛澤東解決林彪事變的辦法，就是把林彪加上資產階級、野心家、陰謀家、反革命兩面派、叛徒、賣國賊」這類誣衊的罪名而「永遠開除黨籍」；把陳伯當作「林彪集團的主要成員」，加上「國民黨反共分子、托派、特務、修正主義分子」的誣衊罪名，「永遠開除黨籍」，並「撤消其黨內外一切職務」。同時公報還說：「大會代表擁護中共中央委員會對林彪反黨集團其他主要成員的處理和所採取的全部措施」。這些「其他主要成員」是誰呢？毛澤東不敢公開宣佈。但是舉世皆知，如我們上面講過的，同林彪一起失踪的除他的妻子、政治局委員葉羣外，還有四個政治局委員僉人民解放軍陸空海三軍首腦和後勤司令。此外，候補政治局委員李雪峯的下落何在？從一九七一年九月事變以來，毛澤東就在黨內，政府機關內，特別是人民解放軍內大批清洗和迫害所謂「林彪集團的」成員，究竟清洗和迫害了什麽人？「十大」公報都不敢向中國人民和國際輿論作一點交代。這就證明毛澤東做賊心虛。

從九月事變到現在，毛澤東提出「要搞馬克思主義，不搞修正主義，要團結，不要分裂，要光明正大，不要搞陰謀詭計。」作爲所謂「批林整風」的「三要三不要」的口號，並把這些口號寫進了新的黨章，作爲所謂「黨內鬥爭的基本原則」。毛澤東這樣一個馬克思主義的叛徒，修正主義的頭子，摧毀共產黨的劊子手，專搞陰謀詭計的專家，叫囂這樣「三要三不要」的口號，眞是地道的言行相反的反革命兩面派，做壞事講好話，用好話來掩蓋壞事，這是毛澤東的陰謀慣伎。例如：他把反列寧主義反蘇反共的運動叫做「整頓三風運動」；把革命政變叫做「文化革命」，把「反對一小撮走資本主義道路的當權派」的鬥爭叫做「毛劉奪權」運動，他把他陰謀反對林彪陳伯達的鬥爭，也故意作出種種歪曲的解釋。他經常玩弄是非顛倒眞僞混淆的宣傳伎倆，以欺騙中國人民和蒙蔽世界輿論，使他們不能及時地全面地明瞭事變的眞相。他的主要欺騙宣傳辦法是，把中國共產黨內馬列主義同「毛澤東思想」的鬥爭，走社會主義道路同走資本主義道路的鬥爭，反對反革命的「文化革命」還是實行「文化革命」的鬥爭都說成是中國領導人之間爭權奪利的鬥爭，企圖使世界共產主義運動，反帝運動與和平運動的戰士不支持中國共產黨和中國人民的反毛鬥爭。

現在大家都明白地看出，毛澤東簡直被林彪事件嚇破了胆。在兩年前九月事變發生後，盡管全中國和全世界都對這一事變發生劇烈的反嚮，毛澤東却很久對之諱莫如深地不敢公開置一詞，以後只在中國報刊上用「反對劉少奇一類騙子」的口號，實行在全國和全軍範圍內作秘密清洗和迫害大批軍政幹部的罪行。而在兩年大批清洗和迫害幹部以後，「十大」公報還强調說：大會指出：當前我們要繼續把「批林整風放在首位」。同時並在「政治報告」裡大聲叫嚷：「還要出林彪，還要不斷地出林彪事件。」由此可見，毛澤東越是在「文化革命」中不斷地清洗和迫害黨軍政幹部，就越要出林彪事件，而越是出林彪事件，他就越要不斷清洗和迫害黨政軍幹部。因而陷入他同黨政軍幹部之間的互不信任，互爲仇敵的惡性循環的矛盾之中而無法解脫。

第二，這還可以從毛澤東經過「十大」公開宣佈，他還要不斷地誣衊和迫害千千萬萬的共產黨人和勞動羣衆的事實來證明。他經過周恩來宣讀的「毛家政治報告」宣佈：「還要出林彪，還要出王明、劉少奇、彭德懷、高崗這類人物。這是不以人們的意志爲轉移的」，因而他還要進行「十次、二十次、三十次」像對林彪，像對王明、劉少奇、彭德懷、高崗那樣實行誣衊和迫害時誣衊和迫害黨政軍其他領導人，並連帶誣衊和迫害成千累萬的黨政軍民學各方面的領導人、幹部和工作人員的罪惡行動。

毛澤東之所以這樣講和這樣做，正是他的「吐故納新」的理論在實踐中具體應用。他的「吐故納新」論的內容，就是要像人體血液循環那樣川流不息地不不斷迫害革命幹部和勞動羣衆。他要不斷迫害的正是「十大」新聞公報上所列舉的各個時間的幹部和黨員。不但是「建黨初期經歷了第一次，第二次國內革命戰爭的老一輩」，不但是「經受抗日戰爭，解放戰爭，抗美援朝戰爭砲火考驗的各條戰線的」幹部，不但是解放後至「文革」前建設時期的幹部，而且還包括「文革」時期提拔起來的青年領導人和幹部以及在這個時期入黨的青年。

「文革」開始時的「文革小組」原由十七人組成，現在只剩江青、姚文元和張春橋。在那時使勁賣力的許多地方的紅衛兵的領導人和幹部，也都早已消失踪跡。可見毛澤東要迫害和清洗所有四個時期的領導幹部和黨員，不是偶然的，而是必然的

他現在雖然沒有像「文化革命」初期那樣命令紅衛兵大張旗鼓地走上街頭，把共產黨人和勞動羣衆在街上殺死打死或者帶高帽、帶大枷，在街上侮辱毆打，但是他每天都命令他的武裝特務和非武裝人員在各個工礦交通企業、在各個機關、團體、學校、家庭、尤其是軍隊各連隊當中，不斷進行偵查，逮捕，清洗和殺害各種幹部和各種職業的勞動分子。正是有革命經驗的，有政治知識的，能夠認識他的反革命面目的各級幹部和先進分子分批不斷地迫害和消滅，當作保障他個人和他的繼承人的反動統治安全的主要手段。

經過「整風運動」和「文化革命」，經過對林彪，陳伯達這樣幾十年「老親密戰友」和「眞正心腹之人」的殘酷迫害，特別是經過「十大」文件公開宣佈的不斷迫害幹部和勞動羣衆的計劃，使人們澈底認識了毛澤東的窮兇極惡的面目，使人們澈底認識了毛澤東對任何人的態度，都是從他個人的極端自私的利益

出發。利用的時候，譽爲至寶。不用的時候，不但一脚踢開，而且還照他在「文化革命」開始時所宣佈和常用的辦法處理：「把他們打翻在地，再踏上一脚！」、「把他們砸個稀巴爛！」毛澤東「疑心多端」，「寧我負人，勿人負我」和嗜殺成性這幾方面無比地超過了他衷心崇拜的人所共恨的，以老奸巨滑著名的曹操。現在大概除了江青之外，毛澤東不相信任何人、任何人也不相信和互相疑懼的關係。這樣緊張而不能共存的關係，遲早一定導致全國大亂。大亂的結果，一定是羣衆勝利和「孤僧」失敗，這對於任何人都是沒有疑問的。

第三，這可以從毛澤東圈定的「十大」後的中央副主席和政治局常委名單來證明。在這以前，在兩種所謂最高領導職位的人選上毛澤東還不得不擺上一些黨國元老和革命耆宿來擺樣子裝門面，還不敢把專靠搞「文革」起家的任何一個後生小子安插進去，以免引起公憤。這次他却公然把王洪文、李德生和張春橋三人列爲政治局常委委員。由於近年來毛澤東在他的超個人崇拜方面作某些形式上的收縮，同時，在「十大」後又沒有把江青和姚文元擺進中央副主席和政治局常委之列。於是有些觀察家就認爲毛澤東在「十大」上遭受了失敗，至少不得不退讓一步。對的，毛澤東和他的最親信的江青及姚文元，經過「文化革命」的「慌亂」。正確地說，經過武裝反革命的血腥迫害，的確來得天怒人恐，聲名狼藉。因而在「十大」上不得不裝出兩分自我反省似的退讓狀態，以騙取人們對他們的原諒。但是毛澤東在這方面做的却是形式的，又是「退一步進兩步」的。所謂形式上的意義是什麽呢？就是毛澤東依然是一個極端專制的封建暴君，他沒有讓出一絲一毫的眞正權力，而江青從「文革」以來，實際上就坐了第二把交椅，掌握了僅次於毛澤東的最大權力。她當時是以中央常委秘書長的名義，代表毛澤東管理黨的領導。現在毛澤東特別强調所謂「一元化」的領導就是爲的要大家只服從他和江青的領導。

所謂「進兩步」的意義是什麽呢？

一、就是把王洪文、李德生列爲中央副主席，並把他們同張春橋一起，列入政治局常委，這就給毛澤東在任何時候把江青和姚文元正式擺在他們同等的職位上開闢了道路。也就是說，即將王、李、張都能担任這樣最高的職位，爲什麽江青和姚文元不能呢？這樣就使他隨時都可以把江姚提高到同樣職位上，而不特別引人注意。

二、更爲重要的就是毛澤東的這些行動的象徵性的意義。他的這些行動就是向國內國際表示：他認爲中國已經開始進入由「文革」起家的一輩幹部佔據黨和國家的最高職位的時代了。而王洪文在這方面有着雙重的義意。大家都知道，王洪文是完全靠搞「文革」起家的人。據各方面的消息，王洪文在上海「文革」時大搞造反派，殺人放火，造反奪權的罪行，在摧毀上海共產黨、政府和工會組織方面，起了急先鋒的作用。因而他不但加入了毛家黨，而且很快被提升到上海革委會副主任的職位。「十大」前，毛澤東又把他特別調到北京，把他擺在領導人一起，出席各種會議，提高他的政治地位，準備他在「十大」時出場演一個要角的戲。毛澤東把王洪文實際上擺在僅次於他的第二把交椅上，其主要用意就是：一方面着重地使人們認識到中國純「文革」起家的人佔據了最高職位的時代已經到來；另一方面爲立江青做他的繼承人敞開門戶和奠定基礎。

毛澤東要這個象徵性手法，就是使人們領會到：既然王洪文能坐在第一把交椅上，那麽江青比起他來，不有更合適的的資格嗎？毛澤東把幹反革命的「文化革命」當作他生平第一最大的功勞，所以認爲他應該永遠坐在黨和國家的第一把交椅上，「論功行賞」，誰應該坐在第二把交椅上呢？原來立爲繼承人的林彪沒有了，當「文革小組」組長的陳伯達也沒有了，那麽「文革小組」副組長江青不就是「天然」應該坐第二把交椅當繼承人嗎？照毛澤東的打算，不論在什麽時候願意把江青坐上第二把交椅立作繼承人，只要隨手把王洪文從第二把交椅上推下就行了。

第四、這可以從所謂「十屆中央委員會」的名單來證明。在這個名單裡，「九大」前的老中央正式和候補委員更加減少了，新的所謂「文革」時代起家的人的名額更加增多了。在中央委員會內包括有四十個婦女。

此外，據公報通知，在「十大」主席團一百四十八名成員中有三十二名婦女。這都是過去從來沒有過的事。一般地說，提拔婦女幹部當然不是一件壞事。但是毛家小集團這種做法都是別有用心的，都不過是江青個人擴張聲勢和準備幹部而已。至於恢復了十幾個過去的中央正式和候補委員的名義，這是有名無實的事。當然毛澤東恢復這些人的中委，是有他的打算的。一般的是在他的反動統治重重危機之下，企圖借此多少安慰一下人心和緩和一下衆怒。個別的是：對每個人都懷有一定的企圖——有的是爲了拉攏軍隊；有的是爲了拉攏少數民族，有的是爲了擺擺樣子。但是在恢復人員當中，絕大部分還是「只聽樓梯響，不見人下來」。究竟這些人是死了還是活着，還是在監獄裡受折磨，在「五・七」幹校裡服苦役，還是在家庭監禁中受虐待？還是眞的恢復了自由，而得到中委的待遇？都還是一些未知數。

第五，這可以從毛澤東對青年和婦女的行動來證明。在「十大」前後，毛澤東忙於製造假「共青團」而「十大」的毛家黨章裡，又規定「紅衛兵」和「紅小兵」是合法的青少年組織。他製造假「共青團」，是爲的裝點門面，欺騙輿論，保留「紅衛兵」和「紅小兵」組織是爲的今後還要進行多次的「文化革命」中利用他們當作殺人、放火、迫害幹部和人民的盲目工具。

至於婦女，毛澤東從來就是輕視的。「文革」開始時，他還大罵：「婦女團體是最沒有用處的東西。」接着就摧毀了原有的婦女團體，迫害了原有的婦女幹部。但從一九七二年「三八」節起，他就發出「必須重視婦女工作」的指示，大叫「凡是男人能做的事婦女也都能做」。在「十大」後，並鑼鼓喧天大鬧婦女工作，在省市大開成千代表的婦女大會和成立各級婦女組織，誰也知道，這都不過是爲他和江青製造摔塲的羣衆團體，並爲江青製造羣衆基礎而已。

以上所舉的一切例證都可以證明：毛澤東現在怎樣急切地採取一切直接和間接的措施，一面維持自己的反動統治，一面準備江青繼承毛家王朝。但是，在二十世紀七十年代的國際條件下，他企圖把中華人民共和國變成他同江青的「夫妻店」的一切計劃，最後只有失敗的一途。

毛家的「十大」「政治報告」也同「九大」的一樣，對於中國的經濟和文化建設沒有說出一點具體「成績」，沒有舉出一種具體的數字。實際上毛家小集團既然把國民收入百分之七十以上，華僑匯欵和對外貿易收入的20—30億以上的美元，把賣鴉片和海洛英等毒品收入的幾億美元絕大部分都用在發展軍事工業，尤其是發展核武器和導彈方面，其中一小部分又是在分裂和破壞社會主義陣營、國際共產主義運動、反帝民族解放運動和爭取世界和平運動以及收羅和津貼在各國爲他上述這些目的服務的「第五縱隊」方面。因此，只能把一小部分的國民收入用在維持最低限度的國民生活有關的工農業方面。因此，毛澤東能有什麽經濟建設的成就可言呢？如果他要眞的舉出人民生活水準的數字，那麽他只能寫：中國最近二十年來始終實行像戰時一樣的對人民生活必須品採取嚴格限制，按票購買的制度。例如：一、食品供應：穀類糧食（薯類四斤折合穀類一斤）每人每月只能按票買到九公斤到二十公斤，植物油每人每月只能按票買到一二五到二五五克；二、布匹每人每年只能按票買到五—九公尺。就在這樣最低供應標準的條件下，毛家小集團還經常叫囂，要把三個人的飯分作五個人來吃，要「每個人每頓少吃一口飯」，要爲「備戰備荒」而「廣積糧」。至於住居問題，從「大躍進」以來就停止了一切住房的建設工作，而在文化方面，除了在大城市還維持一些削減教學年限，減少教學課程和減少學生名額的高等學校外，中、小學教育「交給社辦」的借口之下，同樣完全停止經費供應大部份陷於停頓，此外一方面感覺各門科學和各種工作都缺乏專門人才，另方面社會科學，文教工作和自然科學原有的大批專家和幹部被迫害和被下放。那麽，毛澤東有什麽文化建設成績可言呢？如果毛家小集團眞公佈了這樣的經濟和文化情況，那就成了不是宣傳成績，而是自己丟臉，因此，毛家「九大」報告和「十大」報告只好避而不談。

正是一方面把大量經費用在維持毛家王朝生存和準備反蘇戰爭，另方面使絕大多數人民生活在窮困痛苦和死亡的悲慘條件之下，結果就使毛家小集團同全國人民之間造成日益加深和擴大的無法解決的矛盾。

在「十大」黨章報告裡，毛家「十大文件」和「兩報一刋」的新年社論，都同聲大叫：「天下大亂！山雨欲求風滿樓」。現在這個妖風毒雨已經在北京南京等處開始吹打了！

據人民日報」還在一月十二日第一版就載稱：「人民日報」，「北京日報」發表了「北京市中關村第一小學紅小兵黃帥的信，日記摘抄和編者按後，引起了北京市中小學和社會各界的熱烈響應，加速了深入開展批林整風運動後，批判修正主義，批判資產階級世界觀的進程，推動了教育革命的進展」。

誰都知道，所謂紅小兵黃帥批評一個教師對她的態度不好的信和日記摘抄，不過是一個預先佈置的幌子，以便兩個報紙發表「編者按」，當作反對「師道尊嚴」「智育第一」和「考試制度」的「修正主義」教育路線的導火線，然後好作出結論說：「黃帥提的問題，不僅僅是那個人那個學校的問題，也不是師生關係問題，而是兩個階級，兩條路線鬥爭的問題，是反修防修的問題」。

「人民日報「這個報導使人們馬上回想起毛澤東在發動第一次所謂「文化革命」時玩弄的大同小異的陰謀，使人們料想到他不久就會把在中小學玩的這套把戲，搬到大學去排演，然後又從教育界普及到黨政軍各方面去，作爲加强「批林整風」運動的藉口，作爲進行「第二次文化革命」的開端。

果然不出人們預料，在一月十八日「人民日報」第一版上就出現了南京大學學生——一個老軍事高級幹部的兒子鍾志民的「一份退學申請報告」和「編者按」。這件不但一下子把「兩個階級，兩條路線的鬥爭」，「反修防修鬥爭」等一大串鎖鏈扔進大學教室裡去，並且馬上連坐到黨政軍各方面去。使人們更加相信所謂第二次「文革」的狂風暴雨即將到來。

最近不僅在中國報刋上加强了各種造謠侮蔑的反蘇宣傳，而且發生了北京公安機關奉命逮捕侮辱和虐待蘇聯駐華大使館的外交人員及其家屬的公然反蘇挑釁事件，也是在這方面值得注意的信號。

果然二月二日「人民日報」發表了「把批林孔鬥爭進行到底」的社論。從武斷的內容和粗暴的形式看，這篇社論是毛澤東自己寫的。這篇是毛澤東正式宣佈在「批林批孔」口號下進行「第二次文化革命」的開端。也是他在「批林批孔」名義下，向中國人民下的一封新宣戰書。

社論一開始就宣佈：在毛澤東「親自發動和領導下，一場羣衆性的深入批林批孔的政治鬥爭，正在各方面展開」接着就罵林彪「是一個地地道道的孔老二的信徒」。爲的證明林孔的關係，首先又把「克己復禮」四個字搬出來，作爲所謂「孔子要復辟奴隸制」和林彪「要復辟資本主義」的結論。

毛澤東在社論裡舉出七條來證明林彪是孔子的信徒。照普通常識講，更不用說照科學的態度講，毛澤東既要批林同時批孔，要證明林彪的言行都是以孔子的言行爲根據，那麽，他就應當一方面每條都拿出有根有據的孔子的言論，另方面每條都拿出有憑有據的林彪言行，來相互比較和對證。可是毛澤東拿出來的七條證明裡，只有一條是孔子說過的話，而這句話的意思還被他曲解了。關於這一點，我們下面還要談到，其它六條裡的所有引證都不是孔子的話，所以他不敢正式一條一條地引說孔子他究竟在什麽地方說過怎樣的話，而只用打馬虎騙人的方法說什麽「孔孟宣揚」，「孔孟鼓吹」和「孔孟之徒」。試問孟子生活在孔子以後一○七年，怎麽同孔子一起「宣揚」或「鼓吹」什麽呢？至於「孔孟之徒」兩千年來在中國多到不可勝數。試問：毛澤東究竟指的是誰呢？無論是誰，又怎麽能代表孔子本人呢？根據實事求是的起碼的科學態度要求，引證孔子的話，只能是孔子本人說的話，無論孟子或其他任何孔子之徒的話，都不能當作孔子本人的話。大家都知道，孔子死後，他的及門弟子中學習成績最好的七十餘人就分爲很多派別。他們對孔子的好多話，各有各的解釋。甚至連有若和曾參這樣在「論語」裡被尊爲「有子」和「曾子」的人，對孔子有些話的解釋也不一樣。所以孔子是孔子，孟子是孟子，絕不能把孟子的話算作孔子的話。在這裡可以附帶地指出一點，就是這七條裡，連眞正孟子說過的話，也不過一句半。而毛澤東對孟子這一句半話的解釋，也是完全牽强附會的。

任何人懂得，討論和解決任何問題，都是由前題決定後果論，都是由根據決定從根據產生的事物的。毛澤東既已把孔子言論作爲林彪的言論都是以孔子的言論爲根據爲前提的，那麽，他既已擧不出孔子本人的言論作論證，這就是他論證的根據和前提都不能存在，都沒有現實性，那他在每條下面擧出這些根據和前提而產生的所謂林彪的言論，當然都完全不能存在，當然也都完全沒有現實性了。

毛澤東在邏輯上完全站不住脚，是他事實上完全站不住脚的反映。

他在所謂七條證明的每條上面，先僞造孔子的言論，加上自己的解釋。一望而知，這些都是爲適應他「批林批孔」的需要而作的全盤僞造。不過值得注意的是，他對林彪言論的某些僞造裡，無形中透露出林彪在這些問題上反對他的意見。

現在我們就把毛澤東僞造的各條內容加以具體分析：

第一條，他說什麽「孔孟鼓吹『生而知之』」，這完全是造謠。孔子說的與此相反，在「論語卷八，述而第七」裡明明白白地寫着：「子曰吾非生而知之者，好古敏以求之者也」。他又說什麽「孔孟鼓吹」。「如欲平治天下，當今之世，舍我其誰也」孔子從來沒有說過這樣的話，這也不是孟子說的整句原文。孟子這句原文前面還有「天未欲平治天下也」後面還有「吾何爲不豫哉？」孟子說這句話的原因，是由於當時齊國不用他而離去的時候，路上有個名叫充虞的人問他爲何臉上有不愉快的神色？孟子爲的回答他而說的這句自慰和自負的話，並沒有什麽眞要到那裡去平治天下的意思。更沒有到那裡去奪取國家政權的意思。毛澤東把他自己僞造孔子的話和曲解的孟子的話，說成是什麽林彪的「天才論」和什麽林彪自以爲「天馬」和「至貴」等，完全是惡意的捏造。更可笑的是他把僞造的這些話，作爲所謂林彪的「反黨的理論綱領」，甚至是「陰謀篡奪黨權，妄圖實行獨裁統治」的證據，眞是厚顏無恥的撒謊。事實證明：自命爲「天才」、「偉大」、「特殊」、「超人」的人，製造，「反黨的理論綱領」，和「實行獨裁統治的人，不是別人，恰正是毛澤東自己。毛澤東在一九四九年三月開的七屆二中全會上說他搞「整風運動」是爲了公開要篡奪黨權和篡改黨史，所以不是陰謀，而是陽謀。

第二條，毛澤東引證的「唯上智與下愚不移」這句是孔子說的。但是毛澤東雖然引證了這句話，可是對於這句話的意思，他或者完全不懂，或者有意曲解。根據「論語陽貨篇」孔安國註這句話的意思是：「上智不能使爲惡，下愚不能使强賢」。也就是說，這是孔子爲了解釋他不願見大夫陽貨的原因而說的話，所以孔子這句話的意思是：陽貨不能使孔子這樣上智的人同陽貨一起爲惡，孔子也不能使陽貨這樣下愚的人勉强爲賢。孔安國註的意思是對的，因爲他把這句話同本篇開始所講的「陽貨欲見孔子，孔子不見……」那些話的意思連貫起來了。

但是毛澤東把孔子這句話解釋成爲什麽「上智下愚的唯心史觀和看不起勞動人民」的意思。可見毛澤東的辦公室裡雖然擺滿了線裝古書，只是爲的吓嚇工農兵和青年的。實際上他連線裝書的第一本——「論語」，也沒有認眞讀過，或者沒有讀懂。

第三條，毛澤東說什麽「孔孟揚德、仁義、忠恕」，這是個別的道德範疇，不是孔子說的什麽具體的話。可是毛澤東把這些作爲「林彪攻擊革命暴力，攻擊無產階級專政」的證據，却不自覺地供認出林彪反對他在反革命的「文化革命」中使用殘酷的暴力，對待共產黨人和勞動人民，反對他的動軍事恐怖專政。

第四條，毛澤東說什麽「孔孟鼓吹中庸之道」，更是毫無常識之言。大家都知道，「大學」和「中庸」都是「禮記」的一部份。只在宋朝的時候，程顥、程頤爲的同佛家學說鬥爭，才把「大學」從禮記」裡拿出來，放在「孔氏之道書」。以後朱熹又把「中庸」拿出來與「論語」，「孟子」「大學」一起稱爲「四書」。在這以後，才有儒家實行「中庸之道」的說法。孔孟自已絕沒有鼓吹過什麽「中庸之道」。至於孔子在「論語卷七雍也第六」裡說過一句：「中庸之爲德也，其至矣乎，民鮮久矣！」這恰恰不是要人行「中庸之道」，相反，而是說很久以來，就很少有人實行中庸了。毛澤東把所謂「中庸之道」作爲林彪攻擊他「反修鬥爭做絕了」，所以投奔蘇聯的理由。這裡不自覺地供認了林彪確實是反對毛澤東聯帝反蘇的反動外交政筆的。

第五案，毛澤東說什麽「孔孟鼓吹『以屈求伸』的處世哲學」，孔孟從來沒有過這種哲學。至於他僞造林彪引用「三國演義」中的別個詩句：「勉從虎穴暫棲身，靈機應變信如神」來證明林彪是奉行這個哲學的，他就不自覺地承認了：連林彪這樣親信的人，同他在一起，也有「伴君如伴虎」感覺，也只有對他採取「靈機應變」的敷衍態度，否則隨時有被他這隻猛惡的老虎吃掉的危險。何况他人乎？

第六條，毛澤東說什麽「孔孟鼓吹『勞心者治人，勞力者治於人』」，這句話是孟子說的，也不是孔子說的。至於毛澤東把孟子這句話作爲「林彪攻擊『五七幹校等於變相集中營，攻擊幹部下放勞動等於變相失業，攻擊青年上山下鄉等於變相勞改』等原因，這就無意中透露出林彪的確是反對毛澤東這些迫害幹部和危害知識青年的人人痛恨的罪行的。

第七條，毛澤東說什麽「孔孟之徒廢黜百家，獨屬儒術」，這更不與孔子本人相干。「廢黜百家，獨屬孔子」，這是漢武帝時代的事。甚至把「周文王臨死前對武王傳授的統治經驗」也寫在孔子的賬上，眞是歪曲歷史到極點。（周文王死於前一一三五年，孔生於公元前五五一年）。

由此可見，毛澤東這次「批林批孔」的僞造，比他前三年僞造的所謂林彪的「『五七一工程』紀要」更加惡劣，更加無常識，更加無恥。由可見，毛澤東這個造謠撒謊的老專家，已經到了術乏技窮的地步。

由此可見，毛澤東批判的「孔子」是他僞造的「孔子」並不是眞孔子，他批判的「林彪」也是他僞造的「林彪」並不是眞林彪。因此他要把「批林批孔」鬥爭進行到底，就是他要同他自已的僞造的「孔子」和「林彪」鬥爭到底，豈不滑稽而無賴？

毛澤東之所以「親自發起和領導」這種毫不講理和硬不要臉的「批林批孔運動」不但爲的掩蓋他同林彪之間眞正政治鬥爭的內容，而且爲的把「孔子之徒」和「林彪的人」這類口號作爲進行反革命的第二次「文化革命」時迫害他人的罪名。他在進行第二次「文化革命」時要迫害的對象首先就是他認爲妨害執行「十大」對內外極端反動政策的人。也是要迫害他認爲妨害他延長反動統治和傳位與江青搞「毛家天下」的人，要迫害他認爲妨害他加緊準備反蘇戰爭和挑撥新的世界大戰的人，要迫害他認爲妨害他聯合最反動的帝國主義集團的人。在帝國主義者和叛徒毛澤東的心目中，所有馬列主義者，無產階級國際主義者，反對帝國主義的人，擁護社會主義的人，參加過革命工作和革命戰爭的人，能夠辯別是非，認清敵友的人，有文化知識，有革命覺悟的知識分子和先進青年等都是他們的不共戴天的敵人，都應該在被迫害者之列。因此，毛澤東在社論裏把他一手僞造出來的「批林批孔」鬥爭宣佈爲「中國當前的一場嚴重的階級鬥爭，是意識形態領域裏的一場澈底革命」。接着首先就公開威脅每個領導者說：「在『批林批孔』這個大是、大非問題上，是積極還是消極，對每一個領導者都是一個考驗」。「……鬥則進，不鬥則垮，不鬥則修」。同時，他氣勢汹汹地要求「各級領導都要站在鬥爭的前列，把批林批孔當作頭等大事來議，當作頭等大事來抓」，最後，他嚴厲責令「革命幹部和革命知識分子，要在這場鬥爭中進行自我教育」。

毛澤東在這裏以暴君專制和軍閥獨裁的姿態向「每一個領導者」，「各級領導」，「革命幹部和革命知識分子」以及所謂「受孔孟之道毒害較深的知識分子」等等。下一道哀的美敦書，要他們在「批林批孔鬥爭」中去「考驗」，去「站在鬥爭前列」，去「改造」和「進行自我教育」。凡是經過「整風」和「文革」的人都知道：毛澤東口裏講的「考驗」，「改造」，「站在鬥爭的前列」和「進行自我教育」這些話，不過是宣佈這些人要被整被捕，被打，被監禁，被流放，被殺害的代名詞。

這些名詞的實質就是要使千百萬共產黨人，革命的勞動者，知識分子和青年準備着忍受無窮無盡的精神折磨，忍受無窮無盡的肉體痛苦，付出他們辛酸的血淚，而其中的許多人，還要付出他們寶貴的生命。

毛澤東在社論裏說：「廣大工農兵是批林批孔的主力軍」，「批林批孔最內行」。這是由於他知道，絕大多數的工農兵都不懂得孔子及其學說是怎麽一回事，因而奉毛澤東命令說話的某些工農兵只能按照毛澤東僞造的「林彪」，罵林彪，這不過是毛澤東一隻手僞造出一個假「孔子」一個假「林彪」另一隻手指揮人們去罵他們，也就是他爲的自欺騙人而變的戲法而已。

據各方報導，毛澤東近年來，特別着重全國加深訓練和武裝的「民兵」。

現在他已命令民兵脫離軍事指揮系統，改由毛家的各地黨委會和軍委會領導。在北京，天津，上海，武漢等許多城市，民兵已出來担任警察職務。據報毛澤東不但要把民兵當作第二次「文革」反對黨政軍民學幹部的衝擊隊，而且要把新組成的民兵逐步變成正規部隊，代替那些富有革命傳統的人民解放軍部隊。

據各方報導，在上海所謂「民兵」已經在出「大字報」在街上開大會。

在北京已經在報紙上發表罵所謂「階級敵人」的大字報的照片。在北京和許多其他城市都在舉行所謂「批林批孔」的集會。

由此可以看到，毛澤東在「批林批孔」名義下，已經把他準備好的第二次「文革」的打手闖將開始調到街頭鼓噪鬧事了！

毛澤東把反革命的「文革」行動稱爲「敢於反潮流的革命精神」，「敢於迎着風浪前進」。毛家「十大」文件也號召人們「敢於反潮流」。

毛澤東和毛家「十大」號召反對的是什麽潮流呢？就是從千百萬共產黨人和中國人民心中湧現出的巨大無比的反毛潮流，就是反對反革命的「毛澤東思想」，反革命的毛澤東統治和反革命的「文化革命」的巨大革命潮流。這個巨流帶着十支汹湧澎湃的主要浪頭滾滾前進。

這些流頭帶着「十要十不要」的雷鳴般的吼聲向前邁進：

要革命的馬列主義，不要反革命的「毛澤東思想」

要眞正的中國共產黨和共青團，不要毛澤東的假「共產黨」和假「共青團」！

要共產黨領導的人民民主政權，不要毛澤東個人的反動軍事恐怖的專政！

要建設社會主義，不要讓毛澤東復辟資本主義！

要改善人民物質和文化生活，不要讓毛澤東叫人民永遠窮苦落後！

要人民解放軍永遠成爲保衛共產黨和保衛人民的革命軍隊，不要讓毛澤東把人民解放軍變成反共反蘇的人民的反革命軍隊！

要中國各民族一律平等，共存共榮，不要讓毛澤東實行壓迫少數民族的大漢族主義！

要聯合蘇聯和所有社會主義國家，不要讓毛澤東聯合帝國主義集團！

要聯合亞非拉所有反帝國主義，反新老殖民主義的國家，不要讓毛澤東聯合帝國主義共同稱霸「第三世界」！

要爭取世界和平，不要讓毛澤東實行準備和挑動第三次世界大戰！

毛澤東面對着這個巨大無比的反毛革命潮流發抖。他企圖用威脅利誘的辦法去使一部分人同他一道反對這個潮流，也就是繼續用他的反革命的「文化革命」逆流來對抗反毛的革命順流。

中國共產黨人和中國人民認清了：必須完全澈底擊敗這個興妖風作怪浪爲害無窮的逆流，中國才能得救。

爲的達到這個目的，中國共產黨人，全中國人民和中國人民解放軍全體指戰員必須手牽手，肩並肩地團結起來，勇敢齊心地擊退毛澤東用他的反革命統治推行反革命的「文化革命」這個血腥汚穢、毒浪成災的逆流、不怕它的狂風兇浪，奮勇前進，一直到完全把它打退，使之不能再害人爲止。

只有完全打退這股泛濫惡毒的逆流，在我們親愛的祖國大地上，才能開滿革命的，社會主義的鮮艷芬芳的花朵，才能結滿社會主義的豐碩美麗的果實。

只有在那個時候，我國的工人，我國的農民，我國的知識分子和青年，才能過眞正人的生活，才能過自由幸福的物質生活和文化生活。

只有在那個時候，我們中國共產黨人和中國人民、才能同蘇聯和整個社會主義大家庭，才能同各國共產黨人和各國人民一道，爲反對帝國主義和各國反動派，爲全世界的和平、自由、幸福而共同奮鬥！

毛澤東和站在他背後舞動指揮棒的最反動的帝國主義集團，都把繼續不斷地進行反革命的「文化革命」，當作維持他們在中國的反動統治的主要手段。可是事實將要證明：正是不斷進行所謂「文化革命」引起軍心震怒民怨沸騰，最後導致毛家王朝的滅亡。正是由於實行反革命的「文化革命」，毛澤東才陷入衆叛親離內外受敵的孤僧末路。現在他又加速步伐走進這條死衚衕，只有加速他的失敗的下場。無論他怎樣搬出他從帝國主義者。蔣介石和叫花頭子那裏學得的本領，無論他怎樣向美帝國主義集團獻媚投靠求取外援，部不能挽救他的滅亡的命運。

我們在前面關於毛家「十大」的內外政策部分裏，已經明確指出，毛澤東實行所謂「文化革命」的結果，使他陷入無法解決的內外矛盾之中，而不能自拔。而「十大」的更加反動的內外政策使原有的各種矛盾更加尖銳化。在各種對抗性矛盾相互不斷鬥爭之中，誰也不懷疑：革命的馬克思主義——列寧主義一定戰勝反革命的「毛澤東思想」，無產階級的國際主義一定戰勝毛澤東的個人反動軍事恐怖專政，一定能恢復被毛澤東摧毀了的中國社會主義制度，使中國走上建設社會主義的光明大道。

對內反動，對外戰爭是毛澤東現在政策的特點，這不正是希特勒和墨索里尼走過的失敗的老路嗎？聯合最反動的帝國主義集團，對內反共，對外反蘇是毛澤東今天政策的中心，把自己比着太陽是毛澤東多年來自欺欺人的無恥伎倆，也是古代專制暴君夏桀的自比爲「日」說：「日亡吾也亡」，夏桀企圖拿這些話來欺騙和威脅老百姓，以爲老百姓都害怕他死和希望他不死。可是老百姓恨透了他這個專制暴君，所以對他的回笑是：「時日曷喪，予及汝偕亡」。也就是說：「你這個『日』怎麼還不滅亡呵！只要你滅亡，我們情願和你共同滅亡！」由此可見，自比爲「紅太陽」也不能挽救專制暴君的滅亡。

毛澤東這個叛徒暴君，在中國人民解放軍和中國人民心目中，也是夏桀王那樣自比的「太陽」，大家對他也都抱着「時日曷喪，予及汝偕亡」的無比仇恨的態度。

毛澤東本人也知道，他是坐在內外交困，水盡山窮的火山噴口之上，他早已感覺到他是處在形單影隻孤立無援的絕境之中，所以他遠在一九七〇年十二月就對他的美國親信斯諾說，他已經是一個夾着破傘到處流浪的「孤僧」了。「孤僧」——這只是毛澤東表面上用以形容自己的名稱。「孤僧」—實際上是獨夫的代名詞。毛澤東自認自己孤僧，他這就是承認，他在軍心民意中已經成為「獨夫」了。

凡被人民稱之為獨夫的人，一定沒有好下場，這已經成了歷史發展的一條規律，現在被人民和解放軍指為獨夫的新暴君新軍閥毛澤東，當然也不會例外。

毛澤東最後必然失敗，這是沒有任何疑問的。但是這並不是說，在失敗的時刻未來到以前，毛澤東不能為非作惡了。

相反，越是臨近末日，他越加不惜一切地忙於作最後的搏鬥。他越加盡可能地在對內政策方面爭取延長他的反動統治，並安排江青繼承王位的後事；在對外政策方面，加緊準備反蘇戰爭和挑動新的世界大戰。為的達到這兩方面的目的，他不惜把中國變成反共、反蘇、反和平、反進步的最反動的基地，不惜把中國逐步恢復成國際帝國主義的半殖民地，以換取最反動的帝國主義集團對他的支持和援助。他實行第一次「文革」是為的取得帝國主義的信任和建立毛帝合作的條件。而第二次「文革」則是為的擴大和加深毛帝合作的範圍和程度。

現在毛澤東在「批林批孔」烟幕下實際上宣佈並開始實行所謂第二次「文化革命」，正是他的這種心理和行動的具體表現。大家都記得，毛澤東從一九六六年在「文化革命」幌子下實行反革命政變以來，給中國共產黨和中國人民造成空前未有的重大悲劇和災害，給世界社會主義體系，國際共產主義運動和工人運動造成嚴重的損害，給反帝運動，民族解放運動和爭取和平，民主與進步運動造成很多的損失，給國際帝國主義和各國反動派出了大力幫了大忙！

他實行第二次「文化革命」無疑地將要在國內方面造成嚴重的新災難，在國際方面造成新的重大損失。

由此可見，毛澤東實行第二次「文化革命」不只是與中國共產黨人和中國人民有關的事變，也不只是與國際共產主義運動與社會主義陣營有關的事變，而是與全體先進和愛好和平的人類有關的事變。

中國共產黨人和中國各族人民又面臨着一場嚴重的困難而複雜的鬥爭。他們一定會根據當前國內國際形勢的特點，決定自己反毛反「文革」的計劃行動。他們一定會認眞地總結各地方和全國第一次反「文革」鬥爭和經驗，從其中吸取必要的教訓，他們一定會把一切反毛反「文革」的力量盡最大可能團結起來。把黨政軍工農學各方面的一切反毛力量盡可能地組織起來。只要一切反毛反「文革」的革命力量能夠團結起來和組織起來，他們就一定能夠給毛澤東的反革命「文革」和革命統治以決定性的強有力的還擊，使之遭受最後的失敗。

中國共產黨人和中國人民相信，中國共產黨人，反帝戰士，和平戰士和一切善良意志的人，一定會站在他們方面，給他們的反毛反「文革」的革命正義鬥爭以一切可能的支持和幫助。

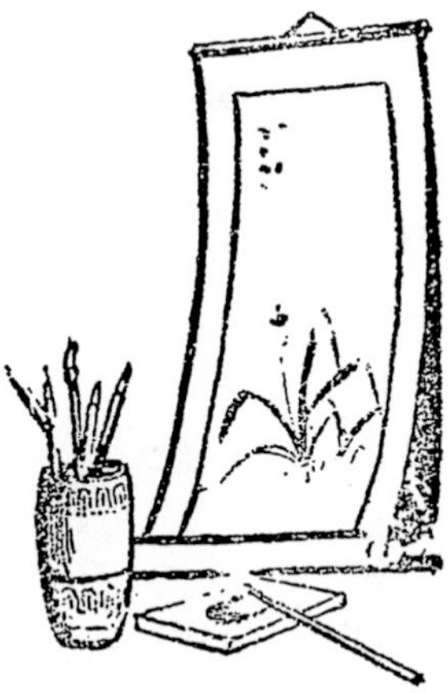

重印國民政府公報前言

黃季陸

中國史學，創始最早，成就亦最爲輝煌，在世界史學中，有其極爲崇高之地位。

近世以來，時局多故，史料之供給未能普遍，以致在史學研究上，陷於重古而薄今，舍難而就易之局面。對民國史之研究，更呈遲滯不前之現象。推其原因，約有下列數端：

一、由於戰亂頻仍，政局動盪，治史者求眞、求實之精神，自未易盡量發揮。

二、史料分散，供應不同，尋繹參證，極爲不便。史料之藏諸私家者，以爲奇貨可居；存於官府者，則又未遑整理。

三、囿於「後朝人修前朝史」之陳舊觀念，未認清民國之建立，乃開中國數千年歷史之新局，中華民國之統緒，實乃綿延無極億萬斯年者，專制時代之觀念，固已不適於今日民國之時代矣。

國父孫中山先生於民國八年手撰建國方略，在實業計劃之第五計劃中，除列述糧食工業、衣服工業、居室工業、行動工業外，復加第五項，主張以知識供給人民之印刷工業，與食、衣、往、行四項民生工業，等量齊觀。國父謂：

「此項（印刷）工業爲以智識供給人民，是爲近世社會一種需要。人類非此無由進步。一切人類大事皆以印刷記述之，一切人類智識皆以印刷蓄積之，故此爲文明一大因子。世界諸民族文明之進步，每以其每年出版物之多少衡量之。」

文中所謂「人類大事以印刷記述之，人類智識以印刷蓄積之，」其主旨即在說明書刊出版之重要性，而印刷與出版事業實爲直接促進文化教育之主要工具，舍此則文化之普及與提高，自難獲致也。

早在余主持中國國民黨黨史史料編纂委員會時，即認定非公開史料，鼓勵出版，無以便利研究之廣度；非廣事收羅，審愼考釋，則無以有助於歷史研究之深度。三年前，中華民國史料研究中心之創立於臺北青潭，與黨史會所藏豐富史料之積極加以清理編目，以及關於革命時期重要文獻期刊、臨時政府公報、臨時公報、政府公報、陸海軍大元帥大本營公報等之擇要先後刊行，其目的即在爲上述方針，作一初步工作之推動。在社會方面，如地方文獻與地方誌等，若能特予鼓勵與刊行，必能更大有助於民國史之研究與發揚。蓋歷史文獻，爲國民共有之文化財產，亦即近代國家人權之一，人民皆有親近之、利用之、寶愛之之權利；其藏於私人或政府機關者，實有公諸社會，便利研究之責任與義務矣。

余自接長國史館以來，爲推進民國史之研究，與同仁相勉，期能盡其棉薄，約有下述三事：

一、中華民國史事記要之編訂：其紀事，始自甲午（清光緒二十年，西元一八九四年）　國父初創興中會於檀香山，迄於今日，而以中華民國之建立為分際，分「前篇」、「正篇」兩部份：自興中會成立至辛亥革命爆發（一九一一年）為前篇，民國元年以後為正篇。分年編纂，以次發行。舉凡有關政治、法制、經濟、外交、國防、邊事、社會、文化、教育、科學、藝術、體育等，各方面之重要建置、活動、成就與變革，無不廣事收羅，審愼核校，以求其備，而存其眞。

二、政府褒揚令及其有關資料之刋布：歷史為史實所構成，而成此史實者，乃為無數卓越之個人。褒揚令就其表面觀之，似為個人之榮顯，就其實質觀之，則此個人或為某時某地某事之樞紐，或重要關鍵之所繫。今將民國成立以來之褒揚令及其有關資料刋布，亦提供史料新途徑之一。

三、國民政府公報之刋行：政府公報不但為國家重要典章制度之彙集，亦為纂修歷史之原始資料，舉凡軍政措施、法令文告、人事任免、會議紀錄等，包蘊無餘，其史料價值，非一般資料可比。本館職司史料之徵集與編纂，因鑑於國家典制，不可不傳，俾後之讀者，擷取與參證，爰將本館所藏民國十四年至三十七年「國民政府公報」，重予付印，以維國統，而供研究民國史之需。關於公報之印行，其間有需補充說明者：

自民國十四年七月一日，大元帥府改制為國民政府起，至民國三十七年行憲時止，歷時二十餘載，中經北伐、統一、抗戰、戡亂諸役，其間公報之發行，歷經變動，畧如下述：

一、自民國十四年七月一日起，至十五年十一月二十九日止，共出一至五十二期。民國十五年十二月至十六年四月五個月之公報，因北伐軍事而中斷，逮十六年四月十八日定都南京後，於五月一日始冠以「寧」字繼續出版（詳見該年五月一日「國民政府公報」所載第一號通告），共出一至十二期。後因政府改組，公報以每週出版兩期，致期號亦隨之變更。

二、自民國十六年十月一日起，至十七年十月二十五日止，共出一至一〇〇期。

三、自民國十七年十月二十六日起，至二十一年一月三十一日止，改為每日出版一期，共出一至九九一期。

四、民國二十一年一月二十八日，日軍進攻淞滬，國民政府暫遷洛陽辦公，自二月二十九日起，至十一月三十日止，公報冠以「洛」字，共出一至七十三期。

五、自民國二十一年十二月一日起，至二十六年十月三十一日止，仍銜接原編號九九一期，共出至二五一一期。

六、民國二十六年十一月二十日，政府移駐陪都重慶，自十二月一日起，至三十五年四月止，公報冠以「渝」字，共出一至一〇五一期。

七、民國三十五年還都南京，自五月一日起，至三十七年五月十九日止，仍與前二五一一期號銜接，共出至三一三七期。

八、逮三十七年五月二十日蔣先生中正就總統職後，國民政府公報即改為總統府公報。

本館之所以於近年集中人力物力從事前述三事，固為職責所在，無可旁貸，而其意義猶有進者：

溯自國際局勢逆轉，我國退出聯合國以來，國家前途乍有陰暗之感，然由於復興基地之臺灣，二十餘年來之各項建設，業已陸續完成，其基礎之鞏固，遠非國民革命以來任何時期可比。尤其在經濟建設方面，更卓著成績，已為開發中國家樹立一良好模式。惟在光復大陸之前，由於受人力與資源之所限，一時自難於造成一世界經濟大國之地位，以與其他世界經濟大國相匹敵。但在另一資源之開發上，較之經濟資源之開發尤具光明偉大之遠景者，厥爲民族文化資源之開發。

我中華自古爲一文化大國，文化資源之豐厚，爲任何國家所不及。在歷史上雖屢經浩劫與挑戰，而終維持於不墜者以此。共黨於竊據大陸之後，恃其暴力，對中國固有文化肆行破壞摧殘，而其所獲者，則爲其內部分崩離析，奪權互鬪，自瀕於崩潰瓦解之境。蓋中國文化有其悠久强固之基礎，凡反乎中國文化者，未有不歸於幻滅也，自古如斯，共黨當難例外。

繼承中國文化之傳統，發揚中華文化之光輝，爲今日我中華民國所特有之優越地位與責任，亦爲摧毁共黨暴政、重建民國之重大武器。

吾人持此信念，向中華文化大國之目標邁進，必能衝破一時陰暗，重獲光明。團結我民族之感情於不墜，繫乎此；達成中華民國之再統一，繫乎此；中華文化對世界和平之有所貢獻，亦繫乎此。

自政府遷台，若干原始資料，多遺失殘缺，國民政府公報自亦不能例外。本館爲求此項史料之完整，除將本館所藏國民政府公報部分，由史料處倪處長寶坤及全體同仁，經年之努力搜集、整編與校訂，並將缺期列出，力求補充外，承總統府公報室主任王壽明先生及全體同仁之盡力協助，始得補苴缺遺。惟九九一期，遍查無着，考其原因，乃緣民國二十一年，一二八滬戰發生，政府暫遷洛陽辦公，致少注意及此。本館爲求公報之完整，乃分函日本及美國各大學圖書館徵求，幸由美國國會圖書館複印寄館，乃竟全功。全書經整編後共計四四二五號，合訂二百二十二册，復承成文出版社黃成助先生協助影印，始克問世。值此付梓之日，除向協助諸君致誠摯之謝意外，謹畧誌數語，以明始末。

自大陸淪陷，公私史料遺失甚多，目前其存之於海外及自由地區之個人及機關者，仍當不在少數。昔人有言，歷史不滅，民族永生，亡史之罪，或有重於亡國者。當茲國步艱難之際，欲力挽狂瀾，奠中華民國國基於永固，民國史之研究與編纂，實爲刻不容緩之圖，而史料之徵集、整理與出版，尤爲研究上之廣度與深度所必需。至望海內外各界人士賜予協助，提供資料，裨益研究，發揚歷史之光輝，爲中華文化大國之建設，樹立一光輝燦爛之標幟，民族前途，實利賴之！

中華民國六十一年九月五日
於臺北國史館

憶述八旗駐防制度

傅紹傑

前清攝政王多爾袞輔保世祖福臨遷都北京，當時經過許多周折，適值明朝內亂，又有吳三桂引之入關。條件上比之以往各朝似都較爲方便，是無可否認的。至於蕭一山先生在清代通史中所謂「不費一矢之遺，坐擁九有之業」，也不過是比較形容之詞，也不能依文解事硬說一箭沒放。形容詞爲加深印象，而加重描寫也是慣常手法，不足深究。

清室於中原畧定之後，即部署分配八旗兵力的駐紮區域。有駐紮京師拱衛首都的，有駐紮各地控制形勢的。於是八旗遂有京營與駐防的分別。控制就是鎮懾，這是歷史。

京營也有各種區分，姑置不論，現在專談駐防。

駐防的部署，是由進關之後，派官兵駐守盛京以保老家開始的，以後逐次決定逐次部署，到康熙中期就大致完成了。此中演變難以詳述。

駐防的部隊，純滿、純蒙、純漢的也有，混合編成的也有，兵力多寡由一二百人至四五千人不等，依駐地之價値而定，官階因之也大小各異，將軍、都統、副都統、城守尉、防守尉，種類不一。

甲　密雲駐防制度，規模比較具體

密雲縣原是在京兆尹轄下之縣，不歸直隸省長（姑用此名）管，因之密雲不是直隸省內之縣（京盛左近一帶就是京兆，一共多少縣記不清了）。此縣距北京一百三十里，距古北口一百華里，是由北京去熱河大道上的要衝。縣城是舊（唐朝所置）新（明朝所置）兩城合併。極爲堅固。戚繼光時代，此地形勢甚爲重要。

密雲的駐防旗營，就在此縣東北方的較高的台地之上。此營房的西南角與縣城的東北角正對，相距約三百公尺。但營房的地基與縣城上頭齊平。營房北方是一個山脈。

一、編制規模概要：

這駐防旗營的編制，規模很是齊全，幾乎把八旗區分組織，全套搬來了。其中自然有折扣也有運用。

「八旗十六佐」全來了。而且是兩套「八旗」，一爲滿洲八旗，一爲蒙古八旗。每旗一個「牛彔」，八滿洲牛彔，八蒙古牛彔。合之爲「十六佐」。但每牛彔不是三百人而是一百五十多人。這好像是「派代表」來的。

營房是一個大方塊，一平方華里。內又區分四個小方塊，十六個小小方塊。每一小小方塊，就是一個牛彔，即所謂「佐」。每佐七列房舍，第一列是官舍，誰當官誰來住，六個大門（六戶），其餘六列是兵舍兼眷舍，每列十二戶。每戶房間數目不等，少則兩間，多則五間。房間總數是一致的。其構造部署形式如左：

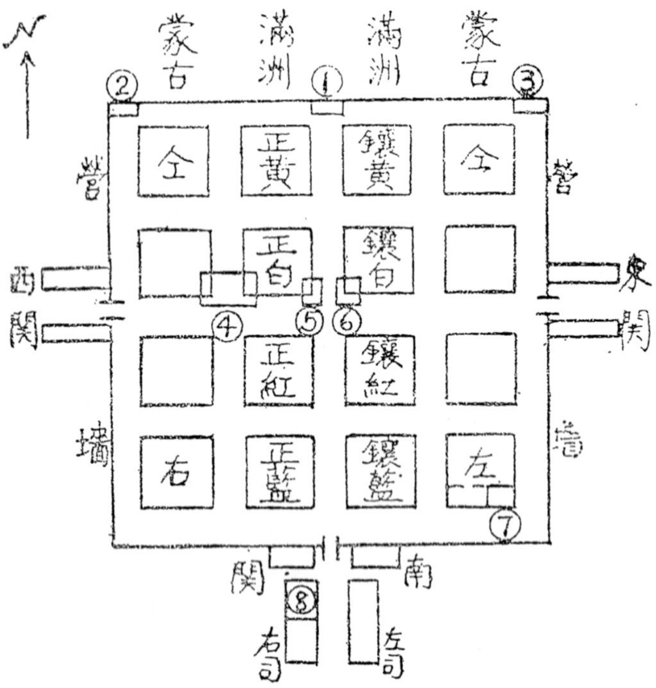

①關帝廟
②萬壽宮—供皇帝牌位
③藥王廟
④副都統衙門
⑤西廳
⑥東廳
⑦馬圈
⑧監獄
四個參領的官舍是在滿洲兩白兩紅四佐之中

這個駐防據父老相傳是康熙年間派來的，在附近幾處比較起來，算是制度最完整，規模最龐大的一個。

他的指揮節制與官兵數目概如下述：

一個副都統—最高指揮官是副都統，當然他還要節制附近各縣幾處駐防，但是他的衙門設在此地，這衙的規模也是很可觀的，光緒時代庚子附近，是一個一等侯名叫信恪的是最後一任。以後就不派了。

四個參領—普通稱之為「大人」，每參領管四個牛彔。有副都統之時，資深的，協助副都統處理公務，以後不派副都統之時，就到副都統衙門辦公了。

十六個佐領—普通稱之為「牛兒占爺」（占字讀强音），一般事件，在他們手裡，即可以解決。

以上是節制層次的大要。

因為駐防旗兵，在編制規例上已有了變化，不是關外的「五進制」，牛彔也不是三百人。所以「佐領」有似連長，「參領」有似營團，「副都統」節制幾處駐防，也有似鎮守使了。官兵總數共約兩千五六百人。

牛彔額真（佐領）以下的節制，筆者沒有研究清楚，在關外時代，也只說是基本單位，詳情不明。筆者親歷所見，每牛彔中最直接辦事的是五個「領催」，（滿語撥什庫）。又像排長又像文書上士，是最基層管理者，這要請教高明了。

筆者在民國八九年附近，還受人之託幫忙造過「餉冊子」，除了上述各職名之外，還什麽驍騎校、雲騎尉、馬甲、步甲、養育兵、養贍（眷屬津貼，特請特准）之稱。還有一種官，普通稱之為「蘇魯占爺」似比佐領低一級，不知是何職分。

每佐有三個房是辦公室，通稱「檔房」，位置不一定。等於「連部」一間辦公，一間住人，一間庫房，藏有本佐兵器。

圖示⑦中有幾間大房子藏有「重兵器」及大帳棚等等。

另在營房東南數里，有一個「演武廳」，有閱兵台，模擬城牆城樓，是備大操及攻城演習之用。筆者幼時前往「參觀」，已成一片斷瓦頹垣，荆棘滿地了，悵惘之情，自所難免。

二、一天生活經過

這個駐防範圍，整個是個兵營，與嚴格兵營的區別，是帶有眷屬。是兵營眷區混合而成的，前已談過，共和之後十年之內，生活情形仍是一如往常。

營房中間是十字路口，圖示⑤⑥位置是東廳西廳，西廳住服勤人員，普通糾紛案件都由佐領在此處理，很少在本佐檔房辦事。關餉則一定在本佐檔房。

兵營有起床號，此處有早砲，由西廳值勤與服務人員負責。是約三十公分長五公分粗小鐵砲三個。每日天亮前就照放不誤，一直到民國六、七年爲止。想當年必是聞砲即起，但在我小時，那是早已就「你放你的，我睡我的」了。但除了極少數，雖不能聞砲即起，也沒有多少人睡懶覺了。因爲爲生活而忙，不起床固沒有人管，但把守東南西之門的服務人員必須依時而起，他負責開門。因爲昨夜裡已經上鎖了。

由南關一直到十字路，是此營房最熱鬧的大街（商店的房子是由各胡同房山接着延長建造的，當然是西南對面），東西廳以北也有一部分。其他次要寬街也有。

習慣不吃正式早飯，只有上下午兩餐。

如有火災，有人跑來到東廳報告就有人來「打鐉」（鋼鐵製造的約三平方尺的鋼板，但非正方形在廳側懸掛，其音甚響。上有木頂遮蔽以免雨浸），以示警報，大家就無條件的扁担水桶一擁而至，前往「消防」，恩怨不計。（其他急緊事件亦復打鐉示警）。

普通姦淫竊盜與打架鬥毆等件，一般士兵階層，就在東廳解決，男女一樣辦理，一樣動刑。女人輕刑打手板，在屋裡辦，有一板凳，面上有孔縫，以皮條把手套上，施刑者以脚踩皮條的下部，打手板。重刑把人裝在大口袋裡，在門外，按倒抽皮鞭。（一年之中也許有一、二次）

男人非用刑不可的，大率用皮鞭，在門外辦。

這皮鞭抽起來很兇，短柄（約二尺長），長鞭（約一丈多長），因用刑人是站着在那裡抽也。（民國八、九年後改用軍棍）比較再重的，打完了還要枷鎖。女人無枷鎖之刑。

如係比較屬於世家子弟，他犯法也照辦。普通佐副都統衙門裡，尤其多在夜裡。以免在街上給衆人看熱鬧，丟顏面，打起來也並不客氣。

如果是死刑，先押在監獄裡，特案囚犯則寄押在縣城監獄，聽候朝廷指示。

在筆者記事之際，早已無出操之事，日常生活是一半忙自己的營生，教育的，上學的，做工的，經商的，種地的，砍柴的，一半是游手好閒，養鷹玩鳥。

晚上約九點鐘附近，由西廳再放三砲，表示「息燈」。接着巡夜，有兩個打梆子的（擊拆者）前後夜換班。放完了夜砲不久，各門就上鎖了。所謂上鎖，也是公事公辦。特別早出晚歸的，人情可以通融。

那個營房是正方形，（坐北朝南）北部稍高，大體說是平面的。東南西三門的兩邊，各有出水孔一個，否則就成澤國了。

牆內外都種柳樹槐樹，平均兩丈一棵。各家都有後院，多種桃杏梨樹，我家是兩棵櫻桃，極好吃。官舍內多有大樹。我家前院還種有兩堆白馬蘭花，朵很大，很好看，葉子很長將近三尺。營內有井十口。

三、最怕「削除旗檔」

「削除旗檔」就是「開除軍籍」。旗人是不許出外謀事經商的，要隨點隨到，幾次不到，就「削除旗檔」，不管什麼理由，不名譽。打仗勝敗另說。外出就是「逃避兵役」。

我家隔壁，有個年青人，是削除旗檔的，入民國後，仍被人看不起。民八國、九年他回家已三、四年，經營了兩個雜貨店。

因人情關係上級給他補了一個領催，實際已是無甚權力。但是在毒熱的太陽之下，他還是穿了一套很講究的衣服，滿頭大汗的到處請安道謝。有人問他何必如此認眞？您猜他說什麽？「共和不共和是另一件事，我蒙上級撤削了舊案（前淸時代的），死了可以入祖墳，比什麽都値得」。東奔西跑，道謝不誤。

四、滿街「鐵鏡公主」

旗裝是另具風格的一種服飾。好看與否另說。

入民國之後幾年之內仍是原樣。旗人女孩一般比較潑辣，十三四歲，還和男孩子一起打打鬧鬧的，這個營房雖是滿蒙合編，但除稍有特定內部區別之外，一般習慣已一律滿洲式，沒有蒙古式了。

旗裝最難擺弄最須練習的是上下兩頭，頭與脚。那個頭最難梳，那高跟難比目前的難穿不止十倍。因爲它高跟在中央，講究的有二寸以上，又必須行走自然，不能因怕跌倒而步步「高抬脚」，那成什麽怪樣？旗袍本身又長，所以必須訓練有素才成。現在有時演電影，演話劇，對這頭與脚，眞是馬虎，有的到不像樣子的程度。

旗人女孩，至遲於訂婚之後，就要練習梳頭與穿鞋，還要請請行家指導。自已母親嫂子未必就是行家。

還興戴長指甲的指甲套，一寸多長，講究的是琺瑯製。雖不裹脚，而興穿瘦襪，以便約束，出一次門換襪子要出一頭大汗，要用滑粉往裡送脚，眞是活受罪也。

大姑娘，小媳婦的裝束，講究的就儼然鐵鏡公主了。

至於男人的髮辮也很講究，髮少的可以加「珠兒線」混合編成。成年人似乎沒有「紮辮根」的，都是「鬆辮根」，風流瀟洒，「開國前後」好像有某大官也紮了辮根，似乎不大「逼眞」。

現在說「豬尾巴」，「馬蹄袖」等，已成陳跡，當故事研究未嘗不可。一直挖苦似無必要，五族共和已超過六十年了。我們目前也不是漢衣冠。而且好多以半洋人自居了。

五、不與外界通婚

這個營房在附近自成體統，與密雲縣政不生直接關係。除了少數和城裡（我們稱北京爲城裡，稱密雲縣城爲縣裡）老家連絡之外，不與外界通婚，營內的滿蒙界限早已消失。各位想想，二百年來成什麽情形？門當戶對是要講的，大體上官兵階層還是存在的。於是乎甲營長（作比方）的三姐，是乙連長的媽，丙連長的媽又是丁營長的舅母，戊營長的太太又是已連長的四姑，庚營長的弟媳可能是辛連長的二妹，公事上的官位高低和私事上的輩分大小就很難劃分淸楚了。不過公事公辦的分寸還是極力維持的，但是已經不太容易了。所以聽長輩說，在庚子之亂，本地也出了千把官兵，出去打仗，自然是敗陣而歸。幾十口棺材進營之時（棺材回來還是好的）眞是鬧得哭天號地，滿營風雨。不明大義的許多女人長輩就向不死的官員大呼大叫，鼻涕眼淚要他們給她們的子弟償命。有叫乳名罵的，有拿東西打的，不成體統，毫無禮節。因爲罵甲連長的可能是連長舅媽，她的兒子陣亡了。簡直不可開交。一個年高資深的參領來了好說好勸還是不行。參領急了，大吼一陣，「仗是給皇上打的，現在皇上逃難，死活不知。能打勝仗皇上何必逃難。胡鬧什麽？還不回去！」這段話極爲有效，老的小的都回家辦喪事去了。因爲「仗是給皇上打的」，私人怎能償命？

六、關餉越來越少

原來旗人在額定官兵之內，是關餉而又領米的。什麽界限之上官長是領「老米」，其色有如麥子（倉中陳年大米）什麽界限之下官長與士兵領倉米，其色發青（倉中陳年黃小米）。

我在記事之時已早不發米而改發「米折」（米代金）了。數目打折，次數也打折。民國三、四年來，由一年四、五次而三、四次，最後到民國十年大概只有一、二次，到十二年就完全沒有了。金錢方面另說，自已可以出力換取。難得「老米」，「倉米」吃不着了。因爲它另有一種風味，實際是在倉中發過霉的，但是另有味道。只能煑飯，不能煑粥，已無粘性了。因之家中存有「老米」「倉米」的，成了寶貝，必要時可以請客送禮，變成了奇貨可居了。前述那剷除旗檔的他父親就囤老米。

乙　生活確係腐化

有人描寫旗人生活腐化的各面，繪影繪聲極盡形容之致，除了過甚其詞之部，確也不假，茲僅就親見所及之事，畧述幾則。

一、男人假裝女人，大開玩笑

有一天街上出現一個特別風騷的「鐵鏡公主」，故意對幾個薛蟠大爺型的少年眉來眼去。大家都不認識。有一個少年竟上去要佔便宜。沒說幾句就要動手，却被這少婦一把扣腕脈，瞪眼罵道：「猴崽子你敢調戲良家婦女，該當何罪？」大家上去勸解，殊料此少婦哈哈大笑，說：「你們都瞎了？有眼不識泰山！」當時就卸裝脫鞋，大出怪像。原來他就是衆所周知面貌姣好，外號「小槐串兒」（一種綠色小鳥）的那個少年。他吃飽了拿大家來開胃。此之謂「國家將亡」。事實上是已亡。

二、關餉之後先吃，明天不管

清末民初，預先知幾買地種地的只有幾家，大多數仍是魚游釜中。東西兩廳大街上總有若干人閒磕牙，不是講向大人（向榮）拿鐵公雞，就是講僧王爺（僧格林沁）打長毛子。乾隆如何，光緒如何。玩鷹的，架鳥的，形色各種。

關餉之後，總有人提議「吃公東」（聚餐），於是幾十個人大家下手各顯本領（做好吃的菜），一樣出錢看誰能吃。這是公衆性的。個人亦復如此。所以老少都盼望關餉。

縣城裡每天來兩份賣羊肉的，不到正午賣光。以後只來一份。再以後不來了。他們很以失掉顧主引爲憾事。

要吃特別好的，到城裡去買，縣裡的不好吃。

三、煙價無力償還，痛失良馬

西廳那條寬街，有一世家子弟，有大小兩個太太，眞是如花似玉，相處甚得並不吵架。但這位子弟烟癮很大，他有一匹白馬，走得也很好。吃足了還在街上跑兩趟。

縣裡有一個人，經人介紹，供給他的鴉片，隨便吃，到某一段落之時，向他討債，他無力償付。那賣烟人一不作二不休，乾脆再送上十兩鴉片，算是人情。可是硬把那匹白馬給拉走了。這個子弟眼看着馬被拉走，不禁痛哭失聲。原來那送烟人是有計劃的，目標就是那匹白馬。

這個世家有點突出排場，上述那子弟的祖父，在西門南門之外各有一個別墅（祖孫分居），還有一隻純白色的百靈鳥極爲名貴。這子弟有兩個女兒，很活潑秀麗，不知下落。

四、手爐脚爐兩套，各煙俱全

東廳寬街有一世家子弟，外號「臭繩武」，人緣很差，剛才說那吹烟子弟，個人雖腐化墮落，但對長輩禮貌却極周全，大家只是惋惜，並不討厭，這「臭繩武」却是臭不可聞，很少人願意接近。在冬天，他把身上穿得像個做廣告的，幾套皮衣都架上，外加大氅，皮帽子外加風帽。有時到街上坐，有跟班的侍候他，手裡有手爐，脚下有脚爐，鼻烟、紙烟、旱烟、水烟，他都帶着，隨時換着吃。弄得那個佣人，手忙脚亂，動輒得咎。回家他再噴雲吐霧。

他有兩個女兒，都十六七了。也很嬌豔，極懂事，極禮貌，大家頗爲之担心，說是投錯了胎。以後被父親賣了。「臭繩武」以後外出，不知死於何所。

丙　一件重大命案

這是一件轟動全營的命案，確是事實。死於非命的是筆者姑母的尊翁。這位老人住在東門裡寬街一個官舍之內。是個大家。當時人口稀少，門庭零落。因爲這裡官舍房子較多一點，大門之內有門房，二門之內有東西廂房各三間，正屋上房五間（大正房三間，左右耳房各一間）。老人身體行動不便，却獨住上房。我的姑母與姑丈住在東廂房。後墻倒了尚未修補，黃昏天雨未止，有人路過，只聽有人喊「鐵柱子！你好大膽」。此人知事情重大，急忙避走開。

第二天新聞傳遍，某人被人以鐵錘擊斃，珍貴寶物及銀錢被劫。兇手不知是誰。因爲鐵柱子在當時是個强漢，沒有人敢惹。雖聽見直呼其名，也無法控告，因是行路之人，並非被害人之親屬。經過兩個多月，費種種偵察手脚，破案。鐵柱子寄押於縣城監獄。

又經兩個多月。幕後部署已畢，一輛大車夜裡來到監獄門前，提鐵柱子進京，重審。上車之後，却轉了個圈子，往東走（進京應往西走）。鐵柱子大鬧，但此時已不容他再鬧。又一陣子，到了一個墓地，已高搭靈棚，牌位供好了。把鐵柱子弄下來，綁在一個木柱子上。對死者行禮如儀之後，由我那位姑丈把鐵柱子一刀劈開胸膛挖心祭靈了。

原來，對縣裡上下已經通融好了，進京重審是假的。目的在爲父報仇。之後我這姑丈右手總是抖顫，寫字却感覺困難，據說是神經受了刺激。

爲辦這件事，花了上千的銀子，家底眼看抖落完了。

丁　也有硬漢

一個團體養尊處優坐享其成日久，自會意志消沉腐化糜爛，這是歷史定則，但也不能一概而論，特立獨行之士隨時隨地都有，不過不能代表普遍性就是了。

筆者有一位姨丈的父親，是條硬漢。生活極困苦，吃飯是有上頓沒有下頓。冬天穿件大夾襖，一條夾褲（穿不起棉的，皮的更不用說了），但絕不縮頭抄手，擦鼻抹淚。北方冬天之冷大家都曉得了，那麽在家裡忍着好了，不行，他因身分關係，交際應酬又必須出塲。眞夠交情的，他沒禮可送，一定幫忙做事，如記賬，待客等，非等主人七請八請，絕不輕易坐下就吃。普通交情，行禮如儀之後掉頭就走，絕不吃飯。「冷不冷」？「不冷」，「餓不餓」？「不餓」。這是硬漢。

有一個人大家都稱爲「廣四爺」。也是筆者祖父行輩之人。他原來是高來高去的人，會飛簷走壁，一般有特性人物宴會，大率請他參加，他也是送不起禮的，請他的目的是懇他幫忙，來拿北京名菜，上午約好，下午准能照吃不誤。但必須如數出錢，絕不偸取。

太太早死，有兩個女兒，斯文到家，依女工爲活。很少上街購物，都是老人去買。兩個女兒十七八歲，但只有一件成樣外出服，有人情必須前往之時，兩人輪流換班。

多少人作合說媒，均不如意。以後一父二女到關外去了。這是畸人。筆者幼年聽講述此等故事，印象極深。讀講武堂，出野外之時，隊附雖迫水壺中必注沸水，我怕燙胯骨，出來就找機會倒光。但以後之四小時之內，自己再渴，寧可偸着捧喝溪流的冷水，絕不向同學要水喝。自己又怕燙，又要喝熱水。難道別人不怕燙，是給你帶水的？不興這樣取巧找便宜。不勞而獲，坐享其成，就是一件可恥之事，並非一定偸雞摸狗，殺人越貨才是可恥。

戊　眼看山窮水盡

詩人曾有「山窮水盡疑無路，柳暗花明又一村」之句，叫人開心，但旗營的生活前途，却是死路一條。只有山窮水盡而無柳暗花明。

一、逃荒口外，半夜起程

「削除旗檔」在宣統年間已不嚴格執行。民國五六年之際，大批逃荒開始，一般目的地不是關東就是張家口外，但通稱都是口外。環境較好的雇輛大車，環境差的看家中人口老弱比例，一般都是一兩付挑担，小孩放在籮筐裡，半夜裡起程，扶老攜幼而走。所以選在夜裡起程，是怕白天親友鄰居送別，難以割捨。但是事前向至親好友的辭別還是必不可少的。逃荒的也不一定就是眼看挨餓的。

在那樣一個小圈之內，一百年來幾輩子都是戰友同袍，而且交相嫁娶，都是筋骨相連，尤其諸姑姊妹們從小玩耍長大，一旦分離，生死難測，哽咽攜手，莫可奈何。「別忘了我，下世再見！」眞是極人間之慘事。

二、販賣人口，最爲下流

就在生活無着走投無路之際，販賣人口的媒人出現了。逃荒不是家家能行的，一母二女如何逃荒？販賣自以女孩爲對象。買人的人仍是販賣人口的，大半是黑龍江人。其中原因不大清楚，也許有冒充的。看人樣，五六十元至二三百元不等，受騙的很多。局面雖已敗落，此風不可蔓延，於是追究極嚴，查實之後，仍是嚴刑峻法打棍杻枷。

後來有天主教組織前來傳教，在南門外建了教堂，好多人信了教，像樣女孩很多到北京西什庫去工作，販賣風氣打了很大折扣。我的「奶媽」曾被他丈夫親自販賣兩次。

三、茱儉盜庫，太沒出息

旗營東方三十里附近，有個莊頭，與此旗營有直接關係。莊主姓朱，也是大戶。正值我在舅父家住，天亮不久，一個人其神色頗爲慌張。舅父還在床上，他就半跪「打千」，「報告！茱儉盜庫！」舅父也有訝然之威。說：「這孩子怎來這一手，窮急了。這頓打他是挨定了。但是他還沒穿棉褲呢。找他去，準到莊頭去了。」原來茱儉是個世家子弟人窮急無聊，由檔房中盜了四枝火槍，賣給了莊頭。正歸我舅父所管。找回來，自然是一頓大打，不過打前給他弄了一條厚棉褲又墊了許多東西，打的還是吱哇直叫。那個報告的就是守檔房的。我舅父也是一個「牛兒占爺」。

四、餓死在外，不回故鄉

這是比較有身份有體面之人的最後一着。因爲本人是個官長，體面慣了，大家都是恭而敬之的。無論如何窘苦，長袍馬褂像樣的，總得有一套。但是長袍馬褂不能當飯吃。因此，比較有氣骨的，到最後關頭把心一橫，走了。寧肯餓死他鄉，也不在本地現眼。

筆者舅父有一位至交，是個參領。一筆好字，我讀私塾就由他給我寫影格，我來照描。他生活極講究。熱河有一部地產，好像由他管理。以後感到在老家無法維持，就常到熱河去，最後是一去不返，據說是餓死的。不過以後還是由子侄們把靈柩運回來，正式安葬了。

這可眞是山窮水盡死路一條。

至於筆者個人之事，不必在此多說。我家是世襲「雲騎尉」（滿文是「哈芬」），到我本身也不知傳了幾輩。家裡供兩份「誥封」根本沒打開看過，不悉其中是何云云。滿文在先嚴一輩已不正式學習了。二堂兄於宣統年間由日本士官畢業歸來（自然是剪髮着西裝梳分頭），到我家來拜謁伯父。先嚴正在前院飲馬，一見他那怪模怪樣，怒從心起，一大瓢冷水兜頭潑去，他掉頭就跑。傳爲笑談。

營中有一人，外號「白起」歷來他與三堂兄及其他幾人同考保定「協和」（軍官前期），國文試題是「白起李廣合論」，他基礎不十分深厚，他問三堂兄說：「老三，白起我曉得，李廣是誰？」當然落榜，也資爲笑談。還落一個外號。

「七七」述概（上）

—騫岳—

七七事變已屆三十八周年，所有報導此役經過之文字，雖汗牛充棟，但仍缺乏全面之敘述，茲根據抗日戰史，及有關史料，加以編次，並附說明或有助於對此役之了解。

一、日軍在盧溝橋啓釁之經過

日本於二十五年增加華北駐屯軍後，即由津沽一帶沿北寧路向西延伸，企圖因利乘便攫取天津、北平。按北平爲華北軍事政治中樞，且北寧、津浦、平漢、平綏各鐵路均交會於此，允稱戰略要點。其東北兩面因受冀東僞組織之壓迫，形勢已極嚴重；其南郊之豐臺、盧溝橋尤據交通之樞紐，扼平南之咽喉，日軍更欲於此兩地構成軍事據點，期完全控制北寧路，進而遮斷我南北之交通，使平津與中央形格勢禁，寖假而入其掌握，處心積慮已非一日。該兩地原由我第二十九軍各以一營駐守，二十五年九月十八日，日軍在豐臺製造事端，迫我該處駐軍撤退，而以其駐屯軍第一聯隊之一木清直大隊非法佔駐，與我駐盧溝橋、長辛店等地之第二十九軍第三十七師第二一九團極爲接近。嗣日軍更擬在豐臺、盧溝橋中間地區購買土地，供其軍用，經我地方當局拒絕後，遂又蹈襲故智，再生事端，藉圖進佔盧溝橋，以滿足其慾求；是故豐臺日軍，乃時在盧溝橋附近，實施非法演習，繼則晝夜施行實彈射擊，並屢次要求進入宛平城（位盧溝橋之東端，我於此設有行政專員公署），均爲我婉詞謝絕。如此數月，雖幸未釀成嚴重事端，而地方政府所受之煩擾與居民之不安，實有日甚一日之感。

二十六年七月七日夜二十二時，日軍一中隊於盧溝橋附近演習完畢，聲言有一士兵失蹤，須進入宛平搜索，並發槍示威；駐北平日特務機關亦向我北平市政府作同樣要求；我方以時值深夜，恐致驚擾，即允代爲查尋，然迄無踪跡。逾時日方謂該兵已歸隊，惟須查明其失踪原因，於是雙方派員赴宛平就地調查。

是時，豐臺日軍全部已三面包圍宛平城，至八日五時，即首先向我盧溝橋鐵路橋守兵猛烈進襲，大井村日砲兵亦對該點行急襲射擊，橋東端我守兵一排全部犧牲，該處遂爲日軍佔領；同時日軍另一部約三百人，由龍王廟偸渡永定河，企圖進襲我長辛店駐軍，我軍不得已，乃扼守盧溝橋西端及其以北地區，實行抵抗。激戰約四小時，日軍一木清直大隊長被擊斃於陣前。十二時，日軍森田聯隊附率兵四百餘名，自北平來援，在公鐵路兩用裝甲車六輛支援下，復向我猛烈進迫；經我數度突擊，至十五時敵未得逞。斯時日軍牟田口聯隊長致函專員公署，要求我軍於二十時以前，撤退至永定河以西，否則砲擊該城；我軍以守土有責，當予拒絕。旋日軍果於十八時三十分，集中砲火向宛平城內及盧溝橋猛烈射擊，我城內居民雖頗有傷亡，房舍亦多被燬，但陣地屹然無恙。

當時冀察政務委員會委員長——兼冀察綏靖公署主任及第二十九軍軍長宋哲元，適假歸山東樂陵原籍；但北平市市長秦德純、河北省主席兼第三十七師師長馮治安、天津市市長兼第三十八師師長張自忠等均在平，分負軍政處理之責。宋主任得悉日軍啓釁，即電令消滅當面之敵。秦市長、馮主席等亦以日軍自七日迄今八日，迭次無理進攻，擬於八日夜予以反擊；除嚴令盧溝橋守軍堅守陣地外，並令駐西苑之第一一零旅（欠第二一九團），經由八寶山進出五里店、大井村一帶（均位盧溝橋東北），攻擊日軍之側背。我第二一九團自團長吉星文以下全體官兵，激起義憤，於九日零時，由長辛店猛襲永定河右岸之日軍；經四小時劇烈肉搏戰後，該日軍不支，向永定河左岸遺退，遺棄武器甚夥。日軍懾於前線失利，同時爲爭取時間，增强兵力，調整部署，於是與我進行和平談判，當議定撤兵條件凡三項：

一、雙方立即停止射擊。
二、日軍撤至豐臺，我軍撤至永定河迤西地帶。
三、宛平城防，由冀北保安隊二、三百人擔任。

並約定於九日九時，在雙方派員監視下撤兵。屆時我第二一九團駐宛平城之一營，依議撤至長辛店，冀北保安隊百餘人亦依日方要求，僅攜步槍接替宛平城防務；而城外日軍雖稍行後移，仍留置一部於陣地，未肯盡撤。十日午前，經我方質詢，彼則諉稱尋覓陣亡士兵屍體，於是又洽商雙方派員共同搜尋；正出發間，得悉豐臺已增到敵步、砲兵各約一大隊，且五里店、大井村一帶復又爲日軍進佔。我冀察當局憤日軍背約，擬即下令反攻，事爲日軍偵知，自審兵力仍嫌不足，乃多方進行疏解，致我之反攻未成事實，僅令我已退長辛店之一營，重行進入原陣地，以連繫宛平城之保安隊嚴密戒備。

二、我方之緊急處置

七月九日，我最高統帥　蔣委員長獲悉日軍啓釁後，立即電示宋主任：「守土應具必死決戰之決心，與積極準備之精神應付，至談判尤須防其奸猝之慣技，務期不喪絲毫主權爲原則，吾兄忠貞亮節，中所素稔，此後尚希共爲國家民族前途互勉」。旋接冀察當局電呈：「勢已緩和，擬請將前派北上四師，在原地集結待命，以免刺激」。同時電促軍政部長何應欽由川返京，籌劃全面抗戰事宜，並於同日作如左之緊急處置。

一、令第二十六路軍總指揮孫連仲，由平漢路方面派兩師，即向石家莊或保定集中。
二、令太原陳總指揮長捷，轉知第八十四師師長高桂滋，即率該部向石家莊集中。
三、令運城第四十軍軍長龐炳勳，即率所部速向石家莊集中。
四、電冀察綏靖公署主任宋哲元：「此間已派孫仿魯（連仲）部兩師，向石家莊或保定集中，及龐炳勳部與高桂滋部先向石家莊集中，希兄速回保定指揮可也」。
五、令各軍事主管機關：日軍挑釁，無論其用意如何，我軍應準備全部動員，各地應嚴加戒備，並準備宣戰一切事宜；除前令各部隊即向指定地點開動外，第二十一、第二十五兩師及第三軍亦令動員候調爲要。

最高統帥　蔣委員長於十日據宋哲元主任佳九戌電署稱：「此間戰事，業於今晨停息，所有日軍均已撤退豐臺，似可告一段落」。遂訓令各行營、綏署、及省、市：「日軍挑釁，齊（八）日與我第二十九軍部隊相持於宛平附近，當經通飭一體戒備，準備應戰，並調第二十六路兩師、第四十軍、第八十四師各部迅開保、石，以備應援，另令第二十一、第二十五兩師繼續開拔，已各如前令。頃據報雙方撤兵，聽候談判，但日人詭詐，用意莫測，我全國各地方、各部隊仍應切實準備，勿稍鬆懈，以防萬一，是爲至要」。同日，並電示宋主任：「務望在此期間，從速構築預定之國防線工事，星夜趕築，如限完成爲要」。

民國二十六年七月九日之停戰約定，因日軍未能踐約撤退，致仍成僵局。嗣宋主任奉電由樂陵原籍趕赴保定，十一日因雨阻於天津，乃改派在平之天津市市長張自忠等，爲第二十九軍之代表，經與日方代表議定左列和平條件。

一、第二十九軍代表對於日本代表表示遺憾之意，並處分責任者，以及聲明將來負責防止不再發生類此事件。

二、中國軍隊爲避免與日本豐臺駐軍過於接近，容易惹起事端起見，不於盧溝橋城郊及龍王廟駐軍，改以保安隊維持其治安。

三、認此事件多胚胎於藍衣社、共產黨、及其他抗日系各種團體之指導，將來除對之講求對策外，並須徹底取締。

右件於七月十一日二十時，由張自忠、張允榮（前任冀察保安處長）書面簽定後，送達日方，並商定於十二日，雙方派員至盧溝橋附近監視撤兵。

十二日，我軍依約撤至長辛店及衙門口後方地區；日軍僅有一部撤回北平日兵營。迄二十時，其大部仍佔領大瓦窰、五里店、郭莊、大井村之線構築陣地，並無退意。我爲防敵襲，乃令已撤退之第二一九團佔領永定河右岸，第二二零團佔領西新莊、東新莊、張遺村、吳家村、小瓦窰之線，與宛平城郊之保安隊連繫，對日戒備；另令獨立第二十五旅佔領八寶山，以資策應。

是日，侍從室錢大鈞主任以日軍不肯撤退，則彼必待其關東軍到達後，積極向我進攻，乃電囑秦德純市長從速加緊備戰；何部長亦因天津附近遍佈日軍，盧案日趨嚴重，電促宋主任即刻祕密赴保指揮。

日新任華北駐屯軍司令官香月清司於十二日抵津，旋派參謀長橋本羣、特務機關長松井及參謀和知與我代表張自忠、張允榮、鄧哲熙以及蟻附之漢奸陳覺生、齊燮元等，自十三日起，交涉重心移至天津，續就十一日簽訂條件之細則及實施辦法，進行談判。

日除要求我向其道歉及懲處肇事者外，對我要求其早日撤兵之議，則堅持須俟完全解決後再行實施。雙方意見雖未及時接近，惟經齊燮元、陳覺生等之從中奔走，故談判迄未中斷。

最高統帥　蔣委員長曾於十三日電示宋主任：「盧案必不能和平解決，無論我方允其任何條件，而對方目的、則在以冀察爲不駐兵區域，與區內組織用人皆須得其同意，造成第二冀東，若不做到此步，則彼必得寸進尺，決無已時。中央已決心運用全力抗戰，寧爲玉碎，不爲瓦全，以保持我國家與個人之人格。平津國際關係複雜，如我能抗戰到底，祇要不允簽任何條件，則在華北有權利之各國，必不能坐視不理；而且重要數國外交，皆已有把握，中央決宣戰，願與兄等各將士共同生死，義無反顧。總之，此次勝敗，全在兄與中央共同一致，無論和戰萬勿單獨進行，不稍與日方以各個擊破之隙，則最後勝利必爲我方所操，請兄堅持到底，處處固守，時時嚴防，毫無退讓餘地。今日對倭之道，惟在團結內部，激勵軍心，絕對與中央一致，勿受日欺，則勝矣；除此之外，皆爲絕路，兄決意如何，請速詳告」。

宋主任斯時受日方挑撥，漢奸包圍，滯留天津，未能遵命即時去保；乃於十四日電覆何部長：困兵力大部在天津附近，且天津地當衝要，故先到津佈置，俟稍有頭緒即行赴保。

數日以來，日我兩軍雖在盧溝橋保持對峙，由於敵之大軍源源入關，平津情勢愈形嚴重。中央爲期冀察當局完全明瞭中央對抗戰之準備與決心，特派參謀本部次長熊斌赴保，以便於聯絡。

何部長十五日致電宋主任、秦市長、馮主席：「頃據確報，豐臺之日軍現已集中包圍南苑一帶，首先消滅南苑一萬二千之我軍，此將爲日軍機動之第一目標。雖自昨晨三時半以來，當地情勢稍現和緩，談判亦已重開，然中外富有眼光之觀察者，以爲現下之混沌沉悶狀態，實有詭譎欺詐性質；衆人以爲日軍當局，現僅等待增援完竣，然後發動，以驅第二十九軍於河北省境外耳——等語。查日人效『一二八』故事，先行緩兵，俟援軍到達，即不顧信義，希圖將我第二十九軍一網打盡，形勢顯然，最爲可慮，望即切實注意，計劃應付爲禱」。

宋主任對十一日簽訂之和平條件，未即報告中央，但最高統帥　蔣委員長已由各方獲悉是項交涉經過，乃於十六日電示宋主任、秦市長：「連日對方盛傳兄等已與日軍簽訂協定，內容大致爲：一、道歉，二、懲兇，三、盧溝橋區不駐兵，四、防共及取締排日等項。此時協定條款，殆已遍傳歐美。綜觀現在情勢，日方決以全力威脅地方，簽訂此約爲第一目的；但日方所欲者，若僅止於所傳數點，則其大動干戈，可謂毫無意識。推其用意，簽訂協定爲第一步，俟大軍到達後，再提政治條件，其嚴酷將恐甚於去年之所謂四原則八要項。觀於日本外次崛內告我楊代辦：『已簽訂地方協定爲局部解決之基礎』一語，並足證明此基礎之外，另有文章也，務希兄等特別注意於此。今次事件，絕非如此已了，祇要兄等能堅持到底，則成敗利鈍，中願獨負其責也，如何盼覆」。當時日人又謀離間中央與冀察當局，以期促使第二十九軍內部之分化，如謂中央軍北上，係利用抗日名義，以消滅冀察政權及第二十九軍；又謂日軍目的在驅馮（第三十七師），於張（第三十八師）絕無妨害。宋主任及第二十九軍將領雖國家觀念極重，自亦難免無所懷疑，幸經　蔣委員長、何部長之剴切指示，及熊次長之疏解，疑團乃漸冰釋。

宋主任於十六日覆電何部長：「自盧事發生以來，哲元即首先顧慮全局之如何發展，周詳審愼，以期萬全。茲奉電示各節，倘不幸而眞成事實，則是現已陷絕境，應請中央作第二步準備，以待非常之變」。十八日復對熊次長表示：當此多事之秋，外間謠言決不能置信，現在危機四伏，將見如二十四年之往事；日本企圖佔領華北之表現，已無可諱言，弟向以國家爲前提，以民族爲依歸，本中央之意旨辦理，決不作喪權辱國之事。是日秦市長致何部長及待從室錢主任電云：「弟詳繹　蔣委員長十六日電，默察現局，既佩籌帷之遠，尤感曲諒之誠，私衷感奮，匪可言喻。純竊以目下日方對我國最近實力，未敢輕視，尤以在　蔣委員長領導下，舉國一致之抗戰，更不無戒心，因此用盡挑撥離間之手段，分化我中央與地方之情感，而達其不戰而勝之狡計。今日之事，最緊要者，一、中央地方結成一團，聲息貫通，動作一致，二、地方聽命中央，中央曲諒地方，三、調整北來各部隊之指揮系統，以收指臂之效，四、盧事如能在實際上不喪權、不辱國之原則下，告一段落，請中央示以寬大，國人勿過責難，五、迅即準備抗戰。如此，我爲自衞守土而戰，以哀矜必死之心，當舉世皆仇之日，定能博得國際同情，取得最後勝利也，謹供悃誠，請轉呈核示爲禱」。

宋主任等在此期間，已知戰爭之終不可免，然感於部隊駐地分散，集結不易，乃欲利用談判緩衝期中，以行集結與部署；復以漢奸與親日份子夢想和平，從中奔走，雖敵方增兵繼續不已，而我北上國軍，亦有一部到達滄保，故與日方之談判，迄仍賡續進行。十八日，宋主任於某俱樂部與香月晤談，雙方表示不願事態擴大，並希望早日恢復盧溝橋事件前之和平狀態。旋於十九日由津赴平；當即電告熊次長：「本人始終站在國家立塲、國民地位，本中央意旨處理，希望中央忍耐，希轉陳」。同日二十三時，第二十九軍代表與日軍代表橋本羣等仍依據十一日之條件，復在天津成立協定；惟細則較原議更爲繁苛，如第三十七師不得駐紮北平城及盧溝橋，即其顯例。

嗣經商定，我軍於二十一日，日軍於二十二日，在雙方派員至盧溝橋監視下撤兵。其間豐臺日軍雖曾在十九、二十兩日，迭次向我盧溝橋砲擊挑釁，但我第三十七師之第一一零旅仍依約將盧溝橋、龍王廟、衙門口、八寶山等處陣地，交由冀北保安隊一部接替後，向後撤退。二十二日，日軍除大井村附近之砲兵大部向豐臺撤退外，其前線步兵僅後退里許，大部仍集結五里店、大井村兩地。同日，北平城防部隊，亦依協定更換。至是，宋主任乃就十一日與日方所訂條約，呈報中央。

二十三日，强據盧溝橋、宛平城東、五里店與大井村一帶之日軍，仍未撤退，我監視人員促其履約，竟遭拒絕，繼而大、小井村附近反行積極增兵，並構築工事。因此我軍被迫仍回原陣地，恢復二十一日以前之對峙狀態。

是時日軍宣稱：「一、盧溝橋日軍之撤退，須視華軍誠意如何，故此際尚非其時，二、日軍撤至豐臺後，是否駐在豐臺，抑調往他處，或回本國，全須視中國方面能否履行一切條約而定，三、由關外增援之日軍，是否即行復員或仍駐關內，須奉到陸軍省命令後決定」。二十四日，張自忠市長復以撤兵問題走訪香月，而香月則藉病辭避。自十一日以來之地方折衝，至是終成虛語。

三、援軍北上及第二十九軍之部署

最高統帥　蔣委員長，自始即洞悉日軍在盧溝橋挑釁，爲其有計劃之侵畧行動，除一面循外交途徑與日交涉解決外，當即確定不求戰必應戰之決心，於九日實施緊急處置，以大軍北上增援；惟時值北平雙方議定撤兵，乃循秦市長十日各軍暫勿出發之請。十三日，獲悉日閣十一日決議大舉出兵，判斷敵之侵我已勢在必行，仍令第二十六路軍之兩師迅赴保定，第四十軍赴石家莊，第八十四師赴大同集中。

當時，宋主任以平漢線部隊過多，津浦線空虛，擬請令入冀各部，暫在滄縣以南集結，嗣經商定，第二十六路軍仍集結保定，第四十軍由石家莊轉赴滄縣，並令該兩部到達後歸宋主任指揮。十四日設立石家莊行營，以徐永昌爲主任。十六日，令第五十三軍駐保定之第一三零師進駐琉璃河。十七日，令第三十二軍駐邢臺之第一四二師向石家莊集中。二十三日，令駐安陽之第十師，向邢臺、沙河前進，接替第一四二師之防務；並令駐許昌之第八十三師，向石家莊集中。二十四日，第二十六路軍之第二十七師到達清苑、方順橋、于家莊一帶，第三十一師到達望都，第四十軍先頭一部到達滄縣，大部在平漢路輸送及沿滄石公路進行中，第八十四師到達忻口以北之原平鎮，第一三零師之第三八八旅於進駐琉璃河後，復返漕河，任該處陣地之構築，第十師及第三十二軍之第一四二師到達石家莊，第八十三師在平漢路輸送中，特種部隊高射機關槍營、砲兵第七團均到達保定，通信兵第二團分調徐州、新鄉，汽車兵團調駐新鄉，交通兵團調駐銅山。

又何部長以宋主任等與日和平談判，深恐疏於設防，爲敵所乘，乃於十七日以篠電致冀察當局：「綜合近日情況，日本國內已動員及出動之部隊，有第五、六、第十、第十二、第十六等五個師團及朝鮮之第二十師團；日軍部共徵發郵船會社、大阪會社及國際、山下、三井等社商船，計三十餘艘，調兵遣將，未稍停止。而關東軍陸續輸送至天津者，截至刪（十五日）止，已有二十列車，當已在一個師團左右；並有數千人沿平津公路及津保公路行進中。其在盧溝橋正面者千餘人，正構築工事及在造甲村設飛機場。窺其用意，顯係對北平及南苑取包圍形勢；而近日則派小參謀數人與我方談判和平，希圖緩兵，以索制我方，使不作軍事準備，一俟到達平郊部隊，較我第二十九軍佔優勢時，即開始攻佔北平，先消滅我第二十九軍，此項詭計最爲可慮，一二八之役，可謂前車。兄等近日似均陷於政治談判之圈套，而對軍事準備頗顯疏懈，如果能在不損失領土主權之原則下，和平解決，固所深願，第恐談判不成，大兵入關，爾時在强力壓迫之下，和戰皆陷於絕境，不得不作城下之盟，則噬臍不及。望兄等一面不放棄和平，一面應暗作軍事準備，尤其防止日軍奇襲北平及南苑，更須妥定計劃。弟意宜以北平城、南苑及宛平為三個據點，將兵力集結，構築工事，作持久抵抗之準備，如日軍開始包圍攻擊時，我保定滄縣之部隊及在任邱之趙師，同時北上應援，庶平津可保，日計不逞」。

此數日間，日之增援部隊，已對北平東南北三面愈形進迫，情勢逐趨緊張；宋主任亦恍然和平前途之黯淡，乃假交涉緩衝期中，對第二十九軍重新部署如左：

一、駐任邱、河間、大名一帶之第一三二師（欠獨立第二十八旅），進駐北平城郊，以其主力及混合部隊（騎兵第九師一部、第三十八師兩團、特務旅之一團）任南苑之守備，其獨立第二十七旅接替第三十七師北平城防。

二、第三十七師（欠第二一八團）附冀北保安隊一部，佔領長辛店、宛平、衙門口、八寶山之線，任對豐臺方面日軍之戰鬥。

三、冀北保安隊主力第一、第二兩旅推進於湯山、沙河一帶，協力清河、北苑之獨立第三十九旅，任對順義、昌平方面日軍之防禦。

四、第三十八師在塘沽、大沽、小站、天津、楊村、廊坊及馬廠一帶，嚴取戒備。

五、第一四三師及駐察境部隊，仍任察省之守備。

二十四日，除第一三二師一部、因距離較遠尚在途中外，餘均依右令完成部署，北平城郊之我軍由於實力增厚，遂與逐日進逼之日軍，形成犬牙交錯之態勢。

四、作戰一般經過

自民國二十六年七月二十一日以來，我冀察當局已依約如限實行撤兵換防，嗣即在平津兩市開始查禁抗日文字，取締各種抗日組織，派警駐校，嚴防學生激烈行動等，以示履行協定之澈底；中央既接獲宋主任協定內容報告後，亦力持容忍與鎮靜，未曾予以糾正。惟日蓄意侵略，業經決議出兵，特利用和平烟幕，以掩護其增援，復懈弛我之軍事準備，實未嘗有絲毫誠意；其大軍入關情形，已如前述。迄二十五日，日對我平津駐軍已完成包圍態勢，其第一線各部且均已到達攻擊準備位置，於是背信棄約，於廊坊、廣安門等處再啓釁端。

平郊方面：

二十五日十三時，日鐵甲車一列載日兵百餘，由天津駛抵廊坊，藉口修理電話，强佔廊坊車站，經我第三十八師第一一三旅駐軍勸阻無效。僵持至二十六日零時，該日軍突開槍射擊，適我軍已奉固守原防竭力抵抗之命令，乃奮起應戰，拂曉日機十四架對我首次實施轟炸。七時天津日第五師團之第七十七聯隊增援到達，並有裝甲車數輛助戰，我軍營房及車站附近均成一片瓦礫。十時許，我軍轉移於廊坊西北地區，與日對峙。同日，北倉、楊村、落垡等車站亦為日軍强佔，平津交通遂被切斷。

二十六日十九時，北平城外財神廟附近之日軍約五百名、乘載重汽車三十餘輛，通過廣安門入城，甫入城數輛，城外日兵忽向我城門守兵射擊，我守兵立即閉城，雙方遂起衝突。

日華北駐屯軍司令香月清司、深夜令北平特務機關長松井謁宋主任，送致最後通牒：「昨（二十五）夜在廊坊惹起兩軍衝突，實堪遺憾，倘貴軍仍抱有事態不擴大之意志，首應從速令佈置於盧溝橋、八寶山附近之第三十七師，截至明（二十七）日正午止，後退至長辛店；又駐紮北平城內之第三十七師，須由北平城內撤退，迄本月二十八日正午為止，與在西苑之第三十七師部隊，同時經由平漢路以北地區，移於永定河以西地區；以後並應將是等軍隊，賡續輸送於保定方面，如未能見以上諸項實行，則認定貴軍無誠意，屆時本軍將不得已而執行自由行動，其因此所發生之一切責任，應由貴軍負擔矣」。

宋主任至是已知大戰勢所難免，當即召集軍政人員會商，僉認日方是項無理要求，萬難接受，乃於二十七日十五時，予日嚴詞拒絕，同時令所屬各部準備應戰；並一面報告中央請示機宜，一面通電全國，說明日軍挑釁及交涉經過。

（未完待續）

丁秉鐩

過去在北平，有兩家回教人經營的牛羊肉食品業。不但歷史悠久；而且遠近聞名，那就是烤肉宛和月盛齋。

烤肉宛，顧名思義，當然是宛賣烤肉的。不過，他的經營方式，和一般飯店兒不同。第一，它只賣烤肉，其他菜餚一概不賣，連涮肉都沒有，可稱「獨沽一味」。第二，只在立秋以後開始營業，作到轉年立春爲止，也就是說，一年只作半年的買賣，那半年關上門板休息。名爲「歇夏」，實際包括了春、夏兩季。他們的理論根據是：北平人飲食習慣要根據節令，立秋要「貼秋膘」（就是身上可以畧加一點脂肪的意思。）所以能開始吃烤肉了。立春要吃春餅（即薄餅），再吃烤肉就口熱了。

烤肉宛開設在北平宣武門（俗稱順治門）內大街，門牌五十號，座落安兒胡同西口外，迤北路東。最早稱爲「安兒胡同烤肉」。北平人的習慣，往往拿地名來作住家和店舖的形容詞，這因爲是多少年也不會遷移的關係。譬如「皇城根趙家」、「護國寺王家」。「安兒胡同烤肉」到進入民國以後，才改稱「烤肉宛」。不過，只是這麼叫法，在大門口並沒有「烤肉宛」的牌匾。不過，你在北平城裡雇車（自然是人力車，不是計程車，）只要說「烤肉宛」，也不用說宣武門內大街，自然會把你拉到了地方。因爲「烤肉宛」在什麼地方，已成了北平人的常識了。

北平人吃烤肉，注重肉片和支子都要好。烤肉只是吃烤牛肉，很少吃烤羊肉的。根本就不吃烤鹿肉和烤豬肉。這與宗教無關。回教人吃烤牛肉，非回教人也吃烤牛肉；回教人開的烤肉店只賣烤牛肉，非回教人賣烤肉的也只賣牛肉。因爲唯有牛肉烤着吃才香，羊肉都差一點。就和涮肉一樣，涮羊肉好吃，牛肉就差一點了。

支子就是烤肉的那個傢伙，大家在烤肉店裡也都看見過。它是用鐵製成，比圓桌面小一號，像鏊一樣的那麼一個器皿。放在架子上，支子下面周圍用鐵片圍住，中間燒松枝烤火，肉片兒在支子上就逐漸被烤熟了。支子以舊的最好，越老越好。因爲新支子烤出來的肉，可能還有一絲鐵銹味兒。如果支子用久了，上面有凝聚的肉脂，烤出來的牛肉特別香。

北平吃烤肉與目前台灣最大的區別是：這裡完全由烤肉店代烤，烤熟了客人端回座位去吃。北平吃烤肉則是客人自己烤着吃。每一個人都欣賞自己的創造，有的人喜歡自己動手作菜，明明知道沒有那裡的大師傅或女傭作得好，可是因爲是自己作的，就吃着顯得特別香。烤肉不需要複雜的烹調技巧，只要把和好了佐料的肉片兒倒在支子上，用筷子勤翻動，一看肉片兒變了顏色，馬上收回碗裡就可以吃了，這是由自己「創造」的烤肉，自然就吃得津津有味了。北平的學生們，在秋高氣爽時候，常常郊遊到野外吃烤肉。帶點肉片，沒有支子，只好用代用品，帶個大鏊就行了，檢點松枝，生火就烤起肉來，邊吃邊玩邊唱，其樂無窮。大人們呢，只好就在烤肉店裡自烤自吃，來追求這點「野味兒」了。

烤肉宛是兩間門面，三間進身，後面還有一間門面的進身，成爲有點像「刀把兒」的窄長形狀。一進門是肉案子，爲掛肉切肉之用。旁邊有個小麵案兒，打燒餅。裡面有兩三個桌子，再後面就是兩個烤肉支子，每個支子周圍，各放三四條板凳。最後那間屋子，是客人等着依次烤肉的地方。

客人進門以後，先行落座。每人給端上一個空碗來，裡面已配好佐料，是醬油、醋、葱、香菜四樣，不夠可以再添。並沒有辣椒醬，更沒有檸檬水和生香油，這都是台灣烤肉店發明的。客人還可以叫二兩白乾，或是一碟糖蒜什麽的。肉片兒是論碟兒算，一碟四兩，吃幾碟算幾碟。烤肉宛只預備牛羊肉片，但客人大都吃烤牛肉，吃烤羊肉的不到十分之一。

客人把肉片兒放在碗裡，就站在支子旁邊自己去烤了。站在地上，一條腿直立，一條腿抬起來，脚踩在板凳上，每一位客人都保持這種「瀟洒」的姿式，好像不這樣不像吃烤肉。絕少有人站着而不翹腿的，更沒有人坐在板凳上，（太髒，坐下也夠不着支子來烤。）兩個支子只能同時容納十一二個人烤肉，再來的客人，只好先坐在後面的房間裡等待，等前邊有客人吃完走了，再按到達的早晚，依次序被請到前邊去烤。烤肉宛的生意特別好，經常滿座，除了兩個支子永遠圍滿了客人在烤肉以外，後屋裡也經常有十來位客人等着排班的。如果再有客人來吃，連後邊屋裡都坐不下了，只好等一會兒再來，或是明天見吧。

烤肉宛所以出名：第一，烤肉宛精選的牛肉好，這個原因還小。第二，他們的支子老，這就是重要原因了。烤肉宛在什麽時候創設的，已經不可考稽，據傳說在光緒初年，還有說比那個時候還早的。如果以民國二十幾年作標準來計算，烤肉宛已經開了五六十年以上是沒有問題的了。與其他賣烤肉的比起來，他們是最「資深」的了。因此，那兩個支子也最老，上邊凝聚的牛脂已經很厚了；同時，用松枝來烤火，不但烟少，松枝味兒也很香，於是肉香、支子香、松枝香滙集一處，顧客吃起來自然津津有味，而趨之若鶩了。

烤肉宛的營業鼎盛，四遠馳名，支子老而好是個重要原因，但是還有個原因，就是他們的算帳方式，能號召顧客來吃，說起來眞是匪夷所思，迹近傳奇了。

宛家從「安兒胡同烤肉」時代起，就經營烤肉生意，進了民初以後，這一輩是由兄弟二人主持，而生意也愈益發達。

宛老大身材長得瘦而高，專管切肉和算帳。老二身材矮而胖，專管跑堂和顧客的入座次序。另外有幾個小夥計管打燒餅，端送肉片，粥和佐料等。

這位宛老大，一方面站在門口肉案子後頭，用刀飛快的切牛肉片；一方面給吃完了的客人算帳。他的算帳辦法，一不用算盤，二不用紙片筆記，全憑腦筋記憶。你吃了幾盤肉？幾碟燒餅？幾碗粥？喝了幾兩酒？他連報帶算，一點也不錯。算完了這一位，馬上就接着算那一塊兒來的兩位，同時，手裡還在切着肉片兒，一會兒也不停。眞是「眼觀六路，耳聽八方」，手揮目送，有條不紊。因此，去的客人除了欽佩讚譽以外，更廣爲宣傳，於是有些人，不專爲吃烤肉，而爲了好奇看他的「算帳表演」，也就到烤肉宛去了。有的南方朋友，初次吃烤肉，自己不會烤的，他們也有人代烤。（有的家庭婦女去吃，會烤也不好意思翹起腿來自己烤的，他們也可代烤，不過，這些客人只佔少數。）吃一點兒以後，就爲看他算帳。

筆者第一次去吃烤肉宛的時候，也對於宛老大的算帳感到神奇；去了幾次以後，加以研究分析，覺得沒有什麽神秘，只是他的記憶力强，熟能生巧罷了。因爲烤肉宛的食品種類少，只記住幾項單價，和每項數量就可以算出來了。

管看座讓座的那位宛老二，記憶力也很强。在後邊屋裡坐着等候的客人，即使不按先來後到次序的坐在一排，他也必按到達的先後，一位一位請出來，補缺烤肉，絕沒有錯。而且不拘顧客是達官貴人，或是販夫走卒，一律平等。有一次北平市政府社會局長雷嗣尚去吃烤肉，進門一看前邊已經滿座，到後屋裡在等吧，問了問宛老二，排在第八位。雷局長等了一會兒，枯坐無聊，就走出門口，坐在汽車裡看晚報。看了一會兒報，再到後屋等，問宛老二：「現在我輪到第幾號了」

「您哪……第十號。」

「咦！方才我已經排到第八啦，怎麼現在又輪到第十號了呢？」

「告訴您哪！在我們屋裡等才按號兒排，在外邊等不算。現在您得從頭排起啦，多包涵點吧您哪！」

雷局長很有修養，毫無慍色，只好把晚報拿到後面屋裡，邊看邊等。這件事固然表現了雷局長毫無官兒架子的民主風度；也證明了烤肉宛處理客人等座兒的絕對公平。一時北平傳為佳話。

月盛齋的醬羊肉，也是極有名的北平名產。醬羊肉不是什麼稀罕複雜難作的食品。回教人能作，非回教人也會作，為什麼月盛齋的醬羊肉就這麼有名呢？它具有兩個條件：「歷史悠久」，和「祖傳秘方」。

我們先看月盛齋的地址，就可以知道這家字號的「歷史」是如何「悠久」了。月盛齋開設在北平戶部街中間。戶部街是清朝的名稱，是南北向的一條大街。後來這一帶都改稱東長街了。戶部街自北口往南，路東有清朝四個大衙門：（一）宗人府。（二）吏部。（三）戶部。（四）禮部。

月盛齋就在吏部和戶部中間，也就是吏部以南，戶部以北，在月盛齋與吏部之間，有條小巷，名叫吏部南夾道。在吏部與宗人府之間，有條小巷，名叫吏部北夾道。整個一條戶部街，就是四個衙門，兩條夾道，和一家月盛齋。

大家請想一想，街既以戶部為名，可見戶部建立得很早，街才因以為名，但是宗人府、吏部、禮部，也是清朝的中央政府大機構，開國不久就要設立的。如果這四個衙門同時或相繼設立，怎麼會有機會讓月盛齋在那裡開設呢？一條街只有四個政府的建築，這多齊整嚴肅呀！平空加上一家商店，這不有碍觀瞻嗎？如果恐怕四個機關之間沒有空隙，也儘可多留一兩條夾道呀，為什麼添上買賣家呢？

因此我們可以推斷，月盛齋的開設年月，即使不早於戶部成立，至少也與戶部成立同時或稍後，不早於其他兩三個衙門的設立，也至少早於鄰近的吏部，否則吏部會與戶部比鄰而設，不會在中間有開設月盛齋的機會了。清朝雖係帝制獨裁，對於民房却還不會沒收充公或强行收購。如果民房先蓋好了，公家衙門也只好在它旁邊建造。月盛齋在什麼時候開創的，連他們自己也說不出來。一般人的推測，有說康熙年的，有說乾隆年的，反正距民初是一二百年的歷史是沒有問題的了。

月盛齋醬烤羊肉的出名，不是因為這家舖子的建築「歷史悠久」，而是調製羊肉的湯「歷史悠久」。因為他們有一二百年的老湯，所以醬出來的羊肉特別香而好吃。請問，一鍋湯怎樣能保持一二百年呢？讓我們來看看他們醬羊肉的方法。

在最早一次醬羊肉的時候，大鐵鍋裡放的是清水，然後陸續放入精選的羊肉，和醬油等佐味，用温火慢慢加熱。在鍋的上空，從房樑上吊下一個冷布的小包兒來，裡面包的是上好乾黃醬，冷布織得較為疏鬆，不像一般布疋的緊密，所以布的縱橫纖維之間有小的空隙。鍋裡面的水蒸氣繼續不斷的上升，慢慢把小包兒裡的黃醬蒸得溶化了，醬汁便從布包兒的小空隙裡，一滴一滴地漏來掉在鍋裡，這就叫做「吊醬」。再經過一段時間，醬也吊得差不多了，便往鍋裡下香料，這是很重要的一個過程。香料下去不久，這一鍋醬羊肉，便算製造成熟了，而湯只剩下半鍋了。把醬羊肉撈出來以後，把湯仍留在鍋裡。

第二天，除了原有的半鍋湯外，再加上半鍋清水，如法炮製，製成了醬羊肉，又剩下半鍋湯，這半鍋湯便包括兩天的湯了。如此留半鍋湯，加半鍋水地循環繼續下去，這不就是一二百年的老湯了麼。

月盛齋醬羊肉的好吃，主要還在他們用香料的「祖傳秘方」。普通我們所知道的五香料，不外花椒，大料（又叫「八角」）。茴香等幾種，但是月盛齋所用的五香料可複雜了。都是些什麼材料？誰也不知道。一鍋羊肉要用多少五香料？每一種要用多少？如何比例？在什麼時候下香料？醬要吊多久？（醬少了沒有醬羊肉的味兒，成了鹵羊肉了；醬多了就苦啦。）燒火要多久？在完全溫火之中，什麼時候火要旺一點？什麼時候火要微一點？這一切都是學問，也都是經驗。月盛齋的醬羊肉，在適當的火候下，把「獨得之秘」的香料，適時，適量的放下去，醬出來的羊肉，尤其腰窩部份，一層瘦的，一層肥的，瘦的不塞牙，肥的不膩嘴，鹹淡適宜，噴香可口，用熱芝蔴燒餅夾着一吃，眞是無上享受。月盛齋的東家姓馬，北平回教人，世居戶部街，人稱戶部街馬家，在北平很有名。最早月盛齋就叫做「戶部街醬羊肉」，在有清一代一直如此。到清末民初，才有月盛齋的字號。

馬家世代經營月盛齋，切肉、發售等一般店務，委諸伙計辦理，唯有醬製羊肉時下香料，是店東親自動手，而且晚上製作，戒備森嚴，下香料時，已是三更左右了。父傳子，子傳孫。不用說伙計不許觀看，家屬中只有太太，兒媳可以旁觀見習，爲的是如果老少東家萬一有病不能下手的時候，老太太和少奶奶可以臨時代理，連女兒都絕對不許旁觀，這叫「傳媳不傳女」。因爲女兒總要嫁出去的，出嫁後傳給外人，馬家就失掉「獨傳之秘」了。兒媳雖是外姓人，嫁到馬家就是馬家人了，不再有傳出去之虞。

月盛齋除了賣醬羊肉以外，也賣一點醬牛肉，不過預備得不多，聊備一格而已。此外，還賣燒羊肉。燒羊肉先用白水煑，到相當火候加上醬油、鹽等佐味使它有了鹹味，然後撈出來，切成小塊，過火炸了再賣，這叫燒羊肉。賣的時候要帶湯，因爲買的人都用燒羊肉和湯拌麵吃。

月盛齋製作醬羊肉，精選羊肉，定量生產，每天只作一大鍋，多了不作。每天早晨開始出售，在中午左右就賣光了，下午就賣點燒羊肉敷衍門市，打算買醬羊肉的人，都趕早去買，一搶而光。

生羊肉作醬羊肉以後，因水分吸收濃縮關係，一斤只剩半斤重了，也就是二斤生肉出一斤熟肉，再加上香料、人工、佐料、水、火的成本和賺利，月盛齋一斤醬羊肉要賣相當於三斤生羊肉的價錢，相當昂貴。北平人買月盛齋的醬羊肉，一部份人却拿它當珍貴物品來送禮。在前清時候就是如此，進入民國以後，交通情形較以前發達，除了送當地親友以外，送給遠地朋友的機會就增多了。

月盛齋爲了客人送禮方便，準備了一種「行匣」，在前清時是用薄木板製成，上糊紅紙，印有黑字，標明店址和醬羊肉特色，是一種老式的廣告。「行匣」的形狀，宛如現在鞋店的鞋盒，不過比鞋盒窄而長罷了。進入民國不久，「行匣」改用薄鐵片製成，漆有黃綠色的花紋，算是在裝璜上的改良。「行匣」可以裝二斤醬羊肉。裝一斤也行，裡面再塞上一點紙，你如果只買半斤，他是不送你「行匣」的。

故回教協會理事長白崇禧將軍，担任國防部長的時候，有時候晚上請客，早晨打長途電話到北平，托人買好了月盛齋醬羊肉，由當天飛機帶到南京，在宴會上以饗貴賓，大家對其美味，無不嘖嘖稱讚。現在是航空交通時代，每天從台北到香港，飛機上帶兩斤牛肉乾，已是家常便飯的平常事。但在三十年前，專誠由飛機把醬羊肉從北平帶到南京，一般認爲是罕有的美談，而唯有月盛齋才獲此殊榮呢！

總統蔣公千古

不憂、不惑、不懼，秉承革命精誠。完成　總理遺志，躋國家進入四强，勳業永昭今古，惜中原妖氣未除，遽殞元戎，使衆庶銜哀，如喪考妣。

立德、立言、立功，發浩然正氣，奠定文化根基，行憲政期於百世，仁義早孚寰宇，嘆七億災黎何怙，痛失救主，看萬邦同悼，共仰日星。

受業徐義衡敬輓

司公業書天南

South Sky Book Co.

107-115 HENNESSY RD., HONG KONG
TEL- 5-277397 5-275932

◁新書目錄▷

書號		書名				定價HK$
線裝	1892	古今圖書集成	線裝	808冊	中華影版	115,000.00
		1934年10月中華書局據清雍正四年九月廿七日原本影印 經筵長官戶部尚書蔣廷錫專撰　南海康有爲爲跋				
線裝	1893	歷代地理沿革	線裝	27冊	光緒21年春2月	18,500.00
線裝	1894	國朝駢文正宗	線裝	5冊	嘉慶丙寅七月賞雨茆屋藏版	4,000.00
線裝	1895	十三經注疏	大字本線裝120冊			8,000.00
線裝	1896	宋本周易注疏附校勘記	線裝	16冊		12,000.00
		國子監祭酒上護軍曲阜開國子孔穎達奉勅撰定， 太子少保江西巡撫兼提督揚州阮元審定 武寧縣貢生盧宜旬校宋本十三經樓藏版，嘉慶廿年 南昌府學開雕				
線裝	1897	尙有錄	線裝	24冊	康熙丙午年版	25,000.00
		萬45年吸露參居士賓于廖用賢題署 康熙丙午花督使衶山陽陸可求撰				
線裝	1898	春秋左傳綱目	線裝	10冊	仁和張其然署	1,240.00
		杜林詳註　同文堂藏版				
線裝	1899	春秋列國圖	線裝	10冊	蘇軾東坡署	18,800.00
		春秋年表，隱公、桓公、莊公、閔公、僖公、文公、 宣公、成公、襄公、昭公、定公、哀公。				
線裝	1900	白極經世書傳	線裝	16冊		9,500.00
		弘治甲子三月南粤黃畿書于淸虛洞，丁巳 純淵堂補刋，康熙壬戌香樵公重刋，道光 孫映奎及嘉靖劉煒書識。				
線裝	1991	歷代賦彙	線裝	16冊	光緒因園居士俞樾著檢	10,000.00
		光緒20年上海默石齋印				
線裝	1992	易經讀本	線裝	3冊	同治二年版	1,200.00
線裝	1993	禮記讀本	線裝	6冊	同治三年芸居棲藏版	2,500.00
線裝	1994	子書廿五壂	線裝	32冊	晉王弼著華亭張氏原本	18,800.00
線裝	1995	增補詳註春秋左傳句解	線裝	6冊	同治二年版	5,500.00
		貫經株藏版韓慕盧校訂				
線裝	1996	歷代史論	線裝6冊		婁東張天如著	2,800.00
		高澹人左傳論谷賡虞明史論 光緒五年四川督學譚宗浚明太倉張溥論正				
線裝	1997	陳迦陵文集	線裝	14冊	陳維崧撰忠立堂版	7,500.00
		康熙28年宗石跋陳松齡黃忍庵選				
線裝	1998	御製欽定法數	線裝	6冊	雍正十三年版	1,850.00
線裝	1999	庾開府集	線裝	10冊	庾信子山著張天如序	1,250.00
線裝	2000	古詩源	線裝	4冊	光緒23年新化三味堂版	1,320.00
線裝	2001	史通削繁	線裝	4冊	新化三味堂刋	1,400.00
線裝	2002	地理人子須知	線裝	16冊	萬曆癸未陽白居士曾璠子甫撰	15,000.00
		德慶徐維事光著維經堂藏版萬曆癸未進士李維楨叙				
線裝	2003	三國誌	線裝	4冊	光緒甲辰武林竹筒齋藏版	1,750.00
線裝	2004	宋元學案	線裝	8冊	仁和張歧然著光緒五年版	2,000.00
線裝	2005	龔定盦全集	線裝	6冊	粵東全經閣藏版	700.00
線裝	2006	鳳洲綱鑑會纂	線裝	40冊	瑯琊　王世貞撰	8,500.00
線裝	2007	五洲圖考	線裝	4冊	光緒28年版	2,600.00

謙廬隨筆

三十六

矢原謙吉遺著

何叙甫（遂）自拜立法院軍事委員會委員長後，長駐金陵，而逐歲夏秋之交，必北來省親，樂叙天倫。又復朝夕與京中故友，遊山玩水；華燈初上後，輒宴客於其園中慈恩塔下，談天說地，逸興遄飛，友輩樂之，而羣以京劇中之「探母回令」四字，爲何君北旋雅集之專用代名詞。

何之爲人，才華四溢，玩世不恭。一夕，於座中詢客衆：

「北地亦得聞我家孫院長之笑話乎？」

衆稱願聞其詳，何乃曰：

「有一美國濶少，以旅行記者自居，來南京小遊，擬撰中樞人物印象記一篇，以爲西方關心中國者研究之助。」

未幾，濶少嗒然離京，友人異而問之曰：「何去之速耶？」

濶少對曰：「撰稿事不諧矣，不去何爲？惟吾之未竟全功，盡敗於孫院長一人而已！」

友人大詫，問其故。濶少曰：

「我於撰稿時，曾以電話叩詢該院司宣傳者：院長大名爲何？首次之回答，音近『孫夫』，英文中似當譯爲『孫飯桶』。

第二次之回答，音近『孫扣』，英文中似當譯爲「孫公鷄」。

我雖美國濶少，殊無令中國友人難堪之意，又何能執筆直書曰：『中樞之立法院長，乃孫飯桶君，又名孫公鷄者也』。

衆聞之皆大笑，吾友管翼賢佯作正容謂余曰：

「君乃異族，君其勿笑。我輩華人，雖可對此笑破肚皮，而君對此笑口一開，輒涉辱華之嫌矣。」

余深以爲然，乃力忍之。

何旋又告我等曰：

「行前，曾與立法院秘書長梁寒操，立委衞挺生，王陸一，簡又文，馬寅初等，晚酌於秦淮河。席間，有倡議講笑話以助興者。

梁遂曰：

『昔有一粵中才子，妻美而患狐臭，人皆掩鼻而過，而才子嗜之如渴，每喜捧而嗅之。

一日，才子自外賭博大勝而歸，急欲告其愛妻，門甫啓，即匆匆竄入，適踏瓜皮，乃失足跌入其妻之懷中，頭適撲入妻之腋下；其妻且驚且喜，佯覥而批其頰曰：『死仔又聞（又文），死仔又聞（又文）』！

衆知其爲謔簡又文者，皆撫掌大笑不置。簡亦倉促回敬曰：

「此一才子，後因酒色過度，燥熱之外，復被風寒，遂染沉痾。醫師對其詳加診斷後，愴然謂其妻曰：『尊夫之症，凉（梁），寒，燥（操）

，濕（死），吾無能爲矣。』」衆亦爲之軒然。何語甫畢，丁春膏亦欣然曰：

「當代人物以謔語相戲之舉，吾嘗見諸虎痴張善子之『舌戰羣儒』。

是時，座中有陳半丁，薩空了，傅增湘，黃×度等八九人，忽均以張之長髯相戲謔，此停彼繼，絡繹不絕。張初尙默然受之，旋笑問曰：『我有一笑話，以助雅興，亦願聞乎？』

衆曰諾。張遂曰：

「昔諸葛孔明征蠻，關雲長之子關興，趙雲之子趙廣，張飛之子張苞，黃忠之侄黃正，均爭爲前部先行，相持不下。

孔明曰：君等尊人，均爲國之上將，功高蓋世。倘能列舉一二，令我心折，即當以先鋒之印奉君。

張苞首曰：吾父喝斷長坂橋，夜戰馬超，孰能爲此？

趙廣亦曰：吾父長坂坡前七進七出，截江奪阿斗，誰能爲此？

黃正亦曰：吾伯百步穿楊，定軍山下刀劈夏侯淵，誰能爲此？

四小將中，以關興最爲木訥，一時驚急，不知從何說起，乃貿然曰：吾父長髯過腹，誰能爲此？

孔明與衆小將聞之皆失聲而笑，關雲長於雲中見此，殊覺不懌，乃自天間俯瞰其子，喟然嘆曰：

『好兒子，你怎的什麽都不想到講，只想到講老子的鬍子？』」

丁語畢，衆皆大笑。

是夕，在座者尙有西北軍舊將李顯堂，久卸兵柄，轉任宋哲元與南京之秘密聯絡，適與二十九軍駐京辦事處長戈定遠同等任務，而一暗一明有年矣。李機警敦樸，兼而有之，其風貌一望而知爲西北軍中之「科班出身」者；故其舉止談吐，亦與一般担任聯絡工作之政客，圓滑如水晶球者，大異其趣。彼雖於席間對當代風雲人物，力避作月旦評，而詞色間仍可稍窺梗概，對二十九軍首腦，尊宋而憚秦，近張而遠馮，輕趙而尤鄙蕭。酒既酣，漸忘形骸，遂爲余等述一馮蕭邂逅棲霞寺之秘聞。

年來，蕭振瀛極鮮南下，惟於「冀察明朗化」高唱入雲之際，二十九軍對「黃袍加身」之想，頗感進退維谷，宋則猶疑不決，秦則力主謹愼，蕭則力主「不入虎穴，焉得虎子」，於進德社中，一手拍前額，一手拍胸膛，誇誇而談，喟然曰：「就憑咱這份骨頭，蕭仙閣這三個字，天塌了，也敢頂它一頂。諸位，這檔子事就交給兄弟我啦！」

次日，蕭遂秘密入京，藉財孔之週旋，挾日軍之威以自重於當道之前。其時，蕭外厲內荏，貌雖揚揚自得，心實忐忑難安，故終日力挽李顯堂與俱，以備隨時代其遇事緩頰，庶不致屢陷難堪。李雖憎其人，又悉其用心，而以西北軍之老關係故，竟難拒其請，惟有漫應之。

蕭在華北既權重而多金，抵京之夕，財孔又遣其「公館秘書」黃某，送來空白之銀行支票簿一冊，以供其予取予求。於是，石頭城內之政客羣中，起而媚蕭者，遂大有人在。有深知其「寡人之疾」者，更爲之先容於一美婦人，綽號「滿床飛」者。

據云：「滿床飛」，原號「滿堂飛」，初爲山東鼓姬，風采出衆，明眸四流，每於唱大鼓時，未啓朱唇而美目盼兮，舉座聽衆，盡已傾倒，故有是名。名大盛後，突爲張宗昌納入妾侍之羣，張事敗後，「滿堂飛」亦遭遣去。未幾，即酬酢於慕名而來者之間。至是，其渾名乃易爲「滿床飛」，而原名「滿堂飛」更爲其所掩。

一夕繾綣，蕭已視舊人爲敝屣，堅欲偕其返津，據爲己有。而「滿床飛」多與軍界中巨子有香火緣，耳聰目明，未嘗不風聞蕭妻劉輔瀛之悍妬；而南來問世之後，趨者如鶩，自視固高，遂卒不允蕭之請。

蕭大恚，憤而謂李曰：「滿床飛侮我殊甚。伊且侍大混蛋張宗昌者數年，我蕭某豈此大老粗亦不如？」

李轉以之詢「滿床飛」，喟然答曰：

「就算張督亦是個大混蛋，他可只玩過鬼子，沒讓鬼子玩過；不比有些一心想當二鬼子的雜種！」

李聞而動容，於蕭前力爲之諱，其事遂寢。北旋前一日，蕭李與「滿床飛」，偕遊棲霞山。遊正酣，突於曲徑中不及閃避處，與馮玉祥迎面而遇。伴馮而來者，除老西北軍之陳琢如外，尚有劉驥之子劉玉人，宋良仲之子宋維周，及隨從二三人。劉向居天津，宋則適自貴陽省親北歸過此。是日，馮興致勃勃，容光煥發，料係喜見舊部與故人之子，仍戀舊主之故。

蕭倉促間趨前致敬，備極尷尬。馮指「滿床飛」揚聲問曰：「這位就是嫂子？」

蕭大窘，赧顏囁嚅不休。李與餘衆則尾隨其後，見蕭急語如珠，手勢不絕，而語音模糊，了不可辨。行約里許，馮急止步揚聲曰：「你這趟倒該到杭州去逛逛，那兒有個岳墳，墳前頭跪着的那個人叫秦檜。」

蕭又急語須臾，馮忽厲聲曰：「咱這個大老粗瞧，岳墳那個秦檜，就是跪着，也比你還高一寸！」

蕭突作下跪狀曰：「我敢當着您老人家對天發誓！」

馮未置答，逕向李曰：「你再逛逛，咱先走一步。」立即掉首不顧而去，蕭亦赧然掃興而歸。途中不作一語，惟頻呼「眞是笑話」而已。

李返居停未久，即得陳琢如電話：馮示意「家醜不可外揚」，李唯唯。

陳又云：「今日之事，令吾得一聯句，文曰：

秦丞相，墳前高一寸，

蕭市長，人後矮半截。」

陳雖純軍人，亦雅好舞文弄墨，蓋其父嘗在軍中授馮以四書，乃前清一拔貢也。

（未完待續）

編餘漫筆

編者

本期有兩篇大文章，一是陳紹禹（王明）寫的「孤僧命運」，一是編者根據抗日戰史勾稽的「概述七七」，茲就此兩文畧加解說。

陳紹禹寫「孤僧命運」經過，編者已在前面畧予介紹，此文是陳紹禹最後作品，撇開政治立場不談，對研究中共史確有很大用處。就「孤文」來看，毛澤東與林彪之間恩恩怨怨由來已久，關於毛澤東一力拉攏林彪的事，龔楚「我與紅軍」叙述在瑞金時，當孫連仲部隊季振同，趙博生叛投共軍，林彪在軍事會議上說了兩句話，毛澤東馬上向當時軍事最高負責人周恩來說：「林彪同志很進步呢？是不是？」（見我與紅軍三〇七頁）此一事可作爲「孤文」的旁證，又當民國二十六年共軍改編爲國民革命軍第八路軍時，下轄三師，蔣委員長告訴周恩來，必須有一個師長爲黃埔學生，而且提出了徐向前，但毛澤東不同意，要求改派林彪，林彪乃得担任一一五師師長，徐向前則降爲一二九師副師長，此一事亦可作爲「孤文」旁證，證明陳紹禹之文並非信口雌黃攻擊毛澤東，其中確有事實根據。

至於「孤文」據四書以駁毛之批林批孔，其細膩處爲海外靠孔子爲生的一些專家學人所不及，可見陳紹禹其人，確實用功讀過書，不僅馬列主義的書，即孔孟之道的書籍，也有很湛深的工夫。

但「孤文」有不能使人同意之點便是立場親蘇，完全站在蘇俄立場說話，此是一大敗筆。時至今日，不論那一方面的中國人，不反蘇俄者大概不多，陳紹禹人在蘇俄，其立場也許不得不爾，但以蘇俄爲憑藉而號召反毛，其必敗無疑。

但孤文也有許多不應有的錯誤，如指毛澤東在遵義奪得權力任中共主席，實則中共當時並無主席，中共之設主席始於一九四五年之「七七」，陳紹禹是「七七」重要籌備者，到開會時雖已受整風打擊，但也始終參與會議，何以會記錯，不知是否蘇俄華語廣播翻譯有誤。又如說毛澤東以請客方式殺王佐、袁文才亦與事實頗有出入。

「七七事變」經過，應指出的是，二十九軍當時兵力强大，士飽馬騰，每一個師，均有四旅九團，超過以後抗戰時之一個軍，如果戰爭初起，宋哲元能把握先機，迅速展開進攻，則日軍在華北駐屯之一個旅團，必被消滅，雖然最後平津未必能守得住，但形勢畢竟不同。此事實誤於宋哲元貪戀權勢，誤信日方和平宣傳，因循延誤二十天之久，致全局皆非，宋氏對國家自有功，但功是功，過是過，不能相抵，亦不可混淆，此事甚少人提及，故特舉出。

武林正宗

福建少林寺

十八羅漢跌打風濕膏

鎮山之寶

註冊商標

少林寺真傳
福建莆田
十八羅漢膏
長春堂藥圃
遵依原方虔製

正方正法
功效迥異
認明購買
方不致悞

「**十八羅漢膏**」本堂遵依福建少林寺眞傳原方虔製始創每貼附有「**內服散瘀散**」一包，不論新舊跌打，積瘀作痛，殘頑風濕，痿痺腫痛，內外兼施，保無後患，凡經試用莫不驚爲神藥，本堂由一九五六年遷設港廠，發兌以來深蒙　各界人仕樂用及介紹，銷場日廣，殊深感銘，近竟有不肖之徒製售「××**羅漢膏**」藉此魚目混珠，影射欺人，貽害病者，本堂深恐各界，一時不察受其所欺，特向舊雨新知鄭重謹告，倘購買「**少林寺十八羅漢膏**」請認明長春堂藥圃虔製，及本堂註冊商標，方不致悞

敬請留意購買，並祈介紹。

香港 長春堂藥圃耀昇氏謹告

香港九龍上海街二二八號地下
電話：③八五〇九一二 ③八八〇五〇九

月刊

48

野史·佚聞·
人物·風土·

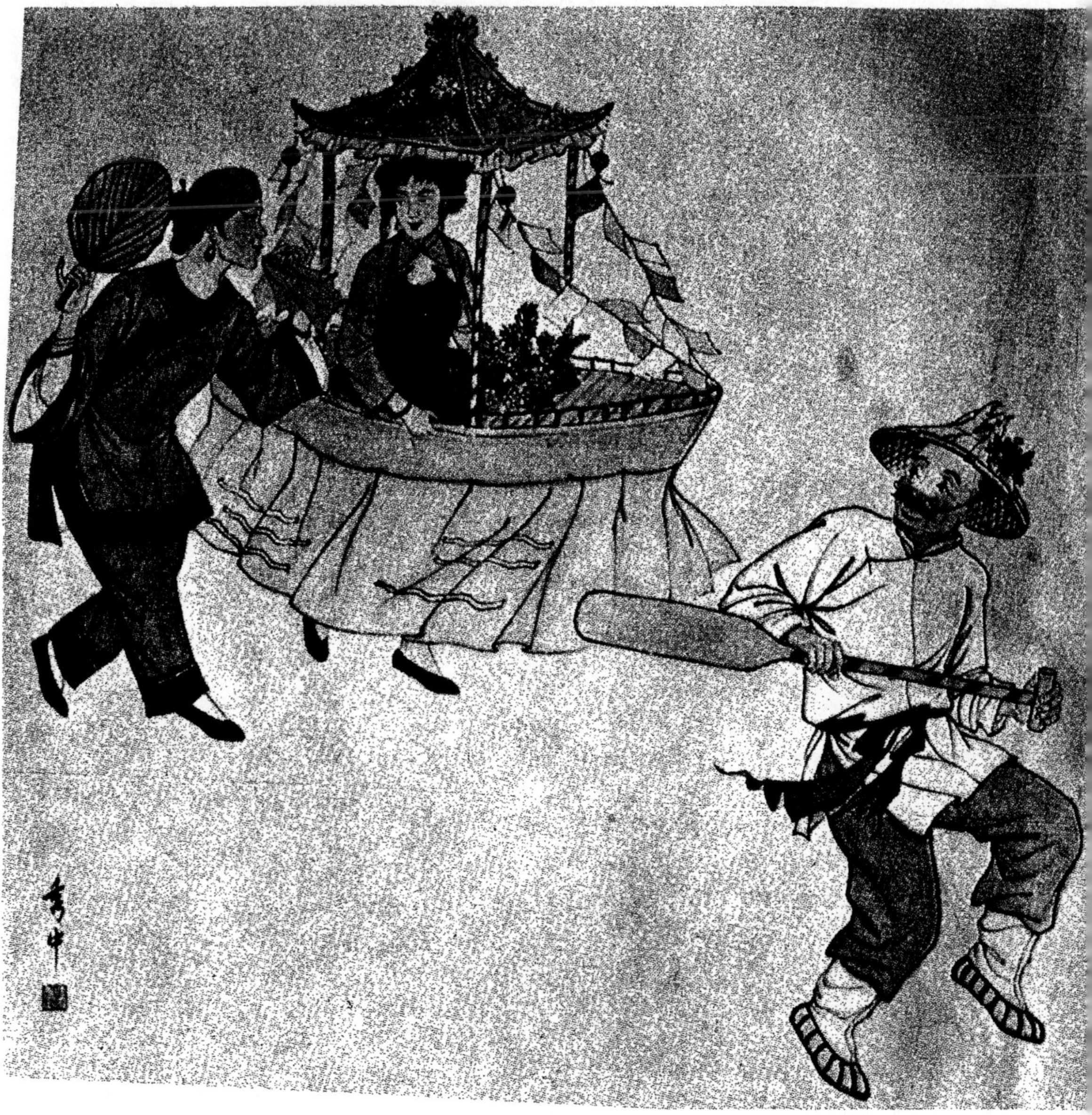

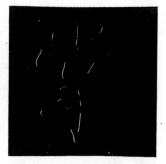

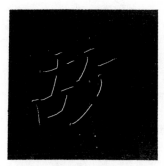

錦繡神州

出版者：德興文化事業公司

我國歷史悠久，文物豐富，古蹟名勝，山川毓秀。尤其歷代建築藝術，都是鬼斧神工，中華文化的優美，在世界上有崇高地位；所以要復興中華文化，更要發揚光大，我們炎黃裔胄與有榮焉。

如欲研究中華文化，考據博古文物，瀏覽名山巨川，遊歷勝景古蹟；畢一生精力，恐亦不克窺全豹。往年雖有此類圖書出版，惜皆偏於重點介紹，不能滿足讀者理想。

本公司有鑒於此，不惜巨資，聘請海內外專家搜集資料，歷三年編輯而成；圖片認真審定，詳註中英文說明，堪稱圖文並茂。內容分成四大類：「**文物精華**」「**勝景古蹟**」「**名山巨川**」「**歷代建築**」將中華文化的精英，包羅萬有，洵如書名：**錦繡神州**。並委託柯式印刷廠，以最新科技，特藝彩色精印。八開豪華精裝本，金線織錦為面，織成圖案及中英文金字，富麗堂皇。「**內容**」「**印刷**」「**訂裝**」三並重，互為爭妍；所以本書被評為出版界一大傑作，確非謬贊。

凡備有本書者，不啻珍藏中華歷代文物，已瀏覽全國名山巨川，遍歷勝景古蹟。如購贈親友，受者必感隆情厚意。

全書一巨冊　港幣弍百元

經已出版。【付印無多，欲購從速。】

總代理

吳興記書報社

地址：香港租庇利街十一號二樓

電話：H四五〇五六一

Ng Hing Kee Newspaper Agency

No. 11, Jubilee Street, 1st Fl, HONG KONG

九龍經銷處

德興書店（旺角奶路臣街15號B）

吳興記分銷處（吳淞街43號）

外埠經銷處

星馬婆	遠東文化有限公司
曼谷	青年文化服務社
菲律賓	華安書店
越南	聯興書報社
紐約	友聯圖書公司
三藩市	益智圖書公司
三藩市	新生圖書公司
三藩市	文化書店
波士頓	中西公司
芝加哥	文華書局
檀香山	大元公司
倫敦	東寶公司
加拿大	香港百貨公司
澳門	可大文具店
斗湖	光明書局
亞庇	利民公司

掌故月刊 第四八期 目錄

每月逢十日出版

掌故

第四八期

每册定價港幣二元正

全年訂費 港幣廿四元 美金六元

出版兼發行者：掌故月刊社
地址：九龍亞皆老街六號B
通信處：九龍旺角郵局信箱八五二一號
電話：K八〇八〇九一

The Journal of Historical Records
P. O. Box No. 8521, Kowloon
Mongkok Post Office, Hong Kong.

督印人：鄧少卿
總編輯：岳騫
印刷者：和記印刷有限公司
新蒲崗景福街一一〇號超達工業大廈十樓
總代理：吳興記書報社
香港租庇利街十一號二樓
電話：H四五〇五六一 四五〇七六六

國內代理：黎明書報社
台北市八德路三段九十九巷六號
電話：七二一一二五二九

星馬代理：遠東文化事業有限公司
新加坡厦門街十九號 檳城杳田仔街一七一號

泰國代理：曼谷青年文化服務社
曼谷黃橋東北路五六六號

越南代理：聯興書報社
越南堤岸新行街二十三號

其他地區代理：
澳門：可大文具店
亞庇：利民公司
千里達：中華公司
菲律賓：華安書局
倫敦：東寶公司
芝加哥：杏林春
波士頓：中西公司
三藩市：新生圖書公司
三藩市：益智圖書公司
加拿大：香港商店
漢城：汎亞書籍公社
寮國：永珍圖書公司
斗湖：光明書店
菲律賓：玲瓏書局
紐約：友聯圖書公司
紐約：友方圖書公司
洛杉磯：永安堂
檀香山：大元公司
三藩市：文化商店
加拿大：新國華公司

抗戰初期上海作戰記事

。曾　振。

一、緒言

關於抗戰初期淞滬戰役的經過情形，戰史上已有記載，同時也有很多人寫過回憶錄和其他的著作，敘述作戰的情形。不過戰史上僅記載其中大者要者，有些事是不便記載的，尤其是有關瑣屑之事，更是無法記載；因爲寫起來實在太多了。私人的記載，往往就其本身之經歷與所見所聞而寫的，由於當時各人所處的地位環境不同，而所記載的，也就各不相同。筆者當年參加滬戰，是在戰區長官部，茲就我個人當時所見所聞與所經過的事，予以敘述，不是有連貫性的，有些是大事，也有些是小事，記憶所及，援筆記之，以示不忘而已。

二、開戰以前的情形

太湖兩岸地區國防工事的構築

早在西安事變以前，軍事委員會對於京滬作戰，奉　委員長之命，就有計劃與準備，軍事委員會成立了一個「執行部」，以唐生智爲主任，其下設有很多的參謀人員，主持計劃，構築國防工事，在太湖兩側地區，所計劃設施之國防工事，在京滬線上者，有兩道防線，其一爲吳福線，（右翼自太湖北岸之蘇州起，左翼至長江南岸之福山鎮止。）其二爲錫澄線（右翼自太湖北岸之無錫起，左翼至長江南岸之江陰要塞止。）在滬杭線上者，有一道防線，即乍平嘉線（右翼自杭州灣之乍浦起，中間經過平湖，而至左翼之嘉興。）吳福線、錫澄線都是右翼依託太湖，左翼依託長江。乍平嘉線是右翼依託杭州灣之大海，左翼依託太湖。當時計劃之用意，由於敵人動員迅速，海空軍居絕對優勢，萬一上海附近不能固守時，就守住吳福線及乍平嘉線。判斷敵主力當在京滬線上，若吳福線仍不能守，則守住錫澄線。這幾道防線，等於南京首都的屏障。由於以上三條國防工事線皆有依託，敵人難以大規模的迂迴，敵人如來進犯，只有向正面攻擊，國軍則逐次在後方構築陣地，逐次抵抗，採用第一次世界大戰德軍「興登堡陣地」持久戰的方法，消耗敵人的兵力及時間，以達成我長期抗戰的目的。

所構築的工事，是以鋼筋水泥築成的輕重機關槍的掩體（堡壘），每個掩體相距五百至八百公尺，中間原定以野戰工事補綴之，各掩體有鐵門，外並設鎖，作成之後，鐵門之鑰匙，交給當地的保甲長保管。（但中間之野戰工事沒有構築，留待守軍自己構築。

擔任京滬路警備的部隊

在開戰直前，擔任京滬線警備任務的國軍，是京滬警備司令張治中所屬的三個師及上海保安團。三個師是八十七師（師長王敬久），八十八師（師長孫元良），卅六師（師長宋希濂）。以上各師分駐京滬線東段。這三個師的裝備，在當時國軍中是最好的，是其他國軍所不及的。

日本軍人的狂言

在戰前，日本軍中有一種狂言：說三個月覆亡中國；二十四小時佔領馬尼拉；三十六小時佔領新加坡。因爲它判斷中國不能長期抵抗。當時英美在遠東的軍力薄弱，不能作有效的抵抗。

日軍在滬之實力

自從七七盧溝橋事變以後，上海的情形就很緊張，日本在上海日本租界原有的駐軍，是日本「上海特別陸戰隊」四千人，歸敵海軍第三艦隊指揮。在黃浦江上停有驅逐艦五艘。原在上海的日僑和南京、武漢等地撤退到上海的日僑共約三萬人，組成「居留民團」，準備隨時參加作戰。

七七事變後華北軍事局勢概況

敵人在盧溝橋發動戰爭以後，即佔領天津、北平，並分兵三路：一路沿津浦鐵路南下，直趨德州；一路沿平漢鐵路南下，直趨石家莊、保定；一路沿平綏鐵路北進；另一路自張家口窺大同。其主力在平漢路方面，有進窺山西之勢，並有越黃河，進攻山東、河南之趨勢。國軍一面抵抗，一面後退。

我國政府的決策

就地形言：華北除山西外，大都是平坦開豁地，敵軍重裝備大砲、坦克車等車輛部隊，使用非常方便，陸空聯合容易發揮戰力，適宜大兵團的作戰。上海附近及太湖兩側地區，大都是河汊縱橫，大兵團使用受到限制，加以上海各國租界相接，街市相連，兵力使用，亦受到限制。國軍如在華北與日軍決戰，是很不利的，因爲日軍可以利用上述地形之利，施行大規模的會戰，把國軍主力在那裡擊破。反之，如在上海附近與日軍作戰，敵人的長處不易發揮，況有我已經築成之三道國防工事線，實可以達到我長期作戰的目的。同時上海物資豐富，補給亦較方便；還有政治上的理由，上海是各國租界所在，在那裡惹起戰鬥，使英美各國感到威脅，讓列强出而干涉制裁日本侵畧。因此有人建議，在上海附近採取攻勢，把上海敵人予以消滅，不惜在上海惹起大規模的會戰，以減輕國軍在華北作戰的壓力，爭取主動的作戰，達成我軍長期抗戰消耗敵人的目的。經最高當局採納，乃令以上三個師星夜開往上海閘北，以後並調獨立旅鍾松所部增加其實力，與閘北日軍對峙。

三、上海戰事發生後的情形

最初的作戰情形

兩軍既已接近，八月十三日，日軍即向我軍開始射擊，我軍即予還擊，並採取攻勢，八十七師及八十八師曾經攻抵滙山碼頭，及虹口敵海軍陸戰隊司令部，敵陸戰隊一部潰敗，逃入公共租界，大部狼狽逃上兵艦，另一部佔領虹口紗廠，憑藉堅固房屋，負隅頑抗，由於國軍的武器，對於堅固的建築物及工事效力很小，因此不能將虹口附近日軍一鼓擊滅。這一攻擊未能奏效，同一天日本統帥部隨即派兵增援，敵增援部隊到達後，其陣地更形鞏固，我軍便不能佔領虹口日軍最後陣地。同時我軍亦利用堅固房屋作戰，敵人亦不能將我軍擊退，於是兩軍在閘北地區，成了對峙僵持的局面，彼此不能前進，互相以火力戰鬥，一直相持七十六天之久。

滬戰擴大後國軍的部署

上海戰事，在八一三開始以後，預料戰事即將擴大，因此我最高統帥部重新頒佈戰鬥序列，劃定京滬杭一帶爲第三戰區，任命馮玉祥爲第三戰區司令長官，將京滬警備司令部所屬的部隊改爲第九集團軍，以張治中爲第九集團軍總司令，另在左翼成立第十五集團軍，而以陳誠爲第十五集團軍總司令並兼前敵總指揮。在此一規定之下，前敵總指揮可以指揮第九集團軍。隨後，敵人即從閘北左後方之張華濱、蘊藻濱登陸，戰火隨即向左翼第十五集團軍之範圍蔓延。

陳張齟齬與變更部署

上項命令頒佈以後，張治中不滿意受陳誠指揮，張說：「陳辭修資格太淺，怎麼能指揮我！」陳誠也不滿意張治中，由於張治中在滬戰初起，天天在上海報紙上發表談話，說戰事如何如何。陳誠也說：「張治中只會吹牛！」馮玉祥之第三戰區司令長官司令部在宜興的一個山洞中，他從來不曾指揮過中央部隊，與中央將領甚少淵源，彼此隔閡，互不了解，對於陳張的磨擦齟齬，無法調和，事聞於最高當局，乃即變更部署，設立第三戰區副司令長官司令部，任命西安行營主任人在重慶之顧祝同爲第三戰區副司令長官，指揮陳張兩部（由於當時中央爲整理川軍，軍政部長何應欽與顧祝同同機飛往重慶，設立四川整軍委員會，何應欽任主任委員，顧祝同及劉湘任副主任委員，此時正在重慶開會。）顧祝同奉 委員長電召，於八月十五日自重慶飛抵南京，接受任命，是夜由南京起程赴上海前方任職。在軍委會最早頒佈之國軍戰鬥序列中，顧祝同是預定擔任徐海方面的作戰任務，這次改變任務，是出於突然的。而在第三戰區司令長官司令部之外，又設立副司令長官司令部，也是一種特殊的、不尋常的組織。

副司令長官司令部最初的情形

顧祝同赴滬之時，僅帶了高級參謀甘登峻和三名隨從一名電務員，他的幕僚大都在重慶行營和西安行營。在京動身赴滬之前，以長途電話告知西安行營趙參謀長，要行營第一廳廳長侯成、我（我當時任第一廳第二組上校組長）、副組長吳鶴雲，參謀王省三四個人趕往前方，我們在八月十六日下午搭隴海鐵路快車東行，趙參謀長到西安車站送行，十七日晚，火車到了徐州車站，這時胡宗南的第一軍已經到了徐州，胡宗南請我們下車吃晚餐，吃過晚餐以後，換車南行，十八日上午到了南京，才知道十五日南京被炸，我們到南京辦事處問明顧祝同的現在位置和怎樣去法。由於南京被炸不安全，我個人順道到我岳家，勸岳父家移往西安我家去住，他們同意了。當天下午侯成和我們搭京滬鐵路火車東行，十九日拂曉，到安亭車站下車，經人引路，由該地向西方的田野走，走了約十華里的路程，到了一個小村莊，名叫「徐公橋」，原來那個村莊便是張治中的第九集團軍的司令部所在地，顧祝同由於倉卒奉命，到前方指揮，百無一有，只有暫時在張治中的司令部指揮，就以張治中辦公室隔壁一間斗室作爲辦公室和臥室，由於電話太忙，一部電話機不夠用，室中裝了兩部電話機。我們向顧副司令長官報到以後，顧祝同就以侯成爲司令部的副參謀長，我爲參謀處的第一課課長（主管作戰，至九月間，邵存誠來部以後，我調第三課長。我此時由於飲食不調，吃壞了東西，胃病大發，胃痛甚劇，但也只有力疾從公。）吳鶴雲爲第二課課長（主管情報）范誦堯爲第三課課長（主管後勤），張治中就命他司令部的參謀處的辦公室（一間小廳堂）讓一半給我們辦公，並且叫他們的文書、收發、通信、傳令等人員協助我們處理公文，連吃飯和文具也都是他們供應的。好在他們司令部課長以上的參謀人員都是同學。所以辦事尙無滯礙。徐公橋和南翔安亭相距不遠，不過五六公里，每天機聲軋軋，在頭上飛過。由於作戰範圍日漸擴大，前方戰況激烈，軍情緊急，前線高級將領的電話，紛至沓來，副司令長官這個電話尚未接完，那個電話又來，眞是忙得連吃飯的時間都沒有。後來參謀長韓德勤將軍參謀處長鄒文華將軍由重慶來到，其他人員陸續到部，司令部的組織才漸漸的健全起來。

蔣委員長直接指揮滬戰

上海戰事，自開戰以後，實際上是　委員長親自指揮的。每天的戰況，　委員長隨時以電話向顧副司令長官詢問，並指示作戰機宜，有時涉及細部部署。由本戰區司令長官馮玉祥來的電報和命令倒是很少。副司令長官部除了每日將戰況和情報分別彙報馮玉祥之外，其他向司令長官部報告的文電也不多。

馮玉祥的自我解嘲

由於以上的情形，馮玉祥的第三戰區司令長官司令部駐在宜興的一個山洞中，既安全又閒着無事，馮氏本人曾經到副司令長官部來視察過兩次，稍作勾留，即行離去，有一天馮氏派了一名專差送來了一封信給顧副司令長官，內容引述了一個故事；這個故事是一九〇四年日俄戰爭時，日本第一軍黑木大將和兒玉大將的故事，他大意說：「日俄戰時，日軍第一軍司令官黑木大將率領第一軍，從朝鮮由鴨綠江渡河，向鴨綠江西岸的俄軍攻擊，黑木大將信賴參謀長兒玉大將，事無大小，悉委之於兒玉，他自己悠然自得的閒適不管事。由於兒玉的指揮有方，戰事節節勝利，兒玉也成爲名將而爲日本軍人所崇仰的了。……今天有你在上海指揮，你我的情形，正復相同，我相信滬戰在你指揮之下，一定能夠得到最後的勝利的。……」那封書信是馮玉祥自己親筆寫的，他那筆字是用過功的，毛筆行書，字有今日一元的硬幣那樣大，頗爲遒勁有力。

張治中的每日發表新聞

我們軍校六期的教育長，前半節是何應欽，後半節是張治中，我們在校時是何應欽當教育長，我們出校以後，張治中才來接任軍校的教育長，所以沒有直接聽到他的講話。十七年冬，我在軍事委員會軍政廳軍務處工作時，他從德國考察歸來，接任軍政廳廳長，曾聽到他講演「科學化」、「制度化」，他確實會吹。他後來擔任湖南省政府主席時，曾以「兩大政策」自詡。自從長沙大火以後，我們老鄉湖南人替他作了一副對聯如下：「治績云何？兩大政策一把火；中心焉忍？三顆人頭萬古寃」。（長沙大火以後，湘人怨之，當時政府，無所歸咎，只有把酆悌、徐崑、文重孚等三人槍斃。）他在上海初期作戰時，喜歡在報紙上發表戰況，他頗以英雄人物自許，無非是想出出風頭，博得好評，報紙也有些替他吹的。　委員長見報，便屢次告誡，不要發表談話，他那裡忍得住？而上海那些記者，偏偏每天必來，這樣，上海各報每天有張治中的戰況談話記載。　委員長見報，便來電話斥責，我們聽到張治中在電話中答覆說：「報告委員長，我明天不說？。……」但是第二天的報紙上仍然有張治中發表的談話。這樣一斥一答有好幾次，最後大概是受了　委員長一頓罵，同時顧副司令長官也勸他不要再說了，張治中才不再發表談話了。由於我們辦公室密邇，看到張治中忙於指揮作戰，也沒有理髮，夜間睡眠不足，蓬頭垢面，甚是狼狽。

敵人增兵

敵人自八一三滬戰開始，不斷增兵，由於敵人動員迅速，運輸力强，十天之內，敵軍完成七萬五千兵員在上海登陸。兵艦增加到三十艘，其中的加賀、赤城、龍驤、鳳翔等四艘航空母艦，（每艦載飛機三十至四十五架。）出沒於中國海上，艦上機羣與日本國飛來的機羣策應作戰。日本的空軍，在開戰後，即調動「海軍中攻隊」（海軍中型陸上攻擊機隊）約數十架，由日本基地（千葉縣木更津機場和鹿兒島縣鹿屋機場兩處）起飛，渡海向我南京、南昌機場等處轟炸。不久敵將以上兩處航空隊合併編爲「第一聯合航空隊」，共有飛機卅八架，成爲戰畧單位，歸第三艦隊指揮，進出於長崎縣大村和臺灣臺北兩飛機場，以我南京、南昌、杭州、廣德各空軍根據地爲目標，取奇襲動作。

日本參加滬戰的陸軍，從八一三開戰起，到十一月十二日國軍撤離上海第一線陣地時止，「上海派遣軍」（指揮官松井石根）的總兵力是九個師團和兩個支隊，番號爲第三、第六、第九、第十一、第十三、第十六、第十八、第一〇一、第一一四等九個師團，加上步兵旅團和岡崎支隊，共計約三十萬人。

蔣委員長自兼第三戰區司令長官

大約是九月上旬，馮玉祥調到津浦路方面指揮作戰去了，委員長決定自兼第三戰區司令長官，名符其實的直接指揮上海的作戰。一直到南京保衛戰結束以後，重新頒佈戰鬥序列，委員長才不兼第三戰區司令長官，司令長官才由顧祝同眞除。

敵我火力之比較

由於國軍武器裝備遠不如敵軍，例如：我軍步兵師內沒有砲兵，師內武器只有步槍、輕重機關槍和廹擊砲，（只有少數幾個師有蘇羅通的小鋼砲。）敵人師團內有直屬砲兵一團、戰車一營，砲兵團內有十五榴砲兵一營、七五野（山）砲兵兩營，團屬還有輕砲兵、輕重機關槍和廹擊砲也比我們多，每一步兵還攜帶有擲彈筒；除此之外，敵師團作戰時，還另外配屬獨立砲兵和戰車，並有空軍轟炸機和停在黃浦江上兵艦上的海軍砲，與之協力。其火力可以說是佔絕對優勢。

滬戰激烈之一斑

國軍在閘北初期作戰，曾一度取攻勢，以後攻勢受挫，在第十五集團軍方面，敵人不斷增兵，自後國軍由主動轉爲被動的作戰而取守勢。國軍每守一陣地或一房屋，都是死守不退。上海附近多半是棉花田，國軍就在棉花田內構築陣地，陣地構築，是挖下壕溝和掩蔽部，而以枕木、鋼板、蔴袋裝上沙土，予以掩蓋，較堅固的工事，就交互的堆上幾層枕木、鋼板、沙袋。這些鋼板、枕木、蔴袋，是宋子文先生在上海籌劃補給的，宋先生指揮上海總商會辦理的，每一個部隊的需要量非常大，一個部隊每每需要幾十萬塊鋼板，幾十萬個蔴袋，幾十萬根枕木，我們司令部得到部隊的申請，即刻以通知單通知兵站，（兵站總監是陳勁節，廣東人。）兵站接得通知後，即通知上海市總商會，指定地點時間，以汽車輸送交付，總商會從來沒有打過折扣，或叫苦，說困難，總是源源接濟不誤。我們司令部參謀處的第三課，就是辦理人員武器彈藥器材的補充補給，一課的人員後來增加到七八十人，但是每天日夜還忙個不休。

敵人最初本想以運動戰，追奔逐北很快的方法把國軍殲滅或擊退，達到它三月亡華的目的，誰知國軍强靭抵抗，死戰不退，它的攻擊方法乃不得不採用陣地戰的攻擊方法，就是以火力爲主的攻擊方法。它對我軍陣地攻擊，先以空軍轟炸及海陸軍的砲兵集中射擊，把我軍陣地的工事全部摧毀，工事附近的泥土都翻過來了，枕木鋼板沙包也無濟於事，在工事中國軍的官兵不死便傷，或是活埋。這種彈幕射擊，起初轟擊我第一線陣地，爾後逐漸向我後方延伸射程，然後敵人的戰車羣出現，向我方衝擊，後面跟着步兵，向我方衝鋒。此種陣地攻擊方法，在第一次世界大戰時，德法兩軍都曾採用。敵人這樣的向我軍攻擊，我方的死傷大，敵人的死傷少而佔領我軍陣地。我國海空軍力量微弱，不能協力陸軍作戰。我們的砲兵亦復如是，如果我們的砲兵（卜夫斯山砲）在我陣地後方佔領陣地支援步兵作戰時，敵人一經發現，敵機便飛來轟炸，所以我軍卜夫斯山砲只能在此處打幾砲，趕快變換陣地，又移到別處打幾砲，以避免敵機的轟炸，或敵砲兵的制壓，因此我軍步軍對敵作戰，不能得到空軍和砲兵的協助，只是肉彈抵抗鐵彈，所以傷亡慘重。記得我軍第八師和第十九師（湘籍官兵居多）兩師各約有官兵一萬人，調上前線，正碰上敵人攻擊的箭頭上，戰鬥三四天之後，兩個師各只剩得幾百名雜兵伙伕和少數軍官下來，師長帶領着到後方組織訓練新部隊去了。又如對羅店敵人的攻擊，廣西某將軍（編者註一）率領五個師五萬多人，浩浩蕩蕩的到了上海附近，他本人先到羅店前方去視察，回來很有信心的說：「羅店只有我才能把它拿下來的」。等到他把五個師用上去攻擊羅店，一個星期之後，五個師只剩得五六千人下來，某將軍無話可說的率領殘部回廣西重整部伍去了。又如胡宗南將軍率領第一軍開到前方，他的部隊用上去，敵人攻擊的箭頭指向他，他的部隊傷亡慘重，難以抵敵，胡將軍苦不堪言。同期同學官惠民在廣東某部隊任旅長，在戰線上，他的師長用電話和他說：「你那個掩蔽部不堅固，趕快到這個掩蔽部來吧！」官惠民就到他師長的掩蔽部去了。那知到了那裡不到十五分鐘，敵人海軍戰艦上一個大砲彈(卅二公分口徑海軍砲的砲彈)正打中那個掩蔽部，並未爆炸，只是把那個掩蔽部壓垮了，把師長旅長兩個人都壓死在裡面。官惠民死了屍體移下來之後，同學告訴我，我還去向他默誌哀悼（編者註二）。又據八十八師孫前師長(元良)的記載說：「……某部隊從老遠開抵江灣火線後面，預定休息幾天，再上前線接替前線的陣地，他們擠在幾個村莊裡，舉火造飯，炊烟四起，空場上晒滿了換洗衣服，隨風飄舞，於是引來敵機，敵機飛得差不多觸及屋頂，機槍掃射，炸彈亂擲，這麽一來，這支還未上過火線的部隊又調到後方去補充整訓去了。還有另外一支在內戰中素以精悍善戰著名的某友軍，在敵人幾個鐘頭的火力攻擊下，就被轟得七零八落了。他們根本沒有看見過敵人的面孔，便調下火線了。」可見當時我軍傷亡的重大。

上海作戰，可以說是「寸土必爭」，我軍每守一陣地，都付出了重大的代價。

對九國公約國華府會議的期待

說到九國公約，是在第一次世界大戰以後，美國前總統哈定發起召集裁減軍備，解決遠東問題為主的會議，於一九二一年十一月間在華盛頓開會，故又名華府會議，與會者有中、美、英、法、日、意、荷、比、葡等九國。當時討論決議事項如下：（一）限定美英日三國海軍實力為五五三之比；（二）英美法日四國協約，互相尊重領屬太平洋島嶼之管轄權，並廢除英日同盟，而以九國公約代之。（三）對中國問題，規定四原則：①尊重中國主權及領土行政之完整；②維持各國在華工商業之機會均等；③山東問題，議定一九二二年中國收回青島；④中國籌欵收回膠濟鐵路。日本當時在各國之壓力下，簽字於九國公約，以後中國並已收回青島及膠濟鐵路；但日本仍暗中擴張軍備，並欲併呑中國。

上海戰事爆發以後，美國鑑於日本勢力之擴張，駸駸乎有武力佔據中國之勢，乃在華府召開九國公約會議，最初日本抵制，以後會議開成，會議要求日本中止戰爭，撤退在華武力。日本只是抵賴，不肯撤兵。我國當時欲藉各國的壓力，强迫日本撤兵。如果能達到此一目的，則中國算是勝利了，很有面子，領土主權也保全了。因此之故，所以要在上海死力抵抗，以待會議有個結果；同時在國際觀感上，我國也要堅決抵抗，才能顯示中國實力之不可侮；假如在上海一擊就垮了。顯得我們毫無力量，討論發言，沒有分量，沒有憑藉。但是在華府的九國公約會議，自十月起，開了兩個月馬拉松式的會議，言論上雖對我有利，但事實上，日本憑藉强權，蔑視公理，還是置之不理，繼續蠻幹，九國公約國亦無奈之何。美國之外交壓力，終不能使日本就範，美國屢次發表宣言，抗議，亦屬無效。

戰區副司令長官司令部的移動

戰區副司令長官司令部在「徐公橋」，本是一時權宜之計，地點太突出，也太擁擠，對於指揮全線，地點頗不適中，經統帥部同意，遷往蘇州，遂於九月初旬遷往，蘇州城內外，可為司令部之地點很多，例如留園、獅子林等處都好，但是目標太大，頗不適宜，最後選定在蘇州城內的「張園」。「張園」內房子不甚堅固，敵機空襲蘇州時，大家可以躲避一下而已。敵機差不多經常轟炸蘇州火車站，但尚未炸城內民房，張園始終沒有遭受轟炸。

部署及人事再變動

在上海作戰一個月，到了九月中旬，可能是　委員長對張治中的指揮不滿意，下令將張治中調往後方，（以後發表任湖南省政府主席）來接任第九集團軍的是朱紹良先生，朱先生指揮的作戰地區，是閘北至大場之間；大場以北至吳淞口、瀏河之間地區，仍由第十五集團軍陳誠所部擔任。以後依軍隊區分，區分為三個集團軍，即左翼集團軍，右翼集團軍，中央集團軍，左翼集團軍總司令為陳誠，中央集團軍總司令為朱紹良，右翼集團軍總司令為張發奎。左翼及中央兩集團軍之作戰地境，沒有變動，右翼集團軍所擔任的作戰地境是閘北以南至浦東一帶。

一直到十一月初旬，國軍總退却時，始分為兩區分，分左右兩集團軍，左翼集團軍總司令是陳誠，右翼集團軍總司令是張發奎，中央集團軍番號取消，朱紹良調到西北去了。

國軍在上海附近作戰的總兵力

國軍在上海附近作戰的總兵力，總計前後共有番號八十五個師。加上教導總隊、稅警總團、獨立旅、特種部隊、上海保安團等，共計最高額當超過一百萬人。關於此一數字，有以下三點說明：①敵我雙方的兵力，是逐漸增加的，國軍最初在閘北作戰的只有八十七、八十八、卅六，三個師，一個鍾松的獨立旅及上海保安團，至八月下旬，我軍增加到十四個師，以後逐步由國內各地調往增援，數量是逐步增加的。②如前面所說，甲部隊在第一線陣地上打了一仗，喪失戰鬥力以後，即調後方重新編組訓練，乙部隊調上去接替作戰，前方兵力沒有增加，不過部隊的番號是增加了。③也有自始至終，一直在原地作戰沒有調動過的，例如：八十七、八十八、卅六各師，從八一三開始，作戰七十六天之久，始行撤退，不曾換過防。

敵人增兵與兩翼包圍

敵人曾誇言「三個月內覆亡中國。」在上海從八一三開始，一直打到十月下旬，快三個月了，仍不能把上海攻下來，戰事成了膠着狀態，世界各國、對於中國軍隊的英勇抗戰，一致讚揚，世界輿論，一致譴責日本。日本國內人民對其軍方的信念，亦發生動搖，敵方最高統帥部對於戰局甚感焦慮。於十月二十日決定派遣更多的援軍，來上海增援。敵軍這一次的增援，不是從上海正面增援，而是從兩翼增援，向上海我軍取兩翼包圍的攻擊；其在我軍右翼者，即從杭州灣北岸的全公亭、金山衛附近登陸。（全公亭、金山衛在乍浦東北北區約二十華里。）時間是十一月五日清晨，敵軍番號是第十軍，其轄下：第六、第十八、第一〇一、第一一四等四個師團，和國崎支隊。統由其第十軍司令官柳川平助指揮。我軍在全公亭、金山衛方面的守軍兵力薄弱，敵人先以海空軍轟擊，我守軍不能作有效的抵抗。國崎支隊首先上陸，其騎兵即向我方展開搜索，隨後敵大部隊逐步登陸，其主力直趨嘉興，十一月九日陷松江，一部指向崑山，拊國軍的右側背，企圖遮斷我滬杭、京滬交通，與在瀏河、白茆口附近登陸之敵軍互相呼應，（瀏河、白茆口在上海西北七十二公里，即黃浦江下游。）欲將我軍包圍於上海附近而行殲滅戰。其在瀏河、白茆口登陸者，爲敵第三師團及第一獨立旅團，於十一月十三日登岸，拊國軍之左側背，企圖與在全公亭、金山衛登陸之敵軍互相呼應協同，切斷我京滬交通，使國軍不能從上海西撤。

國軍上海之撤退

敵人既在上海國軍之兩翼大規模的登陸，國軍此時不但沒有強大的預備隊，連相當兵力的預備隊也沒有，不能阻止敵人兩翼的進展，如不撤退，則有受包圍殲滅之虞，因此我統帥部乃決行總退却。在右翼的國軍，於十一月六日即逐步撤退。在上海中央及左翼戰線之國軍，於十二日開始迅速撤退。由於敵人先向我嘉興方面攻擊，我軍不能向杭州撤退，只能向南京撤退。可是上海至南京之交通，以京滬鐵路及京滬公路爲主，鐵路公路以外，甚少平行的道路，而鐵路公路兩旁有無數的小河流，而這些小河流，大都水很深，不能徒涉，橋樑甚少，老百姓之來往交通，多藉小木舟來往的，所以國軍之退却，各部隊只能沿鐵路公路走，橋樑也有遭敵機炸斷的，退得早的部隊，因爲路上不擁擠，大致是保持建制，秩序完整的行軍，但在稍後退却的部隊，單位既多，大家擁擠在鐵路公路上，部隊長起初何嘗不是想把部隊掌握得有秩序的行軍，建制不紊亂，保持軍隊的力量；但是到了以後，敵機日夜在空中盤旋，不斷的轟炸掃射，秩序大亂，甲部隊的官兵混雜到乙部隊裡去了，乙部隊的官兵又被擠到丙部隊裡去了，建制混亂，營連排長對於所屬官兵失去了掌握控制，亂得一團糟，誰也不能指揮誰，日夜行軍，又無補給，官兵隨地就食，團長找不到營長，師長找不到團長。軍長、軍團司令、總司令接到了上級的命令，轉到下面，各級司令部的位置時時在變動，命令無法送達，即令命令送到，亦無法指揮。初時　委員長下令上海撤下來的部隊，應守住吳福線的國防工事，如不遵命，即以軍法從事；但是命令轉下去，無人遵命去守。有一部份部隊奉命去守，可是鋼骨水泥堡壘鐵門的鑰匙，原先是交由當地的保甲長代管的，由於敵機空襲，兵荒馬亂，保甲長逃避一空，鑰匙也找不到，鐵門不能打開，人也進不去。所以花費很多時間，金錢圍築的國防工事，沒有發生效用，部隊就像潮水一般的退下來了。有些指揮官由於公鐵路上擠滿了人，無法通過，只得由水中泅過小河而行。以後，　委員長又下令部隊要守住錫澄線的國防工事，如有違誤，即以軍法從事；但是由於以上的原因，錫澄線也沒有人去守了。有些先從上海撤下來的部隊，業已到了南京外圍接受命令，整理補充，擔任南京的防衛，正在構築工事中；可是這些潰退後到的部隊，一直退到南京東方句容、湯山等處附近，由各部隊長分別豎立旗號，準備伙食，自己收容，然後編組整理，再擔任南京防衛的任務。

第三戰區副司令長官司令部的撤退

第三戰區副司令長官部是於十一月十四日黃昏開始撤退的，當天敵機大舉轟炸蘇州城，我們出城時，但見蘇州城內的「金門」附近火光燭天，老百姓扶老攜幼，各自逃生。路上軍人民衆混雜一起向西行進。我和副官處長王仡（以後調軍務處長），高級參謀甘登峻，第二課課長吳鶴雲，電務員夏玉山五人乘坐一輛老爺車，在朦朧的月光下熄着燈，沿京滬國道西進，到了無錫，那個愚蠢的司機，以爲我們到了無錫沒有空襲的顧慮了，把汽車燈亮了一下，那知這時正是無錫緊急警報的時間，敵機臨空，我們汽車的燈光，被敵機發現了，即時投下來幾顆照明彈，（敵機投照明彈是指示目標）掉在附近，我們急命停車，分別疏散，誰知在黑夜中，地形高低不明，車未停妥，大家在倉卒中，打開車門奔跑，都跌在附近溝中，隨即敵機炸彈紛紛落下，幸好我們都安全無恙。

我們是夜繼續西行，司令部移到武進西南幾里路的村莊中，指揮作戰。我們經過武進城時，該城亦被轟炸，人民逃避一空。司令部在該地停留了五六天，司令部的韓參謀長德勒離部到蘇北擔任江蘇省政府代主席和二十四集團軍代總司令去了，（原來江蘇省政府主席和二十四集團軍總司令都是顧祝同兼任的，此時蘇北已在敵後，須獨立作戰，奉准以韓德勤往蘇北，擔任江蘇省政府民政廳長兼代主席，並任第廿四集團軍副總司令兼代總司令。）三戰區長官部的參謀長以侯副參謀長升充。由於南京衛戍司令長官唐生智與中央將領沒有淵源，對於擔任南京保衛戰的將領和部隊的情形不明瞭，於作戰上有重大關係，因此　委員長電令顧副司令長官即赴南京，協助部署南京的保衛戰。以後顧祝同是渡江由津浦、隴海、平漢鐵路，經武漢回部的。我們司令部的人員，即從武進經溧水，逕開皖南休寧之屯溪。

上海戰役敵方檢討及敵我傷亡數字之估計

在上海戰事告一段落之後，日本軍方曾自行檢討，他們認為在戰略上未能包圍殲滅國軍在上海附近，是他們的失敗。因為他們認為在八一三開戰以後，不斷在國軍之左翼增兵，延伸戰線，逐次增加兵力，逐次被國軍延伸擋住，沒有決定性的行動，消耗兵力，拖延時間，是失策的，是失敗的。日本軍方同時承認，日軍在上海作戰官兵傷亡計五萬人，估計國軍傷亡十八萬人。日人自認日軍的裝備與訓練較我遠為優勢，這樣傷亡的比例，實在是很不划算的。依上述日軍傷亡的數字看，日軍那樣優勢的素質裝備，而仍傷亡如此之大，足見是國軍的英勇能戰，有以使然。但說我們的傷亡只十八萬人，則是估計過低了。就我的估計，遠比這個數字為大，（當時參加作戰的人，當有同感。）在上海作戰，我軍官兵，沒有擅自退却的，在一處守陣地，上級沒有命令撤退，只有戰到與陣地共存亡。在閘北一帶之守軍，因為是街市戰，雙方各據堅固之高樓大廈，相距很近，敵人的飛機、大砲、戰車，不便使用，成了僵持的局面，所以傷亡人數較少，但據八十八師孫前師長說：該師在七十六天的血戰中，曾經補充過五次，每次都是用幾個補充團來補充的，足見傷亡也是相當重大的，而在閘北左翼及十五集團軍方面，如我前面所說的情形，部隊在敵人攻擊的矛頭上，一個師在幾天或更短時間的戰鬥，只剩得幾百人的情形看，我們在滬戰八十五個師連同其他特種兵、獨立部隊、稅警總團、教導總隊、保安團等等，約一百萬人以上的兵力，決不止傷亡十八萬人。我們在副司令長官部所見到的，有些部隊報告他們的傷亡數字，說該部經過激戰後，缺兵幾千人，請補充，於是副司令長官部就命令從後方開來的補充團，或各省的保安團開某地補充它。有些部隊傷亡慘重，只剩得幾百人，不能作戰了，各總司令根據實情，把它抽下來，請調後方補充整訓，在這種情形之下，實在難以要求他們確實詳報。依上述各種情形看，國軍在上海附近作戰，其傷亡當在五十萬人以上。

四、檢　討

上海戰役，時間已過去三十八年了，事過境遷，國人似已淡忘了。究竟此一戰役，孰利孰害？孰得孰失？現在討論起來，於國家已無所增損，於某一個人亦無所增損；不過，吾人既以研究戰史為事，不妨加以研究檢討。茲申個人鄙見，質之於高明以為如何？

每一件事，有其有利之點，亦有其不利之點，上海戰役亦然，茲分述如下：

有利之點

（一）將戰局重心自華北移至長江下游：吾人試先站在敵人

方面看中國戰場，日軍既強佔我東北，極力經營，準備有年，復向我長城以內進逼，戰事從華北發動，其兵力使用重點當亦置於華北方面，其勢蓋欲以東北爲基地，先奪取河北平原爲第一步，然後攻畧察、綏、山西，囊括黃河以北，爾後再渡黃河，南取河南、山東，繼續南下，配各其海軍攻畧長江流域；西入陝西，而窺四川。此乃順理成章之做法。日本參謀人員作戰計劃之議擬，當以此爲最有利之考案，其理由如左：

①就戰畧上言：河北平原與東北密邇，由熱河遼寧進入長城，便是河北平原，佔領北平、天津，河北平原，垂手可得，河北平原既被佔領，察、綏、山西則突出於黃河以北，日軍亦不難攻取。山西取得後，再南渡黃河，攻畧河南、山東，河南、山東既得之後，主力自平漢路攻畧武漢腹心之地，一部自津浦路進攻南京，另以一部配合海軍溯江而上，與之協力。另以一部避開潼關，自山西西南部渡黃河，直攻陝西，進窺四川。另一部從越南攻雲南，並佔領廣州。如是則中國內外受敵，自難持久，日人可以及早達成其覆亡中國之企圖。（日本當時並非無此能力；在抗戰結束後，我們才知道日本在抗戰後期，確曾有計劃從陝西進攻四川，只以當時日軍在南太平洋局勢逆轉，遂放棄此一計劃。）我當時在上海發起作戰，即打破了敵人此一企圖，使敵人之作戰重心不得不南移，迫使其兵力使用重點不得不移至江南地區，而使我山西能有相當之準備，華北、華中廣大地區得免很快失去，陝西不致感受威脅，四川則安如磐石，四川基地不失，故能抗戰八年之久。是乃我將戰局重心移至長江下游最有利之點，我們當時雖未必計及如此之深遠（編者註三），但事後思之，實有此種巨大利益也。

②就地形言：河北平原及魯豫平原，皆係平坦開豁地，地障亦少，日軍之騾馬裝備、汽車裝備之部隊如大砲戰車及其他汽車部隊等，暢行無阻，配合空軍，適宜於大兵團之會戰，對劣勢裝備之國軍，甚爲有利。當時我將作戰重心移至江南，則敵上述之利可以抵銷。（前面「我政府的決策」一節中已言之。）

③就交通運輸補給言：敵人如在華北與中原作戰，利用北寧、平漢、津浦、平綏、隴海諸鐵路，大兵團之輸送及補給，均稱便利。當時我從長江流域發動作戰，則上海日軍與東北基地隔離，兵力及補給輸送，須從日本本土，雖有水路運輸之便，究不如東北對華北鐵道輸送之便利；加以長江流域，山地河川湖沼甚多，障礙重重，內地運輸補給，亦較困難，實於日軍之作戰不利。此亦爲將作戰重心移至長江流域於我有利之點。

（二）上海物資豐富，供應便利。（前已言之）

（三）長江流域爲當時英美最大利益之所在，在國際政治上可以引起英美等列強之干涉，加重對日本之壓力與裁制。（前節已言之）

（四）在上海一地作持久之抵抗，足以打擊日本之聲望，使世界輿論於我有利。

（五）在上海持久作戰，可促使華府召開之九國公約會議，有效裁制日本，使日本撤兵。（前節已言之）

不利之點

（一）如敵我主力在華北作戰，上海與南京不致在三四個月內喪失，長江流域淪陷亦較遲，江南所受損害當較淺。

（二）上海爲我國之經濟重心，由於急驟開戰，上海工廠物資不及內運。

（三）在作戰指導上，竭全國精銳部隊在上海一地作持久戰，等於孤注一擲，有違長期抗戰之本旨，力量在上海一地過份消耗，以致敵人在金山衛、白茆口兩翼登陸後，即無適當之兵力，以資抵禦；吳福線、錫澄線、乍平嘉線之國防工事未及利用而不得不放棄；南京保衛戰，亦在倉卒中應戰，無適當之兵力，堅强抵抗，是一失着。假如在上海開始作戰後，即以一部兵力在吳福線、乍平嘉線，佔領已經完成之國防工事，並補綴各工事間之野戰工事，以後增援之部隊，分一部份兵力進入吳福線、乍平嘉線陣地，上海作戰至多以兩個月爲限，即在有秩序之情況下從容撤退至以上兩線陣地。由於撤退不混亂，戰力保持，敵人不能放胆追擊，同時敵人須變換位置，重新部署，則吳福線及乍平嘉線上當可抵抗兩月之久。同樣方法，在吳福線開始戰鬥時，在錫澄線上作同樣準備，錫澄線亦可抵抗兩個月之久。在錫澄線開始作戰之時，依同樣方法，在南京外圍佈置，南京亦可以抵抗較久之時間。如是國軍在京滬線上可以抵抗半年至八個月之時間，而主力不致被擊破。不過南京外圍之作戰，應置重點於南京以南句容迤南一帶，因兵力全部投在南京城附近，一旦被圍，南京北面背水，敵艦突破江陰封鎖線以後，即可駛至下關，南京我軍四面受敵，兵力不能撤出，力量全部損失，亦即失去長期抗戰之憑藉。若置重點於句容附近以南，仍可如吳福線、錫澄線之作戰要領，在後方築設數線陣地，逐步抵抗，逐步向皖南、贛浙邊區山地撤退，長期拖住敵人，消耗敵人。其要領，即在一地抵抗，適可而止，不可過份損傷我軍兵力，必須保持餘裕之兵力與士氣，以爲爾後作戰之用。在第一次世界大戰末期，德軍興登堡陣地，即係本此要旨部署，亦即所謂以「空間換取時間」之意也。

（四）「戰畧」遷就「政畧」問題：戰爭總須有政治上的目的，否則，戰爭便是爲私利的軍閥戰爭，沒有意義。克勞瑟維茨說過：「戰爭是政治的延續。」就是說：政治上某種目的不能達到時，唯有藉軍事以求解決，換句話說：軍事的政治的工具，軍事受政治的支配。歐美的政治理論，就是如此，因爲政治不控制軍事，由軍人作主去打仗，打來打去，即令打勝了，也就會打出一個拿破崙來統治他們，他們便失去了政治上的自由。所以歐美的政治就是軍人要天從政府。二次大戰以後，麥帥被免職；美英法各國的高級統帥紛紛解除兵權。又如越戰，詹森和尼克遜指揮在越南的高級將領，說炸北越，就炸北越，說不炸北越，就不炸北越，都是「政畧」支配「戰畧」。不管他指揮的對不對，軍人總得受政府指揮。只有日本軍閥，在戰前提倡「政畧不得支配戰畧」，這便是軍閥操縱政治的現象，日本軍人在東北發動瀋陽事變，日本政府要想和結，軍人不肯，且把犬養毅等主和派殺掉，後來愈演愈烈，以致闖下大禍，幾致亡國。大戰以後，日本軍人威勢掃地，不復有此言論矣。我們在上海發動戰爭，本是「政畧」與「戰畧」相配合的戰爭；希望九國公約國華府會議能予我以助力，解決中日紛爭，也沒有錯誤；而缺失之處，在於我們把九國公約會議估計得過高，因爲當時列强不會爲我們挺身而出和日本作戰，日本蠻幹是制止不住的，九國公約會議亦如「國際聯盟」、「聯合國」，眞正兩國打起來，它也無法制止的；所以九國公約華府會議是靠不住的，我們當時可能是過份信賴，繼續在上海堅持打下去，以待會議之結果。同時我們在作戰上也沒有顧慮到日本動員兵力尚多，可能在我兩翼登陸；而我們的後續部隊不多，國防工事線要守等問題，加以研究處理，便是我們吃虧的地方。

編者註：

（註一）此當指二十一集團軍廖磊，廖氏當時率一七一、一七四、一七六等三師，匆忙開上前線，一戰之後，九團長陣亡三人，部隊損失慘重。

（註二）此處作者記憶有誤，查官旅長陣亡於嘉定淸水顯，時任九十師二七〇旅旅長，師長即數年前病故台北之百粵名將歐震將軍。

（註三）此一戰畧乃淞滬開戰前，最高統帥所擬定知其事者僅陳誠、熊式輝，陳誠曾告胡璉將軍，胡將軍以告編者。

三十年前一幕往事回憶

今井武夫芷江乞降所見

·焦毅夫·

軸心國的德、意兩國在英、美、蘇夾擊下慘敗以後，亞洲戰場的中國地區有了很大轉變。進侵鄂西、湘西、黔南一線的日軍華南派遣軍，已陷入中國軍隊和英勇人民預布陷阱之中，進退維谷。湘西之線，日軍企圖傾全力進佔我保有僅次於昆明的最大空軍基地——芷江機場。部隊溯沅水而上取三面包圍，形勢使這一前線機場受到嚴重威脅。

最高當局有鑑於芷江失守，不但失去轟炸華南，華東敵軍和阻碍敵後運輸有利基地，抑且使此設備優良的機場爲敵人所用，同時也使敵人急圖打通黔、川通道沒有後顧之憂。因而在敵軍東線已過辰谿境，溆浦已經陷落，先頭部隊僅距安江十數里，洪江已開始疏散時，新六軍即期大舉空降芷江，準備參加戰鬥。

當時的前線部隊是第一百軍，在新六軍未抵芷江前却有不能招架之勢，及至廖耀湘（新六軍軍長）率部自空而降，該部又不擬將陣地移交，原因是後續部隊給以精神鼓勵，士氣陡然振作起來。在空降之夜，我軍即展開反攻，連克數十要點，安江線之敵，迫退據守雪峰山之洞口，辰谿日軍向東退走，芷江威脅當即解除，華南戰局因而穩定，整個戰場均告改觀，不久即告勝利。

芷江一瞥

芷江屬於湖南省西部的一個小縣，縣城週圍只有九里欠三分大。盛產木、竹、桐油、茶籽，農作物以谷爲主，算是物產豐裕的區域，惟民性强悍，動輒殺人。民國二十九年，谷正倫（當時的憲兵司令，死於台北）率憲兵退抵芷江，爲東部懷化鄉（後立縣治）鄉民殺死逾百，谷正倫曾捕肇事者數千人，正法者數百。此非本文範圍，不談。

此一蕞爾小城，自中央決定建立第九空軍站後，人口發展超過廿萬，商業頓告興盛起來。

交通方面，允稱便利。水路有承貴州之㵲水而滙沅江，河雖不濶，但運輸繁忙，距城百里而一水之通即爲我華南木材和桐油集散地之洪江，自公路暢通後，芷江地位即取洪江而代之，特別在抗戰期間，眞是欣欣向榮。陸路爲西南公路之大站，從長沙沿益陽、常德、沅陵、辰谿、懷化等縣，經芷江縣屬之榆樹灣而達縣之南門，上溯晃縣，而貴州省屬之玉屏、鎮遠、貴定而達貴陽。另一爲湖南公路由長沙至湘鄉、寶慶、洞口、安江而達榆樹灣，會合西南公路經芷江而以晃縣爲終點，兩線每日均有對開班車，期發夕至，十分方便。

車站旅社林立

芷江商業集城內之南大街，房屋低矮而雜亂。自設空軍站後，南門外以至汽車站之建築物，却如雨後春笋，形成兩條丁字形的熱鬧街市，這些房屋都以木板石灰，竹片爲材料，門樓高出房屋幾乎一倍，一眼望去，頗形美觀，實際門樓裏是用木條，竹片釘成，上塗泥土，粉以石灰，再漆以招牌字號。此種因陋就簡原因，固是建造迅速，省錢省料，主要還是預防敵機轟炸，木板房損壞雖易，一火就成平原，但一夜亦可新成街市。

由於芷江是大站，長途車以該地爲留宿地點，一因當時汽車燃料缺乏，「一滴汽油一滴血」非常珍貴，商車雖燒木炭，但爬陡坡必須汽油衝力，否則就會變成牛步，甚至有車落山谷危險。空軍站，美軍汽油堆集如山，在車商高價下，盜賣之事時有所聞；另一使車商獲得汽油來源是軍車，軍車領油有硬性規定，每公里需油若干，剩餘之油即私相售賣，戰時軍車司機成爲天之嬌子，（一人在重慶敢於一頓吃洋澄湖蟹三四隻，耗黃金兩餘而不嗇惜），其經濟主要來源，除帶「黃魚」（帶客）外，就是盜賣汽油了。至於因省油和過重車出意外，則所不計。

車站房屋以旅社爲最多，其中有兩層建築的只有「東亞」和「東方」旅社兩家，前者老板是陳友和，安徽人，出身軍界，頗懂旅客心理，房內陳設雅緻，被物整潔，招待尤爲週到，有賓至如歸之感。因此，由大後方東下之熟客，常先電定房間，營業之盛，由此可見。「東方社旅」爲湖南寶慶人黃得興所設，房間類若東亞，內部却無東亞之整潔。最使旅客却步則是住有妓女，其目的是在招引司機及單身商旅，但頗引起一般高貴旅客反感，因而生意並不理想。

車站還有兩家食店値得一提，一爲西餐店「美美酒吧」，另爲中餐「四合春」菜館。兩家生意均屬不惡。房廳雖不寬敞，但爲記者採訪前線新聞聚集之所。

佳息傳來

「四合春」菜館規模雖小，經老板丁日文的布置，却也清清爽爽。爲了迎合盟軍和顧客，特別創出「中菜西吃」格調。而且價廉物美，不但爲往來客商所喜，且爲盟軍人員所爭趨。每到餐時，坐無虛席。

「美美酒吧」是空軍總站一位退職科長所設，由太太經理，太太廣東人，英文、國語都很流利。酒吧建在泉水潭上，因建築時經過東主一番設計，樹皮牌樓，巍然矗立，頗富東方藝術情調。

在戰時的芷江，別小覷它們的建築簡陋，其地位類似今日香港的告羅士打和九龍半島酒店，或美麗華。中外記者，每天都到這兩個地方碰頭。大家吃吃喝喝，談談笑笑，誰也不嫌那裡骯髒。

八月七日中午，電話鈴响了，原是空軍站打來，發布「盟軍轟炸敵後——長沙油彈庫和集結湘江船隻的戰果」，記者匆匆寫成簡、繁不同兩則，前者交翻譯員譯成電碼發中央日報貴陽總社，另一交給編輯胡文麟發給自創的「春秋報」。

八月的芷江氣候，仍然很熱，我冒着炎日到「美美」和同業碰頭，交換所得的戰訊。

記者們到那裡很少照顧「美美」生意，只是揩油坐坐，實際那地方除盟軍人員外，中國人誰肯化一斗多米的代價，飲杯滲有百分之五十雜酒的威士忌。但，由於記者常到那裡，而盟軍必須接近記者的人員，非得天天光顧不可，因此那位科長太太對我們並不十分討厭。

記者一進「美美酒吧」，老闆娘——科長太太便對我說：胡長春和史萊雷德找我，並且用手指指「四合春菜館」。胡長春是我中學同學，後攷入國防部翻譯官訓練班，在昆明盟軍總部工作很久，去年底調到芷江第九軍總站任翻譯。史是美空軍中尉，中國話說得很好，據說小時在中國很久，當時職務是空小隊指揮官，經常領航出擊日軍。由於胡長春的關係，史萊雷德和我私交很好，常常供我一些獨有消息，使同業非常眼紅。

史最喜吃中國菜，尤對「四合春」的招牌菜——轟炸東京，大爲欣賞，（所謂「轟炸東京」就是糯米鍋巴會魚唇，熱湯傾在熱鍋巴上，劈拍有聲，故名），因而時常請他「轟炸」。

這時史萊雷德正依「四合春」窗口外望，見記者即自內奔出，手舞足蹈的大喊Good Ngws, Good Ngws.（好消息，好消息），因聲音喊得太高，引起過路人竚足而觀。我還以爲他所說的好消息，就是空軍站告訴我的空軍出擊獲勝的戰果，沒有追問就拉他到屋裡坐下來再談。

當他說出盟機已在日本廣島投下原子彈時，餐室裡三四十位就餐的男女客人，不約而同竟都大鼓其掌，歡聲雷動。史萊雷德見此熱烈場面，更加瘋狂起來，順手將桌上匙羹、碟子、筷子拋到空中跌個粉碎。這時恰有一個鄰坐不滿五歲的小女孩，見他這種傻樣，站在一旁發楞，史走過去，將她抱起；正待高舉，胡長春見狀，趕忙制止，那個女孩的年輕媽媽已嚇得花容失色，女孩在驚懼中也大哭起來。這些雖是當時的一個小插曲，但可看出經過八年的浴血苦戰，中外人士聽到日本吃了原子彈的好消息，是如何的興奮和狂歡。

當時，記者即至車站借電話告知胡編輯，叫他發行「號外」。我叫好史所歡喜的名菜以後，連飯顧不得吃，馬上趕回報社，這時中央社的消息也已到了。這次號外收獲不非，第二天請新六軍的幾位好友大擦一頓，當然忘不了這位報佳音的史萊雷德了。

狂歡之夜

自七日下午起，中央社不斷發布美軍登陸沖繩及盟機轟炸日軍陣地和敵後，廣島變成一片焦土等消息，軍民無不振奮。

八月十五日下午七時左右終於證實上午所傳日本天皇下詔要全國軍隊向盟軍無條件投降，我們立即起編「號外」，但機子開始轉動，街頭鞭爆已經响了，大街小巷，人潮洶湧，比新年還要熱鬧。尤其汽車站及通往機場道上，美軍士兵，三五成羣，頭戴五顏六色的紙帽，類若化裝舞會，手拿酒瓶，載歌載舞，如醉如狂。更有將爆竹繫於吉普車尾部，點燃引線，開足馬力劈劈拍拍，在街上橫衝直撞。

在機場担任勤務的美軍，聞城內一片狂歡騰，竟忍不住，將機槍，高射炮拉出，對空發射，五顏六色的訊號彈，像無數花朵，在空中飛來飛去，照明彈此落彼起，將整個芷江照得如同白晝。

芷江警備司令部和警察機關，恐怕美軍樂極忘形，發生意外，於是派出大批憲警，據守通衢要道，以防不測。美軍亦派出憲兵，維持秩序。總算未出意外，但爆竹聲，歌聲，猜拳行令聲徹夜未停。足見軍民鼓舞之一斑。

何應欽主持洽降

當時故總統蔣公是國府主席兼軍事委員會委員長，是盟國中國戰區統帥，經盟總決定，請其接受日軍中國戰區（東北由蘇聯担任）日本受降事宜。蔣主席命陸軍總司令何應欽將軍接受日本支那派遣軍總司令岡村甯次大將所轄中國戰區日軍投降，岡村甯次派總參謀副長今井武夫中將爲代表，向何應欽將軍呈遞降表，商洽各地日軍受降事宜，盟軍統帥部接得總部通知後，於八月十八日正式宣布洽降人員和地點。

江西玉山原爲考慮初洽地點，後準備改在南城，兩處機場設備既不甚完善，且頻遭解散的新四軍殘餘破壞活動，第三戰區司令長官部雖在鉛山，距玉山兩百華里左右，因兵力分散，集中不易，且新四軍之殘餘散於三戰區之外圍，有相機進擊之慮，因而最高當局決定將洽降地點改於湖南芷江。

芷江不但有新六軍廖耀湘部駐守，而且機場設備完善，當日機企圖會師貴陽時美軍B廿九型轟炸機經常降落，黑寡婦式之戰鬥機此起彼落，軋軋之聲，晝夜不停。對阻碍日軍西進之功勞不小。

當時的芷江縣長秦佑農（江蘇人，北大法科畢業，曾在台北××中學執教），接得陸總代覓洽降人員房屋的電報，頗有難色，因芷江縣城內外較大建築物，盡毀於日軍機翼之下，少數學校多被新六軍借用。縣府人員與有關機關幾度磋商，由新六軍軍部讓出借用之宏濟中學校本部，供陸總高級人員下榻及辦公之用。又租汽車站東亞旅社整個房間，用以接待中國記者，外國記者由空軍站騰出空軍駕駛員部份宿舍作爲休息之所，住的問題總算解決。

記者們吃的問題，陸總洽商「四合春」菜館和東亞旅社樓下之「東亞餐廳」招待中國記者，「美美酒吧」準備西餐招待外國記者（實際中西餐都是同樣餐券，隨意進入）。陸總按記者人數一天兩頓一次發給餐券一本，吃飯時給予一張，由陸總結賬。

記者從空而降

新聞記者越來越多，中國記者和攝影記者四面八方向芷江集中。外國記者遠自歐洲飛來，數達二、三百位，因而空軍宿舍有人滿之患，迫得向東亞旅社發展，而東亞施社早達飽和點無法插足，於是陸總人員和中央社記者與若干熟悉記者商量，搬到設備較東亞簡陋的「東方」旅社。

說到當時東亞旅社的設備，連香港不入流的公寓也趕不上，頭等房間，不過一張雙人木板床，兩張椅子，一個茶几和一張只有個腿的四方台，等而下之的，那就不用說了。不過東亞房間好就好在沒有臭蟲，被子經常洗換，老板是個跑碼頭的江湖人，對旅客較有禮貌，工人招待比較殷勤。

那幾天，芷江電報局業務興隆，無法應付，由晃縣和安江電報局商調若干人員並使用新式機器（還是有線電報）雖日夜不停拍發，電稿仍堆積如山。幸而不少通訊社携有發報機，因當時的芷江，只有小型零星發報設備。利用電流之發報機無法使用，乾電石發電機尚未流行，携有大型發報機者，等於沒有，只有手提發報機最爲適用，記得當時的中央社和美聯社都是手提發報機。以致「烏，烏！」和「撻，撻！」之聲，不絕於耳。

陸總第一個抵達的高級人員，副總參謀長冷欣中將（國大代表，現居台北。），受命爲南京前進指揮所主任，順在芷江協助何應欽氏洽降事宜。

冷氏抵達芷江，第一項要務，即爲與美軍人員會商岡村甯次代表今井武夫抵達後的洽降程序，規定今井武夫飛芷江的坐機之標誌。

隨冷欣抵芷江的，有抗日曾經參與「何梅協定」的老軍人，因受當時與會日人的侮辱，力主報復，雖不予當年日本人侮辱何應欽般侮今井，主張不宜寬大，藉以殺其囂張氣焰。美軍人員在會議上亦持相同意見，但爲一些留日少壯派所反對，認爲不應採取報復手段，示以泱泱大國風度，磋商竟日，終於後者佔了上風，初擬之洽降程序中雖取折中辦法，但在若干措施上對今井難堪處仍然很多，後經何應欽將軍，重行修改，即修改後的辦法，亦未盡付施行。

這種寬大措施當然不是盡出何氏本人，當其東下之先，曾得最高統帥指示，早有原則性之決定。此固說明中國有泱泱大國風度，也說明當時最高負責人之恕道。

中國戰區及台灣、越南北韓十六度以北地區洽降事宜，由盟軍總部中國戰區統帥蔣委員長，授命予統帥部中國部隊參謀長，兼中國陸軍總司令何應欽將軍主持。何將軍乃令第三戰區司令長官顧祝同與僞浙江省主席丁默邨聯絡。因報當時京、滬情況非常混亂，投機份子乘機而動。例如，陸總接到有關方面的報告，說八月十五日正午日本天皇降詔後兩小時，有個穿着骯髒衣服的苦力樣子的人，出現在南京日本總部門前，說是新四軍的軍使，要見岡村甯次，日本衛兵問他來意，他出示新四軍接收日軍武器的文件。當時日軍以已奉有命令，對手是中國政府軍，遂拒絕與這位不速之客接頭。以後始知他叫章×，曾任過國共合作時鮑羅廷顧問的秘書。

國府潛伏京、滬地下的高級工作人員，也曾主動和日軍總司令部聯絡，但以眞僞莫辨，日軍不於理會。當局以接觸困難，乃採廣播方式，告知日軍，已任命何應欽將軍爲洽降主持人。非有何的命令，不得妄動，何將軍乃令顧祝同接頭，這就是顧、丁穿針引線的來由。

當時洽降地點，有謂決定在江西玉山，有謂在福建建甌或長汀機場，有謂在湖南西部芷江機場，這些在上海的不負責任的機關，都想爭取自己的地位以取信於日軍負責人，以便進行接收工作。這些不正確的消息，弄得日軍頭昏腦脹，不敢相信任何一處。後經發現丁默邨這條路線，認爲由他與第三戰區接觸的消息，當然可靠，於是由日軍總司令部參謀副長今井武夫前往杭州，進行探聽。

這時，第三戰區司令長官顧祝同，亦正式奉命與僞浙江省主席丁默邨連絡，丁默邨直接將此消息報告南京政府，適日方代表抵達，復經顧祝同與國府聯絡，始確定湘西芷江爲洽降地點，今井武夫即回南京向軍方復命。這時日本上海陸軍情報部亦證實芷江飛機場爲國府指定洽降之所。

日軍上海情報部即與重慶有關方面所得聯絡，以及雙方都將有關事宜交由該部轉達，成爲重慶與南京間在洽降過程中唯一的消息傳遞站。

今井乘機標誌

地點確定芷江，時間爲八月二十一日上午，規定今井武夫乘機標誌，是兩翼各擬四、五公尺長的白布，所乘必須爲運輸機，或私人坐機，不得有軍機護航，到湖南常德上空，即有盟機導航飛抵目的地，在與盟機相遇雙方目力所及時，今井坐機必須作波浪式上升下降三次，以作聯絡訊號。

當今井的洽降機抵達芷江上空後，眞個是萬衆騰歡，四處一片歡呼聲，這歡呼使每個人感動得流淚。要是過去，警報時看清機翼髹有日徽，誰敢在無隱避地區聚集二人以上，即使躲在隱蔽地方，也誰都不敢吐一聲大氣，因爲那時地面每個人的生命，都受着太陽徽翼下的炸彈和機槍的威脅。

這時我們目覩那二百萬日軍投降使者的坐機，聽我們當局的指揮在上空作示衆的迴行，怎不叫人愉快！怎叫人不歡呼！

今井坐的是MC型機，落陸後，繞過環機場的C型跑道，抵達貴賓室前戛然停止。

事前，陸總已徵得陳、張兩位諳熟日語的充任交際副官，負責這次的接待，兩位應徵者均爲將級官員，爲不使在洽降者前有失身份，陸總乃命陳、張二人降級受命，各配少校級領章。

機場貴賓室前，原置有一道鐵絲網，內有中、美憲兵把守，不准觀衆越雷池一步，起初中美人士以及新聞記者很守秩序，及至飛機着陸，誰都想趨前以覩日使面目，特別是攝影記者以及相機的擁有者，總想取得有利地形攝取有價值的鏡頭，秩序幾乎大亂，後經憲兵極力維持，才告恢復。

機門開處，見一年約五旬着將官服裝、穿馬靴、佩軍刀者，手持軍帽，肅然立於機門口，兩位「少校」即登機索取身份證件，證明木然肅立者即爲今井武夫。

今井以立正姿勢問接待者，「我是否可以下機？」陳等答「可以」！雙方交談者均爲日語。

於是，今井在前，隨後是中校參謀橋島芳雄、少校前州圖雄、譯員本村及空軍少校松源喜八第八人，魚貫下機。這時，「卡嚓」之聲不絕於耳，使今井一行垂首而行，不敢抬頭。陳副官等查完今井所携帶之行李，認爲沒有什麼疑問，唯對今井所配之軍刀，認爲和陸總規定，日使不得携帶任何武器之命令有所抵觸，要求代爲保存，今井領首允諾，陳副官認爲滿意要他們站在一邊，聽候第二步指示。這時今井一行充滿着惶惑的顏色，默不作聲。

六輛吉普車押入芷江城

此時，圍觀的中國人士中最多的是陸總高級人員，不少出身日本士官學校，與今井或屬同窗，或有師生之誼，因限於接待程序規定，一律不准握手，更不得招呼談話，最多只能向今井作會心的微笑。這時今井，由於慚愧和羞恥交集，目不斜視，似也無從計及兩側所立者是生張抑或熟魏了。

機場出口處停有一列吉普車，十二時二十五分陳、張副官導今井等乘第三及第四兩輛敞蓬車，前後各兩輛滿坐中國憲兵，距離約十公尺，作行進中之警戒。

今井坐在第三輛上，車前揷有白旗一面（白旗是投降的標誌），約兩市尺見方，迎風招展。所經之處，圍觀如堵。說實在話，陸總安排駛車進芷江城，實含有示衆意味。

六輛吉普擺一長蛇陣，從南門進入，緩緩進行，沿途有新六軍及憲兵第十團派兵担任警戒，雖兩側人山人海，但却秩序井然。

這時的芷江縣縣長秦佑農正在飭工大修街道擴建馬路，街道兩側堆集不少建築器材及中間翻起之石塊，有若梯次看台，故對那時秩序幫助很大。

芷江雖未淪陷，由於有第九空軍總站之設立，是我前線最繁忙的機場之一，每五分鐘就有一架軍機升降，日夜不停。故爲敵機主要破壞目標，城內外逾萬人口，未受敵機損害的恐怕不多。所見一片瓦礫，人們只能在廢墟上搭蓋木板房討生活，蘊藏在他們心裡的國仇家恨，八年來沒有一時放棄爭取殺敵雪恥的機會，希望有這麽一天，抓住日本人千刀萬斷以洩心頭積忿。然而，這時敵人竟在他們面前低頭了，表示那種戰敗的可憐相，惻隱之心不禁油然而生。他們心裡雖有矛盾的鬥爭，但在今井住芷江的五十二小時，從無不愉快的事情發生。

今井車駛至芷江縣政府前（北街），折返同頭，再循原道出南門經汽車站，由七里橋之機場出道進入機場，逕駛爲其所準備的休息處。

芷江機場西北角，有一所建築雖極簡單，但環境非常幽靜的平房。原爲場方建作技械工程人員値班寄宿之用，陸總商借爲今井一行的住所，主要用意因其爲獨立家屋，便於保安。當時保安人員最傷腦筋的，不是中國人，而是美國大兵，因爲他們好奇心重，恐怕常去騷擾日使，所以除有中國憲兵日夜駐守外，還有美國憲兵經常巡邏。就是這樣，還生出許多使保安人員處理棘手，日使感到煩惱的事。這是後話，容後再說。

被褥是陸總向新六軍被服庫借用，用具均爲新置，伙食人員由新陸軍遴派，一切膳食均經保安檢查，惟恐歹徒乘機搗亂，妨碍洽降事宜的順利進行。

今井向陸總報到

今井等畧事休息，下午四時再由原吉普車，載其一行至芷江縣城西邊五里牌美國陸軍營地，晋謁中國陸軍總司令部參謀長蕭毅肅中將，報告此行之任務。

今井坐車仍揷白旗，行進極慢，車經八年來負西南重要運輸任務的龍津橋，使正在修理該橋的美國工程人員，大獲攝影便利。也使今井看到經他們造成廢墟的芷江。

橋西爲江西街，原有近里長之市面，當未通公路而無汽車站之設時，芷江商業重心則是此街。近因日機欲摧毀此貫通西南之公路大橋，常選作轟炸目標，是以這條街無一完整房屋，八年來，大橋前後左右落彈無數，而此長達五、六百公尺之石橋屹然無恙，連橋面都未碰壞，眞是奇跡。據當地人說，龍津橋未遭破壞，得力於臥在橋下之鐵牛。在水落石出的隆冬，此鐵牛即現出水面，筆者曾經訪問爲宋末之遺物，牛作臥形，昂頭向上游，左角已損，稱爲雷擊，據說牛與雷公鬥法時，狂風暴雨，山爲之震，此爲神話，不必多述。

江西街已無一間完整房屋，斷瓦殘垣，極盡悽凉之景象。那天，兩側廢墟滿立民衆，其中不乏遭受家毀人亡，孑然一身的難胞，面對此情此景，微笑中却飽含淚水。

新聞記者在東亞旅社門前乘陸總預備的卡車和吉普車，已先今井等而到達營地。今井正式報到時間原定四時，旋因桌子問題，中美人士意見不能一致，躭擱了不少時間。最後還是我們讓步，才告解決。

担任會場佈置的為陸總人員，為不使今井等過分難堪，露夜趕製圓桌一張，俾彼此圍桌而坐。美軍人員大表反對，堅持不願與戰敗國使者對坐而談，我們不便多事躭誤時間，於是臨時搬動，將美軍辦公之長條桌，併成一字形，上覆白桌布，下無席次，宛若會審。

蕭毅肅中將坐在桌子上方之中央，左右是中國陸總副參謀長冷欣中將，美駐華作戰司令部參謀長白德諾中將（原由中國戰區美軍參謀長巴特拉准將參加，因事阻留昆明，由白德諾中將出席），還有担任翻譯的王武上校，四週圍着數十名新聞記者和攝影記者，會場內外被擠得水洩不通。

今井由正門進入，垂頭直達桌前，以九十度的鞠躬，當即立正報告，「日皇已接受菠茨坦三國宣言，日本代表刻已赴馬尼剌向聯軍統帥麥克阿瑟將軍請示洽降事宜，駐華日軍在未奉到政府命令前，岡村甯次大將，不能做進一步之表示，但鑒於中國戰區內係由蔣委員長統一指揮，特派下官（今井自稱）先來接受何總司令之指示，故本人僅係負責聯絡之責，並無代表簽訂任何文件之權。」

這時，蕭參謀長接着表明身份，並介紹左右同僚後，要今井出示岡村甯次給予之委任狀，以證明其身份。今井則謂：「我說明還未接到大本營的命令，不能算是正式代表，此行只是為了投降前的聯絡，所以沒有委任狀。」

全場人聽到有點驚愕，既無證明，我方所提供的意見由誰負責。於是蕭參謀長說：「岡村甯次有無給你臨時命令？」今井答：「有。」今井隨即拿出岡村給他命令的副本，蕭參謀長點點頭，認為可以代替委任狀。

蕭參謀長當即秉承何總司令意旨，向今井指示要點多項，之後，隨即宣讀備忘錄及附件，並交給今井，令其在受領證書上簽字。

蕭參謀長旋謂「何總司令於八月十八日下午六時命令岡村甯次，要你隨帶駐中國本部及台灣、越南各地區內所有日本陸、海、空軍之戰鬥兵力，位置及指揮系統區分表冊到芷江來，你帶來了沒有。」今井答：「遵命帶來！」旋由背囊內取出各件用正步前行，雙手遞呈給蕭中將，退到原來位置後，又謂：「台灣及南越，北緯十六度以北地區，不屬岡村大將指揮序列，請另命案辦理。」

初步程序完畢，蕭毅肅開始宣讀第一至第四號備忘錄內容，由翻譯人員譯成英日文，內容是規定何應欽上將接受中國戰區、台灣以及北緯十六度以北越南的日本受降。岡村甯次應立即指揮這些地區的日軍停止敵對行動，並規定只能投降盟軍統帥蔣委員長指揮下之軍隊。第三和第四號備忘錄列舉各地共產黨活動情況，並指出延安已有密令，要各地武裝共軍或地下組織，儘量設法在此混亂時期，利用各種手段，接收日軍裝備，甚至暗中或強行破壞，化裝掠奪倉庫物資，以及製造其混亂等等。因此，特別規定，在蔣委員長指揮的中央軍未抵達前，日軍有責任維持當地治安，護衛自己所保管的軍事裝備和日僑財產。並對乘機作亂的任何不法之徒予以解決。

今井聽完備忘錄內容，又作補充說明各地日軍的配置以及南京、上海地區飛機場的情況，並申述岡村甯次大將的指揮權只限於中國戰區，在沒有大本營的命令以前，不能指揮台灣和越南的日軍。蕭中將表示同意，此案決定另作辦理。

繼由白德諾中將發言，由翻譯員譯成中、日文，白中將特別要求說明美軍俘虜的現況，並說明如有對美軍俘虜有不當的問題，將採取澈底處置。今井無從說出日本對美軍俘虜情況，只好連連點頭，表示知道。

蕭參謀長和白德諾中將發言完畢，蕭氏將備忘錄遞給今井，今井趨前一鞠躬，雙手接受，再一鞠躬，退回原處。蕭中將問道，「你對備忘錄內容是否完全明白？」今井答道：「完全明白。」至此，蕭氏宣佈報到結束。

由今井住處到報到地點，約七華里，沿途各地都見慶祝勝利的牌樓，會場的入口處也紮了一個懸掛中、美、英、蘇四國國旗在上面飄揚的大牌樓，小型旗幟由牌樓一直通到會場，遠遠望去，一片旗海。旗下充滿了觀看日本投降使的中、美人士，也一直運到營房會所。

今井等見到慶祝勝利的旗幟固然有點刺激，但對所經道旁一座墓碑，相信更有感觸。

近五里牌處，原有一座古剎，建築宏偉，爲明末遺物。抗戰初期，即爲此間第九空軍總站油彈庫借用，儲存油彈，不料爲日空軍偵悉，投中巨量炸彈，燃燒數日夜，百餘禪房、數十尊大佛悉化灰燼，僅剩一石牌樓孑立路側。石牌樓旁有一高塚，爲廟祝一家九口埋骨處，亦是全家殉難處。廟祝親友，在墓前豎一石碑，高及五六尺，上刻廟祝全家牲犧牲經過，當中楷書「勿忘此仇」，當今井過去時還未引人注意，回來時却見石碑塗以鮮艷顏色。斜陽照射，分外耀眼。攝影記者見此富有紀念意義之石牌，下車佇候今井車過，以便「攝景」，果然如願以償。

今井拒受抗議文件

當日晚，何應欽上將接重慶政府急電謂致今井第二次備忘錄時，須將菲律賓日軍藐視中國政府的荒謬言論，及在中國戰區尚有部份日軍，不服從日皇詔命拒絕投降情事，一併列入。

第二天，由陸總參謀處長鈕先銘少將携帶備忘錄共五份，到今井住所。今井見備忘錄其中兩份，表示驚訝，備忘錄之一，「目前在馬尼剌與美軍協商中的日本軍代表會聲稱，『中國由於國共兩黨分歧，治安情況不佳，從而威脅日本人的生命安全』等語。這是對中國最大的侮辱，以後不得再有此類言論。」今井答道，日軍馬尼剌的代表是否發表過此種言論，「支那派遣軍」未有所聞。

備忘錄之二，「日本軍隊中尚有不肯投降者，向中國軍隊，進行挑釁情事，應即制止這類行動，同時調查及詳報。」今井武夫辯稱：「如果日本軍不服從日皇的詔書，還有向中國軍隊挑戰的意念，那麼我們在蔣委員長未有指示以前，就不會自動來連絡了。」因此，今井拒絕接受這兩項備忘錄。理由是，他的使命只負責有關投降的連絡事宜，不接受任何抗議的文件。

當時，我方人員認爲今井態度傲慢，仍有不可一世的「軍國主義」氣慨，主張用折磨方法殺其氣焰，非使屈服不可。有人則不同意此說，認爲今井的使命既洽降，職責所在，可以拒絕使命以外之任何任務。

經過一番激烈辯論，何應欽將軍最後決定，撤回是項備忘錄，由陸總前進指揮部官員帶到南京，逕交日軍中國派遣軍總司令岡村甯次。這場爭端才告解決。

其餘三份備忘錄內容，乃屬日軍投降事宜，今井接受後并在受領證上簽字。至二十二日中午，洽降事大致已告完畢，按照秩序排定，當日下午五點，是中、美人員舉行會餐時間。並准今井一行參加。

聚餐會日使傷感

這個盛大的聚餐會，由何應欽將軍做東道，作爲慰勞中、美工作人員以及中外記者，幾日來在盛暑下辛勤工作。另有慶祝洽降工作順利完成之意。准許今井一行參加，乃有上述意義之外的另一意義，說明白點，含有侮辱性的報復。

聚餐地點設於五里牌美國陸軍營地，在敞寬的木板平房大禮堂裏，中、英、美、蘇四國國旗前，擺着半月形的餐桌，上舖白色枱布。何應欽將軍居中，兩側爲中美人員，按級次而坐，記者坐於兩翼。中餐西吃，酒菜極爲豐盛。

今井一行位於弧形之正中，當時，工作人員有不予木桌之議，後以恐予過份難堪，會發生意外事件，乃予兩辦公桌，拼成四方形，但未設座，菜肴亦異於上桌，沒有肉，更沒有酒。日使一行由招待人員導至台前，今井武夫背門居中，面對何應欽將軍坐位，肅然垂首而立。

何氏偕由昆明趕來參加的美國駐華作戰司令部參謀長白德諾中將進入會場，一聲「立正」號令，全場寂靜無聲，今井等乃作九十度鞠躬，表示迎訝，旋復姿式後，迄未平視。這時，面對這羣戰敗使者，既有點同情他們，同時心裏也有說不出的痛快。特別是何應欽將軍，相信他會想起十二年前「何梅協定」所受的侮辱。

這時何氏充分表示大國風度，命人設坐，今井等才坐下後，聚餐開始。

餐時，中、美人員猜拳行令，舉杯同祝勝利，還有人用日語對白，故意使今井一行難堪。

這時的中外記者羣，大多注意今井等之動作，只見今井武夫等進餐如常，其餘只是象徵式的動着，今井不時以目似是命令他們，不要露出過份難過，免失「武士道」軍人精神的儀態，但，並未使這羣高傲之輩，安詳的接受命運安排。

陸總工作人員替我安排的坐位，與日使距離最近，最有利於觀察他們細微動作。參與的日使，除今井武夫外，無不淚盈於睫，在我對面的前川國雄，就會抽泣多次，今井立即以目制止。後聞陸總工作人員說，每人面前桌上都有或多或少的淚水，他們因為不便使用手帕，祇好任由披面而下。這時他們當然感到敗軍使節的悲哀。但，不知會否想及，因日軍發動侵畧，中國艱苦抗拒，數百萬殉國軍民所遺下的孤兒寡婦，以及燬於炮火的失所人們，流了八年的血淚。

何應欽接見今

二十三日下午何應欽上將，在陸總辦公室接見今井武夫，畧致慰問之意。

何氏接見今井地點在陸軍總部臨時辦公處——宏濟中學會議廳，會場正中牆上掛黨國旗及國父遺像，下端用中、英、美、蘇四國國徽砌成一巨型V字（勝利的標誌），會場顯得非常莊嚴肅穆。

接見時何應欽將軍坐在正中，蕭毅肅、冷欣、蔡文治、美軍駐華作戰部參謀長白德諾中將及陸總參謀處長鈕先銘少將等，則侍立於何氏之後，時間是下午三時四十分。

今井武夫走到總部門口下車，身穿軍服，未佩軍階，通過長達百米的甬道，用沉重步法緩慢肅然的走進會議廳到距何氏台前約五尺處立定，然後一鞠躬。

何應欽將軍受禮後，即下達命令說：「我决定貴官仍乘原機飛返南京，向岡村甯次大將轉達本總司令關於受降的各項指示，中國部隊定於二十六日空運到達南京，本部在南京將設立前進指揮所，並決定於二十七日下午三時由冷副參謀長率領官兵一百零九人，分乘飛機七架飛南京，貴官須轉知岡村，屆時妥為接待。」何氏訓示歷時九分半鐘，今井頻頻鞠躬表示知道。最後何氏又轉達蔣委員長對日本的態度。何將軍說，「蔣委員長決不以戰敗國對待日本，希望大戰結束後，中、日兩國共同携手，作為東亞的安定力。並且表示將盡力說服英、美兩國，能使日本保持天皇制度。

何將軍訓示至此，即起立離坐。這時今井之陰沉面孔，有如雨後天霽，豁然開朗，深深向何氏一鞠躬，這一鞠躬充滿感謝之忱，行禮畢，後退五步，再轉身走出禮堂。

後據招待日使人員說，今井返回宿舍，將此消息告知同仁，無不喜形於色，只有駕駛日機前來的松源少佐似有無限心事，對即將遣返一行及中國擬建議保持天皇制度，好像與他無關，以後才知他之心情沉重的來由。

美兵欲將機拆骨

天眞的美國大兵，自日使抵芷江起，就像看把戲一樣老是圍着那架滿身創傷載今井的MC機；可是偏又碰到他們認為別具用心或以為很小氣的日機駕駛員，似乎還在保持那架舊機的製造秘密，連別人多看一眼也不願意。他將一塊紅布蓋在飛機上，除吃飯外，晚上也睡在上面。

那些美國大兵，只要他一離開，就將

紅布揭掉，大攝其影，有次當他們鬧得正兇時湊巧那位駕駛員來了，他們硬要他坐在駕駛室裏，供他們拍照，誰知這位駕駛員死也不肯，正在膠着時，幸而中、美憲兵及時趕到，將那些淘氣的大兵勸走，才免却一場無謂的糾紛。

使日機駕駛員難過的還不止此，當今井自陸總晉見何總司令回來，才知美軍擬將日機留在芷江，另派機送他們回南京，這使今井一行感到極大的震驚和苦惱。

美軍一位高級人員，提議留下日機另派軍機送回今井，理由是這架老爺日機，頗不安全，全井一行既經洽降回防，我們應有保安責任。今井當然不接受這個「善意」建議。可是日機駕駛員松源少佑，聞此消息，竟然大哭起來，堅決表示與駕機共存亡，機不回去，他就不願再見他的司令官。

最後何總司令得此報告，即打電話告知美駐軍作戰參謀長白德諾中將，僵持了一個多鐘頭的局面才告打開，四點四十五分今井一行才東飛南京。

事後才知這些淘氣的美國大兵，欲留下日機的用意，並非基於今井一行的安全，而是想把那架久經戰患的老爺機拆骨，俾每人取得參加這次戰爭的紀念品。當時他們尚不知那架飛機就是日本中國派遣軍總司令岡村寗次大將的坐機，要是知道，說不定早就把它分屍了。

今井的沉痛回憶

關於這件事情，今井武夫在一篇「洽降秘記」中提到那架機的歷史和駕駛員松源少佐當時心情惡劣的原因。

今井說，我們坐的MC機，還是特別借用總司令官岡村寗次的座機，經過長期戰爭之後，這架飛機的機身已有不少彈痕，加之速度遲鈍有如「老太爺」。見美機利用他們的快速度和高性能在我們這架飛機的上下，前後左右縱橫亂舞，充分表現了耀武揚威的神氣。

又說，到達芷江機場上空，從上面下望時，雖然是只有一面跑道的山中飛機場，但是週圍各處隱藏露出的飛機好幾百架，以視貧弱的日本飛機現狀，怎不令人吃驚。

又據今井武夫透露那位松源駕駛員的心事說，我在芷江時，吃的是鄉間味道的菜飯，大家都大吃大嚼，只有飛機駕駛員松源少佐吃得極少。我奇怪的問他爲什麽吃得這樣少？他用沉重的語調說：「我今年四十三武，在軍隊中是最年長的駕駛員，按照規定已經超過駕駛年齡三歲了。而且，現在停職了，這回恐怕是我最後的一次駕駛，已令人不勝其感慨！加之，這次我們的飛機在芷江機場衆目環視之下，標識的紅布蓋好一次就給人扯掉一次，其實我蓋紅布並沒有別的意思，只是怕雨水漏進去。在美國人看來，他們的飛機雨天同平時一樣擺在露天，毫不在乎，就覺得我蓋紅布是另有用意了。還有美國人看見我們飛機的推進槳還是原始的方法，要用手推動，圍着像看把戲一樣，那時眞像用刀子在我身上割我。

「芷江每天上午都有濃霧，如果我們回去的那一天，像現在的濃霧一樣，那我們就無法起飛，只好延期下去了。人家的飛機，不管濃霧也好夜間也好，飛來飛去，我們就飛不上去！作爲一個駕駛員，這是多麽可恥的事，我一想起這些，就食不下咽了。」

這幕洽降的歷史大典完成後，日使東下；何應欽將軍即日飛回陪都，向最高當局報告洽降經過，冷欣中將亦於二十七日率憲兵一連飛南京，籌組陸軍總司令部前進指揮所；中外記者亦分別離開這一歷史名城。

作者隨陸總第二批官員抵達南京。當時，首都市民看到由重慶携來的青天白日滿地紅國旗，無不歡欣鼓舞，若痴如狂。各業對「重慶客」（南京稱自重慶復員的爲「重慶客」）的親熱，前所未見，連吃東西也有優待。原在大後方有貶値之勢的「法幣」，也在淪陷區再度昂起頭來。

我經歷的一次老千局

‧朱鏡宙‧

民國十五年庚午，某日，虹口通商銀行分行經理王心貫，假大東酒店大禮堂，爲其子舉行婚禮，我往道賀畢，至衣帽間取帽，剛巧，廣東陳某，亦於此時正在卸帽，彼此打個照面，堅約我去舞廳小敘，我以不舞辭。陳說：不一定要舞，吃杯咖啡，也無所謂。少頃，陳知我仍在市銀行。問道：銀行能否代客買賣房地產？我答：那，自然是可以。陳言：很好！他有一個朋友朱某，是湖南省長何鍵的經理處長，奉命來上海，想買座房子。我問：要多大？陳答：大約三數十萬上下。我答：好！我來想法子。遂辭去。

過了數日，陳以電話問我進行情形如何？我答：看好了一處，要價三十五萬元，最好請朱先生自己去看。

又數日，約定時間，在東亞旅館某號去看朱先生，是個年約五十餘歲的人，長袍馬褂，一口湖南話，土頭土腦，十足是個鄉下學究的打扮。房內有一隻約十六寸長的新皮箱，此外並無他物。

見面以後，他問起房子的情形，我約畧說了一番，並建議最好由他當面去看個明白。於是朱、陳及另一位姓李的伴同前去。但看的時候，我發覺朱某心不在焉的一幌，就算了事。並說：房子很好！價亦不貴，我當去電何主席，詳細報告，請其滙欵。

隔了三天，朱某出示何的復電，畧言，現滙上十萬元，做爲定金，俟一切手續辦好，即當全數滙上。鍵。

這封電報，是用打字機打成，看不出半點僞造痕跡，當時對於我，確有着莫大的誘惑性，足見他們的組織是何等的龐大與週密！

在這事的過程中，還有兩枝小插曲。一天下午，於某旅館，作方城之戲。內有一廣東女子，陳某介紹說：她是某太太，先生赴香港經商，兩月未歸。又某夜，他們約我去妓館，打了四圈牌，底身並不大，約好五個番，每十和作頭的四元，作脚二元。但一圈以後，作頭的買五十和，作脚的頂五十和，這樣一來，起碼每次和倒皆在百和以上，如果加番，數字更可觀了。

我對於打牌及逛妓院，都不感興趣。看一筆買房子的生意經面上，不得不奉陪。所以他們買頂，我一律宣佈擋駕。然而結果，我還是輸了一百餘元。

四圈結束了。陳李同時向朱某要求，房子如果買成的話，希望他幫個忙，作爲中人們的特別酬勞。朱問：怎樣幫法？陳李同聲答道，請多加三數萬元。朱想了一回，故現難色，說：我同何鍵，既是至親，又是部屬，怎好去騙他，這個忙委實無法幫，請二位原諒。

陳李又苦苦地要求說：何鍵的錢太多了！那還不是從老百姓身上搜刮來的麽？多拿他三數萬元，眞是九牛一毛，你又何必如此認眞！

朱某又遲疑了半晌，始勉强地說：好罷！他的錢，委實多得無法計算，買這麽一宅漂亮的房子，多出幾萬元，也無所謂。不過被何芸樵知道了，不僅我的飯碗要打破，只怕腦袋也要搬家哩？

陳李同聲說：那，你老人家放心，這件事，只有我們四個人知道，我們還會公開去宣布麽？如果你老有點不相信，那，我們可以結爲兄弟，對天立誓：有福同享，有禍同當，你看怎樣？

朱某於是欣然說：這樣，很好！

我呢，剛巧，是年因買賣公債，虧去萬餘元，滿想這筆交易成功，則手續費所得，可以抵償公債損失而有餘，也就樂觀厥成。

誓文由我起草，內有絕子絕孫句，朱某看了，呆了一下，但恐被我發覺，立即同意，由陳李燃着香燭，對天三拜，然後將誓文燒去。

數天以後，陳約我同去看朱某，催他付定洋。至則朱某側臥牀上，頭面向裏，長吁短歎，陳李問道：大哥！你有些不舒服麽？朱某只管搖頭歎氣，不答一語。陳李又說：你爲什麽不說話呀？我們不是造了有福同享，有禍同當的兄弟麽？你的事，也就是我們的事，你何不好好地告訴我們！

朱某始淚光隱隱地說：昨晚虹口有位朋友請吃飯，飯後猜寶，將我的十萬元，輸個精光，不但今後房子買不成，教我怎樣回去見芸樵？我只好自殺了！言罷，放聲大哭！

陳李面面相覷，想了一回，說：大哥一定受騙了。

朱某聞言，故意裝出一股驚愕的態度說：受騙？

陳李：是的。大哥如不信，我可做給你看。

於是用許多化學圍棋子，做了一徧，說：是不是這樣？

朱某連聲答道：不錯！不錯！是這樣！是這樣！

那還不是受騙？

辦？

朱某至此，又裝出萬分懊喪地說：唉！我眞受騙了！該如何

陳李故意想了一回說：我們不是「有福同享，有禍同當」的兄弟嗎？難道硬看老大哥去跳黃浦江？

朱歎了一口氣，不跳黃浦江，還有什麽辦法？

陳李：我們何不設法找一位瘟神，來做個替死鬼？

朱某：這到是個好辦法。但有兩個問題：何處去找瘟神？而且我們也需要幾文本錢，才可使他人上鉤呀！

陳李：第一個問題，只好由大哥去設法。關於第二個問題，由我們三個人負責。說罷，六隻烏黑黑的眼睛，同時不期而然都集中在我的身上，期待我的回答。

這是他們半個月來對我這個瘟神所導演的戲法中最後一幕了。如果我的答復是否定，那，他們就要後頭重行排演過；但决不能從此罷手的。

陳某看我久不作聲，揷嘴說：二哥！我們不是「有福同享，有禍同當」麽？事到如今，難道眞個坐視老大哥去跳黃浦江而不一加援手？

這是「大義凜然」的一句話，使我再也無法躊躇了。我問：要多少？

要多少？那待老大哥獵到目的物後再說。如果找不到，只好一切作罷。

約莫又是一個星期了，陳李來說，目的物已經有了。是一位湖南沈百萬，平日無論做什麽事都一毛不拔。惟有對賭博，則萬金一擲不惜。約某日在旅館相見。

當我見到沈百萬的時候，立即起了一種感覺，這位仁兄，穿一件黑而且舊的長衫，手提一隻小皮箱，言動舉止，全是上海灘上所謂的「癟三」，那裡有一絲半毫像個百萬。

當時的沈百萬，也只是驚鴻一瞥的就走了。朱某接着說：已與沈約定今晚九時，在東亞旅館某號房間相見。不過兩方都要帶

現鈔去。你們看該如何辦？

我們兩人同認一萬元，請二哥也出一萬元。

結果，我的一萬元輸光不必說，朱某還要我打張五千元期票給沈百萬。我說：他與我素不相識，我的期票，他會相信嗎？還是由你出給他罷！

朱某連忙說：好！好！

兩日之後，陳某忽約我去東亞食堂晚餐。並商返本之法。我忽良心發現，向陳說：我們所做的是什麼勾當？大傷人格不必說，萬一被捕房知道，還要去坐牢。我愛名譽，我尤愛我的人格與地位。我們想幫忙朱某，解救他的困難，是義不容辭的。但不能用這種卑鄙齷齪的手段去幫助別人。自今日起，請你不必再提這件事。我輸去一萬元，只好自認晦氣，如果房子買成功，我的手續費所得，足以補償損失，那就萬分滿意了。我愈說愈傷心，竟至痛哭不已；這，確實是我當時用眼淚對於一切罪行的懺悔。

這場面，是大出陳某預料之外，只呆呆的坐着，不發一語。我想：他的良心，當時或許也有些感動。

次晨，我的辦公室電話鈴響了，接起一聽，說：朱某要我去東亞旅館某號房間談話，我答：沒空！有事，我當派車來接他。少頃，司機返報，某號房只有捕房探目二人，沒有姓朱的。

我頓起疑慮，以爲朱某或將因事出了紕漏，於是往訪市政府警察局長袁良文欽，告以經過。到底做警察局長的人有經驗，開口便說：鐸民兄！你怕上當啦？我說：不會！朱某是個道地的湖南鄉下土老頭兒。

別袁文欽不久，忽來兩位不速之客，名片上刻着新閘捕房探目，坐甫定，即語我說：朱先生！你可知道你受騙了麽？我們知道你是好人，所以特地來拜訪你。只要你肯出面承認這件事，我們一定將你的損失，全數追囘。

至此，我始明白朱某是個騙子。然而當時靈機一動，覺得上海捕房探目，也不是好東西；他們不經請求，爲什麽這樣自動地來獻殷勤，其中當然必有文章；算不定與朱某串成一氣，想在我身上另打第二批主意—詐嚇，是有其可能的。那，不是更自找麻煩麽？

主意既定，於是我立刻否認其事。

他們呆了半晌，接着說：朱先生！請你不要誤會，我們完全是好意。我們決不會連累你的。請你仔細老慮一下，下次再談。

我說：我自然知道二位是好意，但既沒有這件事，我也不便誣陷好人。

好人？他們冷笑着說。就這樣告辭而去。

不料兩天之後，他們又來嚕囌了，甚至一天之中，數次電話找我。於是我對這兩位探目仁兄的美意，至此，始完全瞭術。

遂去找杜月笙，告以經過，並將新閘捕房探目的名片，一併遞給月笙看。月笙說：現在上海還有這樣的事，遂立時電召四馬路黃順興（？）酒館老班黃某，當我之面，將探目名片給他，並嚴厲地說：公館（月笙自稱）的朋友，你們也可亂來。趕快找他們來！

月笙的命令，比前清皇帝的上諭還有效。不一刻，兩位探目都來了。當着我的面前說：我早已通知朱先生，如果先生肯承認，人贓早已並獲了，我只好報以苦笑。

月笙又說：公館的朋友，你們也不看清楚，趕快將錢追囘來。於是他們齊聲連諾，各自散去。月笙並推我榻上對坐，滿房間的衆弟兄們，都在側目相覷，竊竊私語。這是月笙有意安排，也是他的聰明之處。任何人要想在上海灘上平安混日子，法租界杜公館的大門，你必須要打通。

一個星期的晚上，探目送來六千元。月笙說：不夠！我說算了罷！月笙哥！終是我的運氣不好，所以會碰上來。不過你的厚意，我是非常感激的！

後來，浦東杜氏宗祠落成。所有全國的名伶，如梅蘭芳等四大名旦，楊小樓、馬連良、高慶奎、譚富英、李吉瑞、龔雲甫等名伶，都被羅致。市府的高級職員，一律接到請帖。座位在正中前面幾排。我於坐定後，忽然看見一位穿短衣的人物，在台上跑來跑去，似甚忙碌。定睛一睢，原來就是騙子自稱何鍵的經理處長朱某。

我俟他下來坐定後，就過去一把捉住：經理處長！好朋友！老大哥！你也在這裡，我們終算有緣啦！過去的帳還沒算清楚，今天該算一算吧！

他忸怩而帶驚惶地說：我們是劫富贍貧的。

劫富贍貧？可是你該知道我是靠薪水吃飯的朋友，並不是上海灘上的富戶喲！

他無語。

我說：好！等看完了獻文，我們再談談。說罷，我仍回到我的長官座上去。這是我有意同他開玩笑的。

其實，我當時也想過，他們做壞事，是靠租界做護符的。浦東是中國地界，而且警察局長袁文欽當時也在座，要捉他，是不成問題的。但是今晚是杜月笙天大喜事，我們都是來道喜的。事情鬧出來，於月笙面子下不去。而且數目僅幾千元，萬一月笙拿幾千元給我，好意思替他收來麼？算了罷！一切都是自己不好，何必多惹煩惱？

由於這件事的發展，上海整個黑幕，都被我戳穿了。一切罪惡，捕房的探目，乃是唯一的導演者。而背後坐地分贓的大老班，却是舉世矚目的所謂「上海聞人。」

現在我該說一說我與陳某的關係。

我與陳某，素不相識。是夏歷九月十一日，爲朱一民先生四十誕辰。先生任總司令部參謀長時，我任軍需處副處長，算是我的老上司，所以那一天，我也去道喜。到的人很多，共開十多席，我與陳某同席。自我介紹說：廣東人，做過龍濟光部下的統領。問我現在做什麼事？我以上海市銀行對。我們的友誼，就此爲止。

大約銀行二字太響亮了，所以引起自稱統領的陳某注意。但我相信朱先生未必認識陳某。大凡做這種勾當的人，凡是濶場面，他都要去混，目的是在獵對象。縱使與主人無半面之緣，他相信永遠不會當場出醜的。如果他對主人點頭微笑，主人可能也會點頭微笑報之。要與主人閒聊幾句，主人也會報他一二句。朱先生曾做過軍長指揮官等職，部屬如林，教他有什麼方法去分別？我親眼看見一位相當濶的某君舊部，在上海某旅館，三吃一大吃了李明揚一批。約在四五萬元之間。因此，奉勸世人，凡是濶場面所遇見的人物，未經主人確實介紹，千萬不可如便相信。無正當職業而住濶旅館，雖係熟人，亦須加以注意。否則，你會容易上當；我，就是這樣上當的一個過來人。

大凡做這種勾當的人，都是相當聰明的。他們能利用人類「貪」的弱點，使你漸漸上鈎。財與色，是人類貪的對象。如有人能擺脫財色二字，那，他們就無所施其技了！

即以我此次所遇的來說：設使我不貪買屋的手續費，我就不會入他們的圈套。這是我貪財的報應。

他們無論如何聰明，有時總會露出馬脚來。第一次同去看房子時，「心不在焉」一幌了事。第二次，因誓文有絕子絕孫語，朱某呆了半晌。第三次所謂沈百萬也者，簡直是個上海灘上小癟三還不如。但是我當時一意貪些手續費，竟始「覺」而終不「悟」，終至上吊！糊塗懵懂，利令智昏，於人何尤！

他們也曾利用女色，陪我四圈，並且暗示我她的丈夫，遠去香港。我如貪色入彀，她的丈夫，會比噴射機還要快速千萬倍，自香港立刻出現我的前面，來個「仙人跳」。那時悔之，已經來不及了！

我佛慈悲，所以殷殷垂誨，教世人戒「貪」。假使盡人能做到不貪，世間一切罪惡，皆可從此結束。

粉筆生涯二十年（四）

張丕介遺著

從南泉到湯山

記不得在什麼地方聽到一段饒有人生哲學意義的話，大意說：人是環境的俘虜、習慣的奴隸，和成見的犧牲者。環境、習慣、成見，合起來是一種强而有力的惰性，使一個人的生活不由自主的受了支配。只有經反省而覺悟的人，纔能起而反抗，改變被動的生活方式。然而能做到這一步的人却並不多見。

我也是這樣一個被惰性支配的人；抗戰的頭幾年更是如此。

戰時的非常環境，造成了多數人不合常規的生活方式；長年累月的非常生活，竟慢慢的成了習慣。在心理上培養起一種奇怪的機械式的反應。例如敵機濫炸陪都時，人人危懼，寢食不安，隨時準備逃警報，入防空洞。時間一久，大家習若固常，躲警報竟成日常生活的固定節目。假如三五天平靜無事，聽不見嗚嗚的悽厲警笛聲，就好像失去了一些什麼似的，心中不由的發生難以排遣之感。他如國際戰局變化，前方敵我進退，物價與幣值的波動等，無不有同樣的作用。

在那種情形下面，我由西北而西南四次往返，雖名爲教學生涯，實際上却既沒有認眞的教，也沒有認眞的學。在環境支配之下，大部時間精神全浪費於無聊的行政和應付上面。同時，放心難收，好像非那樣緊張忙碌不可了。我由雲南回到四川的那年，稍爲覺悟。那時天天教人，而自己越覺教材陳舊；名爲授課，實等於發售陳貨，而且越想教好；越顯得存底空虛。我常覺自己不但沒有進步，簡直日有退步。面臨着方興未艾的大難，想着異日重新建設時期應盡的責任，使我不得不澈底反省。這樣，我纔重新回到重慶，决心尋找一個改正生活方式的機會。

那是從二十九年到三十二年的一段，也是我在大變動時代中比較安定的一段時間。在二十年之中，那也是教學研究最積極的一段時間。地方是陪都的南温泉。

南温泉是重慶南郊的一個風景區。從重慶市區到南泉，須跨過急流淺灘的江水，在海棠溪上岸後，再走十五六里，便到了那條短而急湍的花溪之下游水壩。這裡是後來有名的小温泉。由南京西遷的中央政治學校，便設在溪邊的一個窄狹的山谷裡。從這裡乘手搖小舟，溯流而上，好像一段長江三峽的縮影，兩岸陡峭，樹藤雜亂，而水流湍急。約三十分鐘，就到了南泉的市區。市面很小，一切原都是爲少數遊人來洗温泉而設備的。市區幾全是傾斜在二十度以上的山坡，眞正平地，大約不到半個平方里。許多人家的住宅都建在高出平地百尺以上的山上。我在這個地方，先後定居了五年，每天上山下山不止一次。而我住的地方又比平常人家更高些，上山一次就要半小時，往往累得通身是汗，所以這個地理環境給我的印象特別深。但是我也深愛這個地方。三十四年秋，抗戰勝利，人人爭着復員還都，我竟捨不得離開，遲延復遲延，直到三十五年的國慶日前夕，我纔不得不走。人在一個地方生活久了，就容易對它依戀難捨，何況南泉又有那許多自然之美？人在亂離之中，最容易發生懷舊的心理，一提到南泉，便由不得爲之悵然。

我之定居於南泉是由於兩個機緣：一是到中央政治學校任教，一是參加創辦中國地政研究所。但是由於這番定居，使我的生活發生了相當重要的轉變。首先，我結束了許多年擺脫不開的學校行政工作，使我恢復了單純的教書生活，這是我引爲最快意的轉變。在南通，在武功，在花溪，我都經歷過辦理學校行政的味道，我證明自己根本沒有那種天才，也沒有那種興趣。每當我坐在辦公室，處理普通行政工作時，便不免一種不自然的感覺，好像一頭笨象站在瓷器店裡，稍爲轉動一下，便有粉碎那些精巧商品的危險。但無論政校，或地政研究所，都不需要這樣的人，所以我感覺非常安心而自由，而這也是我此後數年中能專心致志於研究工作的主要原因。

其次，定居南泉之前，我一直不能忘情於自己特別嗜好的農業活動。從南通時期開始，我選擇的教書地點總是農學院；在學校任教時間，總把一部份精神分到實際農業活動方面。我不是學農業技術的，但我的興趣却偏向於那一方面；至於我讀書，思考，討論的問題更是偏於那一面。農業經營學和農業經濟學成了我最喜担任的功課。其實我在這方面雖非完全門外漢，終究是半路出家的。在西北攷查荒地，在雲南辦理墾區，在貴州辦理農場，可說全是這一特別嗜好的發洩。——但是一經定居於南泉之後，這類活動便完全中止了。這一轉變的原因，第一是環境不許我老是跟着自己興趣走；第二是我發現了新目標，它吸引着我，使我在治學方面與社會活動方面都轉移了新的方向。

我和政校的關係早在民國二十四年。那時它的地政學院設在南京中山門外孝陵衛，是比普通大學高一級的研究機關。那年我由德國囘來，一時還沒有決定自己的前途和職業，巧逢中央土地調查委員會整理全國調查資料工作開始，我被邀臨時參加，而工作地點適在地政學院。於是我一面担任資料整理工作，一面就近爲學院開了一班討論會。在那次半年多時間內，我結識了領導我們地政界幾位重要朋友，如蕭錚，湯惠蓀，萬國鼎，鮑德澂，李慶麐諸先生。當然我也和中國地政學會與以後的中國土地改革協會結下了很深的因緣。但是我對於政校却很少瞭解，甚至可說，我懷着相當的成見，不願和它多生關係。

和許多人的誤解政校一樣，我的成見繼續了好多年而後打破。

政校是由中央黨務學校蛻變而成，由國民黨中央負責人主持，不屬教育部管轄，因之在體制上與一般公私立大學有許多不同。加上學生全體公費，軍事管理，畢業生派赴各級政府見習和任職等，於是它明顯的是一所政治性的訓練機關。這一特點引起許多人對它的誤解，確非偶然。第一，大家懷疑它政治性之濃厚，而且在當時有「以黨治國」一句口號，則政治只是國民黨一黨的政治，凡在政校任教或求學的人，當然必須絕對服從黨的命令，那麼學術自由當然不可能，思想自由更有危險了。第二，國民政府的政權在國民黨，政校又是爲它養成政治幹部的學校，那麼學生之將來在「做官」，固不成問題，而在學校任教的人也必然是現任的，或者將由此而出任的官。既然教與學的主體全是做官一套，當然夠不上是一個高級學府；凡不願與官有關的人也便不肯和它多生關係了。

我不能說以上的兩點誤解全無根據；然而經過多年的比較觀察，經過對事實的分析認識，我必須承認，誤解終是誤解，它的根據是太不充足了。二十九年的冬季，我由雲南回重慶後，決定應政校之聘。自那時起，直到開始流亡，我和政校（其後改爲國立政治大學）有着八年的關係。在我親身經歷之中，我發現政校的特點差不多竟和一般人的誤解相反。

抗戰期間，我由四川出發，往來於西北西南者四次，差不多跑遍了後方各省，也順便參觀了各公私立大學。其中大多數都鬧過學潮或醞釀着嚴重的內部矛盾。學潮和矛盾的原因，一部分可以說是政治性的惡劣表現。教職員間派系之爭，學生中間的思想問題，都是公開的秘密。若求一個免於這種情形的大學，那麽政校就是最例外的典型了。它沒有學潮，沒有矛盾。最令人驚異的是，政校的教授竟是一羣與實際政治活動完全絕緣的標準書生。（指專任教授而言，至於兼任教授便不盡然。）凡有政治野心的人，即令其一度參加政校，也不會久留於政校，因爲他很容易接近中央上層，隨時可高陞而去。剩下來的全是安心以教育學術爲終身目標的書生。更特殊的是，在教職員之間，沒有別處風風雨雨的派別。其他大學，爲了留學國度不同，地方籍貫不同，政治信仰不同，乃至因私人關係不同，而造成許多痛心的罪惡，政校却毫未沾染。說來令人難以相信，但這是鐵一般的事實：政校教授在言論和思想上享有任何大學所沒有的自由。校內公開演說，校外發表文章，批評政府，其態度有時凌厲過那時所謂民主人士。但從來沒有一次遭到干涉。而課程內容與教材選擇，尤極盡自由之能事。學校當局對教授之尊重，使人感覺到教育的莊嚴。有一次爲了訂立中蘇友好條約，學生情緒非常激憤，舉行了一次公開討論，我被邀主講「我國的邊疆問題」。若在其他大學，我那激烈的言論，很可能造成一次大不幸；但在政校却只是平常的一陣掌聲而已。

政校還給了我兩種方便：一種是我的課程負担很輕，第二是我行動自由。

政校內遷後，原有三個研究性質的學院（計政，合作，地政）被停辦，但爲適應政治要求，先在南泉添辦了一個二年制的地政專修科，不久又改爲四年制的地政系（此外並行的系有政治，外交，經濟，新聞等），設在小溫泉。我爲地政系教授，担任三門課程：土地經濟學，農業經營學和墾殖政策。三門課中，土地經濟學每年開設，另兩門則隔年輪流一次。如此，我每學年只有兩門課，每週上課六小時，比我過去在任何農學院的負担減輕多了。課程少，所以自由的時間多，這是那幾年能夠努力於研究的主要條件。每次上課下課，我乘小舟而往來於花溪之上，總有幾位同仁相伴，大家自由暢談，非常開心。今天他們之中的一部份還在大陸上，不管他們處境如何，總之絕沒有當日的自由生活了。

政校只要求我按時上課，其餘時間，完全自由；而我的自由行動却大大超出了這一範圍：民國三十年夏天，我爲農林部調查西北荒地，來回半年；民三十二，我被貴州大學借用，一去就是兩年。但我每次回來，仍然在政校任教，因爲我的聘約是繼續的。此外，我在南泉參加中國地政研究所，在南京兼任建國法商學院的功課，政校一律未加限制。當然其他生活更是自由了。我們從事教育與學術工作的人，並不需要什麽特權優待，但生活自由，思想自由，言論、著作自由，却斷不可少。在大陸上的學人們今天談不到這一層了，不知他們回想當日情形，作何感想。

抗戰勝利前夕，我從貴州重返南泉，再到政校教書。勝利復員中，它改了招牌，也改了體制，成爲直屬教育部的「國立政治大學」。當我於三十五年回南京時，看見那塊白底黑字的大招牌，很醒目的懸在紅紙廓校門前面。然而這時的整個局勢已急轉直下，明眼人早已看出大難當頭的危機了。又一年，政校和中央政府一樣，陷於惡劣情況之中。不久它又要搬遷了。由於時局變得太快，學校一搬再搬，終於宣告夭逝。

在復員之始，政校曾有大規模發展計劃，所以建築工程特別積極。孝陵衛的新校舍已完成了一部份，我首先獲得遷入。原來爲市內房屋太少，房租太高，我曾住在南京郊外的湯山。交通方便，而又有溫泉之勝。但新校舍的園林美景，鍾山及孝陵的壯麗，更過於湯山。可惜只住了短短幾個月，在共軍渡江威脅之下，只好倉皇出走了。我親自經歷了兩次大刼：日軍迫近首都時是一刼，共軍渡江時又是一刼。我看到萬千軍民的悽慘情形，也嘗透了國破家亡的味道。……聽說政大現在台灣復校了，我希望它能保持優良的自由傳統，成爲異日復國的偉大力量！

我和「地政運動」的關係，以參加創辦中國地政研究所一段時間最密切。而這一段時間對我教、學兩方面都有極大的決定性影响。

所謂「地政運動」，除參與其事的少數人外，一般人對它的性質和內容多半相當模糊。這一運動實際上包括着四種努力日標：一是學術性的目標，以中國地政學會爲代表，其目的在從社會科學立場去研究平均地權的理論；二是教育性的目標，以政校的地政學院，後來的地政專修科與地政系爲代表，其目的在爲推行中國地政而培育幹部人材；三是行政性的目標，以各級地政機關爲代表，其目的在擬訂各種地政法規及實施此法規；四是社會運動性的目標，以中國地政學會及後來的中國土地改革協會爲代表，其目的在普及土地改革思想於社會各階層，以加速平均地權的實現。所以地政運動雖然是一種運動，而其涵義却頗爲複雜。不過，各種不同的目標却又有兩個共同的因素，所以它仍不失爲一個統一的運動。那兩個因素是：第一，孫中山先生的平均地權是我國地政的最高原則，四種目標都以此爲其出發點與其最終的歸宿點；第二，發起地政運動，主持和領導地政運動的人，始終是中國地政學會的諸位會員，不過他們在不同目標之下，用不同的身份和方式，分別推動這一運動而已。中國地政研究所就是這學會所創辦的；除去行政一點外，實兼有學術、教育及社會運動三項目標。

二十四年我加入設在南京的中國地政學會爲個人會員（另有團體會員），其時學會已成立了三年。政校的地政學院是它的大本營，各教授全是學會的基本會員，也是此後二十幾年來主持領導這一運動的班底。

由於我偏好農業問題的研究，所以我對地政運動也特別關心。不過直到研究所成立，我並沒有爲它做過特別的工作，因之它對我的生活也沒有特別的影响。那時只是循例參加會議，寫寫有關地政的文章，及參加土地法的修訂工作。

戰時後方土地問題的嚴重，共黨假借土改的階級鬥爭煽動，以及戰後全國土地問題的重要性，使人人意識到地政運動的薄弱無力，不足適應實際的要求。恰在這時，政校原有的地政學院被停辦了，更使學會諸人焦灼。二十九年冬季，我由雲南回到重慶，即與在渝諸友，展開討論，尋求一補救辦法。政校添設地政專修科，當然還不夠客觀的要求。於是決定創辦一個私立的研究所，從學術、教育與社會運動三方面同時下手，來推動政府的建設。

當時學會的幾位基本會員大半在重慶，而其中一部份又都在政校任教，所以籌備工作進行很順利，三十年春季便正式成立了研究所。所長蕭錚先生，我兼秘書長，萬，李，鮑，湯諸先生分任各組主任，即刻打起鑼鼓開戲了。

研究所一開始便有相當規模，其原因應歸功於以下諸方面：第一，政校內遷時，地政學院原有大批圖書，未受損失，一直保存得很完整，現在無條件撥給研究所，成爲極重要的一份資產；第二，研究所的教授是政校專任教授，在所中工作，完全是義務性質，所以研究所沒有人事的經濟負担；第三，各省市在急需地政人材中，非常樂與研究所合作，除去選派研究生外，還多少分担一部份教學費用；第四，研究生在研究期中，隨時可派到各級地政機關實習，或被派至各省市調查，所以大部份學員（研究生）進步很快。

研究生的選拔與訓練都相當嚴格，因之，也連帶着加重了辦理者的負担。但當時更重要的還不在這方面，而在各教授的研究與向社會各方面的宣傳。除各個人專門問題研究外，共同研究的對象是戰時的及戰後的土地政策。我們起草了一個「戰時土地政策大綱」，建議給政府，後經公佈實行（城市地價稅就是其中之一）。我們繼續修改土地法的奮鬥，終經立法院於三十五年通過。為了研究與宣傳，我們在「地政叢書」之外，又刊行了「地政叢刊」與「人與地半月刊」。這些工作都是與上課，討論，調查，實習同時進行的，所以無論教授學生，莫不十分積極。

參加辦理研究所的工作給我許多寶貴的經驗。為了設計研究所的組織、課程等，就花去很多的精神。我們差不多搜集全了各公私立研究院所的章程。學員的入學考試和取錄標準，就討論了許多次而後決定。我記得那時規定的三項主要標準是：（一）一篇大學畢業論文或學術著作，經本科教授一人或兩人的正式推荐；（二）各省市現任地政人員有兩年以上實際經驗並有大學畢業程度者（由各機關自行考試保荐）；（三）筆試與口試。至於入所後的工作，則由各教授分組與個別指導，一律按規定時間呈繳成績；然後分組批評討論。

我担任的課程，在政校與研究所，都有土地經濟學。因為兩種學生程度不同，實際上並討不到便宜，我必須分別準備教材，內容也大有區別。對於地政系學生，我教的只是土地經濟學通論，對研究生却集中於土地經濟學理論與實際問題的討論。為了準備兩份不同的教材，我開始了一個和過去不同的方式，就是我分別寫成兩份詳細的講義。通論部份後來經中華印行為土地經濟學導論（三十三年）。研究所的講義定名為土地經濟學，約三十五萬言，但未及付印，我去了貴州；再回重慶時，又適逢勝利，不幸在次年回南京時，運行李的船沉了江，於是數年心血，付諸東流。

研究所給我的方便很大。首先，它有一大批德文書，大都與我的研究工作有關；其次，在所工作的幾位朋友，不但在感情上極為融洽，且在學問上都為我所敬佩。許多重要問題，常經反復討論，使我得益良多；第三，研究所藏有相當完備的地方志書，和學員之來自不同省市一樣，使我的見聞範圍大為開擴。

地政學會與研究所隨勝利而遷回南京後，面臨的形勢比戰時更為嚴重。共黨的勢力已超過了假借土改而煽動民衆的階段。若要與共黨相週旋，決不是宣傳所能收效的，而對土地改革的宣傳，更顯得無補於實際。我們幻想着一種澈底有效的土地政策，或者可能多少挽回農民的動搖心理，和糾正政府在一般人心目中的地位。為了盡人事，作最後的努力，我們創立了中國土地改革協會，並且公開我們最具體的主張：農地農有，市地公有，富源地國有。協會的號召，曾引起社會的相當同情，然而時間太短，在沒有什麼表現之前，已是形勢全非了。——中國地政運動的主要領導人物和幾個組織，現已在台恢復其過去的活動。台灣這幾年的土地政策推動工作，大部份出於這些朋友和組織之手，證明我們一向的主張並非只是書生之見。

重慶的氣候是有名的熱，夏季日間高過百度，夜間超出八十度，都是常事。多霧多雨而又鬱熱，有時使人難以忍受，而抗戰中期，情形更壞。敵機空襲頻頻，使人備受威脅。但恰在這一特殊環境之下，我的教學和研究工作却比任何以前諸年為積極。由於感受客觀環境之實際需要和身邊圖書與朋友之便利，我這一段時間的教、學、寫、研究，完全集中於我國土地問題方面。這樣精神專一的情形是許多年來所未有的。不管天氣或空襲，我給自己定了一個每天時間分配表：三分之一應付功課，三分之一讀書，三分之一編寫預定的幾本書。如此每天工作時間便常在十小時以上。感謝我的健康條件，我三年之間，如此繼續工作，竟沒有生過一次病。

我把過去常用的自由講演方法，一律改為講義，而講義的編寫又一律依照專書著作計劃來進行。這一來便使教學與著作合而爲一了。我改採這一方式的原因之一，是我教的幾門功課大都缺乏專書，學生不便，我也不便。例如土地經濟學是政校與研究所的主要功課，但當時可找到的專書只有兩本，一是中譯日人河田嗣郎的「土地經濟論」，一是中譯美人伊利的「土地經濟學」。兩書本身都很有價值，但其內容取材却全不適於中國學生，而其理論亦各有所短，更不適於教科書之用。我們幾個朋友曾發了一個大誓願：「要社會科學說我們的言語，講我們的問題」。這個原則引動我着手去編寫一部「土地經濟學」和一本「土地經濟學導論」；爲了同樣的需要，我還進行了下面幾本書的計劃：

「墾殖政策」是一部十幾萬字的小書，是三十年在西北考察以後寫成的。書成即由商務出版（三十二年）。據我所知，中文著作中，連我這本小書在內，談墾殖政策者共計兩種。這書的內容相當偏重邊疆的開墾問題。

「經濟地理學導論」是根據德人施密特原著同名之書改寫的，約二十四五萬字。我沒有担任這門功課，但我多年經驗，知道農業經濟系和地政系學生有這一需要，而當時出版界却缺少一本關於地理學之理論的著作。施密特原著頗負盛名，不過原書引用資料及理論說明，仍有許多不適於中國學生參考的地方。我改變初意，只擬爲學生作課外參考，並不打算出版。三十四年我由貴州回四川後，由於商務方面之要求，終於付印了（三十六年）。

「土地改革論」是一部翻譯，原著者爲德國土地改革同盟領導人達馬士克（Adolf Damaschke, 1865-1935），書長亦約二十四五萬字。本書專爲地政研究所的需要而翻譯，後亦由該所付印（三十六年），可惜印出發現錯字太多，始終未經發行。今年該所提議，重排重印，大約不久便可與讀者相見了。（編者按：「土地改革論」於一九五九年元月由台灣土地銀行研究室重排出版發行。）

我担任的課程中有一部份沒有講義的，如農業經營學和中國土地問題，還是照以前老辦法，先擬要點，再作講演。我之所以不編講義，實在由於時間不夠了。這兩門功課的筆記數量都極可觀。我原希望勝利以後改編成書，却不料一聲勝利，反而一切都成幻想了。

在我進行上面幾項工作之外，地政學會創辦了「人與地半月刊」，由我担任筆政；但只編了一卷，由於精神與時間實在有限，只好辭去，另請別人繼續。

那是一段十分緊張，而且充滿了困難的時期。因爲經濟窮困，大大的損壞了健康，雖沒有病倒，可是自己知道，已差不多瀕臨了最後的界限。然而畢竟精神勝於物質，我那時對勝利抱着無限信心，對地政前途，尤以爲光明無限。靠這一信心的支持，我的工作十分積極。空襲警報响了的時候，我便携帶準備好的小籐箱，步上山頂，坐在竹林的石塊上，以箱作几，繼續工作，鄰近處炸彈爆了，我便停筆仰臥地上，靜候自己的命運。這樣，我時常大半天在山頂的竹林裡，作作停停。上面幾本書就是這樣誕生的。

勝利，勝利，億萬國民爲它而甘心付出一切慘重的代價。人人希望，勝利之後可以恢復和平，重新建設毀滅了的幸福。然而當勝利來臨的時候，忽然一切成了夢幻。接踵而至的一片混亂，無數警耗，山雨欲來的壓迫感覺，使人意識到就要發生的大悲劇：國家的覆沒，文化的死亡。勝利剛剛到臨時的片刻興奮，醫治不了人們絕望的意識。

三十四年夏天我由西南再回南泉時，原想繼續兩年前的那種積極研究工作。但是勝利一到，立即陷入動搖。在大家高唱還都凱歌之下，我留在南泉老地方。我沒有什麼新計劃，而舊日的幻想又一一破滅，於是心中一片空虛，非常惆悵。除去結束幾本已開始的著作外，簡單說，已是提不起什麼精神了。政校與研究所的圖書封存待運，負責人員有的已經回京，有的在整裝待發。雖然秋季還在原處開課，但是只有一種形式而已。悲觀心理與動亂的氣氛，使教與學雙方都已不能安心工作。

朋友之中平日談得來的人愈來愈少。只有萬國鼎先生一時未走。我們平日交換研究經驗的次數最多。他對時局的看法，也和我相似。不過他在南京有一段地產和兩幢自建的房屋，所以他也急於回去。現在他在大陸的情形如何，已好久沒有消息了。——在我們分手之前，曾討論到一個空中樓閣的計劃，來打發無聊的光陰。我還記得那時認眞討論的情形，由一個最粗畧的大綱，進至於具體的細目。我們假定有十年的安定，能邀到十位朋友，培養十個成績優良的助手，希望編寫一套中國經濟史，其中包括以下幾種重要著作：

（一）中國經濟通史一部；

（二）中國農業，工業，商業，財政史各一部；

（三）中國田制史一部（萬著上冊久已出版，下冊曾有底稿未刋行，他希望照新計劃重寫一部）；

（四）中國水利，交通，貨幣史各一部；

（五）中國地政史一部；

（六）中國經濟思想史一部；

（七）翻譯各國出版關於中國經濟史的著作若干部。

不用說，計劃是夠遠大的，而其「無用」也是夠明白的。所以當我們在南京再見時，彼此都不願舊事重提，以免增加內心的惆悵。

在三十五年的國慶日前夕，我也回到了南京。第二天的大慶祝並沒有掩飾了一般人心中的陰影。我首先遇到的難題是無處安身。我度量自己的條件，於是決定住在距離市區二十九公里的湯山。我租下一所飽受破壞的戰前舊建築物，自己設法修葺出一個勉強可居的地方。淸靜而便宜，既接近農村，而又有溫泉之便。每天入城上課，可乘長途汽車。我從不打算自己建住宅，這次竟有一半是自建的，雖說距學校遠一點，但我已十分滿意了。——一年之後，政校在孝陵衛的新校舍完成，我遷進去，住了幾個月；再往後便是大逃亡的前夕了。

我一面恢復在政校上課，一面兼爲新創的私立法商學院上課，同時積極的參加新成立的中國土地改革協會工作。然而這一切全是强弩之末的現象。教書只是照功課表行事，既談不上學術思想的討論，也與研究著作無關。貨幣貶值與軍事失利的消息，打擊了每一個人的心理。而軍政界中上層人物之首先搶着遠遁的怪現象，更使人有國事不可爲的感覺。

共軍就要渡江的惡耗，使首都陷入無法形容的恐慌與混亂。我認識一位守土有責的高級軍人，有一天晚間，我在他司令部作客，我曾問關於大局的情形。你猜他怎麽說：

「老兄不要怕。我有一架自用飛機，到了時候，我會邀你來，一同飛了走。」

我眞想痛痛快快的駡他一塲。軍人如此，國家還有什麽希望？但是比這更可氣的是一般平日反共言論激烈的知識份子，因爲他們之中有些人已經向共方暗通欵曲，或者組織起歡迎新主子的團體了。最滑稽的是一位江西籍的某教授，他曾任省黨部委員，曾參加勦匪，現在「以少數票」而當選爲國大代表。他異想天開，勸我與他合作開辦一個什麽「馬克思主義研究班」，因爲他自以爲懂共產主義的程度遠過於「土八路」。他要「上承馬列，下接朱毛」。此君的生死，久已不明，大約他承接功夫完全白費了罷。

空前浩刼已迫在目前，大逃亡的悲劇揭幕了。

孝陵衛的治安開始不穩，我不得不遷居城內。這時已沒有住宅恐慌，代之而來的是奴役時代的威脅。我臨時遷住於紅紙廊政校本部的「天下爲公」小院裡。在無可奈何之中，到外面走走，所見所聞，全是一片驚惶。下關車站和碼頭上擠滿了逃亡者。北風夾着冷雨的冬末天氣鞭打着絕望的人羣。大街上的逃亡隊伍，肩踵相接，與關閉門戶的冷落情形恰好成一顯明的對比。

熟人一天天的減少。所謂前進的民主人士也同樣的躊躇徘徊；雖還有人强打精神，說些自慰的話，到底隱藏不住內心的苦悶。

我在「天下爲公」的小門上用粉筆寫上「燕堂」兩個字，坐在裡面發呆。我應該怎麽辦呢？

去或留，等於自由或奴役，這是用不着考慮選擇的。但是我能到什麽地方去呢？

故鄉嗎？那裡經過日寇八年的踐踏之後，又變成赤色的根據地了。

後方嗎？在那種情勢之下，還有一個像抗日時期的後方嗎？

而且縱有可以找到自由的地方，我又有什麽資格搶到交通工具呢？

我拿起尼采的「薩天師語錄」，勉强的一字一句的讀下去，來打發紛亂的思潮。當我讀到「午夜之歌」時，忽然心裡浮出一個問題：假設尼采生在這個時代，他該當如何自處？自殺？逃匿？隱退？忍耐？都不可想像。也許他像薩天師一樣，孤獨的走進一座大山，與鷹與蛇爲侶，一住三十年，培養他的人生智慧，然後重返人間，去佈施他的眞理？爲了要解答這個問題，我着手翻譯「尼采著薩天師語錄思想啓源」。這項工作之困難是可以想像的，但是它暫時驅逐了我心頭的苦悶。——當這一工作完成時，我也決定了自己的方向：走，離開這個火葬場！

（未完待續）

王世昭主編

亞細亞藝文學院出版
名家碑帖發行預約

甲、緣起與預約

愛好寫字，收藏碑帖，是我的興趣；而收藏碑帖，審定眞僞，亦爲我平時所注意。三十載以還，我在南京、桂林、柳州，南寧、香港、台北、基隆、新加坡、吉隆坡、怡保、檳城、曼谷、詩巫、古晉、亞庇、山打根、斗湖、美里、椰加達、馬尼剌、宿務各地，開過二十七次書法或家藏書畫碑帖展覽會，而我在報紙襍志所發表的文章談話，當不下八十萬言。于右任先生在生前，曾以發揚光大書法傳統期許我，我亦不揣譾陋，一面以書法自娛，一面以收藏古本佳拓自樂。在我的印象中，古今人收藏碑帖比我多的有的是，可是比我精的，我實不敢甘居人後了。

抱殘守闕，是讀書人的本色，但正本清源，轉移風氣，也是我們的責任，爲了不自私與不自秘，我早已有願將所收藏的佳拓出版，可是心有餘，而力不足，一拖就拖了好多年。

去年應鄭英葆，王尚從，蔡秉源諸兄之邀到菲律賓，得宗親友好之助，使我的宿願得以小償。現在我將我所收藏的碑帖，分幾個步驟，予以出版。

我的出版計劃，先出楷書，行書，以次隸書，分書，草書，篆書，甚至狂草。

爲了減輕學人與愛好者的負擔，我訂下了如下的預約價格。

名稱	優點	定價			預約價		
柳公權書 玄秘塔碑銘	唐拓無損本	港幣 三〇〇	新台幣二一〇〇	美金 六〇〇	二〇〇	一四〇〇	四〇〇
王羲之書 前後聖教序及心經	唐拓無損本	港幣 一五〇	新台幣一〇五〇	美金 三〇〇	一〇〇	七〇〇	二〇〇
爨寶子碑	古拓無損本「玉」字存	港幣 一五〇	新台幣一〇五〇	美金 三〇〇	一〇〇	七〇〇	二〇〇
唐四家小楷精品	宋拓或古拓： 虞世南書 破邪論序 歐陽詢書 心經 褚遂良書 房碑記序 顏眞卿書 麻姑仙壇記	港幣 一五〇〇	新台幣一〇五〇〇	美金 三〇〇	一〇〇〇	七〇〇〇	二〇〇

前列七種書法，分訂四冊，在本年八月十五日以前出版。玄秘塔九十四頁，聖教序四十四頁，餘畧同聖教序，紙用一百六十磅道林紙，封面及封底，則用二百二十磅道林紙。八月十五日出版，預約到九月底止，（遠地以郵戳爲憑）。如蒙　光顧，請早示知！平郵或空郵及掛號費用另計。

乙、繼續印行之本

繼續印行之本，我準備先介紹下列宋拓中楷四種，即：

一、裴休書圭峯法師碑

裴休字公美，在唐代書法的地位，同柳公權。其鎮太原日，爲化成寺題額，以衣袖搵墨書之，極遒健。米芾謂其榜書，「眞率可愛」，所謂眞率，便是坦蕩自然，而所書圭峯法師碑，則挺健洞達，而刻字者爲「鐫玉冊官邵建初」，固與刻玄秘塔碑銘，出同一名手也。

二、歐陽詢書皇甫公碑

歐陽詢字信本，湖南湘潭人，能八體，正書爲翰墨之冠。仕隋爲太常博士，微時與唐高祖李淵遊，故入唐任給事中。貞觀初，歷太子率更令、封渤海男。皇甫公隋柱國，左光祿大夫。製文者于志寧，隋上柱國，銀青光祿大夫。入唐爲宰相，歷事兩朝，當時與歐固同僚也。

三、歐陽詢書九成宮醴泉銘

皇甫公碑爲歐在隋時書，而九成宮醴泉銘則入唐貞觀時書。上下數十載，前峭拔，後挺潤，風貌固不同也。予所藏歐書有八種，多宋拓，昔臨川李宗瀚，以收藏唐人八寶自栩，予於歐氏一人即擁有八種書，亦可以自豪矣，嘗倩陳風子刻印曰「寶歐堂」云。

四、歐陽通書道因法師碑

通，詢之子，襲父封。儀鳳中，累遷中書舍人。曾相則天大聖皇帝，反對以武承嗣爲太子，固李唐忠臣也。書法有父風，勁峭逾乃父，得「疎處可容走馬，密處不使通風」之致，而收放自如，參差有序，父子垂譽，前有羲獻，後有歐陽，非偶然耳。

上列四種，預約另發消息。

（MR. WANG SI-CHIU）
亞細亞藝文學院院長王世昭啓
通訊處：85-95 Nathan Rd. 16th Fl.R Flat C2
Kowloon. Hong Kong.
華源大厦十七樓C 2座
香港九龍尖沙咀彌敦道85—95號
Tel: K-689400

本院舊印之天發神讖碑，所藏無多，每冊定價港幣叁拾元。欲購從速，遲恐向隅也。

畧談清代的殿試

·雨香·

清代的功名，大體說來，可分秀才，舉人，進士三級。凡士子要考秀才的，須三代出身清白，（三代之內有業娼，優，隸，卒等賤業的，子孫不准與試。）先經過知縣和縣教諭主持的縣考，縣考合格，再考知府和府教授主持的府考，府考得中，再應各省提督學政（俗稱學台）所主持，以府爲區域的院試，亦稱道考，院試中式者爲秀才，俗稱進學。因此讀書人如未考中秀才，年齡再大，還是稱爲童生。（縣考合的的稱邑庠生，府考得中的稱郡庠生，都非正式功名。）

各省每遇子、午、卯、酉之年，舉行鄉試，大比秀才，（清制國子監學生，俗稱監生，類多出錢捐來，謂之例監，有秀才同等資格。）凡屬本省各州縣的秀才和監生，都可報名應試，絕對不准越省，順天北闈例外。鄉試訂於八月間在省城開考，故稱秋闈，例由皇帝欽派科甲出身的官員充任考官，考官通常正副各一員，稱主考官，副主考官，（順天鄉試，主考官一員，副考官多爲二員，亦有三員的。）考官一經簡派，次日即須上路，不准在京逗留，抵省後不准對外酬應，關防嚴密，深居闈中，同時調聘本省現職由進士或舉人出身的知府，同知、通判、知縣若干人，（名額各省都有規定，不准多聘或少聘，）充任同考官，俗稱房官，担任分房閱卷的責任。鄉試中式的爲舉人，舉人第一名稱解元。

禮部集天下的舉人，（皇帝對大臣的子孫，往往賜給舉人，一體會試。）會試於京師，主考官大致由皇帝簡派禮部尚書充任的時候居多，副考官和同考官，也欽簡或聘請如儀，會試中式的稱貢士，第一名貢士爲會元。會試舉行的日期，例爲子午卯酉的次年二月或三月，（逢閏爲三月）故稱春闈。

會試放榜後，皇帝須親臨策試天下貢士於太和殿，稱爲殿試，以定甲第，殿試的日期，爲四月二十一日，二十五日傳臚，（即放榜。）先由皇帝就翰林院，詹事府，吏戶兵刑工五部，都察院，通政司，大理寺各衙門堂官，（清代各機關長官稱堂官。）欽點八名爲讀卷官，（原爲十四名，乾隆二十五年改爲八名，，）於殿試後第三天在文華殿讀閱試卷，所有與試貢士，除文字有重大謬誤者外，一律錄取，依其成績，分爲三甲（甲是等的意思）。殿試規定一甲取三名，一爲狀元，二爲榜眼，三爲探花，均賜進士及第，二甲若干，均賜進士出身，三甲若干均賜同進士出身。

殿試原爲國家最高考試，舉行儀式，極爲隆重，但至雍正元年十一月二十九日上諭，新科進士，於引見之前，須先經朝考，由皇帝將四六詩文各體出題，然後選定若干名，入翰林院庶常館進修，稱爲庶吉士，食從七品俸，在館三年，至下科入館前散館，（結業之意，）除以原列二甲者，授翰林院編修，三甲者授翰林院檢討，在翰林院供職外，其餘，部份分發六部，充任主事，一部份則分省即選知縣，（即選，遇缺即補之意，俗稱老虎班。）

在此附帶說明的，清代的考試制度，原係因襲前朝，定子；午、卯、酉爲大比之年，次年舉行會試、殿試。但自康熙五十一年四月，詔明年爲六旬萬壽，二月特行鄉試，八月會試，十月舉行殿試，此項規定之年，額外舉行的考試，稱爲恩科，以後每遇國家重大喜慶之典，必有恩科，嘉惠士子。因此清代自順治三年丙戌（西元一六四六年）首次殿試，迄光緒三十年甲辰（西元一九〇四年），二百五十八年之中，共計舉行殿試，達一百十二次之多，便是因有恩科的原故，而一百十二次殿試，却取中了一百十四名狀元，蓋順治九年壬辰科，十二年乙未科，都是漢滿分榜，多取了滿人兩名，壬辰科滿狀元爲麻勒吉，乙未科滿狀元爲圖爾辰。

賀揚靈先生與兩浙抗戰

王梓良

一、出鎮錢江南岸第一線

二十六年我國抗戰，「七七」盧溝橋事變演進至「八一三」淞滬戰事發生，我中樞以淞滬爲國際觀瞻所繫，故於大部國軍精華用之於該區——以來復鎗爲主之武器，抵抗瘋狂之陸、海、空立體進攻；以「血肉」作犧牲，期引起國際之正義與同情！激戰三月，敵軍亦損失重大，更以國際顏面有關，乃密向華北調來第十軍，會同海軍，於十一月五日在空軍掩護下由杭州灣向金山衛、全公亭登陸。迨登陸成功，即向北急竄，至九日松江被陷，我軍腹背受敵形勢已成，失敗亦隨之註定。大兵團在此情形下轉移，倉卒混亂，致經營年餘右翼自浙江邊境之乍浦、平湖、嘉善至西塘，與左翼蘇州，福山陣地相連繫之第二線國防工事，雖在「八、一三」戰事爆發前已趕完工程，當時竟不及一用。而南京於十二月十四日陷，杭州於十二月二十四日陷。

當戰事劇變之時，敵騎狼奔豕突，侵入江蘇、浙江，兩省政府同時改組，均由軍人出任主席。浙江省政府於十二月五日，由原任朱家驊主席，移交於新任黃紹雄主席，賀揚靈先生奉命任省政府委員兼秘書長。杭州陷落前後，浙江省政府各機關，陸續遷至永康、方岩、麗水等地。而錢江南岸之第三行政督察區——舊紹興府屬，轄紹興、蕭山、上虞、餘姚、新昌、嵊縣、諸暨等七縣。在杭州陷後，即處對敵第一線。渠於省府疏遷工作告一段落後，以三區爲反攻之階梯，更爲穩定後方之門戶。二月間，即自告奮勇，出任此第一線之行政督察這員兼區保安司令。時流民載道，謠諑繁興，而南京大屠殺之恐怖，與杭州僞維持會王五權等

浙江省政府主席兼國民抗敵自衛團總司令行署

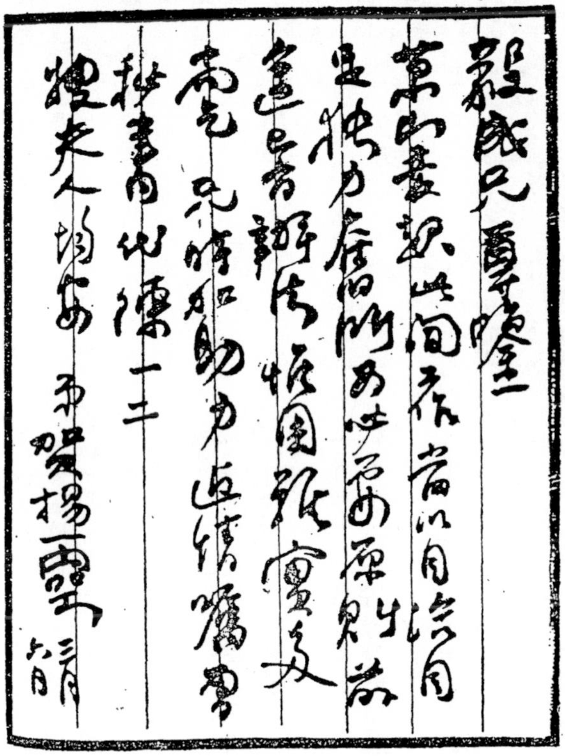

之獻媚敵人等陰影，給予前線人民各種不同之反應。惟紹興雖爲敵第一線，而該區行政督察專員，渠戰前曾一度擔任，既於地方情形極爲熟悉，亦知民氣可用。到任以後，即身穿灰棉軍服，遍訪各縣志士，鼓勵協力抗敵。同時加强自衞團隊訓練，組織青年、婦女、少年。三個月經過，社會大定，亦幾有全區皆兵之概！舉其措施：

（一）招訓青年：區成立政治工作大隊，縣成立政治工作隊，深入各地、各階層，宣傳抗敵意義與防奸防諜，並講解政令，組織民衆。

（二）招訓由淞滬及浙西撤退之流亡青年：組戰地工作隊，除一般訓練外，並授以戰鬪、情報、救護等常識，備配合軍隊深入敵後。

（三）組青年、婦女、少年三營：青年、婦女二營，以浙西流亡青年爲主，後者以地方小學畢業生爲主，均戎裝實施軍事訓練。青年營以戰鬪爲主，婦女營亦注重軍事——其目的則以當時雖强敵壓境，而社會對「好男不當兵，好鐵不打釘」之舊觀念，猶未消除，乃以「婦女、知識青年也當兵了」之事實表現，積極改變舊觀念。少年營與婦女營作用相近，以少年便於穿戶入室，對宣傳抗戰，鼓勵人心，能深入至於婦孺。

（四）成立青年戰時軍事修習會：以高中學生爲主，渠自任會長。省立紹興中學校長沈金相，縣長沈濤爲副會長，紹中教師丁箎孫爲班主任，實施戰事講習（當時參加修習之紹中同學，有楊家俊、孔秋泉、徐忠孝諸兄在臺）。

（五）加强自衞團訓練：選訓區內自衞隊之精壯者，仿陸軍團之編制，成一可以替代國軍對敵作陣地戰之支隊。

（六）編組沿江船舶：派情報人員與船伕聯繫，至北岸採集陷區情報。

（七）設立戰旗書店：抗戰發生，人民——尤其青年渴求新知，於是小冊子流行。浙江戰時交通中心之金華，共產黨即乘機設立「新華書店」，例假日及放學時，店中站滿青年學生。渠於紹興設戰旗書店，除出版戰旗三日刋外，並將抗戰歌曲（紹興亦編有「保衞大紹興」歌）、游擊戰術、愛國故事、國際政治、世界新知、防空常識、國防要論……等書籍，大量介銷。

筆者抗戰前於浙西任新聞工作，二十六年十二月隨軍撤退後，越年二月，浙江省政府爲謀恢復浙西淪陷各縣政權，以正常建制不易適應環境，於各縣設立「行動委員會」，被任爲嘉興縣行動委員會委員。時錢江北岸第二行政督察區（嘉興屬第二行政督察區）已全部淪陷，省命暫歸第三行政督察區管轄，是以奉派後，亦至紹興。適青年營、婦女營正在籌設，賀先生即委筆者與（海）寧（海）鹽行動委員會副主任委員顧達一兄爲青年營、婦女營政治指導。顧兄在外招青年來營，筆者留營服務。每月一次之擴大紀念週或其他紀念集會，在大教場聞先生之激昂演講後，隨隊返營途中，所聞者爲「擦！擦！擦！擦！」之整齊步伐聲；「大刀——向鬼子們的頭上砍去」之雄壯歌聲；「衝過錢塘江！」「收復杭嘉湖！」之高昂口號聲。數月前江上敵機穿梭來往，江面敵艦排列成行，向北岸猛烈轟擊，以掩護敵軍登陸之恐怖氣氛似掃除盡淨。而其鎮定、勇敢之表現，亦勝於後方各地。

在此另有一小插曲：二十七年夏，上海租界愛國報紙載有紹興發現古碑之通訊，原文首末二句爲：「起七七，終七七，……越王子孫，努力努力！」碑文仿劉伯温燒餅歌體，影射抗戰發生與艱苦抵抗終獲最後勝利之歷程。紹興人民，爲臥薪嘗胆終雪恥辱之越王勾踐子孫，必須繼承傳統，完成任務。數年後，賀先生在天目山與筆者談舊，言及京杭撤退時紹興民心惶惑，商會負責人馮虛舟等圖擴充紅卍字會等慈善組織，以備敵人渡江時出而維持的企圖，因得餘姚詩人施叔範之助，作此碑以穩定人心。

二、實踐「衝過錢塘江，收復杭嘉湖」壯舉

賀先生在紹興下車伊始，即積極從事組織民衆，訓練青年，

加强情報，並提出「衝過錢塘江，收復杭嘉湖」之雄偉口號。敵人以我京、滬、杭陷後，仍不肯訂城下之盟，二十七年三月間，即增兵淮南，再圖攻勢。統帥部特指示第三戰區，準備敵後游擊，以策應第五戰區。在淞滬撤退後國軍留駐紹興者，爲第十集團軍所屬之第二十八軍，旋由該軍第六十二師師長陶柳率袁西初旅，統兵兩團，由餘姚、蕭山間，偷渡至北岸海甯、海鹽，進行游擊。渠在三區專員任內所有之準備，至此即配各軍方要求，提供錢江北岸陷區情報，並將第二戰地政工大隊，請由六十二師政治部主任侯暢（現在臺任考選委員）兼任，下轄四區隊（第四區隊爲女性區隊，區隊長戴谷音，現在臺任國大代表），分別配各部隊爲軍民聯繫及組織、情報、宣傳等工作。再選有關工作同人，出任縣長，隨軍事推進。上項縣長，出自其幕中者，一年之中，有海鹽汪樹人、鍾家洲，海甯阮性之，平湖許敏中等。政工青年與部隊登陸深入以後，民衆以政權撤退四、五月來，敵人殘暴，漢奸爲虎作倀，而盜賊蠭起，黑夜搶奪殺人，幾無日無之，今王師自天而降，經政工人員之宣慰，均感極而泣，自動參加爲破壞敵人交通——掘路、斷橋、阻塞河道等工作。當我軍開始圍攻海寧、海鹽兩縣重要敵據點時，正値清明季節，居民紛以粽子懸掛桑枝間，備我游擊健兒取食。敵人對我錢江北岸之游擊，除增援陸、空軍外，並曾出動海軍。海鹽東門之定海塔，爲敵艦炮擊目標，五月十日，塔頂亦爲轟毀，而敵軍於七月三十一日，分十二路大「掃蕩」，我政工隊青年男女，在海鹽荼院，壯烈犧牲。自副隊長黃匡以次，計十一人。

國軍於三、四月之交，渡江游擊。連續在淪陷區中，東西戰鬪，補充既極困難，兵力亦易消耗。二十七年六、七月間。敵軍沿長江進犯，連陷安慶、九江，戰區擴展，國軍自難顧及游擊區，是以六十二師在錢江北岸轉戰半載，九月間南渡整訓，爲繼續打擊敵人，及維持新恢復之敵後游擊區政權，瓜代者即爲以第三區自衞隊爲基礎，經加强訓練後之浙江抗敵自衞團總部第五支隊，支隊長由主持訓練之第三區保安副司令鄭器光擔任。青年營、婦女營亦納入建制，同時渡江（當時渡江之青年營中隊長程森士兄，現在臺。尚有營員魏味艱、楊建兩君，不幸英年早逝，均已埋骨於臺北市六張犂。）與先生武昌師大同學研究唐詩、宋詞有心得之胡雲翼爲政訓主任，筆者副之。

先生自二十七年二月涖紹，三月下半月即配合六十二師渡江游擊。至九月，接下錢江北岸軍事、政治任務。其宵旰籌劃所訓練之武裝部隊與男女青年，亦幾全部投入此一前爲大江、後爲敵人大動脈之滬杭鐵路與運河——不利於守之平原地區。惟第五支隊，雖爲自衞隊改編之部隊，武器亦只以輕機槍爲主，但因久受先生鼓勵，故士氣高昂。十二月，再克海鹽縣城，政訓處即在城中張家祠堂，選訓嘉興、平湖、海寧、海鹽四縣男女青年，以增强此四縣之政治工作隊及基層幹部。十一月二十三日，婦女營襲擊滬杭鐵路中心之王店鎭，槍聲徹夜不絕，爲當時上海大美晚報等之大標題新聞。香港大公報更有一五千字之專欄，記此經過。

在此階段中，先生尙有兩項措施足記：一爲樹立戰時風紀，當七月間敵軍大掃蕩時，海寧縣長田稷豐，率警衞及部分工作人員撤離縣境，渡江退至紹興。渠以縣長守土有責，在軍隊作戰中正應協助軍隊，當命將田撤職查辦，解送長官部定罪。二爲游擊部隊單純化，依據法令，勸使此一地區最大之游擊隊嘉屬義勇軍總隊長姜維賢部改編爲抗敵自衞團第七支隊，調赴後方受訓，由政府統一指揮。

三、由浙東第一線至浙西第一線

二十八年八月，浙江省政府舉行全省行政會議後，在「政治反攻」之口號下，改組浙西行署，由參謀長制改爲主任制，而以先生年餘以來在浙東第一線對敵政治作戰之成就，調其出任主任。渠受命後，以爲游擊區戰鬪，將來必日趨艱苦，爲便分區奮鬪，除以杭屬爲主之第一行政督察區，湖屬爲主之第二行政督察區外，將原在紹興所扶植重建陷後政權之嘉屬各縣及杭屬之海寧縣，因與設於西天目山之行署有敵人控制之京杭國道之隔，滬杭鐵路之阻，故請增設第十行政督察區（首任專員王力航兄，在臺曾執教臺北世界新專。）

渠奉委後，於返紹移交途中，經浙省交通中心之金華時，記者詢問鞏固浙西敵後政權及建設浙西抗戰基地之施政方針時，當答以軍隊風紀，政治風氣，與社會風俗為國家命脈，須力加維護，並促使向上為言。緣「上有天堂，下有蘇杭」之諺語中，浙西平原即為此「天堂」之一部。由於生活極易，亦易產生寄生分子。自敵人竄入，政權隨之撤出之初，不法之徒，橫行無忌。旋有我軍從事敵後游擊，於是地方有領導力者，乃至散兵遊勇，幫會份子，均紛組游擊隊。雖秩序稍定，而魚龍混雜，民眾仍多痛苦。尤以敵我交界處之所謂「陰陽地界」，特殊份子活躍，成無法無天之象。渠以非常時期之非常地區，應格外注重收攬民心，故首向長官部取得凡至前線游擊部隊，除長官部特准外，不得在地方編委外圍組織之允諾。蒞任後，即逐步執行游擊組織納入政府編制之計劃，幹部並分批調行署受訓。天目山為佛教聖地，時人遂言；凡地方游擊隊入山訓練者，其領導人即得成正果。而事實亦確如所言，因渠除集體精神講話外，亦常於招待便餐後作家常談話，是以若干拔劍砍柱之輩，受訓歸去，亦能談「犧牲小我，完成大我」之哲理者。游擊隊所患為爭雄火併，自經受訓，大家鎔為一爐，既解去彼此間精神之隔閡，同時自易發生合作力量。今寓羅斯福路之雙鎗黃八妹（百器），及南港養老院吳良玉諸氏，與談天目山舊事，似仍不勝依戀回味也。至於政府自衛編制，以戰時維護政權，端賴武力，故規定每一行政督察區至少有一團編制之總隊，縣至少有一營編制之大隊，區至少有一連編制之特務隊。

至於維護政治風氣及社會風俗之例：前者如經軍方推薦之第十區行政督察專員，於挺進敵後時，至軍部辭行，在安吉遞鋪鎮為舊日同人所猜，於旅社作方城之戲，渠據報即令申誡。後者在行署所地之於潛，命縣長沈時可（在臺灣奠定土地政策，其成就已使亞、非各國不斷派員來臺觀摩、習訓之退休省地政局長——現仍主持美國林肯基金會支持之臺灣土地改革訓練所）組禁賭隊，分區查禁，以杜奸惰。

至在文化與經濟兩方之建設，文化除一般學校，依法令恢復及增設外，並設（一）天目書院、（二）昭明館及（三）民族文化館。天目書院，聘留法文學博士曾為暨南大學文學院長之張天放（鳳）主其事，昭明館聘干凱軍為館長。凡避難後方及留在陷區有可為敵偽所擬利用之年老一輩，設法迎養院、館之中。一方免在地方受不肖者威脅利誘，一方亦使彼等在後方能繼續出其所學，為地方整理重要文獻。如三十年一月十八日民族日報載天目書院成立年餘以來，已出版有「浙西抗戰忠勇紀畧」十餘冊，「天目詩錄」三冊，「天目新志」三冊，「天目陶磚錄」一冊等。民族文化館館長聘曹天風擔任，設有「民族書店」、「民族日報」、「民族通訊社」、「民族劇團」等組織。其中民族日報不斷改進，最後以物資缺乏，曾至浙南衢縣上方鎮，設立紙廠，購置大型帆船，作為經常運輸紙張之用。今日我保藏戰時地方報紙最多之中央黨史會中所藏，因昔日土紙組織粗疏，年久後印刷甚多糢糊難辨，而所存民族日報，則較清晰，亦可見當時辦理之有計劃矣（曾任社長之鄭小傑兄，來臺後一度任教師範大學，現在美。曾任總編輯之許燾、汪煥鼎、沈達甫諸兄，均在臺）。經濟方面，首使民食、軍糈之無缺，再為日用必需品之供應及軍隊副食之能符合數量（戰時物價容易波動，有時副食費預算常發生不能適合現象）。最重要者，為生產之不失其時，因有各種臨時組織之產生，如經濟封鎖、糧食管理、軍民合作等機構。第二行政區，並有孝豐絲織廠之創立。自浙東寧紹失陷，物品供銷處亦組織成立。惟是時敵人亦已實施經濟封鎖，故在時間上已經落後。但渠以為如在一年前，普通商人尚可採購之時成立，或有人要批評

「政府與民爭利」。政府爲顧及輿論，實施政策，須隨環境轉移，不純以物質利益爲主。至協助執行經濟政策者，即爲其致阮先生函中所述之曾秘書——湖北曾子唯，與在臺辦理稅務旬刊已二十餘年之鄭邦琨及在臺退休旋赴美探親之劉能超諸兄。

有以上各種措施，是以浙西前後方軍民之間，融融如也，而絃歌之聲不絕；雄壯之抗戰歌聲不絕；田野間「邪許」叱牛耕種之聲不絕……。敵人時有所謂「大掃蕩」者，在敵騎竄擾過後，社會有如在臺灣經受一次颱風過境之平凡。三十年四月十五日，敵機雖對浙西抗戰大本營天目山猛烈轟炸，大施破壞；而精神、組織，未受絲毫影響，只益增同仇敵愾之激昂情緒而已。

「前方政治看浙江，後方政治看贛南」，有位戰地記者，在浙西發出以上評語。以後各級視察人員，亦均承認此評語，而加以複述。

四、堅持至勝利復員

抗戰愈久，敵軍愈深入，我投入戰場之國軍愈多。故自三十一年以後，浙西游擊區，即不再有國軍開入。而是時汪精衛爲加強江南地區之控制，擴充僞軍，並得日軍之配合，於三十一、二、三年，連續發動「太湖東南地區清鄉」，在杭、嘉、湖地區爲面的掃蕩，線的封鎖，點的盤據，並進行清查戶口。我方即在地方團隊、政工人員、鄉鎮基層份子勇敢奮鬭中，維持政權於不墮。至在整個抗戰階段中之犧牲，除地方團隊、政工人員常有被包圍集體殉難外，以桐鄉一縣，即有縣長二人——江西李挺，湖南蕭石父直接殉難於對敵作戰，其慘烈亦可以想見。

在此階段中，賀先生之對中共態度，亦足以一述。溯中共在北伐期中第一次暴露猙獰面目，爲十六年四月二日之「南昌暴動」，先生適首當其衝。緣是時，渠在江西省黨部任工人部長，目睹共黨之狂妄陰狠，即與忠實同志，組AB團，戮力遏抑。四月一日，武漢國民政府改組江西省政府，甚多忠實同志被免職。任免電文到達南昌時，郭沫若亦奉共黨命潛來南昌策動，於是發生四月二日學生及工人糾察隊搗毀省黨部、教育廳（廳長程天放）之事。並將羅時實、曾華英、巫啓聖、王冠英、許鴻、程天放……等，押至總工會。第二日舉行民衆大會，險被殺害。先生於事變時，未遭毒手，即間道由鄱陽經玉山，至首都告變。惟其二弟定保，於十八年二月被活埋於鄉。次年十月，中共陷吉安，父亦被執，於解鄉公審時，仰藥自盡，故其對中共認識極深。憶四十九年、五十九年友人爲先生舉行冥誕紀念時，江西省黨部共患難同志姜伯彰、曾華英、洪軌、羅時實、周邦道諸氏均甚早到寺行禮。五十九年姜氏並書一聯懸於禮堂：

仙逝廿三年，痛赤氛猶復逼人。溯洪都合賦同仇，恨遺四二。

冥壽七十歲，憶白下時常過我。談大局均成泡影，感慨萬千。

乃至情紀實語也。惟當中共昭告世人合作抗日之後，先生在紹興時即聘曾赴延安受訓歸來之紹中國文教師丁篪蓀，爲「青年戰時軍事修習會」班主任，丁後並隨至浙西任長興縣政工隊長。又任共黨黨員高流爲民族通訊社社長，樂培文爲新登簡師校長。郎玉麟三十二年在二區有異動時，命由區副司令陳鴻陸（在臺，已由省訓練團退休）押至行署，經表示悔悟後，三十三年復予視察名義與視察戴文珍、徐萍舟等至敵後視察，處處予彼等以感化。三十年一月，「新四軍」叛變解決之後，何應欽將軍在皖南檢評江南情勢，以「浙西無紅點（共軍據點）」爲慰。惟先生自「新四軍」事變後，三十年七月在行政會議中即向工作人員提出警告：「天目山山高嶺峻，其潛逃份子到處容易潛伏。由於地理條件之結構關係，浙西容易處於腹背受敵——正面敵僞，背後「新四軍」匪徒——之困境。蓋先生對其認識之深，警覺性亦特強也。以後「新四軍」殘餘，在蘇、浙、皖邊區，即以「免戰爭、免服役、免飢餓」等口號蠱惑民衆，阻撓抗戰。所賴者，我基層之堅强，故不易動搖，是以浙西抗戰之情形，當時之地方民衆了然；日本作戰部隊了然；盟國軍民於經過時亦了然。自太平洋戰爭發生後，我方引導盟國軍民，轉至後方，均經地方基層之協助，如三十年一月四日由上海脫出之英國使館人員，與開灤煤礦商人，由吳興經安吉梅溪鎭時，各界舉行歡迎與慰問。三十二年十月英商太古公司職員康特，於上海敵人集中營逃出，在嘉興時，經區長王德基自衞隊長蔣文雄等（王、蔣兩兄均在臺）保護。逗留甚久始轉至後方。三十三年十月，美海軍軍官史密斯至嘉善後，由縣黨部書記長章奇生爲翻譯，伴送行署。最著者爲三十一年四月十八日美空軍轟炸日本，領隊杜立德中校，歸途因衢州機場聯繫未周而被迫降落於天目山麓白灘溪青年營駐地，由營長李守廉，護送杜氏至行署（李兄現執教逢甲學院）。杜氏在轉程返國後，致書道謝，原函云：

賀主任將軍麾右：前在貴省境內着陸，備承招待。隆情盛意，謹於此以短簡道謝。當時設無將軍之輔助與合作，不僅鄙人與同伴，即附近着陸之航隊員，必將遭致惡劣之境遇無疑。同時，並深感將軍派送鄙人等赴衢之趙君。賴趙君之智慧與人格，使此行程極爲愉快，否則行必甚煩苦也。鄙人極希望有機會，報答將軍之恩惠。

杜立德　五月二十三日

堅持戰鬪，雖歷經艱險，三十四年八月勝利終於來臨。九月五日下午二時，浙省各界舉行還城儀式，賀先生以浙江省政府行轅主任身份，與第三戰區副司令長官兼前進指揮所主任韓德勤將軍，浙江省黨部羅主任委員霞天等，聯袂由富陽縣宋殿啓程。四時，經清波門入市區。沿途民衆列隊數里，歡聲雷動！日本野地中將，亦派連絡部長渡邊四郞大佐爲代表，在郊外肅立恭迎。

五、流風衍傳記林、談

抗戰結束，次年二月浙江省政府改組，賀先生亦即離浙，寄寓滬濱。時其老同學胡雲翼氏任嘉興縣長，有時偶亦至嘉訪友。半年以後，受中央組織部陳部長立夫之邀，任第五處處長，主持理論研究，並負對共黨理論鬪爭之實際工作。其時中共與蘇俄一鼻孔出氣，於東北、華北武力逞暴。而於華東及國際間，則肆其詭辯，施展統戰陰謀，一般國際人士，乃至國內人士，以久戰疲憊，甚多爲其美麗謊言所惑，故工作極爲沈重。三十六年七月，黨團統一之議已見成熟，全國動員戡亂之主張復將實施，乃廢寢忘食，草擬總動員綱領及其有關計劃。至二十日，工作雖告段落，而體力已透支過甚。惟自以體質素健，仍冒暑奔走，期奏全功，不幸終告病倒，於二十三日晨與世長辭。國民政府於次年四月十六日，發表褒揚令：

行政院呈，據內政部呈，以故浙江省政府委員兼浙江省政府浙西行署主任賀揚靈，保衞地方，有功抗戰……轉請鑒核明令褒揚等情。查該員在浙先後服務十年，著有勞勣。抗戰期間，組織營隊，建立陷區政權，振奮人心，尤收實效。迺以積勞病逝，悼惜良深。應予明令褒揚，以彰忠藎。……

褒揚令中「組織營隊，建立陷區政權，振奮人心」，雖僅寥寥十四字，而當大軍後撤，敵人僞組織不斷逞其凶暴陰毒，其後復有共匪之破壞，而渠以一介文人，任權責有限之地方行政主管，所憑者一腔忠誠，滿懷膽識，並賴吸引各方人才，發揮團體力量，以「鞠躬盡瘁，死而後已」之精神，屹立前線八年，乃能獲此十四字之評價。而此忠誠與膽識，亦可云站在時代前端，個人不作世俗之名利打算，甚至達「忘我」境界。

六、當年哀憶詩文選刊

本文草竣，在舊篋中發現三十六年賀先生逝世後友好哀憶詩文剪報數則，茲選附陳立夫、施叔範、曹天風三先生悼念詩文，以佐證本文並補本文之不足。如歷史上或以己度人；或出諸嫉妬等常有的薏苡明珠之謗，亦加諸賀先生者。惟讀三先生文，可不政而破；（以天下爲己任者之鴻鵠之士），不易爲求閭里之榮之徒所了解，亦由此可見。

一、陳立夫「憶賀培心同志」

賀培心行署，歷處政治尖端，一時毀譽交集；惟無論爲敵爲友，率皆重其人，譽爲不凡。在戰時，浙省爲首先建制行署與樹立敵後政權者。培心膺浙西行署主任。嗣江南皖南行署相繼成立，當時巡察東南者，獨讚浙西爲「能」，又聞何部長軍事報告「游擊區惟浙西無紅點」（指共匪），一般並有「後方政治看贛南，前方政治看浙西」之稱。三十一年，余考察戰區教育，曾至皖南之屯溪，各方於浙西政評，尤多贊譽。余認無論戰時平時行政之缺點，在以事務爲範籬，而缺乏政治領導。其能以「明恥教戰」之義，作育黨政軍幹部者，唯培心一人耳！時彼在政治上以深入海北，堅持路西，鞏固天北，建設天南爲爲召；經濟以在敵後重游擊，敵我交接處重封鎖，我控制區重建設；財政重自籌自給；軍事納全民爲戰鬪體。兩浙自衞隊得有獨立作戰能力，並曾一時擔負沿江國防者，要亦在此。另創天目書院、民族文化館、民族日報社、政工隊、青年營、婦女營、少年營等，廣爲招致，則儒紳長幼婦女均有所歸，而敵僞奸匪自無所行其間。

間有非議其作風者，蓋不諳在政治鬪爭中，我縱之，則彼延之。况處敵僞奸匪夾縫之間，與後方時有斷絕連絡之虞，其財糧經濟之窘，自在意中，殆惟有以事養事而持之耳。培心來部贊襄，兩浙多留去思。自國民大會以來，得其臂助之多，爲共事者所週知，而其勞瘁之狀，實難盡言。際此時艱，遽爾長逝，於公旣非其時，於逝者亦非所願，余心之悼，豈僅僚誼而已哉！

培心今已逝矣，黨失鬪士，國喪良才，惟其革命精神所以昭示同志者，將永垂不朽。其身後蕭條之境，尤爲吾人所共鑒，兩浙友屬不遠千里奔喪，並爲其子女籌教養，則其遺德遺愛，自在人心，千古當有定論。嗚呼！

二、施叔範「輓賀培心先生」

棲賢曾記箬樓寬，多士無歸得暫安，到死猶爲天下計，畢生未解眼前歡，忍能移麥存孤寡，誰復論功憶范韓？萬語難傾哀故吏，霜凋夏綠不勝寒。

星流屋角墨流痕，三月前猶叙白門，痛絕江山當此夜，想來運數復何言！曾支危壞兵間轉，每惜微忠坐上尊，開府八年原一夢，祇留清白蓋棺論。

飢呑麥餅出無車，露布通宵坐冷衙，未必辭官便薄命，可憐撒手有全家，吾生再見荒荒夢，野祭亂飛颯颯鴉，餘事風流今亦盡，更誰古寺募梅花。

涵海包山不可探，其才寧止冠江南，日斜草長禹王廟，事過烟殘太子庵，出手澄清天所望，歸魂喪亂意何堪，史家搜紀他年事，一客銘碑似病蠶。

三、曹天風「論定未弔培心先生」

蓋棺論定未？笑故人撒手，一樣逡窮無計。越嶠十年空作宰，贏得謗書盈幾！喚的是祖國魂，洒的是蒼天淚！競渡江，多士如林，最難忘，買辔山陰，狂歌天目，眼底中原見陸沉，惜誓古柳壇畔，公邀我草檄，我聽公論兵，中華指月興。期早晚，祭告紫金，數載心喪便了，莫漫道黨亡主義，國亡主人。往事散如雲，抱隱痛忍叩蒼穹？嘆世亂如此，生祠亦朽，黨碑亦朽，斗大金印亦朽，獨贈詩一軸，鏤心千載可傳公；又才盡，負生前宿約，羞看老雁書空。無端抗倭成功，豪情天也妬，釀金爲我印書，揚鞭勸我入都，苦道紫金落日總要黨人扶，正值白鵑花謝，我與公生訣，公惜我閒居，擱諫草撞天未去，忽報知音逝也。餓死春申誰管得，萬八峯前樵客，斷歌臺畔狂奴！迂！迂！迂！數負心人間第一，不盜不官不佛，半癡半醉半逋。猶記否？淨慈抗辨，敲破茶鐘，惹得山僧驚問。伐叛吊民孰輕重？而今仍遍地狼烽，撫躬還自訟：不哭蒼天哭知己，此心毋乃不公平！

概述「七七」(下)

——岳騫——

我外交部發言人二十七日發表談話：「自本月七日夜，日軍在盧溝橋無故向我駐軍襲擊以來，雖其責任完全不在我方，但我當局爲顧全東亞和平，始終表示願以外交方式謀適當之解決，我外交部王部長並曾迭次向日方提議，雙方約定日期同時撤兵。但日方對我方歷次和平表示及提議，不獨不予接受，且大舉增兵，集中平津；同時與我地方當局，議定解決辦法。我中央得報後，察其內容與我既定方針，尚無重大出入，爲貫澈和平之初衷，不予反對；我方極度容忍以維護和平之苦衷，應爲中外人士所共鑒。方謂前線日方軍隊，從此可以撤退，後方日軍亦可以停止進發！乃一週以來，日軍不獨毫無撤退模樣，且日本國內及朝鮮各地仍續派大量軍隊，絡繹向平津出動；二十五日晚間，並無故向我廊坊駐軍襲擊，繼之以飛機轟炸；二十六日，復向我地方長官提出無理要求，兼在北平近郊四出挑釁。其蓄意擴大事態，別有企圖，蓋昭然若揭。兩旬以來，我方已盡和平最大之努力，嗣後一切事態之責任，自應完全由日方負之」。

是日，日內閣書記長代表政府發表談話：「……因確保平津交通線及保護僑民，使不受華軍武力妨害，日軍爲遂行此任務及確保履行協定事項，不得不採取必要之自衛行動。日本所期望者，爲芟除如此次不祥事件所發生之根本原因，不敵視善良民衆，且亦無任何領土的企圖；對保護列國權益，自當不惜盡最善努力。日本以確保東亞和平爲使命，事雖至此，仍切望中國反省，使局面限定於最小範圍，速謀圓滿解決」。

日人於二十六日對我提出最後通牒後，未待我之答覆，即於二十七日拂曉，向我平郊守軍開始攻擊，我軍亦奉令應戰。

二十七日午前，大井村亙五里店日陣地，突增日兵八、九百名，十五時向盧溝橋我軍攻擊，旋即停止。廣安門城外日軍二百餘、二十六晚與我衝突後，仍未撤退；二十七日十三時許，因由豐臺增到日軍四百餘名及戰車九輛、裝甲車五輛，復於十四時向我射擊，歷一小時始停，迄晚，雙方仍對峙中。黃村、團河一帶原駐冀北保安隊之一小部，我以兵力單薄，二十七日令第一三二師之一團，於中午十二時前趕往增援；適日軍步砲聯合約二千人，在飛機掩護下，於十五時乘我部署未定，向我進襲；我軍堅決抵抗，日我傷亡均重，至夜我向萬字地轉移。通縣步騎聯合之日軍、亦於二十七日三時，將我駐守寶珠寺獨立第三十九旅之一營包圍；雙方激戰至夜十一時，該營始突圍向南苑退却，日機跟蹤轟炸，傷亡甚鉅。同日八時，高麗營、昌平一帶之日軍亦向湯山、沙河我冀北保安隊攻擊，但未得逞。

宋主任以第二十九軍散處冀察各地，不易集結，於二十七日零時，電令第四十軍集結滄縣以北之青縣、唐官屯、靜海、獨流鎭一帶，以策應天津，第二十六路軍進駐任邱、雄縣、固安之線，以策應北平。迄二十二時，以北平情況愈趨嚴重，復令第二十六路軍進駐長辛店、良鄉一帶。孫連仲總指揮令第二十七師，於二十八日夜，由鐵路輸送至長辛店，第三十一師及砲兵第七團於二十九夜續進。惟第四十軍是時尚未全部到達滄縣，且遵最高統帥蔣委員長電令，擔任滄、獻一帶防務，故不克即行北上。

最高統帥 蔣委員長於二十七日電示宋主任：「一、應先固守北平、保定、宛平各城爲基礎，勿使疏失。二、可令第二十六路軍隨時加入作戰。三、中央必以全力增援」。宋主任覆電略稱：「北平爲華北重鎭，人心所繫，大勢所關，現已四面皆敵，職受國家人民付託之重，已決心固守北平，以安人心，而振士氣，決不敢稍有畏避」。

二十八日拂曉，盧溝橋車站、五里店亙大井村一帶日軍，向我第三十七師第一一零旅戍守之宛平城、衙門口、八寶山陣地攻擊。我右翼由河右岸守軍與第五十三軍之鐵甲車隊協力堅守，迄晚仍對峙中。左翼我軍轉移攻勢，於突破大、小井村之日陣地後，與南苑之第三十八師兩團協同，由東西兩面夾攻豐臺，八時三十分攻克豐臺車站，並佔領造甲村敵飛機場，奪獲敵機七架、防毒面具數萬件；十八時主動向西南方向轉移。

另日步戰聯合約三千名，附砲四十餘門，在飛機約四十架之反復轟炸掩護下，於拂曉向我南苑猛攻（按南苑、萬字地為第二十九軍司令部所在地，駐有第三十八師兩團、騎兵第九師一部，及最近到達之第一三二師主力，並由該師師長趙登禹負責統一指揮）。我守軍除以第三十八師兩團、協力第三十七師對豐臺之敵攻擊外，其餘各部均堅據工事，竭力抵抗，且曾兩次出擊，以敵火力猛烈，均未奏效。但經終日之激戰，工事大部均毀，第二十九軍副軍長佟麟閣、第一三二師師長趙登禹、均於此戰壯烈殉國，幹部及士兵之傷亡亦重；然我官兵猶能奮不顧身，支持至夜，始奉令向南撤退。昌平、高麗營之敵復增加步砲聯合約二千名，亦於拂曉分經湯山、沙河向我繼續進迫，敵機更對北苑、清河（該處由獨立第三十九旅駐守）、黃寺等處狂炸，我各部節節抵抗，迄晚向北城圈退却。同日拂曉，我以第三十八師第一一三旅主力，由武清向廊坊之敵進擊，九時克復，並破壞該處鐵橋；十六時敵增援反攻，我遂向安次轉移。

先是第二十九軍原擬於二十八日拂曉全面進攻，並策動冀東保安隊同時反正，奇襲敵後方，因敵已先發，致未能實行；宋主任初猶決心堅守，嗣以敵軍陸續增加，我處處俱形薄弱，乃電請中央速令大軍由津浦及平漢兩線推進，以資策應。秦市長亦有請中央部隊由津浦線北上，進出冀東，同時令綏遠各部進攻察北之建議。入夜以後，戰況愈形不利，南北兩郊之敵俱已迫近城垣。宋主任以頹勢不易挽回，且為避免平市之糜爛計，乃令平郊作戰各部隊，向永定河右岸退却；另令第三十八師師長張自忠，代理冀察政務委員會委員長及北平市市長等職務；並令駐城內之第一三二師一旅及保安隊一部留平維持治安，而且偕秦市長等於二十三時離平赴保。於是第三十七師、第一三二師（欠獨立第二十七旅）、第三十八師之兩團、騎兵第九師一部及冀北保安隊主力，均乘夜暗渡過永定河，分向指定地區轉進。惟駐守宛平城、盧溝橋之冀北保安隊一部，仍予留置擔任掩護。

二十九日，敵乘勝對北平四郊肆意進擾，其自南郊西進之鈴木部隊（駐屯軍第二聯隊），及自北郊西進之酒井部隊，於會合西郊後，十八時復向宛平城、盧溝橋一帶砲擊；我冀北保安隊一部，以掩護任務已達，逐漸南移，各該處遂為敵佔領。是時我軍主力已脫離戰場，惟以為時倉猝，連繫未週，零星部隊尚殘留各地，與敵抵抗，尤以西郊為甚。斯時第二十六路軍正在北上增援途中，得悉前方戰局突變，為防止日之南進，並收容我退却部隊，乃以第二十七師之第七十七旅佔領馬頭鎮、琉璃河之線，以便衣隊協同第五十三軍之鋼甲車隊，活動於竇店以北。

三十日，敵軍進佔長辛店南側之高地；至是北平四郊殆全為敵軍所控制。是日宋主任轉赴任邱，處理退却部隊之收容與整備事宜，其時我退却部隊之行動概況如下：

一、在廊坊作戰之第三十八師第一一三旅主力，由安次向天津以南地區轉進中。二、在北平南郊作戰之第一三二師第一旅到達固安，第二旅向任邱轉進中。三、在豐臺作戰之第三十八師兩團，向津浦鐵路北段轉移中。四、在北平西郊作戰之第三十七師各部，到達良鄉以南，正沿平漢鐵路向清苑轉進中。五、在南苑作戰之騎兵第九師一部，尚未取得連繫。六、冀北保安隊之第一、第二兩旅正沿平漢鐵路線以西山地，向房山、淶水轉進中。七、獨立第三十九旅尚滯留於北平北郊。

以上各部於退却途中，敵軍雖未尾追，但遭敵機之跟踪轟炸，損傷甚大。

冀東方面：

冀東保安隊官兵、因與第二十九軍關係甚深，復激於愛國大義，不甘受敵奸之驅使，早思歸順，當平郊戰起時，聞宋主任有堅守北平之決心，其第一總隊長張慶餘、第二總隊長張硯田等認爲時機已至，爰即秘密部署，約定於七月二十八日拂曉，策應第二十九軍之攻擊，屆時因受敵軍監視，遂不果行。

迨大部日軍前赴平郊作戰，乃於二十九日晨二時許，率所部約五個大隊，於通縣城郊反正（該地駐有日特務機關及敵軍一中隊、日僑約四百名、以及僞組織各機關），乘日不意予以奇襲，日之特務機關長細木及其以下各員悉數被殲，日軍大部傷亡，並當場擒獲殷逆汝耕，通縣遂告克復。翌日第四混成旅團之第二聯隊聞變來援，日機多架又肆行轟炸，雙方激戰甚久；卒因平局猝變，孤立無援，乃於是夜經北平西郊向西轉移，沿途遭受日機襲擊，及友軍之誤會衝突，頗有傷亡；三十日在海甸附近，復遭日軍截擊，經數度猛衝，始得突圍，由西山小徑向門頭溝轉進來歸。其愛國犧牲之精神，實開爾後僞軍反正之先例。獨惜殷逆汝耕於途次混亂中乘機脫逃，成爲美中不足之憾事。

津沽方面

我第三十八師之第一一二旅駐在塘沽、大沽、小站一帶，第一一四旅主力駐天津北郊宜興埠、韓家墅一帶，天津市區秩序之維持，則由市保安隊擔任。

七月二十日以後，日開始於塘沽積極構築軍用碼頭，並佔用各大建築物爲兵站倉庫，其海軍陸戰隊與我駐軍形成對峙，大沽口外泊有敵兵艦三艘，天津海光寺駐紮敵軍千餘，東郊之東局子日飛機場，經常停機百架左右，東西車站亦均爲日軍盤踞，形勢至是乃漸嚴重。迄二十九日，日復在大沽、天津兩地，無端啓釁，其戰況如左：

二十九日拂曉，日驅逐艦二艘駛抵塘沽近岸，與原泊大沽口外之敵艦三艘，同時發砲向大沽口岸我軍轟擊，並以機槍掃射；我軍沉着應戰，自晨迄午，日未得逞。午後，敵砲擊愈烈，日機亦反復轟炸，日陸戰隊數百人又在其機砲掩護下，强行登陸；我抵抗至暮，傷亡甚重，工事盡燬，不得已漸次向新河、東大沽轉移，是夜，大部到達馬廠附近，集結整備。

二十九日二時許，日軍突然强佔我天津四個警局，並向我保安隊駐地進襲；我第三十八師副師長李文田率該師第一一四旅主力，協同津市保安隊與敵激戰，並向海光寺、東局子及東、西總各車站之敵，分別進攻。三時許，海光寺日兵營及東局子日飛機場均被我包圍，東西兩車站亦均爲我佔領，並攻佔圍旭街日警署，炸斷海河大鐵橋及金剛橋，車站附近及特四區一帶日軍遺屍頗多，日租界之交通，亦爲我破壞甚重。

拂曉以後，日機五十餘架及戰車若干輛向我軍轟炸衝擊，日我遂呈混戰狀態。是時，第三十八師師長張自忠方在北平與日方協商安定地方，乃於十六時電令我軍停戰，向馬廠撤退；於是我軍逐漸退出津市，二十時以後戰事漸趨弛緩。惟海光寺、東局子及總兩車站各附近之爭奪，戰仍繼續進行。

是日日機肆虐，民衆頗多受害，並特對南開大學、河北第一女子師範及工學院等學校，施行毀滅性之轟炸，其蓄意摧殘文化，不啻野蠻性之自白。三十日，我軍業經脫離市區，至十五時，市內殆完全爲日軍佔領；然其飛機、大砲仍對津市繼續轟炸燃燒，且到處縱火，致各重要機關多成灰燼，天津遂於浩劫中陷落。

三十一日晨，日軍續於黃緯路縱火，民房、商店延燒甚多，其砲兵則對河東各鄉村盲目射擊，村民被害極重，南開大學附近更是一片火海，經日未熄。如是暴行，達三日之久，陳屍塞巷，廬舍爲墟，難民無家可歸者，約達四十餘萬。

綜計平津之戰，敵軍傷亡不在我方之下，至我第二十九軍官兵壯烈殉國者，則自副軍長佟麟閣、第一三二師師長趙登禹以下，約達五千餘人，軍需品損失甚鉅，械彈因早經運往後方，故大部幸得保存，鹵獲戰利品亦夥。

平津作戰戰前敵偽軍在冀察一帶兵力判斷表

民國二十六年七月七日前

名稱		部隊番號	主官姓名	駐地	兵力
日本華北駐屯軍		司令部	田代皖一郎	天津	計官兵九、九二〇人
日本華北駐屯軍	第四混成旅團	司令部	河邊正三郎		
日本華北駐屯軍	第四混成旅團	第一聯隊	牟田口廉也	北平城郊通縣	
日本華北駐屯軍	第四混成旅團	第二聯隊	鈴木率通	新河塘沽一帶	
日本華北駐屯軍	第四混成旅團	第三聯隊	萱島高	天津灤縣一帶	
日本華北駐屯軍	第四混成旅團	各特種部隊	不詳	分駐北寧鐵路沿線各要點	
冀東偽保安隊		總司令部	殷汝耕	通縣	每總隊轄二區隊 每區隊轄三大隊 每大隊轄三中隊 共約一萬七千人 (附少數騎兵及迫擊砲)
冀東偽保安隊		教導總隊	張慶餘	通縣城郊	
冀東偽保安隊		第一總隊	張慶餘	通縣 順義 高麗營 昌平 懷柔	
冀東偽保安隊		第二總隊	張硯田	薊縣 遵化 玉田 三河 寶坻一帶	
冀東偽保安隊		第三總隊	李允聲	灤縣 撫寧 遷安 盧龍 昌黎 樂亭	
冀東偽保安隊		第四總隊	韓則信	塘沽 蘆臺 唐山 開平 古冶 豐潤	
察北偽蒙軍	蒙漢回自治軍	總司令部	德王	化德	約兩萬餘人
察北偽蒙軍	蒙漢回自治軍	騎兵第四師	木格爾登	化德	
察北偽蒙軍	蒙漢回自治軍	騎兵第五師	寶紫震	化德	
察北偽蒙軍	蒙漢回自治軍	騎兵第六師	易紹先	寶昌	
察北偽蒙軍	蒙漢回自治軍	騎兵第八師	包悅卿	多倫	
察北偽蒙軍	蒙漢回自治軍	砲兵團	王雲五	化德	
察北偽蒙軍	滿蒙征綏聯合軍	司令部	李守信	張北	約一萬二千人
察北偽蒙軍	滿蒙征綏聯合軍	騎兵第一師	劉雲齋	尚義	
察北偽蒙軍	滿蒙征綏聯合軍	騎兵第二師	尹寶山	商都	
察北偽蒙軍	滿蒙征綏聯合軍	騎兵第三師	王忠元	張北	
察北偽蒙軍	滿蒙征綏聯合軍	砲兵團	王洞軒	張北	
察北偽蒙軍	蒙征綏軍	司令部	寶音大來	西旗	
察北偽蒙軍	蒙征綏軍	騎兵第七師	寶音大來	西旗附近	約四千人
察北偽蒙軍	古聯隊	保安隊	卓什海	分駐察北各地	約三千人

附記
一、多倫、圍場駐有敵軍岸本所部步騎兵約五千人及戰車一隊。
二、劉桂堂在沽源新成立四個大隊。
三、商都有敵軍飛行場。
四、致華北駐屯軍司令官，於七月十二日改由季月清司中將接替。

平津作戰我軍指揮系統表

（民國二十六年七月七日）

冀察綏靖公署主任宋哲元（參謀長富占魁）

- 第二十九軍軍長 宋哲元（兼）
  - 副軍長 佟麟閣
  - 參謀長 張樾亭
  - 第三十七師師長 馮治安
    - 第一零九旅旅長 陳春榮
    - 第一一零旅旅長 何基灃
    - 第一一一旅旅長 劉自珍
    - 獨立第二十五旅旅長 張凌雲
    - 特務團團長 張振華
  - 第三十八師師長 張自忠
    - 第一一二旅旅長 黃維綱
    - 第一一三旅旅長 劉振三
    - 第一一四旅旅長 董昇堂
    - 獨立第二十六旅旅長 李九思
    - 特務團團長 安克敏
  - 第一三二師師長 趙登禹
    - 第一旅旅長 劉景山
    - 第二旅旅長 王長海
    - 獨立第二十七旅旅長 石振綱
    - 獨立第二十八旅旅長 柴建瑞
    - 特務團團長 李豐瑞
  - 第一四三師師長 劉汝明
    - 第一旅旅長 李金田
    - 第二旅旅長 李曾志
    - 第三十一旅旅長
    - 獨立第二十九旅旅長 田溫其
    - 保安旅旅長
    - 特務團團長 閻尙元
  - 獨立第三十九旅旅長 阮玄武
  - 獨立第四十旅旅長 劉汝明（兼）
  - 第九騎兵師師長 鄭大章
    - 第一騎兵旅旅長 張德順
    - 第二騎兵旅旅長 李殿林
    - 第十三騎兵旅旅長 姚景川
  - 第二十七師師長 馮安邦
    - 第七十九旅旅長 黃樵松
    - 第八十旅旅長 關延年
  - 第三十一師師長 池峰城
    - 第十一旅旅長 黃鼎新
    - 第九十三旅旅長 劉恒德
  - 第七砲兵團團長 張廣厚（臨時配屬）
- 第二十六路軍總指揮 孫連仲（欠第三十師及獨立第四十四旅）
- 第四十軍軍長 龐炳勳
  - 第三十九師師長 龐炳勳（兼）
    - 第一一五旅旅長 朱家麟
    - 第一一七旅旅長 李運通
- 冀北保安隊司令 石友三
  - 第一旅旅長 陳光然
  - 第二旅旅長 吳振聲
- 冀南保安隊司令 孫殿英（兵力不詳）

附記

一、第二十六路軍及第四十軍係敵軍啓釁後，奉令北上增援部隊，並歸宋主任指揮，但未及參加平津作戰。

二、嗣宋哲元於二十九日自平赴保，即將軍長職務交由第三十七師師長馮治安代理。又同月中旬成立石家莊行營，徐永昌主任於下旬抵保後，華北作戰指揮權，即移交該行營。

三、第二十九軍各師均爲四旅八團（另一特務團），除第一四三師全師未參加本作戰外，其餘所轄各師亦各有旅未能實際參加作戰；騎兵第九師爲兩旅六團制，馬千餘匹，僅一部曾參加清苑方面戰鬥；另第五十三軍之鐵甲車，亦曾參加平郊戰鬥。

四、冀察兩省保安隊甚多，惟因欠正確資料，番號、兵力均不詳，一部未列表內，又第二十九軍各師之獨立旅，係固定配屬各師。

毛澤東做過全國農協會長？

用五

前言

毛澤東自傳裡有如下一段文字：「在大革命危機的前夜，舉行第五次全會，（中共第五次全國代表大會），不能通過一種完美的土地政綱；我的農民運動應該加速深入的主張，甚至沒有提討論；因爲那時的中央委員會爲陳獨秀所操縱，拒絕提出來考慮。全會決議以『有五百畝以上土地的農民』爲地主，這樣就把土地問題拋開了。用這一個地主的定義，要想發展階級鬥爭，是完全不完備而沒有事實根據的；而且完全沒有考慮到中國土地經濟的特殊性。可是，會議之後，一個全國農民協會組織成功了，我成了第一任會長。」

美國蒙特格里雅州立大學歷史系的奧蘭尼克先生來信問我，上面這一段文字裡的全國農民協會是否確實存在過，毛澤東又是否做過第一任會長？我查過一些有關資料之後，發現了事實上該會並沒有成立，毛澤東自然也沒有做過會長；而且這段文字所說的其他各點，也都是不盡不實，很可懷疑的；有關歷史事實，特根據資料，分別說明眞相，以備史家參考。

全國農協並未成立

這裡得先簡單的說一說農民運動的歷史；中山先生採取聯俄、容共、農工三大政策後，從十二三年到十六年，幾年之間，全國農民在國共兩黨領導下加入各級農民協會組織的，據十六年官方調查統計，已達一千多萬人，（一說只得一百萬左右）；全國已有農民協會組織的鄉共一萬六千多個，區一千一百多個，縣二百多個，省僅五個（一說四個）；這些有組織的農民，再經過合法手續，推舉代表，集合到當時革命政府所在地的武漢，按照一定程序開會，組成一個全國性的農民團體，這一個團體便是名實相符的全國農民協會了。根據這一個定義來說，毛文所稱的「全國農民協會」，事實上是始終未曾出現過的，毛氏做了第一任會長的話，也更是無從說起的了。

不過，毛文說這些話，也不是完全沒有原因的，因爲十六年（一九二七年）三月卅日，粵湘鄂贛四省的農協代表，及豫省農民自衛軍代表共十一人，在武昌舉行了一次聯席會議；結果，推舉鄧演達、毛澤東、譚延闓、譚平山、徐謙、孫科、唐生智、張發奎、彭湃、易禮容、陸沉、蕭人鵠、方志敏等十三爲中華全國農民協會臨時執行委員會的委員；並推定鄧演達爲宣傳部長，毛澤東爲組織部長，彭湃爲秘書長。到了四月九日，臨時執行委員正式通電就職；並通告各省區，定於七月一日在武漢召開第一次全國農民代表大會。

臨時執行委員會不合法理事實

毛文所說的全國農民協會，很可能便是指這個臨時執委會而言；但我們必須注意的，是這個臨時執委會的成立乃十六年三月底至四月初的事的也不是毛文所說的中共第五次全會以後的事，（中共第五次全會舉行於十六年四月廿七至五月六日）；又毛氏在臨時執行委會裡担任的只是十三個臨時執委之一兼組織部的部長，而不是甚麽會長。照理，臨時執委會通告定期七月一日在武漢召開的第一次全國農民代表大會，如果開會成功的話，才能產生眞正的中華全國農民協會，但這一個全國農民代表大會，事實上也並沒有召開成功。

再說，十三人的臨時執委會，無論在法理上或事實上都是不能夠與中華全國農民協會等量齊觀的，這一點筆者已另文說明，這裡不贅。

中共兩派農運主張

毛文又說：當時陳獨秀操縱了中共中央，以至他（毛）的農民運動的主張不能夠在中共第五次全會提出討論；到底毛的主張是怎樣的？陳的主張又是怎樣的？這也是值得注意的事。

根據資料顯示，中共五全會議前後，有關農民運動的主張分爲兩派：

一派主張繼續支持武漢政府，維持國民黨的統一戰線；共產黨必須約束農民的反抗活動，不要在農村中發展社會革命，以削弱國民革命軍的後方，這便是陳獨秀一派主張，並獲得第三國際代表鮑羅庭支持的。

另一派，主張領導農民實行土地革命，不惜破壞共黨與國民黨左派的聯合陣線，這便是毛澤東派的急激主張。當時毛澤東有一篇「湖南農民運動考察報告書」，可以說便是他「加速深入的農運主張」的事實說明，因爲湖南的農運正是毛氏一手領導起來的。

好得很的湖南農運

湖南農運，在當時一般人都認爲「過火」，或「糟得很」，有碍國民革命的發展，亦爲陳獨秀和鮑羅庭所反對，要設法加以抑制的，毛澤東却說是「好得很」；試看在報告書中如下一段的事實叙述：

「……農民在鄉裡頗有一點子亂來，農會權力無上，不許地主說話，把地主的威風掃光；這等於把地主打翻在地，再踏上一脚。……向土豪劣紳罰欵捐欵，打轎子。反對農會的土豪劣紳的家裡，一羣人湧了進去，殺猪出穀，土豪劣紳的小姐少奶奶的牙床上，也可以踏上去滾一滾。」

「好得很」的歌頌已極盡筆墨的能事了，可是毛氏把這一份報告書的全文送交中共中央機關刊物發表的時候，陳獨秀却把它刪去了大半，最主要或最精彩部份「十四件大事」也完全腰斬了，深惡痛絕，一至於此！這還不足，在中共五全代表大會及前此的中全會會議開會的時候，陳獨秀幾乎要禁止毛氏出席，經人說項之後，雖許毛氏出席，但剝奪了他的表决權，（另據第三國際代表羅易的紀錄，這兩項會議毛氏均未出席）；這便是毛文所說的陳獨秀操縱中共中央的事實，也可見毛、陳兩人在農民運動的主張上是如何水火不相容的了。

毛澤東不再反對陳獨秀了

可是，令人奇怪的，是當時曾經出席中共中全會議及五全代表大會的另一個第三國際代表羅易所寫的「對毛澤東的印象」那篇文章的叙述：毛澤東在中共五全代表大會開會之後，他參加了中共中央政治局的辯論會議，忽然不再反對陳獨秀的主張，而且極力表示擁護之意，羅易的文章，有如下一段描述：

「……中共第五次黨代表大會於一九二七年五月在漢口舉行……黨代表大會召開後不久，內戰即告爆發……在紛擾的局面下，設於漢口的中共中央政治局展開了熱烈的辯論。毛澤東到漢口後，我第一次看到了他。那是一次熱烈爭論的會議，時間已到了午夜……毛澤東進來後，並未就坐，直接走到陳獨秀身旁，交頭接耳談了幾句，就開始發言……鮑羅庭和我都不懂中國話，但顯然毛澤東的發言是針對着我的；陳獨秀等人都顯得高興，經過傳譯之後，我明白了毛澤東支持陳獨秀的論點，即爲了支持國民黨的統一戰線，共產黨應該約束農民的反抗活動。他說，『外國人怎能瞭解中國的眞實情況呢？我來自湖南，我瞭解湖南的農民。黨內不負責任的人，正在錯誤地領導着農民，我們決不應該在農村中發展社會革命，而削弱國民革命的後方。黨代表大會犯了一次嚴重的錯誤，大會決議必須加以擱置。』」

毛澤東前後判若兩人

毛氏這一次的演說，不是和他那一篇湖南農運考察報告書的精神完全相反了嗎？他居然承認了在農村中發展社會革命是削弱國民革命的後方，是錯誤的領導了。這個時候的毛澤東和不久以前中共五全大會開會時候的毛澤東，豈不是前後判若兩人，前倨而後恭了嗎？這到底是怎麽一囘事呢？是毛澤東改變了他的主意呢？還是羅易的紀錄有了錯誤呢？

羅易對中國農運的主張，是和陳獨秀、鮑羅庭剛好相反的，和毛澤東原來主張——湖南農運所表現的事實和精神，則正好臭味相投，桴鼓互應；因此，他決不至把毛氏本來反對陳、鮑的演說誤記爲贊助或擁護的演說，否則弄成誤友爲敵的大笑話了。因此，我們認爲羅易這一段紀錄是當時的事實，不會是錯誤的；換句話說，這是毛澤東改變了他反對陳獨秀和鮑羅庭兩人主張的結果。

說到這裡，讀者自然要問，毛澤東爲甚麽忽然在短時間內改變了反對陳、鮑的主意，主意改變之後，又爲甚麽到了後來寫自傳的時候，仍然再囘到反對的道路上去呢？這樣的一變再變，反覆無定，又是甚麽道理呢？我想這是稍爲懂得毛澤東平時的爲人，都能夠提得出答案來的，這裡我無須多說了。

有關土地問題的指摘

現在再談中共五全代表大會有關土地問題的決議案，也是和毛文很有出入的。

五全大會有關農民政綱的決議計共七項：（1）（2）（3）項都和土地問題及土地經濟有關。（1）項規定，「沒收一切所謂公有的田產」……（2）項規定：（甲）無代價沒收地主租與農民的土地……（乙）屬於小地主的土地不沒收……（丙）革命軍長官現時已有土地可不沒收，（丁）革命軍兵士之無土地者，於革命戰爭結束後，可領得土地耕種。（3）項爲有關田稅、田租及租佃權原則的規定。這幾項決議都是根據陳、鮑主張，在不妨碍國民革命後方，續持共黨與國民黨的聯合陣線這個大原則而訂定的，並沒有毛文所說以「有五百畝以上土地的農民爲地主」這樣的決議。因此毛文對中共五入大會有關土地政綱的決議底指摘，也是不正確的。

（完）

主要的參考資料：

（一）毛澤東自傳
（二）羅易—對毛澤東的印象，（知識份子半月刊第一期）
（三）全國農民協會會員統計表兩種（中央農民部十六年六月製）
（四）中共第五次代表大會決議農民政綱（向導周報一九五期）
（五）王健民—中國共產黨史稿
（六）田中忠夫—支那革命與農民鬥爭
（七）人說糟毛說好—明報副刊（一九七五年三月七日）

日本關東軍給予中共的武器

姚遙

日本投降和「關東軍」繳械，是中共武裝部隊踏上正規化和現代化的一個轉捩點。——在一九四五年末到一九四六年初的那幾個月裡，如果沒有「關東軍」的全套裝備，加上「滿洲國」部隊、朝鮮部隊和一部份關東軍殘餘人馬「楚材晋用」，中共的「東北民主聯軍」是絕不可能那麽迅速地成長爲一支「連戰皆捷，愈打愈强」的四十萬大軍的。

根據中共自己的記載：在日本宣佈投降的那一天，他們的延安總部，便抽調了主力部隊和幹部十餘萬人，分兵六路，進入東北和內蒙一帶。

當時奉命出關的部隊，是賀龍、聶榮臻、呂正操、李運昌、萬毅、張學詩各軍。

這些隊伍，雖然一向被中共視爲「主力部隊」，但在出關以前，裝備上依然是既舊又差更雜。當時負責「保衞黨中央和主席」的汪東興支隊，武器總應是全軍中第一流了吧。然而，據毛的衞士長閻長林，在他們的回憶錄（「胸中自有雄兵百萬」）中透露：他們一共有四個連的兵力，除掉「幾百條步槍」以外，「連一門小炮都沒有。只是在形勢萬分危急的時候，担任警戒的部隊，才會讓一個排，帶着三挺機關槍，去向敵人迎頭痛擊。因此，那些裝備比「中央警衞」部隊還要差些的「主力部隊，自然更不會有多少重武器；基本還沒有具備從事「火力戰」、「改堅戰」和炮戰的條件。

當時，日本在中國的部隊，已經奉到了中國統帥部的命令，「不准向未指定的部隊，擅自投降，或讓防」。所以，在全國各戰區內，眞正向中共部隊繳械投降了的日本部隊，一共只有山東泰安車站的一個步兵中隊，以及駐紮在隴海路東段瓦窰的一個炮兵中隊而已。

長城以外的情形，可就完全不同了。那裡的關東軍，一共有廿四個師團，都是向蘇聯紅軍繳械投降的。他們交出來的各種裝備，據官方統計有：

步槍，三〇萬桿
機關槍，一三八二五挺
大炮，三六六二門
戰車，三六九輛
裝甲汽車，三五輛
飛機，九二五架
卡車，三〇七八輛
各式汽車，二三〇〇輛
拖車，一二五輛
指揮車，二八七輛
特種車，八一五輛
輜重車，二一〇八四輛
騾子，一七四九七匹
無線電報機，一三三座
馬匹，一〇四七七七匹
手榴彈，一一〇五二顆
軍用品倉庫，七四二座

這個統計數字，還只是包括一九四五年九月九日以前解除的武裝，要比實際繳械的總數低一些的。

根據莫斯科電台，在一九六五年十一

月四日廣播的「兄弟援助」這個節目中透露：當年進入東北的蘇聯部隊，一共有三個方面軍。僅只其中的兩個，就繳獲，關東軍這樣多的裝備：

大炮三七〇〇門
戰車六〇〇輛
飛機八〇〇餘架
機關槍約一二〇〇〇挺
軍用品倉庫八六〇座

其中，戰車，大炮和倉庫的數字，都要比前一個統計多些。

這些東西，正像莫斯科電台，在那廣播中所着重指出來的一樣：

「蘇軍把從關東軍那裡繳來的一切武器，都交給了中國人民解放軍。」

從各方面的佐證看來，這倒不是莫斯科的丑表功，而是有些眞憑實據的。

那時，從重慶派去的東北行營，一再請蘇軍總部，把從「關東軍」繳來的武器，移交給它。但却一再不得要領，直到一九四五年十二月間，才收到了蘇軍的一封正式通知道：

「現在根據兩國同盟友好條約，將所有關東車武器，交與貴國。

計開：

步槍，三千桿
馬刀，一四八把

上列武器，現存哈爾濱，請即派專人前往提取。」

不談重武器和機械化裝備，就是光以步槍而論，蘇軍在這裡答應移交的，也只不過是總數的百分之一；而他們又絕對不需要用這些東西，來加强自己的火力，因爲他們無論在哪一方面，都要比「關東軍」佔很大的優勢；光是在飛機數量上，就强大三〇倍，在戰車上，更是四三倍之多。爲有再垂涎於「關東軍」這一堆「老爺貨」之理？

更何況蘇軍在「對軸心國作戰的招牌之下，早已利用「租借借法案」，向美國取來了這樣一大批的重要裝備：

戰車，七〇六五輛
高射炮，八二一八門
飛機，一四八三四架
軍用卡車，三八五八八三輛
吉普車，五一五〇三輛
軍艦(輕巡洋艦級以下)，五百艘
萬噸級貨輪，九五艘
無線電台，一六〇〇〇座

絕不至於可憐得像中共當年的游擊隊伍一樣，完全要靠「搶敵人的槍炮，來充實自己的武裝。」

中共在出關之前，既然連大炮都很少，戰車和火箭筒一類的武器，當然更不會有幾個。但是，不到幾個月的功夫，就在東北一口氣成立了七個機械兵團；而且在北滿的佳木斯，正式開辦了培養裝甲兵幹部的學校，訓練營和教育班！——姑且撇開幹部的問題不談，光是戰車的來源，就大大值得研究。它們總不會平空從天上掉下來吧？

炮兵也是一樣，居然在刹那之間，就成立了一系列「獨立炮兵旅。每旅所擁有的火炮，至少也在一〇八門以上。」這些炮又是從哪裡來的？

空軍，一向是中共最弱的一環，只有兩三架「擺樣子」的東西。誰知一到東北，也立刻變成了「見風就長」，馬上喧喧赫赫地成立了「空軍」這個兵種、而且在齊齊哈爾和蘇聯的作力，開辦了「軍事航空學校」。那些塗着紅星，在東北上空飛來飛去的軍用機，當然不會是美國送給他們的。

在步兵的裝備方面，改善之速，也絕不是光靠「搶敵人的武器」，就可以做到的。中共其所以能在戰場上打垮新一軍、新六軍、新七軍這些王牌隊伍，「人海戰術」固然是一個因素；火力上的不相伯仲，大概也是一個很重要的原因。那時，這些「王牌隊伍」的裝備，比日本投入太平洋戰爭的主力師團，還要優越得多。據說：每一個都擁有。

輕機槍，約四〇〇挺
重機槍，約七〇〇挺
卡賓槍與自動步槍，約一六〇〇桿

擲彈筒，約四〇〇具
步兵炮，三六門
防戰車炮，一八門
榴彈炮與山野炮，重迫擊炮，共約七〇門
高射炮，約四〇門
巴楚卡，約六〇具
輕戰車與裝甲汽車，約六〇輛

中共那些一向是「小米加步槍」的部隊，如果沒有天外飛來一大批新式武器的話，又如何能在眨眼之間，就「迎頭趕上」了當時火力最强的中央軍「王牌」？

蘇聯有武器交給中共的證據，有底案可查的，至少有下面這幾次：

一九四五年八月——中共派了黑龍江軍區警衛旅第四團的作戰參謀果征卡，到海拉爾去，從蘇聯軍手裡接收來了一二〇〇箱繳械來的日本步槍，一二八〇〇〇發炮彈。

一九四五年九月六日，中共「冀熱遼軍區第一六軍分區」司令員曾克林，政委康凱，接收了瀋陽日軍和滿洲國部隊的全部武器。

十天之後，「冀熱遼軍區」司令員李運昌，又帶了一支部隊到瀋陽來，用日軍倉庫中的武器，裝備了自己。

一九四六年四月十五日，中共「黑龍江軍區」警衛旅第四團供應處長劉品生，奉令到安達縣和小嵩子一帶繳來的全部武器。

此外，張學詩、萬毅、周保中、李兆麟、呂正操、李運昌、王明貴等中共部隊，以及「民主聯軍」的「朝鮮支隊」，渡海而來的「山東兵團」，都分別在佳木斯、嫩江、安北、瀋陽，從蘇軍手裡接收了大批武器，來裝備自己。

甚至於連中共的海軍和兩棲部隊，也都是在這時候，以暴發戶的姿勢誕生的。只不過把訓練的中心，暫時放在蘇聯的史巴斯克而已。

那時，中共爲了要「廣聚人才」，來替自己打天下，也曾經收編過幾萬「日暮途窮，有家難歸的」關東軍「殘部」。以及三十萬在戰鬥力和裝備上，都絕不稍遜於日軍的「滿洲國部隊」。這一支隊伍，被重慶摒諸大門之外，堅決不肯收編；這才在中共「蔣家不要毛家要」的口號下，連人帶槍，全部投了「東北民主」聯軍。

除掉他們之外，還有一支很重要的「客軍」，也替中共出死力打過天下。那就是當年接收了日本「駐朝鮮軍」全部武器的金日成部隊。

金日成原是中共領導下的「抗日聯軍」中一名師長，比在山中餓死的那「聯軍總司令」楊靖宇，還要低一級，是一向在延吉一帶地區活動的。日本投降的時候，原來駐紮在北朝鮮的日本第一七軍，第七九師團，混成第一〇一聯隊，永興灣要塞守備隊，羅津要塞守備隊的整套裝備，都經過蘇軍的手，轉送了給他。——按照編制上來說，這些部隊的每個師，至少要有

輕機槍，五四一挺
重機槍，一〇四挺
擲彈筒，五七六具
野炮，山炮，榴彈炮，六四門
步兵炮，四四門
戰車，二四輛
卡車，二六六輛
馬匹，五八四九匹

這樣一來，窮困了多少年的金日成部隊，就馬上從一個兵微械陋的游擊師，擴編成人槍俱全的四個「軍」。總兵力强大到二十七萬人，其中雖然只有十五萬是「朝鮮」土著，但是另外的十二萬，也是從中是邊境地區「政治動員」而來，思想上是清一色的「親朝」和「親共」的。

中共部隊進入東北之後，曾經和朝鮮與東蒙「友軍」的代表，在佳木斯舉行過一次非常重要的會議。會上做出來的重要決定，大致有下面這些：

甲、「東蒙」以兩個騎兵師，朝鮮以十萬大軍，來參加「東北解放戰爭」。

乙、東蒙軍的任務，是在適當條件下，改編爲現代化的步兵師，在特定的地區，配合中共部隊的攻勢。

丙、朝鮮軍的任務，是負責自營口到圖門江這條線以東的地方，進行掃蕩和建立「解放區」。

丁、朝鮮軍的一切補給供應工作，完全由中共代爲解決。

戊、朝鮮籍的參謀，指揮，技術和政工人員，正參加「中國人民解放軍」。

巳、以金日成爲首，金曉山爲副的朝鮮軍，在參戰以後，組成「東北民主聯軍」的第十三兵團，由金曉山兼任指揮員，接受「東北民主聯軍」總部的領導。

佳木斯會議的結果是：朝鮮軍在「民主聯軍第十三兵團」的名義下，迅速地把六支精兵投入了東北戰場。那就是：

（A）姜信泰部隊，二萬餘人，在延吉到拉法的鐵路線上活動。

（B）金策的「中朝混成縱隊」，約一萬三四千人，在長春以西的長嶺、雙山、懷德一帶地區作戰。

（C）朴孝三部隊，約二萬六千人，在通化地區活動。

（D）牡丹江縱隊，約有二萬人。

（E）佳木斯縱隊，約有八千人。

（F）舒蘭五常縱隊，約八千人。

這些部隊的訓練，自然要比才出關來的那些游擊隊好得多；打硬仗的經驗，也比較豐富。因此，就曾經替中共立下不少汗馬功勞。

朝鮮戰爭的時候，中共爲了要鼓勵青年們去替朝鮮當炮灰，曾經屢次公開提到「朝鮮同志們在解放戰爭中的偉大貢獻」要人們「飲水思源，以德報德」。由此可見：「朝鮮部隊當年在東北戰場上的重要性」，是絕不能以等閒視之的了。

「八一三」砲戰、殉國三將軍傳

段劍岷

吉星文

宋文文山過零丁洋詩云：「人生自古誰無死，留取丹心照汗青。」死有重於泰山輕於鴻毛之別。又有留芳百世，遺臭萬年之分。如陸軍中將追晉上將金門防衛副司令官吉將軍星文者，執干戈，衛社稷，捐軀報國，名垂清史，可謂死得其所矣。

吉星文，字紹武，河南省扶溝縣呂潭鎮人。生於民元前二年二月一日。祖茂元，父世俊，耕讀傳家。母姜氏，有賢淑名。生子三，長早夭，次星照，星文其季也。幼習拳術，體格魁偉，胸懷大志，沈默寡言。肄業縣立中學，每冠其曹。北伐前，中原混亂，民無寗日，矢志投筆從戎。適其族叔鴻昌為國民軍馮玉祥部團長，乃隨之入伍，充學兵。因成績優異，術科精良，深得石敬亭之賞識。十四年二月，升充李鳴鐘旅工兵營排長。十五年一月，調升陸軍第四旅騎兵營中尉排長。是年七月，升連長。積勞於十七年十一月升少校營長。當時年僅弱冠，勇毅絕倫，所屬長官田金凱。馮治安等皆以大器期之。君乃感激知遇，力圖報効，每戰身先士卒，奮不顧身。十八年八月，至二十二年十一月，因軍隊改編，歷充陸軍第九師、第三十七師營長，駐防華北。喜峰口之役，奮戰兩晝夜，斃敵三百餘，俘獲大小砲二十餘門，深為宋哲元所嘉許。二十二年十二月，因功擢升三十七師二一九團團長。每逢元旦平津閱兵，皆任總指揮。因步伐整肅，聲音宏亮，博得中外來賓之贊許。君術科雖佳，學科不足，乃力求深造。二十五年六月一日，請求參加軍校高級教育班第五期，為期一年，得聆蔣委員長訓教，益感振奮。深感國事之艱難，日軍之橫暴。二十六年六月十六日結業返防，奉令率部駐防宛平。日軍得寸進尺，謀佔華北。是年七月七日，造成盧溝橋事變。君勇毅沉着，不為威屈。堅守橋頭及宛平縣城，不令越雷池一步，發揮革命軍人精神，博得中外人士之稱贊，即婦孺皆知之「七七」事變也。抗戰發生，所部首當其鋒。苦戰二十九晝夜，斃敵一木青直大隊長等千餘人，鹵獲鎗械甚多。君推功部下，愧獨享盛名。撫循士卒，救護老弱，不遺餘力，故深得下級之愛戴。是年九月，因功升任三十七師一一〇旅少將旅長。並經頒授四等寶鼎勛章，實至名歸，乃殊榮也。旋由華北調往津浦線作戰。宿州之役，以少敵衆。一夜苦戰，擊潰日軍板垣師團兩個聯隊。雙方傷亡慘重，橫屍盈野，皆大刀肉搏所致也。二十七年四月，頒給甲種一級勛章。六月升任一九七師少將師長。二十八年，參加鄂北作戰有功，調任三十七師師長，並頒贈勛章一座。抗戰八年，至為艱苦。君公而忘私，不以家室為念。能與士卒共甘苦，冒險犯難，皆甘之如飴，故所向有功。先後得有勝利、光華、雲麾、干城、忠勤等勛獎章共拾座。

抗戰勝利後，國軍整編。三十五年五月，改任整編陸軍第七十七師三十七旅少將旅長。君以科學發達，戰畧戰術，日新月異，為求深造計，於三十六年十月，入陸軍大學特八期肄業。三十八年二月結業，即調升陸軍第七十七軍軍長。奉令率部戡亂，參加沂蒙山區及福州等地各戰役。是年五月，調任一二五軍軍長。同年七月，調充獨立三六〇師師長，卒因時局逆轉，撤退來臺。君因以身許國，忠孝不能兩全。老母兄長，皆寄寓四川萬縣，被共黨慘害。每一談及，髮指眥裂，痛不欲生。誓滅朱毛，以雪家仇。

三十八年九月來臺後，因所部改編，調任東南長官公署少將高參，及國防部高參，職務閒散，人皆志氣消沉，不求甚解。君百折不撓，請求入革命實踐研究院軍訓團受訓。三十九年十月，任五十軍戰鬥團長。四十一年二月，又入高級班受訓，同年十月調任陸軍第七戰鬥團團長。四十二年夏，又入參謀學校將官班受訓。君力求深造，好學不倦，舊日友好，皆戲呼為受訓專家，亦一笑置之。四十三年六月，調任為陸軍第三戰鬥團團長。四十四年一月，調升澎湖防衛部副司令官，輔佐劉安祺、胡宗南等，克盡厥職。軍服膠鞋，雜士兵中，督練操作，櫛風沐雨，非素識者不知其為抗戰名將也。

四十六年春，君再入國防大學聯戰系深造。因實戰經驗宏豐，年終卒業，成績優異，蒙元首一再召見，備加勉勵。並侍立攝影，擢升中將，派充金門防衛部副司令官。冒險犯難，乃其本性，立即赴任，不顧一切。君素愛運動，體力超羣，所舉百斤鐵輪，旋轉如飛。因連年作戰，傷痕遍體，是年四月，舊創復發，仍力疾從公。元首巡視金門，特令隨從醫師王洛為之療治。四十七年七月返臺，擬入第一總醫院施行手術，適前方吃緊，乃力疾返防。臨行會語其妻云：「國仇家難，志在必復。男兒馬革裹屍，最為榮幸。善教子女，勿以為念。」其捐軀報國之志，早已決矣。返防之後，協助胡司令官，督修工事，指揮官兵，夜以繼日，不辭勞瘁。八月二十三日，共軍集中大量巨砲，轟擊金門。一日夜之間，全島落彈五萬餘發，密如驟雨。欲斷我補給，攫取金門。是日下午三時，君出入前方，巡視陣地，腰部忽中三彈，傷勢嚴重，仍指揮砲兵，加以反擊。旋經抬回療治，卒因流血過多，於二十四日下午成仁取義。屍運澎湖，加以棺殮。最高統帥聞耗痛悼，惜失干城。身後一切，從優褒卹。四十七年九月，追晉二級上將。共黨起戰火，進犯金門，卒告失敗。君為國捐軀，光榮桑梓，澤被後昆，九泉之下可以含笑瞑目矣。

君生長中原，秉性獨厚。談古史書，最欽佩鄉賢岳忠武公。「文官不愛錢，武將不惜死」之句，常誦不離口。自二十六年受訓之後，深受元首之感召。歷經參謀訓練，學識日見豐富。收斂鋒芒，以身許國，蓄志已久。自入伍以來，追隨前河北省主席馮治安最久，深得其提攜愛護，交稱莫逆。馮乃以其妻妹妻之，即吉夫人沈嘉斌也。情好甚篤，生育子女各三。子民森、民立、民正，女民青、民君、民中。均在學就讀，尚未成年。烈士遺族當能繼志述事，光大門楣。緬懷壯烈，無任欽遲。古人云：「立德、立言、立功，為人生三不朽。」君功在國家，名垂青史，亦可以千秋萬世而不朽矣。

趙上將家驥本傳

趙尺子

趙將軍諱家驥，字大偉。生於民元前二年夏曆九月二十二日。先世為紹興之漓渚人。父筱泉公知縣事河南，喜汲縣風俗淳樸，奉其父少莊公、母饒氏居焉，故將軍著籍於汲。筱泉公通儒碩學，有淹雅樓詩文集及金石考證百餘萬言，擅畫梅。民國二十二年夏逝世開封，遺囑將軍以報國紓難為重。母氏章，名培貞，字幼蘭，豫中望族，亦善文學。三十三年春歿於陝西，生將軍兄伊生，弟踵武，姊家珩及妹家瑜，將軍其仲也。將軍初婚某氏，中道仳離，生長女平。繼婚楚氏，名瑞延，北京大學畢業，生次女煉石，三女漱石，四女燕石。

將軍幼從筱泉公受五經，學詩文。肆業河南省立二中時，深慕漢武之征西北，及班超之通西域。適洛陽招幼年兵，因毅然投筆應徵。二次奉直戰後，入東北講武堂九期步科，以第四名優績卒業。二十四年考入陸軍大學十四期，三年卒業。二十九年奉召中央訓練團十期黨政班受訓。四十年二月，參加革命實踐研究院受訓；四月參加圓山軍官訓練團高級班一期受訓，任班附，並奉總統手令列入十將領，撰寫回憶錄，以檢討剿共得失。四十三年五月，參加國防大學聯戰系三期受訓，均奉總統手諭召訓者，亦各以優等結業。將軍之事總統，一如季路之事孔子、徐愛之事陽明，効忠二十餘年，報之以死，有由然也。將軍參加國民革命早於十九年，至二十二年，始列中國國民黨黨籍。

將軍方肆業講武堂時，有十八年抗俄之役。滿洲里守將梁忠甲將軍，素知將軍材能茂異，電調為作戰參謀者兩閱月。梁將軍旣殉國，中俄休戰，將軍重返卒其業。奉派東北軍二十旅上尉連長，旋調升第二十七師少校營長。十九年任北平警備司令部少校參謀，將軍自此參加國民革命軍，終其生以為榮。是年冬，升任中央軍第二十七師中校參謀。二十二年長城抗日之役，調任第一四二師中校營長，踞守仰望口，以績升任第四十七師副團長。二十三年冬，率部溯長江入蜀轉黔，追截贛共，出力甚多。二十四年一月，升任四十七師參謀主任，奉調考入陸軍大學。二十七年，升任第十一軍團第二軍少將參謀長，十月，兼軍團參謀長。

武漢防衛戰中，軍團防守田家鎮要塞。敵攻陷黃梅廣濟後，猛拊要塞之背。將軍實指揮第二軍之第九、第五七兩師及第一〇三、第一九九兩師，以主力對北，固扼松北口之線，重挫頑鋒。嗣因長江南岸半壁山失守，軍團始奉命撤退。是役也，將軍初次指揮大兵團作戰，而以孤軍獨當優勢之敵，奮戰兼旬，中流砥柱，識者稱之。武漢撤退，將軍實指揮第二、第九兩軍，迭創强敵於陽新咸甯之間，俾國軍得從容部署長沙會戰焉。二十八年冬，桂南告急，軍團奉調赴援，將軍率第九師星夜前進，至則以第九師接替正面，自率臨時配備之第四九、第七六兩師，担任左翼，一舉攻克崑崙關。天堂頂之戰，攖萬險，突重敵，蒙總統慰勉有加。總統之知將軍，蓋自此役始云。二十九年調防常德，參加宜昌會戰，與敵遭遇於當陽遠安之北，而拒諸國門之外。三十一年秋，我軍反攻，江防各軍直薄宜昌城下，以為策應；將軍親督第九、第七六兩師當先，動作協宜，土城一役，衝入城區，巷戰激烈，殲敵千餘。——四年苦戰，將軍之軍事材畧，深為當局所重，三十二年春，因奉調為軍令部第三處處長，主持抗日全盤戰畧策劃矣。

當斯時也，中美合作抗日之勢已定，設立軍委會駐滇幹部訓練團步兵訓練班，辦理中美軍官聯合作戰教育，奉總統核派將軍為主任。三十三年一月，訓練班改組為中美參謀學校，將軍與美國魏碩士將軍主其事，訓練中美參謀，溝通戰術思想，奠定合作基礎，對盟軍作戰貢獻極偉，奉美國政府贈勛。十月，任第五集團軍參謀長，防守昆明，策應反攻。三十四年六月，升任昆明防守司令部中將參謀長。兩月後，日閥投降，抗戰勝利，而龍雲叛象漸著。中樞決改組省政府，以固邊陲。此重大機要，僅將軍一二人策定之，舉凡攻守、戰備、交通、通信。以及新聞控制、水電供應、學生情緒、民衆反應、友邦關係，無不豫立計劃，具體草成。令到之夕，得心應手，一週而全局敉平焉。此將軍在昆明兩年間之作為也。

三十四年秋，東北保安司令長官部成立，將軍受任參謀長，實統大軍自秦皇島登陸，循北甯路前進，共軍披靡，首入瀋陽，兼瀋陽警備司令。自此兩年中，實指揮遼南會戰、四平會戰、開原會戰、臨江之戰、吉長會戰……大小數十役，將軍之作戰智慧發展至最成熟階段。三十六年秋，將軍奉調第六兵團副司令官兼第三訓練處處長（轄四個師），駐守遼西。東北剿共總司令部成立，將軍奉總統電令囘任參謀長兼政務委員。時東北共勢猖獗，我四九、五三、新五各軍先後覆沒，交通寸斷，共迫瀋陽近郊矣。將軍調整態勢，部署局部反擊，局面稍安——而心力交瘁，患急性胃出血，就診青島。迨力疾囘瀋，遼西戰幕已啓，三十七年十月十四日錦州陷落矣。時劉斐所定戰畧，為集結大軍，西復錦州，擊潰林彪主力，確保遼西，否則亦可全師入關，固守平津，名為「長城計劃」。而將軍所擬「青島計劃」則為俟三十八年春煖，營口冰開，收復遼陽海城，打通營口，海道運兵，自葫蘆島登陸，規復錦州，前進瀋陽；否則亦可撤出二十萬主力。軍事會議，凡兩日不決，將軍就實地指揮作戰兩年經驗，判定「長城計劃」須橫越五道大河，我軍將被林彪所寸斷，東北必失，平津不保；而力主「青島計劃」阻力極少，穩妥安全，可利進退。最後劉斐計劃通過，而廖耀湘兵團西進，果不旋踵被林彪腰斬，潰不成軍。十月三十日，王叔銘將軍攜令到瀋陽，令總司令部轉移指揮位置。將軍立命第五十三軍軍長周福成兼瀋陽警備司令，收容廖部，堅守瀋陽；然後隨總司令撤退葫蘆島。次日，奉總統親筆函，令將軍立即返瀋，統一指揮各軍，挽救殘局。將軍受命感激，自分何幸遇此盡忠効命機會，並自信個人回瀋，尚有作爲，寒風凜凜中，鵠候機場一晝夜。得王叔銘將軍電告：飛機實已不能在瀋陽降落。自傳云：「壯志未伸，終身遺恨」，謂此事也。曾著「東北三年」數萬語，述平戰局，信史也。

東北全局既敗，林彪直撲平津，均未出將軍之所料。時總統命將軍任徐州剿總前進指揮所副主任，並即到浦口負責後方事務。陳官莊既敗，將軍辦理結束後，於總統引退次日，携眷來臺。八月末，謁總統於陽明山，温慰有加。十月，去重慶，任國防部部員，漫遊西南，思有所効力，終於重慶陷落前夕，隨部疏散回臺。四十年任陸軍總司令部副總司令代理參謀長。四十一年二月，實任參謀長，致力於防臺及反攻大計，對參謀制度之進步，貢獻甚多。四十三年七月，奉調國防部戰畧計劃研究委員會委員。四十四年四月一日，任第一軍團副司令官兼參謀長。四十六年六月，調任金門防衛司令部副司令官，輔佐胡司令官璉加强防務，積極建設；反攻大計，亦在旴夕策劃中。乃有「八二三」之戰。

先是，前方得厦門共軍形將蠢動之報，時殲敵灘頭計劃策定已久，我軍遂進入戰備狀態。將軍坐鎮指揮所。曾函其友人云：「共匪似在蠢動，弟身當要衝，正聚精會神，準備打這一仗。」信心豪情，躍然紙上。「八二三」之晚，歡宴國防部長俞大維將軍，將軍方步向食堂，而敵炮密集。是時也，將軍如返身避入掩蔽部，路近，定可無事；但將軍急趨指揮所，並語同行龔少將理昭云：「彈自左方來，情況殊異！吾當指揮應戰！」路遠，費時，負重創仆於途。兩小時後，敵炮疏，天色昏墨，人視將軍，碧血罄矣！訊聞，總統震悼。十月，追晋爲陸軍上將；生平事蹟宣付國史館立傳。四十八年三月，總統明令褒揚，二十九日入祀忠烈祠。遺著「歷史上之中國邊防」、「步兵射擊與運動之聯繫」」、「近代步兵」、「中美參謀業務及其教育之異同」、「抗戰述評」、「剿匪戰役之追述與檢討」、「參觀美國陸軍觀感」及「河南趙大偉詩存」，皆行於世；其「東北三年」等專著及遺詩文在整理中。歷年政府所授陸甲二級、陸甲一級、國華、忠勤、勝利、四等雲麾、四等寶鼎、光華及美國政府所授銀星、功績、自由等勛章藏於家。

章傑

章烈士傑，字微塵，浙江臨海人，民國前三年生。世代書香，父歖山先生，爲鄉里士紳，曾任縣教育局長，兼第一國民學校校長。母盧氏，雖出身富家，惟持家勤樸，生子女五，烈士行四，長兄祖渠，承父志執教梓里，弟祖金，抗戰中期，投身軍旅，早年殉國。夫人張延芳女士，出自名門，才德俱盛，相夫教子，助益良深。烈士賦性耿直，嫉惡如仇，善辭令，愛交遊。民十二年畢業於浙江省立第六中學，後繼入大夏大學，甫肄業二年，因家境日非，且值國難方殷，遂立志從軍，於十四年赴粵，考入黃埔軍官學校第六期，參與第二期北伐，隨軍進抵北平，完成統一，於民十八年，畢業於中央陸軍軍官學校第六期步科。烈士鑒於航空事業，對今後軍事之重要，旋轉入中央航空學校第一期，畢業後繼入航校高級班第六期深造。來臺後，於革命實踐研究院高級班第一期受訓，對作戰、後勤、教育等頗富經驗，以及革命理論體認尤深，曾參加中原討逆，贛、鄂、川等省剿共，及抗日諸戰役，歷任飛行員、分隊長、飛行教官、班主任、科長、參謀長、司令、副署長、副參謀長、副司令官等職。烈士忠貞奮發，在極端艱困中，均能達成任務，而對後勤業務貢獻尤多，歷年來曾獲頒甲二干城、甲一陸海空、甲二懋績等奬章，五等雲麾、勝利、忠勤等勛章。

暢遊大觀樓

·石佛·

在雲南作客，祇要住上一年半年，便會使你發生幾忘置身異鄉之感。因為雲南人不僅不排外，且對外省人比本省人尤為親切。昆明話與湖北話大致相同，開口閉口「您家……您家……」在保山一帶的人，語音接近南京，所以保山有「小南京」之稱，而全省各地的風俗，又大都與江南相同。當然這是指雲南的漢人而言。至於分佈在滇東的彝人，以及滇西南各小數民族，如擺夷、阿卡、苗、傜、傈僳等諸族，則各有不同的習俗。

昆明氣候四季如春，加上土地肥沃，雨量充沛，家家都有廣大庭院，院院種花，使任何花卉，移入昆明，無不開得特別茂盛，所以隨處都可以看到花團錦簇，而近日樓的花市，更是五彩繽紛，百花爭艷，一般都稱昆明為花都，可謂名符其實，昆明人是懂得人生的，除講究種花而外，也非常講究吃，到處林立的小吃館，各有拿手好菜和可口的點心，尤其是出入各館店的小販，托着裝滿了五味雜陳的食盒，各種醃菜任君選擇，更是別具風味與風情。

這裡的女人，正像花枝一樣地爭奇鬥艷，對人又是落落大方，不僅不歧視外省人，且比對本地人更具好感，以致很多軍中袍澤沒有配偶的，一到昆明，便都很容易地尋到了美眷。我們司令部駐在翠湖，這是城內最大的公園，在週圍數公里的水域中，除四條放射式的大馬路而外，另外更有很多曲徑通幽的小堤，兩岸垂楊繞堤花草，與水面的荷葉蓮花，相互組成了青年男女的情天愛地，當月色朦朧，在燈光暗淡的花前水上，我們經常可以聽到喁喁情話，槳聲人影若隱若現地經過我們寢室的窗前，春意如此，使沒有家室的青年，將士，又怎能禁得起人比花嬌的引誘？

我在昆明時，由於我所供職的政治部設在東門外的郊區，每次進城，都是匆匆來去，辦完了公事後，迅即回到鄉間，無暇探勝尋幽，除與石如兄因在公車上酣然入夢，而誤至黑龍潭，曾作走馬觀花式的遊覽而外，對久已聞名的大觀樓，均沒有機會前往遊覽，每憶「莫放春秋佳日去」的詩句，想起在四季如春的昆明，如不能結伴暢遊，未免辜負了名山勝水，而大觀樓，更是我期望暢遊的第一目標。

座落在昆明小西門外的大觀樓，我首次看到它的面目，是順道經過時，得以一瞻風貌，是一個星期天中午，的我和第五兵站分監蔣瑞清將軍，因公務由大板橋赴黑林鋪，在經過篆塘附近時，看到小運河水面小艇雲集，馬路上的馬車與汽車載滿了仕女奔馳，交織成車水馬龍，槳聲帆影，與遠處所隱現的烟水茫茫，使我意識到這附近必然有一處觀光勝地。蔣分監當即指着前面告訴我：說那裡便是「大觀公園」——大觀樓即在其中。

我問他著名的長達一百八十字的聯語

、是否仍然懸掛樓上？他說這幅長聯，依舊與大觀樓並存，而其對遊人的吸引力，且大有超越湖光山色與樓臺之上的可能。經過他如此說明，眼看到遊人的湧入，我當即要求他順道一遊，同車的王志一兄認爲時間緊迫，旣無法讓我們有遊覽的時光，且探勝尋幽，必須先有閒情逸緻，何況大觀樓乃古蹟名勝之區，要領畧其水色山光的幽情，固然需要靜觀閒眺，且面對樓臺亭榭所懸的名聯，更須慢慢咀嚼，再映照即景即情，方不辜負遊蹤履跡。

他更指出：古人所謂「走馬觀花」，未免大煞風景，而乘汽車遊名園，比走馬尤爲雲烟過眼。他認爲遊大觀樓，最好是從篆塘僱小艇打槳而入，其次也須乘馬車，在時間方面，宜選擇有月色的下午，在庾園或船上晚餐，至夜闌再罷遊而返，這才可以飽覽在夕照晚霞及月色籠罩下的湖山面目，並表示他將爲我們安排如此的遊程，囑大家安心等候。

同車的姚孟杰兄聽到他這番話，認爲只是望梅止渴，所持的理由是：以志一兄所負的責任之重，及其責任心之强，不論例假星期，無不在忙碌之中，安有如其所說的閒情，邀我們遊山玩水？蔣分監是一位忠厚長者，終於決定讓汽車從公園門口繞了一圈，但只是可望而不可及。

志一兄是總防兩部有名的忙人，他雖開出了邀我們暢遊大觀樓的支票，但一直無法兌現，石如與夢杰諸兄已經感到十分失望，所幸我從另外找到了一位東道主人，讓我們遊園的理想安排都能一一實現。

我在中訓團黨政班廿五期受訓時，認識了一位雲南同學劉培元，他當時任職昆明行轅政治部，我抵達昆明後，有一天晚上與石如夢杰諸兄在街上散步，恰好碰到了他，這位熱情洋溢的朋友，不由分說地，硬把我們拉進一所高樓第宅，說明這便是他的家。由這座房屋的富麗堂皇，便不難想見他是千金之子。他首先譴責我到了昆明爲何不早通知他？並問我是否已忘了由他陪我去暢遊昆明名勝之約？經他這一提及，正好讓我提出了我們所作的遊覽大觀樓計劃，及由他作爲東道主的要求。

他當即慨然應允，並指出第三天適逢週末，又是中秋節的前一天。那天中午十一時他先邀我們在東月樓午餐，飯後驅車至篆塘，然後買舟由運河至大觀樓，以整個下午的時間暢遊大觀公園。至傍晚再到昆明湖濱水上樓臺的「庾園」晚餐，以便欣賞西山與昆明湖的晚霞夕照。直到明月東昇，再泛舟湖上，俾便賞月遊湖，再以斷然的語氣，指着石如、夢杰兩兄，說是屆時必須與我同來，否則便不夠朋友，另囑我最好再邀幾位好友參加。他們兩人與劉兄雖屬新交，但也不得不欣然表示接受邀請。

中秋節的前一天，我們三人都按時抵達了座落在大東門的東月樓，主人伉儷旣早已鵠候在門前，到進入房間時，更發現已有先我們而來的客人，除與我有舊交的許鏡華兄而外，另有一位高竹溪兄，他仍市教育局社教科科長，主人說是昆明名勝地區都是由該科主管，且高兄文采風流，對名勝古蹟的由來如數家珍，有他同行，可以隨時隨地備大家諮詢，可見主人安排的週到。此外尚有兩位小姐，爲劉兄的內親，也是從外縣而來。

東月樓是昆明著名的本地大菜館，主人原準備了一桌酒席，經過我們一致建議，祇吃幾樣普通菜，以免躭誤遊湖的時間，把主要的酒菜都留到晚間在船上賞月時飲用。劉兄當即表示同意。好在他已帶來了用人，畧加交代，便可照辦。匆匆用過午餐，大家即乘車轉赴篆塘，早已有劉兄的管家備妥了船隻在碼頭。

捨車登舟，望到運河南岸都是一片綠野平疇，阡陌相連，農村處處，北岸以馬路爲堤，從整齊的行道樹綠蔭之中，隨處都顯露出了白牆碧瓦，盡是一棟棟的洋樓，這一帶正是昆明的新社區，有古老的昆明市，可謂別具一格，也表現出了新都市的姿態。小艇很快速地便由運河進入了滇池的水域，遠望烟水茫茫，波濤浩瀚，但等不到我們從容遠眺，小艇便已在嘈雜的遊人聲中靠岸，而巍峩的大觀樓已出現在我們眼前。

跨入此一名勝區範圍，有一座像城門似的門樓，其上懸有「大觀公園」的石刻，有三個圓洞門可以進出，進入門內，首先有約佔十畝的綠草如茵草地，其間立有一位跨着駿馬的將軍銅像，這便是與蔡松坡將軍共同在雲南舉兵討袁的唐繼堯將軍。馬作人立，跨在馬背上而全副武裝的唐將軍作策馬狀，人馬均栩栩如生，據說這是法國某名雕塑家精心製作而成，由此穿過一座假山便是大觀樓的所在地，樓凡三層，琉璃碧瓦，鐵馬飛簷，頗爲壯觀，正面懸有邑人孫髯翁所撰的長聯：

「五百里滇池，奔來眼底；披巾岸幘，喜茫茫空闊無邊。看東驤神駿，西翥靈儀，北走蜿蜒，南翔縞素，高人韻士，何妨選勝登臨。趁蟹嶼螺洲，梳裹就風鬟霧鬢，更蘋天葦地，點綴些翠羽丹霞。莫辜負四圍香稻，萬頃晴沙，九夏芙蓉，三春楊柳。

數千年往事，注到心頭，把酒臨風，歎滾滾英雄安在。想漢習樓船，唐標鐵柱，宋揮玉斧，元跨革囊；偉烈豐功，費盡移山心力。儘珠簾畫棟，捲不及暮雨朝雲，便斷碣殘碑，都付與蒼煙落照。祇贏得幾杵疏鐘，半江漁火，兩行秋雁，一枕清霜。」

讀到這副長聯，環顧湖山美景，更覺此聯不僅氣勢豪邁，對仗工穩，且係即景生情，問之高竹溪兄，髯翁何如人也。他說作者爲康熙時的隱士，已佚其眞名，在三樓的楹聯中，有一幅也頗爲出色：

「千秋懷抱三杯酒；
萬里雲山一水樓。」

其下款爲阮元所撰，竹溪兄說阮元即阮文達公，曾任雲南巡撫，無怪乎此聯如此大氣磅礡，與孫髯公長聯相比，可謂各有所長而互相輝映。

大觀園內，除大觀樓外，尚有湧月亭、澄碧堂、牧夢亭、挹爽樓、近華樓諸勝。曲徑相通，且到處都是綠蔭蔽日，花團錦簇，使遊人偶見樓臺亭榭出現眼前，頗有柳暗花明又一村之感。湧月亭在入口處的左方，與大觀樓相對。牧夢亭正對草海，前有古樹參天，濃蔭蔽日，爲消夏良所。據竹溪兄稱，此亭爲阮文達公所建。由此前進爲數帆亭，壁間嵌有「重修大觀樓碑記」。並懸有馬如龍一聯云：

「君子吐芳訊；
達人垂大觀。」

從亭上眺望滇池，煙水茫茫，風帆上下，眞是天開圖畫，使遊人幾如身在江南。園中各景，以澄碧潭最爲清幽，當我們在此品茗小憩時，談起大觀樓的一長一短兩副楹聯，竹溪兄說是阮文達撫滇期間，曾將髯公長聯加以刪改，並親自書寫，懸於樓上，但他所竄改的不及原聯，以致有人寫了一首打油詩諷刺他：

「韭菜蘿蔔葱，阮煙鍋不通，擅改古人聯，笑煞孫髯翁」。

這時已經是夕照啣山，主人亦即邀我們往庾園準備晚餐，行抵湖濱，經過長橋，即見到幾座樓閣亭臺，聳立在湖濱的水中，均以橋樑相聯。一座門樓，其上題有「庾園」兩字。我們進入右面的一座樓房，四面皆窗，下臨湖水，無數遊船來往如織，其綠女紅男，與湖上盛開的芙蓉及紅白諸色的蓮花相映成趣。遠望漁舟點點，白帆片片，與水鳥飛翔，在夕照晚霞與暮靄煙波的掩映中，眞是五彩繽紛，組成了一幅天然圖畫，實令人賞心悅目。

原來這座樓上，也是我們中午進餐的東月樓分店，先前的酒席，便移到了這裡來開。據劉兄的管家稱：晚間在船上賞月的消夜，已另備了餚饌，所以一頓晚餐，已消磨了我們兩個鐘頭，至月上柳梢，我們始登上了一艘大帆船，在月色波光中，揚帆進入湖上。滇池號稱五百里，跨四個縣境，實際上分爲兩個部份，臨大觀樓部份湖水較淺，水底多草，故稱草海，前面有一天然堤防，堤外範圍較大，水也較深，所以又稱昆陽海，我們的大船揚帆出堤，聽到波濤浩瀚，望到萬家燈火的昆明市區，而月光照耀下的水波所翻滾而成的萬道銀光，確實奇景，船家所烹飪的新鮮魚蝦供我把酒暢談，又是別有一番滋味。直到月將西斜，我們這才興盡而返。

莫斯科東方大學見聞

莫斯科東方大學越南班

一、東大越南班學生來源

越共領導幹部大多出身於法國共黨訓練，莫斯科東方大學及中國，誠如共產國際與東方一書所說：

「二十年代越南革命家，不是去東方大學學習，就在黃埔軍校學習。胡志明、陳富、黎鴻峰等越南革命家大多在俄國、法國及中國求學」（見「共產國際與東方」第四二五頁）。

胡志明於一九二三年冬天離開巴黎小報「巴里亞」（窮苦人報 Le Paria），乘蘇俄貨船從歐洲抵達列寧格勒，經法共馬歇爾・加香 Marcel Cachin，及古久里耶等人推荐，到蘇俄參加共產國際第五次代表大會（一九二四年七月十七日在莫斯科舉行）（見明報月刊四卷第十期古岡著胡志明的平凡與偉大一文（二十二頁）。

「法共黨員胡志明於一九二三年赴俄參加農民國際，一九二四年在莫斯科參加共產國際第五次代表大會」（見「共產國際與東方」第四二四頁）

以上這兩個史料都說明胡志明從法國到蘇俄的經過。莫斯科東方大學越南班成立後，大批越南人從法國抵莫斯科進東方大學。

「莫斯科東方大學成立後，一九二三年至一九二四年第一批的越南職業革命家從法國抵東方大學，研究共產主義意識形態和列寧學說」。

（見「共產國際與東方第四二四頁）

從越南赴莫斯科東方大學受訓的青年，這經過中國境內轉道赴莫斯科，是由共產國際安排的，引證蘇俄科學院國際工運研究所出版的資料，就完全證實了。

「共產國際訓練越南革命家最重大工作，經過在華蘇俄專家和顧問人員之協助，由越南在華左派人士設立聯絡處，『越南民族解放運動革命民主派主席』Fan Boi-Tyu 是贊助越南青年赴莫斯科求學的重要人員」（見「共產國際與東方」第四二五頁）。

二、東大越南班幾個著名學生

據「共產國際與東方」第四二五頁說：「在東方大學求學較著名者，有胡志明（Ho Chi Ming），陳富（Ching Fu），黎鴻峰（Le Kong Fon）等」。

（一）胡志明於一九二三年——一九二四年在東大，從胡志明敘述東方大學情況二篇文章（一九二四年三月胡志明在眞理報發表一篇東方大學「說明對殖民地人民的幫助和任務」，第二篇見胡志明選集第一卷第一八一——一八三頁」），他對東大學校行政，學校設備，學員生活，非常瞭解。

「學校行政：每年經費開支達五十一萬六千盧布。一千零二十五名學員中有六十二個民族代表成立一個「公社」，設主席和幹事，三個月輪流一屆，由全校學員選出，每週召開會議一次，公社主席和幹事等參加學校行政管理工作。

學校設備：東方大學除校本部外，另有十座大廈供學員住宿，另有一間電影院，一個俱樂部，有兩個圖書館藏書四萬七千本。

學生生活和福利：壁報（各民族獨自出版），在克里米亞設有療養院，有兩個夏令營（計有九幢房屋），附有一百公頃土地供學員種植，這兩個夏令營中之一個，過去屬於某公爵采邑，另有托兒所和育兒所各一，每一民族班各自設有圖書閱覽室」。

（二）陳富於一九三〇年春從莫斯科東方大學返回越南，一九三〇年十月越共中央第一次中央全會選出陳富爲中央總書記。他曾經起草有關資產階級民主革命的報告，由越共中央全會通過」（見共產國際與東方第四三二頁）。

據「胡志明在中國」一書第五五頁說：「陳富出身於黃埔軍校。並往莫斯科受訓」（見註六四引自Ellen J. Hammer, P.80）。一九三一年四月，陳富（化名李貴）在西貢被法越當局逮捕，死於獄中（見同上資料第六七頁）。莫斯科東方大學越南班學生會爲陳富舉行追悼會。

（三）黎鴻峰，原爲越共前身廣州「心心社」的人員，一九二五年爲胡志明在廣州組織的「同志會」重要幹部之一。一九二五年被派往蘇聯空軍學校受訓，一九二九轉入莫斯科東方大學。一九三五年七、八月間，黎鴻峰和阮氏明開等五名被指派參加共產國際第七次代表大會（一九三五年七月二十五——八月二十一日在莫斯科職工大厦舉行），當選爲共產國際候補執行委員，於一九三六年回越（據阮慶全記述「見胡志明文選一二一頁」）。同年七月至中國南部召開越共中央委員會議，執行共產國際新政策。（見胡志明在中國九一頁「註六」）。

黎鴻峰於一九三五年至一九三九年間担任越共中央領導人（見胡志明在中國第五五頁）。一九四〇年與其妻爲法越殖民當局所拘捕被處死刑（見胡志明在中國第九八頁）。

（四）陳文家（Tran Van Giau）於一九三三年由莫斯科東方大學派回越南，建立地下組織。（見胡志明在中國第八六頁引自Charles B. Mclane P. 154.「註一八」）。

東方大學越南班學生人數，雖不如中國學生多，從一九二六年到一九二九年在東大教室和宿舍中時常見到三、五成羣講越南話的越南學生。

三、胡志明在法俄接受馬列主義思想

一九一七年胡志明認識民衆報社長查爾・龍格，他是馬克的外孫，法國社會黨的國會議員萊翁・勃倫，作家古久里耶，馬歇爾・加香Marcel Cachin教授（以後爲法共創始人）等社會主義思想家。（見明報第四卷第十期總號四六期古岡著「胡志明的平凡與偉大一文」第二四頁）。

一九二〇年胡志明閱讀列寧在共產國際第二次代表大會提出「民族和殖民地問題」的提綱，是列寧的東進政策，引起胡志明極大的反應；從他讀懂這個「提綱」的激動說：

「在這個提綱中，我遇到的政治術語難以懂得，經過再三閱讀，我完全找到它的要點，這時候我激動，狂熱，希望，使人信服，這時候我完全站在列寧和第三國際方面」（見「共產國際與東方（俄文版）I・A・阿格涅托夫 Ognetov 著「共產國際與越南革命」一章第四二二頁「註二」引證胡志明著「我到列寧之路」登刊於「東方大學問題雜誌」一九六〇年第二號第二十頁。

這段話看出胡志明初次接受列寧煽動殖民地和半殖民地的民族主義起來反帝的文件，使他非常激動。

胡志明從一九二三年起就在莫斯科東方大學，列寧學院，殖民地和民族學院受訓，並在莫斯科報章雜誌發表了許多文章，一九二四年一年在共產國際機關報「國際通訊」（La Corresponda-nce Internationaie）就發表了十篇論文（見「胡志明在中國」第三四頁註二四：各文見胡志明選集第一卷及 Ho Chi Ming on Revolution）。

四、胡志明是共產國際駐遠東代表

從胡志明二個文件：（一）在共產國際第五次代表大會上關於民族和殖民地問題的發言並提出幾點建議：

一、在「人道報」上開闢一個專欄，以便經常的（最少也得一週用兩欄的篇幅）刊登有關殖民地問題的文章。

二、加强宣傳工作和在已有共產國際支部的殖民地國家的當地人中發展黨員。

三、派遣殖民地國家的同志到莫斯科東方大學學習。

四、同工會聯合總會進行協商，以便把在法國工作的殖民地的勞動者組織起來「註一」。

五、把必須進一步關心殖民地問題作爲一個任務交給全體黨員。

以上這五點建議中，主要加强法國統治的殖民地中的宣傳，訓練，和組織工作，並對法共對殖民地工作的不滿。（摘自胡志明選集第一卷第四五頁——四六頁）。

第二個文件是胡志明一九三九年七月寄給共產國際的報告，「黨在民主戰線時期（一九三六——一九三九抗日時期）的路線（較右的）有八點：（要點①黨不可提出過高要求，②組織廣泛的民族民主戰線，連民族資產階級也包括在內。③對資產階級，黨的態度必須機智，靈活，爭取可以爭取的分子，中立可以中立的分子。④對托派不能有任何聯盟和讓步，在政治上要把他們消滅（胡志明是一個忠於史達林派的極端反托份子），⑤必須使印度支那民主陣線與法國人民陣線取得密切聯系，使工作有效。⑥黨要爭取領導羣衆的地位，⑦對宗派，狹隘等要作鬥爭，提高學習馬列主義，必須和法共保持密切聯系，⑧中央必須檢查黨報上在政治上和技術上發生錯誤）。

胡志明在一九三九年向共產國際提出以上八點民主戰線的路線，他是忠實執行史達林派共產國際第七次代表大會季米特洛夫「人民陣線」路線「註二」（在中國和越南爲「抗日民主陣線」），這一統戰策畧在當時運用得相當有效。這一段歷史教訓，今日東南亞國家值得研究和警惕的。

一九三一年胡志明在香港被英當局逮捕，暴露了胡志明是共產國際駐遠東的代表。

「共產國際遠東局的負責人，原爲俄共米夫 Pavel Mif，米夫離職後，即由牛蘭接替其職務，胡志明接替牛蘭的職務」（見「胡志明在中國」一書第七〇頁）。

越共頭子胡志明他吸收法共經驗，俄共的經驗，中共的經驗，越共鬥爭經驗，變成一個老奸巨猾的國際共產主義者。他執行史達林派共產國際陰謀比馬林，魯易花樣多，胡志明生平陰謀活動和眞面目反共人士值得研究的。

「註一」：共產國際第七次大會（一九三五年七月二十五至八月二十一日）G·季米特洛夫 Dimitrov, Geore 報告「人民陣線」策畧（原題：「法西斯主義進攻與共產國際爲造成工人階級反法西斯主義統一而鬥爭的任務」，人民陣線第一個試驗場是西班牙內戰（一九三六年），第二個試驗場是「法國社會黨，急進社會黨和法國共黨合作成立「人民陣線」政府（一九三六年六月），這個策畧現在還是成爲國際共黨反帝鬥爭重要策畧。

「註二：」在第一次世界大戰期間從越南派到歐洲法軍中服在企業中的越南人大約有十萬人之多。」（見「共產國際與東方」第四二三頁）。

劉湘逝世後之川局（上）

周開慶

劉湘以川康綏靖主任兼任四川省政府主席，歷時有年，一旦逝世，川局不免發生動盪。中央以安定此抗日根據地，實爲整個抗日大局所切關，故此時對於川事之處置，極爲愼重。舉其要者而言：一爲對劉湘之飾終典禮，備極隆重；一爲對川軍將領之慰撫；一爲川康綏靖主任公署之改組；一爲四川省政府之改組。其經過約如下述。

劉湘自民國十五年冬改隸青天白日旗下，出任國民革命軍第二十一軍軍長後，歷任長江上游剿匪總指揮、四川剿匪總司令、川康綏靖主任、四川省政府主席等職，對於中央命令，秉承無違。盧溝橋事變發生，更能慷慨赴難，立率川軍出川抗敵，其明大體識大義之精神，尤足令國人欽佩。當劉氏病危時，行政院孔院長祥熙、軍政部何部長應欽暨在漢口各高級長官均到院慰問。劉氏逝世後，政府即成立治喪委員會，辦理治喪事宜。二十七年一月二十二日，國民政府明令褒卹。令云：「川康綏靖主任、四川省政府主席劉湘，才猷練達，器識恢宏。早歲綰領軍符，維護地方，勳勞夙著。嗣膺兼圻主任，整軍施政，悉洽機宜。尤於國家統一大計，竭誠匡助，卓識淵謀，至深嘉賴。近以奉命抗敵，統率師旅，親赴前方，籌策辛勞，宿疾遽增，遽聞溘逝，震悼良深。劉湘着追贈陸軍一級上將，發給治喪費一萬元，派內政部部長何鍵前往代表致祭。並交行政院轉行從優議卹，生平事蹟存備宣付國史館，用示國家篤念功勳之至意。此令。」

一月二十六日，劉氏靈櫬由漢口專輪返川。二十五日舉行公葬，國民政府林主席特派內政部長何鍵，蔣委員長特派軍政部長何應欽代表致祭。茲錄誌林主席祭文如次，以示中樞對劉氏軫念之忱。祭文云：

「維中華民國二十七年一月二十五日，國民政府主席林森，特派內政部長何鍵，敬備馨香，致祭於川康綏靖主任，四川省政府主席劉甫澄先生之靈曰：維茲梁益，山川炳靈，篤生英傑，作我干城。方君弱歲，早志澄清，韜畧是蔚，書劍不名。諸艱歷試，一軍皆驚，受知元戎，永矢忠貞。才兼文武，安危仰成，擐甲赴難，總旅長征。力疾抗敵，竟殞厥身，遺書靖獻，國計民生。滅寇言歸，淚下百橫，部曲秉志，當世作程，雄圖可繼，狂寇當平。嗚呼！生受主注，歿享褒榮，身稽奠綵，鑒此衷情。嗚呼哀哉，尙饗。」

二月八日，蔣委員長以劉湘翊贊中樞，功在黨國，特電請中國國民黨中央常會，予以國葬，以昭矜式。原電畧稱：四川省政府劉故主席，兼綰軍符，歷膺疆寄，翊贊中樞，忠貞自矢。去歲領師抗日，不幸賚志遽歿，勳在黨國，宜有特典以昭矜式。擬請由常會决議，轉函國府予以國葬，藉示中央軫念勳勞之至意等語。本案經十二日中央常會第十七次會議通過，國民政府於十四日發佈明令如次：「川康綏靖主任，四川省政府主席劉湘，積勞病逝，業經明令褒卹，追贈陸軍一級上將，並派員致祭在案。查該故主席矢志忠貞，功在黨國，飾終之典，宜從優隆，應即特予國葬，以示政府崇德報功之至意。此令。」劉氏靈櫬，係於二月四日運抵重慶，五日至八日由重慶各界舉行公祭，九日移送成都，停候國葬。

如上引述，中央對於劉湘之飾終典禮，可謂優隆。此時川中之軍事將領，原爲劉湘直轄者，有唐（式遵）、潘（文華）、王（纘緒）、王（陵基）等四人，此外則有劉（文輝）、孫（震）、鄧（錫侯）、李（家鈺）等四人，雖係川康部隊，但非劉湘所直轄。劉湘逝世後，其直轄各部，在心情上不免動盪；益以少數野心政客，「妄事推測，散佈流言」，致川中局勢，一時頗形不安。中央對於川中各將領，特別加以慰撫，一月二十六日，重慶行營主任顧祝同，致電劉湘直轄各將領，原電稱：「劉司令長官忠貞謀國，積勞逝世，臨終遺言，光昭日月，鞠躬盡瘁之志，實足以媲美武侯。中樞軫念殊績，既頒飾終之典，益深推愛之思，所有軍民兩政，善後措施，頃已明令分別發表，總期足以慰逝者之心，洽羣倫之望。諸兄服膺遺教，矢志不渝，務體　委座愛護之誠，益懍同寅協恭之戒，安心守職，用濟時艱。弟奉命代致撫問，諸兄明達，必能共喻斯旨，，以副中央厚望。」

一月二十八日，　蔣委員長以劉湘病故後，川中諸將領分別去電表示擁護中央，努力抗戰，特復電慰勉。並電重慶行營顧主任，宣達中央眷念川省軍民之意旨，希各安心服務，努力工作。原電如次：

「行營顧主任，密。疊接諸兄及在川各將領來電，一致表示繼承甫澄主任遺志，擁護中央，戮力抗戰，忠義篤至，深用佩慰。川省爲抗日之國防根據地，甫澄主任數年來擁護中央，完成統一，苦心所寄，唯在整理軍政，發展地方，以增厚國家對外之力量。此次率師抗戰，倍著忠勤，極勞辭世，舉國痛悼。觀其病中籌策，不忘國防建設，臨終遺言，曾無一語及私，實足資袍澤之表率，興後死之觀感。中央措置川事善後，自必一秉至公至正之方針，審酌國家與地方之需要，並顧兼籌，以期裨益抗戰全局，而安慰甫澄主任與戰死袍澤之英靈。（中畧）須知中央重視川政，固無不籌維悉當，而中正對我全川父老袍澤，及與甫澄主任多年患難相依之關係，於公於私，尤不能使一事一人之不得其所。甫澄之僚友，即中之僚友，甫澄之部屬，即中之部屬，愛護之誠，罔間始終。凡諸措置，必以對國對川對逝者對生者均無遺憾爲前提。一方面使川省對國家克盡偉大之貢獻，同時亦必保障才能，登用賢俊，俾咸有效力之機會。即機關或有更張，而人員必爲安頓，只要服從中央命令，遵守甫澄遺囑，則決不令甫澄所部有一人之失所而無所依託也。務望我全川軍政長官，勗勉軍民，曉諭部屬，一致體念中央愛護之苦心，與甫澄主任公忠體國之遺志，安心服務，努力工作。勿惑於謠言，勿懈其素志，一心一德，以大義爲依歸，豈唯川省之幸，抗戰前途，實所利賴。除分電外，特電知照，即希宣達爲要。中正儉印。」

劉湘直轄之二十一軍軍長唐式遵，自去年秋率部出川抗戰，此時正担任第二十三集團軍總司令，轉戰於蘇、皖、贛邊區前線。一月二十日劉湘逝世後，唐式遵等即於二十四日通電各方，誓遵劉氏遺訓，抗戰到底。唐等電云：

「（上畧）劉司令長官甫公，一生盡瘁國事，負病遄征，出師未捷，積勞殉職。式遵等待罪皖南，抗戰滅敵，噩耗驚傳，三軍飲泣。拜讀遺訓，感慟愈深。值玆國族多故，寇患正殷，國家遽失干城，本軍頓亡導師，來日大難，悲憂叢集。今後謹當督飭所部，恪遵遺訓，淬勵奮發，在最高領袖領導之下，爲國家民族爭取自由平等。苟一息尚存，倭寇一日不去，拚將熱血，濺我河山，抗戰到底，誓不生還，以副甫公殷切之訓，而報國家豢養之恩。式遵等分屬軍人，服從爲固有天職，成功成仁，唯力是視，謹電奉陳，伏維鑒察。第二十三集團軍總司令唐式遵，軍團長潘文華，師長郭勛祺、劉兆藜、陳萬仞、潘左等同叩敬。」

（未完待續）

天聲人語

臺南篙子山弔抗日陣亡大統領林碧玉七律一首　璞盦王國璠

斗酒盤牲淚點紅，王郎天壤弔孤忠，雲中龍鳳終枯骨，海外樓船又朔風，敢以興衰嗤壯節，忍將得失論英雄，男兒到此纔無愧，取義成仁一死中。

清明謁三原于先生墓　楊亮功

寥落天涯寄此身，墓門謁罷總悽辛，廿年豸閣親光霽，一代人豪付劫塵，華表未歸遼海鶴，蓬山猶隔故園春，感時懷舊愁難遣，腸斷斜陽宿草新。

哀越南　葉以熾

烽火關河夢已空。枉拋心力事江東，英雄骨血埋荒土。戰伐旌旗付落紅。王謝勛名原有自。蘇張筆舌竟何功。他山未必能攻錯。一例乾坤感慨同。

②

紛紛勞燕況天涯。碧海朱華膽落霞。戰國淵盟多自繭。畫疆遺憾竟無家。殘山誰挽狂濤劫。異域徒傷奉使槎。獨立宮前人事改。荒荒老樹噪羣鴉。

哀高棉　葉以熾

高棉淪陷前，總理龍波瑞復自印尼飛返金邊，力支危局。惟大勢已非，卒至遇害殉國，其忠憤赴難之精神，與夫三軍誓死抗敵之英勇，足以光日月而壯山河！可歌可泣，爲自由世界所欽佩！爰以四絕句記之。

上相河山重昔勳。六州雄健壯三軍。而今藎血萇弘碧。惆悵金邊擁暮雲。

②

乾坤恩怨向誰論。浩劫如焚日色昏。海外夷齊應雪涕。可堪回首賦招魂！

③

曾是經綸幹濟才。危城赴難死尤哀。湄河日日潮頭水。常挾風雷海上來。

④

孤憤人天共此心。長留浩氣向層陰。荒街廢壘遺民痛。併作高棉血淚吟！

己酉秋生日親友款宴感賦四律　葉子佛

少年鞍馬逐兵塵，又向天涯老此身，過眼風雲多變幻，經心世事最艱辛，河山破碎餘肝胆，鬢髮蕭疎惜歲辰，明月滿懷秋意遠，何時歸醉秣陵春。

六十年華彈指過，無情歲月感蹉跎，幾曾壯志凌霄漢，膽把浮名付逝波，窮盡方知詩味細，亂離翻覺友情多，癡兒不解當前事，還唱生辰快樂歌。

親舊提壺次第臨，醉紅雙頰淺還深，生逢國慶何多幸，（今歲生日適逢國慶）老愛醇醪且細斟，憂樂豈關天下計，飄零空繫故園心，頻傳隔岸戎烽緊，可有王師報捷音。

散盡千金剩布衣，當年未必事全非，駑駘幾見輕千里，樗櫟空教大十圍，忍別慈暉傷永訣，拋殘墜粉泣空幃，廿年海外南飛雁，夢裏依稀認舊扉。

進兵西藏詩　尹昌衡

月到天心馬到山，驚霜無間撲刀環。呼寒戰士猶枵腹，盼捷將軍未解顏。廿八年華今夜老，三千迢遞幾時還！東岩輿靜西岩急，知是前鋒破虜關。

哭胡適之　徐亮之遺作

英年高議作雷聲，晚節崢嶸出性情，左右對之皆曰殺，風華如此備哀榮，韓歐異代寧多讓，楊墨當塗佇一鳴，亂世爲儒長太息，不留老眼看河清。

一樓　翁一鶴

坐送斜陽又幾回，陸沉何計闢蒿萊，一樓獨踞須臾我，萬事終歸瀲灩杯，風雨時從心上過，旌旗夢向日邊來，天涯別有憑闌意，祇爲江山一寫哀。

賣花聲　重遊軍港十五條石小蓬萊觀音堂次朱彝尊雨花台韻　劉天中

林海蔭森灣，靜聽潮還。潮聲初渡石欄干。水似眼波橫一脈，倒影千竿。　脩竹倚微寒，夕照茅壇。小蓬萊外可憑欄。裊裊青烟浮翠色，眉樣新山。

高陽臺　新會朱奐庸齋

蝶夢空尋，鴛盟已冷，青衫漫惹啼痕。花事無多，綠章誰問東君。寸心未忍成灰燼，想連宵，尚託行雲。柰如今，一尺江波，難載桃根。故枝猶待春風發，怕離烟恨水，偏誤歸人。懶卸殘妝，也知鸞鏡塵昏。落花不管芳菲減，料因循，燕妬鶯顰。莫憑欄，衰草斜陽，容易銷魂。

渡江雲

重來吟賞地，淡烟衰草，離恨滿長汀。滄桑能幾日，倦眼天涯，何處問歸舲。南來北去，祇塵襟依舊青青，誰復憐，未秋紈扇，寂寞對流螢。堪驚。迷離歌管，興廢江山，早風殘月剩，空留得亂蟬疏柳，一片淒清。行雲縱到京華路，怕怨笳偏落銀屏。明鏡裡，羞人短髮星星。

編餘漫筆

編者

這一期出版適值抗戰勝利三十周年，三十年來世局之變，國運之蹇，眞使人不勝唏噓。戰勝日本是中國三千年中第一大事，身歷八年抗戰的人，永不會忘記。本期刊出有關文章數篇，均是重要史料。焦毅夫先生之「今井武夫芷江乞降所見」，記述日本投降談判特使今井抵達芷江情況甚詳，當時在芷江目睹此一盛事的記者，在海外的已不多，在香港的更少，故此一親見親聞之史料，彌足珍貴。

「八一三之戰」揭開了全面戰爭序幕，中國在上海付出的代價實在太大，曾振先生當時任職第三戰區長官部，參與密勿。許多重要史料，皆其親見親聞，在此之前，因顧及國防秘密，一直未曾公佈。由曾先生大文看，當時情況也相當混亂，最最不可解的是第一線在惡戰，第二、第三兩道國防線，用鋼骨水泥修成的工事，最後竟然未能打開入口之門，爲什麽第一線作戰時，第二線，第三線未有部隊先作佈署，準備第一線部隊退却時，在第二線抵抗，是眞不可解矣。

曾文價值甚高，但亦有小誤，編者已在附註中說明，曾先生或不致見罪。

「日本投降前的十日」，記述日本當時國內混亂情形，國將不國，日本之不亡，眞是奇跡。但若非中國政府之力持寬大，恐分裂亦所難免。三十年後細論此事，覺得冥冥中亦有安排，日本本可以不吃原子彈，但由於鈴木首相一句話翻譯之誤，迫使美國丟下原子彈，此事經過，本刊二十六期「一字之誤的歷史浩刧」一文已有詳細敍述。但日本人若不受原子彈轟炸，亦天道無憑，事實上廣島、長崎兩城死傷人數加在一起，也沒有我國首都南京一城被日本「皇軍」屠殺的人數多。三十年來，日本人毫無悔禍之念，最近的「赤軍」又到全世界鬧事，相信日本人的大禍尙在將來。

「日本關東軍給予中共的武器」，也與抗戰勝利直接有關。姚遙先生此文根據日文資料寫成，十分翔實，可見日本人到了最後投降時，還給中國留下一條禍根。

用五先生之「毛澤東做過全國農協會長」？亦是現代史重要史料，中共史至今天尚有許多未可解的問題，這就是一項問題，經用五先生解決了。

其他佳作如「賀揚靈先生與兩浙抗戰」與「劉湘逝世後之川局」亦抗戰重要史料，不及詳細介紹了。

下一期本刊已進入第五年，這份刊物能支持四年，眞出許多人意料之外，目前總算勉強站穩脚跟，當力求充實、以告愛護本刊的讀者。

掌故月刊訂閱單

姓名（請用正楷）中英文均可		
地址（請用正楷）中英文均可		
期數及金額	一年	
	港澳區	海外區
	港幣二十四元正	美六元
	平郵免費 · 航空另加	
	自第　期起至第　期止共　期（　）份	

請將本單同欵項以掛號郵寄香港九龍旺角郵局信箱八五二一號

英文名稱地址：

The Journal of Historical Records
P. O. Box No. 8521, Kowloon
Mongkok Post Office, Hong Kong.

中華月報

一九七四、五年十、十一、十二、元月號要目　中華月報社・香港九龍書院道九號

十月號

十一月號

十二月號

元月號

掌故（八）

數位重製・印刷　秀威資訊科技股份有限公司
https://www.showwe.com.tw
114 台北市內湖區瑞光路 76 巷 65 號 1 樓
電話：+886-2-2796-3638
傳真：+886-2-2796-1377
劃 撥 帳 號　19563868　戶名：秀威資訊科技股份有限公司
讀者服務信箱：service@showwe.com.tw
網 路 訂 購　秀威網路書店：http://store.showwe.tw
國家網路書店：http://www.govbooks.com.tw

2020 年 7 月
全套精裝印製工本費：新台幣 35,000 元（全套十二冊不分售）

Printed in Taiwan　ISBN:9789863268130 CIP:856.9

本期刊僅收精裝印製工本費，僅供學術研究參考使用

ISBN 978-986-326-813-0